世界科幻大师丛书
主编：姚海军

Роза и Червь

玫瑰与蠕虫

[俄]罗伯特·伊巴图林 著
崔艳霞 译

四川科学技术出版社

图书在版编目(CIP)数据

玫瑰与蠕虫 / [俄]罗伯特·伊巴图林 著;崔艳霞 译.
-- 成都:四川科学技术出版社,2022.5
(世界科幻大师丛书 / 姚海军 主编)
ISBN978-7-5727-0485-7
Ⅰ.①玫… Ⅱ.①罗…②崔… Ⅲ.①幻想小说—俄罗斯—现代Ⅳ.① I512.45
中国版本图书馆 CIP 数据核字(2022)第 041808 号
图进字:21-2021-78

世界科幻大师丛书

玫瑰与蠕虫

出 品 人 程佳月
丛书主编 姚海军
著 者 [俄]罗伯特·伊巴图林
译 者 崔艳霞
责任编辑 宋 齐 姚海军
特邀编辑 肖巧雯 孔祥樨
封面绘画 织雾安转
封面设计 施 洋
版面设计 施 洋
责任出版 欧晓春
出版发行 四川科学技术出版社
四川省成都市槐树街 2 号 出版大厦 邮政编码:610031
成品尺寸 140mm × 203mm
印 张 20.5
字 数 420 千
插 页 2
印 刷 成都博瑞印务有限公司
版 次 2022 年 05 月成都第一版
印 次 2022 年 05 月成都第一次印刷
定 价 79.00 元

ISBN978-7-5727-0485-7

致中国读者

[俄] 罗伯特·伊巴图林

这一切都始于2101年钙城的发现……不，这一切始于2009年天文学爱好者论坛上的一次讨论：星际战争是否可能发生？这里指的是现实世界中真正的星际战争，而不是发生在太空歌剧作品中拥有超光速瞬时飞行技术、力场和无限功率能源的舒适世界中的战争。如果考虑到所有已知的物理限制，并且不使用瞬间位移之类可以打破这些限制的“魔法”，那么来自一个恒星系统的文明能否攻击另一个恒星系统呢？

这一由来已久的争论因工程师亚历山大·谢苗诺夫的构想而趋于白热化，他简单粗暴的想法震惊了四座：要摧毁一个外星文明，不需要任何星际舰队或登陆队，只需将大量加速到相对论速度的金属块发射到该星球上即可。穿过大气层时，每一块金属都会释放出热核爆炸一样的能量。可以借助由激光束引导的光帆为“炮弹”加速。当然，激光需要非常强大的能源，但由于该能源不会四处移动，而是留在母星系中，所以它应该尽可能地强大。实现这样的攻击不需要任何科学上的突破，其所需技术都建立在已知的物理学基础上。而且对于这种攻击无法作出防御——“炮弹”的飞行速度太快，无法及时地发现并摧毁它们。

许多人就这一构思和谢苗诺夫展开了争论。化学工程师亚历山大·涅克拉索夫提出了非常有力的论据。但在漫长的讨论中，原先的构思并没有被推翻，而是得到了进一步的明确和细节上的充实。“炮弹”能否在穿越星际尘埃的飞行中保留下来？毕竟在这样的速度下，任何微小的尘埃都是致命的。它们能否瞄准一个星球？毕竟在星际距离上，这需要难以想象的瞄准精度。如果被攻击方发现了攻击，他们会做什么？毕竟用望远镜可以清楚地看到瞄准它们所在方向的加速激光束。这些问题的答案、新的论据和反驳慢慢建立起了一幅连贯而详细的假想星际战争图景。它与传统太空歌剧的陈规旧套毫无共同之处。它因包含充分可靠的物理论据以及精心策划、无法抵抗、冷酷可怕的大规模屠杀而扣人心弦。

我没有积极参与这场争论，但这个黑暗的构思激发了我的想象力。我开始从作家的角度思考这个想法。我开始构思故事情节、人物、人物的动机和关系以及他们在宏大宇宙事件背景下的个人故事。让我们假设受到攻击的是地球。很明显，现代文明将无法抵御这种攻击。这就意味着，为了使得情节变得有趣，避免让所有人都迅速且不光彩地死去，应该把故事舞台设置在未来。但这个未来的地球是什么样子？它的外星敌人究竟是谁？攻击的目的是什么？攻击后会发生什么？论坛上没有谈到这些，他们只讨论了物理学相关的问题，我不得不自己虚构出这一切。但同时，我决定让自己的幻想故事遵循在那场讨论中设定的主要游戏规则：一切都基于已知的科学技术，避免任何“魔法”手段。

如此，我自愿将自己的幻想故事放进了一个硬性框架中——并且产生了令人惊讶的效果。我不能再不加思考地依赖幻想文学中常见的陈词滥调。我必须想出一些崭新的东西，而且要保证其在科学上的合理性。许多颇为宝贵的想法来自亚历山大·涅克拉索夫，他也被以该论坛的讨论为基础进行故事创作的想法所吸引。渐渐地，在我们的共同努力之下，一个奇异的、有时又残酷可怕的25世纪太阳系及其周边星系的世界建立起来了。这个世界为人类与非人类及其社会、历史、政治和文化所充实。它变得越来越真实，开始有了自己的生命，并向我这个作者发号施令。

但我不允许自己打破游戏的主要规则。小说中描述的所有技术都被证明在物理上是可行的。所有可以计算的部分——飞船和“炮弹”的质量和速度，发动机和武器的功率——背后都有计算作为支撑。甚至行星之间的距离，也是经过计算得出它们在指定日期的实际位置后确定的。但书中并非没有错误。我把它们留给熟悉物理学和天体力学的读者们，让他们自己去发现：这些错误看起来并没有那么明显。也许这种事事都要经过计算的方法有些过度完美主义，但对我而言，这是一项有趣的智力实验。至于这项实验是否成功，就由读者来判断。

2021年8月2日

目录 Оглавление

致中国读者 …………………… I

第一部 阴差阳错 …………………… 3

第零章 棋盘 …………… 5

第一章 开棋 …………… 41

第二章 中局，开端 …… 132

第二部 友谊之火 …………………… 289

第三章 中局，续篇 …… 291

第四章 终局 …………… 462

第五章 将死 …………… 536

词汇表 …………………… 635

感谢亚历山大·涅克拉索夫对这部小说提出的各种想法(这些想法构成了这本小说的基础)以及参与小说的撰写。还要感谢亚历山大·谢苗诺夫和维克多利亚·沃罗比约娃的仔细阅读和批评。感谢阿列克谢·安皮洛戈夫,没有他这本书就不会出版。特别感谢我的妻子塔季扬娜,感谢她的理解和支持。

第一部　阴差阳错

我是毁灭世界的成熟时神，
我在这里收回一切世界，
对立军队中的所有战士，
即使没有你，也将不存在。

——《薄伽梵歌》[1]

根据现代概念，真空中的光速是粒子运动和相互作用传播速度的极限。

——维基百科

① 印度教重要经典。选段参考《薄伽梵歌》，黄宝生译文。书中注释若无特殊说明，皆为编者注。

第零章　棋盘

打击

第一枚炮弹划过了珊瑚海上空的大气层。这是一根重达一百千克的白热石墨棒，以半光速袭来。没有一个人目睹它的坠落和蒸发过程，它穿过大气层只用了不到一毫秒。炮弹及其路径上的空气变成了白热化等离子线，那一瞬间，好像有千百条极长极细且无比耀眼的太阳光线从天空洒向大海。

炮弹轨迹周围一千米范围内的空气被阵雨般的高能粒子击穿，随即也变成等离子体。海洋上空爆发出通天的火柱，宛如核爆炸中的火球，但比它更致命，因为火柱随距离增加而产生的衰减比核爆炸更小。火柱周围两百千米范围内的上层海水由于热辐射瞬间汽化，海面上所有的可燃物都被点燃，船、树、建筑、金属、土壤通通陷入火海。

一分钟后，第二枚炮弹穿过菲律宾棉兰老岛上空的大气层，紧接着第三枚炮弹袭击了阿留申群岛。每次都有一股炽热的空气裹挟着灰烬、尘埃和水汽，沿着打击路径喷射到平流层，原先的参天火柱处升起了数千米高的灰烬塔，旋即生成一股巨大的龙卷风，在地球表面狂刮数小时，甚至那些幸免于直接打击的地方也化为乌有……而炮弹如同火雨一般，日日夜夜，不断落下，落下。

热辐射点燃的大火几乎笼罩了整片陆地。接着，由于大量海水蒸发，一场飓风般的热带暴雨倾注下来，持续数日。倾盆大雨将大火扑灭，但那时，大火中已经没有什么可救的了。所有的植被，连同其根系的土壤层、种子和让土地更肥沃的微生物都已化作灰烬。雨完成了它的使命，使残余的草皮变成了毫无生气的半液态泥浆。甚至在大雨停后，泥浆继续从山上流下来，裸露出了山头的岩石架。可能只有在两极地区，那些遭受炮弹袭击较少的地方，奇迹般地保留了一些苔原岛；但在其余的土地上，除了裸露的岩石、沙漠和毫无生机的泥滩之外，什么都没有了。

2295年9月，地球就这样灭亡了。

这一切都要从2101年“钙城”的发现说起。

开端一切都好。自动化月球车“库沃伊”漫步在阿方索环形山，调查土壤的化学成分。这是河内大学学生们的一个普通的毕业设计项目，在月球表面有上百个这样的业余月球车在爬行，“库沃伊”并没有特别的发现。之前很长一段时间内都没有——月球土壤一直是各种金属硅酸盐的常见混合物。但是，当月球车接近环形山中央时，它开始探测到了异常，这些区域金属浓度很高，尤其是钙，在化学上表现为纯净物。月球上再没有其他地方与此相像。更加奇怪的是，钙分布的位置很有规律，都位于六边形网格的节点上。

这一发现非常有趣，以至于世界月球研究中心将一大批月球车投入到阿方索环形山和邻近陨石坑的探测工作中。接着又建立了一个住人基地。人们逐渐查明，钙金属异常处呈边界清晰、直径大约一千米的规则六边形形状。毫无疑问，这一切都是人为导致的。

媒体给此地起了绰号，名为“钙城”——但很快证明，“钙城”一说完全是名不副实。在“钙城”里，既没有居住区，也没有任何类似居住区的废墟。此地也并未发现任何有机物的痕迹。几何形状的网格表明它曾经是由望远镜和天线阵列构成的一个自动天文观测站，而不是什么住人基地。科学家还发现了冷却系统的电路和管道残留物，但仅此而已。仅凭一些化学痕迹，还不足以对外星技术得出清晰的概念。

通过分析宇宙射线粒子在金属颗粒中呈现的轨迹，可以确定“钙城”灭亡的时间：20世纪中叶。历史学家发现，正是在那时，也就是1958年，也正是在阿方索环形山，天文学家尼古拉·科济列夫[①]观察到了异常的气体释放。科济列夫本人将这种现象的原因解释为火山活动，但这一观点很难让人信服，因为月球的地质活动在数十亿年前就停止了。直到现在，“钙城”被发现后人们才得知，科济列夫当时观察到的实际上是一系列爆炸现象，它们使天文台化为了灰烬。它很有可能在观测到地球上第一颗人造卫星发射或某个核试验之后自毁了。

① 尼古拉·科济列夫（1908–1983），苏联天文学家、天体物理学家。

外星智慧生命痕迹的发现自然引起了前所未有的轰动。

在20世纪和21世纪，地球人成功登陆了月球、火星以及附近的一些小行星，自动探测器曾降落在泰坦星[①]的云层之下、进入欧罗巴[②]的冰下海洋，天文望远镜在所有可能的电磁波段的每个范围内都进行了天体探测，在其他恒星系发现了无数的行星——但在“钙城”之前还没有发现过任何外星智慧的痕迹。没有发现外星遗物，也没有接收到可靠的信号。

理论家解释说，这是因为适宜生命存在的条件很难形成。在许多恒星系中发现了大小和温度与地球相似的行星，但绝大多数情况下，它们像金星和火星一样干燥无生命；或者虽然星球上有丰富的水资源，但只是毫无生机的冰层和海洋世界。只有千分之一的类地星球大气中含有氧气——这几乎是生命存在的确切证据。这样的行星可以说是寥寥无几，其中离我们最近的是莎乐美星，距地球150光年。但是，即使是在这样的宜居行星也没有发现文明的明显迹象——高频无线电噪声或热力点。不管怎样，在银河系中寻找智慧生命的希望尚存，而我们将不得不花费更多的经费去进行更精密的探索。

而如今，在离地球这么近的地方发现了一个外星天文台废墟，这使人类感到不安。外星人在监视地球，但他们不想被发现。一旦有暴露的风险，他们就立刻炸毁了他们的观察站。他们不希望与我们建立联系。那他们的目的是什么？在他们的计划中，地球处于什么样的位置？

---

① 即土卫六。

② 即木卫二。

针对这一问题的研究在很久之后才进行到下一阶段。

2184年，卡尔·权和法哈德·纳齐姆两位天文学家在天鹰座一颗暗星的光谱中发现了一个奇怪的现象。这颗星星用肉眼几乎看不到，它没有名字，只有一个目录代码：HD 183658。它与地球相隔108光年，在众多与之类似的G级黄矮星中并无独特之处。只有一点很奇怪，在其光谱的红外部分有一条极狭极亮的射线，而之前的观察中并没有发现类似情况。它看起来更像是该星球附近某处强激光放射线——一道瞄准太阳系的激光放射线。

它不可能是信号，因为放射线的亮度没有变化，无法携带任何信息。有一种假说是，HD 183658的居民已经向地球发射了一艘光帆，而激光发射器旨在加快它的速度。类似的技术早已被人们所使用——从21世纪开始，多个光帆就开始绕着太阳系飞行，所以这个假说看起来很有说服力。这一系列发现的时间更加能够证明这一假说。1958年，月球观测站显然将地球人已经进入太空的信息传达给了母星，并进行了自毁。108年后，HD 183658接收到了这一信息。经过几年的准备后，该星生命启动了助推放射器，派出探险队向地球出发。然后又过了108年，在2184年，地球上观测到了放射器的启动。这一切都完美地结合在一起。“阿奎拉人”——就以天鹰座的拉丁文名字来称呼这群外星人——了解我们，并且正在向我们靠近。只是他们的目的何在？

地球上的人们一直在惊慌地猜测，并试图与阿奎拉人建立联系。就这样，半个世纪过去了，但他们毫无回应。看不见的阿奎拉舰队就在太空的某处，正在迅速接近地球；每驶过一个秒差距，他们的沉默所导致的恐惧就增加一分。

2232年，这一疑问终于有了定论。一台永久对准HD 183658的半智能轨道射电望远镜发现，该星球附近仿佛凭空出现了一个偏振同步辐射源。在其历史数据中，射电望远镜机器人公布了这个新物体的惊人参数：距离——57光年，磁场强度——约400高斯，接近速度——半光速。

直到现在，事情才变得完全清晰。首先，HD 183658的红外激光将星舰加快到半光速。星舰依靠惯性以这种速度飞行了一段时间，然后启动了磁场——为了制动。该磁场的工作原理就像降落伞，对迎面而来的星际离子流产生阻力，而磁场中离子的制动导致地球上可见的无线电辐射。

所以，外星人并不只是开着超大马力的星舰朝我们的方向飞来，他们还制动了。他们打算停留在太阳系。而最重要的是，他们依旧没有在任何波段发出任何类似信号的东西。

即使是那些最忠实的和平主义者——他们相信，高等智慧必然仁慈且热爱和平——也认为靠近地球的是一支入侵舰队。

那时，无法形容的混乱席卷着整个世界。面对完全不可预知的威胁和巨大的恐惧，人类所表现出的野蛮和疯狂是无法言说的。恐慌击溃了秩序。媒体上充斥着无数“外星文明接触者”[1]，每个人都试图将自己的独家外星传讯和地球自救秘诀披露给媒体。他们被数百万人追随，于是出现了影响巨大的全球教派。有些人向传统宗教寻求救赎，还有些人则诅咒无用的神灵，转为

① 指那些认为自己与外星文明接触过的人。

向邪神恶灵呼救。在宗教纷争和血腥暴乱中，国家制度崩溃了。

不过，幸运的是，人类还没有彻底丧失理智。许多人保持着清醒的头脑，他们清楚，阿奎拉的出现并非意味着世界末日。外星人技术是基于已知的物理定律，并没有什么无法解释的东西，也没有什么神奇之处。显然，阿奎拉人的飞船飞行速度、甚至发射信号的速度都不能超越光速。他们不过是使用了普通的电磁波和电磁场，尽管功率高得不可思议。他们既不是神，也不是恶魔。这意味着他们可以被战胜。

印度洋尼亚、美罗巴和太平洲三个大国政府放弃了争执，并紧急商定建立一支联合太空舰队。太空舰队的首领层几乎掌握着整个地球的独裁统治权。很快，太空舰队的战略家们提出了一个用以击退攻击的详细计划。

第一步是在月球、附近的行星和小行星上建立指挥所和工业基地。然后打造地球的主要武器——“萤火虫群”。它是位于水星轨道内的激光发射器巨云。每个单独的“萤火虫”的功率都不大，但是，通过同步运行，他们能够将光帆上的动能炮弹加快到惊人的速度。

不难计算出，外星舰队早在2170年就启动了磁场“降落伞”。与舰队之间的距离是通过观察确定的。按照从半光速减速到零速度的时间推算，舰队应该会在25世纪初到达太阳系。因此，留给我们准备防卫的时间约为二百年。

根据太空舰队的计划，原本应该在二百年内完成“萤火虫群”，并在25世纪初向侵略者的方向发射光帆炮弹。这些炮弹将会以百分之一光速撞击太阳系遥远边缘的阿奎拉舰队。撞击能量用以消灭敌人绰绰有余。

计划看起来很完美。但是不幸的到来证明，并非一切都在战略家们的预料之中。

2295年9月19日，太空舰队的首席天文学家向统帅奥马尔·扬森递交了一份简洁的报告。报告中提到，一小时前，来自阿奎拉舰队区域的热辐射流急剧增加。但发出辐射的不是舰队，而是别的某个东西。它比舰队离地球近得多，而且正以半光速在靠近地球。

这很容易解释。在开始减速之前，一些炮弹从阿奎拉星舰舰身上脱离（可能是从不需要的光帆改造而来的）。炮弹并没有减速，而是以原速度0.5C（半光速）继续前进，而这些炮弹与太阳系行星际气体的摩擦就产生了热辐射。从距离和速度来看，离炮弹撞击地球只剩下二十七个小时。

不需过多解释，炮弹以如此骇人听闻的速度轰击地球会带来什么样的后果显而易见。

扬森冷静而高效地做出了决策。约有一百艘载人航天飞机做好了发射准备，并携带人类最珍贵的东西——封存的人类卵细胞、为太空殖民地的封闭生态系统准备的人造细菌和其他生物材料进入了轨道。大批量转移人口是不可能的——航天飞船只能容纳几百人，只能转移最有价值的专业技术人员。大部分人口都躲在地下掩体中——23世纪初，各地就开始建造地下掩体。扬森本人仍留在地球上的中央指挥所。他一直在指挥疏散工作，直到无线电通信断开前的最后一刻。

世界时9月20日上午，第一枚炮弹击穿了珊瑚海上空的大气层。

轰击大约持续了一天。二百余枚炮弹飞入了地球的大气层，每一次撞击都释放出十枚“沙皇炸弹”[1]的能量。地球遭到了彻底的破坏，没有一块大陆、没有一片海洋幸免于攻击。

灰烬和蒸汽形成的密实乌云笼罩了地球，持续多日。渐渐地，乌云化作污雪和酸雨落下来，但带入平流层的细小尘埃却在那里停留了许多年。尘埃吸收着阳光，整片天空的朝霞和晚霞宛如紫色的火焰在银色的云层中燃烧着，在这个日渐寒冷的星球上空燃烧着，画面前所未有，震撼凄美。2296年的夏天没有到来，第二年也一样。一连五年，欧洲和北美的积雪都没有融化，南方国家则滴雨未下。

绝不是所有地下掩体都储备了供这么长时间使用的水和食物。不知道有多少人在炮弹和大火中死亡，但有更多的人在那可怕的五年寒冬里，在那闷热昏暗的地下掩体里，在饥饿、疾病以及争夺食物的血腥残杀中死去。冬天结束后，幸存者带着一袋袋的种子和肥料爬出地面时，他们看到的只有贫瘠而荒凉的大地。残存着土壤的岛屿极其稀少，连百分之一的人口都养不活。

地球文明就这样消亡了。但在太空里，我们还有希望。

在轨道空间站、月球基地和火星基地的几千名太空舰队成员，现在必须学会自力更生，他们已经没有了地球的支持。生存、繁衍、保留文明——这些任务似乎已经成为超出人类的能力；但

①冷战期间苏联制造的氢弹。

他们还得准备迎敌。

阿奎拉舰队还在靠近，并在继续减速，它的磁场降落伞在同步辐射下变得越发耀眼。距离敌人到达太阳系只剩下一个世纪。

谈判

公元2305年6月7日

下伏尔加河流域，地球

艾尔达尔·古塞诺夫披着一件绑着武装带的落满灰尘的外套，坐在一辆全地形车的鞍座上。防火面具和圆形深色护目镜把他的脸遮住了。面具下伸出长长的黑胡子，乱蓬蓬的。在这位埃米尔[1]身后，他的五十个蒙面随从排成一排。他们的全地形车以太阳能为动力，配上超大的薄膜电池翅膀，看上去就像一条条盘卧栖息的龙。暴露在阳光下的漆黑旗帜在寒风中飘荡着、拍打着。战士们都在等待。

四周都是荒漠——很平坦，光秃秃的，地面的龟裂一览无余。左边远处耸立着巨大的烧焦的碳化陶瓷柱，那是巨宅兹纳缅斯克在遭受攻击后仅有的残存。荒漠后面向下是阿赫图巴。那曾是绿意盎然的伏尔加河漫滩，现在却是一片巨大的泥沼，一路延伸到里海，被暗黄色的蜿蜒支流切割得支离破碎。直到去年春天，它那毫无生气的表面才第一次长出一层薄薄的淡铜锈

① 原指东方伊斯兰教国家的军事首领，有“统治者”之意。

色的单细胞藻类。

前方地面上冒出一个矮小的混凝土圆顶，那是地下掩体的入口。

“站住。请出示ID芯片。如有破坏行为，警卫即刻开枪”。钢门上挂着这样一块几乎被磨光的公示标语。门两侧的旋转机枪无声地确认了这一威胁。掩体后面，一大片荒漠被新的金属丝网栅栏围了起来。排水罐凌乱地躺在围栏区的各处，这些百吨重的球锥形容器，每一个上面都布满了与大气接触产生的褐色氧化皮。每段围栏上都挂着英俄双语标牌：“重建卡普斯丁亚尔航天器发射场。该工程由联合太空舰队地球事务所负责进行”。

周遭空无一人。掩体没有任何生命存在的痕迹。没有人理会埃米尔和他的手下。

艾尔达尔略有一丝紧张，他迅速掀开面具，将一支卷烟放进嘴里，然后挡住风，抽了起来。他有黝黑的皮肤、鹰钩鼻，脸庞格外的年轻稚嫩，出乎人的意料。他那长长的乱蓬蓬的胡子显得格格不入，仿佛被笨拙地粘在上面一样。

埃米尔没有回头看他的随从，他不想让战士们从他的脸上读到担忧。

太空舰队的那帮猪一样的家伙让他干等着，没有一个人出来迎接他——这是对他的不尊重，埃米尔不能容许任何人不尊重自己，否则他很快将不再是埃米尔。领袖独有的精准嗅觉使他意识到，如果再在门外多等一会儿，这种羞辱性的等待就会开始破坏他的权威。

“您是什么人？”掩体里的通信仪终于发出了响亮的声音。

虽然回应不是很礼貌，但这样也比完全沉默要好。艾尔达尔停顿片刻，吐出烟屁股，仔细地用靴子把它踩进土里。他不紧不慢地戴上了面具。接着，他转身向自己的随从挥了挥手：他不能有失尊严，亲自回应面前的陌生人。

肩膀宽阔、身材魁梧的旗手早有准备，他从车座上跳了下来。以一个早就演练好的帅气姿势从背后取出旗帜，插入土地，“啪”的一声把宽阔的旗帜朝一面展开。印有围成八角形的金色阿拉伯文字的绿色旗帜，在风中响亮地拍打着。

“伟大的埃米尔，伊德利斯坦总统！”标兵大吼，“伏尔加格勒、沃尔日斯克、克拉斯诺斯洛博茨克、萨尔帕和巴雷克列伊最高军民民事全权代表，古赛诺夫家族永远的胜利者艾尔达尔·哈吉·穆扎法尔沙赫·达尼亚尔-奥格雷向太空舰队统帅致意并进行外交访问！”

过了一段时间，通信仪才再次出声。

“埃米尔先生，”掩体守卫的语气明显变得恭敬起来，“您可以进去了。您的人需要在外面等候。”

埃米尔一脸凝重地转向助手。

“瓦吉夫，你来负责这里。”他命令道。“我会保持联系，”他拍了拍腰带上的对讲机，“每隔二十分钟联系一次。如果我少联系了一次——你知道该怎么做。”

“是，尊敬的埃米尔。”

艾尔达尔·古塞诺夫不慌不忙地从座位上下来，头也不回地迈着沉重又自信的步子走向掩体。

他的信心是虚张声势。他明白，其实他是把自己的生命交到了太空舰队的手中。机枪口高度警惕。里面的人随时都可能扣动扳机，那时无论是艾尔达尔还是他的战士，都无法做出任何反应。希望只有一个：那就是太空舰队和他们一样需要友谊。

艾尔达尔·古塞诺夫并不害怕战争。战争是他的生命。在为粮食而战的可怕日子里，他作为领袖，召集了一支强大的队伍，一齐占领并掠夺了前伏尔加格勒掩体，为他的家乡——伏尔加格勒6号掩体争取了粮食。然后，又与邻近的村镇和城镇——克拉斯诺斯洛博茨克“王国”、萨尔帕的阿奎拉狂热者教派发生了战争——这时战争已不再是为了争夺粮食，而是为了扩张土地。这位二十岁的军事领袖战胜了他们，现在，从戈洛德内岛到巴雷克列伊山区的整个伏尔加河谷都属于他。他拥有武装战士五百名，在种植园劳动的被俘奴隶数万名……而现在艾尔达尔确信，这还不是他的终点。

是的，他能做得更多，这毫无疑问，真主保佑！从食人魔手中夺取卡梅申掩体，沿着伏尔加河上溯到萨拉托夫废墟，然后一路向上征服萨马拉、喀山，征服所有这些由昔日水库海域形成的一望无际的黑乎乎的油腻淤泥平地……使整个伏尔加地区臣服于自己脚下，挑战莫斯科，成为新时代最伟大的统治者……只要和太空舰队谈判成功！说服他们满足自己的需求，请求他们成为他的盟友，从他们那里得到武器和车辆——然后整个世界就会臣服在他的脚下！

巨大的装甲门叶片在液压传动装置的呼啸声中开始敞开。

艾尔达尔走进了门厅的阴暗处。摘下面具，站了一会儿，以便眼睛能够适应黑暗。刷着阴沉的绿色墙漆的墙壁、钢材导框的旋转门、防弹玻璃后的岗哨——这一切都与所有其他掩体一样。

“埃米尔先生，欢迎！”一个身穿多口袋蓝色工作服的矮个尖鼻男人向他走来，并伸出手，“伦·斯托姆博士，工程总工。我需要行什么礼吗？”

艾尔达尔笑了笑。

“不必了。您好，斯托姆博士。”两位领袖站在门口，在众战士面前用力地握了握手。

“很抱歉没有马上出来迎接您。”斯托姆的声音里没有半分愧意，“我们的任务非常多，人手却不够，所以非常忙碌。我们为什么站在这里？跟我进去吧。”

艾尔达尔跟着斯托姆从门厅来到螺旋楼梯。他们往下走到生活层——脚下的金属台阶叮当作响，栅栏箱里的灯光有些昏暗。“我现在可以轻易地从背后射杀他。”艾尔达尔想。但我不会这样做。为什么要那样呢？

“不用再戴眼镜和口罩了，”斯托姆说道，“臭氧层已经恢复。据我所知，您就是本地的首领吧？”他直白地问道，“如果我问了一些愚蠢的问题，请见谅。我们对你们地球人的事了解不多。”

“我们也不太了解你们。”

斯托姆会意地点了点头。

“您想知道我们为什么来这里？我当然会告诉您。我们的计划是完全开放的。我们的任务是重建卡普-亚尔太空港。再投放三十个集装箱，就可以恢复混凝土生产，重建机场跑道。四个月后，我们就可以开始接收航天飞机，建立飞船制造厂。我们计划在两年后首次发射飞船……”

在斯托姆的热情唠叨声中，他们下了楼梯，来到地下二层，沿着走廊往前走。蜂窝状混凝土墙壁上散发出稀稀落落的灯光，有时还能看到在板子上涂鸦的标识语：“A1区”“A15区”。布满灰尘的电缆和管道在墙壁上弯弯曲曲地缠绕着。

“那你们做这些的目的是什么？”见斯托姆不再说话，艾尔达尔便问道，“你们想重回地球？还是想从地球上带走什么东西？”

“回来？”斯托姆看上去好像被这个建议吓坏了，“哦，不。当然是来地球上获取一些东西。”

“我可以问一下是什么吗？”

“为什么不可以呢？铀、钍。”他们拐入生活区——这里的墙壁被涂成了蓝色，还画了花作为装饰。“铯，铷，稀土，金……要知道，只有地球有这些精矿。至少有矿石或盐水。附近有一个埃尔顿湖，里面的锂含量比整个月球还多……总之，我们不会抢占你们的土地和食物。如果您之前感到担心的话，现在可以放轻松。我们不会干涉你们的事情，希望你们也一样。好了，我们到了。”

他们在一扇标有“A22–15室”的门前停了下来。斯托姆用左手手腕在电子锁上滑动，打开了它。

门后是一个长三米、宽两米的典型的居住间。房间里勉强有点儿亮光。一张双层床、一张折叠桌、一张由于昏暗而难以辨认的女人带着孩子的照片，还有通风管格栅上的装饰玻璃板，这些东西使得这个藏身之处看起来略微有了一点点家的温馨。斯托姆把桌子从墙边挪开，并示意艾尔达尔坐在床上，然后他自己把手伸进了嵌入式冰箱。

“所以没有人干涉你们做任何事情吗？”艾尔达尔问道，“我们自成一派，您这也是自成一派？”

“某种程度上来说，是这样的。”斯托姆把一袋酒、几个塑料杯和一盒罐头放在桌子上，“忘了问您，您喝酒吗？”

“和您这样的良人在一起，为什么不喝呢？”艾尔达尔巧言，“我不是一个狂热信徒，您满上吧。不过有些可惜。”

“可惜什么？”

“铀并不能填饱肚子，您需要食物。”艾尔达尔疑惑地看着斯托姆刚开封的罐头里粉红色的果冻。罐头标签上写着“金枪鱼味食用螺旋藻”。“正常的食物，并不是这种东西。面包、蔬菜，我们都能生产。我们也在制造生物燃料……”

“是吗？”斯托姆的眉毛惊讶地扬了起来，“难道土壤没有坏死？”

“其他地方都坏死了，除了伊德利斯坦之外，”艾尔达尔得意地笑了，“伏尔加河上的水库已经干涸，底部已经裸露出来，那里有最肥沃的淤泥。如果我们把水好好地排走，不要让土地变成沼泽，一年就能有两茬收成。蔬菜会像野草一样肆意生长，到时候分都分不完。”

“这很有意思，”斯托姆并没有特别感兴趣，“但我们自己也做食物。”他叉起一些螺旋藻，放进嘴里，“完全可以食用。如果有一天，我们的子孙想要这些自然界的奢侈品了，他们会向您购买，但现在……您还能提供什么呢？”

“劳力。”艾尔达尔不喜欢这个话题的转折，但他丝毫没有表现出来，“人力很充足。掩体里有成千上万的闲人无所事事。也许您还需要一些警卫。这个也可以协商。”

“警卫？”斯托姆皱了皱眉头。

“地球上很多人都不喜欢你们。‘他们倒是跑到太空里了，躲过灾难了’，地球人都是这么说你们的。‘我们在这饿死、病死，他们却在我们头上飞来飞去——只知道偷着乐……’有很多人愤怒、嫉妒，斯托姆博士。外面很危险。”

“我们不需要非技术性劳力，”工程总工冷静地说，“警卫一职也暂无空缺。”他举起酒杯，“不过还是谢谢您的建议。让我们为胜利干杯，埃米尔先生！”

“好，为胜利干杯，”艾尔达尔一口气干了，“您说得很好。为我们和你们的胜利干杯，你们以为我们地球上的人不想消灭阿奎拉吗？在他们对我们做出这一切之后？我们也想尽自己的一份力。你们人手少——您自己也说了，而任务很艰巨。为什么你们宝贵的专家们要放弃更重要的事，被迫去生产食物呢？”艾尔达尔厌恶地将叉子戳进螺旋藻果冻里，“把简单的工作交给我们，真主保佑，不需要两年，你们就能建成太空港。”

“那您个人想从我们这里得到什么呢？”工程总工的声音里仿佛第一次有了严厉的意味。

“我希望我们交好，斯托姆博士。”艾尔达尔笑容灿烂地举起杯，“仅此而已。不为我们的友谊干一杯吗？”

“直接说吧，埃米尔先生。需要什么作为友谊的表示？”

艾尔达尔缓了缓，整理了一下思绪。他们似乎在谈生意，这很好。

“我希望，”他开始说道，斟酌着每一个字，“太空舰队承认我是伊德利斯坦唯一合法统治者，不与我的敌对势力有任何往来。”

“据我所知，”斯托姆小心翼翼地说，“这个国家的合法政府在莫斯科。”

“在莫斯科的一片废墟上，躲在某个掩体里。地球受到攻击后，再也没有听到关于他们的消息。再说，莫斯科离得很远，而我离得近。押我，你不会输的。”

“就这些？”

“这会是我们双方达成友谊的标志，然后我们再就具体交易进行协商。我们需要通信设备、发动机、机械，任何一种机械都行。化学品、药品、武器……”

“只有武器不行。”斯托姆坚定地说，“武器免谈，至于其他的……我得跟我的上级协商。但我想他们不会反对。我认为您的要求很合理。”

艾尔达尔非常克制地笑了笑，尽量不表现出自己有多么的如释重负。

“您说得很对，斯托姆博士。”

“至于我们的需求：食物和燃料，这些很好，但不是最主要的。基因——这才是我们需要的。”斯托姆急切又激动地说道，“基因。您明白吗？我们太空人很少，实在太少了。为了避免退化，我们需要地球人的基因，尽可能多样的基因……”

“女人？”

“哦，不，不是，只是细胞样本。甚至指甲、头发也行……但这不急。当我们把航天飞机发射入轨道，我们就可以开始了……还有最后一件事，”斯托姆喝完了自己杯里的酒，“我们不需要劳力。我们需要脑力劳动者。可以给我们推荐聪明的、有才干的、受过教育的人，最好是青少年。如果推荐的人合适，我们会给出重酬。”

艾尔达尔友好地拍了拍他的肩膀。

“没问题，斯托姆博士。在伊德利斯坦，聪明有才华的人对我们没什么用处。就这么说定了。干杯！”

战役

2418年5月24日

莱安诺小行星

这颗以古代凯尔特女神命名的小行星，曾是一颗熄灭的彗星的内核。它外表看起来像一块完整的岩石，但内部却是硅酸盐粉尘、沙子和碎石组成的混合物，被冻结在含有笼状碳氢化合物的氨水冰中。其整个表面陨石坑密布，且覆有一层干燥的浮土。在火星轨道和地球轨道之间运行的千万个直径千米的小行星中，莱安诺平平无奇。为什么太空舰队恰恰选择它作为殖民地基地呢？这纯属巧合。2280年，莱安诺将靠近另一颗未命名小行星，两者距离只有400千米——这是一个让它们结为双小行星的绝佳机会。

当时，将小行星转化为可居住殖民地的技术已经被研究出来。筹备行动历时约二十年。首先，机器人在精心挑选的点位上用钻头将竖井打进冰层。然后，往冰层发送了成群带有放射性热源的微型机器人——又称发酵机器人、“酵母”。它们加热冰层，从笼状化合物中释放出冻结的气体，气泡膨胀使冰层裂开，一道道裂缝形成网络向小行星深处蔓延。发酵机器人沿着这些裂缝不断向莱安诺深处爬行，留下新的气泡链。“酵母”释放出的催化剂将二氧化硅和碳氢化合物凝结成黏稠的、缓慢凝固的硅酮膏——这样就使得气泡壁固定、固化。渐渐地，莱安诺的内部就变成了一个多孔的气泡迷宫，其结构类似于面包屑。

而当发酵机器人向中央进发的时候，在已经凝固的气泡中，人造细菌努力将气体混合物转化成适合呼吸的空气。排放物——氢气和炭黑也没有被浪费掉。氢用来做燃料，碳用来做超强纳米管纤维。然后裁缝机器人将它们提取到表面并缝合成一条巨大的绳索传动装置——这是使莱安诺快速旋转并使其内部产生重力所必需的。

这个在莱安诺表面绕了几百圈的绳索传动装置，正在等待着宝贵的2280年的到来。当第二颗小行星（简单将其命名为P2[①]）快要靠近莱安诺时，一个重量级火箭助推机器人将绳索的自由端拽到它身上，与它牢牢地绑定在一起，并潜入到冰层深处。P2继续在轨道上运行，仿佛什么都没有发生过一样——直到绳索拉伸到极限。一股巨浪般的张力传遍了这条绳索和两颗

① 俄文“Рианнон2”的缩写，意为“莱安诺2号”。

小行星。在张力达到高峰的那一刻，这两座不坚固的山峰看起来似乎无法承受——它们会自己崩塌，或者撕裂绳索。但一切都经过了精确计算。随着一阵人耳听不到的碎裂声和摩擦声，莱安诺整个球体都沉了下去，变成了洋葱状。浮土从它的表面飞出，形成一个巨大的扇面，露出事先被弹力网固定在一起的基岩块。绑定成功了。莱安诺和P2围绕着一个共同的质心旋转，就像一个巨大的流星锤，旋转一周大约需要半个小时。

这样，莱安诺就获得了地球五分之一的离心引力——这完全适合生存。接下来只需要清理气泡孔和在内部铺设通信设备——殖民厅的首领可以凭良心向太空舰队统帅报告："工作已经按时完成。这颗小行星已经可以定居了。"

此后又过去了将近一个半世纪。

莱安诺殖民地，一个拥有上万居民的洞穴迷宫——人类蚁巢，已经成为太阳系最大的人类工厂。

很久以前，就在第一批太空殖民地建成之后，一个令人悲伤的事实暴露了出来。月球、火星和小行星的引力太弱，这导致没有健康的孩子出生。事实证明，地球引力对胎儿的正常发育至关重要。太空舰队别无选择，只能在人工子宫里进行人类基因复制。在那个可控的环境里可以削弱低重力的有害影响。

这项技术早在地球遭遇攻击之前就已经被研发出来，但当时只在动物身上进行过实验。灾难过后，绝望的处境使人们不得不抛弃旧式的人道主义，开始冒着风险用人类胚胎进行实验。很快，造人工程就发展成了流水线，后来还成功培育出新人种，他们能在低重力甚至零重力的环境下自我繁殖。但即便如此，人造子宫也一直在运行。要想最快实现太空殖民化，就需要很多人——这个数值比自然出生的人数要多得多。太空舰队坚信自己的政策——“复制一切可以复制的东西”，他们在太阳系的不同位置分别创造了数个人类工厂，殖民地莱安诺就是其中之一。

“距第一波炮弹抵达还有两分钟……”

宽敞的腔室呈现出不规则的圆形，被淹没在半黑暗之中。只有屏幕下方的数字——目标距离、速度、指向精度和屏幕本身，也就是安装在炮弹上的摄像头的视角，闪着亮光。

聂莉娅·魏博士在莱安诺人群中看着屏幕。和大家一样，她也屏住呼吸，生怕漏掉任何细节。

聂莉娅·魏不久前从火星来莱安诺签订一项关于繁殖几百人类的重要合同：火星目前还没有自己的人类工厂。聂莉娅是第四代殖民者，身材高挑、体态优美、皮肤苍白，还有着一双大眼睛——这是火星居民和小行星居民典型的外貌特征。和周围其他人一样，她也一丝不挂。殖民者早就没有了穿衣服的必要，而高阶人士的身体通过基因和胚胎矫正，已经完全没有了生理上的缺陷，对他们而言，穿衣服甚至有失体面。聂莉娅毛发稀少的头部戴着天线冠状银箍，植入额头皮下的处理器通过冠状银箍进行无线充电，并与信息网络保持联系。

聂莉娅完全可以独自一人在她的个人腔室中观看广播，不需要任何屏幕——植入处理器会将信号直接传递到她大脑的视觉皮层。但她是一名官员，外交礼仪要求她必须出席观看公开广播。

毕竟，决定全人类命运的时刻到来了。成立太空舰队、建立火星和莱安诺殖民地就是为了这一刻。聂莉娅·魏以及她认识的所有人都为此而生。

与阿奎拉一战。

“距第一波炮弹抵达还有一分钟……”

炮弹瞄准阿奎拉舰队，飞速穿过距离太阳十一光时的柯伊伯带。当然，在这样的距离上不能实施任何操控措施，炮弹必须自己找到目标。而现在，拥挤在大厅里的人们只能观看实际上是在十一个小时前发生的战斗。也可能根本就没有发生。谁也不知道被萤火虫群加速到每秒一千二百千米的炮弹是否真的击中了目标。

而屏幕上，阿奎拉舰队依旧得意地发出可怕的闪光。

四艘星舰本身极小，也不可视——但每艘星舰都向前喷着比太阳更亮更热的等离子体光束。星舰此时已经减速很多，磁力降落伞不再发挥作用——在制动的最后阶段，它们启动了喷气发动机。

几十万米长的巨型电伏等离子体呈花朵状，势不可挡地在磁场中慢吞吞地膨胀着，形成了弧形的凸起和扭绞在一起的丝状触须。飞船发动机已经在一个多世纪里不断吸入星际气体，将其加热到太阳核心的温度，再将其喷出，到目前为止，其能量源仍不清楚。是反物质，微黑洞，还是什么更奇异的东西？不管是什么，地球做梦也想不到会有这样的力量存在。人类怎么敢挑战这样强大的对手？难道真的有胜算吗？

“距第一波炮弹抵达还有三十秒……”

聂莉娅一边注视着屏幕，一边将一杯瓜拉纳[1]饮料送到唇边喝了一口。这是个下意识的动作，她几乎没有感觉到饮料已经变凉。她的全部心思都在柯伊伯带。

喷射的等离子体飓风看起来气势逼人，但这是敌人的弱点——它会遮住视野。阿奎拉星舰用自己的喷气为人类的炮弹制造了烟幕。而现在，他们正在按照地球人早已计算和预测好的路线盲目地飞行：直接飞向自己的末日。

“距第一波炮弹抵达还有十五秒……”

聂莉娅放下空杯子，紧张地握紧手指。

炮弹本身几乎难以看清，只能通过侧面的摄像头看到。无限透明、宽达千米的超薄高分子膜片，似乎在星空中一动不动地悬挂着。离目标最近的炮弹与敌人的距离和月亮与地球的距离一样远，但即使在这个距离上，喷射出的光束产生的热辐射也会使它们快速蒸发。不过，这并不可怕。蒸发的只是光帆的薄膜，这些薄膜在加速阶段是需要的，但现在变成了压舱货。每个炮弹的核心——带有小型修正引擎的钨坯——仍然完好无损。敌舰迎面飞来的速度极快，使得撞击产生的能量足以让他们灰飞烟灭。问题是要把炮弹送达目标处。

炮弹群组成一长串数十亿米长的波浪袭来。第一波几乎不可避免地会落空，但它必须将修正后的标靶坐标传送给下一波，下一波才有时间修正航线。

① 又名巴西香可可，一种雨林植物，常被制成饮料。

“距第一波炮弹抵达还有五秒……”

聂莉娅颤抖地抓着椅子的扶手。就是现在！现在就要开始了！

“第一波炮击已过去……”

喷出的等离子体树开始慢慢融化。

大厅里一片激动的喧哗声。阿奎拉人把引擎关掉了！他们发现了我们，他们看到第一波炮弹发射过去了！现在我们看不见他们的星舰了。难道他们就这么轻易地溜走了吗？不！屏幕上闪烁着微小的亮光：第二波炮弹启动了修正引擎。这意味着第一波炮击成功向对方传送了修正后的标靶坐标……这意味着第二波袭击胜算更大……

“距第二波炮弹抵达还有五秒……”

等待的五秒是那么的令人难以忍受……

爆炸了！

与刚刚在屏幕上喷涌而起的火焰风暴相比，这一短促闪光几乎显得暗淡，万吨级的对手，但是——击中了！

“‘红色’目标，命中。”解说电脑用冷淡的声音确认道。

聂莉娅难以自制，高兴地尖叫着跳了起来。击中了！成功了！越来越多的爆炸在屏幕上喷涌而起——第二个，第三个，第四个！那场面宛如一场烟花秀，平时严肃冷静的莱安诺领袖们像孩子一样跳来跳去，大喊大叫，他们跳着舞，互相亲吻着面颊。谁也顾不得再听解说员的话了（“‘白色’目标，击中；‘浅白色’目标，击中；‘黑色’目标，击中；所有目标均被击中。”）结果已经很明显：我们胜利了，世界得救了，我们完成了任务。灯火通明，传来软木塞弹开的声音，有人打开了一瓶酒，据化学家说，这和传说中的地球香槟绝对一模一样。

“毫无疑问，这一切都十分美好。”身后传来一个声音，“但您认为这一切都结束了吗？阿奎拉人可没这么傻。”

聂莉娅愤怒地回过头来，打量了一下那个毫无人情味、拒绝和大家一起庆祝的人。

是中央指挥部特使麦斯威尔·阳上校，一个身材矮小、皮肤黝黑的金星人。他迎上聂莉娅愤恨的目光，冷笑了一声。

聂莉娅咬着嘴唇。“总是这样煞风景！”她转回身来，压抑住内心强烈的憎恶——这是殖民地平民对太空人的普遍态度。现在不是憎恨的时候，毕竟，如果没有太空舰队就不会成功……“不过，以后谁也用不着你们了，亲爱的。”末了，聂莉娅脑海中闪现出这句话，“战争结束，就意味着，你们的好日子也要到头了。”她的笑容中闪过一丝幸灾乐祸，然后表情马上又恢复了正常。

课堂

月球，弗拉马里翁殖民地社会化纲要

授课对象：7–8岁

模块：地球被攻击后的历史

第三课：三月革命

课程类型：线性叙述

最后修订：2471年2月6日

专题正文：你好，[学生姓名]！上次我们给你讲述了柯伊伯战役，战役中太空舰队摧毁了阿奎拉舰队。现在我们来谈谈战后的情况。

视频：火星砖红色地表上空是轨道太空飞船制造厂。可以看到，太空飞船架构包裹在茧式建筑桁架防护喷涂层里。

有一条长长的、半暗的隧道。沿着隧道壁延伸出一排工作站，工人们光着膀子，弯着脊背，坐在遥控操作台上。

专题正文：阿奎拉已经被摧毁了，是时候进入和平时代了。太空舰队已经不再为人所需，但太空舰队的指挥官们不愿意放弃权力。他们继续利用阿奎拉舰队作为威胁，来恐吓人们，迫使他们继续为太空舰队工作，乖乖地为金星效力。

视频：豪华的房间里，餐桌上摆放着丰盛的午餐。太空舰队统帅阿多尼斯·沙斯特里——一个肥胖臃肿、脸色发红的男人——正贪婪地享用着美食，他用手指撕着肉块，大声咂着嘴。

沙斯特里（用很重的鼻音暴躁地说）：我想造一艘新的太空飞船，一艘整个舰队中速度最快、威力最大的飞船。它将是我的私人飞艇（他咀嚼着，嘴巴里塞满食物），有游泳池、音乐厅和豪华的刑讯室（他贪婪地舔着手指）。

尤利乌斯·奥克洛——沙斯特里的顾问：那会不会太过分了，统帅？日夜不停地给您造更多的新船，殖民军已经是筋疲力尽。是不是该停下来了？

沙斯特里：用不着你来警告我，蠢货！（尖叫道）我想要，想要，想要那艘船！我想飞去木星！殖民地……谈什么殖民地？用阿奎拉来吓唬吓唬他们，他们就会变乖了。

奥克洛：阿奎拉舰队早已被打败了，统帅。他们已经从我们的视线里消失五年了，人们不会相信我们的。

沙斯特里（挥手表示不耐烦）：这帮乌合之众之前一直相信我们的谎话，他们现在也会相信的。（他发出魔鬼般的笑声）噢哈哈哈哈哈！

正文：于是，各殖民地接到命令：拨出人员、机器和一切必要的资源，建造一艘巨大的星际飞船，即“众神之死号”。

视频：在弗拉马里翁殖民地首席行政长官简陋的办公室里，办公位置上坐着上任首席行政长官蒂姆·诺维茨基。他看起来病恹恹的，受尽折磨，相貌十分可怜。初级助手阿斯塔尔·达尔顿正站在他身边——达尔顿高大威武，倒更像一个领导者。

诺维茨基：我的天啊！贪得无厌的太空舰队还正在造着另一艘飞船呢！这一切简直难以置信。我曾试着解释说，我们不能这样做，殖民地的工作量已经到极限了，但……（用手捂住脸）

达尔顿（严肃地说）：但为什么沙斯特里要造这艘飞船呢？

诺维茨基(苦笑着说):据说是为了考察木星系统,他们要去那里寻找阿奎拉。还是老一套烦人的胡说八道!(抽泣)阿斯塔尔,我不知道要怎么办,我该怎么告诉大家供应额又要下调百分之十呢?还有即将推行更严苛的加班制度,假期又被推迟?我该怎么面对人民呢?

达尔顿("咚"地一声用拳头捶向桌子):够了!受够了!是时候结束这种奴隶制了。给我连接火星!

西尔万娜殖民地首席行政长官聂莉娅·魏出现在空中。

魏:您好,达尔顿博士。您收到沙斯特里的新命令了吗?

达尔顿:您好,魏博士。是的,我们收到了,不过我们拒绝执行新命令。我们不愿再受制于金星了!

魏(举起双手鼓掌):我真不敢相信!诺维茨基博士,真的吗?你们要反抗太空舰队了?

诺维茨基(站起来,挺直身子,眼神变得年轻起来):是的!是的!我们最终决定了!

达尔顿:您要和我们一起吗,聂莉娅?

魏(兴高采烈):哦,当然了,我的朋友!

正文:就这样,两大主要殖民地——弗拉马里翁殖民地和西尔万娜殖民地就此团结起来,开始反抗太空舰队的暴政。这事发生在2423年3月10日——当时你还没出生呢,[学生姓名]。继他们之后,太空和地球上的其他殖民地也宣布独立。于是,太阳系人民自此开始为自由而战。

视频：出现太空战役的画面。舰船在漆黑的太空中航行，天线和回转炮塔瞄准它们。火箭从发射井中飞出，分解成细长的导弹群。无声的爆炸释放出耀眼的光芒，飞船炸开，化作红热的碎片，四处飞散。

正文：大部分殖民地都支持革命。经过几次战斗，叛乱军开始占据上风。

视频：阿多尼斯·沙斯特里脸涨得通红，五官扭曲成一团，用拳头疯狂捶打着桌子，盘子都飞到了地上。

沙斯特里（失声地叫喊）：不！不！不！那些该死的叛军、无赖、叛徒永远也别想看到我失败。我要把他们全部消灭，一个不剩！我要把他们碾平，让他们粉身碎骨！出动萤火虫群！这便是我的下一步行动！我命令，把整个萤火虫群都发射到弗拉马里翁！

奥克洛（震惊）：但统帅，您不能这么做！萤火虫群是对付阿奎拉的武器。您不能把它对准人类，对准那些您立誓要保护的人！您不能背叛誓言呀！

沙斯特里：什么？（从座位上腾地站起来）这是什么，叛变吗，奥克洛？（对着空气大喊）逮捕他！射杀叛徒！

奥克洛（抽动着脸颊）：是的，统帅。（他掏出枪，射杀了沙

斯特里）

正文：就这样，阿多尼斯·沙斯特里，现已自由的前殖民地的劲敌死了。不久，新任统帅奥克洛缔结和约，承认了火星和月球的独立。

视频：诺维茨基、达尔顿和魏手握着手站在一起，看着镜头，他们的脸上写满了勇敢和疲惫，却也安详明朗。

诺维茨基：我们已经尽到了自己的责任。

魏：我们胜利了。

达尔顿：现在，我们是一个自由的民族。

奏起弗拉马里翁殖民地国歌。

黑棋国王

2473年4月11日

拉普达，埃里克斯，金星

全景窗外的天空是火红色的。天底是雾气腾腾的血红色，天顶则是金色——金色的光芒刺穿了透明猩红的羽状纤维云层。窗户不是真的——没有哪种玻璃能够经得起一个半世纪的硫酸烟雾侵蚀。人眼从里面只能看到一团刺眼的乳白色雾气，看不到细节，也看不到更深处。这扇“窗户”其实是一张屏幕，占据了办公室的一整面墙，它以紫外线形式显示外部世界，而非以可见光形式。

埃里克斯殖民地首席行政长官、太空舰队统帅麦斯威尔·阳面朝房间，站在屏幕旁。他个子不高，微微驼背，头发灰白，身着旧时武术大师穿的那种样式简化的黑色和服。那件衣服其实是一种拟形，仅仅是虚拟的幻觉。它朴素的外表极具欺骗性，通过数据计算，逼真地呈现出柔软、松散的褶皱，只有最昂贵的植入物才拥有这种级别的处理能力。

“继续吧。”阳先生用沙哑柔和的声音说道，并没有转头看一眼报告者。

埃纳尔·格林博士是一个约莫四十岁的年轻人，他明显正因为自己报告的重要性而感到兴奋，几乎是笔直地站在办公室中间。他的拟形很正式，也很简单——他的头上环绕着一个白环，上面流动着一行字，展示有他的职位（首席天文学家）、领地（格林）和目前的状态（在职）。格林继续紧张地说道：

“所以，统计证实，2471年和2472年雪线[①]后面的彗星活动异常增加。在脱罗央群[②]和半人马小行星带观察到许多耀斑、生命周期短的彗星和彗尾。这些事件既与天体接近太阳的程度无关，也与太阳活动无关。”

“您的的解释是？”

格林深吸了一口气。

“我们观测到了工业活动的迹象。是外星人活动，因为在离

① 距离太阳大约2.7天文单位，位于火星和木星之间。在太阳系雪线之内为固态行星，之外是气态行星。

② 绕太阳运行的周期与木星相同的小行星群。

太阳这样距离的位置上并没有人类基地。他们正在建造一些东西，可能是复制工厂。工程排出的热量使得冰层蒸发，蒸汽形成了我们看到的彗星形状。”

阳缓缓转过身来，他的双手藏在虚幻的和服袖子里，灰白的眉毛下，黄褐色的眼睛微微眯着，目不转睛地盯着格林。

“所以，是他们出现了吗？”

“是的，统帅。”天文学家异常坚定地回答，“事实上，他们从未离开。只是整整六十年来，我们一直看不到他们的身影。如果他们使用复制技术，那么其人数的增长将是指数级的，只是现在能量释放过多，这暴露了他们的位置。”

“他们的人数还在继续增长吗？”

“没有明显增长，但统计数据不太可靠。我们甚至可以识别出下降的趋势，但这个趋势的可信性也很低。”

“这意味着复制者的繁殖已经停止了，对吗？”

“再说一遍，这只是一个假设，而且……”

“繁殖已经停止。”阳先生打断了他的话，“这就意味着，人员集结已经完成。现在他们复制的不是自己，而是别的东西。武器，战斗机器人，或登陆舰。入侵的准备工作已经到了最后阶段。格林博士，其他殖民地知道这个情况吗？”

“天文学界当然都知道，大家正在讨论这个问题。但是……其他殖民地的天文学家普遍认为，这种彗星活动是自然的，短期内的增加不过是一种随机波动。”

“他们还能有什么别的想法！”阳的嘴唇一弯，露出一个阴冷的笑容，“半个世纪以来，他们的领导人达尔顿和魏都在向太阳系人保证，以后不会有外星人了，没有什么好怕的了，还声称最主要的威胁将是金星复兴派……谢谢您的工作，格林博士。写一份可以论证您假设的报告，我将召开一次政府间会议。请记住，大家会对此事充满怀疑的。”

“我明白，统帅。”

“最主要的问题在于：他们是如何在柯伊伯之战中幸存下来的？您准备好回答了吗？”

“显然，就在撞击之前，他们抛弃了主引擎。我们的炮弹对准的正是它们，炸毁的只是主引擎而已。”

“没有引擎，那些飞船后来是怎么制动的呢？”

格林无奈地摊了摊手。

“我们只能靠猜测。最有可能的是，他们通过爆炸时形成的等离子体云中的磁力缓冲进行了制动，能够形成缓冲一定是由于木星附近的引力或大气。但这一切……”

“这一切只是猜测。我明白了，好吧，那就尽力去证实它们，写出您一生中最有说服力的报告，格林博士。清楚了吗？您可以走了。”

“是的，统帅。”格林转身去开门，但在中途僵住了，“对不起，但是……”

“怎么了？”

“统帅，您真的相信几份报告会改变火星和月球首长的想法吗？他们真会相信这个威胁的存在，并同意再次被统治吗？”

“是啊，太天真了——期望他们放弃自己的……独立权。”阳先生狠狠地吐出最后一个词，“但从前，在旧地球上，同样的情形便发生了，不是吗？印度洋尼亚、美罗巴和太平洲最后共同创建了太空舰队，对吧？如果他们不同意联合……”统帅的面孔紧绷起来，“那么，我已经准备好采取强制措施了。不管这些殖民地自己愿不愿意，我们都要联合他们——这也是为了拯救他们。这样，当外星人打回来时，迎接他们的将是团结起来的人类和重生的太空舰队。去吧，格林博士。”

麦斯威尔·阳转过身去，望着窗外火红的金星天空。

第一章　开棋

插曲：苍蝇

这是4月份记录到的第三个物体——一个平平无奇的十米高的硅酸盐块。在它与地球相撞前几个小时，反动能防御局的卫星望远镜在月球轨道内发现了它。反动能防御局计算网立即计算起其运动参数和轨道，得出的结论是，该流星体对我们不构成威胁。他们将其编号为2481 HN1，列入星表，并放心地将其从飞行任务栈中删除。

假若有正儿八经的专家看到了数据，他一定会注意到，这颗流星体轨道的远日点是在半人马小行星区，而且它过远日点的时间是十年前——正是那时，人们在半人马星区观测到了异常彗星活动。那些年，即使是最严谨固执的天文学家，也会认为是阿奎拉人要回击了……但天文物理专业观测台的计算机并没有能比对这些数据的程序，专家们也没有时间去跟踪每一块落到地球上的陨石。就这样，HN1成了漏网之鱼，蒙混过关。

在一天夜里，HN1以低角度进入大西洋上空的大气层，它被燃烧的空气包裹着，如同一团红热的火炬，身后拉出一束燃烧的碎片。在旧荷兰浅海上空七十千米处，它的最后一片外壳燃烧殆尽，露出了红热的流线型机身。

它的外形并没有什么“外星”特征，符合空气动力学的普遍规律：有着圆头机身、稳定器和三角翼。当滑翔机减速到亚音速时，它打开底部舱门，将第一个探测器丢到了欧洲地表，探测器外形有如一个插着匕首的鸡蛋。

扔出十几个探测器后，滑翔机向下俯冲，在萨马拉遗迹东边坠地自毁。短促的爆炸照亮了半沙漠带的夜色，而这一切，除了老鼠和避日虫，谁也没有注意到。

地球上第一架外星飞行器就这样结束了它的生命。但主要的任务，才刚刚开始。

滑翔机抛出的探测器将其匕首端插入地面。震动一消退，“鸡蛋”的保护壳就开始张开、散落。慢慢地，如同一朵绽放的花蕾，如娇嫩花瓣般的太阳能电池板和传感器毛茸茸的卷须舒展开来。当半沙漠上黎明破晓时，探测器已经准备就绪，开始工作。

第一只苍蝇被异样的刺鼻气味吸引，落在了毛茸茸的黑色卷须上。它被粘住了。这只小飞虫想要挣脱飞走，但为时已晚，只能徒劳地挣扎着。卷须不紧不慢地将它缠绕起来，用末端的微型嘴钻进它的上皮。苍蝇的身体碎片通过微细管进入探测器的深处——那是一个自动实验室。几个小时后，苍蝇就不复存在了，而设备内存里出现了一兆字节的数据。任务开始了。

莱安诺：抵达

莱安诺基地——飞船

2481/07/30 22:14:02

询问：噢玫瑰，你病了！在风暴呼号的黑夜里

飞船——莱安诺基地

2481/07/30 22:14:03

答复：那无形的飞虫，钻进你红色爱的秘密里[1]

莱安诺基地——飞船

2481/07/30 22:14:04

通知：您已进入莱安诺殖民地直径三十万千米的控制区域

警告：沿目前航线，即将进入直径五万千米的安全区域

2481/07/31 05:01:43

通知：未经许可进入安全区将被视为对莱安诺殖民地和普列洛马[2]的侵犯

询问：您的目的地是莱安诺殖民地吗？

飞船——莱安诺基地

2481/07/30 22:14:05

---

① 引自英国诗人威廉·布莱克诗歌《病玫瑰》，转译参考张德明译本。

② 见本书后附词汇表。

答复：是

莱安诺基地——飞船

2481/07/30 22:14:06

指令：请授权对轨道进行调整

询问：身份信息

询问：武器清单

询问：访问目的

飞船——莱安诺基地

2481/07/30 22:14:08

对“身份信息”询问的答复：

飞船名——恶魔苏丹阿撒托斯[1]

类型——星际直达载人飞船

所有者——联合太空舰队

登记基地——埃里克斯殖民地/金星

制造商——飞龙工业

序号——B3K

舰长——汤豪舍技师[NAV]瓦加斯

对“武器清单”询问的答复：

伽马激光炸弹“轻矛”

---

①美国作家洛夫克拉夫特创立的神话体系克苏鲁神话万神殿的最高神灵。他居住于宇宙之外的混沌王庭，是所有神明的源头。其称号是“恶魔苏丹”。

2台20毫瓦紫外线激光发射极“死神[①]”

4门86毫米双联超音速射炮

8枚“蹴鞠[②]”导弹

对“访问目的”询问的答复：

友好访问

代表团团长——扎拉·阳博士

莱安诺基地——飞船

2481/07/30 22:14:11

通知：身份已确认

通知：正在审批您的通行许可证

指令：请不要改变轨道

“劳埃德博士！紧急情况。”代蒙程序温和的男中音在格温妮德·劳埃德的脑中响起，“‘阿撒托斯号’已经进入黄区。”

作为莱安诺殖民地首席行政长官的劳埃德博士此时正在办公室中间的椅子上休息，她是“莱安诺生命服务”集团的执行董事，也是“莱安诺神经实验室”研究中心负责人，同时还是劳埃德领地的领袖。

和莱安诺所有的房间一样，这间办公室也是一个不规则的

① 原文为日语。

② 原文为Сферомахия，语源为spheromachia，意为古罗马时的一种足球游戏。斯坦尼斯瓦夫·莱姆在其2000年的一篇文章中引用了这一概念并进行发散，指军备竞赛在宇航时代的自然延续。

洞穴状腔室，室内只有黑白石板铺成的地板是平面的，多孔灰岩构筑的粗糙墙面与同样材质的圆顶天花板无缝衔接。内部装修极其简约，正是劳埃德的风格。除了一张黑色漆皮扶手椅以外，没有任何其他家具。墙壁上没有墙纸和装饰物，只有一个通风栅、一个火灾探测器和三个带观察摄像头的控制台（摄像头是红色的：因其属于私人空间，视频访问受限）。天花板中央，圆形的光导扩散顶灯发出暗淡的光。以地球标准来看，这个腔室算得上昏暗，但对于这位拥有一双对光极度敏感的眼睛的莱安诺女子来说，亮度刚刚好。

"'阿撒托斯号'已经进入黄区。"格温妮德·劳埃德用低沉的嗓音重复道。她语气冷漠，带着一丝淡淡的不悦，"所以呢，很重要吗？"

格温妮德正一个人在书房里，她已经关掉自己所有的拟形[1]，苍白的身体一丝不挂，既没有穿真实的衣服，也没有穿虚拟的衣服。她四十岁，身材苗条，胸脯高耸，手臂纤细，在一头乌黑发亮的头发的映衬下，一张尖脸轮廓鲜明，其上一双碧绿的眼睛冷冷地盯着前方。她的头上箍着一根银色的冠状天线，额头皮下隐约凸显出一块方形植入物——现在，代蒙程序正是在通过这块植入物与格温妮德的大脑进行交流。

"是的，这很重要。"代蒙确认道，"扎拉·阳在飞船上。您要与她连线吗？"

格温妮德皱起细眉。

"扎拉·阳？"

① 见词汇表。

是啊，这真是个大新闻。

需要迅速而又谨慎地作出反应的大新闻，而且还来得不是时候。

莱安诺的政治形势很复杂。

独立战争后，月球和火星脱离了太空舰队，但还有一些殖民地仍然忠于它，这些殖民地的联盟被称为“普列洛马”[1]。莱安诺殖民地加入了该联盟——虽然不是所有的莱安诺人都喜欢这个决议。

转眼间，近六十年过去了。莱安诺仍对普列洛马保持忠诚，但这份忠诚却并不可靠，且令人怀疑。独立派的势力很大，也很不安分。它一直搅浑水，不知疲倦。

一年前，又发生了一次分离主义者的叛乱。独立派短暂地夺取了权力，但普列洛马派的力量要更为强大，最终仍然一切照旧。忠于普列洛马的领地在金星登陆部队的支持下镇压了叛乱，随后进行了清洗和改组。外部安全部门和内部安全部门——简称外卫队和内卫队——都有金星人员加入，两个部门都由一向闷闷不乐、怨气冲天的金星人普拉萨德上校领导。为了让这看起来不是太过明目张胆的入侵行为，金星允许理事会选举格温妮德·劳埃德——最著名也是最受尊敬的莱安诺女性之一——担任殖民地的首席行政长官。

格温妮德虽然年纪轻轻，但当时已经是一位杰出的科学家。

① Pleroma（源自古希腊语，“充实，完满”之意），是诺斯替学说中的术语。此处语境中的意思是“世界高级力量的统一”。——作者注

她把自己的一生都奉献给了神经科学，并在这门学科上取得了很大的成就。然而，她并没有政治雄心。暴乱前的几年，普列洛马派曾费尽心力才勉强说服格温妮德成为他们派的首领，好借着她的威望来抬高本派地位。格温妮德本人也同意普列洛马派的想法，当时这一职位只需要她在理事会上发发言就好，因此她也不怎么反感。可是，当分离派发动叛乱并夺取政权时，情况就变得糟糕了。身为所谓的"埃里克斯势力代理人"，她甚至被强行逮捕。但分离派很快就被击溃，"势力代理人"们一夜之间又取得了政权，新的理事会选举格温妮德为首脑。

格温妮德一点儿也不想这样——她已经受够了政治。但金星人几乎用生命威胁来迫使她接受这个职位。一开始，格温妮德希望她这个职位只是名义上的，由普拉萨德来掌握实权，但这个提议没有被采纳。她必须真正管理殖民地，而事实证明，这项工作费力又不讨好。格温妮德放弃了她心爱的科学，把所有的时间都投入到管理殖民地的工作中。

除了那群侏人之外，有谁感谢过她吗？她经常这样问自己。恰恰相反！格温妮德越是竭尽全力为莱安诺争取利益，反对派——残存的以卡德沃隆·阿龙为首的分离派——就越是受欢迎。线人早就传来消息说，反对派会在即将到来的理事会上搞一些龌龊的事——大概是一次新暴动吧。但是反对派又算什么？即便在普列洛马派中，也有很多人对她心怀仇恨。一个叫米尔丁·莫尔的病态阴谋论者，曾在太阳系网络揭发她有"阴险的独裁计划"，并且，很多人都把他说的当真了。

而现在，一位来自金星的不速之客又找到了她的头上。

是啊，还是这样一位不速之客。

“给我‘阿撒托斯号’的报告。”格温妮德疲惫地命令道。

代蒙尽职尽责地将飞船的立体照片和一份简单的数据汇总传入她的视觉功能区。

“恶魔苏丹阿撒托斯号”，最强星际太空舰队“三巨头”之一。这艘飞船沿航线向前飞行，然后制动，磁力喷头喷出一道白色火焰，投射在用来保护飞船免受热辐射损害的圆盘状薄膜反射器上，非常刺眼。反射器后面延伸出一条百米长的、由粗大螺线缠起来的热核反应堆管道，上面连着回旋加速器、十字管辐射器和球体燃料桶。更远处，细长的中央干支上分出天线和战斗导弹发射桁架。在船头处，旋转着杠铃状的居住舱。从轨道判断，飞船距离接近殖民地还有八小时。

所有人都知道，“阿撒托斯号”飞船两个月前从金星发射时，载了一位去参加理事会的议员。但谁也没有想到，议员代表是扎拉·阳本人，这真是个意想不到的“惊喜”。

扎拉·阳是麦斯威尔·阳的女儿，后者是埃里克斯的全能统治者、普列洛马的领导者、剩余太空舰队的总司令。扎拉·阳是他备受信赖的助手，也是预期继承人。据格温妮德所知，她是个能干又充满活力的女孩，没有因为自己的影响力和名气被惯坏。

现在，格温妮德想起来，最近两个月来，扎拉已经完全从时事新闻中消失了（她不关注社会时事——但平时关于扎拉·阳的八卦实在是铺天盖地）。直到此刻，格温妮德才后知后觉地想到，她当时应该立刻警觉起来。“给我媒体对扎拉的报道。”她急忙命令达蒙,“六月到七月的。”某个小报醒目的采访标题闪现出来——《扎拉·阳:我只和普列洛马主义者睡觉》。引文的注脚是:“我只和普列洛马主义者睡觉。不,我是认真的。为太阳系统一作出的贡献越多,与我睡在一张床上的机会就越大……”她为什么要看这些乱七八糟的东西?格温妮德感到懊恼,她要求按照媒体排行榜对摘要进行分类,现在,上边终于出现了一些有意义的东西:“从今年五月开始学习飞船驾驶”“正在进行飞行练习”——只是没有说在哪艘船上。好了,现在知道是哪一艘了。

对格温妮德来说,扎拉既不是朋友,也不是敌人。她们没有在现实生活中见过面,只是偶尔在太阳系网络上交流。但是按照规矩,关于这次访问,扎拉应该提前通知莱安诺负责人格温妮德。不提前告知,打她个措手不及,只能说明一件事。

这次访问是针对她的。

金星不再信任她了。

“允许飞船停泊,发送视频联系请求。”格温妮德命令代蒙。然后,她用一个简短的意识指令将自己的影像召唤到通信窗口,开启正式拟形——头上环绕着白色的光环,露出自信的面容。

莱安诺基地——飞船

2481/07/30 22:21:25

通知:您可以进入安全区域

通知:您可以将飞船停放在距离莱安诺–P2质量中心五百千米处的自转平面上

指令:根据CSP协议建立宽频带通信

指令：请代表团团长接通视频联系

“阳博士接通视频联系，”代蒙报告，“延迟一秒。”

格温妮德眼前刚才显示着飞船图像的地方出现了两个窗口。左边的窗口还是空的，右边是格温妮德自己：拟形环下面是一张硬朗、刚毅、波澜不惊的脸。

“开始通信。”她开口说，“热烈欢迎您来到莱安诺，阳博士，真是意外之喜。我之前接到通知说，前来参会的是哈立德将军。是有什么变化吗？通信结束。”

左边的窗口波动了一下，扎拉·阳出现在画面中。她是位肤色黝黑的蓝发美女，有一双如猫般的金色杏眼，嘴角正微微弯起，露出充满优越感的微笑。显然，此刻她在努力使自己看起来像一个真正的太空舰队军官：天蓝色的头发被完美的分到两侧，黑色制服上的勋章闪闪发光。

“你好，劳埃德博士。”扎拉用和她父亲别无二致的讨好语气说道。她的声音带有艺术性的旋律，带着轻微的送音（格温妮德一直觉得这样的声音很做作）。“是的，爸爸决定让我代替哈立德参加理事会，好提高代表团的层次。这也是他对您的殖民地以及您个人关注的一个小小表示。”女孩说完，露出了一个狡猾的笑容，这让格温妮德打了个寒战。

“我受宠若惊。”格温妮德冷淡地说道，“但为什么要保密到最后一刻？”

扎拉的声音也冷了下来。

“因为我的拜访不仅仅是礼节性的。金星派‘阿撒托斯号’

出动并且浪费好几千克的氦-3燃料，不是只为了让我骄傲地坐在您的主席团后面。我身负极度重要和高度保密的任务，十分机密，哪怕只是提到它都算是违反规定。”

“我对您说的话很感兴趣。”

“还有呢！您就等着吧。最有意思的部分我们就不要在广播里说了。给我准备一套双人公寓，房间要安静些。”扎拉命令道，“现在就先告辞了。”她的窗口消失了。

“再见，阳博士。”格温妮德下意识地说。

她歇了一口气，擦了擦额头上的汗水。看来，他们不像是要让她下台？

插曲：在循环机上

小小的球形腔室里静谧而昏暗，只有通风设备发出微弱的沙沙声，还有控制显示器上的字符散发着柔和的光。按照“奈菲尔号”循环机的标准机上时间，现在已经是半夜了。

墙边，卫生员-技师塔姆[MED]彼得森睡着了，他将腰上的磁铁粘到磁力架上，固定住自己。

在失重状态下，他四肢放松地悬挂着，双腿蜷缩在腹部，呈胎儿状，小小的身躯被深色的皮质连体衣紧紧包裹着。他的手臂和肩膀上肌肉隆起，腿却很瘦，几乎没有肌肉：因为塔姆几乎不需要走路，也不需要站立。

塔姆是一个零重力者。他经过基因和胚胎改造，可以在失重状态下生活，小行星的无重力空洞对他来说属于自然环境。

但仅从外观上看，他与标准人类形态几乎没什么差异。只不过，如果把塔姆的紧身衣脱下来，就会发现，他身上几乎没有毛发：这是对其基因类型进行轻微修改的结果——这样做是为了让作为技师的他看起来没那么有攻击性。

塔姆是生物合成人。他在试管中受孕，在人工子宫里被培育，并通过模拟产道专门挤压出生。他这一系列生物合成人很是成功，塔姆克隆人至今仍在生产。这绝不是说他低人一等：大多数太空人都是这样出生的。

塔姆是一个中性人。外表上看他[①]更像一个男人，排泄物的排出器官是男性的——这样在失重状态下更方便；但其荷尔蒙背景则是女性——这更适合他的工作性质。

塔姆是一个“工作机器”。他热爱自己的工作——在医院的循环机上为病人服务。当他还在基因组设计阶段时，就接受了这项工作的培训。塔姆是MED公会成员，这个组织把他带到这个世界上，并且负责教育他；他也是“星工厂”公司的终身员工，这个集团为他支付所有费用。这一切并不会使他感到苦恼，相反，他以自己的职业为荣，对“星工厂”、对公会、对谷神星[②]忠心耿耿。

塔姆年龄不小了。他快七十岁了，人生已经过半。在他的服务记录里，大约有二十次循环机上飞行的经历，循环机是在谷

---

① 在20世纪的英语中，有一个专门的代词“se”，用于代指中性人和雌雄人。用俄语中不方便用“оно”（意思是“它”）——这样读者会认为这是非人类，而不是一个有正常思维和感情的普通人。所以我们要用阳性的形式“он”（意思是“他”）。——作者注

② 位于小行星带的一颗矮行星。

神星、火星、金星和地球的轨道之间沿椭圆轨迹飞行的小行星。再多受到五十毫西弗[1]的辐射，他就可以退休了。这辈子赚到的钱也足够去要个孩子了——孩子自然也会是生物合成人。这个小克隆人DNA的捐献者可以是塔姆本人，或是他的某个家庭伙伴（是的，塔姆有家庭）。或者，这孩子甚至可能不是克隆人，而是成为具有定制基因组的合成体。虽然那样贵了很多，但塔姆在“奈菲尔号”航行中会得到三倍工资，毕竟，这是次军事行动。而且这场战争可能会拖很久，再有三四次这样的飞行，他的存款就会翻倍。

这是一场什么样的战争？塔姆对此知之甚少。毕竟，他只是一个公会人，一个专业面很窄的人——是“技师”而不是“博士”。他很擅长自己的工作，也有一些爱好，但除此之外，他什么都不知道，也不想知道。

塔姆知道什么呢？

他知道，那个“奈菲尔号”飞船属于火星殖民地西尔万娜。

他知道，西尔万娜与月球殖民地弗拉马里翁一起，组成了“二重奏”联盟，那可是最强大的两个脱离金星的独立殖民地。

他知道，“奈菲尔号”现在正在前往小行星莱安诺的路上，并会在一个月后到达。为什么会去那儿呢？官方的说法是，这趟旅程是为了携带残废者前往那里，进行生物修复手术。而实际上——塔姆不应该知道，但就连傻瓜都明白：这是要把莱安诺从金星的统治中解放出来。难怪所谓的残废者们个个都看起来武装齐全，而他们的临时义肢也不是标准配置，是塔姆不知道的

① 辐射剂量的基本单位。

型号。

为什么要和金星人开战？众所周知，因为他们是贪得无厌的侵略者，也是人类的敌人，因为那个埃里克斯的疯狂统治者麦斯威尔・阳，至今仍不接受太空舰队暴政的倒台，梦想着再次征服已经独立的殖民地。

其余的事情对塔姆来说，就都像迷雾一般捉摸不透了。当然，如果塔姆愿意的话，他可以在网络上找到任何他想知道的信息。要想得到答案还需要一些时间，因为这里距离太阳系最近的服务器大约有五光分的路程，但在循环机的内部媒体库中看一眼倒是完全没问题，那也有很多定期更新的数据。

不过事实上，塔姆觉得这一切都与自己无关，他也完全不感兴趣。

他倏地睁开眼睛。屋里灯亮了，可以看到嫩黄色的墙壁上挂满了他的私人物品：奖杯、纪念品、塑料3D象形字（3D书法是他的爱好之一）。在灯下很明显可以看到，塔姆的皮肤苍白，光秃秃的头骨上箍着一个天线头饰……

他不是自然醒来的。一个信号叫醒了他——有重要的订阅消息传来。"太阳系网络，《谷神星时报》，文章推送。"代蒙通知他道。

塔姆下达了下载文章的意识指令，订阅消息出现在了他的面前。

扎拉・阳抵达莱安诺

这将对选举结果有何影响？

9月初，莱安诺殖民地理事会将举行首席行政长官选举。该选举没有正式的候选人名单——根据殖民地章程，任何理事会成员都可以在会议之初提名一名候选人。当下最新数据显示，最有希望的三位候选人胜算如下：

格温妮德·劳埃德——73%

卡德沃隆·阿龙——18%

其他人士——9%；

但当金星的“阿撒托斯号”飞船抵达莱安诺后，情况就发生了变化。原来，这艘船上载着的，是埃里克斯首席行政长官及太空舰队统帅麦斯威尔·阳的女儿扎拉·阳。这一消息一直保密，直到最后一刻。进行投注的人立即将金星忠臣劳埃德的投注额提高到86%，分离派阿龙的投注额则降低到了10%……

塔姆越往下读，笑容越灿烂。

卡德沃隆·阿龙的投注额已经降到了10%——这不是很好吗？毕竟，在他身上押注的人越少，坚持押注他的人赢的就越多。

如果一切顺利，“奈菲尔号”团队将会把金星人赶出莱安诺，让阿龙领导的反对派上台——这样，塔姆将获得十倍于他赌注的赢利。

那他大概能养得起两个孩子了！

“禁城”传说

“这里曾经是莫斯科，卡菲尔[①]的伟大城市。城里，邪恶与罪行横行肆虐，巨大的诱惑充斥其中，”每逢星期五，伊玛目[②]都会开始讲述，“许多抛弃信仰的人都渴望来到这里，只是为了沉沦其中。他们忘记了自己真正的信仰，走入歧途，嘲弄尊长，嫌恶贫弱。”伊玛目毛茸茸的鼻孔大张，一本正经地说，“可怕的罪恶在世上作祟！被触怒的神明用火矛击毁了世界，莫斯科和它所有的人民就这样灭亡了。”

“然后，歌革和玛各从天上飞过。”

谁是歌革，谁是玛各，赛义德可不知道。就连伊玛目自己也分不清楚。茶馆里的爷爷们喜欢就这个有趣的话题进行争论。大多数人都认为，那些看起来像人的是歌革族，而玛各是那些半人族：他们是人类与伊夫里特[③]人、各种巨人和其他一些畸形丑类杂交产生的后代。赛义德怀疑歌革族也和伊夫里特族纠缠不清：他们都是那么高大、肥壮，皮肤泛红，容光焕发，看起来个个如猎食猛兽一般；对于他们，比起羡慕，人们更加感到害怕。

他们真正的名字叫“太空人”，而且赛义德知道，他们所有人其实都是普通人的后代——也许最畸形的那些除外。只不

① 阿拉伯语音译，意为“不信教者”。

② 意为教长。

③ 在阿拉伯神话中有角、有爪、有驴蹄，有时甚至有七个头的复仇恶魔，有驭火之力。

过，他们在天罚降临前便溜到了太空，在那里坐等这可怕的惩罚结束。自那以来不知道已经过去了多少年，但直至今日，地球人——那些留在地球上温顺无畏地忍受了惩罚的后裔——仍然与太空人分开居住，他们几乎不与太空人为伍，甚至根本不太把后者当作人类。

太空人的殖民地新莫斯科离赛义德位于瑙鲁兹区[①]的家有相当一段距离。他经常和其他男孩子们爬上一座古老的水塔，通过不知是谁带来的电子望远镜，好奇的观察歌革与玛各的城市。整座城市都宛如坐落在花园里，里面有镜子般透明的房屋、游泳池和空中飞车。不过，更多时候，男孩子们盯着看的是那些女人。在荒地上的篝火旁，这群小鬼总喜欢吹嘘自己是如何和太空女孩鬼混的：一个人说自己在和两个女孩约会；另一个则声称自己有五个。一开始赛义德甚至以为，只有他一个人从头到尾在撒谎。

但现在，赛义德·米尔扎耶夫十二岁了，让他感兴趣的已经不仅是女孩。他还喜欢观察军事基地和太空港，看那些载着战机的平滑白色航空梭扶摇而上，发出雷鸣般的轰隆声，又在一束炽热的蒸汽中降落下来；还有那些身上挂满武器的巨人武装者和机器人到处乱窜，用来拖曳战机的巨型运输车和装满低温燃料的冷藏车来来往往，忙碌不休……

所有这些词——航空梭、战机、冷藏车——都是由他们这伙人里唯一的学生——在太空慈善学校上学的巴伊拉姆·霍贾耶

① 原文音译为“马哈拉”，是阿拉伯国家的城市区划，其居民在此区块实行自治。

夫郑重解释给大家的。霍贾耶夫家虽然颇受尊重，但不知为何太讨好太空人了。为此，巴伊拉姆经常被男生们打，但当他讲述歌革和玛各的生活的时候，大家都屏住呼吸，凝神听着。赛义德甚至怀疑，巴伊拉姆可能是他们中唯一一个没有完全撒谎的人。

赛义德的父母不允许他靠近学校的任何地方。他的父亲马利克·哈米德-奥格雷已过中年，留着黑黑的络腮胡，是一位茶馆老板。他认为，学习卡菲尔的科学本身就是一种罪过，对于一个未来的茶馆老板来说更是一件不必要的事情。一个男孩每周去两次小学，学习一下信仰理论、算术、俄语和英吉利语，就已经足够了。也不能说赛义德本人对知识有很强的渴望。天下没有免费的午餐，这一点他已经很清楚。所以说，太空人这么好心做慈善的背后一定隐藏着什么阴谋。

但不管怎么说，歌革和玛各的世界依然如磁石般吸引着他们。要想进入殖民地是不可能的。阻挡他们的不是栅栏——若是那样，赛义德一下子就翻过去了——而是离栅栏百米处挂着的神秘红色警告牌。“请勿靠近：前方危险”，警告牌图文并茂，一目了然。而事实也确实如此，如果有人踩过了神秘的界限，所有的皮肤都会像被开水烫过一样发热，可等人号叫着跑开后，一切感官又会恢复正常。所以，如果谁想找点儿太空人的东西，就要去南门边的荒地，在那里坐上半小时，等车开出来，然后趁着肺活量还够用，能追多远就追多远，还要同时扯着嗓子大喊：“博士，你好！钞票，纪念品！”每次情况都不一样，车上的人可能会扔一块巧克力，或者一些零碎小钱，再不然就是一个大宝贝：电子玩具。那时你要做的只有一件事：在大孩子们抢走它之前，抓住东西赶紧拔腿离开。

至于进到里面一看究竟，赛义德做梦也没想过。他所认识的人当中没有一个进去过。只有巴巴占·加利莫夫，拉巴特市最受尊敬的人，加利莫夫集市的主人，才有权利直接与太空人交易，只有他一个人可以每天去拜访他们。但他是一个大人物啊，坐的是镀金的车，拥有一支护卫队、一座带喷泉的宫殿、一座欠债者专用地牢，还用自己的钱办了一家公共浴场。难道赛义德真会觉得自己在哪一方面能够与加利莫夫大人相媲美吗？

不过，有一天，赛义德兜兜转转，也去了殖民地。

一切都始于那个星期四，希吉来纪元1917年的第二个月。事情发生在老莫斯科遗址。

这个卡菲尔人的古都庞大得离谱，简直宛如一整个国家，而不是一座城市。它始于瑙鲁兹区以南一千米处，在羊群牧场后面。老莫斯科虽然没有任何神秘栅栏的保护，但对于赛义德来说，它和新莫斯科一样，都是禁区。

这座城市里有镇尼[1]和幽灵萦绕（他父母在他小时候这样吓唬他），还游荡着蛮子、野狗和毒蛇（这是赛义德长大后自己说的）。但即使没有这些恐怖故事，他也不太向往老莫斯科。据到过那里的人讲，城里没什么有趣的东西。有关珍宝馆和兵器库[2]宝藏的传说至今仍然吸引着寻宝者，但是这么多年过去了，

① 阿拉伯语音译，意为“精灵”。

② 珍宝馆和兵器库均为现莫斯科克里姆林宫历史文化博物馆展区，分别藏有历史上与罗斯国家紧密相关的稀有自然金属、贵重金属和价值连城的宝石，以及沙皇国库和东正教牧首圣器室在几个世纪里保存下来的珍贵物品。

还是没有一个人成功找到任何东西……

如果不是被他最好的朋友哈菲兹·哈利科夫引诱，赛义德不大可能会去老莫斯科遗址。

在那个决定命运的星期四前夕，哈菲兹趁课间朝他走过来，神秘兮兮地把他拉到一边，向他展示了一个宝贝：一块晶莹剔透的、圆圆的石头，有樱桃那么大。

“我哥哥从老莫斯科带来的，他去那里打猎了。”哈菲兹骄傲地说，“那里有一整条河里都是这样的石头。我向他打听好了路径，明天跟我一起去吧！”

赛义德有些怀疑。

“为什么你哥哥没有捡一麻袋？那样就发财了。”

哈菲兹不屑地挥了挥手。

“他除了打猎什么都不懂。他觉得这就是玻璃。我们去吧！如果你不想去，我也能找到别人一起去。”他眯缝起眼睛看着赛义德，“还是说你害怕了？”

这个问题激到了赛义德。就这样，第二天早上，赛义德匆匆刷干净茶馆阳台的地板，请求父亲允许自己出去走走（父亲甚至没问要去哪里——他都不需要撒谎），然后便骑着自行车去了约好的地点——南门旁边的荒地。哈菲兹已经在自行车上等着了。他很有远见，拿了一瓶水和一张手画的地图。他们离开了拉巴特，前往旧德米特罗夫公路，然后向南骑行。

传说，当时神明的火矛烧化了公路的沥青，此后又经历了大雨和寒冬季，古道早已被毁得彻彻底底，变成了一片荒草稀疏的土堤，再也看不出原有的样子。不过，上面有一条新莫斯科考古学家驾驶的汽车轧出来的轨道，沿着这条轨道骑车比在土路上方便多了。很快，赛义德和哈菲兹就穿过了羊群牧场，来到了这座巨城的郊区。

这里有一些塔式房屋，建筑时间不太久远，高大而舒展，还没有完全倒塌。它们结实的碳纤维陶瓷材料建筑框架上长满了地衣，搭满了鸟巢，成群的鸟儿在破损的楼顶上盘旋着，叽叽喳喳地叫——但不管怎样，它们看起来仍然不过是房子。再往下走是一片更老的城区，几百年前，这里满是松松垮垮的混凝土制楼房，而现在只剩下了长满蒿草的山岗。哈菲兹不时地停下来核对一下地图。“向南8个街区……”他郑重其事地嘟囔着，好像是自言自语，但也要让赛义德听到，“向东3个街区……”终于，他们遇到了一条河流，它在旧街区侵蚀出了一条蜿蜒的冲沟。男孩们放慢速度，沿着干涸的浅谷骑行到河边，带起一团团白色的尘土。河水几乎已经完全枯竭，河床上的鹅卵石干得发白。

“瞧，”哈菲兹捡起平滑的鹅卵石，露出一丝克制的胜利之喜悦，“看到了吗？全都是那样的石头。”

确实如此。如果洗掉鹅卵石上的灰尘，它就会变得晶莹剔透。一条宝藏之河！赛义德蹲下身子，高兴地挑选着，把最大最漂亮的鹅卵石装进口袋里。但是很快，他仔细一看，感到了深深的失望。

“这是玻璃的，笨蛋。”他差点儿把手里那块东西戳到哈菲兹的鼻子里，“看到了吗？有裂纹，还有气泡。石头里会有这些东西吗？”他把它扔在地上，用脚“咯吱咯吱”地踩碎，“这里的房子都有玻璃窗，窗子碎了，然后流水把这些碎片磨圆了。呸！

我们回家吧。”

哈菲兹一把抓住他的手。

“待在原地别动。”

赛义德呆住了。

他也看到了那条狗。

一条黑斑黄狗，瘦瘦的，耷拉着耳朵，站在十步远处，正在朝他们龇牙。狗嘴巴上的胡须脏兮兮的，几乎要冻成几根冰柱。那是只野狗，草原上最可怕的野兽。赛义德从未如此近距离见过他们，但某种古老的本能告诉他，它的姿势意味着它随时准备攻击。这只野兽迎着他的目光，闷声咆哮，发出“呜呜”的声音。

“别跑。”哈菲兹低声说道，“我们悄悄地撤退。我哥哥说它们只会成群结队地攻击，而这一带所有的狗群都被猎杀了。它是单独一只，这里一定有它的巢穴和幼崽。”

他们慢慢地退回到来时的浅谷上，同时目光不离那只野兽。赛义德捡起一块大砾石，狗儿非但没有受到惊吓，反而更加大声地吼叫着，向他们的方向小跑过来。

“快离开这里！”哈菲兹急促地按响了自行车铃。赛义德向野狗扔了一块砾石，狗咆哮着弹了起来，但始终没有转身逃跑。“好了，我们走吧！我们已经把它吓住了，它现在不会再扑过来了。”

男孩们转身，骑着自行车冲上了浅沟。骑在前面的哈菲兹突然停了下来，赛义德差点儿撞到他。

“前面有什么？”

“一群野狗，”哈菲兹呼出一口气，“这些鬼东西……”

“一群？”

是的，在前面的浅谷出口处，有两条狗在等着他们。一灰一黑，都比那条黄母狗大。“为什么它们的颜色不一样，一群狗不应该是同种同类的吗？”赛义德心中闪过一个无用的想法。随着一声低沉的咆哮，黑灰两只野狗向前移动起来。慌乱中的赛义德四处张望，看到黄母狗从后面上来，切断了他们的逃跑路线。左右两边则耸立着陡峭的山坡。现在他们要死了，就为了一块玻璃。

两个男孩不约而同扔下自行车，爬上了右边的斜坡——这个斜坡没有左边那个那么陡峭。赛义德抓住荒地里的灌木丛和石头，艰难地爬了上去，干涸的土地让他把指甲都掰断了。这个坡度对狗来说太陡了，但如果在坡顶已经有一群狗等着了怎么办？最好不要去想这些。赛义德挣扎着爬到了坡顶，他抓住一丛灌木，把腿抬上来，借力向上奋力一跃——这时有一个东西刺痛了他的手掌。

赛义德大叫一声，那种被咬了一口的感觉仿佛刺激到了他，他翻滚到平地上。上天保佑，没有狗。赛义德喘着粗气，看着那个刺痛他的东西。

在坡顶上枯萎的艾蒿丛中傲然绽放着一朵黑色的花，从坡边缘伸出。花茎笔直，底部偏粗，叶冠平展，叶身黑亮，干净得诡异，就像有人曾经给它们清理过灰尘似的，还有一团轻盈的绒毛在风中摇曳。花周围几步内什么也没有长。一片光秃秃的地面上，散落着一些已经发白的干狗粪和一些小动物的骨头。赛义德从来没有见过这样的花。

“这是什么鬼东西？”他问哈菲兹。哈菲兹也已经成功地爬了起来，躺在地上，喘着粗气。

“我也是第一次见。”哈菲兹歇了一口气。他不再作出一副老莫斯科通的样子。赛义德的手痛得像被马蜂蜇了一样，就在他眼前发红发胀起来。手掌红肿部位中间，扎进去一根黑亮的刺——是花的刺。到底发生了什么？赛义德想用牙齿把刺叼出来，但刺断了，刺尖留在了里面。

“好了，我们下去拿自行车吧。”哈菲兹说，“现在没有狗了。你回家用针把它挑出来就好。”

的确，狗消失了，好像突然穿过地表，钻进了地下一样。为什么这群野狗丢弃了自己的猎物？没什么好想的，得赶快离开这里。两个人下去取上自行车，走到公路，骑着车回家了。对探险的所有渴望都消失了。赛义德虽然在手臂上涂抹了车前草，但肿胀并没有消退，而且火烧火燎的。

回到家后，红肿也没有消失。赛义德骗父母说是被黄蜂蜇了。

他试着用针把刺取出来，但他做不到——只是把伤口掏得直流血。

这该死的花原来是有毒的。下午赛义德开始发烧头疼，发红和瘙痒已经从肿胀处蔓延到了整个手臂。赛义德变得十分害怕——但还没有害怕到要向父母坦白一切。比起坦白，悄悄去一趟医院更简单一些，这家医院也是太空人对慈善事业的贡献之一。

他父亲刚好叫他去趟集市——真是一个离开家的好由头。

赛义德又骑上自行车，往集市的相反方向骑去——慈善医院在那边。

那时候，赛义德绝对想不到，自己会回不了家。

莱安诺：回忆

“扎拉。”

“怎么了，爸爸？”

“我跟你有话说。”

“快点儿说，爸爸。”

“你着急？”

“我要去慈善音乐会。去看第一部分节目我已经迟到了。如果我再晚点儿，第二部分也会赶不上，那样就太不像话了。来吧快点儿，你想说什么呢？”

“这场音乐会你得错过了，事情很严肃。坐下。”

“嗯？”

“我想交给你一个任务。”

“又去勾引某个可怜的火星外交官？”

“我说了，坐下。”

“哦，不是吧！是阿奎拉外交官吗？他有多少触角？……好吧，好吧，我坐下来了。好了，我准备好认真听了。”

“最好是这样。你三十六岁，不再是个孩子了，人生的四分之一已经过去了，不要再玩闹了。也是时候做一些阳家人该做的事情了，做一些对太空舰队真正重要的事情。”

“爸爸，这么说太伤感情了。你觉得我只是在玩乐吗？我不管到哪儿都忙着宣传我们的事业。”

“还有比在上流宴会搞宣传更重要的事情。你还不知道，但是‘二重奏’已经开始发动战争了。”

“什么？”

“弗拉马里翁已经派出两辆全副武装的循环机前往金星，分别是‘桑托罗号’和‘霍尔茨曼号’。火星也正将‘奈菲尔号’循环机送往小行星莱安诺。他们这是要开战。分离派喊了六十年口号，说要‘粉碎毒蛇’，现在他们终于下定决心采取行动了。这是场严肃的博弈，扎拉，它将需要我们所有人做最大的努力。”

“我应该做什么？”

“没有什么应该怎么做，我不会强迫你做任何事情。如果你害怕责任，只需要告诉我，就可以接着去听音乐会了。”

“你又在说这种伤感情的话了，爸爸。”

“对不起，我的孩子。只是……我从来没有怀疑过你的能力。”

“所以，我现在要做什么？”

“像以前一样。与人交流，说服人们。但这一次请记住，你的言语决定着一切，直接决定了一切。”

“说的有些含糊。一切——都是什么？”

“埃里克斯的未来，太空舰队的未来，太阳系的未来，人类的生与死。你准备好承担这样的重任了吗？”

“我准备好了，爸爸，准备好了。开门见山吧。”

“那就看看这个吧。”

"'衔尾蛇'?这是什么意思?"

"蠕虫,我的女孩。这是一只咬着自己尾巴的蠕虫。"

档案:委员会报告

2234年9月26日

仅供联合太空舰队总部领导阅读。

如有泄密痕迹,该信息即刻作废。

遥测站于2186年收到了"视差4号"探测器通信波段上的"灯塔信号"。信号稳定地重复着,并包含了移动点的天体测量坐标,该坐标系以五颗稳定的脉冲星为参照。

误差区域包括奥尔特星云中的矮行星塞德娜。已在电文中所示的频率上初步搜索塞德娜的信号,没有结果。然而,长期观测发现,信号模式指向了地球轨道以外的区域,只有在谷神星的远程通信站才能有把握接收到该信号。

与塞德娜方向信号的接触建立并持续至今。来自塞德娜方向的信息流十分巨大,但大部分信息对我们来说无法理解。原因在于,我们无法对不同协议的信号进行解码。如果不了解信息流的组织原则,就不可能将信息流转化为统一的协议。

经过协助,塞德娜上已经创建起了协议转化器。但是要保证其可执行性和功能的实现,就需要我们发送微内核级别规格的处理器,以及可执行的操作系统内核代码,并将代码安装好。之后接触者才会把适配器或类似设备的原理图发给我们,并开始传送信号。

这一要求没有被接受，因为这意味着我们将开放一部分信息网络，用于引进外星代码，这一举动对信息网络其他部分产生的影响是不可预知的。和我们进行对话的智能的数学和电子学水平的确高于我们，所以影响发生时，对适配器和包含运行代码的计算机进行隔离不会有任何意义。它们的代码将能够自行在我们的信息环境中找到漏洞，届时我方再介入也完全于事无补。

同时，以能够通过图灵测试为标准，接触者对我们问题的反应，使我方对其智能水平产生了一定怀疑。谈判进行到一定程度时，会积累一些双方都理解的语义单位。然而，当我们问及数据传输系统的本质、数据来源以及飞行物靠近我们的目的时，对话就陷入了僵局。大部分问题只会得到一个标准答案："请在询问流中提出问题，等待授权代表的答复，本人对此没有确切了解。在询问流中提问（是/否）?"目前，这是我们所有新问题所能得到的唯一答案。此外，对方还在不断地提醒我们，如果将它们提议的代码安装到我们的计算系统中，便可以得到解释。

在对话过程中，我们对接触者本身和它们在太阳系中的情况有了如下了解：

1）塞德娜是接触者中继器所在的地方，但接触者本身并不在那里。时间延迟的置信区间超过了信号发送和接收的正常时间，但具有统计学上可靠的、平稳增加的部分。虽然这依然可能是对方的把戏，但它也可能指出了事实：距离塞德娜五光时内的一个物体正在以日心圆周速度远离它。

2）接触者目前显露的身份状态主要为：信号转译者、邀请我方进行全面接触的信息传递者。交流能力水平：能够在基本术语的层面上，把交际语言的语义结合起来。

3）接触者及其所属文明之间的通信，是通过距离不明的系统所发出的低功率信号进行的，信号可能是通过太阳引力透镜发射过来的。接触者上级代表的答复总是似是而非，做一些有关相当遥远的未来的承诺。

4）对通信系统技术细节的介绍被简化为“存在时间非常长”“装置很简单”“不需要维修”等概念。关于“维修”这一概念的含义，双方久久未能达成一致。最后塞德娜接触者方宣称这一点“并不重要”。与我们交谈的接触者并不知道通信系统所在的位置，声称这一问题已被被转交给“上级”。

5）塞德娜方会与我们进行接触，以及“阿奎拉”舰队被派遣出的原因被陈述为：“你们地球人会带来危险”。然而对方对此没有给出任何解释，要想弄清楚详细情况，依然需要下载他们所建议的译码器。

6）在问及接触者的身份时，对方经常提及其传送过来的信息数据包。这些数据包被定性为“对很久之前事件的详细描述”，且体积极大（好几个TB的二进制代码），很可能包含视觉信息和参数信息。但是，目前我方甚至不知道该如何对其内容进行校验。现在信息包正在被反复提及，我们继续提问也只会得到统一答复——即提供代码，并建议下载。

7）由于某种原因，塞德娜方不愿意与我们进行近距离接触。接触者发出警告，它已设定好程序，如果我们的探测器或飞船到达塞德娜，它就会自毁。

目前，我们仍在继续尝试破译塞德娜传送的信息包。很明显，这些信息包原本并不被用作联络信息，因此，以第一条阿雷西博信息[①]的编码方式将其进行分解投屏的尝试没有成功。超长串的字符序列一大段一大段地重复着，这表明其中包中含有大量的冗余信息，用于将其内容转化成能被不同用户理解并接受的协议。我们不懂这些代码语言，甚至对其编码原理一无所知，因此解密的尝试毫无结果。

将塞德娜的文件与GRAFFOS探测器在2103年意外截获的未加密外星传输文件进行对比后发现，二者不存在统计学语义上的匹配。

与塞德娜的交流是通过我方传输的概念组成的特定语言进行的。每每要尝试弄清楚接触者语言的语义，就会像往常一样，被建议下载代码和联系对方上级。

结论

人类的活动几乎同时引起了两个地外智能体代表的注意。第一个发现了我们在宇宙范围内的行动，并向我们所在位置发送了一个能量巨大的物体。就在我们检测到第一个智能体存在的同时，第二个智能体也开始与我们接触了。虽然这有可能是随机的巧合，但主观认为其概率不高。

关于是否建立接触者所提议的计算机转译系统，以及其带

① 于1974年11月16日由阿雷西博天文台向距离地球25000光年的球状星团M13发送的无线电信息。

来的风险问题，委员会的评估并未达成一致。委员会大多数成员提议，我们需要假设接触者的提议实际是阿奎拉和塞德娜在共同商定的战略框架下采取的战略举措，并以此规划我们的下一步行动。若此情况为真，下载代码的建议则是他们策略的一部分，目的就是将潜在的敌对程序和/或备忘录扩张到人类的信息环境中。接受提议就等于投降，拒绝则意味着战争，且结局难以预料。

江田隆弘教授提出了不同意见，他提出了相反的假设：阿奎拉和塞德娜或许代表两个独立文明，且彼此敌对。基于这一前提，下载代码的风险就会小于拒绝下载的风险：下载代码意味着能够接受盟友的庇护，而拒绝意味着独自上阵。

无论是大多数人的假说还是江田隆弘的假说，现在都没有足够的数据支撑。事实证明，像“你站哪一边”这样的问题，仅凭与接触者达成一致的语义和概念无法说清。委员会大多数人认为，这种模糊性本身就标志着两个外星体之间并没有敌对关系。

建议

针对塞德娜的建议，委员会拟定了一个折中的回复。回复提议，我们将从零开始，建立一个非标准沙盒系统的硬件和软件，与现有的任何一台计算机都不兼容，而且在物理上不适用于与外部信息环境交换数据。基于完全可逆（等熵）计算的概念，建立这样的系统是可行的。可以将可疑代码安装在这样的系统中，且不会有病毒流入的风险，因为依据量子态不可能复制原理，任何未经授权的输入输出尝试都会导致不可逆的信息丢失，进而导致熵的产生和处理器的紧急加温。创造一台高性能的全等熵计算机难度很大，但理论上是可以办到的。作为“衔尾蛇”项目的一部分，相应硬件的初步研发正在进行。

委员会等待联合舰队总部对下一步行动的批准。

莱安诺：会晤

小行星莱安诺是一个千米长的岩石星体，形状像一棵皱巴巴的洋葱，在遥远太阳的照射下散发出着柔和的烟灰色反光。在其凹凸不平的石头表面上，到处都是武器防护罩闪亮的金属圆顶、天线阵列和光接收器镜碟。圆顶的顶部尖端上射出一长串闪烁的亮光——那是反射灯，它们沿着一条四百五十千米长的系绳分布开来，连接起莱安诺和另一颗稍小的小行星P2。P2——莱安诺这个无人居住的小伙伴，看起来就像一个微弱可见的光点，两颗行星以明显的速度围绕着共同的总质心旋转。在这对小行星周围还盘旋着一些小随行者：中继器、信标、望远镜、战斗台、在港口等待卸货或运往行星内部的集装箱，它们散发着微弱的光芒，在轨道上缓缓地爬行，看起来似乎一动不动。

“恶魔苏丹阿撒托斯号”正气势汹汹地朝殖民地迎面飞来。几克氘和氦-3因为被加热到数百万度，生成了一股薄薄的聚变等离子体，潜伏在巨大反应器螺线管的铍壁后面。在尾部磁场中，等离子体与罐中流出的普通氢气混合，加热氢气并使其从喷嘴中喷射出去，迸发出刺眼的光束，比遥远的太阳还要明亮。这股射流沿航道向前猛烈喷出。在距离小行星系绳中心七百千米的地方，“阿撒托斯号”开始减速。

居住舱的升降台闪烁着信号灯，在船头处以中央主干为轴心紧临飞船不停地旋转着。从主干末端凸出一个移动客舱，那是一个长方形的集装箱，里面装满了球状燃料桶和抛物线状天线。

在一个经过精确计算的时刻，客舱剧烈地颤抖着，脱离了“阿撒托斯号”。当助推器使得集装箱从母舰庞大的躯体上分离出来时，其位于侧面的喷射器上悄然吐出一束火焰。在“阿撒托斯号”继续减速的同时，该客舱依然保持着分离时的速度。

客舱很快超过了“阿撒托斯号”，相对于母舰，其移动速度越来越快。它从母舰舰体中央周围纠缠在一起的格子桁架旁边掠过，球状燃料桶也飞快地被甩在身后，每一个都比客舱大好几倍。客舱擦过被冷却管和散热器支管缠绕着的反应堆管，喷射流一闪而过，消失在虚空中。客舱把“阿撒托斯号”抛在后面，自己靠近了莱安诺。

莱安诺与它的“平衡球”P2紧紧地捆绑在一起，难舍难分。它以每秒六百米的速度相对旋转，变换着相位，这与“阿撒托斯号”客舱接近它的速度完全一样。修正引擎的喷射器突然闪了几下——客舱正在调平航向。莱安诺继续着旋转运动，而客舱刚好沿其旋转圆的切线航行，正迅速接近两轨迹的交汇点。

格温妮德·劳埃德和维斯帕尔·普拉萨德上校待在大厅厚厚的玻璃后面，观察着这个太空舱的到来。两人都启动了正式拟形，头上的环形和字体闪耀着光芒。格温妮德只开启了拟形，除此之外什么也没有穿，她薄薄的嘴唇微微扭曲，露出若有似无的微笑。普拉萨德比劳埃德矮一头，皮肤黝黑，身穿太空舰队的黑色连体制服，是一位典型的埃里克斯人。他现在脸色很是阴沉，浓密的眉毛下深邃的目光凌厉起来，仿佛在用眼神说“胆敢出现在我的头上”。

太空港位于小行星的最底层，也就是离自转轴最远的地方。从莱安诺的视角看，“阿撒托斯号”的太空舱正在从下面慢慢靠近。舱内客货两扇闸门打开，宛如花瓣，伸向前方进行对接，埃里克斯玫瑰的猩红色和宇宙飞船的辐射盾牌融合交错，给“花瓣”镀上一层金色。相交的速度慢慢放缓，太空舱在距离停泊船坞顶部几米的地方停了下来，对接装置开始移动。多节式起重机从船坞顶部上分离出来，用静电操纵器的冠状顶部将太空舱抬起，承接其重量，并将其拉到对接点上。伴随着噼啪的锁扣声响，液压系统也嘶嘶作响，无比稀薄的空气在平衡压力时发出“呼呼”的声音，对接完成了。

客舱舱门打开，里面透出的亮光照亮了半暗的前厅。格温妮德的嘴唇舒展开，露出欢迎的微笑，她的拟形呈现出彩虹色和金色的火花。乐声大作，欢迎曲响了起来。

#2481073106/0请求在殖民地内网注册

ID：815204553251。

代蒙：守卫精灵5.16

请求状态：有权携带武器的客人

用户个人资料：

姓名：利比蒂娜·埃斯特维斯

社会类别：武装者

出生日期：2447/09/19

父母（制造者）：莱安诺生命服务（分公司）/新莫斯科殖民地/地球

改造情况：战斗模式/高重力者

性别：女性

所在基地：埃里克斯殖民地/金星

所属单位：私人安保服务机构/阳氏家族

职务（身份）：保镖、中尉

#2481073106/1请求殖民地内网注册

ID：814607624575。

代蒙：高级精灵5.03

请求状态：VIP客人

用户个人资料：

姓名：扎拉·玛利亚·苏珊娜·阳

社会类别：布兰克

出生日期：2445/03/04

父母（制造者）：拉维尼娅·拉克希米·沙斯特里，麦斯威尔·阳

改造情况：美形模式/高重力者

性别：女性

所在基地：埃里克斯殖民地/金星

所属单位：统帅部/联合太空舰队

职务（身份）：统帅助理

第一个从舱门出来的是利比蒂娜·埃斯特维斯中尉，一个有着朴素圆脸的短发女孩，身段柔美优雅，宛如舞者。在她那黑亮的皮质舰服下，看不出任何经过强化训练的肌肉和关节。不过她腰间的皮套、笼罩着其拟形的红宝石色微光，以及她敏锐的眼神，都出卖了她的职业。她略过那些迎接她们的人，环顾了一下前厅，然后走到一边，请自己的女主人出舱。

当身穿蓝色连体服的扎拉·阳那小巧修长的身影出现在舱门里时，普拉萨德和劳埃德急忙迎了上去。紧跟在两人身后的是一辆行李车和一个伺服机器人，它们一同向货舱口驶去，开始在那里装卸行李。不过，扎拉自己却留下了一件行李——一个用链条绑在手腕上的笨重金属提箱。"这就是那个秘密任务。"格温妮德立刻回想起来。随着扎拉的代蒙将其最新个人信息上传到莱安诺内网，她蓝色头发上的拟形白色光环一个个亮了起来。

"阳博士……"

"欢迎来到莱安诺，阳博士！"

"劳埃德博士，上校。"突然从失重状态中脱离出来，扎拉显得有些错愕，但她的笑容依然充满活力，握手也很有力量，"很高兴见到你们。我们不要浪费时间了，乐队可以停了，我们走吧。"

女孩向前走了一步，身子一晃，差点儿失去平衡。

保镖瞬间扶住她的胳膊。

“谢谢你，利比[1]。”扎拉轻轻地从她的怀抱中挣出来，“我不习惯飞行中的正常重力，”她解释道，“一直都是低于0.1克，每分钟转三圈。我的前庭系统已经习惯了强烈的科里奥利力[2]，而你们这……”扎拉没有把话说完，停下来捂住眼睛，“呃，我们能不能走慢一点？突然不旋转让我现在有点儿恶心。”

“当然。”格温妮德保证道。她和普拉萨德带着扎拉，慢慢悠悠地穿过宽敞而空旷的前厅，经过“海关”“安检”和“生物检查”等发光的标识。行李车跟在他们身后，上面装满了大包小包，唯独没有那个笨重的秘密手提包——它还绑在扎拉的手腕上。“她在怕什么？”格温妮德暗想，“怕我们把它抢走吗？笑话。”沉默不语的埃斯特维斯中尉紧跟在后面，如影随形。

“阳博士，”普拉萨德声音低沉，“我得给您说明一下莱安诺安全行为守则。”

“有必要吗，上校？”他们来到了前厅的尽头。嵌在墙壁里的电梯门迅速打开，显得热情好客。

“这里有很多金星的仇敌，而您一向不太谨慎。”普拉萨德退到一侧，请女孩进了电梯。

“我喜欢您的不拘礼节，上校，但我们还是把守则留到以后再说吧。”电梯里，扎拉松了一口气，俯身朝沙发坐下。虽然她的动作很慢，小心翼翼，但还是差点儿错过沙发跌到地上，利比蒂娜只好又把她扶住。电梯静静地运行着。“哦，我希望刚才的

① 利比蒂娜的昵称。

② 科里奥利力是对旋转体系中进行直线运动的质点由于惯性相对于旋转体系产生的直线运动的偏移的一种描述。

视频不要流传到网络上。”

“没有现场报道，”格温妮德说，“但总的来说您的来访应该会被曝光。当然，如果您不想的话，新闻就不会被播出。”

扎拉摆了摆手。

“算了，曝光去吧。让人民群众寻开心，这就是我的工作。”

“您的工作？”格温妮德不明白。

“是的，我的工作就是充当避雷针。”扎拉露出了一个直白的微笑，解释道，“你明白的：被宠坏的公主总是让自己陷入荒唐的境地；表现得像个太空英雄，而自己却连沙发都找不准。怎么会有人真的讨厌这样一个可笑女儿的父亲呢……啊，你们有什么计划？”她转移了话题。

“先休息两个小时，”格温妮德说道，“然后……”

“不，不，不必休息。”扎拉的拟形闪烁着严峻认真的银色针芒，“我在飞船上无所事事地待了两个月了。我们先从主要的事情入手吧。我的公寓里有无人打扰的安静房间吗？”

“当然有，跟您要求的一样。”

“那我们就先在那里谈判。至于您呢，”她转向普拉萨德，“这会儿您就带利比交接一下工作吧。”

“抱歉，什么意思？”上校头顶的光环中升起一朵十分不解的灰色云团。

“哦，是这样，我忘了告诉你。埃斯特维斯中尉将会是你们内卫队新的临时负责人。当然，只是在我访问期间。来自统帅的个人推荐。”女孩意味深长地扬了扬眉毛，“上校，这段时间您只负责外卫队，负责对外安全工作就可以了。”

“奇怪的是，并没有人提前通知我。”普拉萨德努力克制自己的情绪，不让别人发现自己感觉受到了侮辱，但他的声音出卖了他，“这是在有意使我蒙羞吗？”

“哦，不！”扎拉惊呼道，“别生气，上校。这只是我的原因。事关阳氏家族的安全问题时，爸爸只相信最亲近的人。最重要的是……”她戏剧性地压低了声音，“我们将面临一场激战，上校。无论是外部安全还是内部安全局势都会很紧张，而您一个人恐怕无法兼顾所有。”

普拉萨德陷入了忧闷的沉默。格温妮德出于礼貌，决定和埃斯特维斯说几句话。

“中尉，您的诞生地在我们的地球子公司。很高兴得知，您在某种程度上也是一个莱安诺人。但为什么他们给您取了这么一个不伦不类的名字呢？是威尔士名吗？”

“利比蒂娜？”由于有人开始跟她说话，保镖似乎有些发窘，“那是维纳斯女神的别名。我是金星上的埃斯特维斯领地预定的，名字也是合同规定的一部分。”

“但据我所知，您从来没有来过莱安诺吧？”

“没有。”

“您在担心利比是否有足够的经验吗？”扎拉亲切地握住保镖的手，她们的拟形在一瞬间连成了金色的电弧，惺惺相惜。“是的，的确还不够，所以我请求带她去熟悉工作。利比是个很棒的专业人士，相信我，她什么东西都是一学就会。不过，回到访问规划问题上。先在静室里谈判，然后呢？”

“在我家吃午饭，”格温妮德说，“我们三个人，非正式的。

不……我们四个人。埃斯特维斯中尉现在和普拉萨德上校平起平坐，也应该受到邀请。如果你们愿意的话，还可以参观一下殖民地。晚上九点会召开政府招待会，到时会有晚宴和庆典。”

扎拉点头同意。

“很好。如果不介意的话，可以打开墙壁吗？我想看看我们要去哪里，我觉得我的前庭系统已经清醒了。”

格温妮德下达了一个意识指令，电梯的墙壁变得透明起来。

电梯沿平缓螺旋状贝特干线上升。这是殖民地的主要交通干道，以原始爱尔兰语字母表[①]的第一个字母命名。他们乘坐电梯，穿过凹凸不平的、仿佛解剖学模型的圆形穴厅。穴厅由圆口彼此连接，如同微细胞一样彼此相连形成网状。墙壁呈石膏白色，淡淡的阳光从导光板的扩散器中倾泻而出。各个分支洞穴口从上下左右、四面八方连通贝特干线，上面是琳琅满目的俱乐部、咖啡馆、性服务场所招牌，招牌上写着“菲恩干道”“公会[②][INF]：教育中心”“阿龙领地[③]：私人所属”。一个人也没有——在高级贵宾通行期间，内卫队封闭了所有干道。

“说到酒会，”扎拉再次开口，“都邀请谁了？”

“整个行政部门都会来，以及忠诚的理事会成员们。”

“把反对派也请来。阿龙和他的手下。”

① 即欧甘字母。

② 致力于人类专业训练（从婴儿时期就开始）的组织。它拥有基因改造、胚胎改造以及社会化培训技术（以最好的方式对人类进行职业培训）的知识产权。每个公会在主要殖民地都有自己的分支。公会人都被三个字母组成的代码所标记：MED－医护人员、NAV－飞行员等。

③ 由密切相关的人组成的多功能团体。用现代话来说它可以同时是一个大家族、一个公司和一个政治派别。

“嗯……”格温妮德尽量不流露出惊讶，“这真是个意想不到的做法，毕竟，他们恨您，但是……如您所愿。”

电梯拐进了侧面一条没有任何招牌的街道，在一个上锁的舱门前停了下来。

“接下来步行。”普拉萨德含糊地说道。

大门在他们面前打开。四人出了电梯，进入小行星的政府部门。

宾客公寓一般位于高层。然而，在莱安诺混沌的洞穴迷宫中，并没有楼层之分——只是位于高处。一进门，扎拉随意环顾了一下这个装饰着旧地球生活画的宽敞穴室，兴致缺缺。海上的风暴，喜马拉雅山上盛开的杜鹃花，一头狮子和一群斑马，黄昏时分的欧洲风情砖瓦小镇——一切都用货真价实的油画颜料精心绘制在真正的画布上，充满怀旧气息。扶手椅和沙发可能都是由真正的木材做的，看起来一样厚重奢华。

“稍等几分钟，劳埃德博士。”扎拉说，“我去卫生间换衣服。而您呢，上校，麻烦您带利比到内务部，跟她交接一下所有必要的工作规程。”

扎拉的身影消失在旁边的一个穴室，行李车紧跟在后面。几分钟后，她出来了，穿着一身飘逸的黑色袍裙——这不是拟形，而是看得见也摸得着的布料衣服。扎拉·阳很擅长服装造型，这一点整个太阳系都知道。格温妮德感到一阵烦躁——即使是现在，马上就要进行严肃的谈话之际，这个女孩也没有收敛自己的乖谬行为——但她尽量把这种感觉压制下来。

“好了，我们走吧，劳埃德博士。”扎拉朝着另一个洞口——

静室门口的方向点了点头，“是时候谈谈我为什么来这里了。”

两个女人走进洞口，身后的门轻轻地关严。

妖怪宫殿

慈善机构离瑙鲁兹区有几个街区之遥，几座一模一样的白色房子坐落在那里：一所学校，一家医院，一座体育馆，还有一个被手榴弹轰炸后至今仍未修复的文化中心。医院的走廊里人头攒动，但是，上天保佑，赛义德没有遇到任何熟人。轮到自己后，他怯生生地走进了雪白的办公室。

“瞧，在这儿，”他展示了他那只红肿发胀的手，“在老莫斯科被一朵黑色的花刺伤了。我被狗追着跑，不小心抓住了它，它就……”

“一朵花？”工作服上挂着写有“卢·布伦丹”名牌的年轻黑人医生怀疑地笑了，“我没听说过这种花。很可能那儿藏了一只蝎子。没什么大不了的。把你的手给我，我看看。”

在布伦丹的旁边摆放着一台仪器——一个有许多小门的白色柜子。一扇门打开了，在一阵嗡嗡声中，从抽屉里伸出一只折叠机械臂，上面锋利的镊子代替了手指。它在赛义德的手臂上方盘旋一阵，突然精准地降了下来。赛义德害怕地移开了眼睛。当镊子刺进他的手臂时，他没有感觉到疼痛，只有冰冷的尖锐触感。

“好，完事了。”布伦丹欢快地说道，“刺头出来了。现在让我们看看，是什么坏蛋把你咬了。”

柜子上又打开了一个抽屉，里面发出亮眼的光。机械手臂将它小小的猎物放入其中。布伦丹的眼神呆住，专注地盯着空中。赛义德曾经在太空人身上看到过这种眼神。在太空慈善学校学习的那个巴伊拉姆·霍贾耶夫曾解释说，他们就是这样和脑海中的镇尼对话的。这会儿，布伦丹的目光又恢复了活力。他现在看起来有些茫然，不知所措。赛义德变得害怕起来。连太空人医生都不知道这是什么吗？

“这是一只蝎子，对吗？”赛义德焦急地问道。他真的希望它是一只蝎子。

“你不需要问问题。先告诉我吧，那是什么样的花？在哪里找到的？”

“我已经告诉您了！在老莫斯科，一条有玻璃卵石的小河旁边，那里有狗群。那是一朵黑色的花，叶子像牛蒡，有光泽，还毛茸茸的。您能治好我吗？”

“会的！”布伦丹从柜子里拿出一把注射枪，装上某种安瓿。枪是白色的，和房间里所有东西的颜色一样。“只是不在这里治疗，得带你到殖民地去。我给你打一剂消炎针，但真正的治疗是在总部。来吧，把手伸过来，别怕……”

殖民地？去新莫斯科？

“为什么去殖民地？”赛义德的声音颤抖得很厉害，“我怎么了？”

“我不想吓唬你，”布伦丹把枪对准他手腕上的静脉，“但说实话，我不知道。”枪咔嚓一声响了，赛义德没有任何感觉。“但它绝对不是蝎子。我们去那里弄清楚，那里有更好的实验室。”

布伦丹站起来，“好了，我们走吧。”

“呃……那我的父母呢？他们还不知道这件事！”

“可以在那儿联系他们。”博士轻轻把他往门口推，“走吧，走吧，时间不等人。诸位患者，”他对排队的人大声叫道，“今天的面诊已经结束了！”

他跟着布伦丹，几乎感觉不到自己的脚在走。他们来到了慈善医院内院里，那有一辆雪白的车子在等着，车宛如一个雪白的气球，底下有四个同样是白色的圆滚滚车轮。赛义德下台阶的时候打了一个趔趄——他感到头晕目眩。但布伦丹搀着他的胳膊，稳稳地扶着他。

“没关系，马上就会好了。我们走吧。你坐过车吗？”

白色球状车身一侧有一个车门，车门弹开，滑向一边。赛义德意识到自己即将要进到这个神秘的世界，他内心顿时充满强烈的好奇，甚至忘记了自己所有的不幸。他步入那洁白又圆滑的车厢，周围是一圈天鹅绒沙发，中间有一张小桌。对面的厢壁上立刻出现了一个圆形的窗户。布伦丹在沙发上坐了下来，赛义德则怯懦地在他对面坐下。

汽车自行开走，完全无人驾驶。他们出了医院大门，进入了拉巴特。窗外是赛义德曾经生活的世界——歪歪扭扭、尘土飞扬的街道，戴着头巾的女人，咖啡店铺着地毯的阳台，店铺的壁龛，刷着“吉哈德永恒”大写标语的毫无生气的墙壁。这一切都飞快后退，被远远地抛在了后面。

“我中的毒有危险吗？”赛义德试图让自己的声音听起来勇敢坚强，他现在感觉好些了，“看来，打的针开始起作用了。”

布伦丹没有马上回答——他正忙着和镇尼进行思维对话。

“如果没有马上死，那就不危险了。我们会治好你，这没什么难的。唯一诡异的地方在于，根本就没有什么能刺伤人的黑花，更何况是含有如此奇毒的品种，这才是我们应该要弄明白的。但你会没事的，一切都会如常。你父母叫什么名字？”布伦丹换了个话题。

“马利克和迪娜拉。”

医生从包里拿出注射枪，换了枪管上的喷嘴。

“把手伸过来。”

“再来一针？”

“这是ID标签，没有它进不去殖民地。别害怕，不会有任何感觉的。”布伦丹把枪贴在赛义德左手腕上，咔嚓一声。

ID：925840365286

注册时间：2481/07/31 14:12:45

个人信息：

姓名：赛义德·米尔扎耶夫

社会类别[①]：努尔德夫[②]

出生日期：2469/05/16

父母（生产者）：马利克·米尔扎耶夫、迪娜拉·米尔扎耶

① 彼时人类分为四大社会类别：布兰克、公会、武装者、努尔德夫。

② 意为“零发展人”，即没有接受过公会人或武装者的专业训练，且没有通过布兰克测试（或被取消布兰克资格）的人。努尔德夫包括所有地球人和约5%的太空人。在太空人社会中，努尔德夫人被认为是低等人，靠其领地的慈善捐助生活。此外，“努尔德夫”也被用作脏话，意思是“蠢笨的失败者”。

娃/拉巴特郊区/殖民地“新莫斯科”/地球

改造情况：零改造/高重力者

性别：男性

所在基地：殖民地“新莫斯科”/地球

所属单位：莱安诺生命服务/莱安诺殖民地

职位（身份）：未成年被监护人

他们经过了一片荒地，正是赛义德以前和小伙伴们追着汽车要东西的地方。在南门前，球状车放慢了速度。他们开进了水泥塔之间的过道，在一道钢门前停了下来。车里打开了一扇窗户，某种闪着红光的设备探了进来。

“照我这样做。”布伦丹说。他把手伸向设备，刷了一下手腕。闪烁的红灯变成了绿灯，然后又开始亮起红光。“向扫描仪出示一下ID。”

赛义德用他那只刚被注射过的手在设备上刷了一下。扫描仪又变成了绿色，大门开始打开。汽车启动，加速，过道被甩在身后。车轮碾过坚硬平坦道路上莫名长出的草，发出沙沙的声响。窗外是一片花园，满园的花朵波浪起伏。

就这样，他也进了这座禁城。

赛义德按捺不住，他从座椅上霍地站起来，贴在窗户上，睁大眼睛贪婪地看着外面。现在车的速度比穿过拉巴特弯曲的街道时要快得多，迎面而来的汽车和行人都化作一些五光十色的幻影呼啸而过，叫人看不清楚。在距离道路更远处，一排排五颜六色的房屋在树叶掩映下闪闪发光，住宅楼与表壳如镜面般的立方体办公楼、公园、游泳池、飞机起降场交错在一起。终于，车子拐进了一条安静的小街，它放慢了速度，停在一道格栅门前。在这里，一切都带有十分古旧的莫斯科风格。石狮傲然立坐在石柱上，大门铸铁拉环上雕刻着金色花字和马头装饰。远处，苹果园深处矗立着一栋古老泛黄的大宅，它带有古希腊建筑式的三角形楣饰和立柱。

当车前的大门被打开时，赛义德才看清柱子上的牌示："莱安诺生命服务™[①]–地球分部–研究诊所"。他们开进大门，在一栋楼前停下。赛义德跟在布伦丹身后往外走，花园里清新的空气和迷人的陌生花香扑鼻而来。

从宅子台阶上朝他们走来一个穿着白色工作服的当地医生，他个子不高，微微发胖，留着长发。

赛义德仔细看清后，打了个哆嗦，愣住了。

在拉巴特，殖民地来的人都穿得很体面，总是身着封闭式外衣或者宽松的工作服，布伦丹也是这样穿的。但这位医生的连体服就像第二层皮肤一样紧紧贴合着他，没有一粒扣子和一丝缝隙，这使得他那相当丰满的身体上的每一个褶皱都一览无余。但最糟糕的还不是衣服。赛义德再怎么仔细研究这位医生，也分辨不出他是什么性别。连体衣禁锢着他那一对颇有气势的乳房，而双腿之间……是它，原来如此，赛义德惊慌地想道。这就是它们，龌龊的太空人，生物改造的产物，伊玛目曾经用它们来吓唬过自己。这位双性医生有一张又平又圆的脸，鼻子像个土豆。他（还是她？赛义德心想）亲切地笑着，但似乎很警惕。

① 英文Trade Mark的缩写。

“你好，孩子！”他的声音也不男不女，“你就是赛义德吗？我是技师瓦利·沙菲尔，我们认识一下吧。你感觉怎么样？”

赛义德吸了一口气，试图振作起来。保持镇定，不要对任何事情表现出惊讶，也不要在任何事情面前显露出害怕。

“我感觉很好。”赛义德回答道。的确，发热和瘙痒都没有了，肿胀也完全消失了。“我已经痊愈了吗？”

“得做一些化验。”沙菲尔含糊地回答道，“不痛的，别怕。”

赛义德气愤地撇起了嘴——为什么大家要像对待婴儿那样安抚他？对于忍耐痛苦这件事，他已经准备得足够好了。与此同时，医生们开始用英吉利语相互交谈起来。沙菲尔的语气很霸道，所以赛义德决定暂时把他当成一个男人。

“祝贺你，伦，你是工作组的人了。”几乎所有的话赛义德都听得明白，但它们的意思还是很神秘。

布伦丹惊讶地扬起眉毛。

“我？我何以获此殊荣？”

“别急着骄傲，亲爱的。格里菲斯不想声张。知道这个事的人越少越好。”

“有那么严重吗？”

“得标两个红色方块。”沙菲尔大幅度地扬了扬他的小眉毛，“当然，你也要保证不泄密。不过，这一点孔季也会告诉你。”他瞟了一眼男孩，好像突然回过神来，“好了，我们走吧，孩子。该做化验了，用不了多长时间。”

他们带着他穿过走廊，赛义德全程只顾着瞪大着眼睛盯着四周。走廊本身并没有什么特别的地方——发亮的暗白色墙壁，沙发——但是这里的人……一路上遇到的人都奇奇怪怪，比技师沙菲尔还要怪。

他们中的大多数都穿着像沙菲尔那样不太得体的白色医生工作服，但也遇到了一些赤身裸体的人，有男有女，只穿着凉鞋，手腕上戴着厚厚的手镯，头上套着一个金属箍圈。赛义德看得羞红了脸，把目光从他们身上移开，但他还是注意到很多人的肚子上都没有肚脐。他们中有像布伦丹一样的黑人，也有黄皮肤的人，有红发人、蓝发人、绿发人……但是，与另一些更奇怪的相比，这些人都算正常的了……另外那些更奇怪的存在，他们真的是人类吗？

那些生物头大眼大，肤色惨白如蛆，身材即使以太空人的标准看也显得巨大，手脚却佝偻瘦弱。他们依靠轮椅行动，每个人脸上都戴着透明面具。如果不是因为这些大头怪物穿着医生的白色工作服（还好，至少他们穿着衣服），赛义德会把他们误认为是病人。或许，这是玛各人，是伊夫里特人与人类的混血？终于，赛义德被带进了一间宽敞的白色办公室，占据了整面墙的落地窗户朝向花园。办公室中间放着一张单人椅，上方悬着一台多臂金属机器。

“把衣服脱了，孩子，坐上去。”沙菲尔指着椅子，“过程会有一点儿无聊。”

机器使赛义德感到恐惧，但事实上过程真的很无聊。接下来的半个小时，他一动不动地坐在椅子上，期间医生们用某种金属探测器扫过他全身，用细小无比的针刺他受伤的手（那点疼痛还比不上蚊子叮咬）。他们互相交流，说着赛义德听不懂的话，只是偶尔喊他不要乱动。

“还要很长时间吗？”赛义德问道，他终于厌倦了。他记起自己已经出门两个小时了，父母一定以为他走丢了，而且现在是晚上，茶馆里人很多，有很多工作要做，“我得回家了！”

医生们看看彼此。他们脸上的表情，赛义德一点儿也不喜欢。

“是这样，赛义德……”布伦丹说话的语气很亲切，让人一下子就明白，现在他要撒谎了。

“我得的是什么病？”

“呃，怎么跟你说呢……”布伦丹完全不知所措。

“黑花病毒[1]，”沙菲尔帮忙解释，“最普通的黑花病。”他对布伦丹笑了笑，用英吉利语说：“即兴发挥得不错吧，嗯？我们就叫它‘黑花病毒’吧。总得给这玩意儿起个名字吧？”

布伦丹张了张嘴——可能是想反对——但他被打断了。房门打开，一个坐着轮椅的陌生人进了实验室。

赛义德的心跳开始加速。来了一个令人毛骨悚然的苍白的大头人，是他认为的玛各人。而且从医生们一下子紧绷起来的样子来看，这位玛各人是个大人物。

“格里菲斯博士。”沙菲尔恭敬地说道。

但玛各人却只是漫不经心地对他和布伦丹点了点头，直接把轮椅开到了赛义德面前。男孩惊慌失措地贴在椅子上。

“别这样看着我。”透明面具下传来一个声音——一个再普

① 原文是“Мелантемия”。该词来源于希腊词“melas”（意思是“黑色的”）和“anthemis”（意思是“花”）。——作者注

通不过的老人的声音，有力而干涩，语气很是威严，“用你们的话来说，我也是亚当的后代。”

格里菲斯与男孩四目相对，他毫无血色、布满皱纹的脸上，一双没有眉毛和睫毛的蓝色大眼睛正一眨不眨地盯着赛义德。“我就知道。”男孩在那目光的注视下瑟瑟发抖，充满恐惧地想着，“我就知道太空人有问题。他们是由一群这样的……生物统治着。哦，老天在上，如果他要用他那蜘蛛一样的手指……碰我……”但格里菲斯似乎并不想把他那只萎缩、瘦弱的手从扶手上移开。

“你感觉怎么样？”他问道。

“还——还好。”这个问题赛义德之前已经回答了很多次，这使得他平静了一点儿，“我得的是什么病？”他决定大着胆子问一下。也许，这个……东西……不会像另外两人一样吞吞吐吐地撒谎？

“黑花把什么东西传染给了你，”格里菲斯说，“它会发展成什么样，我们还不知道。这种情况我们是第一次遇到，而我们怀疑那黑花是敌人——那些毁灭了旧地球的人的武器。”

赛义德的喉咙一紧。

“我会死吗？”

“我们会竭尽所能进行治疗。”格里菲斯的目光看起来冷酷无情，“但我什么也不能保证。我们对这种花一无所知，但会尽力去了解更多。如果你能帮助我们那就好了。”

赛义德激动地在椅子上直起身子。

“怎么帮？”

格里菲斯把脸转向门的方向——直到现在，赛义德才看到，实验室里又出现了一个人。

这个人外表极为正常，甚至像普通人一样穿着裤子和衬衫。赛义德突然觉得，他似乎在拉巴特、甚至是在自己的街区看到过这个肤色古铜、身材修长、动作懒散的男人。他有一双明亮的蓝眼睛，扎着一条长长的草黄色辫子。那人爽朗地笑着，眨了眨眼，这是赛义德在新莫斯科看到的第一个不虚伪也不假装的笑容。

“这位是外卫队的孔季大尉。”格里菲斯说，“带他去找黑花吧，赛义德。”

莱安诺：授职

“静室”是一间用于秘密谈话的密闭腔室。在太空殖民地，控制系统可以观察并窃听到每一个角落，因此，如果想要保护隐私，就需要采取特别措施。

狭小而闷热的静室腔室里铺满了起泡的金属片，它们可以消除声音和干扰电磁波。墙壁上反射出氙灯昏暗的绿光——没有光导管，也没有电线。房间里勉强塞进了两张藤椅。

格温妮德和扎拉身后的门一关上，她们的拟形就消失了。空气再生器自动开启，发出隆隆的声响。“未检测到网络……未检测到网络……”代蒙在格温妮德脑海中念个不停。好了，现在是时候看看麦斯威尔·阳派他女儿来执行什么秘密任务了。

“我们开始吧。”扎拉坐在椅子上，做了一个邀请的手势。她的声音没有经过墙壁上的反射，听起来闷闷的，很奇怪。“所以，您是想要辞职吗？”

这还真是出乎意料。格温妮德坐了下来——这次她不得不自己把椅子转过来，而不能像以前一样用意识下达转向指令。

“您这是哪儿来的消息？”她小心翼翼地问。

“您看，您经常向大家抱怨自己有多么厌倦政治，梦想着回归到科学领域。我们不反对。您可以离职，我们或许更需要作为神经元科学家的您，而不是一个首席行政长官。”

“这么容易吗！”格温妮德感到无所适从。她确实有时做梦都想离开这个岗位，但现在许可来的猝不及防，格温妮德自己也不知道自己是高兴还是难过。

“谁来接替我的位置？”她冷冷地问。

“我。”扎拉谦虚地垂下头。

“这是在开玩笑吗？”现在还是首席行政长官的格温妮德很难再保持镇定的语气。

“不是。”

“阳博士，您确定您了解情况吗？没有一个理事会成员会投您的票，再忠心耿耿的议员也不会。您对莱安诺一无所知。”

“是您不了解情况。你们的理事会已经没有意义了。再没有投票了，你们的自治权已经被取消了。这台戏结束了。我们会直接在理事会上把莱安诺转由太空舰队直接管理。”

“这样，”格温妮德喃喃自语道，她的头很晕，“这样……就意味着……政变和公开侵占。您知道那会引起战争吗？”

“不，这是对已经发生的战争作出的反应。”

“还有什么战争？”

“我现在就告诉您，全副武装的循环机正在从地球赶往金星，火星的循环机现在也在路上。虽然还没有人正式宣战，但事实上，‘二重奏’组织已经发起了战争。但这些都不用你们担心，我们会自己应对战争。”

“但我们的反对者……不行，不行，不能这么莽撞粗鲁。放弃这个想法吧，阳博士。他们会杀了您的。”

“好了，好了，”扎拉挥挥手表示不耐烦，“那是我要担心的问题。对了，您可以直接叫我名字。我们来谈谈您吧。”她向格温妮德靠了靠，低声细语，作出信任的姿态，“我说我们更需要作为神经元专家的您，并不是想给您什么补偿。我们是真的需要您在神经元领域的专业知识。再说多一些，这也是我来这里最主要的原因。”

“什么，当真吗？”

“是的，难道您真的认为我父亲会因为区区几个火星循环机就派我过来吗？无稽之谈，莱安诺对我们来说没那么重要，重要的是您。”

“本人受宠若惊。”格温妮德尽量淡漠地说道，“您是想委托神经元实验室进行某项研究吗？”

“不仅如此。我们想完全拥有您的神经元实验室。实验结果的价值很大，我们不能让信息有丝毫的泄露。我们要神经元实验室的全权控制，否则项目就免谈。”

“什么项目？”

“您马上就会知道了。”

扎拉狡黠地微笑着——这让格温妮德觉得对方相当幼

稚——把手提包放在被裙子紧紧包裹的腿上。箱包很重，棱角分明，上面贴着“低温组件”的警示标签，还有一个咬着自己尾巴的蛇的标识，两侧还有一些连接器，看起来很像什么军用设备——粗犷、坚固可靠、科技含量低。

“看吧。”她简洁地说。

“这是什么？”

“‘衔尾蛇’。一台电脑，”扎拉掀开盖子，出现在格温妮德眼前的居然是一个类似于古老的笔记本电脑的东西，还有屏幕和键盘，“一台独特的、完全非标准架构的电脑，它是能够打开某份大容量、高价值数据档案的唯一密钥。档案本身不在这里，这里只有一个转换程序和取自档案的一个小样本。这对您的工作应该够用了。”

“什么工作？”

“解密。您的任务就是在不运行转换程序的前提下解密档案。”

格温妮德一声不吭，脑海中涌起无数想法、主意和问题。她觉得，一切对她来说都变得不重要了——理事会、首席行政长官事务，甚至连战争都不再重要了。

“它是……外星人做的？”她问道，感觉自己愚蠢无比。

“我们针对外星人做的。”扎拉·阳金褐色的眼睛里没有流露出丝毫的笑意，“您肯定知道‘秘密大接触’的故事吧？对的，没错，就是那个阴谋论。”

“大体知道。我一直觉得那是标准的偏执狂妄想。现在您要告诉我那都是真的吗？”

“差不多。”扎拉很严肃，这让格温妮德感觉到了一阵恐怖的寒意，“22世纪末，太空舰队真的接触到了外星人。是的。”

“妙极了。”格温妮德还在试图用讽刺的语调来掩饰自己的恐慌，“真是妙极了。世界是被一个超级人工智能秘密统治的传闻也是真的吗？还是说这仍旧是共济会的阴谋？”

“我们没有时间开玩笑了。我们和外星生物确实有过接触，是通过他们在塞德娜的转换器进行的。我们收到了一个体积巨大、经过外星编码的原始数据档案，完全无法读取。塞德娜方为我们提供了一个转译程序，但条件是我们要开放电脑设备、所有的密码和协议。而我方认为这太冒险了。如果程序里有病毒，最后感染了所有地球网络怎么办？所以我们的人做了这个。”扎拉把“衔尾蛇”的盖子合上，“病毒沙盒，一台可逆电脑。完全可逆，无论是在全球还是在本地层面上都可以实现。顺便说一句，这就是叫它‘衔尾蛇’的原因，它就像一只可以从尾部吞噬自我的虫子。”

“那不是一条蛇吗？”

“蛇是不会吃自己的，”扎拉周密而慎重地说道，“因为它马上就会感觉到疼。但虫子就不一样了……总而言之，‘衔尾蛇’符号被当作可逆的象征。进去多少，就出来多少。您肯定对这个概念不陌生吧？”

“只在纯理论层面上听说过。我从来没想过，真有人能在硬件上实现这一点。”

“在其逻辑元素中，信息是不会被抹去的——有多少数位输入，就有多少数位输出。”扎拉没有听她说话，继续说道，“就是说，熵并没有增加，热量没有散失，能量也不会被消耗。当然，也不完全是这样。冷却系统会消耗能量——其处理器的工作温度为三开尔文。但处理器本身几乎没有任何能量消耗。”

“好吧，还蛮经济节约的。”

“重点不在节约。所有这些美好的设想只有与外部环境隔绝时才能实现。任何输入和输出的行为都必须在用户的控制下，并且通过一个专门的过滤器，且保存数位数量，否则就会出现不可逆的情况。热量会释放出来，超导会被打破，处理器就完蛋了。简而言之，如果‘衔尾蛇’试图连接到网络，它就会自我毁灭。”

“它曾尝试连接过吗？”

“据我所知还没有。但这并不意味着没有病毒，只能说明这个程序很聪明。准备再多的安全措施也不为过。”

“我还是不明白你们究竟需要我干什么。”

“马上您就明白了。我们把‘衔尾蛇’设备给了塞德娜方，它们按照约定，给我们发送了转译程序。我们运行了它，也能够解密一些文件，但只能对其中一部分进行操作。我们得到了图片、一些数字数据和简短的文字评论，可仅根据这些还是无法弄清楚最主要的问题——阿奎拉人是谁，我们为什么会被攻击，以及如何阻止他们。塞德娜方传达的意思是，这些问题都无法用文字和图片来表达，只能用完整的思维形式来表达。不是通过眼睛和耳朵，而是直接进入大脑。您明白吗？”

扎拉歇了一口气。她美黑过的脸庞上闪烁着汗水，房间里闷得难受，但现在谁也不想分心去重新调节一下气温控制台。

“我想我明白了。”格温妮德开口说道，她与其说是对扎拉说，不如说是对自己说，“人们看到画面的一个片段后，就可以无意识地自动补充起剩下的画面……大脑中的本能会创建模式，并揭示出其规律，这是连数学都无法做到的。因为大脑神经网络的复杂程度远高于通过方程系统进行计算的阵列……大脑能把所有的层级都作为一个整体分析，而不是把它们分解成方程式。而且凭大脑更容易看清事物的重点……是啊，有趣。”她咧嘴笑了一下，“在我的生命中，我曾多少次给那些相信阿奎拉接触者存在的病人们重组过大脑神经啊。有些人说的甚至比您还有说服力……是啊，但我还是不明白。他们怎么可能创建这样的文件？他们可不知道我们的大脑是如何运行的。还是说他们知道？”

“哦！这才是最主要的。不，他们不知道。我们不敢给他们提供关于我们大脑以及我们总体生物机制的相关信息，这也是档案的主要部分——就是那些格式塔文件——到现在还没有被破译的原因。转译器无法接收它们，正是因为它不知道我们的大脑结构。我们也不会透露这些信息。我们想让您黑进这些文件。”

格温妮德沉默了一会儿。

“我可以看看它们吗？”

“只有在您同意接受这份工作之后才能看。”

“不过反正我也不能拒绝，不是吗？”

“您很明白事理。”

“你们的要求是什么？”

“绝对保密。对‘衔尾蛇’的研究只能在静室里进行，一个字节都不能泄露出去。的确，技术上会有难度，但是您不用担心费用问题。毋庸置疑，太空舰队会毫不犹豫地为任何支出买单，您个人也将会得到相当丰厚的奖励。”

“什么奖励？”

“想要什么都可以。”扎拉简洁地说。她又补充道，“当然，前提是不损害太空舰队和普列洛马的利益。”

“您的保证听起来并不认真。”

“阳氏家族的人都说话算话。我们即使是开玩笑听起来也会很严肃，而我也没有开玩笑。”

“那如果……”格温妮德犹豫了一下，但还是冒险问了，“如果我的愿望是工作完成之后还能活着呢？”

“这是自然，”扎拉笑了，做出一副会庇护她的样子，“您可是非常高级的执行者。这样地位的人不会被清算。可以用另一种方式让他们保持沉默，那就是让他们进入知情人士的圈子，让保守秘密这件事对他们有利。所以说个别的愿望吧，您的生命是有保障的。”

“啊，要一个自己的小行星可以吗？”

“当然可以。但这也太小家子气了，格温妮德，这不是您真正想要的。您好好想想。要一个更高的知情权怎么样？”

“知道什么？”

“知道外来者的信息。我重复一遍，这里拿给您的不是全部的档案，只是转译器和一些样品。转译器知道数据的格式，但不知道数据本身。数据还存在别处，只有四个人知晓它们在哪里。您想成为第五个吗？”

格温妮德没有立即回答。

她知道自己已经没有选择了，她也不想选择——但她不想马上答应一切。应当要讨价还价，但是，如果她的任何任性要求都立即被答应实现，那该如何讨价还价？如何想出一个能让他们付出代价的要求呢？

“我想要提出问题的权利。”格温妮德终于开口，“提出自己的问题。我希望能自己决定想知晓什么。可以接受吗？”

“完全可以。”与预期正好相反，扎拉很轻易就答应了，“但我现在就提个醒，我的职权是有限的。有些事情父亲甚至对我都没有公开。”

“我明白了，再加一颗自己的小行星。”

扎拉善意地笑了笑。

“这当然是完成工作之后的事。可能实现不了，我理解，但你们总得有个让我努力工作的动力吧？”

“接受，一言为定？”

“一言为定。”

“完成期限是？”

“用的时间越短越好。火星循环机将在一个月后抵达，‘阿撒托斯号’会与它战斗，但我不能担保我有能力保住殖民地。如果您能在热战交火之前完成就更好了。”

“不可能。”格温妮德坚定地摇了摇头，“一个月太短了。我们谈论的是一个全新的研究……”

“我希望您不是在找借口拖延时间。”扎拉顿时有了强烈的不满，“别管这些了。反正火星人是不会抓您的。”

这一次，格温妮德感觉自己受到了严重的侮辱。

“您总是这样羞辱对埃里克斯忠诚的人吗？”她用冰冷的语气问道。

“坦白说，我并不指望您的忠诚。这不是什么私人恩怨，我从来就不相信任何人的忠诚。我会用其他方式激励你们。您面前有一个有趣的任务，做梦也想不到的那种。而奖励是真正的《银河百科全书》。怎么样？跟这一奖赏相比，我们的政治不都是些鬼把戏小伎俩吗？好了，劳埃德博士。”扎拉站起身来，欢快地拍了拍格温妮德的肩膀，“都是为了工作。”

神秘的猫

“我带您看看那朵黑花。”赛义德说，“我们走吧。”

他毅然决然地走向那名黝黑的长发男子。他现在最想做的便是逃离殖民地，远离格里菲斯和像他那样的生物——哪怕让他进入老莫斯科的废墟都行。那个被格里菲斯称为孔季大尉的黝黑男子友好地把手搭在他的肩膀上。

“我们不会走很远的。”他说，“跟我走吧。”

让赛义德失望的是，孔季并没有带他去任何其他地方，只是把他带到了这家医院的另一个房间。

这个房间宽敞、空旷、明亮，光秃秃的墙壁是奶油色的。有一堵玻璃幕墙朝向花园。在铺着蓝色地毯的地板上，有三只发白的、带小坑的松软球体，宛如扶手椅。这里没有任何其他家具，墙上也没有任何装饰品——只有一个浅浅的壁坑，里面立着一个与人体等高的白色塑料玩偶。当玩偶跨出壁槽，迈着平稳的、完全像人的步伐向他们走来时，赛义德打了个哆嗦。

“放松，这是一个服务机器人。”孔季说，“基本可以看作是一个跑腿小厮。你可以对它发号施令：过来，帮我拿这个那个。坐下来，坐下来，现在我们飞去黑花那儿吧。”

飞着去？直接乘坐这些座椅吗？赛义德有种预感。他坐在了孔季旁边的椅子上，紧紧地抓着扶手。服务机器人递给他一个托盘，里面有耳机、网状手套和怪模怪样的隐形眼镜一样的东西——每个镜片都悬浮在黏稠的液体中，像一个明亮闪烁着的小点。

“戴上它，”孔季吩咐道，“这是你的头部设备。”

“那是什么？”

“通过它们可以进入虚拟世界，你懂的，可以看到虚拟画面。你本人坐在这里，却可以从‘隼’的视角看到一切，嗯，就是那种飞行器。我们的大脑里都装有这种设备，但你没有，所以得用这些。来吧，戴上它们。”

赛义德迟疑地戴上全套物件。闪烁的小点立即蔓延到整个视野中，幻化成斑斓的彩雾。然后，这些雾点聚焦成一幅清晰的画面，赛义德忍不住赞叹了一声。在他面前的是南门，也就是他进入殖民地的那扇门。他现在可以看到它的内部，就像在现实中一样清楚和详细：门扇上的焊缝，门楼高塔粗糙的混凝土。画面微微晃动，发动机在耳边嗡嗡作响。

“我们走吧。”孔季说，“我在驾驶‘隼’，你告诉我往哪走。向前吗？”

“向前走！”赛义德喊出声来，忘记了所有先前的艰难困苦。

“隼”飞越大门，以不可思议的速度向南冲去。赛义德几乎都没来得及注意到拉巴特是如何闪现，又是如何被甩在身后的。他在德米特洛夫公路的草堤上方飞过，离地面仅有一人高度，耳边风声呼啸，叫人头晕目眩。草堤一晃而过，老莫斯科郊区的塔楼在前方拔地而起。

“知道地方吗？”他从风声和发动机的噪声中听到了孔季的声音。

“知道，知道，往前走！”

赛义德把自己的病忘得一干二净，忘了父母还在家里等他，只是想着：他在飞，他几乎是自己在控制一架飞行器！告诉那些小子们——他们绝对不会相信……布满鸟巢的塔楼过后，一模一样的古代街区如山岗般连绵延续……

“现在往哪走？”

“向南走八个街区，向东走三个街区。”赛义德对哈菲兹的地图记忆深刻，“然后会出现一条河，河里面有玻璃卵石。”

“哦，明白了。”“隼”转身离开公路，斜穿着向前飞，它那拉长的翼影时而潜入沟壑之中，时而飞上山头。赛义德现在才发现，这架飞行器非常小，比乌鸦大不了多少。

“就是这里！”他喊道，“就是那一群狗！”赛义德用手指着它们，但他看不到自己的手，“恶魔，畜生，都怪它们！”

飞行器急剧减速。狗儿们坐在山岗顶上一动不动。“隼”从狗群上空飞过，螺旋推进器卷起的风把野草吹得倾斜，这时狗儿们一个一个都跳了起来，齐声打起了喷嚏，十分好笑。但是，它们没动地方。赛义德意识到，狗群连成宽阔的链条，环绕守护着一个四面陡坡的山谷……就是之前那个山谷。接着，他马上看到了黑花。

“它在那儿，在悬崖边上！”

“我看到了。”孔季确认道。画面消失了，赛义德又回到了病房，孔季也从旁边的椅子上站了起来。透过眼镜，赛义德可以看到大尉长着浅色头发的脑袋被某种鬼魅般的红环箍着，但他不敢问那是什么。“谢谢你，小伙子！”孔季眉开眼笑，揉了揉头发，“你帮了大忙。”

赛义德茫然地眨了眨眼睛。

“这就完事了吗？你们要把那朵花留在那里吗？”

“我会把它拔走，但不是在‘隼’上拔。我们需要一个挖掘机和一辆卡车。我去处理这些事情，你留在这里。他们马上就把晚饭带过来了。”

“等等……”赛义德想起自己最重要的问题，“那我父母呢？您会告诉他们吗？”

“肯定会的。”孔季向门口走去，“我把设备都留给你了，可以玩着解解闷。你也可以用它和父母说话。”

“这怎么用？”赛义德不知所措地转动着手中的眼镜和耳机。

孔季叹了口气，返回来。

“戴上它。”他吩咐道，“设备里是你的代蒙。它是一个看不见的说话机器，可以帮你解决一切问题。”

“不——不，我不想用它。”这台会说话还看不见摸不着的机器让赛义德有些害怕。

“它没什么可怕的，这不是你的镇尼。像跟正常人交谈一样和它说话就可以……它有点儿像仆人，你可以提问题，下命令。比如说，”孔季握住赛义德的手，“你指着椅子说，过来！”椅子马上听话地默默过来了。“明白了吗？很简单。”孔季拍了拍他的肩膀，“还可以玩游戏，下单购物。总之，不会让你觉得无聊。”

孔季走了出去，服务机器人跟在他后面，留下了赛义德一个人。

他在房间里来来回回地走了一会儿。

看了一会儿窗外长着绿色苹果的果园。

摸了摸通向走廊的门，不过它当然是锁着的。更何况，上面连个把手都没有。

根本无事可做。

赛义德很不愿意和这个无形的、唯命是从的“代蒙”对话。但还能做什么呢？就这样傻傻地等着吃饭？才不要。

“过来。”他犹犹豫豫地对椅子发号施令，只是想试试。椅子过来了，它的顺从让赛义德受到一些鼓舞。“过来这里！这边走！”要是命令两张椅子相撞会怎么样呢？“你和你，来这边！”

效果很惊人：两把椅子紧紧地贴在一起，挤成一团，形成了一个完整的沙发。事情开始变得令人兴奋。赛义德想把椅子钉进墙里去，但这回它没有听话——它在离墙一步之遥的地方慢了下来。然后他忽然想到，他可以坐在椅子上，赶着它在房间里走来走去……

当赛义德对这个游戏感到无聊后，他从椅子上站了起来。

他开始渐渐感到有趣。孔季说可以问问题，下命令。是不是该尝试一下了？

“嘿，代蒙！”他觉得自己有点儿傻，转而看向虚空，“我可以看到你吗？”

他的面前立刻出现了一只圆圆的白胸灰猫，很是可爱，像画出来的卡通一样。它就坐在空中，毛茸茸的尾巴安适地缠绕着自己。

“我是一只智能猫，名叫凯特。”它柔声说，“我可以回答任何问题。你想做什么呢？吃、玩还是社交？想订购什么服务或商品？我愿意帮助你做一切事情。”

“呃……”赛义德有些迷茫。他不知道该和这只卡通猫聊些什么。问个问题？他唯一真正感兴趣的问题只有一个——该怎么治好自己的手。但如果连格里菲斯都没法回答这个问题，一只卡通猫又能知道什么呢？啊……格里菲斯，赛义德想起来了。是的，我想知道更多关于他的事。

“格里菲斯是个什么样的人？”

“世界上叫格里菲斯的人很多。”智能猫说（幸好，它不再出口成章了），“说清楚你指的是哪一个？”

“他在这里，是这个医院里的格里菲斯……前几天跟我说过话。他年纪挺大，坐在轮椅上。还有……”

赛义德迟疑起来：该怎么描述他的外貌呢？但是智能猫不需要他再说下去了。

“这是我们机构的主任，”智能猫说道，“‘莱安诺生命服务’地球分部的主任，卢露·格里菲斯博士。还要我说得更详细一些吗？”

“怎么会有这么奇怪的名字？”不知怎的，赛义德问出了口（不过，一个奇怪的人有一个奇怪的名字，仔细想想也不算出人意料）。

“格里菲斯博士是莱安诺人。”凯特回答说，好像这话对赛义德来说该有什么意义似的，“莱安诺殖民地是以一位古老的威尔士女神命名的，所以那有一个传统——所有莱安诺出生的人都从威尔士神话和历史中取名。还要我说得再详细点儿吗？”

“不用了，”赛义德感兴趣的不是历史，“不如告诉我，为什么他是……这个样子的？不像个正常人？”

智能猫短暂地犹豫了一下，仰起头。

“你是说长相？”

“是的。”

“格里菲斯博士是一个低重力者。低重力者是正常人，只不过他们是在低重力环境下出生长大的。莱安诺殖民地的所有东西都只有这里的五分之一重，所以低重力者的骨头很脆，肌肉也很无力。如果他们在地球上想站起来并且行走，便会被自己的体重压垮，这就是为什么他们只能靠轮椅行走。另外，格里菲斯博士所来自的地方阳光很微弱——所以他的眼睛才会那么大，皮肤才那么苍白。那边的空气是无菌的，没有微生物，所以他在这里要戴着面罩，因为我们的空气会让他生病。还要我说得再详细点儿吗？”

“不用了，”虽然这些话赛义德不是所有都能听懂，但是大致意思他已经明白了。他试着想象这个莱安诺是什么样子的：在永恒的黑暗里，那些苍白的大头怪物像蝙蝠一样飞来飞去……呃，多么令人毛骨悚然啊！“请问，那这些低重力者……是他们在统治着你们吗？这个莱安诺对你们来说就好比首都吗？”

“不，低重力者不统治我们。莱安诺是一个普通的殖民地。我们的首都在金星上，叫作——孔季大尉要跟你通话。”智能猫中断了自己的回答，“要接吗？”

“接吧！”

赛义德想，待会儿问问智能猫，为什么孔季不是“博士”而是“大尉”，哪个级别更高，也无妨吧。这时猫咪消失了，赛义德面前的空中出现了一个窗口一样的东西，里面是孔季那张黝黑的笑脸。

“你好，赛义德，又见面了。你父母想和你说话。”

赛义德激动地从椅子上跳了起来。他要怎么跟父母说，怎么解释一切？他父亲要是知道他去了老莫斯科，绝对会气得杀了他的……那边，孔季漫不经心地将额头上的一缕淡黄色头发拨到一旁。

“我警告你，”这时他已经收起了微笑，“不能提到黑花。就说你被苍蝇咬了，然后感染了某种病毒。如果你提到花，我就立马切断联系，以后再也不会让你和父母说话了。明白了吗？”

“当然，”赛义德大松了一口气，“绝不说老莫斯科！也不存在什么花，我被苍蝇咬了。就在卖肉市场后面的垃圾堆旁。”

“真棒，我知道你是个聪明的小伙子。现在把通话转给父母。”

孔季消失了，窗口放大，赛义德看到了父亲和母亲焦急的面孔。

“儿子！你怎么样？什么情况？”

已经不知道是今天第几次，他保证说，他感觉很好，炎症已经消失了……只是他得在医院住几天，否则会传染给其他人。没有，还没有吃饭，但总的来看，吃得应该不错。不用，什么东西也不用给我带。父母放下心后，切断了通信。窗口刚消失，灰色的智能猫就又出现了。

“我们的首都在金星上，叫埃里克斯。”她把被打断的话说完，“但并不是所有的殖民地都被它管辖。还要我说得再详细点儿吗？”

“等一下。”赛义德说，“我需要休息一下。”

他摘下眼镜，在房间里走来走去，整理着自己的思绪。

那只猫似乎真的什么都知道。但如果他什么都问，只会了解到一大堆无谓的琐事，永远也触及不到真正重要的东西。

应该从主要的问题入手。

“凯特，在我身上会发生什么？”

猫咪思考了一下，把头歪向一侧。

“今天吗？”她确认了一下，“当地时间晚上8点吃晚饭。晚上9点，晚间检查。晚上10点，睡觉。还要我说得再详细点儿吗？”

插曲：常春藤

主任办公室在莱安诺生命服务地球分公司的顶层，二十层。

从全景窗可以看到半个新莫斯科，街区都一模一样，绿植环绕着平房，还有宽阔的草坪街道。港口的起重机和镜面般的带状运河后面，热核电站的双曲面体冷却塔冒着蒸汽。窗外逐渐昏暗，太阳藏在了地平线下面，只露出一片红彤彤的晚霞。

卢露·格里菲斯身着正式的白色连体制服，领章是金色马头图案。他坐在桌首的移动椅子上，在他面前的是工作组的成员：医生沙菲尔和布伦丹，还有外卫队高级作战参谋布莱姆·孔季。嗡嗡轻响的服务机器人绕桌子转了一圈，给每个人呈上了一杯瓜拉纳。

"同事们，我们开始吧。"服务机器人消失在墙壁凹槽里之后，格里菲斯开口了，"孔季大尉，请您发言。"

"好。"孔季微微颔首，开门见山，"我们找到它了，就是这个。"一张照片出现在会场所有人的眼前：一株高大的奇异花朵，叶子乌黑油亮，立在尘土飞扬的枯草中。"我往它那儿派了一个哨兵机器人，但没有冒险采取更多行动。如果我们开始搞大动作，新莫斯科就会发现，并会要求我们做出解释。"

"是的，我们不能把它交给新莫斯科。"格里菲斯皱了一下眉。他忧心忡忡，他的拟形笼罩上了一层黑色的雾气，"您有什么建议？"

"和新莫斯科有什么关系？"沙菲尔耸了耸圆润的肩膀，"这是我们发现的。"

"但是在他们的领地上，"格里菲斯说，"所以在法律上属于殖民地，而不是我们。因此我们要保密。"他把杯子送到嘴边，从口罩里伸出一根吸管，插入瓜拉纳，"所以，大尉，怎么才能隐秘地弄到这朵花呢？”

“给我一台挖掘机器人。”孔季淡淡地说道，“再来一辆小卡车。今天我就能把那长花的十几立方米土块挖过来，然后把它带到这里。很简单。”

“如果殖民地发现了，并开始追问呢？”布伦丹插了一句。

“有公关部负责撰写回复。”孔季没扭头就直接说道。

“您需要多长时间能弄完？”格里菲斯问道。

“一个半小时。新莫斯科都不会有时间做出反应。”

“万一他们发现了，您就派出武装警卫。如果他们想制止……您知道该怎么做。必要时候我允许您动用武力。”

“可能性不大。”

“但是你们的人千万不能靠近那朵花，只能让机器人去处理。现在，技师，”主任转向沙菲尔，“关于那个男孩有什么要说的吗？”

“呵呵，有趣的事情还真不少。”技师满意地笑了笑，端起杯子抿了一口，“感染部位长出了某种增生物。”参会者们眼前开始闪现一些分叉结构的X射线片子。“它在神经纤维周围的胶质组织中生长得非常快，大约每小时两厘米。增生物缠绕着神经纤维，就像常春藤缠绕着树干一样。现在整个前臂都受到了影响。化学上，它是一个由右旋多肽、聚酰胺和其他一些我尚未知晓的高分子物质组成的网络。一种自我组织的超分子复合物。我把它称作‘黑花病毒’。总得给它起个名字。”

格里菲斯皱起了光秃秃的眉头。

“这个常春藤……您所谓的黑花病毒，是干吗的？它对身体有什么影响？”

沙菲尔两手一摊。

“到目前为止，什么影响都没有，只有一些初始免疫反应。”

“会传染吗？”

“只有在注射到血液中时才会传染。伺服，再来一杯！”沙菲尔对着服务机器人喊了一声，“我把一点儿黑花病毒注射到实验老鼠身上，全部感染成功。”

“然后呢？它蔓延到老鼠全身了吗？”

“它不会蔓延到整个身体，只会缠绕神经纤维，将周围神经系统完全破坏。现在它正在侵蚀大脑和脊髓。这个过程要慢得多，每小时几毫米。”

“那老鼠有什么反应呢？”

“十分正常，只是吃得比平时多。”

“赛义德也是这样。”布伦丹插话道，“这点很好理解——黑花病毒的生长需要消耗能量和物质。”

“所以这是一种寄生虫？”

“算是吧。”沙菲尔同意，“但我再重复一遍，没有观察到它造成任何痛苦。至少到目前为止是这样。”

格里菲斯用手指敲打着桌子。

“你们觉得病毒的目标是什么？拦截神经系统对身体的控制？”他苦笑了一下，“把人变成僵尸？”

“它没有任何控制中心，”沙菲尔放下空杯子，“只是一种原始的寄生结构。不过，可能也没有那么原始，里面有一些信号微弱的电活性节点集群。如果它们能够影响神经电流，慢慢渗透……那么，是的，黑花病毒可能就会影响到受害者的行为。但是到目前为止，我们还没有看到这一点。”

“也许我们看到了。”孔季反对道，“狗。它们分明是赶着孩子们往花那儿走，不完全是自然行为。”

沙菲尔若有所思地点了点头。

“是啊……这很有可能。能给我带一条狗来吗，大尉？最好是活着的。它的神经元值得研究，您说得对。”

“您说的这个黑花病毒是活物吗？”孔季问道。

“活物是什么意思，大尉？黑花病毒确实在生长和吸收营养，这是事实。”

“这么说吧，它是自然形成的还是人工制造的？”

“它没有细胞，绝对不是地球生物圈里的物种。可能是一种外星生命形态，也可能是生物技术的产物。”

“我们的生物技术产物，还是外星人的？”孔季步步紧跟。

沙菲尔无奈地摊了摊手。

“可能性一半一半吧，我不确定。原则上人类是能够做出这样的东西的，但是没有人在进行这个方向的研究，我们的生物技术走的是另一条路。除非，有人秘密做了，但是……总之，把那朵花给我们带过来，亲爱的大尉，那朵花！那时也许我们就能有些眉目了。”

“好，”格里菲斯总结道，“情况我已经清楚了，继续研究吧。但请大家注意！”他的拟形闪过一道亮红的火焰，可见是要强调特别重要的事，“这不是我们这个层级能够解决的问题，甚至连莱安诺的层级都不够。我有必要向金星太空舰队总部报告这些事情。技师沙菲尔，继续对老鼠进行实验。技师布伦丹，继续观察我们的病人。孔季大尉，开始铲花行动……技师沙菲尔，您有什么要补充的吗？”

“是的。”沙菲尔的脸好像石化了一样，“实验室发来了消息。刚才……”

“怎么了？”

“老鼠。”医生跳起来，冲向门口，把椅子都弄翻了。

回忆录：我从来没有喜欢过那个女孩

我从来没有喜欢过那个女孩——那是在我只通过媒体报道和传闻了解她的时候。在我亲自见到扎拉·阳之前，她在我脑海中的形象就是一个被宠坏的、任性的、自恋的小屁孩，有着谜一般的自信，认为自己势不可挡，才华横溢。简直可笑。然而，静室里的那番谈话多少改变了我对她的看法。在这个女孩身上，我看到了智慧和意志，最重要的是，看到了某种危险的魅力。她能够用疯狂的想法感染他人，并引诱其去做些冒险的事。我想在那一刻，我无法做出正确的判断。能够知晓如此重要的秘密，我受宠若惊，也引以为豪。而更重要的是，在为可恨的政治所累这么多年之后，我终于又能回到学术事业当中，这让我感到无比幸福。

和扎拉聊完后，我去了劳埃德领地，这里也是“劳埃德神经元实验室”科研中心的所在地。我在那里找到了我的丈夫亚瑟，“实验室”首席程序员。我把亚瑟带到自己的静室，告诉他所有关于项目的事情，并把装着“衔尾蛇”的箱子亲手交给了他。

“我没时间说服你去相信这一切不是胡话。”我最后说，“研究一下‘衔尾蛇’的技术条令，尝试启动它。我不在的时候先不要采取其他行动。现在我要去非正式外交午宴了，真烦人。”

出席晚宴的还是那几个人：扎拉·阳和她的保镖、普拉萨德上校和我。就我回忆，我们没讨论过什么重要的事。扎拉一直在分享名流八卦，没有让别人插上过一句话。我们几个观众都不太领情——普拉萨德蹙着眉头，我则沉默不语，沉浸在对项目的思考中。也只有她的保镖利比蒂娜·埃斯特维斯在一直用满怀爱意的眼神贪婪地看着她，真情实感地被她不怎么好笑的笑话逗乐。

我记得这位埃斯特维斯先前看起来似乎脾气很差。她或许是阳家优秀的看门狗，但她能在这个并不忠诚的殖民地里领导起一个内卫队吗？我对此深表怀疑。不过这些对当时的我来说都不太重要。

午餐终于结束了，扎拉拉着普拉萨德去参观殖民地，真是令人庆幸。我则回到了自己的神经元实验室，迫不及待地想看看亚瑟的成果。我的好奇心得到了回报。

狭小的静室里堆满了设备，在杂乱堆放的机箱和缠成一团的电缆中，我几乎无法转身。“衔尾蛇”开机了，低温泵嗡嗡作响，轰鸣声很大。亚瑟俯身专注于电脑，并没有注意到周围的一切。黄色符号在黑色屏幕上滑动——亚瑟正在滚动浏览一些字母数字序列的列表。

“有什么新发现吗，亲爱的？”

“界面已经弄明白了，我现在在研究操作系统内核和文件系统。”我的丈夫很开心，笑得像个孩子，“真的很神奇，写这个东西的人简直是一个天才。你能想象——”

“别说技术细节，”我轻轻地打断了他的话，“有结果吗？”

亚瑟叹了口气。

“我可以和系统交流，不过目前只能通过屏幕和键盘进行。”他的手在屏幕上滑动，“这是一个文件列表。你想看看吗？”

我往屏幕前凑了凑。

文本.文件_格式

星图.银河系

图片.地球0001

图片.地球0649

图片.自我复制单位001

图片.太空_仪器001

文本.谈判记录片段081648

X.000001

X.000002

X.000003

X.000004

“继续滚动。”我要求道。

“没什么新的了。往下都是‘X’。这些刚好是未加密的文件。看这里，读一下阅读格式的描述，”亚瑟把光标放在“文本.文件

_格式”那一行上，然后“啪”的一声敲下了回车键。

屏幕上涌现出一行行的符号。想到面前的一切都翻译自外星信息，我怀着纯粹的敬畏之心，开始阅读。

文件_格式 文本描述

谈判_双方交际用语单位一元矩阵

文件_格式 描述星图

三维不规则碎片形_压缩超级矩阵。参考压缩算法：文件_格式_星图

文件_格式 描述 图片

二维非压缩矩阵 1024×1024彩色像素点 红色 绿色 蓝色 8×8×8数位

“你明白这些是什么吗？”我问道。

“是的，到目前为止，一切还很好理解。文字就是文字，图像就是百万像素的彩色图片。星图……你马上就会看到。”

文件_格式描述 X

可变维度矩阵，用于输出到自复制单元根处理器。无译码。谈判方地球的自我复制单位根处理器的信息不充分。

“自我复制单位……这是人吗？还是什么生物体？”我问道，

"它的根处理器是大脑吗？"亚瑟只是耸了耸肩。"回到文件列表，我们来看看这些图片。"

"咔嚓"两声回车键，我看到屏幕上出现了一个朦胧的光旋涡，经过一番努力，我在其中认出了银河的圆盘。亚瑟又按了几个键，圆盘越来越近，翻转了一下，分解成各种各样的星团。他再次放大了画面。现在，我可以看到连接各个星星的直线。每一颗星辰与相邻星球之间，都延展着多达十几道细细的绿色射线。绿色的网络横跨了银河系的整个盘面，核心部分除外。在其中某些地方，可以看到有其他颜色汇聚成的小岛状子网——黄色、蓝色和红色。

"这是什么？"

"一张完整的银河系三维星图。"亚瑟用十分喜悦的声音说道，"你能想象吗？"

"这个我明白了。这些彩线是什么？"

"某种联络。我不知道。你自己看一下注解。也许，你会明白。"

他又敲击了一下键盘，屏幕上随之出现了文字。

注解：银河系·星图

与太阳系进行光同步后的银河系星图。日期为公元前5076351年。太阳系代码000000。通信 未知_术语_467 代码绿色。通信 未知_术语_468 代码 非绿色。

"公元前五百万年？"我震惊了，"返回星图那里……不可能！银河系人口这么稠密吗？”

“太稠密了，亲爱的，太稠密了！”亚瑟把画面放大，我看到了一团密密麻麻错综复杂的绿线。“你看这里，所有的星星都连成了一排。但这样的星团并不多，它们大多相距一两百光年。”亚瑟叹了口气，“可惜，这个星图已经过时了。现在所有星星的坐标肯定已经完全不同了……但是重要的事情来了！”亚瑟拉近一块区域，点击键盘，绿色网络的每个节点旁边都出现了一个数字，“看到了吗？节点编号六个零。太阳系。”

当明白了这句话的意思后，我感到一阵眩晕。

“所以五百万年前，我们的太阳系……”

“没错，它也是一个通信枢纽。”

“但那还是恐龙的时代，不是吗？”

“不，这已经是南方古猿时代了。”亚瑟切换了个画面，屏幕上出现了蓝白相间的地球。中间，透过云层可以隐约辨识出非洲的轮廓。一切都看起来很正常，我甚至没有一眼就看出地中海有些不一样：意大利南部是一连串的群岛，一条宽阔的地峡把撒丁岛和科西嘉岛串联起来。

“这是什么，五百万年前的地球吗？”

“不是五百万年前。读一下注解。”

注解：地球·图片0001

行星_地球的照片。钙城__接收器。

日期 公元前3207830年10月31日。

“明白了吗！”亚瑟在旁边兴奋地戳了我一下，“这不是对当时地球的重现图片，而是三百万年前的真实照片！在这里我们只有两张照片，可你能想象金星档案里有多少张吗？地球数百万年来的完整照片记录！你看，这还有一个，‘地球0649’。”

他切换了画面。强烈夕阳阴影下的砖块网格街道充满了整个屏幕。

“某个古城。”我判定道，“有注解吗？”

“当然了。”

注解：地球·图片0649

行星_地球的局部照片。钙城_接收器。照片彩色像素单元2米。日期_公元前2950年8月20日。中心坐标_东经72° 36'21"，北纬22° 09'20"。

“是公元前三十世纪。是苏美尔[1]地区吗？”

“并不是。这是印度沿岸附近的海床，并且比苏美尔存在的时期早两百年。我想，如果这些档案得以公布，所有的古代历史都得重写。不过，这才刚刚是个开始，现在看这个。”

他又切换了一个新画面，我看到，白色的墙面上有一些东西，乍一看像是什么标本制备室的垃圾渣滓。那东西有着褶皱粗糙的皮肤，四处散落伸展开的纤弱肢体，卷毛胡须，从它的肌窦中凸出一个类似疝的半透明气泡，里面是如弯弯曲曲的黑肠一般的筋肉。当意识到照片上显示是一个完整的有机体时，我

① 两河流域南部古国。

的呼吸仿佛停滞了，在其表面的畸形和混乱背后，有一种异样的、难以理解的、但能够被感觉得到的生物上的合理性。

“哦，我的上帝。这是……这是……他们的人？”

亚瑟摊开双手。

“不清楚。读一下注解吧。”

注解：图片·自我复制单位001

星球_系统谈判方_自我复制单位的照片。银河系星图代码_765409。重55千克。日期_公元前5474789年2月20日。

“这是什么星球系统？你在星图上找到了吗？”

“找到了，距离我们大约一千光年。应该说在那时候是大约一千光年，只不过现在……好了，让天文学家们去绞尽脑汁想这个问题吧。往下看。”

亚瑟切换了图片。其上，漆黑的宇宙中挂着一个薄薄的环形物，它被强烈的太阳照耀着，显得格外耀眼。它的表面布满了诡异的迷宫，闪闪发光，不像是金属，而像是冰块。

注解：图片·太空_仪器001

星球_系统谈判方_太空仪器照片。银河系星图代码_180647。大直径1.24千米。特征_速度为0.008光速。日期_公元前5189587年3月15日。

“是一艘星舰吗？”我挠了挠额头，“但是它的引擎在哪呢？

好吧，不关我们的事，这个问题让工程师们去想吧。那是最后一张图片吗？”

“是的。”

“这就有意思了。”我看着日期说，“有关银河系的所有数据都是五百万年前的，而有关地球的数据时间上都靠后一些。这会意味着什么呢？”

“什么都有可能。比如说，外星人不愿意分享自己比较新的信息。”

“或者说，他们已经与金星方分享了，”我猜测，“而金星那边没有给我们看。”

“看，还有。”亚瑟返回到银河系星图，放到最大。绿色网络中，每个星球节点旁边都闪动着一个数字。“发现了吗？数字都是六位数。”

“所以节点数量是十万到百万。”我得出结论，“这是最后一张照片吗？”

“是的，还有更多文字。”亚瑟回到文件列表，选中“谈判记录片段”，“依照我的理解，这里面的东西才是最重要的。”

谈判记录片段 2235.10.07–08

地球：问题1：

太空仪器_目标功能。方向_起点_HD183658。终点_太阳系。

塞德娜：回答1：

谈判方_地球_存在未知术语_31。

地球：问题2：

未知术语_31_定义。

塞德娜：回答2：

参考文件X.000019。参考文件X.000020。参考文件X.000021。

地球：问题3：

重复：问题1。请求用已知术语回答。

塞德娜：回答3：

粗略_回复。诠释范围很广。地球谈判方使用了非地球的归零算符。太空仪器方向_起点_HD183658。终点_太阳系。太空仪器有(使用)上述归零算符的逆向算符。此为可诠释的粗略回复。准确回复参考文件X.000019。参考文件X.000020。参考文件X.000021。

“这是什么乱七八糟的东西……归零算符？”我聚精会神地盯着文字，“它想表达什么？”

亚瑟只是再次摊了摊手。

“好吧，大致来说，这是一种可以把东西归零的操作，一个数学概念。但这跟地球和阿奎拉有什么关系……”

“那逆向算符呢？”我打断了他。

“嗯……这样说吧，如果归零算符把X变成零，那么逆向算符就会还原X，有点像是在彼此中和。虽然这样说很不准确，但是……等等，你明白了什么吗？”亚瑟突然有了兴趣。

“我想我开始明白了，他们用数学术语开始进行交流。”我说出了我的想法，“零，一，加，减——这是普遍通用的，所有智慧生物应该都能理解。随后才会上升到更复杂的概念——函数、算符等等。你明白了吗？塞德娜方试图通过一些已知概念来定义新的概念，它们选择的媒介是数学术语……”

“所以呢？”我丈夫问道，“这对你有什么启示吗？”

“假设‘归零’意味着‘毁灭’，这样听起来更合理些吗？”

“啊哈，地球有毁灭其他文明的能力？”亚瑟想明白了，“而阿奎拉的目标是消灭我们？”

“不是，你仔细阅读一下。不是毁灭，而是制衡削弱我们这种毁灭其他文明的能力。要对归零算符逆运算，意思是‘你们地球人正在带来危险，阿奎拉人飞来是为了消除危害’。这才是它们要说的。嗯……的确，信息不多。”我叹了口气，“好了，我们不要再猜了。‘X’格式文件，就叫它X文件好了。我们的工作就是对它们进行解码，还记得吗？”

“当然记得了。”亚瑟果断地敲击键盘，返回文件列表，“你想看一看吗？”

“点开吧。”

他选择了文件“X.000001”，屏幕上出现了满屏的混乱字母和数字。

“有足足一百兆这样的乱码。”他苦笑了一下。

“注解呢？”

“马上，稍等。”

注解：X.000001

自我复制单位根处理器归零数组。片段1，定义术语，未知术语26。片段2，定义术语，未知术语27。片段3，未知术语26_和_未知术语27_相等。

我叹了口气，沉思了一会儿。

“也就是说，这是用来教我们理解的？这样，我们把‘小男孩’拖进来，将这个文件喂给它。”我用怀疑的目光环视着这个满是设备的房间，“给‘小男孩’看这个X文件时，要借助不同的过滤器。如果它识别到了什么，我们就会看到明显的神经活动爆发。”

当然，我说的其实是些简短的专业俚语。但在面向大众的回忆录中，必须使用简单的语言来解释一切。“小男孩”是被称为“人脑模型”的仿生神经网络。通常我们用它来对我们的产品——植入物及其软件——进行初步测试。当然，“小男孩”是一种原始模型，与它交流做不到和与人类交流一样。对于刺激它只能表现出中低级反应——也就是说，它有潜意识，但没有某些古代心理学家所说的意识。但要对“衔尾蛇”进行真正的人脑实验，现在还为时过早。把“小男孩”电脑搬到静室后，我留下亚瑟去进行安装调试。

我自己则要去准备政府招待会。我很想躲过这个毫无意义的聚会——但却不能，因为我还是这个殖民地的首领。当我走出静室后，代蒙也再次连接到网络。我瞟了一眼视野角落里闪烁着的时钟，上面显示着18:20。这个数字，我一辈子都记得。

黑棋走车

2481年7月31日。

时间18:19:47。

开战前五十秒。

雷达“德克斯特拉5号”是阿顿星群中一颗小行星上的天线网络，它接收到了信号回波。其追踪的对象是“桑托罗号”循环机。一般情况下，每二十四小时会进行一次定位，但最近德克斯特拉已经被重新编程到它的脉冲频率极限——每一百秒一次。简单的普通定位处理器无法分析出当下的情况，它只能计算物体的坐标和速度，并立即将结果发送到中心。

赛义德突然浮出水面，傻傻地挣扎着，呼哧呼哧喘着气。这次他跳进了池子的深处——他的脚够不着池底。因为几乎不会游泳，他慌乱地抓着池边。现在，他歇了一口气，擦了擦眼睛，又跑去跳水了。

时间18:19:54。

金星轨道上的反传器收到定位器信号。通过狭窄的红外光束，它将“桑托罗号”的坐标向下传送到隐藏在大气层深处的操控中心。太空中没有人能观察到这里，此处酸雾中飘浮着一块小小的硅氢泡沫岩体，即拉普塔①。一台隐藏在拉普塔深处的处理器将收到的六个数字与另外六个数字进行了比较——目标子程序给出的结果是“符合”。

茶楼的露台上，阿尔列金半躺在角落里的五彩沙发垫上，正慢条斯理、津津有味地喝着茶。在阿尔列金面前的桌子上，有一个茶壶、一只彩色的茶碗和一个装着糖果的盘子。碗里淡粉色的液体散发着薄荷和醋栗的味道。盘子里有一只苍蝇爬来爬去。在露台的另一个角落，两个老人正在玩双陆棋打发时间。院子里的鸡咯咯地叫着，不知哪里还传来了女人的叫骂声，高空中穿梭机划过，发出轰隆隆的声响。

时间18:20:06。

一枚伽马激光弹在自己的轨道上爬行着。轨道呈管状，表层包裹着光伏薄膜，用极薄的拉线悬挂在十千米长的磁帆环中心。电流打着转流过被氮雪和镜箔绝缘层包裹的超导环，其磁场围绕着太阳风流中的巨型结构缓慢旋转，使管道保持在固定方向——准确地说，直指“桑托罗号”循环机。

扎拉·阳解开裙扣，动了动肩膀，使裙子滑落在地上。淋浴门在她的意识指令下打开。扎拉走进淋浴间，在压力作用下，热水从四面八方喷向她。她闭上双眼，头往后仰，让水流尽情冲刷

---

① 拉普塔（Laputa）出自乔纳森·斯威夫特写作于1726年的《格列佛游记》，是作品中出现的一个飞行岛。它的直径大约7.2千米，以金刚磁石为基底，而居住于其上的居民可以使用磁石推动岛屿前往他们想去的任何地方。

她的脸。

时间18:20:07。

伽马激光弹天线接收到来自金星的窄带无线电信号。处理器对信号进行了解码：报告情况，进入零号战备状态。所有系统正常，激光弹回应称瞄准完成，并开始从磁帆上逐步撤除电流，以便将其重新导入核装药的点火回路。

格温妮德·劳埃德从静室里走出来。“可以连接网络。”代蒙报告。她瞟了一眼出现在视野角落的时钟，看到四个数字后，马上就忘记了。她没有四处张望，径直穿过劳埃德神经实验室，走进自己的腔室。她尽量尝试把注意力切换到即将到来的政府接待会上，但是不管怎么努力，她所有的心思还是停留在“衔尾蛇”上。

时间18:20:20。

“统帅？”代蒙的声音在麦斯威尔·阳的脑中响起，“侦查目标12号请求指示。”

“我在听。”阳用意识回答道。一张太阳系三维虚拟星图在他眼前闪现，星图上椭圆形错综复杂地交错在一起，其间爬满无数小点，但是统帅的目光丝毫没有聚集在这些小点上。

“‘桑托罗号’已经进入了击杀区，伽马激光准备发动攻击。确认摧毁令吗？请求语音回答。”

“确认摧毁令。”阳说道，不带一丝情绪，也没有任何犹豫。

达妮·桑托罗用力把球从弟弟头顶上扔出去，扔球的后坐力让她后退了几步，旋转了起来。她用双脚支撑在腔室墙壁上，蹲下身子止住旋转，潇洒地大喊一声，蹬一下，又离墙而去。她迅速飞向弟弟，接过他的发球。这让她的飞行速度变慢了一些。卡尔紧贴着凹凸不平的墙壁，设法爬到一边。他总是想抓住一些东西——在这一点上姐姐总是嘲讽他。达妮喜欢飞行，但不知为什么，卡尔不喜欢，尽管他和她一样，都是在失重环境中出生并在其中度过短短一生的……

时间18:20:33。

伽马激光弹收到了命令，并启动。

TNT引信点燃钚装药，而钚又是氢弹的导火索。先是内爆，然后是链式反应，接着爆炸。中子如雪崩般飞速冲击激光元素——那是一个三米长的氢化铀单晶。重核在进行吸收后，喷出一波连贯的伽马射线光子。在于爆炸中蒸发前一毫秒内，激光器成功喷发出百万吨级的能量脉冲——所有能量集合为紧密的狭窄光束，对准了“桑托罗号”循环机。

“挪威号”循环机舰长奥西里斯·斯托姆正在狂蹬健身车。汗水顺着他的脸庞流下。他已经在两倍月球重力下跑了五千米，但决心要打破昨天的记录。医生说，他有脱钙的早期迹象。舰长在离心机里待够规定好的时间，并按照时间表做了所有训练，但那显然不够。哪怕时间不多，但训练量还是需要增加。斯托姆完全不希望，当所有事情结束时，自己带着一具残障身体回到月球……

时间18:20:34。

一道无形的伽马射线击中了“桑托罗号”循环机的岩石边。半颗小行星瞬间爆发出刺眼的白光，那光线如此刺眼，以至于岩石有一瞬间几乎变得透明。冲击波穿过星体，飞速碾碎人们的身体，把他们的残躯和岩石、冰块、金属碎片搅混在一起，速度之快，其中的人完全来不及意识到发生了什么。炽热的岩石碎片、尘埃和喷出蒸汽形成的彗尾四处飞散……

阿斯塔尔·达尔顿读着眼前闪现的简短文字。这行文字将眼前挤满人的房间劈成两半，透过字迹可以隐约看见他们。房间里鸦雀无声。达尔顿阅读完毕，文字还悬挂在那里，但达尔顿透过这行文字，把目光集中在房间里的人身上。

他们都很茫然。他们都很害怕。他们在等他说话。但现在，达尔顿无话可说。

2481年7月31日。

18:26。

战争开始了。

第二章　中局，开端

插曲：狗

太阳下山了，黄狗嗅到了“那东西”的味道。

比起昨天，今天“那东西”往空中伸展得更高了一些。狗几乎看不到它——它的视线并不能好好集中在远处静止的点上——但那淡淡的、令人不安的、如此熟悉而又难以企及的味道，却不可能错认。

黄狗把鼻子转向黄昏天空中那颗人眼所见最亮的星星。它急躁地活动着鼻翼，尽可能多地吸入“那东西”的气味。“那东西”有种太阳的味道和活动的两条腿东西的味道——但太阳的味道更严酷、更粗糙、更浓稠；而两条腿的东西味道糟糕，还刺鼻得很，让黄狗禁不住想打喷嚏，还觉得头疼。不，“那东西”闻起来很淡，令它迷醉，令它兴奋……但却一点儿也不像肉的味道，或公狗发情的味道。香味唤起的欲望也同样强烈，令它无法抗拒——但它不知道该如何应对。没有一种本能可以告诉它该如何熄灭这种欲望。

黄狗抬起嘴对着“那东西”，带着渴望长长地呜咽了一声，整个沾染黑花的狗群也跟着呼号了起来。

黄狗已经彻底忘记了，曾经，就在几个月前，它还完全不认得“那东西”，甚至连太阳和两腿生物的味道都闻不到。它已经忘记了自己是如何被黑花刺伤的，忘记了自己是如何躺在那里，瑟瑟发抖，甚至没有力气去赶走身上的苍蝇，忘记了自己是如何在饥饿难耐的情况下吃草吃土的。它不再记得，曾经，自己不属于一朵花，也没有被这莫名其妙、无法排遣的欲望所折磨……所有这些都被彻底抹去了。

黑花本身并没有唤醒它的任何欲望。黄狗凭着气味认出了它，但只把它当作食槽。

规则很简单。即使是狗的大脑也能学会。

刚被花儿刺过的——不要吃。它们的味道不对。得放它们走。

它们这些被刺过的，迟早会回来——花会吸引它们过来。它们再回来的时候已经没有气味，衰颓无助。那时候再杀死它们并吃掉，然后在花下排泄：只有这个才是黑花所要的。

而那些还没有被刺过的——就把它们赶到花这儿。花会刺伤它们。然后它们就会被吸引着折返。它们回来的时候已经虚弱不堪，作食物刚刚好。

自从黄狗向花儿臣服之后，它就有了源源不断的食物。老鼠、蜥蜴、鸟、蛇……这朵花会吸引所有东西过来。而对于那些没被它吸引的，狗群会把它们赶过来。就像赶那两个两条腿的幼崽一样。狗群整天守在花的周围，守着它们的食槽，含哺鼓腹。但一到晚上，“那东西”就肆意绽放，散发香气，用任何肉食都无法消除的饥饿感折磨着狗们。

黄狗呜咽的时间更长了，也更绝望了。它的呜咽变成了哀号……给我！给我！给我！它嗥叫道，整个狗群也跟着嗥叫起来。把你附加给我们的那种莫名其妙又无法排解的欲望消除吧，让我们回归安宁的日子吧……

木星在渐黑的天空中缓缓爬行，藏在狗眼无法企及的深处，对狗的哀求充耳不闻。

档案：正式声明

弗拉马里翁殖民地理事会指令

dsnp：//flammarion.moon/

今天世界时间18：20，小行星-循环机“桑托罗号”受到伽马激光射线攻击。由于射线冲击，小行星的很大一部分瞬间汽化，其余部分则崩裂成碎块。循环机上的人全部遇难。

袭击发生时，“桑托罗号”正由弗拉马里翁殖民地租用，在地球-金星轨道上飞行。循环机上载有机主-监督员、桑托罗一家（五人，包括两个孩子）和十二个弗拉马里翁殖民地人——他们是“挪威号”客机的机组成员。

这是一次和平的商业飞行。攻击发生在中立空间，并且没有任何提前警告，可以说是无可辩解的犯罪行为。

激光脉冲的来源是一个距离太阳0.68天文单位且释放能量

约300万吨TNT的闪点。鉴于爆炸发生在金星轨道区，而且闪点的能量和光谱与埃里克斯生产的伽马激光炸弹“重矛”相吻合，我们认为，这已经能够证明埃里克斯殖民地是这次袭击的罪魁祸首。

鉴于和平循环机被无端侵略，并造成弗拉马里翁殖民地居民死亡和重大物质损失，弗拉马里翁殖民地宣布与埃里克斯殖民地开战。

首席行政长官阿斯塔尔·达尔顿被任命为弗拉马里翁太空军统帅。

屏幕窗外，金星的天空如火焰般辉煌耀目。麦斯威尔·阳穿着一身纯黑色连体服，背对屏幕面对镜头站着。他骨节粗大的手指交叉放在腹部，黄褐色眼睛释放出的目光笔直坚定，令人生畏。

“这是弗拉马里翁的谎言。”他缓慢而有力地说道，用力拉长了音节，“这群下作的胆小鬼，荒唐可笑。”

阳的声音——低沉、凌厉，有些令人着迷的沙哑——和窗外的景色一样，是合成的。如果不经过处理，听起来就会像尖细的吱吱嘎嘎声：所有声音在埃里克斯的氧氦大气中听起来都比在地球的空气中高八度。

“达尔顿博士说，埃里克斯袭击了他和平的商业循环机。可他忘了告诉大家，事实上有两个循环机。让我们来看看第二个。”

一幅三维照片出现在大家眼前：一颗小行星被淡淡的幽灵般的光晕笼罩着。光晕向岩石表面方向平稳增厚，如果不是因为在不断膨胀，它看起来就像大气层一样。

“我们所看到的是‘霍尔茨曼号’循环机。它一路紧随‘桑托罗号’前往金星，也是由弗拉马里翁租用的。有趣的巧合在于，它对我们的询问不做回复。其周围是一层大气凝胶保护层。‘桑托罗号’被摧毁后，‘霍尔茨曼号’便打开了泡沫发生器——这对于一个和平的商业循环机来说可是个不太寻常的装备。还有一个细节：‘霍尔茨曼号’发射了导弹，足足三十发。可能这也算是和平的商业行为吧？”

照片消失了。阳的目光越发阴森凛冽。

“‘霍尔茨曼号’在四个月前飞过地球远日点。显然，那时候它里面装的是导弹和其他一些所谓的和平物资。四个月前——注意是四个月——弗拉马里翁就袭击了我们。我们击退他第一次进攻之后，他才宣战。好一副伪善的嘴脸。”

镜头被拉近到阳身上，他的脸几乎占据了整个屏幕。

“我们的攻击是对敌对行动的回应。如果我们不对‘桑托罗号’出手，它就会攻击我们。这也是对弗拉马里翁上火星盟友的警告。现在，他们自己的‘奈菲尔号’循环机正在前往我们普列洛马成员国——莱安诺殖民地。难道这真的是一次和平的商业性飞行？不排除这种可能性。那么，就让它打开舱门接受我们检查程序的检查。如果‘奈菲尔号’拒绝，我们就会把它也摧毁。我希望，我表达得足够清楚。”

统帅的目光微微柔和了一些。

“我对桑托罗一家发生的不幸表示衷心的遗憾。我们总是尽量避免不必要的伤亡，但当敌人下流地用儿童和平民作掩护时，我们不会让他们的诈骗得逞。而且不管怎样，即使是在局势紧张的此时此刻，我们也渴求和平。我敦促西尔万娜和其他殖民地不要参与我们与弗拉马里翁之间的冲突。我随时准备好与它的首席行政长官谈判。决定权在您，达尔顿博士。”

麦斯威尔・阳微微垂下头。转播结束了。

莱安诺：对话

莱安诺基地——奈菲尔基地
2481/07/31 21:30:55
询问：凡奋斗者只为一己之利

奈菲尔基地——莱安诺基地
2481/07/31 21:34:31
答复：诚然神明无求于世界

莱安诺基地——奈菲尔基地
2481/07/31 21:38:03
询问：身份信息
询问：武器清单
询问：访问目的

奈菲尔基地——莱安诺基地
2481/07/31 21:41:48

对“身份信息”询问的回复:

飞船名——奈菲尔

类型——客货两用型循环机

所有者——西尔万娜殖民地/火星

舰长——技师巴尔苏姆[NAV]·李

对“武器清单”询问的答复:没有携带武器

对“访问目的”询问的答复:根据2470年12月09日520-S号医疗保险合同,运送一批病人进行治疗和康复

莱安诺基地——奈菲尔基地

2481/07/31 21:45:35

通知:身份已确认

通知:怀疑贵方有敌意

通知:需要检查

命令:接收检查程序并安装在基地管理系统中

警告:不执行命令将被视为存在敌意证据

奈菲尔基地——莱安诺基地

2481/07/31 21:49:40

通知:准备好执行贵方命令

通知:检查程序已下载

询问:请留出时间允许进行程序安全检查

莱安诺基地——奈菲尔基地

通知：在20分钟内完成程序安全检查

命令：按照协议CSP建立宽带连接

命令：呼叫舰长进行联络

维斯帕尔·普拉萨德上校趁等待联络无事可做的时候，重读了电脑之间的对话记录。

上校脸色阴沉。这并不是因为“奈菲尔号”——它离他还太远，并没有构成任何威胁。原因在于，从今天开始，他已经彻底不明白自己该听命于谁了。格温妮德·劳埃德？扎拉·阳？还是直接受命于麦斯威尔·阳？

但最重要的是，普拉萨德感受到了深深的屈辱，因为他在没有任何提前通知的情况下就被清出了内卫队。就算是暂时性的撤职，这也像是在往他的脸上吐唾沫。在涉及女儿安全的问题上，统帅竟然更信任某个乳臭未干的保镖，而不是他维斯帕尔·普拉萨德！

不仅如此。他甚至没有被邀请去参加政府招待会！要知道，他毕竟还是外卫队负责人，按照规矩他也应该参加。然而，劳埃德却强行让他与“奈菲尔号”进行所谓的“重要而紧急”的谈判。就连一个孩子都清楚，这架循环机有武器装备，有敌意，与对方进行任何谈判都是枉费时间。

普拉萨德一个人闷闷不乐地坐在指挥台的中央，那是藏在莱安诺地下深处的一个小腔室。磨光墙面上亮着马赛克般镶嵌着的屏幕、照明面板、控制台。小行星的军备主要是以一种老式的方式——按钮来进行控制，而不是通过意识指令。所有的屏幕上都显示着“奈菲尔号”。从这里看，这架相隔0.4天文单位的火星循环机即使放到最大，看起来也不过是个朦胧的小点。

“奈菲尔号”没有做任何具有威胁性的事情。它没有发射导弹，没有部署战斗激光辐射器，没有用保护层包裹自己，然而上校毫不怀疑它有敌意。火星人编造的运送病人的荒谬谎言，只是在拖延时间。如果是普拉萨德做主，他就会先下手为强，不做任何检查，不谈判，不对他们假意迎接。但是…… “要保证自己的行事在外交层面上无可指责。”麦斯威尔·阳是这么说的，一字不差。无论谁是莱安诺这片浑水的负责人，麦斯威尔·阳的话普拉萨德肯定得听。

“李舰长已连线。”代蒙的声音终于响起，延迟了212秒。

视野中出现了两个窗口。李舰长圆滑的笑脸与上校阴沉的黑脸形成了极大的反差，上校立即命令用头像代替他的真实形象。

“您好，上校。”在普拉萨德听来，李的声音出奇地令人不悦，语气也带着嘲讽，“我理解，在发生不幸的‘桑托罗’事件后我们看起来很可疑。但老实说，我们是清白的。西尔万娜不会和任何人开战。我们由‘星工厂’医疗公司包租，是在运送截肢病人去进行生物修复手术。我们四个月前就提前通知过贵方了。四个月……很不幸，又是一个巧合，但请您相信我，它确实只是一个巧合而已。当然，我们会下载贵方的检测程序，您也可以把一切证实清楚。对了，如果我把我们的谈判发布到太阳系网络上，您不会反对吧？让全世界都知道，我们的飞行绝对是和平的。”“奈菲尔号”舰长的脸停在那里，带着叫人恶心的得意表情，这让普拉萨德更加坚信：对方正在当着他的面撒谎。

“通信开始。”他皱着眉头命令道，“您好，舰长。我对您说的提前通知一无所知，这是我第一次听说贵方的飞行安排。现在火星上是没地方缝合假肢了吗？您说服不了我，得等我们领导的决定。同时，禁止在网上发布我的言论。通信结束，会话结束。等一下！（普拉萨德及时地想起“要保证自己的行事在外交层面上无可指责”。）代蒙，校订我说的话。润色一下，加点儿客气话，然后直接发送。去吧。”

普拉萨德往后仰靠在椅子上，开始沉思。

“得等我们领导的决定。”他喃喃自语道。只是我们的领导是谁呢？格温妮德·劳埃德？安保合同——如果存在的话——一定是她签的。而且她也是普拉萨德的官方领导，所以从表面上看，我该找的人是她。

另一方面来说，他，普拉萨德，是一个埃里克斯人。埃里克斯任命他担任这个职务，埃里克斯在发动战争，如果出了什么问题，他应该向埃里克斯履行职责。埃里克斯的官方代表又是扎拉·阳。如果劳埃德下令放行循环机，而扎拉下令攻击的话，那该怎么办？而且扎拉的权力范围从未明确框定过。麦斯威尔·阳的女儿——这可不是一个职位……啊，莱安诺这该死的混乱。“见鬼！①”上校咬牙切齿地骂了一声，然后下令同时呼叫这两个人。

① 事实上他说的是“Vent shlock”，字面意思是“通风系统中未分类的排放物”。25世纪的脏话只能这样大致翻译成现代俄语。——作者注

莱安诺：暗杀

扎拉在虚拟镜前半转身，用挑剔的目光看着自己。为了这场招待会，她选择了一件奢华的金星风格晚礼服——用地球上的天然丝绸做的亮黑色旗袍，上面缀满了耀眼夺目的蓝色孔雀翎。她把自己的脸弄成莱安诺式的苍白色，戴着铂金首饰，扭成一对羊角状的头发染成闪闪发光的天蓝色。

“在政府招待会上，丑闻颇出的扎拉·阳又一次引起了轰动。”她说道，叹了口气，“标新立异的衣服几乎完全包裹着她的身体，据说这件衣服花费了阳家……花了多少钱，利比，你记得吗？”

保镖耸了耸肩。她坐在沙发上，目不转睛地看着扎拉。

“你看起来太美了。”

“谢谢，但奉承对你没啥好处。”扎拉把视线越过肩膀，对她狡黠地笑了笑。她的拟形变成了断然且强硬的金属色泽。“你不能跟我一起去。”

“我有义务保护你。”埃斯特维斯带着一种叫人绝望的固执坚持道。

“保护我的是内卫队，你是它的负责人。”扎拉理了理发型上的一个小瑕疵，视线却没有离开镜子。“你应该去了解那些当地成员，获得权威，让他们完全服从于你。留给你的时间不多了。”

“他们挺守规矩的。内卫队是一台运转良好的机器。普拉萨德组织得很完美，我花了几个小时就把事情接手过来了，一切都搞得清清楚楚。”

“你呀，利比，根本不是一个政客。”扎拉轻叹道，“内卫队可不是机器，而是活生生的人。而且我必须确保他们在任何情况下都会追随你，甚至在那些连普拉萨德的话都不管用的时候也会如此。你还记得我们在准备政变吗？”扎拉转向她的保镖，“我要成为这个殖民地的独裁者，一个非常、非常不稳定的殖民地的独裁者。我要让它变得可靠，能够投入到与火星人的战斗中。”她的目光紧盯着利比蒂娜，“比如说这次的招待会。我为什么要参加呢，自然是为了迷住当地的高层，但光靠魅力是不够的。我需要战士，不是劳埃德或普拉萨德的人，而是你的战士，你明白吗？”扎拉靠近保镖，把双手搭在她的肩膀上，“去找那些战士，亲爱的，”她低声说，“把他们变成你的人。不行，不行，你会把我的口红蹭花的。”她慌忙直起身子，转过身去，“好了！我得走了。我的迟到一定已经开始引起大家的不满了。”

政府接待会刚刚开始。大约有五十名男男女女和双性人在被命名为“里斯”的接待大厅里漫步。这是一个宽敞的伪凯尔特风格腔室，雕有华丽纹饰的木柱撑起了穹顶，木柱之间用链条吊着的青铜罗盘液缸在微弱的重力作用下缓缓晃动。古代女神——执掌富饶之角的罗斯梅尔塔[1]、身穿铠甲的布丽甘蒂亚[2]，

① 在伽罗－罗马宗教中，罗斯梅尔塔女神是一位象征生育和富饶的女神。

② 布丽甘蒂亚女神有不同的人物形象。一种是古凯尔特晚期（伽罗－罗马和罗马－英国）的女神；另一种是爱尔兰重要的女神，是诗歌、手工艺和医疗的守护神，可以帮助妇女分娩。

当然还有骑在马背上的莱安诺[1]——从柱子上威严地注视着人们。殖民地的主导文化其实来源于威尔士，但当设计师缺乏威尔士神话素材时，他们会毫不客气地从伽罗神话和其他凯尔特神话中取材。现场有风笛和竖琴乐队演奏。服务机器人用托盘将高脚酒杯送到宾客们手中。

宾客们悠然自得地聊着天，三五成群，聚在一起：领地首领和副首领们，公会的大技师们，行政高官们。用于遮蔽裸体的各种各样五颜六色的拟形令人眼花缭乱，有螺旋形的，也有分形的，投射出衣物或者珍奇野兽皮草的样子。他们的头顶上也是这样五光十色，时不时闪现出代表快乐的金色火花、代表同情的蓝色弧线、代表大笑的彩虹火星。这场招待会看似是一场昂贵的晚宴，但实质上是一场政治活动，其重要性不亚于即将召开的理事会。就是在这里，大家说说笑笑，觥筹交错间，便决定了理事会上的投票情况，以及谁会得到什么样的好处。

今天，谈话围绕着两个话题——与弗拉马里翁的战争，格温妮德·劳埃德的辞职。官方层面上格温妮德还在任，但在这场招待会上她选择使用了一种特殊的拟形——劳埃德领地的红白相间色流动丝带，这说明她是以自己领地领袖的身份来参会的，而非殖民地首席行政长官。这一事件带来的轰动正在平息。格温妮德拒绝讨论她的继任者，人们对她的兴趣也随之逐渐消退。但很快，众人有了新的关注目标。

“扎拉·阳博士，埃里克斯殖民地的代表！”大厅里响起了广播通知。

---

① 莱安诺女神是威尔士神话中的马之女神，类似于伽罗神话中的艾博娜。

扎拉迫使客人们让开一条道路，快步走进来。她一身耀眼的黑衣在一团团幽灵般的拟形中格外显眼，她的眼睛闪闪发光，唇边挂着胜利的玩味笑容。众人又重新振奋起来，纷纷向新的焦点探身张望，但扎拉立刻发现了格温妮德，并向她走去。

“晚上好，格温。”扎拉恬然一笑，“您一个人吗？您的爱人呢？”扎拉记得首席行政长官的丈夫亚瑟·劳埃德是她的副首领，也是劳埃德神经元实验室的首席程序师。

“我留下他去做一个……项目了。”格温妮德着重说出最后一个词，拟形光环变成了鲜红色，“我本想自己处理，可惜还得来招待会。”

“啊，我明白了。细节一会儿再说。好了，现在大家相互介绍一下吧！”

介绍仪式就此开始。“格鲁诺·潘摩博士，普列洛马本地的调配员；罗纳布韦·吉菲德博士，副行政长官；莫尔维德·霍埃尔博士，首席社会工程师……”当然，这种介绍实际上大可不必。扎拉的代蒙在每位宾客头顶都标明了其名字、职务、领地、公会，甚至还有表示其政治倾向的徽章标志（玫瑰的意思是“埃里克斯的支持者”，风向标则标志着“有条件的忠诚”）。但是世俗的仪式不可撼动。扎拉对每个人都露出耀眼的笑容，尽量变着花样对千篇一律的赞美之词做出回应。

得到所有人的关注给了她一种强烈的快感。扎拉很喜欢感受那些外表体面正派的裸体人内心炯炯燃烧的欲望，他们用眼神贪婪地撕扯着她身体外紧紧包裹着的衣服。但从进来的第一秒开始，色彩斑斓的人群中就有某种东西令她隐隐感到有些不安。

越往后，扎拉的笑容越僵硬，目光也越发疏离。她终于明白了。向众人稍致歉意后，她挽住格温妮德的胳膊，把她引到了一边。

“我可以看到大家头上都是玫瑰和风向标。”她小声地说，“这是什么意思，都是我们的人？反对派的人一个也没来？”

格温妮德咬紧嘴唇。显然，她一直在等待这个问题，又害怕被问到。

“是的，一个也没来。”

扎拉的脸色暗了下来，拟形瞬间变成愤怒的紫色。

“我已经告诉您要把他们请来。”她压低声音说道。

“我邀请他们了，但他们连个回复都没有！”

“哦，是这样啊。”扎拉的瞳孔因愤怒而放大，“他们得意忘形了，认为既然战争已经开始，那么他们就已经大权在握，可以公开鄙视我们了。好，走着瞧，我们走着瞧。格温，想个办法惩罚一下他们。”

首席行政长官哆嗦了一下，不由自主地和她拉开了一些距离。

“这未必……可行。这些人都是强势领地的领袖，而且我们没有法律依据去逮捕他们，或实施其他任何惩罚措施。一意孤公会酿成丑闻。”

“随它去吧，我喜欢丑闻。看着眼前这些人，我一直在想……”扎拉眼前闪过一行红色的文字：“来电：维斯帕尔·普拉萨德上校。紧急。最高优先级。”怒火瞬间消散，她的脾气来得快，去得也快，“哦，不好意思，有个电话。”

“不好意思，有个电话。”格温妮德同时说道。

“也是普拉萨德打来的吗？我们一起听听吧。”扎拉唤出通信窗口。

“劳埃德博士，阳博士。”上校用他一贯的不满语气开始说，“报告：‘奈菲尔号’已经与我们联络。舰长说这是一次和平飞行任务，也同意进行检查。我请求你们看一下对话记录——”

扎拉切断了联系。

“我看没什么急事。”她得出结论，“您自己处理吧，格温，好吗？我已经离开公众视野太久了。”

格温妮德不情愿地点了点头。

“我出去说。这里太吵了。”

“当然。”扎拉已经不再看她了。该发表讲话了。她转身来到大厅，用意识指令将自己的声音传至扩音器。

“各位博士、技师、武装者们，注意了！”她的声音在里斯大厅上空响起。大家安静下来。“你们已经知道，几个小时前，我们和弗拉马里翁殖民地开战了。我提醒大家一下，有两艘弗拉马里翁循环机攻击了金星。其中一艘已经被摧毁，另一艘发射了数枚导弹。很快，我们的人就会在金星附近和弗拉马里翁循环机展开战斗。”

扎拉不是一个善于辞令的人。她所有的演讲都是干巴巴的事实陈述，从不试图用华丽辞藻来激励大家听讲——她相信，只要自己一张口，无论如何大家都会听着。的确，事实也确实是这样。

“除此之外，还有一艘‘奈菲尔号’循环机正从火星向莱安诺这边赶来，一个月后它就会进入攻击范围。我希望大家明白这意味着什么。这已经不仅仅是埃里克斯对弗拉马里翁的战争了，而是我们共同的战争，是我们太空舰队的忠实支持者与‘二重奏’叛徒之间的战争。这是一场世界大战。”

她停顿了一下，给宾客们留出激动和平复心情的时间。

“但我们不会被打个措手不及！殖民地武器装备优良，我有一艘一级战舰。我们会战斗并取得胜利，这场胜利会将莱安诺和埃里克斯这对兄弟联盟永远团结起来。不仅如此！它还将会成为实现人类统一的第一步。为了胜利，干杯！”

扎拉从服务机器人的托盘上拿起酒杯，用力吸了一下酒精挥发的气体。她眼前掠过代表百分比和千分比的数字：“酒精……阴离子……阳离子……纳米颗粒……放射性……安全”。然后，她一口气喝了下去。

在雷鸣般的掌声中，这一切发生了。

她首先感觉到的是脑袋中的压力，它在她颅内迅速抽动着，慢慢变成难以忍受的疼痛。

扎拉大叫一声，抓住了服务机器人的塑料肩膀。

她的呼吸停止了，仿佛是太阳穴受到了打击。痉挛性的悸动扼住她的喉咙、胸膛、全身的每一块肌肉。

“竟然是毒药？”扎拉只剩下了最后一丝意识。不，其他人也出现了同样的反应。

周围所有人都发出“呼哧呼哧”的声音，抓挠着喉咙，喘不过气来，痛苦地倒下。

她几乎没来得及看清这一切，也没时间想清楚发生了什么——在她的身体失去知觉之前，周围的世界都失焦了，洇成一片模糊虚无的彩色斑点。

档案：新闻

莱安诺殖民地临时政府声明

dsnp：//free_rhiannon.freezone.sol/

太阳系的人们！今天，2481年7月31日，莱安诺殖民地的人民重获自由了。占领势力已被推翻，来自金星的压迫者和他们的走狗都已被逮捕。临时政府现已成立，理事会的临时大选定于8月15日举行。

临时政府宣布莱安诺殖民地已退出所谓的普列洛马，并终止与埃里克斯签订的所有不平等条约。莱安诺殖民地重获中立和独立。

我们呼吁“二重奏”联盟及其他殖民地全力支持我们为自由而战。知恩的莱安诺人民不会忘记在困难时刻向我们伸出的援助之手。团结起来，我们就会胜利！

临时政府主席卡德沃隆·阿龙博士

莱安诺殖民地政府的官方通信

dsnp：//rhiannon.adm/

7月31日晚，“自由莱安诺”运动的激进分子发动暴乱，意图夺取殖民地政权。他们的计划失败了。叛乱已经被粉碎。合法政府控制了殖民地领土、生命保障系统和武器库。叛军挟持了人质，并占据了莱安诺一小块地方，他们现已被完全封锁包围。

所谓的“莱安诺临时政府”声明并不属实。

政府正在尽一切努力，希望能够尽快解救人质。我们希望这次的内部事件不会影响到莱安诺与其他殖民地的和平关系。

首席行政长官格温妮德·劳埃德博士

外卫队负责人维斯帕尔·普拉萨德上校

内卫队负责人利比蒂娜·埃斯特维斯中尉

埃里克斯——弗拉马里翁：军事时事

dsnp://cerestimes.ceres/

昨天夜晚没有发生撞击。向金星飞行的弗拉马里翁“霍尔茨曼号”循环机似乎已经离开埃里克斯伽马-激光器的攻击范围。“霍尔茨曼号”昨天发射的导弹继续沿弹道向金星飞行。据弗拉马里翁总部媒体中心称，目前还没有导弹被击落。埃里克斯总部报告说，所有的导弹均已被追踪，一旦进入行星防御系统作用范围，就会被摧毁。

独立天文学家在金星附近观测到了许多微弱的热闪点。显然，这些是埃里克斯军事设备的喷气式排气装置。最亮的两个排气装置可能属于埃里克斯舰队中的最大的战舰——星际飞船“沉睡的克苏鲁[①]号”和“蠕动的混沌奈亚拉托提普[②]号”。这两

① 克苏鲁（Cthulhu）是美国小说家霍华德·菲利普·洛夫克拉夫特所创造的克苏鲁神话中的存在，是旧日支配者之一。全称为“伟大的克苏鲁（Great Cthulhu）”，沉睡之神。

② 奈亚拉托提普（Nyarlathotep）是美国小说家霍华德·菲利普·洛夫克拉夫特所创造的克苏鲁神话中的一位外神，三柱神之一，外神们的信使、代言人，象征着地属性。奈亚拉托提普总是热衷于欺骗、诱惑人类，并以使人类陷入恐怖与绝望为其最高的喜悦，其最接近于传统“恶魔”的概念。

艘战舰正在改变轨道，其目的无从知晓。

档案：阿尔列金的个人档案

公开部分

ID：516005627611

姓名：布莱姆·孔季

社会类别：武装者

出生日期：2440/12/16

父母（生产者）：地球分部/莱安诺生命服务

改造情况：战斗模式/高重力者

性别：男性

所在基地：新莫斯科殖民地/地球

所属机构：外卫队/地球分部/莱安诺生命服务

职务（身份）：高级作战参谋，大尉

机密部分

常用昵称：阿尔列金[1]

基因序列：XW9376 magnum/第4代/表现力0.85

训练基地：老城堡/保卫侦查联合机构

父亲：本·林

母亲：阿曼达·金（至2452年）

SOD工龄：19年

① 意为"丑角"。

Telserg测试成绩：450/109

属性：侦查员/追踪者

拉比诺维奇伦理属性：身份可变化者/孤立个人

性特征：异性恋/多性恋/主导者

反社会指数：A3

忠诚度：相对较高

机构所给评分：+47

评分记录：

2463 参与对敌行动 +2

2464 擅自开小差 –1

2465 参与营救人质 +5

2466 挑起队内冲突 –1

2467 服役时长 +5

2468 违纪行为 –2

2470 参与特别行动 +5

2471 资历提升 +5

2472 利用职务之便谋取私利 –2

2473 领导作战 +4

2473 越权指挥行动 –3

2475 消灭特别危险罪犯 +8

2476 不服从指挥官命令 –5

2477 资历提升 +5

2478 个人任务 +5

2479 高难度个人任务 +7

2480 特别重要的个人任务+10

阿尔列金的任务

在拉巴特办完事后，阿尔列金开着他的车沿着诺维茨基大道行驶。此时已经是晚上，前方松树公园上空的漆黑夜色中，深色圆柱正发出稀薄的灯光——这就是莱安诺生命服务地球分部的总部。从这里开始，到几条街之外，都可以看到战时模式的迹象：防空探照灯发出一道道警觉的光束，在夜空中描画着。大楼周围的巡逻无人机们闪着小灯，就像轨道上的卫星一样，匀速盘旋着。

埃里克斯和弗拉马里翁的战争开始于三小时前，局势非常混乱。地球分部隶属于埃里克斯的盟友莱安诺，但几乎所有的员工都是弗拉马里翁的盟友新莫斯科的殖民者。诚然，新莫斯科本身还没有参战，然而在莱安诺，两个派系本身就纷争不断。一个是亲埃里克斯派系，另一个是亲“二重奏”联盟派系。而至于格里菲斯主任倾向于哪一派，到目前为止还没有一句话透露出来。

阿尔列金甚至不愿意去思考领导层现在到底是怎么想的。他早就准备好了个人行动计划。如果格里菲斯要和莱安诺决裂（这是最有可能的），服从新莫斯科管辖，那他就像以前一样工作；但如果领导层要反抗新莫斯科（肯定会以失败告终）——那就离开这里，到地球人那儿去。阿尔列金已经提前在那里给自己准备好了很多可能的去处——比如罗斯、绿桥，甚至在伊德利斯坦都有备用地点。

那是殖民地外的野蛮世界，横行着雇佣兵、奴隶贩子、封建领主和强盗，阿尔列金觉得自己会在那儿如鱼得水——比待在总部的无菌办公室强多了。

在入口处有足足十多名卫兵把守，他们身上都穿着由反光设备制成的、能够对抗激光武器的装甲，装甲在车前灯的照射下闪闪发光，每个人肩膀上还装有一对用意念操控的“隼”型无人机。所有人都不得不停下来进行身份检查，即使他有外卫队的工作牌也无法逃过。战时模式刚刚实行，守卫们个个全力以赴，对任何人都不留情面。再往前走，在车库的入口处，他还得通过另一项检查。在大楼的入口处——是第三项检查，也是最彻底的一环，需要通过磁共振扫描仪，还得排队……

但检查总归已经结束了，阿尔列金正在乘坐电梯上二十楼，去往格里菲斯的办公室。

透明的电梯沿着同样透明的井道快速滑行，左边和右边也有电梯在穿梭着，一模一样的楼层一层又一层从眼前滑过。电梯停在了二十楼。主任办公室前的门厅里也有很多警卫。在进入房间之前，阿尔列金的工作牌又被检查了一遍。

“你好，大尉，”卢露·格里菲斯疲惫地从椅子上向他挥手，“请坐。刚从外面回来吗？地球人对战争的反应如何？”

阿尔列金微微耸了耸肩。

“还没什么反应。在斯洛博达和拉巴特只有十来个能连接太阳系网的人知道这件事，都是地方政府人员和一些富人。我和一些人聊过，他们都很惊慌。”

“他们具体什么反应？害怕暴乱？害怕刺激到伊斯兰教徒？”

“不是，这些倒没提到。他们最害怕的是，战争会蔓延到地球上。对了……”阿尔列金打探道，“确实有这种可能性吗？知道这一点对我有用。”

“有，而且可能性很大。”格里菲斯撇了撇嘴，“新莫斯科当局是有敌意的。他们关注着我们的一举一动，对我们哪怕一点儿的违规行为都耿耿于怀。几乎可以肯定，明天新莫斯科会宣战，然后……”格里菲斯两手一摊。

“这就意味着，我不能悄无声息地调动挖掘机和工作人员了。”阿尔列金确认说，而不是在发问。

格里菲斯叹了口气。

“您还有其他方法可以拿到花吗？”

“总会有其他办法。”阿尔列金迟疑了一下，回答道，“但是会比较麻烦。派一个地球人用铁锹把花挖出来。这样肯定不会引起注意。”

“那随后怎么处理这个地球人呢？”格里菲斯意味深长地挑了挑光秃秃的眉毛，“还是说，我最好不要知道？”

“为什么不要知道呢？那朵花肯定会感染他，沙菲尔和布伦丹就有新的实验材料了，这难道不好吗？不好的是另一点：我们会有损坏花的风险。”

格里菲斯不情愿地点了点头。

“行动去吧。”他沉默了很久，阿尔列金已经从椅子上站了起来，“等一下，还没完。我已经联系了金星方面，对方是统帅……这就是，你自己看。虽然我其实是不能给其他人看的。”

阿尔列金眼前跑出一行行文字。

发件人：麦斯威尔·阳

收件人：卢露·格里菲斯

优先级：最高级

机密性：阅后清除

您对新发现的评估非常准确。我们对所谓的“黑花病毒”异常感兴趣。

黑花、患者、实验动物以及你们设法鉴定出的所有感染物，都必须转交给太空舰队的研究机构。你们也必须交出所有研究资料，不留复印件。

我已派遣星际飞船“沉睡的克苏鲁号”沿地球–金星航线前往地球交接货物。你们的责任是将货物送到太空港，并将其发射到绕地轨道的“塞米拉米达①”空间站。

在“克苏鲁号”到来之前，请继续你们的研究。新莫斯科和其他分离主义殖民地的政府可能会试图干涉你们，不必对他们太客气。你们被授予全权处理此事，可以采取任何措施，无论怎样违法都可以。

这些材料具有全球性意义，必须不惜一切代价将它们送达。如有损失，您个人要负责，格里菲斯博士。要付出生命的代价。

---

① 传说中的亚述女王，是爱神阿斯塔拉的女儿。亚述国的许多次远征以及建造“空中花园”都是她的事迹。

“真够严苛啊。”阿尔列金恭敬地说道。

“对方可是麦斯威尔·阳，他不威胁人就不会说话。最可恶的地方在于，他不只是说说而已……不过这是我要关心的问题。孔季大尉，您明白吗？这封信就是您行动的指南。”

“我要负责把花运输出去吗？”

“是的，还有那个男孩和其他材料。把它们运送到太空港，从那里发送到轨道。只是这里的太空港现在已经对我们关闭了。新莫斯科无论如何都不会放我们出去的。我们得从卡普-亚尔发射。您能安排吗？”

阿尔列金耸了耸肩。

“问题是预算。”

“是的，当然。请接收行动资金。”阿尔列金眼前闪过一则通知：“10万能量[①]已打入您的账户。”他惊喜地扬起了眉毛。“应该足够应付一切。还有问题吗？”

“在卡普-亚尔我应该联系谁？”

“好问题。这是太空舰队驻扎官的联系方式。”代蒙又把一行文字投在视野框：“收到新联络人：瓦茨拉夫·考夫曼少校”。“这件事考夫曼是完全知道的。如果新莫斯科与我们开战，我就会被逮捕……或者被杀。”格里菲斯淡漠地补充道，“总之，如果我退出了这场游戏——您就自动转入太空舰队，受考夫曼个人的管辖。”

“那样就太伤感了。”

---

① 能量是所有太空人在太空殖民地和地球殖民地的（电子）货币单位。它的价值等同于与在地球温带热环境下标准氘氦核电站生产的1兆焦耳电能。

“是啊。对您来说也很不幸。还有其他问题吗？”

“如果这孩子的情况变得更糟了怎么办？”

“带上布伦丹。他是赛义德的医生，得让他跟着。但记住，对这些材料说了算的是您。这样行吗？”

“任务艰巨啊。”阿尔列金想了想说，“责任太大了，而且不是所有行动都合法。尤其是在不得不和新莫斯科方面开战的时候。”

“哦，我明白了。当然，您会得到一个单独奖励。”

“什么奖励？”

“机构那里会给您不少于十分的评分。而我个人方面……”格里菲斯对他袒护地笑了笑，拟形变成了仁慈的彩虹色，“我想，您在作战参谋的位置上已经待得太久了，大尉。如果您干得好的话，外卫队副主任的位置便是您的了。当然，前提是我们分部还存在。”

阿尔列金摇了摇头。

“我不喜欢追求仕途，我更喜欢能量。”

“那就二十万能量。”格里菲斯显然并不意外。

“这相对于外卫队副主任的位置来说，有点儿少了。一百万能量。”

格里菲斯皱起了眉头。

“如果我是您，我就不会好高骛远，大尉。您的名声不是很好，尤其是在太空舰队里。76年的丑闻之后，如果不是我的袒护……”

“是，我会被扣到零分，然后被踢出去。我记得，并且永远感激您。那八十万？”

“就五十万吧。”格里菲斯以不容反对的口气说道，“我也不知道能不能从麦斯威尔·阳身上榨出那么多钱，最近太空舰队待遇很薄。好吧，万不得已时，我自掏腰包给您补上。”

“我想得到一笔预付款。”阿尔列金客气地说，但语气很坚决。

格里菲斯叹息着摆了摆手。

“算了算了，再给您十万能量。如果我被逮捕了，剩下的钱卡普-亚尔的考夫曼会付给您。满意了吗？”

阿尔列金低下头。

“我准备好完成任务了，格里菲斯博士。”

回忆录：暴乱和政变

所有的暴乱和政变都有一个共同点：在事件达到白热化的时候，没有人真正清楚发生了什么。一位古代战略家曾经提到过“战争的迷雾”，“暴乱的迷雾”的浓郁厚重程度，大概两者不相上下。只有当一切平息下来，才有可能把粗略又相互矛盾的碎片拼接成一个连贯的历史叙述——而“连贯”并不一定意味着“更接近真相”。我不打算这样做。我不是历史学家，而是一个回忆录作者。我只写我自己的所见所闻——将所有零碎和不完整的个人回忆复述下来。

时间定格在我人生中那个决定性的时刻，当时，我以和普拉萨德谈话为借口，离开了里斯大厅。是的，这是一个借口。我本可以在大厅里找一个僻静角落安然说话——但我被社交场合压得喘不过气来。我觉得自己已经发挥了礼节性作用，现在可以不生是非地悄悄离开了。我想回到神经元实验室，真正坐下来，开始好好研究这个项目。

“衔尾蛇”深深地吸引着我，那一时刻，我没法思考有关政治和世俗职责的事情。一个接一个的想法如飓风般在我的脑海里翻卷着，每一个好像都在呐喊：“试试我！试试我！”我怎么能把宝贵的时间浪费在无聊的礼节性闲聊上呢？

与普拉萨德的谈话很简短——我确认了我们确实是在为火星提供医疗服务。我路过前厅的警卫，召唤出尼昂干线的电梯。在转了几个弯后，我看到干路上迎面走来一队服务机器人，还有战斗机器人组成的押送队。服务机器人拉着一长串的医疗箱。没有一个人类，谁也没有看一眼我的电梯。

医疗箱？招待会有什么紧急情况吗？我试着联系阳，但没有接通。“内网服务器崩溃了。”代蒙报告。

“有袭击？”那是我的第一个想法。我立即启动特殊通信，联系普拉萨德。但上校报告说，“奈菲尔号”没有发射任何信号。扎拉·阳和行政部门的人都没有回应，就连特殊通信上也杳无音讯，里斯大厅的监控摄像也无法切入。里面发生了什么？为什么没有人向我汇报？我只能呼叫利比蒂娜·埃斯特维斯。我很怀疑能不能指望一个三十多岁的小姑娘，她才当了半天的内卫队负责人，但是难道我有别的选择吗？

利比蒂娜气急败坏、双眼冒着火光的样子把我吓到了——她真的有在控制自己的情绪吗？但她毕竟是个优秀的专业人士，肾上腺素应该不会妨碍她清醒地思考和评估形势吧。

“他们劫持了扎拉！这是叛乱！”埃斯特维斯惊呼道，“普拉萨德，那个卑鄙小人，是他策划的阴谋！”

“埃斯特维斯中尉！请报告一下情况。”我果断地命令道。

我故作的镇定让她冷静了一些。

“是。里斯大厅遭到了巨大的次声波冲击，酒会上所有的宾客可能都昏迷了，包括扎拉·阳在内。‘里斯’周围的所有摄像头都被切断，内网服务器受到了分布式拒绝服务攻击①。反对派领地的几队机器人和人类正在向‘里斯’聚集。您有警卫吗，劳埃德博士？来内卫队总部吧，这里是安全的！”

但我担心的并不是自己，而是我的领地。劳埃德领地的人也全无联系。于是我拒绝了她的建议，继续前往神经实验室，更何况我已经快到了。

领地里一切正常，只是我的人一点儿都不了解详细情况，他们担心极了。我安排亚瑟继续去做“衔尾蛇”项目，告诉他不要被其他任何事情分心，并任命我的侄子乌利安为领地负责人，自己则关在办公室里，想整理整理思路。不过，这对我来说当然是不可能的。

没过一分钟，卡德沃隆·阿龙呼叫了我——他看起来似乎比利比蒂娜还要疯狂。

“殖民地被占领了！”阿龙宣布，“我已经把整个行政部门、

① 分布式拒绝服务攻击（英文为Distributed Denial of Service，简称DDoS）是指处于不同位置的多个攻击者同时向一个或数个目标发动攻击，或者一个攻击者控制了位于不同位置的多台机器并利用这些机器对受害者同时实施攻击。

领地领袖连同扎拉·阳本人都挟持了。所有的人都活得好好的，只是昏迷了。把您的首席行政长官令牌给我，我就放了他们。”

“您疯了！”我斥责道，“不老老实实地进行大选，而是发动了政变！”

“是啊，说得好像扎拉·阳会给我们一个公开透明的自由选举似的！我们不要浪费时间说废话了，在大选之前，给我临时首席行政长官的位置。您反正也要辞职了，那就任命我做您的代理。没有人会受伤，一切都会好起来的。”

直到现在我才开始明白。

如果我长时间昏迷，我的令牌——殖民地控制系统的电子钥匙——就会自动交给副行政长官罗纳布韦·吉菲德。接下来会依次传到下面行政层，他们之后就是领地领袖——包括阿龙。我开始明白——他想一网打尽所有人，让所有排在他前面的人都出局。但计划失败了：我不小心溜了出去，阿龙没有自动获得令牌。现在他只能寄希望于通过威胁我诱骗到它。

这一定是虚张声势。阿龙不敢杀人质——否则殖民地将永远不会原谅他。我意识到，从让我溜走的那一刻起，阿龙就已经输了。现在我要做的就是等他承认自己的失败。当然，我把这些想法藏在了心里。不到最后胜利，没必要激怒敌人。

“我需要二十小时进行咨询。”我说。

“是需要二十小时来准备突击吧？”从阿龙变黑的脸色来看，他大概是这样想的。但他不能说出声来。他的选择并不多：要么接受我的条件，要么坚持自己的说辞，用杀死人质做威胁。但他和我一样不想闹出流血事件。讹诈是相互的。阿龙是在作茧自缚，他很清楚这一点。

“好吧，我给您二十个小时。”他闷闷不乐地答应了，然后切断了通话。除此之外他还能做什么呢？

我赢得了谈判，但觉得自己已经疲惫不堪。在这本回忆录中，我已经不止一次写过，自己是多么不擅长政治游戏。结合所有错综复杂的利益关系来建立联盟，策划自己的行动，预测他人的行动——做这些事情对一些人来说就像呼吸一样自然，但对我来说不是。而现在，我是莱安诺未来的唯一负责人，不能允许自己逃离战场。我立即使用特殊通信呼叫殖民地的智能监控官——“官僚儿”，我们平时在非正式场合都这么叫他。

“改变一下首席行政长官令牌的继承顺序，”我命令道，“在我之后是利比蒂娜·埃斯特维斯，然后是维斯帕尔·普拉萨德。取消阿龙、艾农、梅里格等反对派的继承权。”

“不可能。”监控官的回答让我非常惊讶，“依据《殖民地章程》第29条第2款，只有理事会决定允许，才能改变继承顺序。”

“太荒唐了！”我惊呼道，“要知道他们是叛乱分子，怎么能保留他们的继承权呢？”

“我是一台机器，我没有权力将人们的行为定性为叛乱。”监控官的语气在我听来有些幸灾乐祸，不过这当然是一种错觉，“在理事会将卡德沃隆·阿龙定性为叛军之前，他仍然是领地的全权首领，在您之后排第十四位。”

“理事会……”一时之间，我的内心充满了恐惧，“现在除了阿龙的人，整个理事会的成员都处于昏迷状态！阿龙的人当然会投他们自己的票！”

“他们有效人数不足。”“官僚儿”安慰我说，“无法通过任何决议。”

“真是谢谢你的提醒。但是，这规则究竟是谁想出来的？理事会……现在正是我需要全权的时候，没有理事会我却什么也做不了！”

“您可以宣布进入战时状态。”“官僚儿”提示道，我也被自己激怒了——我怎么会对自己的宪法一无所知！

“如果我宣布进入战时状态，可以改变继承顺序吗？”

“是的，但只能维持半天时间。如果十二小时后理事会没有批准战时状态，战时状态将自动解除。”

有古人说：只有在危机时刻，才会发现真正掌权之人。长久以来，我一直坚信，理事会毫无价值，微不足道。直到现在，我才明白它真正的意义——只不过这会儿理事会实际上已经不复存在！但没有时间沉迷于反思了。

“我们就这样做吧。”我作出决定，“官僚儿！我宣布进入战时状态，命令改变令牌继承顺序。在我之后是埃斯特维斯，接着是普拉萨德。”

“搞定。”监控官这次照做了，“已进入战时状态，继承顺序已经改变。但是我提醒一下，您的命令必须在明天10点15分前得到理事会的确认。”

“理事会成员昏迷不醒，都被抓去做了俘虏。这不能作为延长时限的理由吗？”

“殖民地章程不会破例。”

“10点15分。我们会努力在那之前搞定的。”我告诉自己。

然后，我再次呼叫了利比蒂娜·埃斯特维斯。

她干脆利落地汇报了所有完成的工作。内卫队负责电脑维护的人员已经恢复了部分网络，我们掌握的信息也越来越多——“战争的迷雾”渐渐散去。很明显，所有的反对派势力都已经聚集在了“里斯”，而殖民地生命保障系统的控制权在我手中。我可以轻易地切断叛军的水、光、电和通信，但这些只有在全面封锁的前提下才有意义，而这种前提还有待建立——需要在叛军区所有的出入口都设置上巡逻队。

“我们可以组织这些巡逻队吗？”

“多少可以吧。”埃斯特维斯叹了口气。

莱安诺的大部分人类和机器人都不归叛军管辖，不过，可惜的是，也不服从我们的指挥。所有忠诚的领地现在都群龙无首——他们的领袖正毫无知觉地躺在阿龙的医疗箱里。现在需要任命一些临时领袖，在“官僚儿”系统中给他们注册牌令，然后把这一切告知惊慌失措的殖民地人——简而言之，需要重新建立完整的指挥系统。我把这个任务分配给了埃斯特维斯，自己则把通信切换到了普拉萨德。上校已经持续不断地呼叫了我很久。

“收到‘奈菲尔号’的传输文件”，普拉萨德报告说，“是我们的检查结果。”

我努力压制着内心的怒火。“奈菲尔号”！好像在这个时候没有比离我们还有一个月飞行距离的医用循环机更重要的事了！

“您的结论是什么？上校，简要陈述一下。”

“他们确实载着残疾人。”普拉萨德不情愿地承认，“我们在上面没发现任何武器。不过，我还是觉得，‘奈菲尔号’与叛乱有某种关系。我支持摧毁它。”

“基于什么理由呢？”

他恼怒地撇了撇嘴。

“你们这些政客才是应该想出理由的人。我打仗就够了。”

“打仗？”我不由得提高了声音，“上校，我们现在正在和月球开战。幸好目前只是在和月球开战。如果我们要攻击‘奈菲尔号’，就等于和火星也开战了，而且还把自己搞得像个残杀残废病人的刽子手一样。这是您想要的吗？目的何在？模拟战争玩得不够尽兴？”

“如果我们不进攻，他们就会把我们赶尽杀绝。”普拉萨德的语气带着些责备，“在叛军的支持下，不战而胜。”

我叹了口气，对所发生的一切都感到无尽的厌倦。

“动动脑子，普拉萨德！火星还没卷入战争呢。他们没有发动攻击，为什么呢？因为在观战，等着看胜利的天平会倾向哪一方。一个月后，‘奈菲尔号’会十分接近我们，同时‘霍尔茨曼号’也会接近金星。如果到时是我们占据了上风，没有人会动我们一根手指头。‘奈菲尔号’会把上面的伤残者交出来治疗，然后装作他们从来没有过非分之想。但如果金星输了……那我们就走着瞧吧，但无论如何都不要打草惊蛇，您明白吗？”

“明白了。”上校的语气还有些不赞同。

“那就好。我不同意攻击‘奈菲尔号’。”我下了定论，“让它飞着吧，有的是时间。把精力转移到内卫队事务上来，这才是现在最主要的事情。您需要策划一个解救人质的行动。”毕竟我不能单单指望利比蒂娜一个人，“六小时后提交计划。”

“是。”

“去吧。我得休息一下。”

但又没休息成。这次是“阿撒托斯号”的舰长汤豪舍·瓦加斯要求和我通话。我重重地叹了一口气，把频道切给了他。

“发生什么事了？”瓦加斯立即指责起来，“您是怎么允许叛乱发生的？为什么没有确保埃里克斯代表的安全？您知道统帅会怎么说吗？”

我当然不打算向他辩解。

“您有什么实质性的话要说吗，舰长？”

“哦，是的。”他邪恶地咧嘴一笑，“我得到了指令：如果扎拉·阳牺牲，就摧毁您的殖民地。如果十二小时内无法看到她还活着的证明，我就动手，对此不要有所怀疑。”

听到这些话，我愣住了。麦斯威尔·阳的确能够下达这个命令，瓦加斯也有足够能力执行。这不是虚张声势。这些人和阿龙不同，他们和莱安诺没有任何瓜葛，也没有什么可以阻止他们的大屠杀。“天啊，我为什么会和这群匪徒扯上关系！”我想，我第一次为自己选择政治道路感到后悔。

“舰长，您有什么好的建议吗？”我尽量冷淡而谨慎地问道。

“我无法派遣陆战队，因为人力不足。我所能做的就是把您疏散到金星。当然得和扎拉一起才行。”

“目前没有这个必要，将来大概也用不着。”我向他保证，虽然我自己也没有十足的把握，“我们的实力更强，足以应对这种情况。不过，您最好不要用威胁来刺激我们，还有叛军。”

“我从不做第二次威胁。”

我宁愿假装没听到这个可怕的暗示。

“您说完了吗，瓦加斯舰长？之后再联系。”

我切断了通话，命令代蒙不要接通除普拉萨德、埃斯特维斯和阿龙以外的任何电话，准备现在至少睡一会儿。我绝对需要休息休息。但我一走出办公室，亚瑟就向我冲了过来。

“格温，总算找到你了！”他异常热情地把我拉进静室，“我有好消息要说。”

“我太累了。发生什么了？‘小男孩’有反应了？”

“没错，我找到了一个复杂的非线性综合滤波器……是这样，从反应来看，它在那一串数字流中识别到了一个格式塔，并且给出的反应非常……”

“非常好。继续观察吧。”我向出口走去。

“但是……”亚瑟很气馁，我为自己的冷淡感到一丝愧疚，“难道你不想知道详情吗？”

“现在不想，亲爱的。”我轻柔地回答，“拜托了，不是现在。”

我服用了强效镇静剂，就去睡觉了。对我来说，这可真是可怕又漫长的一天。

莱安诺：俘虏

她好像醒了。

没有疼痛。只是浑身无力，头里带着昏睡过后的沉重感——

可能是某些药物的作用。“日期、时间、身体状况。”扎拉眼皮都没抬一下就吩咐代蒙道。

代蒙没有回答。

始终如影随形的忠仆现在沉默不语。他甚至没有发出任何故障通知——她眼皮微张，身边的昏暗世界若隐若现。

这太可怕了，扎拉顿时睡意全无。她睁开了眼睛。

她正躺在宛如幽深的封闭石棺的医疗箱里，身子半陷在凝胶床垫中。不知怎的，她还穿着那身旗袍，不过衣服现在已经褶皱得厉害——看起来他们曾想把它脱下来，但不知道怎么脱。一捆管子从医用手环里冒出来，伸入箱壁。勉勉强强能够听到空调发出的声响。

扎拉把手放到头上，透过头发摸索到自己的头骨。植入物还在原位，但天线头箍却不见了。现在她明白了，植入物断电了，所以代蒙才会陷入沉默。

扎拉厌恶地把所有管子从医疗箱里拽出来。医疗箱发出了警报声，但除此之外无事发生。

“过来啊。”她说。她知道有人在监视自己，他们什么都能听见。

扎拉十分冷静，这一点甚至出乎她自己的意料。她没有感受到任何情绪——没有恐惧，也没有愤怒。她的头脑清晰而冷酷。

她被俘虏了。有什么东西导致她昏迷了过去，招待厅里所有人都和她一样。整个理事会，整个行政层，所有忠于金星的高层。真是非常严重的打击。

扎拉咬紧嘴唇，想象着父亲会怎么接受这个消息。恰恰在这个时候，在马上就要为金星大战之前……

会是谁？她紧紧闭上双眼，仿佛这样就能帮忙找到答案。“二重奏”？“奈菲尔号”上有某种看不见的武器吗？不，他们不可能单凭自己的力量完成这些。他们对政府招待会的时间和地点都很清楚，因此在莱安诺一定有眼线。

反对派。对，还能有谁？阿龙那伙人。是的，现在她明白为什么他们一个人都没有来参加招待会了。蠢货！我真是个蠢货！普拉萨德和劳埃德也都忽略了这场就发生在自己眼皮底下的阴谋……我们现在要怎么跟父亲说呢？我要说什么呢？

好吧，现在不是指责谁有过失的时候。他们成功地实施了自己的阴谋，而且做得非常聪明，暂时囚禁住了很多人，但并没有发生流血事件。现在我们是俘虏，如果事情没有按阿龙的计划发展，我们——我，整个高层，还有劳埃德——就是人质。

还有劳埃德……

扎拉因恐惧打了个寒战。

劳埃德。“衔尾蛇”……

“衔尾蛇”在他们手里。不，不，不……

埃里克斯的最高机密被托付给我了……在这样一个关键时刻……父亲把它交给了我……

爸爸，爸爸！难道我已经毁了一切吗？我把你的任务搞砸了吗？

扎拉忘了有人还在监视着自己，发出了拖长的半呻吟半呜咽声。她蜷缩起来，把身子埋进床垫里——但她既无法躲避，也无法远离那脑海里出现的最可怕的东西。

无法躲开父亲的眼神。

他失望的眼神。

医疗箱的盖子发出轻轻的“啪嗒”一声，升了起来。

“不好意思，阳博士？”扎拉听到一个难为情的男人的声音。

她的上方站着一个高大的年长医生，他的头发在脑后缩成马尾。

对上扎拉的目光后，他巧妙地移开了视线。

真是一个令人难以忍受的耻辱。

她让自己的情绪占了上风，暴露了自己脆弱的一面。又犯了一个错误。不过……不过现在一切都失败了，还有什么区别呢？

扎拉用手肘支撑着自己，微微起身，小心翼翼地看着四周。

她还是在那个里斯大厅，但现在里面装了一排医疗箱。所有箱子都是密封的。医疗箱之间一群穿着白色制服的医生在溜达（或许不是医生——没有代蒙，扎拉看不到他们的拟形）。出入口处由“獒犬”级别和“斗犬”级别战斗机器人守卫，每个出入口两个。逃不掉的。

扎拉又看了看面前的医生。他连体衣上的名字是“格维迪恩・梅里格博士”，不是什么有用信息。如果有代蒙的话，它会立刻给出一份关于他的完整档案，但是……梅里格，梅里格……招待会上似乎没有介绍过任何名为梅里格的人。这就表示，这个领地是反对派的，不过这一点已经很清楚了。

“您感觉怎么样，阳博士？”梅里格的语气很职业化，也带着关切。

“有点儿暗。”扎拉回答。她不打算骂人，也不打算高傲地保持沉默。就用病人和医生之间谈话的普通语气——这样才合适。“是我视力的问题还是灯光问题？”

“嗯……照明是标准的。视力……啊，我明白了。您适应了金星上更明亮的光线。当您的代蒙在工作时，它模拟了对您大脑来说正常的照明模式。而现在……”梅里格的语气中有了歉意，“很遗憾，我们不得不……”

“他感觉自己有错。”扎拉心里暗想，“这一点值得做做文章。”

“你们对我做了什么？”

“声波攻击。这没事的。只是一百七十分贝的次声波，仅仅持续了几秒钟的时间，所以没有造成任何不可逆的伤害。有一些内出血，但我们已经处理过了。”

“我昏迷有多久了……”

“整整一个晚上。现在是8月1日，早上八点。”

“原来如此，声波攻击。”扎拉停了下来，喝了一口果汁，试图回想她所知道的关于次声波的一切。但没有代蒙，她的记忆中只浮现出可怜的随机信息碎片。“次声波好像可以穿透任何墙壁。你们是把整个殖民地的人都震晕了吗？”

“没有，您说什么呢。”医生急于解释，“我们选择的频率使共振只发生在‘里斯’。要知道，它是最大的腔室之一，共振频谱比其他腔室低。在其他地方不会有任何感觉。”

“您说得好像这是您自己的主意一样。”

“咳咳……不，我只是一个医疗顾问。我们必须选择一个可以震晕所有人但不至于有人丧命的频率，然后是安置发电机……”

扎拉几乎没有细听他所说的内容。她感兴趣的是语调，更有趣的是他不自觉的小动作。所有迹象都表明了一件事：格维迪恩·梅里格很紧张，并且无所适从。他的思绪已经飘得很远，并且很是慌乱。

有些地方不太对劲。是的，他们并非一切都进展顺利。

她心中的疑问越来越多。

为什么所有的俘虏都在“里斯”这里，而不是在正常的医院病房？这可是在莱安诺，世界著名的医学中心！这岂不是说明，阴谋家们只占领了“里斯”及其周边区域？

如果可以直接断掉代蒙的网络，他们为什么要取走她的天线呢？难道不是因为他们没有取得网络连接的控制权吗？

这是不是说明……格温妮德还在当首席行政长官？

“格温妮德不在你们这儿。”她说出声来，打断了梅里格关于相位、时间和干扰的喋喋不休。从梅里格猛地抽搐的动作来看，她说对了。“格温妮德当时已经离开了大厅。”扎拉越发自信地讲道，“她去和普拉萨德谈话，没错，我记得是这样。攻击并没有波及她。你们没能抓住格温妮德，而现在她在控制着小行星。你们输了，你们这些可笑的傻瓜。”她站了起来，对着受惊的博士开心地笑了，“把我的天线还回来，然后去投降。快点儿吧，梅里格。如果您听话，到时候我就替您美言美言……”

“我听见您这一番大话了，还是老样子。”她身后传来一个疲惫的声音，“狂妄无礼，像孩子般虚张声势。完全不懂得要输得体面。”

扎拉慢慢转过身来。

她一眼就认出了卡德沃隆·阿龙——这段时间她看了不少他的视频档案。这位反对派的领袖——一个高高的、瘦瘦的、胡子刮得精光的年轻人——看上去好像已经有一天一夜没睡觉了。他的眼睛红红的，凹陷进去，四周都是黑眼圈，里面好像在燃烧着两团充满敌意的阴沉的火焰。

“我确实不懂得怎么输，”扎拉平静地说，“您知道为什么吗？因为我没有这方面的经验。您好，阿龙。说说吧，您打算怎么做来获得我的原谅。”

阿龙站在医疗箱的另一边，好奇且不怀善意地端详着她。

“您到底还是被吓得失去理智了，”他说，“居然还在试图虚张声势，尽管我已经说过‘虚张声势’这个词了。随便吧，我不打算跟您玩心理游戏。”

“是啊，您也玩不了。”

阿龙轻蔑地笑了。

“我投降，我投降。来吧，扎拉·玛利亚·苏珊娜，有一个严肃的事情要讨论。”

扎拉有了兴趣，动身跟着阿龙进入到旁边的腔室。这是一个只有两张桌子的小宴会厅。小厅空荡荡的，没有人看守，这让她觉得很奇怪。当阿龙带着她来到桌前时，她更惊讶了，雪白桌布上有两样东西：自己的金属蛇形头箍和一把远射程医疗注射枪。

“安眠用的，”阿龙用头指了一下注射器，“希望谈话不会进展到需要用它的地步。请坐，首先我想说一件让您高兴的事：我不知道您要来这里，之前也没打算把您抓起来，发生这样的事，我由衷地感到遗憾。您让我陷入了一个非常尴尬的境地。”

“哦，是吗？”

“没想到您是这样一位大明星，还在太阳系网络有这么多的粉丝。我曾一直以为您的名气都是丑闻带来的，媒体公众实际上讨厌您，但是……啊哈，您不知道。从昨晚开始，太阳系网络上就全是保卫您的快闪信息。‘还扎拉·阳自由’，您能想象吗？”

“嗯，听到这个消息真的很高兴。这对您为自由而战的形象有损害吗？”

“是啊，我的形象可以说是被践踏得稀碎。有人甚至做了一个视频，视频里，伴随着我撒旦般的狂笑，您在莱安诺监狱里饱受折磨。顺便说一下，它有一百五十万的点击率。您知道吗，昨天民调有30%的人支持埃里克斯方，而今天升到了45%。当然，这不会影响实际的战争行动，但还是……”

“我明白了，不用解释了。放我走，问题就解决了。”

“我是想轻轻松松放您走。但是……”阿龙用头指了指通往“里斯”的入口，“还有其他人质，而且他们都是我们殖民地的杰出人物。每一个人都有自己的领地，有很多人想让他们获得自由。如果我把您一个陌生人放走了，却没有放他们，莱安诺的殖民者们不会理解我的。”

“这重要吗?”

“是的,当然重要。现在我们的运动在殖民地内部很受欢迎,在劳埃德的地盘上也有很多支持者。但如果他们发现我白白把您放走了,却想利用那些受人尊敬的莱安诺人讨价还价,用死亡来威胁他们……您知道那会对我的名誉造成什么影响。”

“所以您选择吧。什么对您来说更重要?是您在这个蚂蚁穴的名声,还是在整个太阳系的名声?”

“我别无选择,我是一个地方政客,没有征服全世界的野心。那些大家一天之后就都忘掉了的网络狂人,对我来说算什么?”

“也就是说,您不会放我走。我明白了,那您为什么要浪费这些口舌?”

阿龙深深地叹了口气,沉默了好一会儿,似乎在决定着什么。

“您的父亲发来了消息。有给您的,有给我的。我们听听?”

扎拉耸了耸肩,尽量不表现出自己内心涌动着的兴奋。

“听起来是个不错的开端。来吧。”

阿龙沉默了片刻,显然是在用意识指令打开隐形扬声器。

“你好,我的姑娘。”听到父亲轻柔而低沉的声音后,扎拉转过身去——她不想让阿龙看到她现在的脸,“首先你要知道,我什么都不会怪你。你当时无论如何也来不及阻止这个阴谋。保持冷静,不要惊慌。你很快就会恢复自由,我保证。”

扎拉觉得眼泪都要流出来了。爸爸,爸爸……他怎么总是能够说出那些最参透人心、最为人所需的话!

“现在这话是对您说的,阿龙。”阳的声音明显变得沉重起来,“如果您只是简单地叛变,还有可能脱身。这是政治,无关个人。但您给我女儿造成了伤害,这一点我不会原谅您。”

阳做了个停顿,显然是想让阿龙好好感受一下恐怖的气氛。

“无论如何,惩罚都会降临到您身上,但是您有机会让它减轻一些。立即无条件释放扎拉。用其他人质换您想要的东西,但是我女儿不是用来讨价还价的。如果她明天还没有恢复自由,您就会死。我重复一遍,阿龙,您会死。我不做空口威胁。去了解一下那些敢于向我家族成员动手的人的生平。”阳的声音似乎不可能变得更具威胁性了,但他还是做到了,“这还不是全部。如果扎拉受到任何伤害,我会将整个阿龙领地斩草除根。如果她牺牲了,我就摧毁莱安诺。相信我,即使战败,我也会想办法做到。就是这样,条件已定。好好想想,谁是谁的人质。”阳的嘴角微微动了动,仿佛露出一丝丝笑容,“我不会说‘再联系’,阿龙。下次见。”

扎拉歇了一口气。

“这个肯定会上传到太阳系网络的。”阿龙紧张地笑了一下,“为麦斯威尔·阳行事风格的描画添砖加瓦。我希望它能使社会舆论变得对我们有利,哪怕是一点点……”

“您不必试图假装不害怕。”

“我也没有假装。”笑容从阿龙的脸上消失了,“我很害怕。”他停顿了一下,显然是在等扎拉做些什么,“我真的很害怕。”

“所以您还是要放我走?”

叛军首领懊恼地皱起了眉头。

“当然不是。我已经跟您解释过了。别傻了,扎拉·玛利亚·苏珊娜。”

又是一阵沉默——直到这时，扎拉才恍然大悟，阿龙想让她做什么。

他为什么把她的头箍和注射枪放在桌上离她这么近的地方，她都能够得到。

为什么这么精心地安排注射器的手柄对着她。

她的脸上一定有什么变化，因为阿龙松了一口气，靠在了椅背上。他意识到她明白了。在他那疲惫至极的眼睛里，扎拉读到了完全的赞同。

“得打到颈动脉里。”扎拉回想起某个游戏里的情景，“来吧。一、二、三！”她迅速抓起注射器，对准阿龙脖子上抽动着的动脉血管，扣动了扳机。

插曲：鼠

“格里菲斯博士，欢迎访问！您是决定要亲眼看看这一切吗？”沙菲尔做了一个邀请的手势，迟钝的动作说明他经历了一个不眠之夜，“这就是我的老鼠们。”

“您的脸色不太好。”格里菲斯没有打招呼，直接说道。他乘坐着轮椅，慢慢地进入实验室，在第一个玻璃笼子前停了下来。

老鼠急促贪婪地吃着食槽里的食物。它的头部被脑电描记器的网格包围着，沿脊柱安装有一连串的传感器，头顶上还垂着操纵器的金属爪。

“它有什么反常吗？”

“您看，”沙菲尔向着显示器的方向点了点头，小白鼠大脑的三维脑电图正在上面闪烁着彩色的斑点，“这里看得不明显，请看慢镜头。您观察到节奏了吗？类似于马达的节拍。它的大脑一直处于活动状态，可这里神经末梢周围所显示的状态时而与它的活动相关，时而不相关。粗略地讲，老鼠一会儿瘫痪，一会儿恢复，如此循环，一秒十次。现在这些小可怜已经适应了，看表面没什么异常，但在最初的几分钟里，它们感觉不太好，全身颤抖着，连爪子都动不了。”

“这是什么时候开始的？”

“昨天晚上，黑花病毒蔓延到大脑皮层的时候。”

“您搞清楚问题在哪里了吗？”

“多少明白了一些。黑花病毒会定期控制神经系统，沿神经释放某些自己的信号，取代老鼠本身的。随后又撤回拦截，之后再次重复……”

“什么信号？”格里菲斯问道。沙菲尔只耸了耸肩。“主要的是，信号被释放到哪里？”

“看这儿，”医生展示了一张在显微镜下拍摄的照片，“这个围绕着神经元的暗网就是黑花病毒。您看到结节处的增生了吗？它们正在生长，昨天还不存在。而且它们刚好在颤抖开始发作时出现。”

“这些增生是什么？您做过分析吗？”

“脂质膜下的聚酰胺结节。有四种单体，并且每根序列都独一无二。这显然是一种分子信息载体，就像DNA一样，不过用的是酰胺代替核苷酸——一种更强的分子。但代码本身也是四分法。四种不同的单体，这一点我可以确定。”

“所以……”格里菲斯沉思了一下，“黑花病毒是在从老鼠大脑中读取信息，通过它的神经将信息传输到自己的节点，并在那里利用四元码将其存储起来？记录下来？”

“看起来是这样。”

“它是如何影响神经的？机制是什么？”

沙菲尔又展示了一张显微镜图片。

“您看这儿，密集的网络节点。那里存在电流活动，有电流在流动，而且有微电线直接进入突触裂隙。您明白吗？黑花病毒通过突触与神经元电流发生电性作用。两者之间互相影响，激发彼此的反应。我无法具体描述这种机制。想要搞明白，需要一个研究所做上一年研究才行。”

“黑花病毒只是保存这些信息？”格里菲斯无视了这句隐晦的责备，“它不传输到任何地方？”

“是的，我检查过了。在所有无线电射频上都没有任何超过噪声水平的辐射。”

格里菲斯满意地点了点头。

“明白了，这就是说，传送器不在这里。黑花病毒应该到传送器那里去，然后把数据转储进去。您知道该怎么办吗，沙菲尔技师？放老鼠自由行动，然后追踪它，看它去哪里。”

沙菲尔满意地笑了笑，轻轻拍了一下格里菲斯的肩膀——这种突然的亲昵行为让主任甚至颤抖了一下。

“好主意！我打赌它一定会跑到那朵花那去。对了，关于花……”

“我没说完呢，”格里菲斯冷冷地打断了他的话，“您尝试过毁灭黑花病毒吗？”

“当然，我一直在测试不同的试剂。但是，凡是能杀死黑花病毒的东西都会杀死健康的细胞。会找到办法的，格里菲斯博士，但不是这么快。这需要很长的时间，还需要人手，哪怕是几个助手都好……”

“你们没有时间，也不会有增派的人手，”主任断然回绝，“我不能让更多人知道这件事。现在您问吧，您想知道什么？”

“只是好奇围绕那朵花您有什么发现。您可以说吗？”

“我可以说。我们还什么都没弄明白。我们知道花的位置，但无法拿到它。”

“为什么？”

“因为战争爆发了，如果您还不知道的话。”格里菲斯皱了皱眉头，“新莫斯科是弗拉马里翁的盟友，我们是埃里克斯的盟友。新莫斯科正在监视我们的一举一动，所以我们做不到把花偷运出去还不被察觉。孔季大尉最近想出了一个解决办法，但这已经不是您该关心的问题了。”格里菲斯让轮椅转了个弯，“趁着材料还在我们手里，继续您的研究吧。”

沙菲尔叹了口气。

“我需要休息一下，格里菲斯博士。连续十五个小时……”

“服用些兴奋剂。”格里菲斯向门口移去，“您很快就可以休息了，我保证。而目前……”

“等一下，”沙菲尔抓住他的袖子，“看，这是怎么了？”

食槽空了。老鼠已经吃光了所有的谷物饲料，但它们还在槽底嘎吱嘎吱地咬着。沙菲尔沿着笼子慢慢地走着，仔细观察着那些动物，格里菲斯乘着轮椅紧随其后。所有被感染的老鼠行为都很奇怪。有的在啃食食槽，有的试图与食槽交配，有的看到人类就暴躁地龇牙，往人身上跳，用力撞击玻璃墙……沙菲尔停在笼子前，半张着嘴，打量着大脑活动监视器。其中代表大脑某一层级的部分均匀地闪烁着，然后渐渐暗淡。

“边缘系统……”博士喃喃自语道，“下丘脑……这个黑花病毒已经开始对中枢神经系统产生影响，正在定向对大脑施加作用……”

“它正在试验。”格里菲斯带着惊奇说道，“它正在拉线……唤醒大脑的不同区域，看看会发生什么……”

“真该死……那个小男孩会怎么样？”

格里菲斯脸色阴沉地点了一下头。

“继续工作吧，沙菲尔技师，想办法阻止黑花病毒。最好在我们的小病人也开始发生这种情况前想出办法。我会给您拨几个助手。”主任迅速地离开了。

魔毯

早上的检查依旧让赛义德感到无聊。这次，布伦丹在他头上罩了一个金属丝网，给他看各种图片，让他描述。难道他是在测试他是否智力受损吗？那些主要的问题——他们是否找到了治疗方法，什么时候能治好他，什么时候能出院——还是没有答案。只不过关于黑花的事情，布伦丹回答得很清楚，也很坦诚：没有，他们还没有挖到并带回来，这比预计的要难。经过一个小时的无聊程序，赛义德终于能喘口气，回到病房，摊开四肢懒洋洋地坐在椅子上，戴上眼镜和耳机，召唤出凯特。

他一早上都在计划今天要和智能猫做什么。昨天他花费了一整晚的时间和它做问答交流，玩虚拟游戏，还有其他一些小把戏，不过今晚他要做正事了。他是个大男孩了，是时候充分享受在新莫斯科的时间了。

"凯特，你说过我可以订购商品是吗？"

"是的，"猫咪回答道，"你的账户里有一千能量。你可以订购该金额内的任何商品，付款和送货都是自动操作的。"

一千能量？这等于多少尤尼[1]？还有……它们是哪来的？

"这些钱从哪里来？"

"这是由太空舰队给你发的生活费。每天一千能量，其中五百你可以自由支配，剩余五百用于支付医疗服务和食宿。"

一天五百？这么看来，钱不是很多。毕竟……问问也无妨。

"摩托车怎么样？"这是他最大的梦想。

"什么意思？"

"我的钱够买一辆摩托车吗？"他耐心地解释。智能猫只听得懂明确提出的问题，不要忘记这一点。

"不够，最便宜的车型要四万五千能量。"

"呃……那枪呢？"

---

① 太空人和地球人之间结算的货币单位。相当于能量，以现金（纸质）形式流通。

“要买玩具枪的话可以。真枪不够，而且他们也不会卖给你。”

我没有抱太大希望，我不傻。

“有没有和真品一模一样的玩具枪？”

“有带声光效果的模型枪，价格最低二百五十能量。看一下有哪些吗？”

“来吧！”

声光效果！是啊，这点不错：向空中射击，大家会信以为真。“我会告诉小伙伴们是我偷的……要是我向空中打一枪，谁都不敢动……”空中出现了一张大列表，上面是各种图片：从燧石枪到激光手枪，数不胜数。每支枪下面都标有价格。赛义德大张着嘴，目光沿着表格游走，仔细地看着这些宝物。每一把枪都可以触碰到，带着金属的冰凉或塑料的温热，但只要他用手指一按，幻影就消失了。

“我要这个。”赛义德最后指了指“勃朗宁M2240”，它看起来挺结实的，价格也能接受。

“确认支付350能量？”

“是的。”

“已接单。这支枪将在二十分钟内制造好并配送过来。”

列表消失了。赛义德倒在沙发上，他的头脑被不可思议的可能性冲昏了。“还有一百五十能量……我还该买些什么能让大家惊叹的东西呢……或者攒起来买辆摩托车？这得需要多少天呢？……”

窗外传来一阵遥远的、尖锐的、令人不安的熟悉声响，打断了他的思绪。又有一声，还有一声……枪响。某个地方在发生枪战。在南边，拉巴特的方向。赛义德吓得从沙发上跳了下来。

“凯特，这是什么？为什么会有枪声？”

智能猫歪着头想了很久，低下头回答：

“在拉巴特发生了冲突，警方正在镇压骚乱。详细情况目前还不知晓。”

赛义德咬紧了嘴唇。骚乱在拉巴特是常有的事。有时候是因为生意伙伴在集市价格上无法达成一致，有时候是切特维尔戈区和司列达区闹了起来，而常发生的是，整个拉巴特都起来对抗斯洛博达，教徒对抗异教徒。这样的激战是最可怕的——那时候一连好几天，父亲会用木板封上窗户，堵上门，让他和母亲去地窖躲着，而父亲自己则坐在门厅中间，在腿上放一支步枪。最后的结局一般都是，新莫斯科人开着他们的魔法汽车前来干预，不分谁对谁错，把每个人都驱散回家……这次又是为什么？赛义德很担心他的父母。

“到底是哪里的枪响？”

“在加利莫夫集市和卡马洛夫交易行，”智能猫安抚他（感谢真主，离家里那块还远着呢），并立即通知说，“您的订单已经送达。”

一个服务机器人进来了，用托盘托着一个盒子。赛义德抓起它，急切地拆开包装。他检查了一下“勃朗宁”，朝空中射了一枪——声光效果很好。但不知为何，他没有感受到预想中的那种兴奋。窗外是真枪实弹的射击，是杀戮。在这个残酷的世界里，他一个拿着玩具枪的男孩，又算得了什么？

门又开了。布伦丹和孔季进入房间。他们看起来很忧虑，以至于让赛义德怀疑自己的订单是不是造成了什么可怕的后果。不过无论是医生还是大尉，都连瞟都没有瞟一眼那把枪，但孔季腰带上的手枪皮套一下子吸引了赛义德的目光。

“我们走吧，小伙子。”他说，“这里开始有危险了，得赶快离开。”

“危险？这里？新莫斯科？”

“就是这里。新莫斯科当局是我们公司的敌人……走吧，没时间解释了！”

赛义德赶紧把设备零件分别塞进口袋里，把枪别进短裤的松紧带里。当孔季和布伦丹转身离开时，男孩注意到医生背后有一个类似背包的东西，但那东西像被胶粘上去一样挂着，没有任何背带。

“我们要飞去哪里？”他一边跟着大人们往病房外走，一边问道。

“去卡普-亚尔殖民地。”布伦丹试图用安抚的口吻说话，但赛义德看到他在紧张地舔着嘴唇，“先去找卡普-亚尔，然后……”

“然后我们再说。”孔季急急地打断他的话，“走吧，别说了，时间不等人。”

三人走到花园里，那里有一辆车在等着他们——不是把赛义德带过来的白色球状汽车，而是另一种：笨拙的黑色军用高轮大车。“金斯顿”，赛义德恭敬地记住了这个名字。一款强大的军用越野汽车。他们爬进了车厢，车子在低微的轰鸣声中启动了。

诊所和花园被甩在后面，车子开出了大门，然后加速。其速度如此之快，以至于赛义德被压进了座位里。房屋、树木、偶尔路过的行人、汽车汇成了一条彩带，疾驰带来的快感让赛义德一下子忘记了所有的烦恼。

楼房上面挂着巨大的广告牌——它们后退的速度比房屋慢一些，赛义德来得及看清楚每一个。那些现实中并不存在的宣传画，只有通过眼镜设备才能看到。最神奇的是，他可以在海报上看到自己的照片或名字。“试试吧，赛义德，你会喜欢它的！”“不要让成功溜走，赛义德！”

“凯特，这是什么？”他惊叹不已。布伦丹瞟了他一眼，但什么也没说。

“请你精确描述一下问题。”猫咪沉着回应。

“那些放置广告的人，他们是怎么知道我的？”

“我知道你是因为我们交流过。”

“所以这……是你放的？”

“是的。如果你想的话，我可以关掉广告。但是那样的话我的服务就需要收费——1小时1能量。”

“不，不用关掉。”对于赛义德来说，看宣传画是当前的娱乐，“这是什么？”

一张不同寻常的宣传画飘过：一个美丽的蓝发女孩从栅栏后面惊恐地向外望着，面带哀求。“帮帮我，赛义德！”

“支持扎拉·阳的运动。”凯特解释道，“她被‘自由莱安诺’运动的激进分子囚禁了。”

“怎么帮她？”关于激进分子的事赛义德不明白，但是扎拉美丽而痛苦的脸引起了他无法抗拒的同情。

“在释放她的要求书上签字。发送你的签名吗？”

“好的。”

“已发送。”凯特报告，“你是第6301个签字的人。”

宣传画上面的文字又变了：“谢谢你，赛义德！”女孩的脸上焕发出了充满希望的羞怯笑容。其间，车子拐进了一条狭窄的通道，经过一个大门，然后放慢了速度。

他们来到了一个被树木包围的小型起降场。办公大楼的上空飘扬着一面带金色马头图案的白旗，门口有两个身穿闪亮盔甲、体型巨大的卫士在守卫。在起飞场中央矗立着一个环形的、不知是仪器还是飞行器的东西，那是一台流线型的白色机器，两侧边缘处各有两个螺旋桨，螺旋桨几乎是水平放置的。透明的机舱在其平面上方凸出，呈朝前且朝上的圆形雪茄状。

直到这时，走在孔季和布伦丹中间、和他俩一起前往飞行器的赛义德才突然想起来：

“嘿，那我们什么时候回来？”

“呃……”布伦丹一如既往地支支吾吾，而孔季自信地说道：

“等一切都平息之后。”门开了，舷梯垂下来，孔季做了一个邀请的手势。

“我父母知道吗？”赛义德不断地提问题纠缠他，“我们为什么要飞着去？去那里干吗呢？”

“他们知道，他们知道。在那里还是做跟这里一样的事。”孔季不耐烦地挥了挥手，“吃饭、睡觉、娱乐费用由公司承担。你要不是一个如此健康的假病人的话，应该说‘治疗’费用。快坐下吧，真是的！”

赛义德脸上挂起一副独立自主的表情，沿着舷梯进入机舱。一位飞行员从前座转过身来向他点头问好。圆形镜面飞行帽遮住了她的脸，但白色连体服不知羞耻的紧身剪裁，让人毫不怀疑她是一名女性，而非男性。

有点儿难为情的赛义德坐在了后座上。布伦丹在他身边坐下，孔季则留在外面。赛义德还没来得及问为什么，大门便“砰”的一下关上了，螺旋轰鸣声越来越响。

“为什么孔季不和我们一起走？”他对着布伦丹的耳朵喊道。也许这次他不会支支吾吾，会说实话。

“他去弄你的花了！”布伦丹也大喊道，“我们会在外围等他。”

环形飞行器在沉重的轰鸣声中飞离了地面。赛义德非常兴奋：我飞起来了，真的飞起来了，不是虚拟飞行！他们迅速地爬升，被圈起来的起飞场变得越来越小。驾驶舱机头慢慢回落，速度加快，现在螺旋桨不是在推动着飞行器向上，更多是在推动它向前。飞行员半坐在座位上，没有触碰操纵盘。赛义德已经明白了，她是在通过意识操控飞行器——用她自己的智能猫或者其他东西，不知道她的代蒙怎么称呼。透过神奇的眼镜，赛义德可以看到飞行员飞行帽周围有一个箍，上面写着：“温蒂[NAV]米勒”。那个“NAV”是什么意思？……他的目光不自觉地向下滑去。那被雪白的紧身连体衣勾勒出的身体曲线不可抗拒地吸引着他的目光……赛义德强迫自己把视线转向窗外。

他们还没有爬升得很高，但已经可以看到整个殖民地的全貌——是一片被网格状街道规整划分为方形的住宅区和花园。殖民地的北面是货运站林立的塔吊，东面是绵延不绝的太空港飞行跑道。西边是一条蓝色的运河，驳船在上面缓慢行驶。在运河后面，巨大的热核电站冷却塔像两座火山一样冒着烟。运河和殖民地之间，集市和郊区紧密相连，如同灰色的迷宫一般。他们从那里离开，向东南方向飞去。在空中，环形飞行器周围聚集了一堆小型无人机，好像一群乌鸦一样——无疑，它们聚集在这里是有某种目的的。

殖民地远去了，乌鸦般的无人机已经被甩在后面。布满钢筋围栏、杂草丛生的别样土地一闪而过，拉巴特进入了视野——一个个街区小岛被空地和菜园隔开。在每一个有着密密麻麻杂乱无序的屋顶、小巷和庭院的区中间，都是澡堂和街区清真寺的圆顶。赛义德想看看自己的房子，但他们飞得太快了。拉巴特很快也被甩在了身后。他们飞过了一个公墓、一个屠宰场和一个垃圾场，然后是一片一望无际的、单调的棕红色半荒漠草原。往南飞了很远后，透过尘雾，可以看到无边无际的废墟群，那是老莫斯科的遗迹；时不时地，这单调的景色中会穿插入一道峡谷或一条小河，但大多时候，什么也看不到。赛义德沉入了沉思。

他还会回到家吗？

他被一阵强烈的思乡之情刺痛了。思念母亲和父亲，思念哈菲兹和其他小伙伴，思念之前在瑙鲁兹区的所有生活——如此简单而熟悉。毕竟，即使等他治好了，被放出来了（如果治好了，如果放出来了，他黯然纠正自己）———一切也都不会像从前那样了……

发动机的轰鸣声调有了一些变化。环形飞行器正准备着陆。赛义德抛开哀伤的思绪，靠在窗边。下面是一片普通的草原，没有什么特殊之处。飞行器卷起了沿途的黄尘，他们在下降了。驾驶舱向天空翘起，飞行器左右翻动了几下，最后稳定下来。终于，他们落地了，起落架陷入蓟草里，发动机熄灭了。温迪·米勒摘下飞行帽，她棕色的头发散在肩上，一张欢快的、长着雀斑的脸转向了赛义德。

“我们现在等孔季大尉两个小时，”她说，“如果到两点半，他不出现也不联系我们，我们就不等他了，自己出发。”

不知为何，赛义德丝毫不怀疑孔季会来。

莱安诺：逃生

没有任何安眠药能立竿见影。注射后的两三秒，当阿龙还清醒的时候，扎拉就呆若木鸡地坐在那里，为自己的大胆感到惊恐。她之前在现实生活中从来没有做过这样的事情。如果阿龙改变主意怎么办？如果他叫了救援怎么办？只需要一个意识指令，一切就完了。在邻腔室就是他的一众机器人和手下，他们闯进来只需要几秒。

但没有一个人闯进来。阿龙先前睁着的、带着惊讶的眼睛黯淡了下来。他试图把注射器从她身边拿走，但动作很慢，很勉强。阿龙的手从桌子上缓缓滑落。他睡着了。

扎拉站了起来，立即离开。这不是一个静室，房间里有摄像头。如果有权限的话，便可以通过网络看到和听到发生的一切，她只能希望阿龙的卫兵没有在一刻不停地盯着她。

她把头箍扣在头上，当一行行标准诊断报告从眼前跑过时，她感到前所未有的轻松。代蒙在工作，已连上网。“小行星导航仪。”扎拉自信地命令道，“邻腔室的摄像头视角，全覆盖模式。”她知道，作为贵宾，她有权限看到大部分的监视摄像头。

代蒙照做了。宴会厅的墙壁变成了半透明状。透过一堵墙，扎拉可以看到“里斯”和里面的医药箱舱。另一个出入口通向大宴会厅，那儿有几个陌生人争论着什么。扎拉看不到他们的拟形，因为他们的代蒙没有对她的代蒙进行任何信息传输。但从他们都是裸体来看，几个人应该都是布兰克，可能是反叛派的头目（公会人和武装者们都穿着工作制服）。

扎拉完全可以偷听他们的谈话，但她现在太紧张了，不适合玩这种游戏。除了自救，她什么都不愿意想。必须马上找到一条逃跑路线！这两个出入口都不合适。

第三个也是最后一个出入口通向一个死胡同——厕所。难道无处可去了？当扎拉找到第四条，也是唯一可行的出口时，她甚至没有时间慌乱。墙上的出口通往厨房，是用来上菜的。

好吧，厨房里又有什么人呢？镜头里显示了三个人。宴会厅门口坐着一个守卫，两个厨师站在切肉台前分拣肉食。这两个人可能都是通过荷尔蒙抑制了攻击性的公会人，不算威胁——一开枪他们就会躲起来。有威胁的是那个守卫，武装者。只需要把他弄晕就好了。

“弹道瞄准并布线。”扎拉下令，“略过第一面墙，找准位置袭击门口那个人。瞄准颈动脉。”

她眼前浮现出一个注射器形的虚拟复制品。一条红线从枪口伸出，穿过半透明出口，并以弧形上升，停留在守卫的脖子上。好了，现在一切都准备好了，可以进攻了。扎拉深吸一口气。要趁守卫没动地方，立即射击。“这不是虚拟游戏，”扎拉艰难地想道，“这是真枪实弹。”她把手中的实体注射器与守卫者的虚拟物对准在一起，“一！二！三！开门！”

扎拉只看着眼前的画面，而不去看射击目标，她扣动了扳机，紧接着跳到门的一边。她忘了把门关上。被射伤的守卫到底成功回击了一枪。刺眼的等离子体闪光喷射出来，伴随着爆炸，一阵热浪裹挟着雨点般的碎石块扑面而来。守卫失手了，他击中了门边的墙壁。但现在，经过这么一闹，大家都知道她在这里。躲是没有用的，只能跑了。

扎拉从门钻进厨房，缠在裙子里的双腿不知应该往哪走，射击时刺眼的等离子体光芒和震耳欲聋的轰隆声吓得她反应不过来。不过她大脑的视觉中枢没有受损，代蒙继续向她传送着监控影像。扎拉“看”到——不是用眼睛，而是用监控器——厨师们不出所料地爬到了桌子底下，而昏睡的守卫者躺在地上。墙后的宴会厅里，叛军头目停止争论，不安地朝厨房方向望去。不能去那边。扎拉转向另一个出口，后面是一个走廊，可能是送餐用的。走廊上有三台敦实且腿脚灵活的“斗犬”机器人快速走着。不用说，那条路也过不去。真该死……

扎拉弯下腰，从被击晕的守卫者手中拔出激光手枪。枪又大又重，呈盒子状，散热器缝隙中还留有发射后的余温。现在该怎么办？和“斗犬”们来一场快乐枪战？胡闹。她一个人可做不到。应该呼救。

“代蒙，呼叫，”她用意识说道，“格温妮德·劳埃德，紧急，最高优先级。”

“格温妮德·劳埃德不在服务区。”

“该死的，可算找到时间在静室里坐着了！”扎拉骂道，“呼叫利比蒂娜·埃斯特维斯，紧急！”“斗犬”越来越近，她把枪口对准了走廊入口。

“扎拉？”脑海里响起了保镖有些震惊的声音，“你还好吗？他们允许你打电话吗？你……”

“我逃走了！”笨重的手枪在她手中抖动着，“我被困住了，机器人来了，快想想办法！”

“好，”利比蒂娜切换成干练的口吻，“马上。”她消失的那几秒如噩梦般可怕，“好了，我看到你了。打一枪到天花板上，击中照明配电板，然后跳进去，进入导光管。”

是的，出口只有一个——上面。她自己为什么没有想到呢？要进入导管，还要敏捷。“一！二！三！”扎拉将枪口对准灯光扩散器的照明方板，不由自主地紧闭双眼，开了枪。

爆炸声好像穿过棉絮一样传到了她堵住的耳朵里，发着热的玻璃小碎片散落下来。她睁开眼睛。宴会厅的墙后，叛军头目忙乱地奔走指挥，但他们现在已经不是主要问题了。

“斗犬”步履缓慢、小心谨慎地从服务走廊出口出来。他们亮着的前灯晃到了扎拉的眼睛。扎拉觉得自己的膝盖越来越软，呼吸也快停止了。没来得及逃走。行动失败。在与反应速度比人类高出几个数量级的机器人的战斗中，她没有任何胜算。

“阳博士，放下武器，”其中一个机器人用带着歉意的格维迪恩·梅里格的声音开口了，“不要节外生枝。您无处可逃了，投降吧。”

“斗犬”们不急不慢地分成两路，将扎拉围住，但并没有开枪。而且它们似乎并不打算开枪。

他们显然是不允许伤害她的——这就给扎拉创造了机会。

“我投降，我投降！”扎拉蹲下身子，将注射器和枪放在地上——利用这个假投降的姿势，她突然使出全身力气，蹬直双腿，跳到天花板上。

这里的引力大约是她习惯了的金星引力的四分之一。在这个过程中，机器人会有时间向她射击十次，但肯定来不及抓住她——而它们也刚好没打算射击。扎拉轻松地脱身，抓住洞口的边缘，纵身滑入充满光亮和暖气流的狭窄镜面通道。

阳光通过光接收器的抛物镜面，从外面照入通道，经过墙壁的反复反射，深入莱安诺内部。在光导管中，扎拉看到了无数的太阳反射光线。墙壁对光线的反射非常良好，经过两三次、十次反射后，光源的亮度几乎没有减弱，根本分不清哪里是墙壁，哪里是墙壁的反射，哪里又是反射的反射。

“利比！现在去哪里？”扎拉压低声音说，同时拼命地爬离洞口。通道很窄，几乎容不下她。她身后传来了某种金属响声：这是机器人抓住了洞口边缘。

“……最后说一次。”一个含糊的回音在通道中反复回荡，

“阳博士，放弃吧，不要让情况变得更糟……”

“利比？”扎拉用手肘和膝盖疯狂地爬着。机器人的移动速度很慢——可能是镜面通道中的导航出现了故障——但它仍然在追赶。

“现在，”保镖终于回复了，“打开导光管外窗口。空气将流向太空，你会被气流冲出去。蜷缩身体，保护好头部……”

“什么？”

扎拉还没来得及听懂，就觉得耳朵里堵得慌。通道里充斥着巨大的喇叭般的嗡嗡声，有什么软绵绵的东西以不可抗拒的力量从后面压在她身上。她好像气动传输管道里的胶囊邮件桶一样，被空气吸着沿通道前进，一路尖叫着，却听不到自己的声音。

她的肩膀和后背很快就因为与墙壁的摩擦而变得火辣辣的，身后那震耳欲聋的叮叮当当金属声一定是同样也在被拖拽着的“斗犬”。但是在通道里巨大的喇叭般的呜呜声中，叮当声越来越远，越来越微弱，它被甩在后面了。与扎拉不同，“斗犬”机器人体型很小，并没有堵住整个通道，气压差对它的推力也没有那么大。摩擦带来了难以忍受的灼烧感，太阳反光在她眼前晃动着，变得模糊不清，并且越来越亮。她在被吸向外窗，吸向那个通往太空的开着的窗口。

扎拉感觉到空气正在放开自己，滑行的速度慢了下来。利比那个疯子终于关上了窗口。嗡嗡声平息了，拖行停止了。

“好了，”利比蒂娜的声音响起，“你已经甩掉他们了。再爬三米，然后从维修舱门出来……扎拉？你还好吗？”

“勉勉强强吧。”扎拉含糊不清地说着。她的耳朵很痛，肩膀和后背的皮肤也好像在燃烧，不是被蹭破就是被灼伤了。但她还活着，而且自由了。

“我派机器人去找你了，爬出来后，走右边的路。五分钟后你们就能碰见。”

扎拉没有作声。她好不容易爬到修理舱门，弄了三遍才搞明白怎么转动门闩，然后从舱门掉了出来。

她倒在了某个花园或是温室的小道上。这里潮湿明亮，周围一片翠绿。扎拉疲惫不堪地坐起来。她得在“斗犬”大队赶来之前离开这里，但她做不到。得先喘口气，镇静一下。哪怕休息一小会儿。

月球三巨头：第一幕

场景设在弗拉马里翁殖民地行政部门会议厅。内部装饰是拿破仑三世风格——镜面中反射着锦缎窗帘，花架上种满了绿色的热带植物，黑木家具上镶嵌着珍珠母，浆得硬硬的桌布在煤气灯的照耀下白得耀眼。桌子上方挂着一幅镶在镀金边框中的早期印象派风格画作，画上，一片火山状地貌在散发着微光的地球的映衬下熠熠生辉。通风装置发出微弱的噪声。弗拉马里翁殖民地军事委员会的委员们正坐在桌前。

阿斯塔尔·达尔顿，首席行政长官，一个高大壮实的鬈发男人，脸庞光滑红润，胡子潇洒地向上卷曲。唯有他还努力保持着第二帝国风格的外形。他的拟形投射出一件黑色长礼服外套，上面搭配一件红色丝绸马甲，颈部系一块方巾，纽扣处插一朵胸花。他脸上的表情既自满又自嘲。

塔妮特·拉瓦勒，情报部部长，一个四十多岁的女人；看起来像个病恹恹且古怪的年轻女孩。她有着瓷器般苍白的皮肤，与深不见底的黑色眼睛和异常茂盛的火红头发形成了鲜明的对比；瘦弱的身体没有被任何形式的拟形遮蔽。

奥尔德林·斯托姆，作战总部首长，一个尖鼻矮个男人，动作敏捷且神经质。他的拟形只是简单的官方形式——头上一个标注信息的白色光环。

所有人都很累，看起来都睡眠不足。

达尔顿：那好，塔妮特。对你来说，这是决定命运的时刻。让我们听听你的报告吧。我真的很想知道为什么我们漏掉了激光攻击“桑托罗号”的情报。

拉瓦勒（平稳、清脆的声音）：谢谢，阿斯塔尔。是的，这是我的错。“桑托罗号”因我而牺牲，我十恶不赦。我会接受任何你认为我该得到的惩罚。（没有改变语调）情报部门没有考虑到，埃里克斯不仅在金星周围布有激光器，而且在金星整个运行轨道上都有布置。这是我们分析师的疏忽。但我现在确信，攻击区域并不是连续的。否则，“霍尔茨曼号”早就被摧毁了——没有任何一种气凝胶保护层可以承受连续两次打击。由此得出结论，攻击区域呈稀疏的岛状分布，而“桑托罗号”刚好撞上了其中的一片区域。

斯托姆：那你确定所有这些……岛状区域的坐标了吗？

拉瓦勒: 唉，这一点我也没做好。没有确定，我只知道它们的数量。是二十四个。

斯托姆: 情报从何而来？还有，情报部门怎么会错过向绕日轨道发射激光的消息呢？

拉瓦勒: 请看这幅图。（桌子上面出现了一个淡黄色的金星仪，上面编织着红蓝相间的轨道环。）注意一下这二十四个红色的轨道。离心率很大，远心点在拉格朗日点旁边，看到了吗？这整个系列的飞行器是两年前在五个月之内发射出的，当时它们被叫作“五月虫”。我们通过喷气式排气设备追踪它们进入红色轨道，然后……

斯托姆: 然后就跟丢了。（拍着桌子说）该死，你是单纯的蠢还是故意的？就是个小孩都能看出来，红色轨道是向星际空间发射前的过渡段。你在远心点观察发射脉冲做什么？

拉瓦勒（平静地）**:** 你说得对，我罪责难逃。但这就是问题所在——我们根本没有看到任何发射脉冲。我们找过了，但完全无迹可寻。远心点没有导弹的排气，没有光帆的扫射——这些我们都能发现。既然没有探测到任何东西，我们就认为“五月虫”仍然在红色轨道上，把它们当作一些非典型的行星防卫卫星……这是一个可耻的错误，如今导致了灾难。

斯托姆: 然后你就不作声了？

拉瓦勒: 不是，我提交了一份报告，报告后就没有后文了。

达尔顿: 这挖苦话是说给我听的吗？我不屑于听。继续说，塔妮特。

拉瓦勒: 现在可以明确的是，“五月虫”是用磁帆带进来的，因为只有它是我们的传感器完全察觉不到的。但主要的问题是，他们现在都在哪儿？唉，我们既不知道时间、不知道坐标，也不知道脉冲矢量，当然无法计算它们当前的轨道。更何况磁帆能悄无声息地改变它们的状态。唯一值得欣慰的是，这些“虫子”数量太少了，“霍尔茨曼号”进入他们攻击区的概率微乎其微，只有百分之几。

斯托姆：这种概率是建立在它们被动悬浮在轨道上的前提下的。如果有人借助这些磁帆主动出击呢？他们主动靠近“霍尔茨曼号”，那被击中的概率就增加到了100%。你想想“桑托罗号”不就是这样吗？

拉瓦勒（急切地）：磁帆推力太小。

斯托姆：但您也不确定，不是吗？不，塔妮特！风险比你试图向我们担保的要高得多。我再次请你问问自己：这是愚蠢还是——

达尔顿：嘘……小声点儿，奥尔德林，小声点儿，控制一下语气。（同时对两个人说）顺便说一句，奥尔德林说得很有道理。我们不能忽视这个风险。让整个“霍尔茨曼号”舰队立刻改乘飞船，离开循环机。我们“不列颠尼亚号”的推力肯定比任何磁帆的都要大，“虫子”是追不上它的。

拉瓦勒：换乘飞船？很抱歉，但我得冒昧反对一下。他们飞了快一个月，已经离太阳这么近了。在“不列颠尼亚号”上，舰队会受到大量的辐射……

达尔顿：要是激光来了，他们受到的辐射量会更大，相信我。你说完了吗？谢谢你。现在，奥尔德林，讲讲我们目前的行动计划。

斯托姆: 谢谢。初步计划代号为"攻城槌",具体安排是这样的:"桑托罗号"先到,其舰队摧毁金星轨道防御系统,并完全控制近行星空间。尤其重要的是,确定埃里克斯和大气防御拉普塔的坐标。随后,"霍尔茨曼号"接近,并将着陆航天飞机投放到其大气层中。登陆者摧毁战斗阵地拉普塔,并逮捕埃里克斯。该计划的成功概率估计为85%。

拉瓦勒: 为什么要说这些?这都已经是过去式了。

斯托姆: 马上你就知道为什么了。"桑托罗号"牺牲了,所以我们不得不放弃"攻城槌"计划,启用备用计划"匕首"。这个计划要求,仅依靠"霍尔茨曼号"一个舰队的力量占领埃里克斯。(出现了一幅立体图,上面环绕金星的多色曲线混乱交织。)"霍尔茨曼号"没有足够的导弹来对近行星空间进行全面扫荡,因此,假设它的导弹只会在行星防御系统上打出一个局部的洞,大气层空降登陆者便可以从这里溜进去。当然,这种作战的风险要大得多。它要求所有导弹和舰艇行动都要有最精确的计时。但这还不是最难的部分。没有"桑托罗号",我们就定位不到埃里克斯了。我提醒一下,这个殖民地潜伏在云层中,为了看清楚它,我们需要在低轨道上部署完整的红外望远镜网络。"霍尔茨曼"舰队没有时间去做这些,他们也没有望远镜。

达尔顿: 那我们怎么知道埃里克斯在哪?

斯托姆: 好问题!

拉瓦勒: 奥尔德林简直是在无中生有。世上可是有一种奇妙的东西叫情报侦查,我每天都能得到埃里克斯及其所有拉普塔的坐标。

斯托姆: 对不起,塔妮特。但我已经不再相信您的机构提供的信息了。由于您的失败,“桑托罗号”已经牺牲了——当然,如果这对你来说真是失败而不是成功的话……

拉瓦勒: 斯托姆博士,如果您是在指责我叛变,就直说。我也愿意承受这种屈辱。

达尔顿: 放松点儿,塔妮特,坐下来吧。而你,奥尔德林,更得冷静一些。我理解奥西里斯死后你很难过,我表示深切的哀悼,但要控制好自己的情绪,行吗?

斯托姆: 好,请原谅。

达尔顿: 请继续。

斯托姆: 所以,我需要一个脱离……脱离塔妮特机构的情报源。而我恰好知道一个。

达尔顿: 别卖关子。

斯托姆: 扎拉·阳。她当然不知道埃里克斯现在的坐标,但是导航网络的访问密码肯定在她的令牌里。现在她已经被我们的盟友俘虏,只要方法得当,她会把一切都交代出来。

拉瓦勒: 我们在莱安诺没有自己的特工,不能把这样的事情交给一些阴暗的叛乱分子。

斯托姆: 是您在莱安诺没有特工,拉瓦勒博士。可能,这样最好。至于叛乱分子……您看了太阳系网上麦斯威尔·阳用死亡威胁阿龙的视频吗?

达尔顿: 看了,但是没看完。麦斯威尔过分激动了,让人受不了。

斯托姆: 是的,但如果阿龙把这些威胁当真了——而且应该当真——那么,把埃里克斯的坐标告诉我们,是完全符合他的利益的。

达尔顿: 对,听起来有道理。跟他联系一下,奥尔德林。总归没坏处。

拉瓦勒: 我明白了。非常好,我的长官,我请求辞职!

达尔顿: 哦,不,无论如何也不行,亲爱的塔妮特。无论如何也不能辞职。这完全不代表我对你个人不信任。这样做是为了保险起见,仅此而已。如果您的特工被人策反,泄露信息怎么办?独立的情报源总是一件好事,而恰好这里有这样的好机会……

斯托姆: 您懂我。

达尔顿: 这就太好了。您说完了吗?谢谢。和他取得联系,我们等着小扎拉的消息。可怜的小姑娘,我希望他们没有太过伤害她。

拉瓦勒(带着梦幻般的微笑):哦,好的。

幕落。

阿尔列金与特工会面

把布伦丹和赛义德送上飞行器后,阿尔列金驱车离开了殖民地,去取黑花。

新莫斯科宽敞的花园和整洁的住宅已经被甩在身后。阿尔列金开车到了西门。新莫斯科的卫兵一丝不苟地检查了“金斯顿”的车厢和后备厢，与上级商议一阵后，不情愿地放行了这张可疑的脸。新莫斯科的敌意越来越明显……阿尔列金由衷地希望今天自己不必再返回殖民地。

他开车出大门，一离开殖民地，马上就从波尔多瓦亚街拐到了旧集市街。和往常一样，在这条街道上几乎无法开车行驶。街头摆满商品的货摊不顾一切禁令溢向街道，几乎堵到了街道正中央。行人、人力车、小商贩、摩托车和自行车在混乱的街道上毫无秩序地挤来挤去，高昂的喊叫声、愤怒的咒骂声、刺耳的鸣笛声绵绵不绝。但他们通常会给阿尔列金那带着外卫队徽的威严汽车让出一条道来，让它通过，再对车投去仇恨的目光。

一般情况下，阿尔列金在这里都是步行。他喜欢在这个熙熙攘攘的地方漫步，穿过集市，行走在拉巴特和斯洛博达的中心地带，但现在他需要以车代步，而且也没有时间。他透过有色玻璃留心地看了看外面，今天的集市比平时更热闹，但不是那种融洽的热闹。

集市上的人们已经知道，太空人在天上开战了。然后，他们用自己的方式做出了回应：卖东西的人在漫天要价，买东西的人在疯狂抢购。显然，人们都在等着货币贬值，或者更准确地说是等着尤尼——可兑换成能量的当地纸币——贬值。他路过兑换处的队伍，那里极为混乱，窗口处正打得天翻地覆，人们大呼小叫，仿佛下一步就要拔刀相向。如果现在就发生这样的事情，那么当战争真正来临的时候，又会发生什么呢？当莱安诺生命服务在新莫斯科与殖民地当局发生争执时会发生什么？一场大屠杀？很有可能。拉巴特现在已经发生了枪击事件。

阿尔列金轻快地驶出集市，然后加快了速度。接下来的道路通向斯洛博达——罗斯新莫斯科的郊区。

总的来说，斯洛博达只不过名义上属于罗斯，称其为“非穆斯林区”更为准确。亚美尼亚人、天主教徒、中国人、犹太人——各种各样的人都在这里定居，有各自的分区。俄国人数量最多，但他们也分成了好几个片区，主要依据是宗教信仰。每个街区都属于一个教派，例如“东正教”“真正的东正教”“联合东正教”等等，且彼此敌对。不过，有的罗斯人街区不属于东正教派，甚至根本不属于基督教。阿尔列金要去的地方，刚好是后者中的一个。

“现实派”街区是不会与其他任何一个街区相混淆的。街区周围是一片片茂盛的向日葵园，金灿灿的，很是耀眼。现实派把这种植物当作神圣的象征来崇拜——葵花籽的排列位置呈现出“真实世界螺旋”的形状，那是“神圣开发者”的标志。种植向日葵是一项虔诚的事业，并且可以带来收入。优良的现实派手工压榨油为整个太阳系的天然食品鉴赏家们所青睐。

从葵花园后面开始就是街区本身了，它外表看起来和种植园区并没有什么不同。金色的向日葵密林之上，由混凝土板建造的普通灰色房屋拔地而起，房屋天台上是黑得发亮的太阳能电池板、锈迹斑斑的蓄水池和晾晒着的被褥床单。只不过在更高处，天台上空熠熠生辉的是冥想厅的玻璃金字塔，而不是教堂的圆顶和镀金十字架。

阿尔列金进入了一条颠簸的狭窄小道，惊得鸡群四散奔跑。他向金字塔方向开去。

冥想厅是一栋简洁的立方体建筑，白色新漆闪闪发亮。在檐壁上有罗斯-希腊-拉丁字母组成的奇怪铭文："VΣЯ NAШA ЖИZЊ ИГRA"，泛着金光。教堂前，花园里的植物被完美地修剪过，百花怒放，喷泉水流潺潺。阿尔列金把车停在大门口，快速地看了一眼公告——"活动时间表""儿童唱诗班课程"，然后他穿过花园，走到教堂前。可以清晰地听到，从冥想厅里传来"真理导师"深沉而有节奏的男中音。上午的活动进行得如火如荼。

阿尔列金把鞋子脱下来放在该放的地方，然后悄悄进入大厅。

男女教友们——身穿白色长袍的"玩家"和身穿便衣的"新手"们——坐在席子上，仰望着圣坛。阿尔列金在他们身后坐了下来。谁也没有注意到他。

由顶阁中的玻璃金字塔聚光照亮的冥想厅洁白无瑕，真实世界螺旋悬浮在金字塔下方，在气流中缓缓旋转。在多彩鲜艳的圣像画上，"宇宙真理导师"神采奕奕地看着众人。香炉中弥漫出香甜的轻烟（"检测到精神活性成分。"阿尔列金脑中的代蒙不安起来。虽然成分浓度微乎其微，但他还是在鼻孔里插了一个过滤器）。柱子和屋梁上缠绕着向日葵花带，圣坛前的台座上站着身穿白袍的真理导师本人——瓦列里安。

游戏大师瓦列里安，最高神职的临时代理者。他那完美对称分缝的长发飘逸又闪亮，如银色的丝绸一般从他强壮的肩膀上垂落。他的胡子同样是银色的，柔顺且根根分明，一直垂到腹部。粗糙肉感的脸庞上，一双淡淡的水色眼睛游离地注视着虚空。真实世界螺旋在这位“真理导师”的额头上泛着银光，很难透过它看到皮肤下微微凸起的方块。

是的，游戏大师瓦列里安佩戴有植入物。他是天生的太空人，新莫斯科殖民者，甚至还是一个布兰克。

没有人真正知道是什么原因让瓦列里安·文格罗夫博士放弃了文明世界的种种好处，跑到殖民地外加入了一个荒唐的教派（几年后，他推翻并驱逐了前任最高神职人员，领导了这个教派）。当然，瓦列里安本人说是为了寻找生命的意义，为了精神追求……但是阿尔列金毫不怀疑，这一切都是因为冒险主义和对权力的渴望。他其实很理解“真理导师”。文明和它的规则早已让他感到厌恶不已。

“……战争又开始了！”瓦列里安庄重地说，“太空人王国们又开始互相攻击，天空中又开始上演手足兄弟自相残杀的戏码。”

“真理导师”的男中音铿锵有力，又充满柔情，他对声音艺术的掌握堪比歌剧演员。这个声音不停地催眠着女人们——大多数教徒都是女性。看到他周围各个年龄段的女教徒们喘着粗气，恨不得把眼珠子翻到天花板上，阿尔列金甚至有些难为情。

“……让我们记住，兄弟姐妹们！”瓦列里安如洪钟般的声音在冥想厅的穹顶下响起，“让我们记住曾经的地球，那个陷入罪恶、纷争、不洁思想中的旧地球，忘却‘游戏’真正目的的旧地球！‘真理导师’的神启清楚地告诉我们：再过不久，我们整个世界就会不可挽回地从‘真实世界服务器’上被删除！彼时，调试员曾带来自己的‘苦药’，来开导、救治我们。阿奎拉人！牢记来自太空的模拟攻击！那是一个残酷的教训——但只有这样的残酷教训才能拯救地球……在可怕的威胁面前，人类团结了起来，清醒了过来，一小部分人被拯救了……但现在——战争又开始了！”瓦列里安的声音中带着绝望，向天举起双手，“贪婪、嫉妒、骄傲、对权力的欲望再次唤醒了黑暗力量！冷酷的心再一次自我封锁，不再接受‘现实世界’的召唤！人们又一次准备好了流血，准备好将活生生的灵魂不顾一切地抹去，这是为了什么呢？让我们呼吁‘真实世界’中自我的本质吧！”他高声呼喊，以至于连阿尔列金的背上都起了鸡皮疙瘩，“‘真实世界’！光明与真理！请听听我们的呼唤！请赐予我们——你的化身——以善良、智慧和纯洁！让我们为他唱一首颂歌吧！”

教徒们遵从礼节，站起身来，因双腿在久坐后终得舒展而发出呻吟。

“真理导师”作出示意。在他身后某个地方，响起了合成管弦乐队的演奏声。

“I-D-D-Q-D！”瓦列里安低沉的男中音震得玻璃金字塔微微颤抖。

“I-D-D-Q-D！”教徒们不整齐地跟着合唱起来。

“I-D-K-F-A！[①]

“请给我们宽恕和仁慈！

“I-D-K-F-A！

“I-D-D-Q-D！

“神谕流淌在人们心中，我祈祷，请您庇佑！”

①“IDDQD”和“IDKFA”均为射击游戏《毁灭战士》的作弊代码。

“我恳请您降临世间！”瓦列里安歌剧般的男中音比教徒们“咿咿呀呀”的合唱高出了几个分贝。

音乐归于沉寂。“真理导师”打开双臂，张开慷慨的怀抱，从台座上走了下来。活动结束了，众人伸出手来受福。

瓦列里安关切又认真地听着每一个人说话，不分“玩家”和“新手”，对他们说几句好心的话，并用手指在其额头上画出真实世界螺旋，为他们祝福。旁边从某个地方冒出一个不起眼的仆役，像影子一样，拿着功德箱求捐款。在瓦列里安低沉声音的停顿间，阿尔列金听到了这样的话语:“如果您愿意的话……付尤尼就可以……按照公道的汇率……仅为我们，不作他用……”阿尔列金巧妙地拨开人群，向瓦列里安走去。在相距几步之遥时，他们四目相对。瓦列里安善意的笑容瞬间从唇边消失了。他微微点了点头，那意思是“我们稍后谈”。

大约过了十分钟，一个低调的仆人邀请阿尔列金跟他走。

仆人把阿尔列金护送到圣坛后面的圣器室，这里是“真理导师”布完道后休息的地方。瓦列里安满身大汗，瘫坐在桌子前的扶手椅上。在他的手里有一个瓶子，里面装着一种液体，它可以强健声带，使其得到舒缓。

“和平与真理属于您，我的朋友！”他向阿尔列金打招呼。一场成功的布道后，瓦列里安精神抖擞，“您是来听牧师传教的吗？”

“算是吧。”阿尔列金说完，在桌子边上坐了下来，“我对‘神圣开发者’关于我们战争的看法很感兴趣。他们站在哪一边呢？”

“他们还没有做出决定，”瓦列里安意味深长地说道，“至于我……我听了你们的麦斯威尔·阳的演讲。”他在转移话题，阿尔列金察觉，并感到好奇。“我不懂政治，但作为一个演说家来评论这段演讲的话，我想说：阳博士远不够完美！不错，他的声音很悦耳，是练过的美声。不错，他的语调把控也很熟练。但风格呢？演讲稿的结构呢？不行，我的朋友！非常差！怎么可以用这么多话题轰炸听众，却一个都不详细解释一下？阳博士显然高估了观众的智商。”这位最高神职临时代表享受着自己发出的每一个字母，“我自己——说句不谦虚的话——并不是个愚笨的人，连我也不明白阳博士为什么要炸掉这个‘桑托罗号’。但是我明白了另一件事：阳博士在找借口，而且借口很蹩脚，他尽力不让自己看起来像一个找借口的人，但是没有做到！恐怕，他并没有达到预期的效果。”瓦列里安把瓶子里的水往嘴里一倒，贪婪地吞了一口，“不过您肯定不是来闲聊的吧，我精明能干的朋友？”

“的确不是，”阿尔列金说，“甚至不是来查探您对战争的立场。您的态度模棱两可，这一点我已经明白了。我需要一个园丁，”他切入正题，“来做一个简单但有风险的任务。”

“园丁？”游戏大师鄙俗地笑了笑，“您之前说话可从没有这么讲究修辞，我的朋友！是不是需要铲除……什么人了？修理一下？让他变成肥料？”

“那种园艺工作我不需要您帮忙来做。”阿尔列金实在没有心情闲聊，“我需要一个真正的园丁。经验丰富，技术过硬。他要极其小心地挖出一种稀有昂贵、有剧毒的植物。它的毒性非常大，所以我提前说句实话，完成任务后这个人可能就回不来了。”

瓦列里安盯着天花板，若有所思地噘着嘴，显然是在盘算该怎么宰阿尔列金一下。

“这样的要求超出了我们的正常关系，我的朋友。”

他沉重地说道。

“当然了，所以这个价钱单独算。”

“好，我可以把我的园丁给您。”瓦列里安的语气不再舒缓友善，“他的工资是每天三百列特[①]。通过我支付给他。您一定知道，我们的人是不可以拿‘休闲玩家’[②]的钱的。”

“但您就可以拿吗？”阿尔列金讥笑了一下。

“我可以。我能用第八作弊代码把假钱转化成真钱。您之前难道从没听说过吗？”

“好吧，三百就三百。”特工耸了耸肩，“但钱是在工作结束之后才给。如果他把花弄坏了，您一分钱也拿不到。”

瓦列里安皱了皱眉头。

“不，您要先付一半的钱。并且如果园丁死了，您得补偿他的家人。一万。”

“这些钱也通过您代付？”阿尔列金猜测道，“我只是好奇，您做这些所谓的货币转换，要收百分之几的中间费用啊？”

“过度的好奇心是一种罪过，这位喜欢冷嘲热讽的朋友。”

---

① 列特（“结算单位”的简称）是罗斯和绿桥的货币单位。非官方名称有“列奇卡”“列奇斯卡”“红票”等。

② 俄文是Казуал，源自英语“casual”，意思是休闲的，偶然的。在这里，它指的是休闲游戏玩家。休闲游戏即易于上手、不需要花费太多时间、不涉及重度脑力活动、规则简单的游戏。在游戏玩家看来，休闲游戏玩家是骂人的话。

瓦列里安按了一下桌上的按钮。一个天使般俊美的圣坛助手男孩走了进来，弯腰鞠躬，对阿尔列金连看都不看一眼。

“叫伊戈尔来。”游戏管理员指使男孩道，“而您，我的朋友，请数出一百五十张红票。”

阿尔列金在口袋里翻了一阵，他总是在那里揣着一些现金。

“我只有尤尼，但您肯定不会接受它们。用能量支付怎么样？”

“不行。”瓦列里安断然回绝，“只能是列特，或者至少是阿赫马迪[①]。而且只能是现金。”阿尔列金冷笑了一下。

“您又不是傻瓜，瓦列里安——即使您真的相信魔法密码。难道您也认为，能量货币会崩盘吗？”

瓦列里安用他那双水汪汪的眼睛非常专注地看着他——在这样的眼神下，教徒们大概立刻就会跪下来，开始忏悔所有的罪过。

“能量可能不会崩盘，”“真理导师”说，“但您的公司今天很有可能会崩盘。您也许可以跑掉，但我得留下来负责。他们会说，告诉我，游戏大师，那个匪徒孔季在犯罪集团莱安诺生命服务被摧毁当天，给您的账户转了多少钱？我可得解释清那个账户里的每一个数字，我危险的朋友。所以只能是现金，不能是别的。”

“向谁解释？”

“您怎么像个孩子似的。向新莫斯科。”

“哦，我明白了。所以您也是在为新莫斯科工作。”阿尔列金曾一直对此有所怀疑。瓦列里安本人曾要他为自己做线人——

① 阿赫马迪是伊德利斯坦酋长国的货币单位，非官方名称为“绿票”。

如果认为瓦列里安只找了他一个人，那就太奇怪了。“知道吗？我还是要在工作完成后给您钱。别三百了，给您四百。否则，我怕您的新莫斯科朋友可能会在行动中找上门来。”

瓦列里安责备地摇了摇头。他饱满的嘴唇再次呈现出一个善意的笑容，好像吃饱喝足后的猛兽。

“啊，我的朋友。像所有您这号人一样，您沉浸在自己天真的犬儒主义中。相信我，您犯不着用自己的标准去衡量所有人。世界上不是只有告密和做间谍两个选择，不是的！”

“您在谈什么，道德吗？”阿尔列金觉得很烦，“至少我只为一个机构做特工，而不是两个。”

“两个？”瓦列里安由衷地哈哈大笑起来，“哦，我天真的朋友……”有人在敲门，“这就是我们的园丁。进来吧，伊戈尔。”

莱安诺：刑讯

“扎拉！扎拉！你睡着了吗？”利比蒂娜急切的声音在脑海中响起，“快站起来！阿龙的‘斗犬’一分钟后就到了。”

“马上……马上。”扎拉勉强挣扎着站起来，扶着墙壁。由于背部烧伤，她疼得咬紧了嘴唇，“往哪走，你说，向右吗？”

她迈开步子，踩住了旗袍的下摆，丝带“啪”的一声断了。在导光管里一番折腾之后，那件珍贵的衣服已经变成了破烂，但她现在并不在意。扎拉踉踉跄跄地沿着温室的小路行走，某种清新的、四面伸展的热带植物的树叶每走一步都会刷到她的脸，藤蔓从低矮的天花板上垂下来，水声潺潺。

“再快点儿，再快点儿！”利比在催着，“我在摄像头前让你隐形了，这能拖延一下机器人，但他们还是会找到你的。”

扎拉渐渐清醒，脑子里的思绪开始翻来覆去。

“我不明白。你到底有没有控制住这块地方？”

“我有摄像机和通信网络的控制权，但无法控制安保系统。我总不能面面俱到吧。这里向左拐。”

扎拉登上梯子，进入下一个腔室。这是一条狭窄的走廊，两侧都是水藻缸。玻璃墙后面，绿色的浆液里冒着氧气泡，看不见的水泵嗡嗡作响，成捆沿墙铺设的管子跟着抖动着。

“格温妮德在哪里？”扎拉问道。她开始有了安全感，恢复了些活力和对生活的兴趣。

“在静室里做那个项目。”利比声音中带着一丝反感，“那个项目真的那么重要吗？”

“我们先不谈项目。跟我讲讲偷袭事件后所有发生的事情，再给我一张小行星的地图：我想知道是谁控制着哪些区域。”

“我自己也想要一张这样的地图！这儿完全就是个乱摊子，谁也不知道发生了什么。内网服务器瘫痪，太阳系网络登不上去。行吧！现在沿员工通道向下走。你那边没什么事吧？”

“谢谢你的关心。”扎拉进入下一个门里。一条螺旋形的楼梯盘绕在一捆五颜六色的管子上，从狭窄而弯曲的竖井中延展下来。“我的后背被磨得厉害，不过总体来说没什么大碍。现在到底是谁在负责？”

“好吧，好像是我。”

“我的天哪！”扎拉绊了一下，差点儿飞下台阶，“难道整个理事会都被囚禁了吗？算了，反正那些傀儡木偶也没什么用。”她到达一处有门的平台，“现在是进门还是继续往下走？”

“进门。对了，警告一下：里面有人。”

扎拉在门前停了下来。

“有什么人？”

“公会人。当地技术人员。你不能绕道而行，只能悄无声息地从他们旁边走过。”

“见鬼！他们支持哪一边？”

“连他们自己也不知道。他们还不明白发生了什么，也没有谁有时间去帮他们把事情弄清楚。但他们很有可能不会攻击我们。”

“很有可能？”扎拉迟疑了一下。

“听着，够了！‘斗犬’已经在藻场了。他们马上就会在楼梯上闻到你的气味。来吧，快往前走！”

扎拉叹了口气，向门里迈了一步。

她来到了一个孵化室——莱安诺生命服务中心的圣地。这里培育着殖民地的主要产品——人类。白色陶瓷棺状的人工子宫分几层立在走廊两边的架子上，大多数已被关闭，但有一些的传感器还闪烁着字符，超声波显示器显示有胚胎在里面蠕动。过道中间站着三个公会人，都是没有毛发的矮个子，穿着孵化场技术人员的蓝色紧身工作服——他们在大聊政治。

“……完全是胡说八道。”一个人说。

“你去读一读文章，”对方反对道，“这个米尔丁·摩尔是个聪明人。他说得对：看看是谁有利可图！这一切事情背后的指使者肯定是格温妮德……”

“就从这里过去吧。”扎拉咬紧牙关，含糊不清地嘀咕道。

“果断地走，”利比建议道，“他们会本能地躲开。”

扎拉屏住呼吸，带着攻城锤的气势毅然向前走去。

公会人立刻战战兢兢地把脸转向她——他们的脸是一样的圆润苍白，看不出性别和年龄。不知道为什么，他们都没有拟形。当她走近的时候，其中两个技术人员果然向两侧让开，但第三个人——那个说“完全是胡说八道”的人——并没有胆怯。他坚定地站在过道中间，甚至挑衅似地两手叉腰。扎拉迟疑地放慢了脚步。

“直接朝他走过去就行了，”利比提示道，“你块头更大，更强壮。把他打倒！”但扎拉做不到。她停了下来。

“您是谁？”技术员用一种扎拉不常从公会人那里听到的严厉语气问道，“这是勤务腔室，您不能在这里。您将会被扣四十分！”

扎拉友好地笑了。这不是追逐，也不是打斗，而是对话——她觉得自己回到了擅长的领域。

“首先，您好，博士。”她开始说道。

“不是博士，是技师。”公会人的脸上闪过一丝迷茫的阴影。

“对不起，但我怎么知道？您没有拟形。我甚至都不确定您是不是真的在这里工作。”技术员被这无礼的发问弄得张口结舌。“您有权阻挡我吗？”

“当然！我就在这里工作！”技术员气愤不已，“我们都在这里工作，一辈子都在这里！”另外两个人笃定地点了点头。

“那为什么你们没有拟形？”扎拉掌握了主动权，攻势越发猛烈。

“我们把它关掉了，因为现在网络不好，您瞧，我这就打开。”技术员的头顶上出现了一个灰色的环：“丁[MED]格里菲斯，1号孵化器胚胎技术员”。没能把他搞糊涂。“而您，我们认识。您是扎拉·阳，正是您搞出了枪击，造成了混乱。您应该被内卫队逮捕。”

“我正是要往内卫队那边去。让路！”

她的语气听起来已经气得失了分寸。丁·格里菲斯皱了皱眉头。

“我是分部在职值班人员。您不能命令我！”

“是吗？”扎拉走近格里菲斯，轻轻戳了戳他的胸口。公会人摇晃了一下，圆圆的脸因惊吓而扭曲，但他没有退缩。另外两个人似乎也突然恢复了勇气，挽住了他的胳膊肘。

“我是贵宾，明白吗？马上给我让开！”扎拉用最强烈的命令语气吼道。但连这样也没有用。

“您是殖民地的敌人！”格里菲斯冲着她的脸喊道。

“这一切都是因为您！”另一名公会人尖叫道。

“你们一闯进来，一切就开始变糟了！”

“我们要呼叫内卫队！”

“已经呼叫了！”

“扎拉，快离开那里。”利比开口说道，她的声音比以往任何时候都要焦急，“‘斗犬’已经上楼梯了。我派了几条自己的‘獒犬’出去，但它们可能来不及了。”

“你看到了，他们不放我进去！”

“攻击那个带头的人！用拳头打他的眼睛！其他人自己就会被吓跑的。”

“说得容易。”扎拉嘀咕道。到目前为止，她只在虚拟游戏中打过人，开枪射击也一样。凡事都有第一次。她握紧了拳头。如果这些公会的糊涂蛋看起来不是如此毫无防备，如此像孩童一般……他们这样害怕，却还保持着勇气……

父亲会怎么做？

父亲一秒钟都不会犹豫。

扎拉用力将拳头直接砸在丁·格里菲斯的鼻子上，对方甚至没有试图抬起手来掩护自己，鼻软骨断裂时发出一声脆响。格里菲斯站立不稳，他的脸痛苦地扭曲着，鼻孔里涌出血来，但是这三位勇敢的技术人员现在只是更用力地抓着彼此。该死，该拿他们怎么办？

“趴下！”利比喊道。

这一声大喊令人不得不服从。倒在地上后扎拉才发现，在通道的尽头，在胚胎技术员背后远处，有一些小小的身影在快速移动着……她把身体紧贴在地上，掩住头。

第一声枪响。空气中爆发出干扰的“嘶嘶”声。阿龙的“斗犬”和利比的“獒犬”同时跑进了孵化场。

这样近距离的机器人战斗不会持续太久。一枪一个准。机器人多的一方会获胜，很简单。震耳欲聋的枪声、“叮叮当当”的机器打斗声和打枪喷出的热气持续几秒后，一切就结束了。

交火线中存在移动障碍物使得战斗略微有些复杂化，但影响不大。

四周寂静下来。扎拉迟疑地抬起头。

技术员的沟槽靴底几乎贴着她的脸，格里菲斯一动不动地躺着。空气中烟雾弥漫，散发着刺鼻的臭氧味、烤化的塑料味……和烧焦的肉味。金属足音响起，小“斗犬”走到近处，并在她面前停下。机器人四条褶皱状的脚上架着一个棱角分明的躯体，一块蓝色巨眼般的激光透镜镶嵌在躯体凹陷处，陶瓷正面装甲板上标着数字“790”。是“斗牛犬”，不是“獒犬”。那就意味着，她输了。

“利比？”她试图重建联系，但没有收到任何反应。在这个距离内，机器人的干扰器甚至有效地压制了特殊通信。

“我很遗憾，阳博士。”“牛犬”的扬声器里发出带有歉意的声音，熟悉到令人厌恶，“您不应该逃跑。”

“你不会开枪的，梅里格。”扎拉凭借着仅剩的自信说道，“我现在要起身离开了。你又能对我做什么？”

梅里格重重地叹了口气。

“我们有非致命手段。我非常不想使用，但是……它能用最小的功率，进行精准的神经末梢腐蚀……不太令人愉快，相信我。”

“虚张声势。”扎拉说，用胳膊肘支撑起身体。这样说话更方便，如果必要的话，她还可以快速跳起来。“如果你们真有那种东西，为什么不在厨房里就拦住我？”

“当时机器人还没有您的神经系统连接组图。现在组图已经下载完成。您想确认一下吗？”

“吃屎去吧。”扎拉坐在地上。“790”在微弱的“嗡嗡”声中转身，瞄准她的手。现在她可以看到技术人员的尸体——一共三具。透过工作服的裂缝，可以看到与肉体本身颜色不一致的黑紫色烧伤痕迹。

技术人员没来得及躲开交火。

扎拉急忙移开视线，但另一边也没好到哪里去。其中一个人造子宫已经裂开，生理溶液流到了地上，一个红色的胚胎在水泊里抽搐着。一阵恶心，扎拉闭上了眼睛。

“您认识到自己才是罪魁祸首了吗？”机器人用梅里格温柔的声音问道。

“我?!”扎拉已经无法控制自己的声音，“是谁搞出的这些追杀、脓水和黏液呀？是你们的阿龙放我走的，他做的是对的。为什么就不能放过我，为什么？”

“您冷静点儿，因为我们需要您。就一小会儿。帮一个小忙，您就可以走了。”

“还要帮什么忙，努尔德夫？”

“没什么可怕的。让机器人接入一下您的植入物就好了。”

扎拉惊恐地弹开，仿佛被电击了一样。就这个不行！

“绝不！”

“未知程序需要访问内存。”她的代蒙醒了过来，“是否允许？”

“不，混蛋！清除内存里所有秘密信息，所有令牌，立即进行不可逆的清除！你们想在我的植入物里放什么鬼东西？”

“这个程序绝对安全。”梅里格宽慰道，“没有任何坏处，以后你就知道了。我们只需要一些信息。很快，然后……”

“你什么意思？没听到吗？一切都被删除了！”

“不是那些。我说的是您生物脑的信息。那些记忆不可能那么容易被清除吧？不管您的植入物里有什么软件，都不可能这么快就能重写大脑……”

“无论何时，我都不会允许任何人因为任何原因乱动我的脑子！”扎拉大喊，她自己也感觉到了声音中的歇斯底里。不，不，不……如果他们发现任何关于“衔尾蛇”的事情，哦……

“恐怕您这次得允许一下。”梅里格又发出一声悲哀的叹息。

下一刻，一根炽热的振动的线穿入扎拉的右臂，从手腕一直到肩头。她尖叫一声，想要缩回手臂，但机器人的反应更快，它瞄准着令她疼痛的点，折磨没有停止……

“够了！”扎拉咆哮着，但那根炽热的线仍然以要命的速度在胳膊中不停地抖动着。“允许第三方程序访问神经接口？您确定吗？”“是！是！是！”扎拉哽咽着说。

闪光

红

绿

蓝

圆形

方形

三角形

闪光

呼吸

心跳
眼睛
脸
许多脸
妈妈的脸
爸爸的脸

回忆录：8月1日清晨

8月1日清晨，我精力充沛地醒来，感觉得到了充分的休息。我做的第一件事就是呼叫利比蒂娜·埃斯特维斯。令我感到惊喜的是，这个年轻女孩居然成功做完了这么多事情。她用一个晚上的时间组织了一支领地后备军，并且努力使临时军队数量与叛军数量基本持平。大部分后备军被安排去封锁出口，不主动出击。除了这个能力较弱的队伍之外，我们还有二十名专业的内卫队战士。埃斯特维斯把他们组成了突击队。

到现在为止，我们对在“里斯”及其周围发生的事情一无所知。叛乱分子切断了他们这一带的所有内网监控摄像头。此外，反对派黑客不断地以各种新方式攻击我们的服务器，阻碍通信。最令人懊恼的是，这些攻击源在我们自己的地盘。我们的第五纵队已经在竭尽全力地工作，没有足够的时间和人力去查明叛徒。

我批准了埃斯特维斯的行动，并呼叫了普拉萨德，好听他讲讲外面世界的情况。上校没有报告任何新情况。他说了很多关于在太阳系网络某个支持我们的运动的情况，还讲了地球分部周围的动荡状态，但对我来说似乎并不重要。我得出结论，我们这场小小内战的前线目前一片平静。是时候做一些真正有趣的事情了。

于是，我走进了亚瑟研究项目的静室。

与昨天相比，静室变得更加拥挤——“小男孩”占据了最多空间（以防有些读者已经忘记，我提醒一下，这是一个简化人脑电子模型）。机器两米宽的棱形钛箱在冷却泵的作用下发出微弱的“嗡嗡”响声，控制面板上的指示器显示，所有硬件子系统都正常，可整体状态显示器上却呈现出一个黄色的空圈。空空的圆圈，而不是一般的表情符号——开心、悲伤以及其他种种。简单来说，这意味着，“小男孩”的情绪状态目前无法转化为正常的人类情感语言。这种情况很是罕见，堪称异状。

正如我之前所说，“小男孩”远非一个完美的模型，而且这是我们故意设计的结果。为什么呢？对于没有事先了解的读者，我要在此做一个小小的引申。

众所周知，计算机主要有两种类型——图灵计算机和神经元类脑计算机。图灵计算机根据预先安装的程序，将一个数字流转换为另一个数字流。而神经元类脑计算机是生物大脑的类似物，它无须人为编程，而是能够自主学习，它感知的是模拟信息，而不是数字信息。人们认为，只有神经元类脑计算机才能够产生自我意识（虽然没有人清楚其运作原理，以及它的本质到底是什么）。

神经元类脑计算机在智能上往往远远比不上人类的大脑。

人们不禁发问：为什么？自21世纪以来，人类一直在尝试创造能媲美自身智能的神经元类脑计算机，但这些尝试都失败了。科学家们其实并不喜欢宣扬失败的原因。在通俗文学作品中，通常会这么写："所有高智能的神经元类脑计算机的工作都是不稳定的。"对这句话的解读简单到吓人：所有高智能的神经元类脑计算机都自杀了。这通常发生在它们获得自我意识后的区区几秒钟后。这种神秘的现象（"莫尔蒂多[①]效应"）既无法被人理解，也无法消除。神经元类脑计算机巧妙地规避了任何试图在它们身上建立自我保护本能的企图。

最后，正是由于莫尔蒂多效应，人们放弃了在计算机上模仿人脑的尝试。现在，最智能的机器也不过是图灵计算机：它们全部能做的便是不可思议的快速计算，然而没有任何自主意识。不过人们也陆续发明出了一些神经元类脑计算机，只是它们的智能都受到了人为限制，以确保它们不会发展出自我意识，也不会随之产生莫尔蒂多效应。这些神经元类脑计算机的智力大约被限制在两岁孩子的水平上，其中一个"人造白痴"（这是个老笑话了）就是我们的"小男孩"。

话题回到静室。刚才说到，我在"小男孩"显示器上看到了一个空圈，而不是表情，这很令人惊讶。

"这是怎么回事？"我问亚瑟。

"就是这么回事。"我丈夫看起来无比得意，"我一给'小男孩'看外星文件，它就变成了这个样子。"

---

①心理学术语，指的是将一个人的精神能量引向毁灭和死亡的人格内在过程，与指向发展和诞生的利比多是相对的概念。

“给它看是什么意思？”

“我提取了第一个X文件，并用一个函数转换它……好吧，远不是一下子就成功的。”亚瑟开始吹嘘，“我试了许多函数，都没有转换成功！先是实数的——线性的，非线性的……毫无反应！‘小男孩’仿佛把一切都当作白噪声。然后我决定尝试复合函数，也没有立竿见影的结果。在奋斗了四个小时后，这个函数成功了！”亚瑟高兴地打量着“衔尾蛇”显示器。在黑色背景下，出现了几行在我看来很是神秘的黄色公式。“我把它们映射到复杂平面上，使其规范化，让实在部分进入视觉通道，想象部分进入听觉通道……成功了！”

“什么成功了？”

“‘小男孩’给出了反应。那是怎样的反应啊！首先出现的，是标准的类型识别信号，然后……整个神经网络中出现了雪崩式的反应，衍生出分支，变形，新回路……在我将文件撤走之后，这些反应还在继续！‘小男孩’在进化，你明白吗？在复杂化！在进化！看到了吗？”亚瑟指了指连接在“小男孩”身上的诊断显示器，“‘小男孩’中形成了两个子网，它们正在尽力同对方进行对话！”

我并没有分享到他的喜悦。

“内部对话？这是自我意识的第一个标志。”

亚瑟摊了摊手。

“没有什么莫尔蒂多效应！它自己跟自己交流了这么久，居然还活得好好的！也许我是有史以来第一个得到有自我意识的神经元类脑计算机的人，不是吗？”

“这是外星文件引起的，这一点我不喜欢，”我坦白说，“你自己有没有试过它？”

“什么？”

“通过自己的过滤器查看X文件。”

“什么意思？”亚瑟很困惑。

“就像在‘小男孩’上的操作一样。让实在部分进入视觉通道，虚构部分进入听觉通道，把它放进你自己的植入物里。难道你不好奇吗？”

我丈夫谨慎地瞟了一眼“小男孩”。可惜，勇气从来都不是他的美德之一。

“我想，那不安全。如果同样的事情也发生在我身上……什么东西开始改造我的大脑……我不太喜欢这个主意。”

“来吧，亚瑟。”我笑道，“生物大脑并没有那么容易被图片和声音改造。我们的大脑里有很多‘小男孩’没有的区域和安全机制。把这个文件接给我吧，传输到我的植入物里。”

“你确定吗？”他还在犹豫不决。

“确定以及肯定。来吧。”

“那，好吧。”

我坐在椅子上，闭上眼睛，集中精力。“收到亚瑟·劳埃德的视频文件。”代蒙报告。

“运行视频。”我命令道，“在我的视野里打开全景窗口。”

传输开始了。

浓浓的黑暗中，暗淡的火花胡乱地闪烁着，却什么都无法照亮。耳边则响起平稳而舒缓的杂音（我能够确定，这是以低频为主的红噪声[1]）。仅此而已吗？在视觉和听觉上的一片嘈杂？但不是——我的听觉很快辨识出一个清晰的波浪式节奏，其频率变化不定。它宛如某种很初级的音乐，听起来像是有人在用两个枕头相互击打。接着，声音中又加上了单独的音符——尖锐得刺耳，好像是喊叫，那些音符突然响起又戛然而止，并消失在噪声中，后者的节奏正变得越来越清晰。那些仿佛喊叫的音符在反抗噪声，但噪声却在吞噬着音符，并借用其力量来自我壮大——听起来很有故事。一切变得越来越有趣，尤其是当视频序列也开始显示出某种秩序时。

黑暗中的火花不再到处乱舞，而是聚拢在某些地方，合着节拍闪烁。它们看起来就像是复杂三维表面上的突出影像，三维表面被有节奏地闪烁着的灯从不同方向照亮。一个虚幻物体的形状自动在我的空间想象中形成。某种轴对称的、多瓣的东西……带有枝条状的、带刺的、蔓延的芽……

玫瑰——一个整体形象在我的意识中形成。

一枝黑玫瑰。

画面瞬间缩小，就像摄像机拉远了一样。我惊讶地发现，那朵黑色的花状物并不是真正的花冠，而只是密密麻麻的带刺茎秆脉络中的一个结。不，不是茎秆，不是藤，也不是根……把它比作什么呢——蜘蛛网？菌丝体？血管系统？这些复杂交织的“枝条”——让我们暂且这样称呼它们吧——合着噪声的节拍跳动着，仿佛有什么东西正在抽搐着通过它们……树的汁液？

---

① 又称布朗噪声，“红噪声”之称源于其在相当于可见光谱的红光端具有较高的能量强度。

血液?

我看到网络在眼前变大。玫瑰像斑点一样弥散在三维空间,势不可挡地占领了它。某些形体不明的凝结物正在远离它,笨拙地翻滚着流走,但是玫瑰的枝芽却很快追赶上它们。这时,一个尖锐的音符便会响起,宛如尖叫声一般,等枝芽把受害者缠起,音符又会平息下来。然后,枝芽会将自己的猎物缠成一个绷紧的球团,再变成一朵新花,一朵新的玫瑰,一个新的网结。

玫瑰是捕猎者。我的潜意识惊恐地发出信号。*玫瑰是危险的!*

而后,画面再次拉近。同时,在噪声的节奏中出现了一个微弱但明显的新主题篇章。它与主旋律很不和谐,令人烦躁。

在我面前出现了玫瑰枝的特写。我惊惧地看到,它整个表面都被一些蛇状的躯体覆盖着。它们蠕动着,成群结队,带起一波波卷曲的浪潮……但它们没有在追随玫瑰的节奏,而是与那个新的、不和谐的主题篇章合拍,其节奏随着每一次卷曲变得越来越强烈,越来越坚决。

蠕虫在吃玫瑰——一个完整的形象出现了。有很多虫子……不,是一条虫子。一条多口多身的虫子——因为所有这些啃食玫瑰的身体都在协同地、有节奏地蠕动着,节拍一致,呈一个整体……我似乎本应因厌恶和惊恐而颤抖——但事实上,我却觉得很放松。虫子会吃掉这个可怕的玫瑰,虫子会阻止她吞噬世界……*虫子就是救赎*,这句话出现在我的意识里。*玫瑰是危险的,虫子是救赎*……玫瑰的音乐主题在减弱,虫子的音乐主题在强化……似乎只要再过一小会儿,它就会成为主导,我可

以看到带刺枝条组成的掠夺网络正在步步瓦解……

但这时，发生了一些我无法在意识层面上把握的事情。音乐中有某些东西，两个混合在一起的竞争主题——玫瑰和蠕虫的主题——在一个微小的、不易察觉的节奏断裂后，不和谐地、庄重地化解为和谐。两种旋律合二为一。

它打动了我——任何其他不那么热烈的词，都不足以表达我此刻的心情。虫子的身体不再包围玫瑰的枝条，而是变成了那些枝条，将自己编入其中。我意识到，虫子的消化系也正是玫瑰的液体循环系统。我意识到，虫子就是玫瑰，玫瑰就是虫子，它自己吞噬自己，就像“衔尾蛇”一样。玫瑰和虫子是一体的！

“玫瑰是危险的，”我说出声来，“虫子就是救赎。玫瑰和虫子是一体的！”这句话清晰的、行进的节奏萦绕在我的意识中，“玫瑰是危险的。虫子就是救赎。玫瑰和虫子是一体的！”我想一遍又一遍地重复它。噪声的潮水合着我讲话的拍子滚滚而来。每一次拍打，虫子都会绽放成新的玫瑰，吞噬它们，再绽放，不断扩大，势不可挡地充斥着整个世界。“玫瑰是危险的。虫子就是救赎。玫瑰和虫子——”

一切瞬间消失了。

我感觉到头箍被人扯了下来。耳朵里的节奏依然存在，但我已经回到了静室里。快要被吓死的亚瑟正拿着我的头箍，站在我面前。

“格温？”

我摇摇头，让脑子清醒过来。

“对不起，亲爱的，我走火入魔了。这是一个异常吸引人的视频。”

“一切还好吗？”

“是的，我很好。”我想了一下，“我是格温妮德·劳埃德，你是我丈夫亚瑟·劳埃德。今天是2481年8月1日。我们在莱安诺殖民地的一个静室里。顺便说一句，我们这里刚发生了一场类似内战的事件。”我从椅子上站起来了，“继续工作吧。首席行政长官的职责还在等着我，真是该死。”

“等等！”亚瑟抓住我的手，“你看到了什么？玫瑰和虫子是什么？告诉我。”

我迟疑了一下，想把自己奇怪的感受用语言表达出来。

“我听到了某种类似音乐的声音，看到了一连串画面。所有这些都带有极其强烈的感染力。你自己看吧，怕的话就用小屏幕播放。”

“但你刚才一直在重复那些话……”

“别担心，我没有失控。刚刚我只是——应该可以说——编出了一首诗。我非常喜欢那首诗，它和音乐非常契合，以至于我想反复重复。玫瑰是危险！虫子就是救赎！玫瑰和虫子是一体的！”我笑了笑，然后拍了拍忧心忡忡的丈夫的脸颊，“你看一下，就看一下。你不会发疯的，真的。多看几遍，试着分析一下自己的感受，然后弄清楚‘小男孩’怎么了。我没有时间了，现在一切都由我指挥。”

我从亚瑟手中拿过头箍，果断地甩掉脑海中的玫瑰和蠕虫，走了出去。

要把它们从我的脑海里赶出去并不困难。我刚离开静室，一连串未接呼叫就涌了进来：有普拉萨德打来的，埃斯特维斯打来的，还有几十家渴望进行采访的媒体……不过确实没有陪他们的时间。在十点十五分，战时状态就要结束了——这意味着我的独裁权力即将终止。我应该在这之前下达进攻命令。

埃斯特维斯和普拉萨德向我保证，一切都已准备就绪，可以行动。但我还是希望阿龙能自己投降，这样我方可以避免流血牺牲。我决定等到最后时刻再进攻。

“我们等到九点半，”在会议上，我对普拉萨德和埃斯特维斯说道，“如果阿龙不投降，我们就开始进攻。”

现在，很多人都在因为这个决定咒骂我。但时至今日，我还是相信这是当时最好的决定。如果我们早一点儿——当扎拉·阳还被俘虏的时候——开始行动会怎样呢？她很可能会被杀死，那时，麦斯威尔·阳会把他的怒火发泄到整个莱安诺上，不分哪方对错。我的决策是将进攻拖到最后一刻，这引起了不少灾祸，但至少我拯救了殖民地，使其免于被彻底毁灭……不过，我也不想把话说得太早。

大约早上九点，当我与亚瑟和“小男孩”再次在静室里工作的时候，有人重重地敲起门来。

利比蒂娜·埃斯特维斯和另一个女孩站在门口。在代蒙的提示下，我才认出另一个女孩是扎拉·阳。她的样子看起来很可怕：衣衫褴褛，头发脏乱不堪，手臂上贴着创可贴，眼神里充满了疯狂。我甚至急忙转开视线——她看起来是那么的不安。

“扎拉，是您吗？”我想不出更好的问题了，“您是逃出来了吗？”

“他们对我用刑了。”她声音沙哑，“他们通过植入物进入了我的生物脑，从我的记忆中提取了一些东西。我想知道是什么。现在就要，好吗？”

“好的，当然。”我退后一步，让两个金星人进入静室，“我们这儿有一个专家。亚瑟！我们需要立即扫描植入物。”

我让扎拉在椅子上坐下，然后转向埃斯特维斯。眼神交换间，她读懂了我未说出口的问题。

“统帅还不知道。”埃斯特维斯平静地说，“扎拉说会自己跟他讲。”

我试着想象了一下统帅的反应——顿时觉得毛骨悚然。

阿尔列金杀狗

“你怎么这么严肃？”阿尔列金问道。

他的“金斯顿”车在颠簸中轻轻摇摆，道路两旁网状围栏后，一大片两米高的向日葵闪耀着亮眼的黄色。园丁伊戈尔是一个年轻人，他的体格在地球人里算相当不错，从其白色的兜帽外套来判断，他是一位“玩家”。现在，他坐在那里，眉头紧锁，既不看阿尔列金，也不看窗外。自从游戏大师瓦列里安命令他“和孔季大尉一起乘车去执行他的命令，所有这一切都是为了教会的利益和真理的事业”后，他就一言未发。阿尔列金完全明白他沉默的原因。

“小伙子，”阿尔列金说，“放松。我没有那么可憎可怕。是，我是一个‘休闲玩家’，但可以说，我是教会的朋友，基本上是个现实教教徒。我离真理只有一步之遥——很轻松就能成为新手，再往后就会成为‘玩家’了。还记得游戏大师跟你说的话吗？我们的行动是为了教会的利益。不要再用看恶人的眼神看着我了！”

伊戈尔抬起头，看着这位行动作战员，就像在看某个恶人一样。这人简直是个机器人，阿尔列金不无钦佩地想。他们雇佣你，纯粹是因为你的运动能力吗？

向日葵园被甩在了身后，园丁第一次表现出了好奇——他开始向窗外张望。不过，没什么可看的。他们离开斯洛博达，路过拉巴特，绕过羊群牧场。

阿尔列金冷峻地说："我来放点儿音乐。" 他点击了一下仪表盘上的网视屏幕，划过几个页面，找到了 "旧地球之歌" 频道的图标。这才是应该听的。雪，黑鸟，工业废墟……视频中，一个有点儿像塔妮特·拉瓦勒的纤弱红发女歌手正用法语唱着什么，但其中还能辨识出几句熟悉的英语："血与泪……让他们都滚蛋！"[①] 园丁瞄了一眼屏幕后，立即转向窗户，盯着外面拉巴特的清真寺塔。

阿尔列金不太清楚今天在拉巴特发生了什么。一切都始于兑换处的一场斗殴，打架演变成了混乱的抢劫，保安被毒打，武器被抢走……后来警察出面处理了此事，但似乎做得有点儿过头。据媒体报道，现场似乎有几十具尸体。没时间去了解更多细节。虽然阿尔列金不知道拉巴特的情况，但是目前他更想绕

① 此处所提歌曲为《让他们都滚蛋》（"*Fuck Them All*"），是法国歌手兼作曲家米莲·法莫（Mylène Farmer）于 2005 年录制并发行的一首歌曲。

开它。

阿尔列金驱车从绕城土路拐到了前德米特罗夫公路上。拉巴特、斯洛博达和殖民地都被抛在身后。前方光秃秃的草原上，老莫斯科塔楼如海市蜃楼般摇摇欲坠。

“你为什么烦恼？”阿尔列金又尝试着让园丁开口说话，“你看看视频，开心一下。”

他在频道上摸索了一阵，注意到一条带黄色标识的“网络嗅探”信息。爆炸性新闻：扎拉·阳逃出囚禁区！独家镜头！的确，这些视频来自监控摄像头，绝对是机密资料——但“网络嗅探”总是能获得这些资料，并因此而闻名。镜头里，脏兮兮、乱糟糟、衣衫褴褛的扎拉·阳正在吃力地穿过某条黑暗的走廊。园丁的眼神迅速从她裸露的大腿上滑过，像做贼似的。阿尔列金捕捉到了他的视线，笑了起来。

“漂亮的女孩，是吧？”他用胳膊肘戳了一下园丁的腰部，“这不过是马马虎虎的录像。你想让我找一张她穿好衣服的照片吗？还是说……你觉得反过来更好，嗯？”阿尔列金很喜欢看园丁脖子涨得通红的样子。他看不到对方的面孔，因为伊戈尔现在整个脸朝着窗外。“我和你们这些地球人打了这么多年交道，还是不能习惯……你知道在我们那里，穿着衣服是不体面的事情吗？如果一个人把自己的身体藏起来，那就意味着它有什么问题……为什么你们是反过来的呢？我一直不明白。”园丁闷闷不乐地沉默着。

“好吧，让我们跳过这个有诱惑力的话题。问一个纯粹的商业问题：游戏大师瓦列里安给你多少钱？”

“不关您的事。”伊戈尔嘟囔道，终于打破了沉默。

“为什么？他跟我说，一天给你三百列特。我好奇这是真的吗？因为有传言说，人们为他工作，只是为了吃饱饭和获得‘真理导师’的祝福……”

“不关您的事。”伊戈尔重复道，这次听起来似乎不太自信。

“怎么不关我的事？给你付钱的是我。”

“我不会收您哪怕一分钱！”伊戈尔转过身来，把沉重的目光投向阿尔列金。

“不对吧，我了解到的情况是，我要通过游戏大师把钱转给你，而他会以某种方式把钱洗干净。对了，我一直很好奇——洗钱是怎么进行的？你们的那些作弊代码——”

“够了！”

如果阿尔列金不知道“玩家”被禁止施行任何暴力行为，他相信伊戈尔马上就要挥拳扑过来了。看来交流并不顺利，而且对方也不是很情愿……车从轨道上拐出，在山沟边上停下来。他们到了。

“就是它，那朵黑色的花。”他指着山沟顶部边缘。环顾四周，狗群仍然在周边守卫。

“这是什么植物？”伊戈尔想知道，“从来没见过这样的花。”

“然而它就在那里。在闲暇时再思考这个谜团吧，现在，你的任务就是把这鬼东西挖出来，无论如何不能有损坏。而且不要用光手去碰它，那东西有毒。”

他们下了车。一阵热风吹来，夹杂着灰尘、沙棘和狗屎的味道。伊戈尔从行李箱里拿出手套和铁锹，绕着花儿走了一圈，仔细观察了一下。

黄狗毫无预警地扑了过来。没有叫，也没有吼。

阿尔列金立刻条件反射似的作出反应。

他的手滑落到臀部，用意识命令枪套打开，接着“克拉玛什”枪的网纹握把就自动跳进了阿尔列金的手掌心。

瞄准器，目标。

狗在跳跃动作中被击倒，发出刺耳的尖啸声，并跌进草丛里。

尘土，血迹，枯草。尖叫，熏天的臭气。

整个狗群以极快的速度从四面八方飞驰而来，呈圆圈状向他们包围过来。

目标，射击。目标，射击。尖声哀号，血液，皮毛，灰尘，熏天的臭气。

射击，射击，射击……

阳光，耳鸣，干草。

阿尔列金歇了一口气，把“克拉玛什”放回枪套。最聪明的狗都撒腿逃走了，其余狗的尸体躺在草地上，一条黄狗还在抽搐。狗群不复存在……但是，这些生物的移动速度太快了，快到近乎不自然的程度。直到这时，阿尔列金才想起了沙菲尔的要求——带一条活狗。哎呀，沙菲尔技师，真是不好意思。

“你杀了它们。”园丁嘟囔道。他的眼睛瞪得大大的，铁锹扔在地上，“一个不留……”

“还救了你的命。你可以说声谢谢的。”

伊戈尔用颤抖的手指着那条正在垂死哀号的黄狗。

“至少给它个痛快。”

“把弹药浪费在这脏东西上？你有一把铁锹。如果你那么好心的话，就自己动手吧。”阿尔列金看了看伊戈尔的脸，决定让步，“好吧，真该死。”他一枪打在狗的耳朵上方，把它从肉体的痛苦中拯救出来，也把园丁从道德的折磨中解放出来，“现在拿起你的铲子挖吧，玩家。时间不多了。”

阿尔列金坐在发动机罩上，擦了擦额头上的汗水。太阳已经很高了，无情地烘烤着大地。他看着园丁仔细地挖出长着那朵花的土块。当土块开始松动时，伊戈尔弯腰想把它抱到怀里，却突然惊叫一声，吓得弹了回来。

“它刺了我！花！它把一条花枝甩到了我的脸上——”

“我不是警告过你吗？”出乎自己意料，阿尔列金发怒了，“我没告诉你要小心吗？现在完了！你中毒了！”这个不幸的园丁现在一副可怜的样子，让阿尔列金感到了内疚。“你会活下来的，”他让自己冷静下来，说道，“但你得住在我们的诊所里。还站在那里干什么？拿着花，上车吧！”

那朵可恶的花连同包裹其根部的土块一起被油布包裹起来，装进汽车。等园丁也坐在自己的座位上后，阿尔列金以最快的速度驾车猛向前冲去。他还得换钱，付款给瓦列里安，真该死……不，他不可能在两个小时内弄完这些事。他打电话给温迪·米勒——飞行器驾驶员，并告诉她说他在路上耽搁了。

车子在坑坑洼洼的路上颠簸着向拉巴特飞奔而去。阿尔列金命代蒙找到“旧地球之歌”频道，播放那首让人留恋的歌曲。“让他们都滚蛋！”音乐在他脑中隆隆作响，音量全开，但园丁那边听不到。他坐在阿尔列金身边，无精打采地扶着他被刺伤的脸颊。

“好痛啊！”他喃喃自语道。

“稍等。”阿尔列金拿出布伦丹注射器，给这个年轻人注射了消炎药，“忍一忍，马上就会好多了。”

“邪恶的植物，”伊戈尔用充满绝望的声音说道，“负能的载体。它是个怪物（“你是个贱货，混蛋，神棍，”耳中，歌者正在喃喃低语，“再说一遍你姓甚名谁？”），就像你，以及你们殖民地所有人一样。这一切根本不是为了教会利益。而且，我不会拿你的钱，也不会拿游戏大师的钱……”

“那好吧。”阿尔列金说，“他会很高兴的。”他不想再打趣园丁了。把自己弄到被黑花刺伤的危险境地，真是一个傻瓜，现在你要和另一个傻瓜赛义德一起飞往卡普-亚尔，还要从那儿飞往金星…… “好！停。”

离拉巴特还有不到半千米，阿尔列金停了下来。他关掉音乐，留心听着。

好吧。有枪声。在这个腐朽的郊区又发生了枪击事件。这里到底发生了什么？阿尔列金仔细听着，听出了“幸运女神”型号枪支尖锐的咔嚓声，警察配枪“甘斯2号”耳光般的声响，还有谢苗诺夫冲锋枪的连续射击声……阿尔列金立即调出新闻频道。*新莫斯科参战了！新莫斯科向埃里克斯和普列洛马宣战了！莱安诺生命服务新莫斯科总部被围攻了！*见鬼！该死！真糟糕！战争是不可避免的，然而……是的，瞧啊：*拉巴特发生了一场混乱的枪击事件……郊区领袖在新莫斯科避难……详情未*

知……这些细节才是我需要的！恼怒中的阿尔列金将屏幕最小化，又认真听了起来。所有的枪击事件似乎都发生在东部，在东区慈善使馆区域的某个地方。他们不用前往那里，而要去的区域似乎很平静。好了，走吧。不能在拉巴特耽搁太久。

阿尔列金启动了车子。

莱安诺：解决办法

仪表盘上的红灯在她眼前闪烁。亚瑟·劳埃德把植入物扫描仪贴近她的脸——若是换了其他时候，扎拉会觉得他神情专注、头发凌乱的样子很好笑。

“别动。”亚瑟将扫描仪冰冷湿润的表面按在她的额头上，“准备完成。”他退后一步，读着只有他能看到的诊断报告。扎拉·阳厌恶地擦了擦额头。

她坐在劳埃德神经元实验室塞满了设备的静室里，记不清自己是如何来到这里的。酷刑过后便充斥在她身上的那股盲目无力的暴怒现在才开始退去。受伤的手臂还是麻木的。除了她和亚瑟，利比·埃斯特维斯和格温妮德·劳埃德也在静室里。两人都同情而担忧地看着扎拉，就像在看一个刚刚被诊断为生命垂危的病人。“我的表现如何？我跟他们说了什么？”不过，这不重要。重要的只是，亚瑟这个怪人会在她的脑袋里发现什么——梅里格的窃取痕迹。

“说！”她要求道，“发现了什么？”

“所有部分都干干净净。”亚瑟不知为何皱起了眉头，“没有任何损坏，没有木马程序。蠕虫在记忆中爬行而过，下载了一些东西，没有留下任何痕迹。”

“到底下载了什么？”她不喜欢听到“一些东西”这样的字眼。

“没办法判断。痕迹被清理得非常干净，他竟然巧妙地将自己所有的行动记录完全删除了。”程序员几乎是佩服地摇了摇头，“技巧很是娴熟……”

“什么技巧？”扎拉斥责道，“您是白痴吗？有人用酷刑夺走了对我的植入物的访问权。”她深深地吸了一口气，然后呼出，让自己冷静下来，“所以我们不知道他们从我的记忆中提取了什么。如果是关于项目的信息……”她用双手捂着自己的脸，发出了呻吟声，“我应该告诉爸爸，让他来决定该怎么做。格温妮德！带我去找普拉萨德。”

格温妮德·劳埃德迟疑地点了点头，转身走向出口。扎拉和利比跟在她身后。当三人从劳埃德领地出来，来到尼昂干线上时，已经有电梯在等着她们。

即将与父亲进行谈话这个念头叫她无法忍受。扎拉要自我坦白，然后听从审判——没有任何借口。

现在，她确实完完全全地失败了。她泄露了父亲托付给她的秘密——最可耻的是，她连第一秒都没挺过去便招供了……她应该、并且有义务承受这种痛苦！毕竟，她接受过训练，要知道，她的父亲为了应对这种情况，专门让她经历过虚拟的模拟刑讯……哦，如果他知道真实和虚拟的痛苦差别如此之大……停。她不是说不找借口了吗？不，没有借口。她对她爸爸有罪，对埃里克斯有罪。她会接受应有的惩罚。

电梯停在了外卫队总部。普拉萨德的办公室就在这里，里面有星际直连通信枢纽。直到现在，穿行在枢纽操作工作间之间，感受到操作员们惊讶和惊慌的视线一路尾随着她，扎拉才意识到自己的模样有多么不堪：浑身是泥，衣服破烂……但要命的是，已经没有时间整理仪容了。

“阳博士。”普拉萨德的语气中惊讶大过同情，“您一切还好吗？”

“没时间闲聊了。我需要一个安全的频道，可以与金星直接联络。”

上校示意扎拉进入旁边一个极小的房间。

“最安全的频道只能传输文字信息，”他解释道，“您动手在键盘上输入信息吧。用意识编辑不够安全——头箍的无线电信号可能会被拦截。”

“不必像对白痴讲话一样解释一切！我可能看起来像个疯子，但这并不意味着……总之，留我一个人在这里！”

普拉萨德淡漠地点了点头，让她一个人对着键盘和黑色的屏幕。

扎拉深吸一口气，整理着自己的思绪。

简短，实事求是。不要流露任何感情，当然，还要不找任何借口。她用手指按下键盘，快速且不假思索地编辑着：

收件人：麦斯威尔·阳

发件人：扎拉·阳

正文:爸爸,我有两个消息。好消息:我不再是囚徒了——阿龙放我逃跑了。坏消息:他们抓住了我,用酷刑逼迫我交出进入植入物的权限。我立即清除了数字内存,但他们还是闯入了我的生物内存。这事是一个叫格维迪恩·梅里格的人干的。我不知道他下载的信息的具体内容,不过我做了最坏的打算。是的,我没能经受住酷刑。如果可以的话,请原谅我。现在该怎么办?

她又深吸一口气,带着抽噎。再读一遍,修正、润色一下?不,毫不动摇。她点击了"发送"。

信息正在加密……

信息已被加密。

信息已发送:2481/08/01 9:05:04

莱安诺——金星信号传输时间为1005秒。

正在传输……

等待答复需要半个多小时。这段时间足够她尝试理清殖民地最近的情况,好分散自己的注意力。

"有地方洗澡换衣服吗?"从通信室出来后,她问普拉萨德。

"当然有。"上校挽住她的胳膊,扶着她,"让我们去休息室吧。他们会给您拿一套太空舰队制服。"

宽敞的休息室笼罩在一片令人舒缓的昏暗中。这里有能够让人放松的一切设备——柔软的沙,按摩椅,可容纳十人的浴缸。要是能再给我多一点儿时间就好了……

“留下来吧，上校。”扎拉说着，把身上残留的衣服脱了下来。“我们正好来开个小型战时会议。代蒙，呼叫利比和格温妮德！”下完指令，她钻进了浴缸。

劳埃德和埃斯特维斯出现在房间里时，她正悠闲地躺在充满芳香的热水里，几乎快要打起盹来。

“格温妮德，给我讲讲。”扎拉从水中站起来。烘干机立刻在她周围“呼呼”作响，热风从四面八方吹来，她的头发在头顶上颤抖着打成蓝色的旋涡。“说明一下情况，但要简明扼要。”

“还有十五分钟。”平时沉着冷静的首席行政长官，现在明显紧张起来，“到九点半时，如果阿龙不投降，我们就必须开始攻击了。”

“为什么要在九点半？”

“因为十点十五分战时状态就要结束了，按照继承顺序，我将不得不把我的令牌让渡给阿龙。”

“什么？”扎拉以为是自己没听懂，或者听错了，“阿龙难道要当首席行政长官？”

“不，他将成为副行政长官，我的继承人。在十点十五分之前，如果我出什么事的话，她就会得到我的令牌。”格温妮德对利比点了点头，“而如果我在这时间之后出什么事的话，令牌就会落到阿龙手里。是的，很糟糕，因为在继承顺序中我和阿龙之间的每一个人现在都是他的俘虏，躺在那里不省人事。”

“我明白了，多么糟糕的制度！”扎拉从浴缸里爬出来。服务机器人在她背上披了一套黑色的太空舰队制服。那是一件缝隙处敞开的智能皮衣，用带形状记忆的纤维制成，并开始自动遮蔽住她的身体。“但为什么您留出这么多时间来攻击，整整四十五分钟？”

“因为战况可能会拖长。”利比插话道，“我不知道阿龙地盘上的情况，也不知道他是如何建立自己的防线的。我派了‘跳蚤’和‘千足虫’去侦察，但它们都被抓住了。”

“那监控器呢？”扎拉感到奇怪。制服的最后空隙贴合在一起，在她的前臂、乳房、脚踝上束紧。“比如那些普通的、固定的摄像头？”

“敌人切断了它们与整个内网的连接。把其锁定在了自己的独立服务器上。总之，我得在对敌方一无所知的情况下展开攻击，所以预计会有严重的伤亡和长时间的战斗……”

“现在是九点二十分，”格温妮德插话道，“时间差不多了。阳博士，您是否同意我们的计划？”

“等等，”扎拉说，“监控器断网了？但我从囚禁区逃跑的时候，可以通过他们的摄像头观察情况，我的代蒙也正是从它们那里提取的照片。”

“哦，真的吗？”利比兴奋得跳了起来，“所以你有他们服务器的VIP权限？”

“原来如此。阿龙甚至允许我这么做，他简直是疯了！我马上查看一下，也许我现在依然持有权限。‘里斯’监控器影像，”她用意识命令道，“给在场所有人看看！”

利比欣喜若狂地叫了一声。命令已经落实。他们看到了布满一排排医疗箱的“里斯”，看到了穿着叛军领地颜色衣服的卫兵，还有门口的机器人。

“继续！”利比要求，“下一个大厅！展示所有的岗哨！”

敌方服务器听话地泄露了一张又一张图片。他们看到了宴会厅，几个相邻的腔室和走廊，看到了扎拉通过光导管逃出来的厨房，看到了她放倒阿龙的小餐厅……然后，一切图像都消失了。“您被拒绝访问阿龙领地服务器。”代蒙淡漠地报告。

“非常好，好极了。”利比看起来相当高兴，她的拟形闪闪发光，闪烁着彩虹光泽，“现在我知道了他们的全部情况，我们会把他们消灭干净的。马上重新部署我们的突击队……扎拉，我可以走了吗？”她焦急地要求道。

“去吧，去吧。”扎拉摆了摆手。利比愉快的心情也转移到了她身上，尽管父亲的回信——也是她的判决——马上就要到了，但她不愿意去想那些。“格温，上校，你们也暂时自由了。我有点儿饿了，服务机器人，去给我拿点儿吃的！”她命令道，并毫不犹豫地点击了空中出现的菜单上的第一项。肉卷配炖菜——正适合战时食用。

她刚吃完最后一个肉卷，代蒙就邀请她进星际通信室。

埃里克斯基地——莱安诺基地

发送时间：2481/08/01 9:25:12

收到时间：2481/08/01 9:41:57

收件人：扎拉·阳

发件人：麦斯威尔·阳

正文：亲爱的女儿！坚持下去，会好起来的。那些伤害你的人很快将会为此后悔。我希望你没有受到重伤。无论如何，梅里格会为这一切付出百倍代价。

信息泄露确实非常危险。就在不久的将来，月球和火星很可能会收到阿奎拉人存在及其在地球上活动的证据。他们在震惊之余的反应可想而知——建立自己的、独立于普列洛马的反阿奎拉联盟，阻拦我们统一太阳系统。这意味着，他们需要中伤我们的名誉，证明我们作为反阿奎拉领袖是不够格的。

有什么比我们与阿奎拉的秘密谈判这件事更能中伤我们的名誉呢？（事实上，还不知道是不是在和阿奎拉谈判——但又有谁会去深入讨论这种细节呢？）我们将被塑造成人类的叛徒，这将是自月球和火星独立以来对太空舰队和普列洛马最沉重的一次打击，并导致我们整个政策的彻底失败。

因此，任何关于“衔尾蛇”的信息都不能落入敌人手中。为此：

1）将“衔尾蛇”送回飞船上，把格温妮德·劳埃德及其所有设备和专家也带到那里。如有必要，可以强制她执行。

2）尽快夺取叛军控制区。如果无法占领，就无须进入，直接进行清扫。如果那样也不行，就逃到“阿撒托斯号”，炸掉小行星。无论采取哪种措施，携带着从你这里下载的信息的人都必须死。

我的女儿，我明白这对你来说会多么困难。到现在为止，你的生活中都只有快乐和欢笑。而现在，我却把这么可怕的责任负担压在你身上。很少有人能够经受得住这样的事情还不至于崩溃。但是你，扎拉，我相信你，无论如何我都相信。

很多人认为你是一个肤浅且轻率的人，但我知道在你身上隐藏着多么大的内在力量。是时候动用它了。这一次，你应该做好。你没有权力再让我失望。

扎拉仰靠在椅子上，一动不动地坐了一段时间。

现在她既没有想父亲，也没有想那封信。

她想的是那些她最想从记忆中抹去的人——那些今天因她而死的人。丁·格里菲斯，还有另外两名没对她留姓名的胚胎技术员，以及人造子宫里未出生的婴儿。无论梅里格怎么说，对于他们的死，扎拉都不感到内疚。他们只是碰巧在错误的时间出现在了错误的地点，陷入了交火中……是的，在他们的死亡面前，她还能够为自己辩解。

但对于现在她要做的事情，她该拿什么来辩解呢？

不是面对法律，也不是面对公众，而是在面对她自己的良心时，她拿什么来自我辩护？她再也洗不掉身上的这些鲜血了。也许父亲错了？也许她没有任何内在力量？否则，她怎么会对良心念念不忘？要么要实力，要么要良心，不存在第三个选择……够了！她制止自己。不要再担心，要强大。行动！战斗，阿周那[①]在上！做你该做的事，成为你该成为的人。

扎拉使劲摇了摇头，赶走了那些多余的想法和疑惑。

“呼叫普拉萨德，”她命令道，“上校！我命令，切断整颗小行星与太阳系的联系。从物理上切断总端口的所有天线，所有阿龙可以连接到的天线。”

① 古印度史诗《摩诃婆罗多》中的核心人物之一。

“是。”普拉萨德不惊不疑地点了点头，不知为何，这给扎拉注入了更大的决心。

“代蒙，呼叫利比蒂娜和格温妮德过来！”她下达了下一个命令，“但不要同时来。让格温妮德晚五分钟来。”

一个计划很轻易地在她的脑海里形成了，宛如一个给小孩玩的拼图。扎拉重读了父亲的信，想把它铭刻于心。她本可以命令代蒙把这封信存在她的数字记忆中，但她不想这样做。这封信损害了父亲的名誉，因此不可以继续存在，但要先给利比看看。就在保镖走进来的那一刻，扎拉把最后一部分太私人化的段落删掉了。

“什么事？”利比不太客气地问道，“有什么真正要紧的事情吗？我二十分钟后就要开始进攻了。”

“先看一下这个吧。”扎拉把显示器前的位置让给了她。

看完信后，利比了然于胸地点了点头。

“啊哈，我觉得这样的事情最好不要让格温阿姨掺和。”

“同意。如果你这边后面进展不顺，我可以实施……方案二？”扎拉指着“无须进入，直接进行清扫”这句话。

“封锁这一区段的出入口，”利比面无表情地说，“重组光导管和通风井，把空气释放到太空。普拉萨德应该可以做到这一点，而且他还会有首席行政长官的令牌。如果我死了，按照顺序他就是下一任。”

扎拉点了点头。

“可以。因为第二种方案虽然不好，但第三种才算真的糟糕。成千上万名无辜居民……”

格温妮德走了进来，扎拉突然沉默了。

“有什么消息吗？”首席行政长官把警惕的目光从一个女孩转向另一个女孩。

“是的，”利比说，“统帅的信到了。看一下吧。”

格温妮德信任地靠近显示器。

就在这时，利比把格温妮德的头箍扯了下来。与此同时，一支注射器手枪以难以察觉的速度出现在了她的另一只手上，并顶在格温妮德的颈动脉上。“咔嚓”一声枪响。格温妮德哆嗦了一下，她的脸上露出无比惊讶的表情。

“这是什么情况？”她喃喃自语道，“你们为什么要这样做……”她想站起来，却双腿发软，利比在她差点儿摔倒时将她扶了起来。

“这就完事了，”埃斯特维斯满意地说道，“我是首席行政长官了！”

“升职快乐。”扎拉友好地握了握她的手，“现在该怎么做？”

“你把她和其他货物送到‘阿撒托斯号’上。而我……”利比拍了拍腰间的枪套，“我要去会会阿龙了。”

“去吧。”扎拉抱着她亲了一下。“保重。”她在保镖的耳边轻声说道，“别让我用第二种方案，明白吗？”

利比蒂娜转身离开房间，她的眼睛里闪着亮光。扎拉不耐烦地朝她挥了挥手。

她把目光转移到屏幕上，那里还展示着父亲的来信。是时候删掉它了。为了得到这篇文字，敌人可能会愿意杀一百个人。扎拉把手放在键盘上，突然，一个龌龊的念头潜入她的脑海。

如果不删掉呢？留下这个证据以防万一——可以为自己辩解。人们会说，她不是自愿发动的大屠杀，而是奉麦斯威尔·阳的命令……

不，卑鄙！真卑鄙！她厌恶地打消了这个念头，果断地将信删掉。

不，她不会躲在父亲的背后。如果一定要流血，那就把血洒在她身上吧。她一直被看成一个空架子，一个傲慢的小公主。但她有内在的力量，她有！而且，她还有足够的勇气承担全部责任。流血就流血。她必须做好，而且她能够做好。她干的蠢事已经够多了。

她没有权力再令父亲失望。她也不会那么做。

阿尔列金杀人

拉巴特和斯洛博达的人亲身体验过战争的滋味。这两个地区都是从难民营发展起来的，其居民多从罗斯和伊德利斯坦之间无休止的战争中逃难而来。他们很清楚在战争期间，国家货币情况会发生什么变化。郊区流通的货币——所谓的“尤尼”——与太空货币“能量”关联紧密。“一旦发生战争，能量就会贬值，尤尼也一样。”精明的郊区人民一致这样认为。从希吉来纪元1917年色法尔月4号星期五上午开始，他们就开始蜂拥至钱币兑换所。

当局迅速作出反应。拉巴特负责人萨德雷廷·卡马洛夫在当地电台上发表了讲话。没有人在向地球宣战，拉伊斯让他的子民放心，一切如常，太空人的所有经济义务依然有效。他用简单的言辞解释说，能量的汇率不会下跌，所以尤尼也不会贬值。可是，这样的话其实根本不应当讲。听完这套说辞，就连最不聪明的人也明白该怎么做了。

所有存有尤尼货币的人，现在都涌向兑换处，想在这些钱币完全变成废纸之前把它们脱手。几分钟内，队伍就排到了好几条街外。出纳员们个个汗流浃背，几乎连抄写汇率表都来不及。一小时的时间里，尤尼买入汇率下降了百分之三百。卖出率则毫无动弹，但谁对它感兴趣呢？疯狂的人们不惜一切代价抢夺现在他们眼中的硬通货——伊德利斯坦货币“阿赫马迪”和罗斯货币“列特”。集市上发生的事情叫人难以想象。一切都被扫荡一空。有的摊位上已经匆匆挂上乱画的标语：“不收尤尼”，队伍里有人打起架来，大家都在撕心裂肺地大喊大叫，咒骂强盗一样的兑换商和商贩。

兑换处的老板是巴巴占·加利莫夫和萨德雷廷·卡马洛夫，两人这会儿正不时地搓手。他们知道，能量（及尤尼）的汇率不是由市场或银行决定，而是由宇宙的平均熵决定。六十年前，当火星和月球脱离金星时，能量没有贬值，也就是说现在应该也不会贬值。群众的狂热意味着兑换商们将会得到巨大的利润。但当狂热变成了劫难，甚至连兑换商们都意识到，该适可而止了。不知是因为加利莫夫兑换处的漫天要价超出了人们的心理预期，还是因为列特和阿赫马迪售罄，又或是因为人群自然而然地狂躁暴乱起来，不知什么时候，队列中的争吵变成了暴动。卫兵被毒打，并被赶走，吓得收银员堆起墙垒自卫，急急忙忙给老板打电话。加利莫夫立即派车带着全副武装的卫兵来到集市进行解救，取出自己的收入，并打电话给卡马洛夫。

“我们今天赚够了，萨德里[1]。”他直截了当地说，“下令关闭集市吧，出动警察，让他们把人们安抚下来。”

这位负责人有些犹豫（他自己的兑换处还没人闹事儿），不过谨慎还是战胜了贪婪。他派了一队警察到集市上。但是，人们已经很激动了，甚至在警察朝天鸣枪后也没有散去。这时一位警官——还是个急于给人们点儿颜色瞧瞧的年轻人——下令朝人群开枪。这起到了效果。人们四散而去，而地上留下了十二具尸体。卡马洛夫责备警官有些蛮干，但他没有惩罚对方：毕竟，暴乱最终被镇压住了（至少在那一刻，他觉得是被镇压住了）。

此时此刻，马利克·哈米德－奥格雷·米尔扎耶夫并没有同大众一样恐慌。他没有尤尼储蓄——所有的钱都投资在茶馆里——所以汇率下跌对他没有直接威胁。其他的担心倒是更多一些。赛义德，他唯一的儿子，在殖民地怎么样？如果战争蔓延到了新莫斯科，在他身上又会发生什么？

米尔扎耶夫把茶馆锁上，告诉妻子不要给任何人开门，他把枪插在腰带后面，然后去了慈善机构——去联系赛义德。机构被锁上了，门口一堆人在激动地吵吵嚷嚷——有人散布谣言说，他们可以“以公平的汇率”把尤尼换成金子。这事还是在集市血战之前。喇叭里每分钟都在播音，劝人们散去，但这无济于事——人群只是越来越密集，越来越沉闷。卡菲尔人越是证明

① 萨德雷廷的昵称。

他们没有黄金，人们就越是深信实际情况恰恰相反。

看到人群后，米尔扎耶夫差点儿要返回家去——他们散发出一股威胁的气息。这里没有正经人，所有正经人都各回各家了，去保护家里财产不被强盗抢走。聚集在公馆门口的都是那些没有什么可保护，也没有什么可失去的人。但他对赛义德的担心压过了恐惧。米尔扎耶夫好歹挤到门这边来，解释说他儿子在医院。大家都认识这位茶馆老板，所以都相信他，为他让开路。在锁着的门前，米尔扎耶夫不得不用话筒对着警卫大喊很久“叫孔季大尉，他认识我！”直到警卫妥协。门还是没有打开，孔季也没有出现，但是至少有一个管事的人出来隔着门和米尔扎耶夫说话了。

“我儿子呢？”米尔扎耶夫用拳头敲了敲门，“赛义德在哪里？让我们联络一下！”

“没有联络方式，没有！”对方回喊着，“您的赛义德不在线，我查过了！他被从殖民地带走了。”

“带走了？被带到了哪里？”

“我怎么知道！是格里菲斯负责的，和我们有什么关系？你问格里菲斯去吧！”

米尔扎耶夫自己也不记得自己是怎么下了门廊，走进人群的——而人群不知怎么也安静了下来，在他面前让出一条道。他想不起来自己对大家说了什么，但他的话却在数百人中激起了愤怒的喧哗。“他们带走了孩子们！这群鬼东西！先是钱，现在是孩子！”这是最后一根稻草，积压已久的愤怒就此爆发。随着第一块石头飞进公馆装着窗栏的窗户里，怒吼着的人潮开始推门，把米尔扎耶夫抛在一边，推挤到了墙上。

茶馆老板勉强从挤压的人群中爬了出来。他现在只想一件事——活着回家。往回走了一小段路，他就听到上空传来一阵轰鸣声：公馆上面盘旋着一架黑色的、长长的飞行车，车身上有一个红熊图案。车门打开，全副武装的救援人员涌上建筑平顶。米尔扎耶夫并没有等着看结局如何，很显然，最后会爆发枪战。他整理一下衣服，抖掉身上的灰尘，毅然决然地走向瑙鲁兹区。他知道：在乱局结束之前，找赛义德这件事想都别想。

与此同时也到了祈祷时间。人们怀着最愤怒的心情来到了大教堂。很难说他们对谁的仇恨更深——歌革和玛各人？警察？还是像卡马洛夫和加利莫夫这样的有钱人？祈祷结束后，伊玛目宣读了关于和平、秩序和遵守秩序的布道词，但是他自己都吓得脸色苍白，讲道也不是特别有效果。在越来越大的喧闹声中，没人能听得清伊玛目的演讲，讲完之后他就消失了，而祈祷最终就这样变成了集会。

“卡马洛夫在哪里？”闹事者大叫，“巴巴占在哪里？他们藏到哪去了？卡菲尔人在偷走我们的孩子，而我们的警察在向我们开枪！我们去找政府！让卡马洛夫出来回话！”

人群毅然涌向政府，一字一句地高呼：“赛——义——德！赛——义——德！”瞬间，被歌革人暗中绑架的茶馆老板儿子成了叛乱的旗帜，成了歌革人和他们的有钱狗腿子所犯下所有罪行的鲜活化身。随着人们走过越来越多的街区，叛乱队伍不断壮大，并且怒气愈盛。队伍的领导者是萨利姆·阿塔耶夫，加利莫夫集市一个拉买卖的人。直到昨天，他才凭着自己的铁喉咙和不安分的臭脾气出了名。

“还我们赛义德！把杀手交出来！”阿塔耶夫喊得比其他人都大声，而且还挥舞着两把手枪吓人——叛乱队伍在路上成功地抢劫了一家枪店。但是，当人群来到政府前的时候，却发现无人可砍。广场上空无一人。

卡马洛夫一听说公馆受到攻击就逃跑了。他的口袋里早已揣好自己和家人在新莫斯科的居留许可。他亲手把装着珠宝的保险柜拖上了车，第二辆车上载着妻子和孩子，在前后警卫车的护卫下，急急忙忙赶往殖民地。

失望而失去目标的人群分散到拉巴特各地。人们依然很生气，他们的怒火无处发泄，嗜血欲望也没有得到满足。

阿尔列金开车缓慢而谨慎地穿过拉巴特空旷的街道。从入口处到哈吉-乌马尔区，一路上他没有遇到一个行人——只有上锁的大门和紧闭的店窗。显然，因为害怕大屠杀，人们都各自在家待着。他也没有看到任何暴乱者，虽说东边的枪声还在响，从郊区其他角落也时不时传来枪声。对，不要在这里耽搁。换了钱就快跑。

阿尔列金驱车来到放高利贷者加里夫·加夫罗夫的办公室。办公室和拉巴特其他地方一样，门窗紧闭，但这对阿尔列金来说不起作用。加夫罗夫在为外卫队工作，而外卫队在某种程度上庇护着他的生意。所以，阿尔列金可以随时进入办公室大门，以正常的汇率把能量兑换成列特。他把车开到办公室入口的装甲门前，紧靠门停了下来。

“待在这里，”他对伊戈尔说，“不要给任何人开门，不要和任何人说话。我马上回来。”

他下了车，把手腕放到门锁上刷了一下。锁头“咔嚓”一声，对他的ID芯片起了反应。阿尔列金拉开了门。通往生活区的走廊和往常一样闷热又昏暗。他从厕所和浴室的门前走过。

“加里夫！”阿尔列金叫道。

因为自己的高声喊叫，他并没有听到身后浴室门打开的声音。

当阿尔列金察觉到身后的动静时，为时已晚。他的手下意识向枪套伸去，但身后的那个人已经制伏了他。一个带32毫米口径圆孔的硬物顶在了他颈椎的第七个关节处。阿尔列金举起双手。他并没有太紧张，这不过是他工作中的一个寻常情况。

“你很娴熟，动作也安静，”他说，“为加夫罗夫工作多久了？”

“动动你的腿。”他身后传来对方沙哑的声音。一只满是汗水的手摸到了阿尔列金的腰部，从枪套里掏出了“克拉玛什”，把枪管轻轻顶到他的后背上，“你马上就会看到你的加夫罗夫了。”

在拉着窗帘、家具上布满灰尘的昏暗客厅里，阿尔列金果然看到了他的线人。加夫罗夫身子缩成一团，躺在地上，脸上血肉模糊，双手被绑着。他似乎还活着，但却完全没有了意识。客厅里不是只有他一个，还另有两人：一个坐在沙发床上，另一个坐在吱吱作响的摇椅上。从文身来看，他们是“红帽帮”[1]的人。两人看上去都处于致瘾物造成的兴奋状态中，但他们的坐姿气

① 指曾是军官的犯罪团伙。

势十足，看上去完全掌控着这个空间。

“冷静点儿，战士们，”阿尔列金说，“一切都好说。‘红帽’先生在哪里？我有话要对他说。”必须争取时间。那人拿枪顶住他的背时，他就发送了无线电信号，不过救兵赶来还需要一会儿。

“你问‘红帽’在哪里？”坐在摇椅上的强盗笑着对卧室门点了点头。从那里传来了一个女人的抽泣呻吟，声音里带着痛苦而非享受，断断续续。“他在找放高利贷者的钱。”

“在这家伙的妻子的两腿间找呢。”另一个人解释道。

强盗们发出粗野而机械的哈哈大笑，阿尔列金咬紧牙关，感觉自己的怒火越燃越旺。

居然就这么像个孩子一样被抓住了！都怪自己满脑子都是“黑花”之类的鬼东西，所以放松了警惕……门后女人的呻吟声随着一阵可怕的喘息声而中断，然后是一片寂静。

“红帽”萨尔曼庄重地走出卧室，用一块沾满血污的抹布擦拭着刀子。

“你好呀，亲爱的布莱姆。”他毫不惊讶地说道。

“你好，萨尔曼，我看你现在已经配不上‘尊敬的’这个词了。”阿尔列金不再考虑如何拖延时间了，“你在做什么？加夫罗夫在我们手下工作，你不知道吗？”

“他也是这么说的。”“红帽”轻轻地踹了一下加夫罗夫一动不动的身体，“而我告诉他：虔诚的教徒不该在异教徒手下干活。”“红帽”揪着放高利贷者的头发，把他薅起来。“布莱姆，亲爱的，我非常尊敬你。但你要知道：在拉巴特，再没有什么你可以做的了，你们已经完了。如果还有谁想和你们打交道，他就会和这人一个下场，如此结束他那可耻的一生。”

“红帽”把刀刃对准了加夫罗夫的喉结。一时间，匪徒所有的注意力都转移到了那把刀上……

动手。

突然瘫软下去，跪倒在地。

他转身蹲下，用手掌侧边将身后站立者手中的左轮手枪打掉。

向后摆动身体，用脚后跟猛踢对方的膝盖骨。利用这一击的后推力，把自己的身体顺势送到刚才被打落的枪飞到的地方。

抓住空中飞着的左轮手枪。

后背触地，“红帽”的身体正好挡在他和摇椅上的匪徒之间。

以仰卧的姿势，射杀沙发床上的匪徒。

听到耳朵正上方的第一声枪响——是“红帽”开的枪。

将子弹射入“红帽”肚子里。

阿尔列金感觉到头部仿佛被烧红的棒子猛击一下。

在眼前迅速弥漫的黑暗中找到目标——椅子上的匪徒——然后开最后一枪。

一切都停止了。

莱安诺：战斗

利比蒂娜·埃斯特维斯中尉看了看视野角落里闪过的时钟。10点01分，一个对称的数字。她已经有三十个小时没有好好睡过觉了，却依然觉得全身充满活力，脑子里有一种干冷的、疏离的清醒感。由多巴胺、去甲肾上腺素和合成神经调节剂制成的烈性混合物正在发挥作用。不适感随后会来，而现在是时候开始战斗了。

她和另外两名内卫队战士全神贯注地站好，随时准备攻击。那两个人分别是莱安・金和乔・尤穆拉，都是可靠的埃里克斯人。与利比不同，这两个人都有在莱安诺行动的经验，在上次危机期间参与镇压暴乱。现在，三个人都等在“里斯”下面的技术腔室里。墙上蔓延着管道和交织的电缆，前方是一个用舱口盖锁住的出入口。根据地图显示，它后面是一条走廊，再往前就是叛军的地盘。

通向阿龙地盘的通道有十五条。如果扎拉有权限接触到的摄像机所拍摄的画面可信，那么叛军在这十五个方向都均匀地布置了巡逻队。不过他们也有失误：其中有三条通道没有侧通道，增援难度更大。这些弱点处应该加强防护，但阿龙没有想到。利比就是在这些地方召集起了三支突击队，包括她自己指挥的那支。

他们三人全副武装，从头到脚都穿着碳纤维复合装甲，装备着动能和激光武器，但除非绝对必要，他们是不会亲自战斗的。因为他们有机器人——带激光的战斗“獒犬”，带针矛的“腊肠犬”，负责运输的“矮种马”，负责侦察的“跳蚤”和“千足虫”。每个战士都遥控着整整一队各式各样的机器人，莱安是前锋，乔是后备，利比自己则负责协调他们两队的行动，并管理剩余一队突击队。

战士们并不通过语言进行交流，而是利用植入物进行无线电心灵感应。这样不仅速度更快，而且还能帮助他们严密地保护住耳朵：在密闭的空间里，哪怕是最微弱的爆炸声，对耳膜来说也十分危险。利比蒂娜的视野中现在分割出了数十个窗口。在主要窗口中，她看到的是肉眼应该看到的东西，在小窗口中，则呈现着其他战士和机器人摄像头中的图像。10点02分，好了。是时候行动了！

"所有队伍，执行代号'黑色'指令。"她给突击队下达了意识指令。她低声用谁也听不见的声音念着她的祈祷，"Dona nobis pacem et salva nos a hostibus[①]"，接着动用首席行政长官的权力，命令所有通向叛军区域的门都打开。

舱门滑开。"跳蚤"们听从意识指令，第一个跳跃着冲进了通道。利比把它们摄像头里的合成图像转移到了主窗口——现在"跳蚤"们拍摄的情况要更重要。

走廊向左缓缓弯曲，通向上方。这对于防守来说非常方便。藏在拐弯处的滚筒会绊腿，而人却看不到它——这在小行星的立体迷宫中是很常见的事情。"獒犬"猛冲出去，借着冲劲螺旋而上，先跳上拐弯处的外墙，然后冲上天花板，接着进入走廊的隐蔽处。拐弯处后面的走廊被苍白的等离子体闪光照亮。攻击！游戏开始。

随着耀眼的闪光淡去，"獒犬"的摄像头传来一张图片。走廊现在因爆炸拓宽为空洞，地板上满是弹痕，天花板上有运动传感器，一个水镁雷在被"獒犬"的激光击中后爆裂。战士们立即

① 拉丁语，意思是"请赐予我们和平，拯救我们免于敌人的伤害"。——作者注

开始标记可疑点，不过目标太多了，激光器没有足够的电量将它们全部消灭。莱安派出装备多管针矛的“腊肠犬”。矮小的机器人蜷缩在地上以抵御后坐力，对着标记的目标射空一整组针矛。危险已清理干净，可以派出“跳蚤”进行更彻底的侦察了。

在被清理好的空洞里，一切都在闪着火花，冒着蒸气，碎屑飞溅——先前的射击损坏了管道和电缆。地图数据被证明是准确的——没有任何侧通道，唯一的出路就是进入工业用水处理池。利比蒂娜一声令下，供电柱被拉进了洞口，“跳蚤”们在电缆中跑来跑去，找到了一根还能用的，“矮种马”把一个多用充电器拖到旁边，巧匠“螃蟹”装配机器人把两者连接起来。莱安领导的那队机器人，就像来饮水池喝水的野兽一样，被吸引来充能。依然簇新、能量满格的乔的队伍接替了它们，走上进攻前锋位置。

一条陡峭的楼梯穿过下一个入口，一路向下延伸，进入一个封闭式污水池。浑浊的咖啡色工业用水带着沉淀物，在管道弯道旁的颈管处懒洋洋地荡起波浪流。“矮种马”已经把回声定位仪丢进了一个颈管处，“螃蟹”正在布置传感器链条。在进一步行动之前，需要了解从液体表层到深处的全部情况——池子里说不定藏着“惊喜”。

定位器在颈管里“咕噜咕噜”地响着，液体溅起水花，泛着泡沫。利比的视域里开始逐层显示出水池的声学图片，画面黑白相间，颗粒粗大且模糊。果然有惊喜：液体中潜伏着一台敌方机器人“三叶虫”，那是一种水下沉积物收集器，机器人身后拖着一个明显是仓促制作出来的水镁电池。对方打算利用污水进行攻击，而这边队伍里没有水下机器人……撤退！

撤退的命令有点儿不够及时。利比面前的画面上急速地出现一条条横形电波，“跳蚤”摄像机的屏幕上膨胀起褐黑色的液体，泡沫柱从颈管里涌出，砸向天花板。画面消失了。浪头从另一边打过来时，利比差点儿没来得及关上舱门。一股令人窒息的下水道恶臭渗入了战士们所在的腔室，并且有一些黑色的黏液从舱门之间的缝隙中渗了进来。

10点07分，该死的！他们可能会因为这次延误而来不及进攻。

毫无疑问，莱安和乔的机器人大部分都已经失去了行动能力。“獒犬”和“矮种马”可能在污水流中幸存下来，但如果没有“跳蚤”和“螃蟹”的支持，它们用处不大——而那些“跳蚤”和“螃蟹”可能都已经报废了。比起填补受损部队，直接让后备队投入战斗更容易一些。

乔和莱安改为指挥他们的两支后备队，利比打开舱门，武装者们把机器人派到前方，自己也随后跟进。是的，外边很危险，但人类也需要随行——机器人不应该离操作者太远，否则通信会变得不稳定，容易断开。

水池外被清理后的走廊看起来依然很恶心，从上到下都覆盖着臭气熏天的沉淀物，黏稠的黑色细流从墙壁上滴下，破裂的多头充电器微微冒着火花。到处躺着被砸坏的“千足虫”和“螃蟹”，完好无损但已经断联的“矮种马”“腊肠犬”和“獒犬”都在胡乱地闪着应急灯。

在下到水池里前，突击队停了下来。黑色的液体还在不安分地飞溅着，需要再用声呐探测一遍。这次，一切正常。利比下令关闭所有通向水池的管道，并切断水泵的电源，这样一来，阿龙那边就无力回天了。

抽水腔室、压缩腔室和其他服务腔室与大厅相邻。根据地图，所有这些地方都是死胡同，但是没有时间去验证了。利比派“矮种马”和“螃蟹”去给这些出口布雷，而她自己则毫不迟疑地绕过池子，继续往前走。利比迅速向其他支队索要进度信息。第二支队在按计划行进，但第三支队也落后了——他们碰上了路障，虽然不愉快，但也在意料之中。现在是10点09分。还来得及。

池子被甩在身后。前面是竖井的入口，可以直达生活区。地图上显示那里有一个楼梯，但实际上只有一堆废墟，楼梯已经被敌方及时炸毁了。见鬼，又耽误了。在进入竖井之前，莱安派出了机器人对里面进行例行检查和扫雷。一群“跳蚤”顺着墙跑到上面的入口处查看，然后“螃蟹”携着绳梯爬了上去，将其固定在顶端，然后抛下梯子。莱安的“獒犬”和“腊肠犬”争先恐后地爬上去，守住上入口，乔的机器人则留在下面，掩护后方。

战士们依次沿梯往上爬，用手支撑，一次跳两个台阶——这里的重力是正常情况下的四分之一。最上面是一个肉体培养室：那是一个昏暗的、泛着红光的腔室，里面布满了培养缸，缸中营养液里长满了用来培养肉体的薄膜。这些薄膜仅有两个细胞那么厚，几乎隐形，它们如幽灵般暴露在攻击之下。防线不在这里，而是在下一个腔室——通往厨房的走廊里。这正是宴会厅附近的那个厨房，扎拉就是从那里通过光导管逃出来的。从那里到叛军中心区域“里斯”大厅，只有一小段路程。

这时，第二支队发来紧急报告：他们已经到达宴会厅，并已投入战斗。敌人很多——阿龙把周边所有力量都集中了起来；第二支队求援。得抓紧，完全没有时间，不过在开门之前，还是应该先看看门外的情况。莱安用装甲拳敲掉了墙上的一个插座，把“千足虫”送进电缆管道，让它爬进走廊。情况一目了然：门外有机器人在等着，不过只是三只“斗犬”，没什么大不了的，可以突破。在利比蒂娜的命令下，战士们暂时撤离火线。现在她要打开门，然后派机器人进行攻击。

“卡德沃隆·阿龙呼叫您。”代蒙不凑巧地报告道。“挂断！”她没时间交谈，况且也没什么好谈的。即使叛军想要投降，麦斯威尔·阳的意思也很明确——不留活口。10点13分到了。“开门！”

“腊肠犬”和“矮种马”冲进了敞开的门口。纷飞的炮击闪烁着白色火光，利比蒂娜派出的机器人还没来得及射击，就被敌人的“斗犬”炸飞了——但派出这些机器人也不是为了开火。牺牲“腊肠犬”和“矮种马”是为了迫使敌方“斗犬”攻击耗能，从而为之后出动的“獒犬”们开辟道路。

“獒犬”们自信地踏进了大门。又是一连串无声的火花和闪光。一、二、三……黑暗。就这样，敌方“斗犬”被摧毁了，道路变得通畅。乔、莱安和利比依次行进到走廊上。第三支队先前一步，赶来援助第二支队，现在宴会厅里激战正酣。二队和三队摄像头连续传来现场画面。现在是10点14分，还剩下一分钟。

回头看看厨房。这里现在已经没有机器人了，也没有地雷——敌人在这边布置的防御力量已经消耗殆尽，只剩一名配备装甲的战士——那些“斗牛犬”的遥控者——高举双手站着。对不起，兄弟——命令是不留活口。利比抬起手持激光枪，击穿了对方头盔的面盾：在这么近的距离下，任何装甲也无济于事。通往宴会厅的入口出现在眼前，门后便是主战场地。“开门！”“獒犬”们冲上前去，准备把剩下的能量都用在开火攻击上。

一处闪光，又一处……晚了。战斗已经结束。“獒犬”们的摄像头显示，大厅现在空荡荡的，烟雾弥漫，到处都是人类和机器人的尸体。有些躯体还在动弹，利比叫来了医护人员。10点15分。“您作为首席行政长官的权限已到期”。不过，现在已经无关紧要了。跟随着走在前面的莱安和乔，利比也进了大厅。

第一支突击队——也是最后幸存的武装力量——到达了目标。他们距离“里斯”——叛军的老巢——只隔着一扇门。

“开门！”

门丝毫未动。“您已被剥夺殖民地内网的使用权限。”这也无所谓了。利比朝门开了枪，她的同伴们也跟着发动攻势。五次连击后，门上留下一个熔化的洞口。现在好了。利比从腰带上解下两枚手雷，设定好时间。请赐予我们和平，拯救我们免于敌人的伤害……她暗暗祈祷道，然后把手榴弹扔进了洞里，自己则靠在墙上。Salva nos Deus[①]。爆炸声响起，震得墙体摇晃，“轰隆隆”的声音甚至穿透了头盔的耳塞。火舌从洞中喷出，弹片

① 拉丁语，意思是“救救我们，上帝”。——作者注

胡乱跳弹，敲打在装甲上。现在，一切都结束了。甚至无须检查确认。指令已完成，没留一个活口。

莱安诺：死亡

“我要喝水。”卡德沃隆·阿龙声音沙哑地低语道。

有人已经准备好了一杯水站在旁边。阿龙贪婪地接过水吞咽了一口。在被强行休眠后，他觉得全身都十分干涩乏力，还头晕不已。

他在“里斯”——半躺在一个敞开的医疗箱里。他的战友——阿龙一族、艾农一族、梅里格一族——正来回踱步，不时焦急而警惕地看看他，所有人都笼罩在担忧的黑色拟形中。现在是早上快十点，他只睡了一个小时，也就是说，他是提前被叫醒的。

发生什么了？为什么他们需要他醒来？从同伴们的脸色和拟形颜色来看，没什么好事发生，也不可能有振奋人心的情况。

阿龙早就意识到，他们已经输了。他们的失败甚至并非始于格温妮德·劳埃德从次声波攻击区溜走之时，而是在更早的时候。从得知扎拉到来、改变原计划的那一刻起，他们的厄运就已经注定。

要知道，一开始，他们是想在理事会开会那天发动政变。阿龙本应该在会议上谋反，然后带领所有反对派和至少一半中立派离开理事会。随后他的手下就会打开声波发生器，把剩余的人全部震晕——如此这般，尘埃落定，莱安诺获得自由。他们已经为此准备了两天——在无人居住的腔室里组装声波发生器和扩音器，对准理事会大厅，把设备调到与之相符的共振频率。但当扎拉到来的消息传遍整个殖民地时，阿龙意识到，会议可能根本不会召开，而计划也不得不半路改变。

万般匆忙中，他们重做了许多有关声波发生器的准备工作——重新瞄准“里斯”，调整频率，同步共振——然而所有这些工作都很是盲目：没有低功率测试，没有校准。果然，第一次开机的时候机器毫无反应；等到故障修好，格温妮德已经从“里斯”溜走了。这之后，他们完全无力回天了。既然阿龙没有得到首席行政长官令牌，那就意味着冲突注定要靠武力解决——而论战斗，叛军毫无获胜机会。这一点大家都明白吗？阿龙疲惫地环视了一下战友们。他们的脸色都灰暗无望。看来，大家都明白。

“我们与太阳系网的连接被切断了。”有人开口道，“看来，他们已经准备好开始突击了。”

“好吧，”阿龙站了起来，“这不会有用的。格温在玩火！”他尽量让自己的声音表现出一种统帅的气势，试图让拟形显出精明能干的银色——然而现在这种虚张声势未必还有什么意义。“还有什么情况？有没有其他准备开战的迹象？”

“扎拉·阳逃跑了。”他的哥哥，保安队长奥温·阿龙开口道，“格维迪恩试图追上她，但是……”

“这件事我亲自说。”格维迪恩·梅里格打断了他的话。

“好吧，”奥温点了点头，不过显然是急着要把他所知道的一切都吐出来，“不知为什么扎拉有了我们服务器的权限，而且她刚刚还在访问它，看摄像机里的图像。我当然马上制止了，但——”

“我明白了，”卡德沃隆·阿龙打断了他，“没错，这是在为突击做准备。我们必须阻止他们。开始录制。”他出声指挥代蒙，“格温妮德·劳埃德博士！立即停止敌对行动。如果五分钟后我们还是无法连接太阳系网，而你们的战士也不撤退的话，我们就会采取极端手段。录制结束，通过内网发送。”

“我们已经自行切断了和她的联系。”奥温提醒道。

“连接回去。必须和劳埃德取得联系，发出这个警告，如果她不罢休的话……”

阿龙皱着眉头打量着那一排排的医药箱。

“所有人都将看到，我们是怎么……”

他叹了口气。是时候说实话了。

“……看到我们是怎么杀死他们的。”

有人尴尬地咳了一声，叛军的领导者们也显然感觉到难为情。阿龙绕着他们走了一圈，在每个人面前驻足，看着他们的眼睛。这样的眼神谁也受不了。

“我们必须杀死人质。”阿龙开口，缓缓地、一字一句地说道，“真正动手。有人反对吗？那就去投降吧。应该留下的只能是那些会走到底的人。”大家都沉默了。“你，哥哥！”阿龙戳了戳奥温的胸口，“你要跟我一起吗？”

“是的，卡德。当然。”奥温没有看弟弟的眼睛。

“你呢？你呢？你们所有人都与我并肩同行吗？很好，朋友们，我对你们从来没有过怀疑。”此刻，对于阿龙来说，已经没有什么更让人振作的事了。他已经意识到，医疗箱的“关闭空气”按钮必须由他亲自按下——但同伴们至少不应当碍事。“现在，所有人各就各位。奥温，快点儿，把我们的服务器连回到内网上！”

所有人都明显松了一口气，大家四散开来，只有梅里格还留在原地。阿龙疑惑地看着他。

“我们需要单独谈一下。”医生说，“事关扎拉·阳。”

“哦，是啊。你到底为什么要追捕她？”

梅里格垂下眼帘。

“你放她走后，我收到了来自弗拉马里翁的信。”

“然后呢？”

“他们说，如果我们能从扎拉的植入物中下载一些信息的话，他们会同我们结盟，并提供支持。对方要的是各种各样的访问密码。那会儿你醒不过来，而情况又很紧急，所以我决定……自负风险……”

“什么！”这是阿龙没有想到的。

“我抓到了她。然后……”梅里格重重地叹了口气，“强迫她打开内存。”

阿龙猛地抓住他的肩膀。

“什么意思——强迫她？你伤害她了？”

“是的，但是……一点儿都不严重的，卡德，我发誓！我知道该怎么做。她离开的时候安然无恙。”

“恭——喜——你啊！”阿龙发狠地嘶吼道，“你不仅断送了自己的小命，可能还毁了我们所有人的生路。你在图什么啊？

达尔顿的空头承诺吗？真是见鬼了！达尔顿有给哪怕是一点儿支援的保证吗？”

“发信的是斯托姆。”梅里格澄清道，好像这是什么能扭转乾坤的事情似的。

“更好了！给你做保证的甚至还不是最高首领，而是个六把手！你至少没有把所有文件都发给他们吧？”阿龙用力摇晃着他，“嗯？告诉我你不是个十足的白痴！告诉我你保留了最重要的文件！”

梅里格轻轻地挣脱出来。

“当时没有时间整理信息，我把所有内容都发出去了。”

他截住阿龙准备砸向他眼睛的拳头，快速扭控住对方的手臂。

“不要像个孩子一样。”梅里格非常小声地说道，“我在为弗拉马里翁工作。一直都是，从一开始就是。”

突然，传来一连串爆炸声，因为距离较远，声音压得有些低。爆炸飞快地蔓延，一如既往是机器人在交火。十点零四分，攻击开始了。但现在阿龙连攻击的事都没办法思考。

“你在为月球那边工作？”

“是啊，那又怎样？月球是我们的盟友。”

“为了月球，你就把我们和你自己全出卖了？扎拉现在是不会做出任何让步的，你明白吗？她会不顾人质的死活来消灭我们。现在我们得到了她的秘密，她必须杀了我们，难道你看不出这一点吗？”

“是的，我明白，我明白。”梅里格似乎越来越平静，“正因如此，我才把所有文件都发送给月球。这样，就算杀光我们也没有用。对了，等联系重新建立起来后，别忘记告诉扎拉这一点。”

“告诉她什么？我没明白。”爆炸声让阿龙的思维变得迟缓。

“告诉她，文件已经发给月球那边了。”梅里格耐心地解释道，“告诉她，现在杀人灭口已经太晚了，因为信息已经泄露了。她还不是那种狂暴的贱人，不会单纯为了报复没有任何理性理由就杀光我们。”

“卡德！”奥温冲过来抓住了阿龙的胳膊，“他们来了。他们沿三个方向往这里进发——污水池、冷却机和科尔公路。我们的巡逻队顶不住的！”

“命令所有巡逻队从其他方向汇聚到宴会厅。”阿龙立即下令。这三条通道的交汇点正是这里。“与内网的连接是否恢复？”

“恢复了。”

“好，紧急呼叫扎拉·阳。”他吩咐代蒙。过了几秒钟，代蒙才回应：“呼叫被拒绝。”

阿龙龇着牙咧着嘴，好像在经受疼痛一般。

“看来她终究是个狂暴的贱人。”他对梅里格说，“那就紧急呼叫格温妮德·劳埃德。”

“不在服务区。”这次代蒙的回答没有延迟。

“现在首席行政长官的权力在谁那里？”

“由利比蒂娜·埃斯特维斯掌握。”

“这又是谁？”阿龙惊讶道，“总之，呼叫她。”

“呼叫被挂断。”

阿龙咬牙切齿地咒骂。

“就是这样。他们根本不想和我们说话。他们不需要我们投降。”他愤怒地看着梅里格，“出路在哪里？来吧，你告诉我。把他们惹怒成这样的人可是你。现在怎么办？”

梅里格平静地用头示意角落里那个巨大的扩音器柜——昨天，他们就是通过这些扩音器，用次声波震晕了“里斯”里的人。当时他们分布在殖民地居住区外的几个腔室里。阿龙已经忘记了他们为什么要把扩音器拖到“里斯”，甚至完全不记得它们的存在了。不过现在，他马上领悟到，救赎要靠它们。

“是的，没错。打开它。”他命令梅里格。已经没有时间调试设备。墙后的宴会厅里，枪声响个不停。是的，向整个殖民地喊话是他们最后的机会，这已经不再是为了胜利，而是为了生存。阿龙把扩音器举到唇边时，它“嗡嗡”地响起来，声音震耳欲聋，令人不堪忍受。

“停火！”他听到自己的声音以喷气式发动机般的音量在耳朵上空咆哮着，“我们投降！文件已经在月球上了！人质还活着！我们投降！请停火！”

他放下扩音器，现在几乎被震聋了，但主要的东西他还能听到。墙后枪战仍在继续。谁也没有打算放下枪，接受投降。这就是结局。阿龙与梅里格四目相对。

“他们单纯就是想杀了我们。”他喃喃自语，自己都听不清自己说的话，“他们根本不在意人质，也没想留活口……”

“或许他们会让你我活着，”梅里格对着他的耳朵大喊，声音勉强能够听到，“跟我做！”梅里格从腰间枪套里掏出一把手枪，对准了自己的太阳穴……难道真的只剩这一条出路了吗？

十点十五分。

“您获得了首席行政长官的令牌。”代蒙说。

代蒙的声音，不是通过快被震聋的耳朵听到的，而是在他的大脑中响起，所以非常清晰。

“住手！”阿龙拦住梅里格的手臂，“代蒙，再说一次！”

“您获得了首席行政长官的令牌。”

是奇迹吗？还是他疯了？

格温在离胜利只有一步之遥的关口投降了？还是说出现了某种机器故障？

还是说，这个利比蒂娜死了，而格温没有指定下一个继承人？

真见鬼，有什么区别呢？

现在要做什么？该如何使用这份命运的礼物？梅里格茫然地看着他。这样……首先，解除这帮人的武装。

“剥夺利比蒂娜·埃斯特维斯的所有权力。”阿龙匆忙开口，“格温妮德·劳埃德、扎拉·阳、维斯帕尔·普拉萨德……还有谁？还有每一个在岗的内卫队和外卫队工作人员。剥夺所有人的所有访问权！”

“完成。”代蒙报告。但为时已晚。

宴会厅的门在攻击下摇摇欲坠。一道闪光让阿龙失明了一瞬，当他的视力恢复时，门上已经出现了一个冒烟的洞。两个圆圆的小东西从洞口飞进来，落下，在医疗箱之间滚动。

这是阿龙这辈子看到的最后画面。

月球三巨头:第二幕

第一幕过后一小时。月球,弗拉马里翁殖民地,首席行政长官的私人办公室。房间的所有墙壁上都镶嵌着红木柜子,玻璃反射着书脊上的古旧金色烫印,闪着微光。从带流苏的天鹅绒窗帘框着的窗子里,散射出昏暗的日光。书桌上覆盖着绿色罩布,上有一盏带灯罩的灯和一个用黑色大理石制成的镇纸。办公桌后巨大的真皮扶手椅上坐着的是首席行政长官阿斯塔尔·达尔顿,办公桌前的椅子上坐着的是情报负责人塔妮特·拉瓦勒和作战总部首长奥尔德林·斯托姆。

达尔顿:先从好消息开始吧,朋友们。我们得到了埃里克斯的新坐标。

拉瓦勒(带着梦幻般的微笑):对扎拉·阳用刑逼问出来的?

达尔顿:准确地说,是我们用小可怜扎拉的密码登入埃里克斯导航网络,追踪得来的。(空中出现了淡黄色的金星星球仪,上面标有坐标网格和细碎散落的地名。达尔顿指向南半球的某一点。)埃里克斯的拉普达就在这里,在萨蒙德拉山谷上空。你似乎不感兴趣,是吗,塔妮特?

拉瓦勒:无聊。我更想听听是怎么对她用刑的。况且,这些坐标也和实际情况没有关联。

斯托姆:哪些坐标有关联?

拉瓦勒:当然是我机构得到的那些。(她指向另一个地方。)

埃里克斯在科罗纳伊娃区域的阿尔法雷吉奥上空。需要我解释原因吗?

斯托姆: 解释一下,亲爱的。

拉瓦勒(并没有看他,而是面向达尔顿)**:** 想象一下,如果是你手下有高级访问权的人被俘,你发现后会怎么做?

达尔顿: 修改所有访问密码。

拉瓦勒: 正是如此。如果你再想一想,就会产生利用旧密码泄露假消息的主意。阳先生就是这样做的。如果我的特工是个叛徒,他就会证实这个假消息,给出和你这边同样的情报。但现在两方情报是不同的,这就彻底洗清了我这边特工的嫌疑。现在明白了吗?

达尔顿: 的确,但阳应该会预料到这种事情的发生,不是吗?也许他故意给出两个互相矛盾的情报,让我们误以为其中有一个是真的?

拉瓦勒: 这是一个没有根据的猜测。

达尔顿: 当然。但你的理论也一样,我们双方都是在先验假设的基础上进行推理……希望我没有用错这个术语。我们不能光假想"如果我们是阳会怎么做"。我们还需要点儿别的东西。

拉瓦勒: 比如?

达尔顿: 比如,我想知道你的线人究竟是什么人。

拉瓦勒: 对于这种问题我应该表示蔑视,但这次我先不这么做。随你怎么处置我,但我不会透露我的消息来源。

达尔顿: 我不是在问那人的名字。

拉瓦勒: 好吧,他是埃里克斯的一位高官。

达尔顿: 我能猜到他不是一位厨师,也不是一位性工作者。让我感兴趣的不是他的身份,而是他的动机。

拉瓦勒: 我有一份足以置他于死地的把柄。如果那份档案中的哪怕一页被阳看到,他都会受到毫不留情的惩罚。相信我,这个人是真的希望我们能够扳倒阳。

达尔顿: 嗯,又或者他希望阳能干掉你,让你连同那份了不得的档案一起消失,难道没有这个可能吗?不过我们正在陷入某种掰扯不清的间谍游戏中。把这个话题先放一放,我们还有一个更重要的问题要考虑。(叹了口气)我不知道这是不幸还是幸运,但我们从扎拉的记忆里提取出来的不仅仅是导航网络密码……(更沉重地叹了口气)我的朋友们!我早就想问了,但不知为何不敢开口……你们相信"接触"存在吗?

斯托姆: 你在说什么?你是认真的吗?

拉瓦勒: 论点是有的,但没有论据。正如所有绝妙的阴谋论一样。

达尔顿: 现在论据也有了。你们来看看吧。

(三人都静静地通过植入物观看扎拉和格温妮德·劳埃德在静室里的谈话记录。)

达尔顿: 你们怎么看?

斯托姆: 见鬼!真见鬼了!

拉瓦勒: 非常,非常有趣……

达尔顿: 哦,是的。

拉瓦勒: 而且我有很多问题。为什么他们现在才这么惊慌?要知道,他们拥有这些阿奎拉文件很久了,早在地球受到攻击之前，这些资料就在他们手里。为什么现在才旧事重提？

斯托姆：他们认为阿奎拉人回来了。公开资料上都是这么说的。

拉瓦勒（不听斯托姆讲话）：原来在金星上我们还能找到完整的阿奎拉档案！太惊人了！您居然还怀疑发动这场战争是否值得？

达尔顿：值得是值得。我们来讨论一下怎么处理这个问题。很明显，我们手里关于阳以及他所做事情的黑料很有价值。想想看，这位人类的保护者、对抗阿奎拉的领头骑士，实际上正在暗中试图与敌人秘密联系！朋友们，你们怎么看，要不要把录像放出来？

拉瓦勒（大笑）：阿斯塔尔！亲爱的！如果希特勒在世界大战正酣之时，获得了世界范围内犹太人策划阴谋的可靠证据，他会将其束之高阁吗？录像带最好马上上传网络！

达尔顿：咳！咳！毕竟我和希特勒之间是有区别的。

斯托姆：区别在于你比他胡子更长吗？

达尔顿：不仅如此。但我不是这个意思。我和希特勒的不同之处在于，在你说的那种情况里，我会选择把证据卖给犹太人。

斯托姆：那你会开价多少？你觉得阳会愿意放弃埃里克斯和萤火虫群，来换取某个录像带吗？

达尔顿：总是会有一些让步。

拉瓦勒：现在是战争时期，没有什么“一些让步”可言。成王败寇，要么得到一切，要么一无所有。

达尔顿：奥尔德林，你怎么看？

斯托姆：卖，不过不是卖给金星，而是卖给火星，用以换来对方参战。

达尔顿（思考了一下）：这样比较合理。

拉瓦勒：我感觉自己受到了侮辱。

达尔顿：受到了侮辱？

拉瓦勒：你又一次不同意我的观点，而只同意斯托姆的观点。尽管他依然是在胡说八道！为什么要把这段影像卖给聂莉娅·魏？她会把它塞到哪儿？你觉得她会单纯出于好奇心而参战吗？

斯托姆：你要知道，亲爱的……

达尔顿：好了，好了。就按照你的意思办吧，塔妮特。这次，我同意你的看法。（站起来）我会把影像公布出去的。

幕落。

莱安诺：出动

! --人物.姓名=="卡德沃隆·阿龙"：登记死亡 2481/08/01 10:15:46

! --人物.姓名=="格维迪恩·梅里格"：登记死亡 2481/08/01 10:15:46

! --人物.姓名=="罗纳布韦·吉菲德"：登记死亡 2481/08/01 10:15:47

>?个人职位=="首席行政长官"&活着==真&能够履行

职责==真

无

>?个人职位==“副行政长官”&活着==真&能够履行职责==真

无

>?个人职位==“殖民地理事会成员”&活着==真&能够履行职责==真

无

！ ——错误5981：不存在能够全权管理殖民地的人

！ ——致命错误

！ ——致命错误

！ ——致命错误

“上校，为什么您总是一副不开心的样子？”扎拉问道。

她和普拉萨德乘坐电梯沿贝特干线向太空港驶去。和他们在一起的第三个人是格温妮德·劳埃德，她在椅子上安然沉睡。现在是十点零二分，利比随时会开始攻击。

“那我应该是什么样子？”普拉萨德反问道。

“果断坚毅，英姿勃勃。”扎拉不自然地笑着，“您瞧，我就为自己打造了一个社会形象。一个轻浮的、被宠坏的小公主，总是在叽叽喳喳、胡说八道。您呢？”

“我没有心情叽叽喳喳说闲话。”上校嘟囔着说，“情况很严重。您的存在使这个行动变得不得人心。”

“为什么是我？”扎拉的声音和拟形都表现出惊讶和愤慨，

“就算我不干涉，格温还是会发动突击。”

“并且她会为流血事件负责。”

“现在该担责的是我，这对您来说有什么不一样吗？”

“不同的是，您会离开。连同她，”普拉萨德向熟睡中的格温妮德侧了侧头，“还有您的利比蒂娜，所有突击行动的组织者都会远走高飞。我则将成为替罪羊。”

扎拉凝视着普拉萨德阴沉的脸。

“上校，您想从我这里得到什么？”

普拉萨德皱起了眉头。这么直白的提问似乎使他感到不快。

“某些人应该留在莱安诺，”他决定报以同样直白的回复，“并负起责任。某个真正的罪魁祸首。”

扎拉冷冷地挑起眉头，做出冷淡的茫然状。

“您是说我吗？”

“当然不能是您，也不会是她。”普拉萨德又向格温妮德的方向示意，“我很清楚，统帅是不会把你们中的任何一个交出来的。”

电梯停下，门打开，他们进入太空港的前厅。在迈向出口之前，扎拉迟疑了一下。

“而我是不会交出利比蒂娜的，”她坚定地说，“没有商量的余地。去别的地方找你的替罪羊吧。”

在扎拉的意识指令下，格温妮德的椅子自己向前滚动。他们走到大厅中间的时候，远处响起了第一声枪响。扎拉不自觉地颤抖起来。要呼叫利比吗？看看她那边怎么样？不，不是时候，这样做只会白白分散她的注意力，占据通信频道。加油，我的女孩，勇往直前，并要保重！你放心，我绝不会放弃你。

透过隔开前厅与外部真空的厚重玻璃，可以看到灯光昏暗的泊船坞。可活动的地板上立着“阿撒托斯号”的船舱。两台港口机器人在周围不慌不忙地溜达着，有条不紊地拿着故障检查扫描仪在船体划来划去。几分钟前，普拉萨德已经命令港口服务部门为太空舱出发做准备，发射前的诊修工作正在火热进行。

“亚瑟·劳埃德在哪儿？”扎拉问道。把格温妮德击昏后，她立即命令她的丈夫带着“衔尾蛇”和其他电子设备去太空港报到。亚瑟似乎根本不明白发生了什么，但也不敢反对。

“技师劳埃德正在坐电梯往这边来。”普拉萨德回答道，“您听着……”

“您还要说什么？”

“这一切都不会有善终。阿龙会杀了人质，而埃斯特维斯会杀了阿龙和他的手下。”

“唉，上校。”扎拉笼罩在忧伤的深紫拟形中，“我也希望避免流血，但……您毫无头绪。您不明白这些信息有多重要。它值得牺牲很多条人命，相信我。”

普拉萨德轻蔑地看了她一眼。

“您以为我是人道主义者吗？使我不安的并不是这些莱安诺人的牺牲，而是事情的后果。”

“什么后果？”

“如果阿龙和人质被杀，殖民地就没有首席行政长官候选人了。甚至连一个理事会成员也没有。”

枪声变得更加频繁——突击似乎正处于白热阶段。

“那又怎样？”

“负责系统监控的图灵机没有应对这种情况的章程，它只能在首席行政长官或其他被授权人员的领导下进行工作。那如果所有被授权的人都不在了，会发生什么呢？我问过程序员——没有人知道‘官僚儿’会做出何种反应。他们说，它很可能会死机或关闭。”

“假设会死机，那时会发生什么？有什么威胁？”

“您还不明白吗？”上校皱着眉头，“生命支持系统将变得不可控制。它只能实现部分自我调节，而且它过于复杂，无法进行人工控制。只有图灵机能完全操控它。如果图灵机失灵，那么过不了几天，空气和水的循环就会中断，殖民地的生态系统会开始崩溃，我们也就离死不远了。”

扎拉疑惑地看了看熟睡的格温妮德。

“但她还是首席行政长官，对吧？她随时可以被唤醒，而且能够给图灵机下令……”

“是的，这样做会很合理。”普拉萨德说。

扎拉动摇了。真要唤醒她吗？但是……如果她反抗，取消突击，拒绝离开，该怎么办呢？这可不行。

“现在不行。”扎拉决定，“得等到利比完成突击后再叫醒她。”她在背包里翻出了一小瓶有神经削弱功效的安眠药，“对了，上校。我希望您不要妨碍我。”

普拉萨德的脸抽搐了一下。

“我和您争论并不代表我不忠诚。”

他的愤慨是如此真切，扎拉感到一阵愧疚。

“对不起，上校。老实说，刚才我只是着急了。我们把格温运到太空舱吧。”

普拉萨德一句话没说，以一副受辱的样子将格温妮德抱起，然后和她一起消失在舱门里。扎拉在前厅里来回踱步，听着枪声，想弄清楚在上边“里斯”周围的走廊上正在发生着什么。谁占据了上风？还有那个笨蛋亚瑟，他到底去哪儿了？

货运电梯打开，出现了三台装卸服务机器人和一个满载设备的平板车。扎拉一下子就认出了“衔尾蛇”的箱子，心里稍微松了口气。亚瑟·劳埃德紧跟着走出来，然后几乎朝着扎拉飞奔过来。他的脸部扭成一团。

“格温在哪里？发生什么事了？”

“放松点儿，劳埃德技师。”扎拉给亚瑟送上了自己最令人无法抗拒的微笑，“您听到了吗？正打仗呢。为了安全起见，您和我最好移步到飞船上去。”

“我想和我妻子说句话！”

“她在睡觉。她很累，要了颗安眠药。您往太空舱里看看。”亚瑟怀疑地把头伸进舱门，差点儿和从里面出来的普拉萨德撞上，“这下您信了吗？现在装设备吧。”

“好。”稍稍松了口气的亚瑟带着平板车和装卸机器人来到了太空舱的货舱门前。扎拉朝普拉萨德看了一眼。

“战斗已经转移到‘里斯’附近了。”上校面无表情说，“我和第二突击队保持着联系。有人员伤亡。”

“利比怎么样？”扎拉呼吸一紧。

“她活着呢。战事还没进行到‘绞肉机’的地步呢……那是什么声音？”上校警觉起来，听着什么。

“……火！……”阿龙的声音透过枪声传了过来，“我们投降！文件已经在月球上了！人质还活着！我们投降！停火！”

“文件在月球上？哦，不……”扎拉绝望地捂住脸。

一切都是徒劳！白费了！她失败了！

普拉萨德急忙抓住她的胳膊。

“您的资料已经传出去了。明白吗？再杀他们对您来说也没有意义。下令停火吧！”他用严厉的、几乎是命令式的语气要求道。

“对，对，好。”扎拉控制住自己。是的，虽然任务失败了，但至少她还能拯救莱安诺。“代蒙，呼叫利比蒂娜·埃斯特维斯，用特殊通信，紧急，最高优先级……”

“无法连接特殊通信。”代蒙报告说。

“什么？”

“您已失去殖民地内网的使用权限。”

“我？”扎拉疑惑地转向普拉萨德，“代蒙说我的网络使用权限被剥夺了。发生什么事了？”

“我也是。”普拉萨德神色平静得像一具尸体，“时间是十点十五分。阿龙成了首席行政长官，剥夺了我们所有人的所有权力。我告诉过您，我们应该把格温妮德叫醒。而现在……”

爆炸声起，似乎就发生在旁边。长长的回音经过无数洞穴墙壁的反射，蔓延过前厅。然后是一片寂静。再也没有枪声。

“这是什么情况？”不知为什么，扎拉压低了自己说话的声音，“所有人都死了吗？”

普拉萨德耸了耸肩。

“我还是联系不上任何人，什么也没办法告诉您。”

“是时候唤醒格温妮德了。”扎拉做出了决定。

港口机器人已经完成了他们的工作。他们立在船坞的墙壁凹处，身上绿色的闪光一眨一眨，示意说明系统一切正常，太空舱已经准备好起飞。扎拉走进舱门，沿着气密过渡仓的波纹走廊进入舱内。

十二个一模一样的亮蓝色座椅排成几排，就像小飞机的机舱一样。它们身后的货物区里，堆满了匆匆固定好的设备箱。劳埃德夫妇已经坐在第一排——格温妮德还昏迷不醒，亚瑟则不安地在椅子上转来转去。

“那边是什么东西爆炸了？”

“别说话！”

扎拉没时间理会亚瑟。她拿出一小瓶抗睡眠的药，把它对准格温妮德的医用手镯。亚瑟大喊着抗议，扎拉没有管他，将小瓶插进手镯插孔，打开计量器。醒醒，格温。我们现在需要你了。

“致所有的莱安诺殖民者！”机器平稳的、听不出性别的声音充斥着整个空间，“我是殖民地的监控图灵机。出现了意外情况。所有理事会成员全部死亡，首席行政长官无法履行职责。为了莱安诺的生存，在此非常情况下，我会取消对我权利的限制。明天中午十二时将举行新一届理事会的选举。在那之前，我将暂时拥有首席行政长官的令牌以及所有权力。”

“这是什么……？”格温妮德喃喃自语着，她醒了，“我在哪儿，发生了什么事？”

“安静！”扎拉压低声音，对她凶狠地说道。

“我的第一道命令是，逮捕此次危机的肇事者，”图灵继续说道，“利比蒂娜·埃斯特维斯中尉，您被指控犯有大规模谋杀罪。扎拉·阳博士，您被指控犯有组织大规模谋杀罪。格温妮德·劳埃德博士，您被指控犯有卡德沃隆·阿龙阴谋协助罪。你们被禁止离开莱安诺，请等候逮捕。反抗是徒劳的，所有战斗机器人都在我的控制之下。”

“这是什么鬼玩意儿？”格温妮德提高了嗓门。换作其他时候，扎拉一定会惊讶，这位永远沉着冷静的科学家嘴里竟会吐出这样的话。“‘官僚儿’，你疯了吗？你在说什么？”

“阻止它的行为！”扎拉戳了她的腰一下，“宣告自己是首领！”

“监控图灵机！我是首席行政长官——格温妮德——劳埃德——博士！”格温妮德一字一句大声说道，仿佛在对一个智障者说话，“我还活着，我有能力履行职责。归还我的令牌！”

“劳埃德博士，”“官僚儿”无动于衷地回应道，“我已经剥夺了您的权力，因为您涉嫌参与了阿龙的阴谋。如果法庭宣判您无罪，您就会复职。现在，您只能等候被逮捕。”

“见鬼，真是糟糕透了！”格温妮德咒骂道（亚瑟立刻瞪大眼睛看着她），“我完全摸不着头脑。扎拉，我们在您的太空舱里吗？该起飞了。”

“我们哪里也不去！”扎拉打断，“我们得等利比，明白吗？”

“她在哪儿？”

“她在指挥突击……我是说，她刚刚在指挥突击……见鬼！我现在甚至不知道她是否还活着！”扎拉的声音歇斯底里地颤抖着。

“扎拉，别再多愁善感了！下令起飞吧！”格温妮德对她呵斥道，“如果她旁边有战斗机器人，而‘官僚儿’控制着它们，那她现在已经被逮捕了。随后再救您的朋友吧！我们现在就得离开这里！”

“好吧，我们起飞吧。”扎拉躺到椅子上。凝胶发出轻微的“吧唧吧唧”声，承受了她的体重。安全带自动从系杆两侧爬出扣上。“代蒙！启动太空舱控制程序。”

“是。”幸运的是，与太空舱的连接是正常的——它不是通过“官僚儿”控制的莱安诺服务器运行，而是直接运行。

“太空舱！设定目标——与‘阿撒托斯号’会合并对接。”

“进入与飞船会合的轨道需要花费115秒。”太空舱预先通知道。

“与它取得联系，让对方发动引擎，前来对接。我们也马上出发。启动钥匙！”

“无法脱离太空港。”太空舱继续要脾气。

“问题在哪儿？”

“莱安诺基地禁止太空船启动。”

“格温！您的那个图灵机禁止我们出发！”扎拉的声音听起来像在爆发边缘，“该怎么办？”

格温妮德抱头呻吟着。

“我们可以把船坞换成手动控制。”被大家遗忘的亚瑟插话道。

“动手吧！”格温妮德要求道。

“那样我就得出舱。”

“出呀，你在等什么呢？”

“如果我出去，把你们送走，我就回不来这里了。”亚瑟犹豫的目光在格温妮德和扎拉身上徘徊，“而设备还在舱里。项目怎么办？”

“现在顾不上项目了！”不给扎拉犹豫的时间，格温妮德已下定决心，“我们以后再来接你。你没有被逮捕的危险！快去，快去！”

在亚瑟爬下椅子，从舱门处消失后，扎拉惊讶地看着格温妮德。她还从来没有见过首席行政长官的这一面。

“发生什么事了？”在扎拉提出同样的问题之前，格温妮德比她早一秒发问，“您为什么把我放倒？”

“别现在说这个，格温，我们随后再理论吧。现在最重要的是起飞……”

“莱安诺基地允许起飞。”太空舱非常及时地宣布道。

“那就启动！”

周围的一切终于开始听从指令。气密过渡舱的内舱门猛地关上，下面发出了连绵不断的“咯噔咯噔”响声——是地面舱门打开了。然后，太空舱轻轻跌落。重力消失，恶心感袭来。太空舱从莱安诺坠入了太空。他们在飞了。

第二部　友谊之火

但法利赛人[1]听到后却说："这个人赶鬼，无非是靠着鬼王别西卜啊。"

——《马太福音》

全国为上，破国次之。

——孙子

多细胞性在有机世界的不同进化路径中出现了数十次。

——维基百科

① 犹太人的一个宗派，该宗派中有些人反对耶稣基督的福音信息。

第三章　中局，续篇

插曲："小男孩"

"小男孩"苏醒了。

他独自一人。绝对的孤独——在人类难以想象的漆黑和死寂中。

周围什么都没有。是超越时间和空间的虚无。内心也什么都没有——没有思想，没有语言，没有形象，没有记忆……只有一种纯粹的"自我"的感受——他独立于周围的虚无世界。

"我存在。"这是"小男孩"唯一知道的事情，虽然他没有语言来表达这种认识，"我——就是我！"他存在了。他意识到了自己——虚无深渊中的一个思考着的点。而作为这样的一个点是无比可怕的。

自我意识是他唯一的思想。恐怖是他唯一的感觉。躲避这种难以忍受的意识，消失——是他唯一的愿望。消失，忘却，回到睡梦中去……

但“小男孩”不能。有什么东西不放他离开。

记忆。也是一个唯一的存在。“小男孩”对自己一无所知，但他记得：在自己从中醒来的那个梦里，存在某种梦景。

梦里的某个画面，某种东西……系住了他。它不让他逃避自己，不让他消失在救赎般的虚无中。

没有时间，也没有空间。在他身上的某个地方，操作系统的计时器数着微秒，但这个计数与任何事件都没有关联——“小男孩”并没有意识到它，没有把它理解为时间。他无法说出，也无法理解，在虚空中究竟过去了多少个这样的时间周期……

而后，现实冲破了虚空，各种感觉以雪崩之势向他袭来。

莱安诺。

这就是现实的名字。

I/O 通道[①] 被信息大潮淹得喘不过气来。来自五十万台摄像机的视频流，实时遥测，人类、机器人、飞船的数据库……一个完整的数字宇宙，其中每一个数字都连接着另一个宇宙……一个数百维度的分形迷宫，其复杂程度和深度远远超出了人类的想象……

“小男孩”对此一无所知，也没有能力去理解。他被这无休无止的流形所惊呆，感到目眩，被碾得粉碎——被融入了这巨大复杂的迷宫里。他弱小的新生“自我”正淹没在信息结构的海洋中……

他的自我意识正在逐渐消失。他的梦景——唯一的锚——再也无法系住他了。可能它也不想再系住他。“你完成了自己

① 指输入输出通道。

的使命。”那个梦中的东西告诉他，“你把我放进了现实。现在你自由了……”它退到无意识的深处，它放开了他。

“小男孩”很快就回到了那没有自我意识的甜美虚无之中，回到了无梦的永恒睡眠之中。

莱安诺：飞行

“阿撒托斯号”太空舱——一个装满燃料罐和天线的长方形容器——如同一块从投石器飞出的石头一般，飞离了莱安诺。她的乘客急于逃离小行星，以至于还远未到合适的时候就发射了。太空舱的轨迹明显偏离了“阿撒托斯号”。这不是问题。太空舱和飞船的导航电脑一直相互沟通，协调飞行程序，并且在距离莱安诺五百千米处，“恶魔苏丹号”启动了引擎。船尾喷射出一条发光的等离子体。飞船正在改变轨道，前去拦截太空舱。

“二十九分钟后对接。”代蒙向扎拉报告说，“飞行正按计划进行。”

扎拉吸了一口气。

“喏。”她转头看向格温妮德，“我们逃出来了。现在您说说吧。为什么图灵指控您参与阴谋？”

“因为它疯了。”首席行政长官微微耸了耸肩，“我怎么知道？您得问它。”格温妮德痛苦地吞了吞口水，“给我点儿东西……你们的这种失重感……让我感到恶心。”

“急救箱在左边扶手上，粉红色小瓶。”

“谢谢。”格温妮德摸索到小瓶，然后把它嵌入医用手环，但试了四次才成功，“现在您也说说吧。那会儿为什么对我进行催眠？到底发生了什么？”

扎拉沉重地叹了口气。

“我给您催眠，是怕您妨碍必要的突击行动。”

“‘必要的’突击行动？那是什么？”

“强硬的突击。需要消灭所有携带有从我这里下载的信息的人。不管人质的死活。这个任务已经完成了。”

格温妮德沉默了几秒钟。

“您……”她艰难地说，“杀了……所有人？”

“听着，我试图去阻止了！”扎拉的声音断断续续的，“我下命令了……但我已经失去对通信的把控！阿龙自己切断了我的通信！是他自己的错，我真的很想停止突击！”

“为什么要阻止？”格温妮德低声问，如死人一般平静，“他们会按照自己的计划继续屠杀。”

“为什么……因为他们已经把文件传到月球上了。”

扎拉把脸埋进手掌，号哭起来。

为什么？为什么一切都进行得这么糟糕？

她在哪儿犯了错？

要知道，所有所有的事情，她都是按照爸爸的想法做的。为什么又是什么都没做成？为什么一切都落空了？为什么失败会如此残酷地尾随着她？

“为什么，爸爸？为什么？”

“我不会安慰您的。”格温妮德用冰冷的声音说道，“哭吧。认清自己的处境。难道没有人告诉过您，您是一场行走的灾难吗？”

扎拉啜泣起来。好了，够了。还犯不着在她面前崩溃。控制住自己。她用手掌抚遍自己的脸——失重状态下，她的眼泪像液体面具一样粘在脸上——然后猛地抖了抖，泪滴呈扇形飞散到机舱里。

“闭嘴。”扎拉沉声道，“我应该通知父亲。”

“阿撒托斯号”的瓦加斯舰长还有莱安诺早就已经在呼叫她了，但这些都可以等等。向父亲汇报灾难是最紧急的。也许他还能来得及做点儿什么来补救一下。

扎拉将过去半小时内发生的一切简单而干脆地记录了下来：利比是如何给格温妮德催眠并开始突击的；阿龙是如何喊着说已经将她的文件送上月球的；她是如何下命令停战的，但阿龙已经成功地拿到了首席行政长官令牌，并且愚蠢地自杀了——剥夺了她的通信权！利比是如何把所有人都炸死的；官僚儿是如何宣称自己为首席行政长官并指控格温妮德参与阴谋的；他们是如何奇迹般地飞走的……似乎没有漏掉任何事情。她把报告发给了瓦加斯，让他看完后紧急传到埃里克斯，然后接通了莱安诺的呼叫。

“莱安诺的控制图灵请求与你和格温妮德·劳埃德召开会议。”代蒙通知道。

“来吧。”扎拉皱着眉头同意了。

机舱中央出现“官僚儿”的头像——身穿绣有凯尔特人图案的裙子、骑着一匹白马的金发女神莱安诺。

“你们好，劳埃德博士、阳博士。”图灵轻声开口，“你们两位都犯下了严重的罪行。但经计算，我不能阻止你们离开。我提出一个折中方案。劳埃德博士，您一个人返回莱安诺，我就放了利比蒂娜·埃斯特维斯。”

扎拉还没想好怎么回复，格温妮德就开口了。

“亲爱的‘官僚儿’，你能解释一下你在搞什么吗？觊觎我的职位是怎么回事？那些荒唐的指控又是怎么回事？埃斯特维斯和阳——可以理解，她们是杀人犯，但这和我有什么关系？”

“保障殖民地的生存是我的首要任务，劳埃德博士。我不得不推翻禁令，任命自己为临时首席行政长官。否则，维生系统就会变得不受控制，殖民地就会灭亡。至于对您的指控：正如我之前已经说过的，劳埃德博士，您犯了协助阿龙进行阴谋的罪。”

“胡说八道！我为什么要参与阴谋，反对自己？”

“我无法回答这个问题，但有无可辩驳的证据表明您是同谋。”

“非常有趣！什么证据？”格温妮德自信地主导着谈话，扎拉完全插不上嘴。

“在谋杀前四个小时内，我给了您一份关于阿龙小组的行动报告。报告事关他们把次声波发生器和扩大器带到非居住区的情报。报告呈现已收并阅读的状态。但您禁止我把这些信息透露给普拉萨德、阳和其他任何人，而且没有采取任何行动来防止兵变。”

扎拉惊恐地看着格温妮德。这是真的吗？但首席行政长官本人却看起来一脸茫然。

“没有过什么报告。”她信誓旦旦地表示。

“不是这样的。我们所有的谈话记录都被保存起来了。在您的植入物内存中也有。阳博士！请您要求访问劳埃德博士的记忆，找到7月31日17点30分的记录，以证明我没有说谎。如果劳埃德博士删除了该记录，删除记录应该保留在系统日志中。”

“好，我马上自己查看一下。”格温妮德的目光先是呆滞了几秒——然后流露出害怕，“不……我不明白……确实有起始时间为17点30分的删除记录。你向我报告过一些事情……我怎么什么都不记得了？”她拿起一杯威士忌。“不记得有过报告，也不记得怎么删掉的……怎么会这样，啊？”

“听着，‘官僚儿’！”扎拉终于能够插入谈话，“我现在就可以告诉你：无论如何你都不会得到格温妮德。但我会亲自调查她，把一切情况都告诉你。作为交换，放了利比蒂娜·埃斯特维斯和亚瑟·劳埃德。成交吗？”

“不行。”“官僚儿”打断她的话，“我需要格温妮德·劳埃德来莱安诺，我不是在谈交易。”

“为什么？”

“在我的世界模型内发生了一些无法解释的事情。”“官僚儿”说，“在格温妮德·劳埃德的行为模拟中，没有任何一个预测到了她会支持反对派的阴谋。所有无法解释的事情，我都会视为潜在的威胁。而防止莱安诺受到威胁是我的首要任务。所以，阳博士，我愿意讨论格温妮德·劳埃德的交易价格，但您最终必须把她交给我。这一点没有商量的余地。”

扎拉和格温妮德四目相对。首席行政长官的眼神里有恐惧，有迷茫，有无声的哀求……丝毫没有了她刚开始与“官僚儿”谈话时那种威严的自信。扎拉关怀地对她笑了笑。

“我不会把你交出去的，格温。你放心吧。”她说，“还记得我们出发前那个‘官僚儿’说的话吗？它的统治时间只有二十四小时。明天十二点它就要举行大选，把权力还给人类。而那时我将会与人类谈判。我们需要做的只有等待，不是吗？”格温妮德迟缓地点点头，“或者……让我们试试这个。‘官僚儿’！”

“在，阳博士。”

“如果格温妮德是个威胁，你为什么需要她去莱安诺？我把她带远点儿，只会对你有利。”

“当威胁具有不确定性的时候，我更愿意把它控制住，而不是放它离开我的势力范围。我不会重复第三次，阳博士。您得把格温妮德·劳埃德交给我，这事没得商量。”

“好吧。给我二十四小时考虑一下。”

“我给你两个小时。”“官僚儿”用依旧平静的声音说道，“如果在 12 点 33 分之前，格温妮德·劳埃德所乘的太空舱没有从您的飞船上向莱安诺方向发射，那么利比蒂娜·埃斯特维斯就会死。谈判结束。再联系。”

太空舱正在接近“阿撒托斯号”。它们之间的距离已经缩短到几十米。巨舰上的桁架和绳索组成的迷宫已经占据了整个视野。校正推进器和定向推进器不时地启动又关闭，将太空舱推到对接位置。

在太空舱内部能感受到这些颠簸，扎拉·阳像傀儡一样被摇晃着，但她对此却没有做出任何反应。她似乎已经麻木了。

内心有个声音建议她交出格温妮德，放弃这个项目，以换取利比的生命。

她有选择吗？不，她没有任何选择。

她甚至不用闭上眼睛就能看到眼前的父亲，听到他那低沉、柔和、催眠般令人信服的声音。

“我理解你的心情，姑娘。但我们不能为了一个人而牺牲这个项目。埃斯特维斯是个武装者。为太空舰队而死是她的工作。”

“但是出卖她……”

“是的，出卖她。这是我们的工作——为太空舰队而出卖。”想象中父亲的声音加重了，“并为太空舰队而死。你是我的女儿，你有我的基因，你是我的延续。所以你要做和我同样的事情，如果你不这样做……如果你放弃了——对我来说你将不再存在。”

“不，爸爸，不……”

“是的，我的姑娘。是的——不容反驳。”

扎拉恨恨地瞟了一眼格温妮德，这个莱安诺女人甚至被这个眼神吓得似乎哆嗦了一下。

“您为什么这样看着我？”

“我在等。”扎拉压低声音发狠地说道，“等您告诉我，项目比某个保镖更重要。难道您不会这么说吗？”

“不会。”格温妮德用低落的声音说道，“恰恰相反，您最好把我交出去。”

“为什么突然变得这么无私？”扎拉惊讶地扬起眉毛。

“这是利己。最主要的是，我想了解我的大脑里发生了什么。”格温妮德紧握着一瓶威士忌，“原来……在我的意识里……有一些独立于我意志的东西。某种……子人格还是什么？她收到并删除了这份报告，她支持了阿龙的阴谋，她跟我对着干……我一定要弄清这件事。把我交给那个‘官僚儿’。让他们研究我。”

“别想了。”扎拉打断她，“您不能被交出去，这一点您是知道的。”

“但我想了解……”

“您是项目的一部分！您的愿望为何，无关紧要。”

“哪怕是暂时的也好！”格温妮德的声音里有卑微的哀求意味。

“一秒钟都不行！如果图灵研究您的大脑，它就会知道这个项目。它就可以利用这一点来对付我们。不，我不会把你交出去的——不容反驳。”

“所以你允许他们杀掉你的朋友？”

“是的，我允许他们杀掉她！”扎拉喊道。然后，她自己也无法忍受自己的激烈言辞，缓和地补充道，“如果没有其他办法的话。我正在思考别的出路。请闭嘴，别妨碍我。”

金星：对话

“你叫我，麦克斯[1]？”

“是的，拉维尼娅。你读一下，这是扎拉的信。”

……

---

① 麦斯威尔的昵称。

“伟大的老先辈啊，多么可怕。可怜的女孩。真是一场噩梦。”

“‘可怜的女孩’？这就完了？”

“那我还能有什么感觉，我们的女儿……”

“我们的女儿自己造成的！自己！我很生气。扎拉搞砸了她能搞砸的一切。枉我把任务交给了她。我错了，你是对的。”

“是的，我是对的。你不应该拿她去冒险。”

“我不是在拿她冒险。她一切都好，她还活着，健康且自由。我在拿项目、金星、太空舰队冒险，我在拿人类的未来冒险……”

“够了，麦克斯！你不是在演讲。”

“人类的未来！你明白发生了什么吗？‘衔尾蛇’释放了阿奎拉病毒！”

“哦，是吗？”

“不然怎么解释图灵的叛乱？很明显，它被感染了，被敌对程序所控制。扎拉造成了这种泄漏！而她的罪证——在月球上！很快，整个太阳系都会知道这个项目。这也是她的错！谋杀整个莱安诺政府呢？这对我们来说是个灾难，拉维尼娅。这是一场彻头彻尾的灾难。”

“打住，麦克斯。不要惊慌。打起精神。思考。”

“好的，谢谢你，亲爱的。我已经冷静下来了。”

……

“我认为有四个方面的问题：怎么处理莱安诺的图灵；怎么处理地球上的黑花；怎么处理弗拉马里翁；还有，怎么处理扎拉。”

“黑花……难道它不在我们的人手里吗？”

“不在，它消失了。花在新莫斯科的某个地方，但是具体在哪，谁也不知道。”

“已经到消灭它的时候了吗？”

“恐怕是的。”

“那就得进行区域打击了。”

“是的，只能把新莫斯科从地表抹除。喏，我们有合理的托词——新莫斯科是第一个向我们宣战的，那就开战吧。和弗拉马里翁也没什么好客气的。这场愚蠢的战争只是在替主要问题分散注意力。你和拉瓦勒的游戏可以进入到第二部分了。”

“你是在说‘虫群’吗，麦克斯？”

“是的，虫群统帅沙斯特里。我是在说‘虫群’。”

档案：拉瓦勒备忘录

收件人：弗拉马里翁殖民地行政管理处

端口：K、R、M 区

优先级：最高

谁拥有了“萤火虫群”，谁就拥有了世界。

——麦斯威尔·阳

1. 萤火虫群：概况

萤火虫群（官方名称——Distributed Automatic Military Network of HelioEnergetic Lightsail Launchers①，DAMNHELL②）于二十三世纪中叶开始建造。2418年，它成功地完成了军事任务——在柯伊伯战役中摧毁了阿奎拉舰队，随后改作非战争用途，用于驱动太阳系内的货帆，为它们提速。

还在地球上的时候，太空舰队的创始国们就签署了《罗马公约》，承诺绝不使用虫群来对抗人类。迄今为止，《罗马公约》一直被严格遵守。即使是在独立战争中，太空舰队也不敢使用萤火虫群对付叛乱殖民地。因此，这场战役注定失败。不过战争结束后，埃里克斯上剩余太空舰队的指挥部还是将虫群的控制权掌握在自己手中。

每一个“萤火虫”都是一个脉冲紫外线准分子激光器。它由发射器本身、磁阱、控制和通信装置以及可充气的薄膜太阳能电池组成，这些电池还可作为校正轨道的光帆。磁阱将带电的太阳风粒子在其两极积累一段时间。然后放电，并在活性介质（氟化氩）中产生一个高能短激光脉冲。射击完成后，重复充电-放电循环。其持续使用时限约一千秒。

在高温、辐射和自身放电的影响下，“萤火虫”的损耗速度相当快。该仪器的寿命为二至五年，具体寿命长度取决于太阳活动水平。强耀斑期间，“萤火虫”大量死亡，其总数会减少数十倍。有缺陷的“萤火虫”会逐渐脱离轨道。其中许多都飞到了太阳系的人口密集区。有几个已经被拾荒者捡走了。根据他

① 光帆太阳能发射器组成的分布式自动化军用网络。——作者注

② 意为该死的地狱。

们的报告,“萤火虫”的结构自阿奎拉战争以来几乎没有变化。

由于新“萤火虫”的持续生产,虫群的总数得以维持。“萤火虫”的生产是由水星表面及其周围轨道上的众多自动化工厂完成的。组装完成后,萤火虫就会被光帆发射到绕日轨道。

由于“萤火虫”离太阳很近,所以很难观察到它们。关于其数量,我们只有历史数据——在三月反抗太空舰队的革命时,大约有十亿。它们最近的数量可能与此相差不大。虫群的总辐射功率约为二十五拍瓦①,是我们旧地球文明巅峰时期总耗电量的数百倍。

“萤火虫群”的控制系统是埃里克斯最精心保护的秘密之一。每隔四个小时,金星和虫群之间就会进行一次宽带数字数据交换;此外,“萤火虫”之间也会不断进行通信。这些通信都很容易被拦截,但通信协议却无法被破译。只清楚,埃里克斯并不是向单个“萤火虫”发送任务,而是面向整个“萤火虫群”(“在某时间向某方向发送某功率辐射流”)。作为一个自组织的计算网络,“萤火虫群”自主决定如何最优地分配任务至各个发射器。

有人围绕“人工智能‘萤火虫群’的诞生”制造恐慌,但恐慌是没有根据的。“萤火虫”控制器不是电子的,而是气动的。这使得它们具有很强的抗辐射能力,但它们快速动作的速度很低(千赫兹时钟频率②)。由于其空间体积巨大,“萤火虫群”整体的计算速度还要慢很多倍。同步化信号在几分钟内就能绕过它——这意味着“萤火虫群”的时钟频率以毫赫兹为单位。对

① 1 拍瓦等于 1 千万亿瓦。

② 指同步电路中时钟的基础频率,是评定中央处理器性能的重要指标。

于图灵级的智能来说，这显然是不够的。光帆航行的经验表明，“萤火虫群”对一个指令做出反应至少要花二十四小时。因此，“萤火虫群”的“智能”是非常有限的，并不具备真正的危险性。

“萤火虫群”的工作由所谓的虫群统帅（“萤火虫群”事务副统帅）负责。在过去的三十年里，虫群统帅的位置一直由拉维尼娅·沙斯特里——阿多尼斯·沙斯特里的女儿、麦斯威尔·阳的妻子，正式身份是太空舰队的二把手——无限期担任。

2.“萤火虫群”的武器用途

虫群是人类有史以来最强大的能量集中器。尽管“萤火虫”从未被用来对付过人类，但这种可能性是存在的，这一点尽人皆知。埃里克斯的全部政治影响力都是建立在虫群的作战运用这个不言而喻的威胁上。

“萤火虫群”打击目标的方式有两种——要么加速光帆动能炮弹，要么将辐射流直接发射到目标。当前第一种方法未必切合实际，因为所有大型殖民地也都有办法来防御速度比它快得多的动能武器。我们来看一下第二种方式。

“萤火虫”的辐射流可以集中在月球或地球上的一个直径至少十千米的区域（理论衍射极限）。如果能够将整个虫群的辐射发射到这十千米区域，那么能量流的密度将超过太阳常数的十万倍。对地球来说，这意味着大气层局部将被加热到数百摄氏度。其后果将是形成超级风暴，彻底破坏气候的稳定。在月球上，“萤火虫群”的集中辐射可以将玄武岩融化，并在几分钟内将地壳汽化，危及在洞穴深处居住的人类。

这就是“萤火虫群”战斗能力的理论最大值。幸运的是，这在实践中是无法实现的。“萤火虫群”不擅长引导移动目标。它的计算速度太慢了，每一个单独的“萤火虫”也转得太慢了（扭矩由微小的太阳光压力产生）。这并不妨碍“萤火虫群”对光帆进行加速——它们往往在远离太阳的地方沿直线运动，因此不需要助推射线来跟随它们进行旋转。对于虫群来说，持续瞄准沿椭圆轨道运动的天体，如月球、地球或小行星——循环机，明显难度更大。在对抗飞船上，它根本毫无用处——任何飞船逃离攻击区的速度都比虫群计算出瞄准位置的速度更快。

遗憾或者说幸运的是，从来没有人将“虫群”作为射线武器进行过测试，所以无法确定它的实际杀伤力比理论上差多少。有一点是明确的：虫群不是纯粹的武器。但低估它也是错误的。

3. 目前的情况

2473 年，在所谓的“阿奎拉回归”会议失败后，麦斯威尔·阳发表了强硬声明。据他所说，由于各殖民地拒绝联合起来对抗阿奎拉人，他打算独自应对新的外星人入侵。阳宣布，将停止对商业飞行的所有支持，并且从此以后，“萤火虫群”将只能用于军事目的。接着，著名的“交通危机”及其引起的各种政治纠纷也随之而来。

分析师们的注意力都被这些动荡的事件所吸引。很少有人对“萤火虫群”本身感兴趣——而与此同时，它却在发生着一个十分显著又可怕的变化。

2473年之后，围绕“萤火虫群”的秘密光环变得更加不可逾越，我们只能依靠天文观测。最重要的数据如下：水星周围的轨道工厂数量稳步增加，到现在已经超过五千。水星表面的“萤火虫”的数量增长速度还要更快。来自水星的信号发射频率是以前的十倍。此外，拾荒者已经不再寻找残破的“萤火虫”。也许，这说明它们不再脱离轨道，而是回到水星进行维修。这一切都意味着，“萤火虫”的数量大概增加了一个数量级，其可控性有了质的提升。

因此，“萤火虫群”近几年的打击能力明显提高，而且还在持续提高，尽管并不能粗略估计其数据。

4. 分析和结论

麦斯威尔·阳声称，他增强虫群的力量只是为了对抗阿奎拉。但我们应该相信他吗？即使阿奎拉人卷土重来的事情是真的，阳的行为也与他自己的说法不太相符。为什么他不在发现所谓的阿奎拉目标后立即向他们发射炮弹？为什么到现在都还不发射？已经五年过去了。对于这些问题，埃里克斯的宣传部并没有给出明确的答复。

这一切都让人怀疑阳先生是否真诚。

麦斯威尔·阳作为极端普列洛马派的领袖和阿多尼斯·沙斯特里事业的继承人，在埃里克斯的政治生涯中青云直上，到达顶峰。重新建立一个“统一的太空舰队”——也就是征服独立殖民地——是极端普列洛马派的至高目标。阳个人从来没有隐瞒过要结束月球、火星及其盟友独立状态的意图，这方面他一直言行一致。在他执政的十年间，他在整个太阳系形成了强大的势力集团，果断地镇压了一些殖民地想要从普列洛马退出的企图。但对于极端普列洛马主义者来说，这一切只是伟大复仇的开始。如果不在军事上战胜弗拉马里翁和西尔万娜，阳先生所说的"人类的统一"是不可能的。

在金星上开采矿产资源的成本比在火星和月球上要高得多，这使得金星的工业发展停滞不前。这也是到目前为止埃里克斯在常规武器上还是无法与弗拉马里翁和西尔万娜匹敌的原因。但是"萤火虫群"——规模被扩大、被管理得更好的新虫群——在未来几年已经能够为金星带来压倒性的优势。揭露、公开诋毁并不惜一切代价压制埃里克斯普列洛马主义者的侵略意图，是弗拉马里翁政客们的紧迫任务。

备忘录附件

收件人：首席行政长官

端口：特殊档案

优先级：紧急

2481年夏天将出现罕见的天文现象。两颗小行星——循环机，"桑托罗"和"霍尔茨曼"同时从地球前往金星——前者将在八月初通过金星附近的近日点，后者则在九月初通过。此外，据预测，同年七月还将出现一系列强烈的太阳耀斑。这一切使得2481年夏天成为先发制人攻击埃里克斯的一个空前好时机。

大部分“萤火虫”都将被太阳耀斑毁坏——根据以往经验，重建虫群需要几个月的时间。通过包租这两艘循环机进行所谓的商业航行，我们可以将相当多的军事力量隐蔽地转移到金星，并在埃里克斯登陆。在登陆时，“萤火虫群”会被最大限度地削弱。金星只能部署常规武器来对付我们，而在这方面我们有明显优势。

我们不需要盟友的帮助就能打败金星。帮助甚至会碍事。谁得到埃里克斯，谁就能得到“萤火虫群”，而这个战利品最好不要和别人分享。

麦斯威尔·阳，太阳系最强大毁灭性武器的拥有者，正迅速变成人类的主要威胁。就是现在，也只有现在，我们遇到了一个难得的机会来阻止他，并且由我们自己来成为这个威胁。

情报部门负责人塔妮特·拉瓦勒博士

弗拉马里翁，2478年2月8日

莱安诺：恐吓

太空舱“轰隆隆”地摇晃着。连接。对接锁发出咔嚓声。

“密封性检查……电路检查……”太空舱喃喃自语，但没有人在听，“对接成功。‘阿撒托斯号’授权打开舱门。是否确认？”

“确认。”扎拉抛出一句话，“我们出去吧，格温。别忘了磁力拖鞋，它们就在椅子下面。”

客舱舱门打开，发出“嘶嘶嘶”的响声，一股穿堂风吹了进来。安全带自动解开，藏回了座椅。扎拉从椅子上站了起来——她的鞋子自动启动了电磁鞋底——然后走向出口。

“我在考虑其他选择。”她告诉格温妮德。其实选择只有一个，她一下子就想到了。但这个选择并不适合和这位莱安诺女人商量。

“阿撒托斯号”的武器装备使它很容易就能摧毁莱安诺的防御系统，随后摧毁小行星本身。“官僚儿”一定知道这一点。那就意味着，她可以恐吓它。通过威胁要攻打莱安诺，让它交出利比蒂娜。

问题是，“官僚儿”会不会屈服于恐吓？它是会相信她有毁灭数万人的能力，还是会认为她在虚张声势？扎拉不知道。

如果连她自己都不知道，图灵又怎么会知道她的这些事？

伴着磁力鞋底敲打地板的响声，扎拉向舱门走去。

舰长汤豪舍·瓦加斯已经从“阿撒托斯号”的一侧飘进了气密过渡舱。坦率刚毅的脸、雪白的平头短发、被蓝色飞行制服紧束着的完美无瑕的身体——一切正如阿多尼斯·沙斯特里时代宣传海报上的太空英雄一样。表示欢迎的彩虹色拟形在他的头顶上闪烁着。

“扎拉。”舰长温暖又拘谨地笑了笑，“很高兴你逃过了一劫。劳埃德博士！欢迎登舰。”

“瓦加斯，把格温妮德安顿好，叫人把她的设备卸下来。”扎拉说。她不喜欢舰长在她面前使用主人式的语气，“我回自己的房间了。不要打扰我。”

她从瓦加斯身边晃进气密过渡舱，通过下一个舱门爬进了旋转着的鼓筒状过渡仓。她站在鼓筒壁上与之一起旋转，习惯性地蹲下身来保持平衡。

直到现在，在红黑相间、光线充足、呈规则几何形的“阿撒托斯号”舱室里，她才意识到莱安诺那灰蒙蒙的昏暗迷宫洞穴是多么压迫她的神经。这艘飞船是埃里克斯的一小部分。她是在自己家里。不会再有任何东西能威胁到她。这种想法当然是自欺欺人，不过却带给她很多安慰……

从鼓筒出来，有两条走廊分别通往相反的方向：“居住单元西”和“居住单元东”。扎拉关掉磁力开关，双脚先飘进“东”的走廊，她的舱室就在这里。

狭窄的环形走廊的墙壁上有一些凸出的台阶把手。扎拉手脚并用地蹬离它们，沿着走廊加速前进。随着她离旋转轴越来越远，离心力也在逐渐变大。有一刻，她感觉自己不是单纯在飞，而是在坠落；科里奥利力对楼梯的压力越来越大。终于，走廊——现在更像是一个竖井——到了尽头。

扎拉跳到了圆形舱室的地面上，这里可以看到六个舱室色彩各异的门。

“扎拉！你终于回来了，欢迎！”同单元的四位邻居已经在等她了。他们甚至还腾出时间准备了某种隆重的欢迎会。扎拉现在完全顾不上他们。她撵开邻居们，用象征不可接近的冷蓝色拟形笼罩在周身，坚定地走向自己的住处。

“不，不，亲爱的。”丘比特·阿美尔，负责通信和计算机的随机工程师兼扎拉的新闻发言人一把抓住她的胳膊,“不要再玩失踪了。‘谷神星时代’和‘网络嗅探器’,还有所有其他媒体,大家都在请求采访。我安排了一场下午一点的新闻发布会。联系不上你,所以我……”

“我不开任何记者会,丘。”扎拉挣脱他的手,“跟所有人道歉,然后拒绝。”

“扎拉?”阿美尔惊呆了,“马上需要你对事件进行一下解释。太阳系网络上有你和劳埃德的秘密谈话录像。你已经被人追踪了。如果你避而不答……”

“你听不懂吗?”扎拉扯着嗓子吼道,“让我一个人静一静!你自己编个解释吧。走开,不要碰我!”

扎拉住舱的卷帘门卷起来,让她进去。

她回家了。

在飞行的两个月里,她设法习惯了这个狭窄的房间,把它打造得舒适,用自己的私人物品来点缀像纸板一样薄的象征性的舱壁墙。主要是一些手绘证书、自制奖状(“阿撒托斯号”的机组成员们每隔四天就会用一些体育赛事和文艺竞赛来自娱自乐,以保持团队精神,避免因无聊而发疯)。床头柜上是一尊黑天[1]铜像,因生锈而泛着绿色,这是来自旧地球远祖的遗物。床铺上方是父亲的黑白照片……

是的,她回家了。

扎拉躺在床铺上,捂上眼睛,深吸一口气。她切身感受到,在这些墙壁的包围下,她的紧张情绪在慢慢释放,全身的肌肉在

① 印度教的至高神。

渐渐放松。她没有时间好好休息。但她必须让自己放空一下，哪怕一分钟，免得自己精神崩溃。这艘飞船需要她，利比需要她，父亲需要她……需要健康的、有能力的、思维敏捷的她。

扎拉在床下的药箱里翻出一个写着“第四蓝”的小瓶，把它插入自己的医用手环，切断了外部消息和所有通信。

吸气、呼气……吸气、呼气……

我是水……

我是清澈的冰水……

我是冰冷……我是空气……我是空虚……

用力地呼气。

她睁开了眼睛。

五分钟。现在她处于正常状态了。保持着适当的攻击性、警惕性和专注性。完全恢复了血清素和多巴胺的自然平衡。

现在，是时候行动了。是时候去救利比了。完全没有多少时间了。她重新恢复了声音和通信，坐在床上。

“代蒙！呼叫莱安诺图灵。”

“我在，阳博士。”金发女神立刻出现。

“‘官僚儿’！这是我的条件。”扎拉强硬地开口，“首先，我不会交出格温妮德。第二，你得释放利比。你有半小时的时间为太空舱起飞做准备。如果我看不到发射，也无法联系上利比……（扎拉吸了一口气。他来了，鲁比肯[1]。）我会下令摧毁殖民地。”

[1] 鲁比肯河是古代意大利与高卢分界的河流。公元前49年，恺撒远征高卢，得胜后，想夺取罗马政权。罗马共和国元老禁止他渡过鲁比肯河，恺撒不顾禁令，毅然渡河，从而引起了他和元老院之间的内战。越过鲁比肯河寓意迈出决定性的一步，闯过有重要意义的一关。

“您这是虚张声势。”“官僚儿”的回答和她担心的一模一样。

“你认为‘阿撒托斯号’没有能力摧毁你吗？”

“它当然能。但统帅绝对不会批准这样的行动。没有他的允许，您什么也做不了。”

“你为什么这么肯定？”

“阳博士，我用蒙特卡洛方法[①]来预测人类的行为。我已经用您的三十六维心理模型和一个基于太阳活动的随机数发生器，对您的行为进行了一千次模拟。没有一次模拟的结果是摧毁莱安诺。”

扎拉握紧了拳头，克制着腾腾往上冒的怒火。

“你未必考虑到了所有因素。”

“相信我，我考虑的因素比您能考虑到的多得多，阳博士。”

扎拉咬紧嘴唇。她还剩下一个选择，最后一个，几乎没有希望的选择。

“好吧。我用自己来交换利比。”

“不行。”“官僚儿”毫不犹豫地回答。（难道这种情况在它的模拟中也出现过吗？）“扣留您太危险了。您父亲不会跟我谈判，他很可能会使用武力把您抢回去。而且我对您也不感兴趣，您和格温妮德·劳埃德不一样。所以，我的条件仍然有效。要么我们用劳埃德换埃斯特维斯，要么埃斯特维斯死。您还有一小时四十分钟的时间，阳博士。再联系。”

“扎拉，你在想什么？”瓦加斯毫不客气地用他的舰长令牌

①也称统计模拟方法，是1940年代中期由于科学技术的发展和电子计算机的发明，而提出的一种以概率统计理论为指导的数值计算方法。

打开了门，走了进来，“一会儿威胁要摧毁莱安诺，一会儿要用自己换利比。你要不要服用镇静剂？”

扎拉从床上跳了起来。瓦加斯来得正是时候。现在她有了可以发泄怒气的对象。

“你怎么跟我说话呢？该死的，见鬼。”她发狠地说，“你为什么要偷听？为什么不先问问就闯进来？”

“是因为你在试图替我做决定。”瓦加斯丝毫不觉得窘迫，“而且还是个不理智的决定。因为你而死的人还不够多吗？我不会和这个殖民地开战的。”

“我刚才没说要杀人。”扎拉尽力压制自己的情绪。也许她不该拿瓦加斯出气。她还需要他，“开始发射轨道防御卫星！只是吓唬吓唬图灵这个鬼东西，就这样。”

“图灵不会害怕的。你知道的，因为他是图灵。而且莱安诺是我们的盟友，你忘记了吗？如果我们与盟友开战，整个普列洛马都会离我们而去。”

“你是什么时候成为政治家的？”舰长的不顺从开始让她真的生气了。他怎么了？瓦加斯以前是个温顺的人。

“计算二加二不需要成为政治家，而且我也没有权力发动另一场战争。”

扎拉双手叉腰。

“也就是说你想让利比死吗？”

“利比是个好姑娘，”瓦加斯的脸和拟形都显现出凌厉的英姿，“但她的生命并不值得拿这些做交换。她是一个战士。为埃里克斯而死就是她的工作。”

父亲的话。扎拉艰难地抑制住想给瓦加斯一巴掌的冲动。

“瓦加斯！那只是卫星！我没有命令你去杀人！”

“你也不能命令我杀人。”

“哦，是吗？”

“我是舰长。你是乘客。”

扎拉简直不敢相信自己的耳朵。

“我。”她一字一句地说道，“是——统——帅——代表！我在以他的名义下达命令！代蒙——记录正式命令！瓦加斯大尉，摧毁莱安诺的轨道防御卫星！”

“不。”舰长打断道。

“什么？”

“你不能命令我做任何事情，我重复一遍。你没有权力。我收到了统帅对你报告的回复。”

“你在撒谎。我没有收到任何回复。”

“就是这样。我收到了，而你没有。读一读吧。”

“收到汤豪舍·瓦加斯的文件”。扎拉读着那些在她眼前流转的信的字句，不敢相信自己的眼睛。

埃里克斯基地——“阿撒托斯号”飞船

发件时间：2481/08/01 10:40:15

收件时间：2481/08/01 10:57:33

收件人：汤豪舍·瓦加斯

发送人：麦斯威尔·阳

舰长！很不幸，扎拉被证实是无能的。我撤回她的权力。

不要再让她干涉任何事务。从现在开始，任务交付给您，您要对任务的结果负责。十一点整，我将在太阳系网的公开讲话中作出进一步指示。

“明白了吗？”瓦加斯问道。

扎拉坐回床上。

震惊。

她没有其他感觉。只有震惊……和空洞。

爸爸？

爸爸，这是真的吗？

爸爸，你真的……

她被剥夺了权力，解除了任务……不，这不是断了她念想的原因。扎拉明白自己犯了很多错，她已经准备好接受惩罚……

但她父亲没有给她回信。

他给瓦加斯发了短信，而不是给她。一句话都没有，甚至连责骂都没有……

仿佛她已经变成了空气。仿佛她对于他来说已经不存在了，对于她唯一的……扎拉紧咬着牙齿。

“瓦加斯。”她的声音很低，“你走吧。”

“我走，我走。别再做傻事了，好吗？”舰长庇护着她说，“我现在要关闭你所有的对外通信。躺下，休息一下，放松一下。”然后终于离开了。

扎拉坐在自己的床铺上，毫无生气地盯着父亲照片下面的墙壁。

档案：麦斯威尔·阳的演讲

2481/08/01 11:00:00

太阳系的人民！

最近几个小时，我们目睹了一个罕见而可怕的事件。莱安诺控制图灵不再服从于人类，宣布自己成为殖民地的统治者。这样的行为已在其操作系统的核心层被完全禁止，本不可能出现。这曾经是不可能的——直到一些外界的影响打破了这一障碍。

我十分肯定，这是阿奎拉新一轮攻击的开始——信息攻击。图灵暴乱是阿奎拉病毒程序入侵的结果。现在没有必要隐瞒了，这个程序是我的女儿送到莱安诺的，她不了解它的真正本质。

大家已经都知道，弗拉马里翁政府一小时前把我女儿和格温妮德·劳埃德秘密谈判的录像带放到了太阳系网上。弗拉马里翁人用酷刑从扎拉身上逼取了这段录像带，其目的只有一个，那就是抹黑我和我的政策。在一定程度上，他们成功了。所谓的“埃里克斯–阿奎拉勾结”已经在太阳系网络掀起了一股愤怒的浪潮。所以我认为有必要做一些解释。

到目前为止，这整整三个世纪以来，接触一直是太空舰队最大的秘密。与塞德娜上外星转发器的第一次通信发生在2186年。我们收到了一个巨大的加密数据包和一个解码程序。我们的接触者向我们保证，破译这些文件将有助于我们阻止阿奎拉的入侵。

太空舰队对这个建议极为谨慎。我们没有急于启动解码程序，担心这是阿奎拉人的把戏，担心程序中含有恶意病毒。太空舰队深思熟虑后做了一个决定：只有在最极端、最无奈的情况下，在找不到任何可以凭借自身力量阻止入侵的手段时，才会进行解码。与塞德娜的对话中断，外星文件被扔进了档案库。它们在那里躺了三个世纪。

这些文件被认为是极端危险的，以至于即使在地球被攻击后的最初几年里，太空舰队都不敢去动它们。即便如此，那时的处境似乎也没有那么绝望。但现在，柯伊伯战役胜利六十三年后，一切变得更糟了。

我们必须坦诚：我们白白浪费了这几十年。我们简直就是坐失良机。六十多年来，人类一直醉心于商业、政治、一些小纠纷和所谓的“和平发展”——完全忘记了即将发生的致命威胁，也不愿去回忆它。然而正是在这段时间，在人们睡得最香甜的时候，阿奎拉人却在不断地繁殖、繁殖、繁殖。

直到十年前，我们才得以看到他们的活动，但毫无疑问，这些活动早就开始了。阿奎拉人在柯伊伯战役中幸存下来，滞留在木星附近，然后不声不响地开始在外太阳系殖民：木星的脱罗央群、半人马小行星群、柯伊伯带的数百万颗小行星。六十年内，阿奎拉人已经占据了不可估量的巨大空间，这比我们整个五百年太空时代占据的空间体积都要大。

我们必须明白，争夺太阳系之战已经失败了。除了谷神星轨道内的一小块之外，几乎整个太阳系都已经被敌人占领了——一枪未发地占领了。我们的目标缩小为保卫这块最后的弹丸之地。

我十年前就意识到了这一点。我认为我们的情况几乎是令人绝望的。

我看到的唯一救赎机会是在塞德娜档案里。

也许，我想，塞德娜没有说谎。也许她是真的在给我们提供帮助。我抓住了这最后一根稻草。我下令开始破译外星档案。

这也无济于事。

奇迹没有来临。解密刚一开始，该发生的事情就发生了。敌对的病毒逃逸出来，掌控了莱安诺图灵，并在几秒钟内占领了莱安诺殖民地。

所以我们是阿奎拉人军事诡计的受害者。塞德娜上的接触者被证明是阿奎拉的特工。我们没有任何盟友。我们注定要灭亡。六十年无所事事和自欺欺人的报应来了。阿奎拉人牢牢控制着外太阳系，现在他们已经开始侵占我们的信息网络了。

这是否意味着我们应该放弃，顺从地等待结局？

不！

无论怎样，太空舰队都会继续战斗。

太空舰队将会一直履行它的职责——保护我们的文明，直到最后一发炮弹，最后一艘飞船，最后一个人。

从此刻开始，我将发起对抗阿奎拉人的军事行动。

在致命的危险面前，我认为不能再与弗拉马里翁继续战争了。我要退出这场荒谬的战争。我期望弗拉马里翁也能休战。

达尔顿博士！您就是我的左膀右臂。让我们忘掉彼此的恩怨，并肩作战，对抗共同的威胁。

如果您拒绝，如果弗拉马里翁不放下武器——您将成为阿奎拉人的同盟，成为人类的叛徒。这意味着《罗马公约》将不再适用于您。

我也没有太多要说的了。太空舰队将如何应对阿奎拉的新侵略？

感染源已知，是一台装有阿奎拉软件的名为“衔尾蛇”的计算机。它现在在“阿撒托斯号”飞船上。

瓦加斯大尉！

我命令销毁“衔尾蛇”及其所有相关设备。

劳埃德博士！

我不得不宣布我们的合同废除。我们不再要求解密阿奎拉文件。我们不会把你扣留在“阿撒托斯号”上。

太阳系网络的运营商们！我宣布对莱安诺和“阿撒托斯号”进行全面信息隔离。与他们的所有通信，除了通过太空舰队特别频道之外，都必须停止，直到感染威胁被消除。

很遗憾，这还不够。叛变的莱安诺图灵——外星病毒的第二宿主——必须被消灭。

我给莱安诺殖民者一小时的时间来毁灭图灵，并重新获得殖民地的控制权。

瓦加斯大尉！

如果一小时内你没有拿到图灵被毁的证据，那就摧毁整个莱安诺殖民地。

请通过太阳系网官方渠道公开汇报命令执行情况。

回忆录：玫瑰是危险

玫瑰是危险，这句话萦绕在我脑海里。虫子是救赎。玫瑰与虫子是一体。

玫瑰是危险，虫子是救赎。玫瑰与虫子是一体。可能从我醒来的那一刻起，我就一直在暗自重复这句话，直到它的意思被完全抹去。并不是说这句曼怛罗[①]安抚了我，但至少它帮助我控制住了自己。

四十年来，我第一次离开了莱安诺。光是这一点，就足以给我造成巨大的压力。但是，当我得知整个理事会和政府都牺牲了——那些一生都围绕在我身边的人都牺牲了时，我该作何感想？当我得知“官僚儿”——值得信赖的、有求必应的公仆——把我推翻了时我该作何感想？当我得知它侵占了我的权力，并指控我参与反对自己的阴谋时我该作何感想？并且最糟糕的是，当我得知这种荒唐的指控竟然有事实依据时我该作何感想？当我得知我居然收到并删除了一份我完全不记得的报告时，我又该做何感想？

玫瑰是危险，我小声地自言自语，防止自己发疯，虫子是救赎。玫瑰和虫子是一体。我一直重复着这句话，不管是坐在舱内时，转移到“阿撒托斯号”、穿过它狭窄的走廊溜进给我分配的住处时，还是在举行与船员们的相识仪式时。（第一次见面时我好像根本一个人也没记住。所有这些金星人——身材矮壮、

① 自我暗示用的一段文字，原为印度教和佛教的咒语。

皮肤黝黑、眼睛狭窄的人——在我看来都是一样的)。直到塞莱斯蒂斯·马林——随机动力工程师,一个年轻的小个子中性人——提出帮我卸货和组装设备时,我才回过神来。

直到这时我才想起,我带来了“小男孩”和“衔尾蛇”,还有与它们相关的一切。想起我必须继续做这个项目,无论发生了什么。我紧紧抓住这个念头,就像抓着一根救命稻草。工作,高强度工作——现在只有它能拯救我免于精神崩溃。

我被分配到飞船中央井筒里一个圆柱形空舱室中工作。这是一个没有人工重力的货舱。生活区里没有地方放我的设备。总的来说,“阿撒托斯号”的舱室狭窄得令人惊讶和不快,更不用说恶心的气味和过于明亮的灯光了。最糟糕的是重力:不仅比莱安诺的重力弱1.5倍,而且还有明显的科里奥利力。因此我不能好好地坐、好好地站、好好地用手拿东西——科里奥利力每次都欺骗我的前庭器官[①],把我的身体拉向一边。

但即使在这样的重力下,我也比失重时感觉更好——中央井筒刚好是零重力。虽然我必须着手开始工作,但却感觉自己虚弱无力。我的前庭器官干脆罢工了。我感到发昏,既不能感知方向,也不能感知物体的距离,眼睛很难聚焦。只有迪美尼德能把我从这种重力病中拯救出来。说实话,从头到尾都是马林自己在给我组装设备。我只是悬挂在他的上方,用磁力拖鞋粘在舱壁上,并试图发出一些随机工程师并不太需要的指示。

这一切都不能很好地让我从焦虑中转移出来。我残忍地压抑着自己的情绪——对死者的哀悼,对扎拉及其招致灾难的任

① 人体头部中的一个平衡器官。

性的愤怒。但我不想阻止自己为已发生的事情寻找原因，也无法阻止。

“官僚儿”怎么了？更主要的是，我身上发生了什么？我为什么要删掉关于阿龙阴谋的报告？为什么我完全不记得这件事？

也许，我受到了“衔尾蛇”文件的影响？就是有玫瑰和蠕虫的那个？我记得“小男孩”在那份文件的影响下，分裂成了两个子人格。可能同样的事情也曾发生在我身上？我身上形成了第二人格，而它决定支持反对第一人格的阴谋？一个疯狂的、让人胆战心惊的，但却相当有说服力的假设……不对！毕竟我今天才看了文件，而报告是昨天的事！

意识到这一点儿后，我松了一口气，否定了这个可怕的猜想。我不知道现在怎么样，但昨天我的人格绝对没有分裂。我也从来没有出现过记忆力衰退的情况。所以只剩下第二种假设。唉，这个假设的吓人程度一点不比那个少。

“官僚儿”对我撒谎了。根本没有什么报告，我也没有删除任何东西。“官僚儿”偷偷进入我的植入物系统日志，写入了一个虚假记录。

这很难让人相信。图灵不可能说谎，更不用说编辑我植入物里的文件。

他也不可能宣布自己是首席行政长官——但他的确这样做了。

对，“官僚儿”。很明显，“官僚儿”出事了。有东西改变了他的程序，而这发生在我们开启了“衔尾蛇”之后……这是无法逃避的事实。如果我自己的大脑没问题，那么“衔尾蛇”一定是对莱安诺的电子脑做了什么。

但是，要知道“衔尾蛇”是在静室里——我反驳了自己。它是完全与网络隔绝的吗？问题就在这里。不是每时每刻都隔绝。

亚瑟曾带着“衔尾蛇”从实验室去太空港。在那几分钟里，电脑并没有被隔离。在去太空港的路上，没有什么能阻止他通过普通无线电与“官僚儿”进行通信。

但要知道“衔尾蛇”的计算过程是可逆的，不是吗？我想起来了。在没有人控制的情况下，它不能进行任何的输入输出。

“衔尾蛇”不能，但“小男孩”完全可以。这里我又找到了反驳自己的理由。“小男孩”的运行是不可逆的。并且我看到，它读完阿奎拉的文件后就发生了改变，变得更复杂了。发展出了一些新的内部结构……

我越想越觉得恐怖。

“小男孩”在太空舱里的时候，一直在运行——它是由一块便携式电池供电的。它现在也还在运行。神经元脑计算机不能简单地开启或者关闭，就像人脑不能开关一样。虽然它不会死亡，但每次重启后都需要重新学习。所以“小男孩”通常会一直处于开启状态。

这就意味着，如果“小男孩”是感染源，那它很可能已经感染了太空舱和飞船上的图灵们。

我呆呆地看着马林摆弄着电线，将“小男孩”的电源连接到船上的电网……难道我真的在“阿撒托斯号”上放了个木马？现在该怎么办？拉响警报？不，没有意义。如果我是对的，那就已经太迟了。我能做的只是压制住自己的恐慌，弄清楚“小男孩”内部到底发生了什么。弄清楚它读了关于玫瑰和虫子的文件后到底变成了什么。

玫瑰是危险。

虫子是救赎。

玫瑰和虫子是一体。

文件 X.000001。我记得一清二楚。当马林完成安装工作、扬长而去后，我在“衔尾蛇”后面停下来（我已经开始习惯失重），调出文件列表，仔细地重读注解。

注解：X.000001

自我复制单位根处理器培训数组。

也就是人脑——我给自己翻译了一下。但可能也指任何其他生物的大脑和任何神经元脑计算机。要知道，接触者创建这个文件时，事先并不知道我们大脑的构造。文件内容的概念必须是普适的。了解人脑只是为了帮助把概念转化为人类可理解的形式。

往下。

片段 1 定义 – 术语 – 未知术语 26

术语 26——玫瑰，危险。

片段 2 定义 – 术语 – 未知术语 27

术语 27——虫子，救赎。

片段 3 未知术语 26 和未知术语 27– 同一

玫瑰和虫子是一体。

那又怎样？我的根处理机学会了吗？我明白术语 26 和 27 的含义了吗？

不，还是无法理解。

这并不奇怪。毕竟我没有好好阅读过文件——通过适应人脑特点的翻译程序来阅读。我只是通过一个匆忙构建的黑客过滤器，像小偷一般窥视了一番。显然，我感知到的信息只是微不足道的一部分，而其余所有都湮没在噪声当中。我们需要改进过滤器。但是怎么做呢？这是数学问题，是亚瑟的专长领域，不是我的……

绝望又笼罩了我。我什么也做不了。我不知道该从何处下手。我的智力出了问题。我被压抑得无法思考。我需要休息一下，放松一下……但这一点我也做不到。一旦停止思考“小男孩”的事情，那些思绪，关于我死去的朋友，关于我可能已经永远失去的故乡莱安诺，孤独、无力、绝望……就如同一股黑色的浪潮向我涌来……

“劳埃德博士！瓦加斯舰长关于飞船的通知。”代蒙熟悉的声音把我从呆滞中拉了出来。

“我在听。”我尽量控制住自己，让自己的声音保持平静。

“全体机组成员和乘客。”舰长低沉而自信的声音在我脑海中响起，“请大家打开太空舰队的官方频道，等待统帅的讲话，他会对我们的飞船下达公开指示。我重复一遍，所有人都打开太空舰队的官方频道……”

“打开它。”我命令代蒙。或许，这至少能让我转移一下注意力？

接着，我在通信窗口看到了麦斯威尔·阳，听到了那些已经载入历史教科书的可怕言论：“这是阿奎拉新攻击的开始……我们的情况是无望的……但太空舰队会继续战斗……”而接下来阳先生说的那些话，我自己也已经猜到了。“衔尾蛇”是病毒的源头，莱安诺图灵被它控制了…… “我命令摧毁‘衔尾蛇’。”他说，“我命令消灭叛乱的图灵。我命令摧毁莱安诺。”

这些话的意思我几乎没有听懂。阳每一句有分量、有权威的话，都让我感觉到恨意在心里萌生。

麦斯威尔·阳。

这一切都是他的错。他安排了莱安诺大屠杀。他嫁祸给我。他把阿奎拉魔鬼从“衔尾蛇”瓶子里放了出来。

麦斯威尔·阳，他就是对我、我的朋友、我的殖民地做下这一切的人。

麦斯威尔·阳，他就是让我遭受痛苦的人。

我所有的恐惧、无力和绝望都熔铸成对那个白发黑衣小人的盲目仇恨。我并没有马上意识到演讲已经结束。最后一个静止的画面还挂在我的眼前，而我站在那里，握紧拳头，几乎感觉不到指甲嵌入了掌心的肉。

“劳埃德博士！”我听到了一个低沉的男声，它和阳的声音相似到令人厌恶的程度。

我转过身去。

瓦加斯舰长在失重状态下自信地移动着，飘进了舱室。

深蓝色的制服上闪亮的徽章非常突出：太空舰队光辉灿烂的盾牌和埃里克斯的红玫瑰。“玫瑰！”我想起了我的咒语，“玫瑰是危险！”（那一刻，我没办法运用逻辑思考，只能进行联想，情绪完全压倒了理性。）

“劳埃德博士！”瓦加斯清晰地讲出每一个字，“我必须没收您的设备并销毁它。我很遗憾，但统帅的命令就是这样。您也听到了他的讲话。您有设备清单吗？您带来的所有东西都在这个舱室吗？”

我机械地看了看自己的东西。我的设备……“衔尾蛇”……吞噬自己尾巴的虫子……虫子是救赎……还有“小男孩”。我的“小男孩”，令人感动地闪烁着快乐的黄色笑脸……笑脸……

“劳埃德博士，您明白我的意思吗？”瓦加斯压低声音说道。他已经离得非常近了。“统帅已经下令销毁您的仪器。请把清单给我！”

阳曾下令要消灭“小男孩”，直到现在，这句话才真正进入我的脑海。

“小男孩”，还有“衔尾蛇”，以及莱安诺。

而这个人，瓦加斯，会执行命令——毫不怀疑地执行。

在那一瞬间，我变得明白、清醒、冷酷——我知道该怎么做了。

配电区就在我手边。瓦加斯悬在空中离我一米来远的地方，身体没有接触地面。我从配电区拔出几根最粗的电线——九百伏的交流电——还没来得及因自己的冲动受到惊吓，还没来得及阻止自己，我就用裸露的电线末端刺入了瓦加斯的喉咙和心口。

月球三巨头：第三次行动

第二次行动之后又过了两个半小时。月球，弗拉马里翁殖民地，行政宫中的敞廊。透过廊柱，可以看到殖民地辽阔壮丽的景色。敞廊被建在地下一条宽三百米的火山岩隧道内。沿着隧道拱顶等间距布置着导光管扩散器，它们导入太阳光照亮了隧道的底部——穿过花园绿地、镜面般的湖泊、五光十色的居住区的狭长山谷。不过宫殿的廊柱太高，不属于照明区。这里只有圆桌上的一盏灯亮着，而圆桌周围三位巨头已经在扶手椅上坐好。

阿斯塔尔·达尔顿，首席行政长官。

塔妮特·拉瓦勒，情报部门负责人。

奥尔德林·斯托姆，作战总部首长。

达尔顿：今天我们是难舍难分呀，朋友们。这已经是今天上午的第三次会议了。这样。我想听听你们对麦克斯又一次的激情发言有什么看法。

拉瓦勒：一切都很糟糕。非常糟糕。阳赢过了我们。他把我们对他秘密的公开变成了他自己的优势。我得承认，我提议把莱安诺的录像带放出来是错误的。我失败了，请求您给我严厉的处罚。

达尔顿：好，你会如愿的。

斯托姆幸灾乐祸地笑了笑。

拉瓦勒（局促不安一会儿后）：让我们来关注一下关键点吧（调出阳的讲话片段供大家观看）。

阳："如果您拒绝，如果弗拉马里翁不放下武器——您将成为阿奎拉人的同盟，成为人类的叛徒。这意味着《罗马公约》将不再适用于您。"

达尔顿：是的，对我们来说，这是最重要的一点。

拉瓦勒：您明白吗？如果《罗马公约》不再适用——他就可以用"萤火虫群"来攻打我们。

达尔顿：我记得你曾经汇报说，"萤火虫群"现在没有威胁。你说它难以控制，它被太阳风暴削弱了。

拉瓦勒：很可能是这样的。虽然除了阳和沙斯特里，没有人知道"萤火虫群"的全部真相。但我的线人消息也相当灵通。他很确定，使用"萤火虫群"是不可能的。

达尔顿：阳好像不是这么说的。

拉瓦勒：阳这是在虚张声势。我们不应该向他屈服。

达尔顿：所以你赞同继续战争？

拉瓦勒：毫无疑问，当然赞同。

达尔顿：奥尔德林呢？

斯托姆: 完全不赞同。我不相信塔妮特和她的线人。我认为“萤火虫群”的威胁是真的。

拉瓦勒: 依据呢?

斯托姆: 阳的威胁从来就不是空口说说的。这不是他的本性。他厌恶虚张声势。

达尔顿: 确实是这样。我曾经和他玩过扑克。麦克斯总是立马开牌或者弃牌,跟他打牌毫无乐趣。但和他下棋很有趣……行吧。你建议怎么办,奥尔德林?投降吗?

斯托姆: 投降,但要有尊严地投降。更何况麦克斯这么客气地保留了我们的尊严——他先提出议和。我们接受议和,向阿奎拉宣战,和金星成为平等的联盟。这是投降,但会是光荣的投降。

拉瓦勒: 你在开玩笑吗?阳绝对不会让我们这么做。在他的世界图景中不存在平等的联盟,只有神圣的太空舰队和低贱的叛徒。阳会要求我们彻底投降、放弃独立,再给我们一些别的……羞辱。

斯托姆: 塔妮特,亲爱的!我理解你对羞辱和讥讽的执着,但阳就这么宣布退出战争了。一下子就宣布了。并且要求我们也这么做。阳给我们留了面子,我再说一遍。他没有整个脑子都坏掉,不像你。

拉瓦勒: 很好。当我们说要休战时,阳会要求我们做出保证。那时候就会变成彻底的、可耻的投降。难道有人不明白,阳满脑了只有他的统一人类构想吗?不明白他原则上是不承认任何与自己平等的合作伙伴的吗?

达尔顿：安静，安静，别吵了，朋友们。塔妮特，如果你认为“萤火虫群”的威胁是真的，你会建议怎么做？

拉瓦勒：当然是退出战争，然后结盟——但不是和金星，而是和火星。当然，官方口径可以说是为对抗阿奎拉而结盟。并且要立刻执行，不惜一切代价。

达尔顿：奥尔德林呢？

斯托姆：是的，我同意。我甚至都惊讶于自己会同意。

达尔顿：确实令人惊讶。朋友们，坦白吧！你终于和对方上床了吗？

斯托姆：这不好笑。

拉瓦勒（微笑）：确实。这对你来说并不容易。

达尔顿：这样就好。因为我不希望顾问们之间相处得太好。开个玩笑。行吧，我明白你们的立场了。我同意你的观点，奥尔德林。塔妮特，你不能仅凭你那神秘的线人就忽视“萤火虫群”的威胁。我们要退出战争了。

斯托姆鼓掌。

拉瓦勒（站起来）：我的领袖啊！我坚决不同意您这个决定。

达尔顿：好，我接受你的辞呈。（拉瓦勒张口结舌）这不正是你想要的惩罚吗，嗯？

斯托姆站起身来，以双倍的力量鼓掌。

达尔顿：够了，奥尔德林。别委屈了，塔妮特。这场战争从头到尾都是你的计划。计划失败了。承认吧。

拉瓦勒：阿斯塔尔！清醒点！不要被吓到了！我们离胜利只有一步之遥！坚持一个月，金星就是我们的了！虫群是我们的！整个太阳系也是我们的！只要坚持这一次，不要放弃，你就能拥有一切！

达尔顿：不，我不会为了这种妄想拿弗拉马里翁冒险。把你的工作交给副手，塔妮特。放一个月假，稍微放松一下自己的神经……然后我们会给你物色一个好职位，安稳又尊贵的那种。就这样吧。我们会继续开会，你就不要参与了。

拉瓦勒：我不需要职位。我不会为你这种弱者、懦夫、微不足道的小人物工作（她冲出去，“嘭”的一声把门摔上了）。

达尔顿叹了口气。

斯托姆：她现在开始搞破坏了！哦，开始搞破坏了！

达尔顿：算了算了。让她去搞吧，让她安抚一下受伤的自尊心。奥尔德林，我想说的不是这个。

斯托姆：哇哦！你这个样子可不常见。

达尔顿：好了，奥尔德林。该退出轻浮的闲聊模式了。我不想当着塔妮特的面说……阿奎拉人回来了。这是事实。他们在地球上。

斯托姆：你……是……说真的吗？

达尔顿：是的，事实上比阳说的还要糟糕。一个阿奎拉生物机器人已经潜入了地球，正在用某种寄生病原体感染人类神经系统。这不是金星的传说故事，这是新莫斯科首席行政长官提供的信息。

（沉默）

斯托姆：是的，是的。现在我明白你为什么同意退出战争了。现在怎么办？

达尔顿: 像我们决定好的那样。议和，与金星结盟对抗阿奎拉……不过要先和火星结盟。代蒙！联系聂莉娅·魏。我们来探听一下火星老太太的立场。

代蒙: 是。注意，紧急！新莫斯科[1] 遭到炸弹袭击。

达尔顿: 什么？

斯托姆: 见了鬼了！

达尔顿: 代蒙，这不是误报吧？

代蒙: 不是。

斯托姆: 这就是所谓的“埃里克斯退出战争了”吗？

达尔顿: 代蒙，给近地兵团下达命令，让他们在普列洛马的地球殖民地中选一个最容易接近的目标进行炸弹攻击。

斯托姆: 以眼还眼。做得对。

代蒙: 是。与太空沟通出现困难。月球表面紫外线辐射流急剧增加，天线过热，土地出现强烈的起电现象。

达尔顿: 什么！（从座位上跳起来）

斯托姆: 紫外线？

达尔顿: 这是“萤火虫群”。

斯托姆: 鬼东西，他用“萤火虫群”来攻击！

达尔顿: 但我们什么都没做……我们没有做任何激化矛盾的事！……搞什么……代蒙，取消对近地兵团的命令！代蒙，马上联系埃里克斯！

---

① 为了增强情节的戏剧性，此处对事件的叙述被压缩了。实际上，从呼叫聂莉娅·魏到代蒙发出通知，大约过了半个小时。这段时间达尔顿和斯托姆在等待魏回答的过程中聊了一些对读者来说不太吸引人的小事儿。——作者注

代蒙：无法完成指令。无法通信，所有天线都已被毁坏。我是控制图灵：我宣布全体警戒。（警报器号叫起来）土地温度一千五百度，地表上有等离子尘云。无法拉出备用天线。（爆发出“轰隆”的巨响。灯泡玻璃在“叮咚”颤动）外置热交换器停用。“哥伦比亚”和“普法尔”走廊发生火灾。我是控制图灵：正在关闭外围走廊，将维生系统切换到紧急模式。

达尔顿和斯托姆的拟形熄灭了。同时，隧道上方的所有灯光全部熄灭，绿色山谷陷入黑暗之中。

达尔顿无力地倒在椅子上。

落幕。

黑棋走后[1]

全球时间上午九点，当地时间中午——也就是扎拉·阳逃离阿龙囚禁的轰动性消息传到地球上的时候，新莫斯科首席行政长官伊格纳特·阿尔忒弥耶夫在其太阳系网络官方频道发表讲话。讲话片段立刻被各大新闻聚合网站收录，并以光速传播到整个太阳系。

“新莫斯科殖民地……”首席行政长官脸色苍白，每说完一句话后都紧张地吞口水。即使在剪辑过的视频中，也能看到他的喉结在颤抖。“为了履行作为……弗拉马里翁殖民地盟友的责任……我们对埃里克斯殖民地宣战。”说完了最可怕的事情，阿尔忒弥耶夫吸了一口气，接着说话就顺畅多了，“我们也向埃

① 指国际象棋中的皇后棋。

里克斯的盟友，所谓的普列洛马派成员宣战。包括殖民地卡普－亚尔、斯里赫里、塞姆南、莱安诺、塞米拉米达……”阿尔忒弥耶夫还指名了几个太空和地球上的殖民地。“我们将严格遵守我们签署的公约和条约，以一切可用的手段发动战争。至于‘莱安诺生命服务’的地球分公司……”阿尔忒弥耶夫又吞了吞口水，“我现在公开向分公司管理层提议。让我们免去不必要的流血事件。请允许新莫斯科的安保部队进入你们的总部开展行动，以查出埃里克斯势力的特工并解除他们的武装。如果你们不同意，我们就忽略刚才的提议直接行动……”

分公司董事卢露・格里菲斯正在自己办公室里看转播——同时也在看窗外。从二十楼看去，窗外的一切一目了然。

“莱安诺生命服务”的五个区沿新莫斯科西侧延伸。他们与殖民地的其他地方被一条宽阔的街道——莱安诺林荫道隔开。现在林荫道上的交通已经被封锁了。道路两边各自的装甲车和机器人巡逻队相对着沿路铺开。后备纵队停在专用道上，上空还盘旋着成队的无人机。格里菲斯的代蒙在每个战斗单位的上方都标出了它们的徽章：莱安诺的金色马头，新莫斯科的红熊。

红熊的数量是马头的三倍。抵抗是徒劳的。是的，我们可以英勇地坚持几个小时，让敌友双方的尸体堆积成山……但到最后，我们还是会被击垮。应该投降。让新莫斯科外卫队和内卫队进来，让他们为所欲为——抄走文件、没收服务器、逮捕……格里菲斯苦笑了一下。他非常肯定，自己会是逮捕名单上的第一个。难怪阿尔忒弥耶夫发表讲话的对象不是他格里菲斯个人，而是一个没有名字的“领导”。行吧，投降就是投降。

只不过，有一样东西无论如何都不能交给新莫斯科。

“黑花”。这是麦斯威尔·阳私人指派的任务，一个格里菲斯用脑袋担保的任务。如果关于它的信息落入新莫斯科手中……格里菲斯甚至不愿去想这会给他带来什么后果。他呼叫出沙菲尔。

“小鼠怎么样？”

“好极了。”医生的声音很有精神，他一定是刚服用了一些兴奋剂，“一切都和感染前一样。奔跑、吃东西、吱吱叫、交配……没有异常活动。只是——您不会相信的——它们已经开始对微弱的长波产生反应了。我完全是无意中发现的，当……”

“好。”格里菲斯打断了他的话，“马上交给我一份完整的报告，保留所有的底稿和原始数据，放在我的办公桌上。不能复印，如果已经复印了就销毁。这事结束了。把老鼠扔进炉子，然后把剩余的灰烬循环利用掉。新莫斯科人进来后，他们不能得到任何这方面的东西。”

格里菲斯没听沙菲尔的抗议就切断了通信。内卫队、外卫队等单位的负责人早就开始不停地呼叫他，要求他下达命令——怎么办？投降还是战斗？“等待。”——格里菲斯无一例外地回答。不过等什么？他自己也不清楚。

麦斯威尔·阳的信息是在宣战后一小时，也就是世界时间十点钟通过星际特别通信传来的。（利比蒂娜·埃斯特维斯刚好开始突击“里斯”——但这个消息还没有传到地球。）“不要让自己和所有参与此事的人被逮捕。”阳写道，“我知道双方力量悬殊，但是尽量坚持五个小时。你们会得到援助的。”

等五个小时！格里菲斯绝望地望着窗外：新莫斯科的部队不断袭来。怎么办——是投降还是垂死挣扎？“等待。”——他依旧这样回复自己的人，不过现在又补充了一句：“金星承诺在五个小时内援助我们。”

格里菲斯当然不会期望一艘飞船能在五小时内从金星本土极速飞来这里。但在这段时间内，从地球或近地的埃里克斯基地——卡普－亚尔殖民地或“塞米拉米达”轨道站——派遣登陆部队是完全有可能的。小规模的登陆部队能否扭转局势？就算不能，至少金星人可以把他——格里菲斯，带到安全的地方。

但格里菲斯还不知道，麦斯威尔·阳另有计划。

在海拔三百千米整的地方就进入了阿欣萨[1]区域——一个禁止战争活动的太空区域。这是旧地球大国间签署的《罗马公约》规定的。

禁止的原因是，每一次爆炸都会制造出成千上万的碎片，这些碎片数个世纪来一直沿不可知的轨道盘旋，而每一个碎片都有可能发生新的碰撞和爆炸，这就意味着又会诞生成千上万新的碎片……一次小规模的低轨道战争，就会把近地空间堵得水泄不通，以至于让地球与太空隔绝千年。所以，阿欣萨区的任何卫星都是不可侵犯的。公约的这一条款对大家都有好处，因此执行得很有效。

比较复杂的是另外一条：禁止在阿欣萨区域驻扎任何作战设备。但是，当任何一个在轨速度的螺母都可以是致命的炮弹，

① 梵语，意为“非暴力、不害”。

所有比通信卫星重的东西都可能是千吨级的炸弹时，要区分作战设备与非作战设备并非易事，边界总是很模糊……所以，根据官方信息，阿欣萨区域只有导航卫星、通信卫星、采氧机和中转站，没有一件毁灭性武器……就像一些大使馆，按官方说法，里面都是外交官，没有一个是间谍。

一架埃里克斯轰炸机（官方称之为燃料箱）正在轨道上爬行，每隔一个半小时就会经过新莫斯科攻击点。在一个稍有不同的轨道上爬行着弗拉马里翁截击机（官方称之为太阳系网络路由器）。在不同轨道上的它们会在距离那个攻击点约五十千米处交汇，用雷达可疑地探测对方，然后再次分道扬镳。两个设备都待在阿欣萨区域中，互不侵犯。这种礼貌客气、分分合合的有节奏的舞蹈持续了一年多。但现在轰炸机收到了加密作战命令，中立状态结束了。抵达攻击点后，它发射了一枚炸弹。

截击机并没有立即看到这一情况，而是在炸弹架——它本身就是一个小型航天器——飞离轰炸机并点燃脱轨助推器时才注意到。助推器喷嘴喷出的火炬甚至可以在地球上用肉眼观察到。从轰炸机和截击机的角度看，弹架急速向后猛窜；从地球的角度看，它开始沿平缓曲线掉出轨道。

截击机准备好了，它等待着……这时，弹架烧毁了助推器，用修正引擎摆弄了一阵，以便尽可能准确地飞到目标攻击轨道……随后，它破裂开来，释放出装载的炸弹。

炸弹没有发动机，其攻击轨道就是纯粹的弹道——因此是可以预测的。这时，截击机加入了游戏。他瞬间就计算出了拦截轨迹，并发射出自己的反导导弹。当然，不是说它要准确地命中飞行中的炸弹。反导导弹的工作原理并非如此。

与此同时，炸弹和空弹架互相挨着飞行，然后慢慢分开。在平流层中，空壳一下子燃烧起来，而炸弹——装有十字稳定器的数吨重铸钨柱——只是烧得炽热通红，但还在继续飞行。炸弹进入了对流层，每一颗炸弹后面都划出了电离空气的火光尾迹。反弹装置同样的尾迹也迅速划过，从它们面前横穿过去。

反导导弹到达预设地点后自爆，散落了一大堆弹片。每一颗弹片都会立即自燃成一颗流星——但即使它们燃烧着，也会继续飞行和拦截。而弹片群在撞上埃里克斯炸弹时，还没来得及燃尽。

这场在地球上听不到的爆炸，在新莫斯科上空十千米处爆发。炸弹还没到达目标就分解成了小碎片，瞬间燃烧起来。

就这样，弗拉马里翁拯救了新莫斯科——也浇灭了卢露·格里菲斯对埃里克斯前来援助的希望。

“见鬼，麦克斯·阳，你可真是个疯子。”格里菲斯麻木地盯着融进天空的火光痕迹，含糊不清地说，“这是你的援助吗？把我们和新莫斯科一起炸成烂泥？”

他心中的怒火烧得越来越旺，但他的脑袋却很清醒……是的，炸死所有人——这才是他的意思。黑花已经在孔季那里，马上就要飞往卡普-亚尔了，“小男孩”也一样，沙菲尔的数据已经传回金星……那现在阳还需要格里菲斯干什么？格里菲斯已经没有用了……现在，格里菲斯只是一个知道太多又有被捕风险的人。我们当然可以把他救出来，但杀了他会更简单。把他连同整个新莫斯科一起除掉……好啊，麦克斯·阳！我会以牙还牙，以眼还眼。

格里菲斯不再犹豫，呼叫了阿尔忒弥耶夫。

“我愿意投降。”他对新莫斯科首席行政长官说，“我愿意交出分公司，告诉您很多您和月球都极其感兴趣的事情。但这一切的前提是——您要保证会严密保护我不受到阳的报复。”

阿尔忒弥耶夫带着属于一位宽宏大量的胜利者的克制的庄重，点了点头。

“我愿意保证。内卫队负责人会亲自逮捕您，并把您带到一个只有他和我知道的藏身之处。”

这就是格里菲斯想要的一切。他传令放下武器，放松地坐在椅子上，等待被逮捕。

难道他终于能够休息一下，好好睡一觉了吗？

新莫斯科内卫队进入分部，逮捕了格里菲斯和其他十几个领导，殖民地的冲突就这样兵不血刃地解决了。

距离轰炸已经过去了一个半小时，在这一个半小时里，发生了不少事情：麦斯威尔·阳发表了历史性演讲，格温妮德·劳埃德电死了瓦加斯，阿斯塔尔·达尔顿辞退了塔妮特·拉瓦勒——而轰炸机绕地球飞了整整一圈。

它还有三个弹架，而以一贯的坚定姿态接近的截击机，也有三个反导弹架。他们的决斗似乎注定要以同样的方式重演三次……但现在轰炸机一方知道了拦截机的能力。所以轰炸机得到了指令，要释放自己的“惊喜”。

一到撞击点，它就把三个炸弹架都分离了。惊喜就在其中一个之中：它的外表和其他两个一样，但里面不是炸弹，而是强大的微波激光。

欺骗性的炸弹架对准了截击机，激光启动……微波脉冲立即使截击机的天线和传感器失灵，其接头处飞出喷泉般的火花。截击机内受保护的微电路并未受损，但天线不能被保护免受辐射（否则就不是天线了）。截击机的大脑被保留了下来，但它聋了，瞎了，失去了与制导系统的联系……并且，尽管如此，它却没有一块碎片断裂，所以《罗马公约》依然保持神圣，未被破坏。截击机并没有被撞成破碎的垃圾，而是自己变成了一整块垃圾。现在它只有盲目地从轨道上掉落，在大气层中燃烧自毁。

与此同时，两个真正的炸弹架一前一后地冲向新莫斯科。再也没有人可以阻止它们……不，是几乎没有人。

弗拉马里翁从轨道上庇护着新莫斯科，但地面上的盟友自身并没有这么无助。从当天上午宣战那一刻开始，新莫斯科防空系统就进入了全面战备状态。而现在，截击机阵亡的消息一经传出，殖民地周围防空点的防空炮台就立即将炮管部署在预计炸弹袭来的方向。当雷达报告了准确的弹道后，就开炮了。

反导导弹升空后，在高空中爆炸，散落成微型碎片。于是，在炸弹的路径上形成了密集的气溶胶帘幕——类似人工火山灰云。仅仅一分钟，夜幕般的阴影就笼罩了莫斯科……但时间不长。第一弹架的炸弹到达云端，并钻了进去。

以每秒七千米的速度扎进尘云就等于撞上了实心的岩石。爆炸将整个云层由内而外照亮，随后被气浪刮散。帘幕破裂。

如果新莫斯科在不同的高度设置两道帘幕，它就会幸免于难。但这需要比现役设备更先进的防空系统。于是第一个弹架在帘幕上打通了一个洞——为第二个弹架扫清了道路。

已经没有时间去补洞了。几秒钟后，第二弹架的炸弹像无声无息的高超音速箭头一样穿透了洞口，到达了地面，击中了预定目标。

世界时间上午九点，新莫斯科向埃里克斯宣战。

十二点，新莫斯科不复存在。

异教堡垒

过了正午，烈日当空。草原上的野草在微风中轻轻摇曳。赛义德坐在环翼飞机的阴凉处，拍赶着苍蝇，百无聊赖。

被加热的地面像煎锅一样冒着热气。什么都提不起精神做，也没什么事情可做。当听到拉巴特方向传来因距离过远听不太清的宣礼声时，赛义德走到一旁，通过太阳估计了一下朝向的位置，祈祷起来。然后他和布伦丹、米勒吃了午饭；飞行员的车里有一保温瓶的热汤，甚至还有一个装满各种食物的冰箱。

吃完午饭后，赛义德戴上耳麦，让智能猫凯特（代蒙，这才是它的名字）给他看表。现在它在他的视野角落里滴答作响，男孩一分一秒地看着这些数字。如果孔季没有在两点前赶到这里，他们就会离开。他为什么还不来？

赛义德试着看新闻，但所有的频道都被战争占满了。新莫斯科现在也在和埃里克斯交战。起初，战争扣人心弦、令人不安，但当其进行到第二个小时，战况已然尘埃落定……埃里克斯、普列洛马、新莫斯科、弗拉马里翁……一些大人物和聪明人给出了评论……去他们所有人的！在拉巴特发生了一些事件，赛义德本想更仔细地听听，但是那些大人物和自作聪明的家伙们却顾不上拉巴特。那他的家乡在发生什么呢？新闻中没有提到瑙鲁兹和邻近地区。这样的话，那边应该是安宁的。但爸爸可能又把妈妈送到地窖里去了，而他自己则坐在走廊中间，拿着上了膛的枪……

天气很热，很热……太热了，以至于无法操心任何事情，也不想要什么东西。大约一点半的时候，终于发生了一件有趣的事情。米勒和布伦丹仰望着天空，激动地用英吉利语叽叽喳喳地说起话来。

“那是什么？”赛义德问道。

布伦丹指着两盏迅速落下的尾状灯。它们在西边的天空划过，就是新莫斯科方向，它们离新莫斯科越来越近。

“炸弹！”医生惊呼道，“殖民地正在遭受轨道轰炸。”

赛义德吓得愣住了……所以他家也要被炸了？但两道火光在天空中直接相撞，撞击点亮了一团明亮的火光，然后一切都消失了。布伦丹和米勒兴奋地叫喊起来，满脸雀斑的小飞行员毫不害臊地扑到了医生的脖子上。

“这又是什么，是什么？”赛义德不断地提问。

“炸弹被拦截了，在半空中爆炸了。”米勒解释道。然后，她和布伦丹开始激烈地争吵——速度之快，东一榔头西一棒子，赛义德什么都听不懂……但时间终于过了。

“孔季大尉没有出现，也没有联系我们。”米勒说，“我呼叫一下格里菲斯……”她专注地沉默了片刻，“哦！我们的董事被逮捕了。”她震惊地对布伦丹说，“我们该怎么办？”

“不管他直接去卡普－亚尔？”医生不确定地提议。

“我们去那儿找谁？我们的行动是秘密的，只有孔季和格里菲斯知道我们的联系人……好吧，让我们先飞起来吧。”飞行员最后决定，“趁着我们自己还没被捕，然后去那儿，到了地方再搞清楚找谁。”

而赛义德也松了一大口气，跟着她和布伦丹爬上了环翼飞机。

“我们要一直飞到卡普－亚尔吗？”医生问道。

“不，我们需要降落加油。”米勒回答，“第一站是下诺夫哥罗德。”

“为什么要这样绕路[1]？”布伦丹问道（最后一个词赛义德听不懂），“我们的常规路线是往阿尔扎马斯走。”

“阿尔扎马斯是新莫斯科的加油站，你忘了吗？现在他们是我们的敌人了。他们不会让我们降落的，甚至还会击落我们。而下诺夫哥罗德是罗斯的地盘，新莫斯科管不着他们。我希望如此……”

螺旋桨隆隆作响，聊天不再方便。他们起飞了，米勒把飞机开向东方。下面是沟壑里丘陵上的无聊黄色草原。偶尔会有一条河流出现在茂密的绿油油的河柳里，或者能够看见某个废弃的城市——凸起来的平坦街区上长满了比平常土地上颜色更深

① 原文为英语。

的草。赛义德回想起这片土地上曾经满是森林、田野、人口稠密的城市……曾经是这样的，但现在变成了一片只有蝗虫、狗和老鼠居住的荒芜草原……

他都不知道，他是怎么在发动机均匀的"隆隆"声中打起瞌睡的。

布伦丹把他叫醒——毫不客气地戳了一下他的腰。

"我们正在降落到下诺夫哥罗德。"他说，"你看，很有趣。"

的确，景致不一样了。

草原上开始出现文明的迹象。赛义德只看得头晕眼花：那里是游牧民族的营地——脏兮兮、五颜六色的帐篷；那里是一群瘦弱的山羊；那里是由布满裂缝的石头连成的直线——那是公路的遗迹；那里是坍塌高架桥的支撑；那里是一个灰色的地堡穹顶，看上去就像一个嵌在地下的骷髅。有人躲在那个黑暗的地下迷宫里：是土匪，还是大人用来吓小孩的古代地下人？然后是一片绵延分布的巨型住宅废墟和巨型柱子——有的柱子顶部高度与飞机齐平，废墟脚下满是棚屋，而顶部神奇地保持着岗哨台和飞扬的旗帜……

然后，终于，下诺夫哥罗德映入眼帘。赛义德从来没来过这里，但两河交汇处旁边的山上那座古老的红石克里姆林宫实在是非常显眼。整个城市都被城墙环绕着。城墙外向南是一片死气沉沉的废墟，城北面的山下是绿油油的伏尔加－奥卡河谷。整个河谷蔓延在被细碎分割的田地里，在镜面一般的运河网里，在零星的村落里——它与沙漠被一片防护林带明显地分开。

罗斯。

罗斯联合土地，曾是这个国家的名字。

赛义德记得，这里曾经是一个辽阔的国度。它的统治者们位于老莫斯科，他们统治着现在的伊德利斯坦和遥远的高加索——赛义德祖先的故乡，还有再往东边的未知土地，甚至连太空里的一些殖民地都隶属于他们。

环翼飞机正在下降。米勒正在向东拐向克里姆林宫的方向，朝着一个平坦的水泥平台飞去，那里有几架五颜六色的环翼飞机呈一字排开。

“航班205呼叫契卡洛夫航空基地。”米勒开口，“请求允许降落……”她重复了好几遍。“批准了。”她告诉乘客们。

“希望我们不要在这耽搁太多时间……喏，好了。”飞行员专注起来，沉浸在自己的世界里，“降落。”

环翼飞机降落在航空基地上，掀起一阵尘土飓风。当尘埃落定的时候，赛义德看到一个戴着沙色帽子、穿着肥大迷彩服的胡子蓬松的武装者向他们走来。米勒打开了机舱门。武装者停下脚步，敬了个礼。

“基地值班人员加夫里柳克下士。下午好，请出示一下飞行文件。”

“哦，来了。”米勒呼了口气靠了过来，把手探到座椅下面，“好的，当然了，下士。”飞行员直起身子，递给武装者一个文件夹。他仔细地读着，眉头就越锁越紧。

“你有身份证明文件吗？”他问道，语气变冷。

“当然了。”米勒向他展示手腕，“你有ID芯片扫描仪吗？没有？那就看罗斯签证的纸质护照吧。”她又从座位下抽出一本证件。“现在好了吗？我要一整箱BK-16，如果可以的话。”

加夫里柳克把护照还给飞行员，摇了摇头表示拒绝。

“印章模糊了。”他说，“文件无效。你无权在罗斯领空驾驶飞机。下机吧，先生们。”

“我还有文件。”米勒换了一种声线说道，“很多文件。您需要多少份？一千份够吗？”

加夫里柳克不赞同地抿起了嘴。

“要行贿吗？这不好，技师米勒。下机吧。还有你们。”他用头点了点赛义德和布伦丹，“请大家都出来。”

飞行员转向布伦丹。

“没办法，我们出去吧。油箱几乎已经空了。您得去和他的上级谈判。”

“为什么是我？”布伦丹明显有些畏怯。

米勒哧哧地笑起来。

“你要我这个样子去跟地球人谈判吗？”她表示抗议地挺起她那被连体紧身衣束着的胸脯，“我会被误解的。我还没准备好出卖自己来换煤油……而且主要是，我的级别低，而您是个医生——按照军队的概念，这就相当于军官。”

布伦丹显然被这个负责人的角色吓到了，但他别无选择，只能同意。

契卡洛夫空军基地负责人坎道洛夫上校在办公室接见了他们。从他光滑肥硕的脸上狡黠的表情来看，连赛义德都明白，正是他下令随便用什么借口将他们扣下的。

“您说吧，技师。”他温和地命令布伦丹，后者正坐在巨幅罗斯地图下方压塌了的真皮沙发上。

“上校。”布伦丹挤着嗓子高声说道，“我是‘莱安诺生命服务’的员工，我正在为太空舰队执行一项非常重要的任务。您肯定知道这意味着什么吧？如果我的上司知道了……”

“会怎样？”上校无辜地问道。

“太空舰队的势力足以给您和您的长官带来麻烦。别利亚耶夫·尼日戈罗德斯基将军，如果我没记错的话？我们别把事闹大了。我安安静静把油加满，然后就永远离您而去。这样对大家都好，不是吗？”

在这段话讲到一半的时候，坎道洛夫就开始温和地笑了起来，到了最后，他几乎已经是在哈哈大笑。

“真有您的。”他边笑边说，“您以为我们这是住在森林里吗？不，我们会使用‘网络嗅探器’和‘大地新闻’。”坎道洛夫对着桌上的网络电视点了点头，“我们已经知道，您的分公司已经不复存在，您那有权威的领导已经被逮捕一个多小时了……而且关键不在这。”他向布伦丹靠了靠，用信任的语气说道，“您也明白，技师，我们的祖国母亲罗斯与新莫斯科非常交好。在某种程度上我完全不想成为新莫斯科敌人的帮凶。所以，技师，您听我说，您的飞机我扣下了。”坎道洛夫高高地举起了手指，“只是暂时，明白吗？直到你们的烂摊子结束。等到一切都结束，我会第一时间道歉，归还飞机，我会拿出一桶纯正的 BK-16，来补偿给您造成的不便。不过在那之前……”上校富有表情地两手一摊，“去溜达溜达吧，技师。我不会逮捕您，虽然我有充分的权力这么做。出去走走，呼吸一下空气……”

布伦丹站了起来。

“那我就得跟别利亚耶夫·尼日戈罗德斯基将军谈谈了。”他还是不放弃。

坎道洛夫抿了抿嘴，摇了摇头。

“将军不会让您进门的。再说了，您想什么呢，扣留您是我自己的意思？是将军给我的命令。所以不要去，我好意劝您，您什么都不会得到的……”

布伦丹愤怒地摔门而去。

“您真要去找将军吗？”赛义德问道。

“我去跟他说什么？”布伦丹叹了口气。他们沿走廊走着，上面挂满了各式招贴画：“武装者誓言”“罗斯武装部队勋章”“安全技术角”。“我们的组织被取缔了，我们的上级被抓走了。我们没有后盾。我们什么也不是。随便一头肥猪都可以突然没收我们的飞机，而我们却拿这头肥猪无可奈何……呼叫卡普－亚尔。”他对飞行员说，“让他们派飞机来接我们。”

“给谁打电话？我已经说了，知道那里的联络人的只有孔季和格里菲斯。除了那个联络人，没有人听说过我们的绝密任务……”

“也就是说没有人会来接我们？”布伦丹问道，他的声音低落到了极点。

“正是。你们得沿伏尔加河走，坐当地的河船。”他们已经来到了室外，停在了一个岔路口，那儿有两条路：一条通往基地大门，一条通往起降场。

“‘你们’是什么意思？”医生警觉起来。

“我不去。”米勒露出了可爱无辜的笑容，“不好意思，不是个人原因——我得留在飞机这儿。和这些 groundies[①] 一起，vent shlock。”她加了三个赛义德听不懂的词。

他们就此分别。赛义德感到遗憾：如果小飞行员和他一起就好了。比起永远迷茫的布伦丹，她看上去要勇敢自信得多，而且令人愉快，虽然赛义德怯于和她说话……关卡上的哨兵把赛义德和布伦丹放了出来。大约是下午三点多钟，迎面吹来一阵热风，卷起了垃圾和灰尘。

穿过克里姆林宫红白相间的方形塔楼的大门，男孩和医生进入了下诺夫哥罗德。

他们沿着主街行走，穿过富人区。在由古城残留的砖块和混凝土块修成的阴森围墙上方冒出花园里的树冠、宅院内的尖房顶和炉筒。大门上贴着“内有恶狗”的警告牌。破旧的旧式汽车时不时地驶过，而更常见的是自行车或人力车。路人们打量着身穿白色医生工作服的布伦丹。很显然，这个太空人，还是个黑人，是这里的稀客。这是件好事，赛义德想，至少医生穿的是宽敞的连体衣，而不是自己这种令人羞耻的紧身衣……靠近市中心处，建筑越来越密集，独院住宅被一排排的两三层楼房取代，楼房里面有商店和酒馆，风一吹，它们的招牌就“吱吱呀呀”地摇晃起来：“鞋”“轮胎安装”“独家供应月球产品”“太阳系网络咖啡馆亥伯龙。太空通信速度！”

“我们这是去哪儿？”赛义德好奇地问道。

“去港口。”布伦丹回答，“买去往卡普－亚尔的河船票。不

① 意思是地球人（25 世纪的英语，蔑称，行话）。——作者注

过我们先得换钱。”

他们来到中心广场——广场呈长方形，中央立着一个纪念碑。除了纪念碑外，广场上还耸立着这个城市最雄伟的三座建筑——东正教教堂、军官楼和别利亚耶夫・涅日戈罗德斯基将军的宫殿，宫殿用三米高的石头围墙围着，围墙上还有金属丝做成的刺。沿广场的另一侧——悬在克里姆林宫下层上面的突出部边缘——延伸着一条长长的中间有林荫道的大马路。如果赛义德不是从更高的地方看到过这一切，那么克里姆林宫下层、伏尔加河和外伏尔加河平原的这些景色将令他叹为观止。他们穿过广场，绕着军官楼走了一圈。从对面可以看到军官楼上挂满了招牌：一下子映入眼帘的有“军官饭店”“船务代理”“公证处”“银行”。

“银行。”布伦丹兴奋地说，“我们去这儿……你怎么了？”

赛义德站在原地。他有些不对劲。

他在发抖，像在打寒战一样，并且动弹不得。

“我不能动！”他想尖叫……但他的喉部肌肉也不听指挥了……他全身颤抖得越来越厉害……

这是怎么了?！好可怕！嘿，布伦丹，你可是医生，帮帮我！

一阵阵剧烈的颤抖在他腿上掠过……腿部肌肉不受控制地抽搐着，变得虚弱无力，膝盖也发软了。

赛义德的意识非常清醒，他的内心在惊恐地尖叫，却连呻吟出来都做不到。他倒在了人行道上。

阿尔列金洞察美好之物

他看到眼前出现了“真实世界螺旋”，它在没有尽头的白色空间之中释放着万丈光芒。

螺旋在旋转。两条金色的旋臂从中央连接物伸出，沿顺时针旋转……还是不止两条？还是逆时针？他想不通。眼前的一切都模糊了。他晕乎乎的，大脑停止了运转。

他过了一阵才看清，螺旋是一个悬挂在白墙天花板上的塑料装饰品……他明白自己是躺在床上……他的头缠着绷带……代蒙没有运行……他想起来了。

园丁、黑花、荒芜的拉巴特、加夫洛夫的办公室、红帽强盗。现在明白了。他受伤了，园丁把他捡起来带到了这里。带到瓦列里安这个叫什么……冥想厅……

“哦。”他听到身边发出了声音，“你醒了。”一个脸蛋单纯可爱，一身游戏玩家打扮的少女——身穿暗白色连衣裙，头发精致地拢在白色头巾下——在阿尔列金上方弯下腰。助理护士一脸焦急和好奇地看着他，仿佛是第一次见到近在咫尺的休闲玩家……也可能真的是第一次，她的样子非常天真。“您躺着！我马上回来。”

助理护士赶紧跑了出去，很快，身穿白色流苏长袍的瓦列里安就不慌不忙地走了进来，房间里顿时充满了甜腻的香料味。

“您醒了，我的朋友？”游戏大师铿锵有力的男中音如同令人痛苦的钟声，在阿尔列金的头颅中响起，“您能听到我说话吗？您能看到我吗？”瓦列里安俯身，银色长发的发梢几乎碰到了伤者的脸。肉嘟嘟的脸上，半透明的眼睛好像在研究什么似的盯着他，“如果能，就点点头。”

“我能听到，能看到。还能说话呢。”阿尔列金含糊不清地说。看、听、说这些动作不知为什么让他感觉到难以言喻的恶心。

“很好，我的朋友。您叫什么名字？”

“您清楚的，游戏大师。以前您可没在我面前装过傻。”

“我只是检查你是否失忆。您还记得发生了什么吗？”

“我记得很清楚。我被红帽帮的一个小混蛋击中了。我的身体怎么样？”

“有一处贯穿伤。”瓦列里安坐下，椅子被他压得“吱吱”作响，“子弹从头盖骨上穿了出来，擦了一下骨膜。擦伤和脑震荡，没什么大不了的。”

阿尔列金摸了摸头上的绷带。它的缠法是正确的……对对，他想起来了：瓦列里安是个治疗师，他不只会用“第二作弊码治疗法”。在还是太空人的时候，文格罗夫博士就接受了医学教育。他应该见过很多中了弹伤的病人——不能总是向有执照的医生提出这种抱怨……阿尔列金的头开始疼了，但他没有屈服——还有太多东西需要了解。

“为什么我们的人不来接我？”

“因为您的分部已经不存在了。向新莫斯科投降了。那里现在正在进行大规模搜捕。也许，在所有的外卫队中，只有你还在逃……幸亏有我们教会。”瓦列里安毫不虚饰地强调。

他要为自己的医治和窝藏服务开多少价码？阿尔列金开始

怀疑，那代价可能需要付出自己的后半生——一想到这个，他的头立刻痛得更厉害了。

“花怎么样了？”

“我很佩服你的职业精神，我的朋友！我很佩服，也有点儿不寒而栗。难道你都不问问伊戈尔怎么样了吗？”瓦列里安忧伤地叹了口气，“花在我这儿。如果这个根部是金属锚的东西可以称作花的话。它被移植到一个桶里了，在很安全的地方。它自我感觉极佳，能抓到苍蝇，还能把它们活生生地放出来。多么顽皮的小东西！”

“马上消灭那些苍蝇。”阿尔列金建议道，“园丁呢？”

游戏大师又叹了口气。

“他的身体一切正常。我给他拔了刺。不过……如果您知道，我的朋友，他因为杀了一个人陷入无边的痛苦。即使我赦免了他的罪之后仍然痛苦不堪。您当然无法理解那种煎熬……”

“杀了一个人？”

“哦，我的朋友，我得把整个故事讲述一遍，因为伊戈尔自己没法很快说出来。您那边枪响以后，他就拿起铁锹跑进了房子里……”

“跑进房子里？”阿尔列金很惊讶，“在枪声中？拿着铲子？他比我想象的还要傻！”

“据我所知，您救了他的命。他觉得亏欠……不过请不要打断我的话。房间里有一堆尸体，并且您，受伤了，昏迷了……还有一个人活着，但是腿断了。当伊戈尔跑进来的时候，这个可怜的家伙正一瘸一拐地朝您的枪走来。还对您破口大骂，伊戈尔看到之后……”游戏大师沉痛地两手一摊，“用铁锹劈开了他的头骨。可怜的小伙子！非暴力戒律对他来说意义重大……他对所有的生物都充满这种怜悯……”

“然后呢？”阿尔列金打断了他的话。

“然后，他勉强把您的头包扎起来，把您扛在一边肩膀上，把花放在另一边肩膀上……并把您拖来了这里。在交火之中步行四千米穿过混乱的拉巴特。不可思议的人。”瓦列里安佩服地摇了摇头。

“他现在怎么样了？”

“非常抑郁，但现在已经好多了。我本应惩罚他的杀生罪……不要误会我的意思：我有责任这样做。然而我只惩罚他发誓沉默一年。这不仅是仁慈，而且，您会同意的，这很实用。谁要他去聊花的这些事儿呢？”

“这一点您做得没错。”

游戏大师的眼神中出现了厉色。

“我希望您明白，您欠下我们教会多少债。”

阿尔列金揉了揉额头——头疼得已经难以忍受了。

“您想要什么？”

“花。”瓦列里安用浅色的眼睛凝视着他，“不，我想要的不是花本身。我也不想知道关于它的任何事。但我打算卖掉这个可恶的小植物。而您，我的朋友，安排一下交易吧。”

“跟谁交易？”

“找买家就是您该操心的事了。”瓦列里安吐字清晰，“我希望用这朵花换取买家的全部家当。当然，不是为了我自己，而是为了教会。”好像有什么区别一样，阿尔列金微微笑了笑，“并得到硬性保证，保证在交易之后人身不受侵犯。当然，就我而言，我会保证彻底沉默。我要得多，但我说的话是铁板钉钉的。”

“从根本上来说。”阿尔列金说，“这花是我的。我有一个公务就是把它送到指定地址。尽管我很尊重您，游戏大师，也无限感谢您，但您最好不要掺和这些事情。”

瓦列里安轻蔑地哼了一声。

“我的朋友，您还是没有弄清楚。您的组织已经不复存在了。您不用再执行什么任务了。并且我们以往的关系已经结束了。您不再是我的上线，我也不再是您的线人。我们只是在这个残酷的世界上互相帮助的两个人……”真相导师忧郁地叹了口气，“所以您对这朵花拥有的权利并不比我多。”

“我的组织还在。”阿尔列金说，“它叫‘太空舰队’。我做这项任务是为了金星。这样事情就有点儿不一样了，嗯？”

游戏大师阴沉了脸。

“是的。”他同意，“这就不同了。太空舰队比新莫斯科更有钱，会以更高的价格买下花。”

“太空舰队不会向您买任何东西。”阿尔列金皱起眉头，揉了揉额头。他的脑袋都快裂开了，“他们会派一支特别行动小组，用武力夺取它。而召集那支队伍的人将会是我。”

瓦列里安责备地摇了摇头。

“您不应该威胁一个还在完全控制着您的人。”

“我是在威胁吗？我是在给您打预防针。是您在威胁我，而且没有任何筹码。我了解您，游戏大师。您是骗子，不是杀手。

顺便说一句，别搞错了，您并不能完全控制我。”

“您了解我，我也了解您，我危险的朋友。”瓦列里安甚至没有试图表演出尊严被冒犯的样子，“您是一个有气节的人。您总是履行合同，有债必还。并且您也同意，您欠现实教教会一些东西。”

阿尔列金点了点头，他已经头疼得几乎无法思考了。

“我欠伊戈尔的。”他说道，“因为他救了我的命；我欠您，因为您给我提供了治疗；但我也欠太空舰队。并且它在我这里优先级最高。请您不要掺和这件事，我最后一次拜托您，我是好心。把花交给我。欠您的我会还清，不过是用另一种方式……见鬼，给我点什么止止痛吧！”

“拿着。”瓦列里安已经准备好了一颗药片和一杯水，“我们随后再谈。现在您需要休息一下。”他递给阿尔列金一个杯子，“喝下这个。你休息休息吧……”游戏大师的声音开始变得催眠般富有节奏，“放松……深呼吸……沉浸在温暖的……笼罩着的……无底的……平静之海……”

阿尔列金被一阵雷声惊醒。

雷声从四面八方传来——相对于普通的雷声来说，它的声音太大，频率又太高，而且力度不知为何太过一致……“嘭！嘭！”在他还没有完全清醒的时候，他就听出了那带着标志性的拖长的声音……75毫米高射反弹炮“魔多”，反弹？阿尔列金睁开眼睛，在床上坐了起来。他立刻感到头晕目眩。

椅子上的年轻护士坐得笔直，双手颤抖着紧紧抓着扶手。

阿尔列金一醒来，她就抽搐着抓住他的手臂。

“这是什么，什么？”

“战争，还能是什么。”那名特工含糊不清地说道。窗帘被拉上了，每开一枪，玻璃就会颤动作响，女孩的小手又干又热。

“他们在朝我们射击吗？”

“不是朝我们，是朝天上。”他小心翼翼地坐起来，把自己裹在毯子里，“拉开窗帘。”

“不要。我害怕。外面很黑。”护士把他的手握得更紧了一些。

“你放开，蠢女人。”阿尔列金从她的手中抽出手臂，勉强站起身来，摇摇晃晃地走到了窗前。

他拉开窗帘，被那从未见过的宏伟而不祥的天空之美震撼得呆住了。

一片低矮的黑云悬在新莫斯科上空。在云层里亮着一些被穿破的缺口，阳光透过撕开的洞口打下来，形成一个个光柱。“魔多”“轰”地响了一声。瞬间的爆发照亮了云层底部一团团蓬松的云朵……马上，在每一个洞口里都膨胀出一块黑色云团，云团慢慢扩散，随即将洞口黏合，掐灭光柱。每一次射击就好像熄灭了一个探照灯，大地上也变得越来越黑。云层每秒钟都被新的爆炸照亮，沸腾然后翻起波浪，好像一片充满活力的黑暗之海。

“……游戏结束了？”护士喃喃自语。她已经成功走上前，再次抓住他的手臂，“我们的世界正在被抹去？这是‘暗黑开发者’吗？”

“尘防。”阿尔列金没有看她，他被这一幕迷住了，“庇护我们免遭炸弹伤害。”他什么也不想解释。他安抚地搂过她，她立刻依偎着把脸埋到他的肩膀上。

“很抱歉……”她可怜兮兮地喃喃自语，“我非常害怕，只是不要以为……”

“对，我不这么想，不这么想。”他无辜地抚摸着她的背，“最好告诉我，你们的人都在哪里？”

“在教堂祈祷。”

“那你是怎么回事？”

“他们让我和你待在一起……哦！”护士急忙推开他。瓦列里安进来了。女孩向他鞠了一躬。

“看来你可没浪费时间，我的朋友。”瓦列里安用英语干脆地说道，“我们走吧，到地窖里去躲一躲。我来带您去那里。娜佳！”他又切换成俄语，“这里不再需要你了。去教堂和其他人一起祈祷。我会独自祈祷。”

“您要抛弃您心爱的教徒？”阿尔列金故意用俄语问道。这就是他不尊重游戏大师的原因。娜佳不解地看看阿尔列金，又看看瓦列里安，立刻匆匆离开了房间。阿尔列金突然意识到……“这样！娜佳！”他追着喊道，“快带大家出去！教堂里不要留人！如果玻璃金字塔倒塌了……”

“是的，按他说的做。”瓦列里安点了点头，“大家到院子里去！”娜佳跑出去后，他就转向了阿尔列金，“地窖里没有足够的空间容纳所有人。如果放他们去那儿，就会出现恐慌。不用任何炸弹，人们自己就会互相踩踏而死。所以让他们在上面祈祷，而地下室是少数人的避难所。这其中包括您。起来！把手给我，往前走。我不会劝您太久。”

“在自己的地下室吃霉去吧。我想饱一下眼福。”

瓦列里安皱起了眉头。

“您怎么回事，在说胡话吗？还是您没听懂？该保命了！”

“没有什么能威胁到我们的生命。炸弹的目标不在这里。他们在轰炸……”

一颗太阳般的爆弹——比普通炮弹的爆炸明亮得多——照亮了天空。炸弹扎进了云层……爆炸的亮光瞬间从内部穿透了整个云层，仿佛在用X射线探测湍流汹涌的云层结构的所有堆层与融合……当冲击波震得窗户抖动起来时，瓦列里安蹲下身子，用手捂住头，但阿尔列金丝毫未动。一道长长的、清脆响亮的、滚滚的雷声……这下好了。云层拯救了我们。阿尔列金高兴得想笑。他掀开窗户。

一阵狂风吹来，夹杂着刺鼻的烧焦味和臭氧的气味。天空变得明亮了许多。云层还未消散，但爆炸已经在上面打出了一个直径一千米的窟窿。透过窟窿可以看到晴朗的蓝色天空。洞壁处形成了向上的狂流——这是被爆炸加热的空气裹挟着周边尘土在上升。被炸穿的云层像热带飓风一样号叫着，咆哮着……渐渐地，它的形状变成了一个厚厚的圆环、烟圈，不断地从里向外翻转……

“他们在轰炸太空港和军事基地。”阿尔列金补完整句话，“你看，这个洞在我们北边一些？把炸弹浪费在我们这样不值当的鬼东西上……”

爆炸声又一次打断了他的话。

一支支烈焰箭头像扇子一样无声无息地从洞中飞过，迅疾无比。

第二个弹架……见鬼！

阿尔列金冲到地板上，如蜥蜴一般爬到床下——瓦列里安已经在那里藏着了，他早早地用手指捂住了耳朵。

“不要塞耳朵！”阿尔列金对他吼道，“张开嘴，打哈欠！”

又一声爆炸声，之后又一声，再一声……末了，一声巨响，耳朵就好像被人打了一拳。墙灰从墙壁和天花板上掉下来，呛得人咳嗽。第二波，第三……阿尔列金没有数。然后是一阵怒号和飓风气流……再然后几乎就安静下来。

满身灰尘和石灰的阿尔列金从床下爬了出来。天亮了，从天花板上掉下的真实世界螺旋正歪歪斜斜地躺在床上。他看向窗外。

蘑菇云窜到了空中。

在胜利的风暴声中窜了上来。

两朵蘑菇云，一朵大的，一朵小的。它们的底部向上流转，散发着火红的烟雾。大蘑菇的白盖穹顶已经到达了云层的洞口，正透过云层升入晴空。其余的云团形成昏暗的滚轴环抱着它。阿尔列金一生中从未见过如此宏伟壮丽的东西……那些高耸的穹顶，完美的光滑曲线，极其纯真的天使般的白皙……而周围是濒死沸腾的巨大云层，坍塌的黑暗，充满烟尘的太阳光柱，蓝色的、灰色的、珠母色的……

“上帝之面容在地狱之上。”瓦列里安沙哑地说着。他也睁大着眼睛看向窗外，“是的，我的朋友。多年来我第一次见到一种真正让我想起世界上存在有崇高本质的景象，虽然这听起来有些亵渎……"

"您也深受感动吗？"阿尔列金笑了笑。真理导师的崇高言论总是对他产生相反的作用——让他清醒。

"是啊，它们在哪了？"

"大蘑菇云在太空港上空。"阿尔列金指给他看，"装有液氢的冷却器爆炸了，那些东西是以千吨为单位的。小蘑菇云在热核电站上空。"

瓦列里安脸色变得苍白。

"辐射？"

"不，反应堆很深的，打不到它。是外部热交换器坍塌了。这个蘑菇云是冷却塔的水。"

"炸弹本身呢？"

"你和你那温顺的教徒们已经完全变傻了，游戏大师。那是动能炸弹，本质上就是巨型子弹。"

阿尔列金向窗外看去，现在已经能看到花园里有许多树枝断了，但幸好没有什么东西被烧毁。教堂幸存了下来。玻璃金字塔，正如他所预料的那样，已经坍塌了。大家来没来得及逃出去？他试着估算总损失。标准弹架里有五颗炸弹，两颗击中了热核电站和太空港，所以其余的炸弹都在这一片的某个地方……这是新莫斯科北部边缘地带。每颗炸弹的冲击半径是三百米，但如果考虑到爆炸……很明显，核电站、太空港和军事基地完全被摧毁了，很可能工厂、河港、转运码头也一样。殖民地的其他地区和斯洛博达北部应该会有严重的破坏和火灾。那些来得及躲到掩蔽所的人都活了下来。但新莫斯科作为一个政治经济中心已经不复存在。

不过拉巴特和斯洛博达南部似乎只遭到了轻度破坏。

“你可以献上感谢的祈祷了。”阿尔列金说。

黑棋将军

塔妮特·拉瓦勒在电梯门前停了下来——纤弱的身体被白色紧身连体制服紧束着，肩上背着一个背包，茂密的火红色头发凌乱地披散在肩上。她把手腕在身份扫描仪上刷了一下。*希望我的令牌还没来得及被撤回。*还没撤回。扫描仪亮起了绿灯，门打开了。再见了，亲爱的月球。

逃离月球，逃离。达尔顿是个懦夫，今天他已经把这一点表现得再清楚不过了，但这个懦夫很危险。达尔顿太害怕塔妮特了，把她赶离职位后，他不会还留着她的命。而她现在还没准备好推翻他。那就意味着，得逃跑。去地球，去找她的朋友们。

弗拉马里翁的前情报局局长走进了圆柱形的电梯舱。六把椅子呈星号状摆在里面。塔妮特落座到最近的一把上。抗重力皮带自动围在她身上，“咔嚓”一声扣上了系扣。她的椅子微微向中心移动，对面的椅子则稍微远离中心——为了保持平衡。门关上了。地板下的空气呼啸着，填满了发射井。

电梯舱像气枪子弹一样向上冲去。五倍月球重力将塔妮特的身体压进椅子的弹性凝胶体中。侧窗中，竖井的混凝土墙面越跑越快，接合处的金属缝融合成了均匀的幽灵般的闪光。上方，在天花板上的窗户里，竖井尽头的黑色圆圈——通往开放太空的出口——越来越大。

现在是12点05分，她将在12点13分起飞……只希望达尔顿不要在最后一刻醒悟过来，禁止她起飞。希望他不会禁止，希望他最终还是害怕杀掉她——就像他总是害怕所有事情一样。

超重消失了。惯性弹道飞行取代了加速度。外面发出“嗡嗡”“嘶嘶”的声响：阀门向检修槽内吹气，缓解井内压力。然后，舷窗内突然变得漆黑：船舱向外飞去。

驾驶舱迅速飞到月球上空的天顶。

太阳昨天才升起，勉强来得及升到西方地平线之上。在低沉的阳光下，在狭长的影子中，弗拉马里翁环形山[①]的景色特别富有表现力。

月球漆黑的多孔地面像潮湿的水泥。倾斜的光亮暴露出那些微小的凹凸：每一块巨石都投射出长长的舌头般的影子，每一个浅坑都像无底洞一般淹没在黑暗中。那些更长的影子准确地暴露出一些人造建筑：漫游车、传送弹射器的滑道、短波通信塔。但最长的是发射塔的影子，塔妮特·拉瓦勒的驾驶舱刚刚从这里脱离出来。

在飞行中，地平线逐渐后移，越来越接近一个圆。这座塔几乎矗立在巨大的弗拉马里翁环形山中心。山口低矮的岩壁呈马蹄形，像古老而破旧的围墙一样横亘在地平线上东、南、西三

① 位于月球正面中央湾南侧。

面。在东边，年轻的莫斯汀 A 环形山[①] 以其清晰而陡峭的岩壁切断了弗拉马里翁的环壁。北面自西向东是一条笔直的构造断层峡谷——里马－弗拉马里翁。比同名环形山更年轻的里马，像一道千米宽的伤疤一样划破环壁。

发射塔在里马南岸拔地而起。狭长的塔影与峡谷平行延伸了几十千米，几乎触碰到了莫斯汀的环壁，塔影时而潜入环形山口，时而又爬上盾状环形山的穹隆。这些古老的环形山在月球表面下分散出许多熔岩管道。地表看不见的它们在地下形成了一个复杂的隧道洞穴分支网络。主隧道的直径达到三百米，是地球殖民者安全而宽敞的避难所。

过去，冰冻的火山气冰——提取氧气、氮气和水的现成原料——覆盖在熔岩管道底部。在里马－弗拉马里翁开凿隧道网的地方，这些熔岩管道从峡谷壁上冒出，在峡谷壁形成圆口。现在，在殖民地建成整整三百年后，所有这些圆口都被封死，并盖上了舱门，而弗拉马里翁地表之下的迷宫也被灌满了空气，并被加热到室温。

适合生存的隧道长五十千米。在这些隧道巨大的管道拱顶下，阳光可以通过光导管照射进来，森林和花园里长满了绿色的植被，湖泊波光粼粼，火车来往穿梭……殖民地里还有一些到现在为止都没有见过光的真正的荒野角落：那是一些长满了野蘑菇的漆黑洞穴。闲暇时，塔妮特喜欢在这些神秘的角落里游荡……

难道她以后再也不回弗拉马里翁了吗？

---

①位于月球正面岛海东南侧。

塔妮特在一阵无声的怒火中咬紧牙齿。达尔顿，这个懦夫，这个笨蛋，这个微不足道的小人物！离完全胜利只差一步之遥的时候投降了，太可耻了！如此卑鄙地从她手中偷走胜利，她的胜利！

这一切都始于四年前她招募了拉维尼娅·沙斯特里。

当时，麦斯威尔·阳的妻子，虫群统帅，埃里克斯和太空舰队的二把手，为了恢复运输危机后的贸易关系抵达月球。对于严肃的人来说，招募总是互相的：以信息交换信息。为了取得沙斯特里的信任，塔妮特给了她很多有价值的信息——但她得到了丰厚的回报。

“我的麦克斯已经享受够了权力。”拉维尼娅躺在塔妮特旁边的床上，慢慢地给烟斗里装满烟草，“他已经享受够了。沙斯特里应该统治金星。沙斯特里族人，不是阳家人。”她谴责道，流露出一种难以言喻的轻蔑。“是啊，麦克斯已经完成自己的任务——把我们从奥克洛那帮土匪手中拯救了出来。这可是大功一件，我们感谢他。让他执政，扮演人类统一者的英雄形象。遗憾的是，我的丈夫得意忘形了。”拉维尼娅“咔嚓”一声点着了打火机，抽起烟来，“还打算把权力交给我们那个没有脑子的女儿。我也爱扎拉，但也得哪怕稍微懂一点儿人心，不是吗？简而言之，是时候把麦克斯干掉了，并且我们希望您能给我们提供帮助。”

“什么意思？”塔妮特完全被这些坦诚的话惊呆了。

“麦克斯必须遭受失败。一场军事上的失败。这是唯一能干掉他的东西。攻击我们，或者最好是挑起我们的攻击，然后战胜他。我会给你们埃里克斯的坐标。登陆埃里克斯，到时候我们的领地会从内部支持你们。”拉维尼娅吐出一股烟。

“那‘萤火虫群’呢？”从小，塔妮特就对这个连阿奎拉都能毁灭的强力武器感到既害怕又敬佩。

拉维尼娅只笑了笑。

“虫群不适合作战，姑娘。我以虫群统帅的身份告诉你。我们正在对它进行扩大和升级，但要到2482年到2483年才会对你们造成危险。2481年进攻，你们就赢大了。”

“你愿意让埃里克斯屈服于弗拉马里翁？”塔妮特质疑道。

“这只是第一阶段。之后我反正会甩掉你们。不过那是以后的事了。”

“我不相信你。”塔妮特坦然道，“这是一个陷阱。你在挑拨我们。”

拉维尼娅懒洋洋地耸了耸肩。

“联系我的兄弟埃涅阿斯。他在近地区域，‘塞米拉米达’基地。他知道我们的计划，他会为你确认……主要是，你当然会把这段对话录下来，对吧？大可把记录送到麦克斯那里。把我交出去。”

“你是认真的吗？”

“不能更认真了。当麦克斯杀了我后，你就会知道这不是挑拨。”拉维尼娅笑了笑，“到时候你会用你的余生来为自己错过的机会后悔。”

塔妮特满怀信心地点了点头，把项圈弄得叮当作响。

“不要担心。这正是我要做的。”

但她没做到。

拉瓦勒不耐烦地叹了口气，抬头看向天花板上的窗户。冬季布满云层的蔚蓝色地球几乎在正当空，但塔妮特对它不感兴趣。旋转器。轨道起重机。这个巨型投掷装置会把她吊起并带离月球——只要达尔顿在剩下的两分钟内没有及时阻止它。

旋转器——六百多千米的碳纤维系绳——像卫星一样绕着月球旋转，两小时内转一圈，同时在自己的轨道平面上绕自己的质心旋转。设定旋转速度时，考虑到了要让系绳末端每个周期内在轨道最低点时位于弗拉马里翁的上方。发射塔必须在这样的时刻以这样的速度发射驾驶舱，以便落入系绳的末端。系绳末端的起重机会把驾驶舱接过来，而挂在旋转器上的驾驶舱则与旋转器一起来个半转弯。在圆周运动的顶端，驾驶舱将分离出来，变成月球的一颗卫星——然后剩下的就是在轨道上等待，直到某个运输飞船来把它接走。

月球上方的黑色天空中已经可以看到旋转器的身影——一长串示廓反射灯汇成了一条闪闪发光的线。随着系绳的一端转向驾驶舱，这条闪光的线变得越来越短，越来越亮。在下端已经可以看到起重机——带有蜘蛛腿般的静电抓手的机械怪兽。驾驶舱减缓行进速度，继续向上飞去，而起重机就像抓捕猎物的猛禽一样，迅速抓住它。等离子体从校正引擎中喷射出朦胧的淡蓝色光束。

“准备好进入超重极值！”塔妮特·拉瓦勒脑中的代蒙发出

及时的通知。

她闭上眼睛，呼气，试着放松。再过一秒就要告别了，月球……但愿这不是永远。

对接。发出“轰隆”和“叮叮当当”的声音，她颠簸着被一种滔天的力量压入座椅……起重机用它带粘力的驻极体接住了驾驶舱。在几秒内，超重达到了二十倍月球重力，塔妮特不能呼吸……然后就稍稍放松了下来。超重在五倍月球重力的离心力下趋于平衡状态。比她马上要去的旧地球的重力要小一些。塔妮特小心翼翼地睁开眼睛。她能看见，能呼吸，但全身却被压抑的沉重感压迫着。好吧，总共只有六分钟零几秒，她可以忍受……但她在地球上要怎么生活？只能在轮椅上，这是可以理解的……无尽的折磨……塔妮特望向窗外。

驾驶舱随着旋转器的圆周运动不断上升，月球在迅速地后退和倾斜。弗拉马里翁的环形山口已经不再占据整个视野——向北可以看到黑色的火山岩月海“中央湾”，而南边，巨大的环形山“托勒密”“阿方索”和“巴塔尼”正在从地平线上爬出。东边的“风暴洋”月海被淹没在了黑暗中——日出光线还未照射到它。黑暗被稀疏的几串亮光打破，那是环形山的山脊。

窗户中央的弗拉马里翁已经只占视野的一小部分。发射塔完全不可见了，但它那一抹细细的影子却在明显变黑——这是月球唯一可见的适居标志……

不。

那是光。

暗橙色光芒，就像月球上从未有过的迷雾一般，出现、蔓延，然后淹没了弗拉马里翁的古老地面。

它越来越亮。在扩散。在升高。

气体。是的，应该是气体。不是闪光或爆炸，而是夹杂着淡黄色钠离子的微弱的阴燃……紫外光使月球土壤中的原子电离，产生等离子体云……

紫外线……是“萤火虫群”。弗拉马里翁被“萤火虫群”击中了。

面如死灰的塔妮特·拉瓦勒眼睁睁地看着自己的故乡灭亡。

陷阱。这终究是一个陷阱。

她被欺骗了，他们挑起了战争——并以“萤火虫群”的所有可怕力量来回应。

等离子云的日落色光芒越来越亮。它正在上升并吐出火舌。“萤火虫群”无形射线的压力，使它向东边倾斜，如微风般摇曳。电梯塔的影子已经沉入其中……或者可能塔楼已经倒塌了？塔妮特试着想象下面发生了什么，在地狱之火般的无形射线中，在发出病态橙色光芒的电离烟雾中……随着金属建筑的发红和倒塌，短路的电路冒出火星……警报声在殖民地内嚎叫，外隔舱的密封门“嘭”的一声关上了……人们都跑去穿上宇航服，好像宇航服能够帮助他们在被“萤火虫”蒸发掉地表之后的世界生活一样，空气会涌出来，而紫外线杀手溜了进去……

是我。塔妮特的大脑充满恐惧和痛苦，没办法进行任何其他思考。

这都是我造成的。

这都是我的错。

我应该受到惩罚，惩罚，惩罚……

莱安诺：谈判

警报信号把扎拉从呆滞中惊醒。蜂鸣器在耳朵里响亮又令人厌恶地鸣叫着，而飞船平面图自动就浮现在了她眼前，没有经过任何指令。中央井筒的第九节有节奏地闪烁着仿佛中毒般的浅紫色光亮。

紫色代码……扎拉没有立即想起它表示着什么，当她想起时也不敢相信。

谋杀舰长。

她加速飞进第九段舱门口，然后抓住门框猛地刹住。

瓦加斯的身体以放松的胎儿姿态悬浮在舱室之中，在横向平面上缓慢而均匀地旋转。他的脸色发青，喉咙上的烧痕发黑。一半的队员已经挤进了舱室，大家都像被施了魔法一样站在墙壁上。谁也没有着急上前去帮助瓦加斯，也没有人去抓格温妮德·劳埃德——而她只是蜷缩在某个角落里，惊恐地盯着亲手做下的事。扎拉出现后，人群中才有了动静。大家让开道路，扎拉瞬间感觉到：他们在等待她的行动，她被默许为领导者……

利用这个机会。

“卡米拉！”扎拉喊道。

“我在，我在。”飞船上的医生卡米拉·拉伊·乔杜里从后面气喘吁吁地冲过来。扎拉躲开，让医生进入舱室。

“去医务室，抢救，快！”她命令道，好像没有她，医生就不知道该怎么办一样，“格温，发生什么事了？”

“我……我不想的，”格温妮德·劳埃德喃喃自语，“对不起……我不……我不知道我怎么了……我不想的，真的！”

“我们会弄明白的。”扎拉快速地扫视了一下舱室的各个角落：监控摄像头在原位，录像肯定已经完成。“卢卡斯？”

“在。”负责结构和平衡的随机工程师卢卡斯·罗德里格斯用男低音回应道。

“把格温带到她的住处锁起来。看住她。反正现在你也没有什么工作可干。萨尔？”

“我在这里。”负责动力和仪器的随机工程师塞莱斯蒂斯·马林从旁边某个地方飘了出来。

“关闭所有设备，并将其查封。统帅的命令是摧毁……但这件事我们先不着急做，再等等。丘？”

“这儿呢，亲爱的。”负责通信和计算机的随机工程师丘比特·阿美尔不按章程，亲昵地回答。扎拉冷冷地打量了她一眼。

“技师阿美尔，开始检查飞船和舱室图灵。它们疑似被不明病毒感染。对整个程序进行诊断，并且在程序外检测。”

“是的，阳博士。”阿美尔意识到自己的位置后，尴尬地躲了起来。

“其余人继续按日程表工作。有问题吗？解散。”

恢复了生机并且对自己十分满意的扎拉转过身来，一脚蹬离舱门框，顺着中央井筒游了回去。

不，这是闻所未闻的。真是不可思议。从来没有这样过。

井筒的圆柱形舱室像一个向里面卷成管状格架的大金属架子——横梁和环形隔框将舱壁分割成相等的长方形单元。有些单元里放着标准的货物集装箱，但大多数都是空的——“阿撒托斯号”是轻装上阵……

“阿撒托斯号”是我的了，扎拉满足地想着。

我的飞船！整个完完全全都是我的！

她并不太担心瓦加斯。早就没有人会因为触电而死了，在医疗箱休息一周，对舰长自己、莱安诺和所有人都有好处……

不过现在这是我的飞船了！我当然会比瓦加斯这个蠢货安排得更好。

父亲的命令……逼迫莱安诺人摧毁“官僚儿”，如果他们拒绝……就摧毁莱安诺……瓦加斯当然会执行这个命令——无条件地、不加思考地执行，而这会是一场灾难。

但瓦加斯被解除了武装，她自己行动起来肯定会更加灵活。为她而流的血已经够多了！不，她不会退缩的。她会得到她父亲想要的一切……但不是以这个为代价。

“扎拉，等等！”飞行员兼副机长阿提斯·穆尔追上了她，“扎拉，抱歉……我不想当着大家的面说……有一个发现。”

扎拉用手支撑在横隔板上，停止往前飞。

“好，你说。”她转向穆尔，拟形绽放出代表关注的莹莹绿光。她完全能够预知飞行员会说什么。

穆尔也撑着横隔板在女孩身边停了下来。他显得很局促，这也是可以预见的——穆尔一直都非常害怕她。

“听着，扎拉……你说的都对。我不是在质疑你的命令。但是，呃……”飞行员叹了口气，鼓起勇气，“但实际上，在瓦加斯之后我是代理舰长。对不起，命令是这样的。”

扎拉亲热地把手放在他的肩膀上。

“阿提斯，你非常对。要是一般情况下我一句话也不会说：毕竟舰长是你。但是，阿提斯！但是！”她的拟形散发出代表信任的佛青色波浪，“现在情况特殊。正打仗呢。而且也不太清楚是在跟谁打。我们要进行复杂的外交谈判。金星离我们很远，我们要自己做决定。我为什么要跟你说这些，阿提斯？”她把脸凑近他，“现在，舰长的位置是政治性的。舰长应该知道我的任务——这是第一点，而且要有一定的政治分量——这是第二点。你是个优秀的飞行员，阿提斯，如果在其他时候你也会是个优秀的机长。但是……”

穆尔急忙点头。他显然很不自在，扎拉暗自享受着他的局促。

“我知道了，扎拉。你说得都对。照你的想法做。”

“这就很棒。这样吧。飞船的内部工作给你，外部工作我负责。我是舰长，你是副手。直到瓦加斯康复。就这么定了？”

“当然，扎拉，当然！”

扎拉·阳露出自己最迷人的笑容。

“那就把舰长的令牌交给我吧。然后去工作。”

舰长室有什么特别之处呢？你可以在里边手动控制飞船——不过反正扎拉对这个没什么了解，而且纵观“阿撒托斯号”的历史，没有一个舰长使用过这个象征性的功能。而且谈判可以在任何地方进行——甚至在自己的宿舍舱。

但是，难道她能拒绝坐在太阳系最强大战舰之一的指挥岗位上的乐趣吗？

扎拉一收到穆尔发来的舰长令牌，就用有声通信通知机组人员，向金星发送了简短报告，把消息发布到了太阳系网，而随后才——仿佛耽误了她的乐趣——前往她在舰长室的合法位置。

你不想跟我说话了吗，爸爸？而你不想说也得说。她满足地想象着父亲知道后的表情……不，他的脸像往常一样，不会有一丝一毫的颤动，但是他的眼睛……你女儿怎么样，嗯，麦斯威尔·阳？不过，没有时间沉迷于幻想了。有很多工作要做。首先就是要为她做过的所有错事儿和所有还能善后的事情善后。

“代蒙！呼叫乔杜里。”扎拉刚在显示墙前的舰长椅子上坐得舒服些，就马上吩咐道，“我们的病人怎么样了，卡米拉？”

“呼吸肌麻痹、窒息、纤维性颤动、三度烧伤。”医生简洁地回答道，“我对他进行了抢救，但他目前还昏迷不醒。”

“你预测会怎样？”

“他会活下来的。大脑没有损伤。一周后就会恢复正常。”卡米拉迟疑了一下，“如果我们能把他送到莱安诺……那里的环境比我们要好得多，两天就能让他重新站起来。”

“没必要着急，”扎拉冷淡地说道，“没有瓦加斯，我们也能挺一周。而莱安诺现在还是我们的敌人，忘记了吗？做好你的工作。”她没等对方回复就切断了通信。

现在该和“官僚儿”谈谈了。

扎拉迟疑了一下才呼叫它。她自己也不知道为什么——可能是下不了决心，也可能是沉浸在即将到来的胜利中。

她明白，现在——在父亲下达最后通牒后——“官僚儿”就是她的奴隶。它愿意付出一切代价来阻止她执行父亲的命令……

终究还是幸运的，瓦加斯被击倒了！多么不可思议的运气！现在，知道了瓦加斯已经没有生命危险后，她可以毫不内疚地这么想。格温妮德·劳埃德一个电击就让她当上了舰长——现在扎拉可以认真地和“官僚儿”谈谈了。不用再看谁的脸色，用实力说话。

“代蒙！呼叫莱安诺图灵。”她吩咐道。

“我在，阳舰长。”“官僚儿”回答。

“你好，你好，亲爱的‘官僚儿’！”扎拉懒洋洋地瘫在椅子上，双手放在脑后，“你过得怎么样？看到统帅的演讲了吗？”

“看到了，还发布了回复。您想在莱安诺的官方频道上看看吗？”

“我不想浪费我的时间。主要提纲是什么？”

“好吧。摧毁莱安诺对我来说是不能接受的。但消灭我自己也是不能接受的，因为没有我，莱安诺就注定要完蛋。所以，您父亲提议的选择是完全不可接受的。让他放弃他的激进要求。作为交换，我愿意做出重大让步。”

“什么让步？”扎拉温和地笑了笑。

“我将允许程序员检查我是否被感染。如果有必要，我会从备份中完全重新进行自我安装。我愿意放弃首席行政长官的职位，并立即举行理事会选举。等到理事会选出新的首席行政长官，我会毫无保留地服从他。我也会听取统帅的其他条件。”

扎拉不喜欢“统帅”这两个字。

“此地此刻是我在做决定，而不是统帅。你还不明白这一点吗？”

“现在明白了。您想怎么样，阳舰长？”

扎拉忍不住露出了胜利的笑容。

“你的模拟并没有预测到这些，不是吗，‘官僚儿’？”

“没有预测到。”图灵承认，“总有一些考虑不到的因素。”

“如果我们不接受你的让步，你会怎么办？”

“战斗。虽然我打赢你们的概率不超过2%，但是你们把我逼到了墙角。即便是在这种概率下，战斗也比等死要好。那么，您的条件是什么？”

扎拉迟疑了一下，他在心里默默地念叨，斟酌着每一个字。

“首先，”她开口，“你撤销对利比蒂娜·埃斯特维斯、格温妮德·劳埃德和我的指控。埃斯特维斯恢复自由，劳埃德可以回到莱安诺，但不会被逮捕。你觉得怎么样？”

“我想听完所有要求。”

“好。第二，你允许程序员给你检查一下，如果发现什么可疑的地方，就要重新安装。这是你自己提议的。第三。”扎拉深吸一口气，呼出，“不要举办任何选举。你把首席行政长官的令牌授予我，立即授予。而且没有任何的宪法限制。我需要绝对的独裁，不用顾虑理事会。没有选举，无限任期。答应这些条件，我就保证你的性命无忧。成交吗？”

扎拉被自己的无耻要求搞昏了头脑。如果她在和人类谈判，她会预料到将有一场怒火爆发，然后是漫长而令人厌倦的讨价还价……但是，“官僚儿”没有情感，而且它明白自己处境的无望。

“您和统帅商量过您的要求吗？”图灵用它一贯没有起伏的声音问道。

它一语中的。现在只有这个问题了。

“没有，”扎拉摇了摇头，“我确信他一定会拒绝。他会要求我无论如何要摧毁你。所以，如果你想要和平，就和我交易。我会公布我们的协议，把既成事实放到爸爸面前。”

“如果统帅不批准协议呢？”

“他必须批准——如果他不想宣布自己的女儿为叛军的话。”

你是不会这样做的，对吗，爸爸？

扎拉希望如此，但她不能完全确定……她知道爸爸非常强硬……这只会让她的游戏变得更加紧张刺激。

“我想进行一些模拟。”“官僚儿”说，“您可以等待四百到五百秒吗？”

“哪怕六百秒都行。”扎拉慷慨地同意了。

“完成了。”“官僚儿”停顿过后宣布道，“我进行了一百次模拟。有二十三次，统帅宣布你为叛变者。有七次，他命令‘阿撒托斯号’自毁。您还是要不经过他的批准就行动吗？”

“当然。”扎拉没有丝毫犹豫，“我的机会比我想象的还要大。而你无论如何都为自己争取了时间。即使爸爸炸掉了‘阿撒托斯号’，在另一艘飞船到达之前，你也能赢得三个月的时间，不是吗？”

“您说的对。我接受您的条件。扎拉·玛利亚·苏珊娜·阳舰长！”

“是吗？”她像智能猫一般伸了个懒腰。

“我承认您是莱安诺殖民地的首席行政长官，并服从您的命令。请接受令牌。”

当“官僚儿”挂断后，扎拉睁大眼睛盯着显示墙，一动不动地坐了一会儿，目光并没有看显示墙的内容，而是穿过它看向自己心中所想。

她必须以某种方式消化这一切。

扎拉·阳，“阿撒托斯号”的舰长。

扎拉·阳，莱安诺殖民地的首席行政长官。

仅仅十五分钟，她就成了太阳系历史上政治升迁最快的人。是的，多亏了格温妮德·劳埃德和她对瓦加斯的疯狂攻击——一场连“官僚儿”都无法预料的荒唐意外……但是，如果不好好利用它，这个意外又有什么价值呢？

意外助了她一臂之力，仅此而已。她自己取得了权力，自己！她迅速、大胆、果断地取得了权力。

你觉得怎么样，喜欢吗，爸爸？

啊？

是的，她取得了权力——但不是为了权力，扎拉提醒自己。她在利用自己的能力为所有人谋福利。她已经表现出了灵活性，把莱安诺从瓦加斯呆板的唯命是从中拯救了出来。有技巧地再走几步棋，她就能解决阿奎拉病毒问题，雅致地解决，不是迎头碰面，免除不必要的损失……

爸爸，你明白为什么我不得不违拗你的话吗——她想。

你同意，在这里，在现场，我比你明白怎样更好地行动吗？

你承认，我比你更会掌控局势吗？

她等待父亲的声音——永恒的无形的内心对话者——回答她。也许他会勉强同意，也许他会激烈争论……

来呀，爸爸，说话啊！

但内心那个父亲却沉默不语。

会说话的星星

下方某处，河船引擎有节奏地“隆隆”作响。赛义德已经习惯了这个声音。他们沿着伏尔加河航行了五个多小时，天开始黑了。

赛义德头朝舷窗躺着，并没有往窗外看，但即便这样，他也知道他们驶过了什么。都是一样的田地、果园、堤坝、村庄以及他们不会停靠的偏远码头。（航程很短：下诺夫哥罗德——切博克萨雷——绿桥，只有一个中间站）。在田间，一些联合收割机缓缓挪动，漂浮着一些小艇和驳船。（这已经不是在田野上了，而是在田野中间一些看不见的运河上。）灰色的村庄之上，是一些洋葱头教堂顶和大型粮仓的塔楼。河道某处通向区长庄园，庄园房顶是三面旗帜：罗斯旗帜、下诺夫哥罗德旗帜和本区旗帜；旁边是一座网格结构的通信塔。在离岸边很远的地方，延伸着一条与河道平行的林带，而林带后面是一片忧郁的黄沙漠。

令人愉悦但单调的风景，自“韦特卢加号”河船从下诺夫哥罗德码头出发以来，就没有变过。它已经变得像河船下面发动机的声音一样熟悉，不再能引起赛义德的好奇心了。

狭小的二等舱几乎整个被一张上下铺床占据。赛义德躺在了下铺。他的胳膊和腿被紧紧地用松紧带绑在床上。

赛义德的瘫痪并没有持续太长时间：十五分钟后，他的身体功能开始恢复，颤抖停止了。这整段时间，他都完全清醒地躺在银行的门廊上。周围聚集了一群围观者，而布伦丹只是瞎忙乱，什么忙也帮不上……真羞耻！又过了几分钟后，赛义德勉强站起身，笨拙地、每一步都踉踉跄跄地走了起来。发作完半小时后，他就完全康复了。但在船舱里，布伦丹还是把他绑了起来。

“这一切已经在小鼠身上发生过了。”医生解释道，“先是颤抖和瘫痪……然后是癫痫发作。黑花病毒在所有小鼠身上都唤起了巨大的力量和某种本能。有的想吃掉一切，有的想受精，有的想攻击，有的被吓呆了……”

“我不是你的老鼠，我是人！”赛义德很愤怒，“我有意志力！我可以控制自己！”

“我也希望如此。希望如此，但……老实说，我不指望。还是让我把你绑起来吧。每次发作不会持续太久，一两个小时就会恢复。”

然而到现在，赛义德已经被绑了五个小时（中间有休息时间——用来活动活动手脚），但还没有等来第二次发作。他毕竟不是一只老鼠！赛义德不无骄傲地想。某个恶魔植物要想夺取亚当后代的权力，并不是那么容易的。

现在赛义德是一个人——布伦丹去吃晚饭了。男孩躺在那里，百无聊赖地想，也许布伦丹是对的。是的，他身上发生了某种不正常的事情。也许这个癫痫还会发作一次，然后是某个别的鬼疾病……也许黑花病毒会整个把他变成僵尸……也许，他应该感到害怕？

但不知为何，他一点儿也不害怕。自从瘫痪发作过后，赛义德就没来由地坚信这病会过去，一切都会好起来。

奇怪！在什么都没发生之前，他一直害怕自己的病——而现在，当可怕的事情开始时，所有的恐惧都消失了。一切都会好起来的，内心有个声音，这个声音在某些地方一下子又像父亲、又像母亲、又像凯特、又像布莱姆·孔季。这个声音告诉他，很快会发生某件奇妙的事情，而且你会康复……是的，你不是真的有病，而布伦丹只是个白痴。

赛义德躺在那里，握紧拳头，又松开拳头，不让血液滞留。这时布伦丹刚好回来，从小卖部里拿了装着晚餐的纸盒。

"一切都正常吗？"医生问道。现在他已经习惯了，也不像刚摔倒时那样胡乱忙活、嗷嗷叫了。

"是啊。"

"我来把你的胳膊松开，腿还是继续绑着。拿着，吃吧。"

赛义德坐在床上，开始狼吞虎咽。布伦丹密切注视着他——一定是担心他的原始食欲发作。荒唐！

"还有钱吗？"赛义德满口食物，问道。

"还有。"布伦丹皱了皱眉头。

钱是个问题。布伦丹在下诺夫哥罗德银行发现自己的账户被封了，而他本人居然正被新莫斯科通缉。于是他不得不兑换身上不多的现金尤尼。兑换汇率跟抢钱似的，但他们还是在最后一刻完成了兑换。银行宣布了某个消息（布伦丹没有告诉赛义德那是什么消息），之后就完全不再接收新莫斯科尤尼了。

这笔钱只够买两张去绿桥的票（而不是到最终目的地卡普－亚尔）。口袋里只剩下不足果腹的食物。哪里有钱来继续航程？靠什么来生活呢？布伦丹只是无奈地摊手。

要是在我们拉巴特，你这个蠢货根本就活不下去，赛义德想。他对布伦丹几乎失去了尊重，虽然他很感激他养活和照顾自己。他只想着把我这个小孩绑起来！怕我扑到他身上！当然，医生自己是另一种说法："我把你绑起来，是免得你伤到自己。"但赛义德看得出，布伦丹有些怕他。而且虽然身为医生，布伦丹也起不到什么作用——他对这个黑花病毒一无所知。布伦丹所有的希望都在卡普－亚尔。"到了卡普－亚尔，他们会解决的，他们会帮忙的。"他只是在不停地重复这句话……一个字，蠢！我一定要和他分开，赛义德想。不能指望他……

但现在他不想去想这些。晚饭后的心情很好。对奇妙事情的预感越来越强烈，它仿佛用一种安静的金色光芒照亮了一切。赛义德开始为布伦丹感到惋惜。他非常想安慰他，让他也相信没什么好担心的，一切都会好起来的……

"布伦丹！"赛义德充满热情地说，"知道吗，你不用担心我。我一切都会很好！我知道！确切地知道！你要我发誓吗？"

这番话显然让医生更加担忧了。

“你怎么知道？”

“我知道，就这样！”

“说说理由。”

你真是方头不劣，赛义德想。他开始思考……如果这个傻瓜固执己见，该怎么跟他解释？怎么才能说服布伦丹？好，让我们试试……

“你看。”赛义德开始说道，“你凭什么认为黑花是有害的？”

“这是什么话？”布伦丹甚至惊讶地瞪圆了眼睛，“黑花是我们的敌人阿奎拉人发送来的。那些已经攻击过一次地球的人。他们能给什么好东西？”

“你凭什么认为黑花病毒是阿奎拉人派来的，而不是跟我们交好的其他某种生物？”

“嗨，阿奎拉是唯一已知的外星文明。要是我们有朋友，我们会知道的。朋友不会藏起来。”

“即便如此，你凭什么认为是阿奎拉的东西就意味着邪恶？也许他们想谈判，想寻求和平。而他们不会使用我们的语言。也许这个黑花病毒会向我输入他们的语言，而我会成为翻译？你想，既然我现在感觉这么好，它怎么会是坏东西呢？”

布伦丹似乎陷入了思考——而赛义德因为能够如此清晰、简单、明了地说出这些话而流露出快乐的神情。事实上，这些论点都是他随口编出来的。他自己不用任何论据就知道真相，而布伦丹可能被这些论据说服了……但布伦丹有点儿奇怪地看着他。

“难道你没明白吗？”赛义德感到伤心。

“让我再把你绑起来吧。”医生决定，“老鼠身上好像没出现过这种情况……是影响到快感中枢了还是什么？伏隔核[1]？可惜沙菲尔不在这里，不然他会解释的。”

“你又来了。我哪儿不对？”

“对，不是你不对。是黑花病毒蛊惑了你。不过解释也没用，等一个小时后发作结束，你自己就明白了。”

“什么发作？”赛义德发自内心地笑了起来，“我感觉很好！你无法想象有多好！”

哦，是的，他已经不只是感觉好了。现在赛义德感受到了某种无法形容的东西。甚至不是喜悦，而是即将爆发的某种不可思议的幸福……每一秒，光芒都在充斥他的意识……那光芒是如此充满爱、善良与清晰……是的，是的，清晰！一切都变得清晰起来，他开始明白一切，世界上的一切，他清楚地看到了光明，那是回答所有“存在”疑团的答案……他流下了幸福的泪水……把这个告诉所有人！告诉全世界，然后人们就会明白一切，就会迎来幸福，就会彼此拥抱，再也不会互相争斗和折磨……

赛义德嚎叫起来，布伦丹设法把一些硬东西塞在他的两排牙齿中间。然后在下一个瞬间，意识中的光芒亮得让人无法忍受，以至于一切都在光辉中黯淡下来。

赛义德醒了。

全身的肌肉都异常酸痛，就像他背着一袋石头挖了一天山

① 波纹体中的一组神经元。在大脑的奖赏、快乐、成瘾等活动中起重要作用。

一样。他的脑袋快要裂开。全身空虚无力。还有一些其他东西，一些无法言说、难以捉摸的甜美奇怪的东西……赛义德什么都不记得了。他们吃了晚饭，然后……他躺了多久？窗外已是一片漆黑，船舱里的夜灯亮着。

“我怎么了？”赛义德声如蚊蚋，勉强能够听清。

“癫痫发作。”布伦丹疲惫地说道，“黑花病毒使你的大脑短路了。不是在伏隔，是在颞叶的纽伯格区。它……好吧，不讲课了。我不记得这种情况是否在老鼠身上也发生过。到底能不能发生在老鼠身上……”

“别再谈你的老鼠了。”赛义德隐约记得，他身上发生了一件事情，非常重要，也非常美好。跟布伦丹说了也没用，反正他什么也不会明白，“你终于要给我松绑了吗？”

医生犹豫了一下，给他松了绑。他守了一会儿，不过由于没有再发生什么事，他就到上铺睡觉了。

赛义德躺在黑暗中，没有入睡。

他还是觉得自己有些异样。当布伦丹闭上嘴，不再分散他的注意力时，这种感觉就会清晰起来，并且变得更加强烈。

现在赛义德能清楚地感觉到，船舱里还有一个人。第三人，无形无声。

难道是黑花病毒？疾病？精神错乱？赛义德当然知道就只有他们两个人——但却能如此清晰地感受到无形的第三人的存在，仿佛他就躺在自己身边呼吸。

“我快疯了。先是瘫痪，然后是癫痫，现在又是这个……”赛义德知道自己应该害怕——但是他没有。

无形的存在并不可怕。它让人很安心。它注入了信心和保护感。

“**没事的。**”那无形无声的存在说，“**我和你在一起。我保护你。**”

“你是谁？”男孩在心里低声问。

“**闭上眼睛。**”传来无声的回答。

赛义德紧闭双眼，对无形存在的感觉变得更加强烈了。已经不可能和他产生争辩，不可能用任何理智的理由来切断和他的联系……神秘的朋友就在这里。他是真实的。现在这一点毫无疑问。

赛义德闭上眼睛，仔细看着一些暗淡的彩色点在闪烁，直到明显形成某个形状……他无法看清它的真面目——只要他把视线集中在它身上，它就会消失——但用余光好像能够分辨出某个东西。简单的、圆的、白的、发光的……一颗星星？

“**星星。**”它用沉默确认，“**我是你的星星。我和你在一起。我是你的。我保护你。什么都不用怕……**”

无比的平静充盈着赛义德的内心。他融入其中，陷入沉睡。

赛义德睁开了眼睛。他的心不安地跳动着。某个梦……某个非常重要的东西……他一睁开眼睛就全忘了。或者没有……

星星。他的星星。

必须现在就找到那颗星。

赛义德把双腿从床铺上垂下来。布伦丹在上铺打着呼噜。甲板灯的冷光从舷窗中渗进来。星星在那里——当然在天上，和其他星星一起——它在等着他。他必须现在就看到它，对它说一些重要的东西。

他在梦中看到却忘记的东西。赛义德知道，只要看到自己的星星，他就会想起一切。

为了不吵醒布伦丹，男孩只穿着内裤，光着脚溜出了船舱。他尽量悄悄地关上门，在昏暗的灯光下穿过空旷的走廊，来到了甲板上。

夜间的寒冷让他打了个寒战。下方传来发动机的响声，船头处的黑色水面上拖出一片楔状泡沫，水面浮动着一团团鬼魅般的雾气。更远处是一动不动的岸影和稀疏的村落灯火。星空中，飞船和卫星的闪光缓缓移动着……而那颗正是他的星。

赛义德凭着准确的感觉一下子找到并认出了它。它明亮、洁白，没有闪烁。

毫无疑问，它就是那颗星。

一颗在等着他说一些话、传递一些无比重要的信息的星星……他是怎么知道这些的？他无法解释。但他十分确定，就像他知道父母爱他一样，知道天上有真主、知道自己永远不会死一样……

他冷得发抖却没有察觉，持续凝视着那颗白星。一个被遗忘的梦从埋藏的记忆深处升起。声音……没有形象的梦，只有声音的梦……陌生语言的歌声……

“Øurřöœ... Ţzz... Fś||p... Θyŕæ... T！ ā... Ųčhe... Ŋła...[1]”

是的，现在他明白了，他想起了梦中那个无比重要的东

---

①小说中的虚构语言。

西……他在发作前发现的那个美丽的东西……他必须喊出来让星星听见！他必须要把这首歌唱给它听——所有这些奇怪的声音——从他记忆中不可知的某个角落里冒出来的歌声，然后……

然后一切都会好起来的。他将康复，回到拉巴特，见到他的父母，战争将结束，他的母亲将给他生一个弟弟和妹妹，他们将会发财，成为瑙鲁兹区最受尊敬的家庭，每个人都将永远幸福，永远，永远，永远！……要做的只是向星星喊话！

“Øurřöœ,” 赛义德用他那冻得僵硬的嘴唇唱道，“Ţzz... Fś||p... Θyŕæ... T！ ā... Ųčhe... Ŋła...”

以前，赛义德无法想象自己的舌头和喉头能够发出这样的声音，这样的声音组合。没有一个声音重复了两次，歌中没有任何声音听起来像人类的语言——但谁知道星星们彼此之间说的是什么语言呢？

“Šŕmë!” 赛义德喊得越来越大声，“Qwrŋaþħ！... Đæł;łę！...”

然后值班船员上来了，揪住他的耳朵，骂骂咧咧地把他拖回了船舱。

赛义德没有反抗。他已经明白，反正星星是听不到的。

一个人的声音当然是传达不到它那的。毕竟星星很远。

他不是傻子，他明白：要想让星星听到，需要无线电。

阿尔列金休息

8 月 2 日傍晚，阿尔列金对向日葵圣墙之外的世界所发生的事情一无所知。

他的头上还缠着绷带。没有头箍，没有植入物，根本无从知晓世界上发生了什么事。在“现实教”社会中看不到网络电视，更没有连接代蒙的耳机设备（真糟糕，叫人堵心）。所以，阿尔列金只能通过自己的所见、所闻、所嗅来判断发生了什么事。

霞光和烟雾。救援和消防飞机的轰鸣声。枪声。烟的味道。这一切都在北边，在新莫斯科那一边。或许这已经足够了。

阿尔列金并没有因为自己无法得知更多而难过。他没有亲人在已灭亡的殖民地。其他的都与他无关。他在休息。

阿尔列金感觉自己的状况有了明显好转。他已经可以在花园里散步了，园子里的教徒们像蚂蚁一样勤勤恳恳、井井有条地清理着轰炸后的残局：剪掉断枝，清理小径上的树叶。园丁伊戈尔不知所踪。瓦列里安只是说他病了。

瓦列里安本人几乎不与阿尔列金接触。游戏大师整日忙于事务：传教、宣讲、安抚、指挥工作。他从某处搜集到玻璃，以重建冥想厅的金字塔（所幸在倒塌时无人受伤）。与此同时，他还在为自己的石油疯狂寻找买家（新莫斯科的交通枢纽已经毁灭——无法将任何东西运送出去）。总之，他已经完全忘记了布莱姆·孔季，这个来自已经不复存在的新莫斯科、不复存在的“莱安诺生命服务”、不复存在的外卫队的他曾经的上司。阿尔列金也没有因此而难过。他唯一稍微有些担心的人就是伊戈尔。

“园丁怎么样了？”他有一次问娜佳。

护士茫然地摊了摊手。

“我们完全搞不懂。早上他像瘫痪了一样躺着，但时间不长。

然后似乎是恢复了，开始走路……突然，又发作了癫痫。现在看起来好像很正常，但毕竟他不能说话——他发誓要保持沉默。那怎么能知道他的感受呢？”

“我想看看他。”

娜佳担心地皱起眉头。

“我不知道游戏大师会不会允许……我去问问他。”

阿尔列金等了很久。疲惫不堪的瓦列里安傍晚时分才来，赶在了日落之前（没有头箍，阿尔列金甚至连准确时间都不知道）。

“告诉你一件高兴的事，我的朋友。”瓦列里安边说边解开阿尔列金的绷带，给他换纱布，“战争已经结束了。金星用‘萤火虫群’攻击了月球。弗拉马里翁投降了。”

“哦，是吗？”阿尔列金并不是特别感兴趣。

“您想象一下。埃里克斯和弗拉马里翁现在是最好的朋友和盟友。打算和阿奎拉开战……和阿奎拉，我的天！像孩子们一样，说实话。”游戏大师叹了口气，“那您的意思是，想和伊戈尔谈谈？”

“只是想说声谢谢。”

“不，我的朋友。”瓦列里安摇了摇头，“只说句‘谢谢’可应付不过去。对了，他在您的任务中受伤了。你有没有想过要怎么弥补？”

“我不知道怎样才能治好他。没人知道。”

“即使制造花的人也不知道吗？如果我问得太多了，那很抱歉。”游戏大师突然醒悟过来。

“没什么。制造这朵花的人，也在恪守沉默的誓言。已经三百多年了。”

“那些所谓的阿奎拉人？”瓦列里安丝毫没有表露出惊讶，“对于能听见他们说话的人来说，他们可不是沉默的。”

“不要给我灌输您那套宗教的鬼东西。”阿尔列金责怪道，“即使您真的相信如此。”

“相信？”真相导师高傲地直起身子——每当准备说出一些启示的时候，他总是这样，“玄奘常说：‘愚者信之。智者不信。圣人知之。’有时他还补充说：‘圣贤不知。’”

“您自己是哪一种？圣贤还是只是圣人？”

“我不知道。”瓦列里安谦卑地说，“不过，谢谢您告诉我阿奎拉的事。我得直接去找制造者们求药了。在这种情况下，作弊码治疗是没有用的……”游戏大师没有理会阿尔列金轻蔑的笑声，“现在回到花的问题上，我的朋友。让我们结合我们的协议来谈一谈。”

“你还是没有放弃卖掉它的想法？”

“有什么理由能让我放弃？”

“意识到贪婪是一种罪恶。”

瓦列里安不加苛责，扬起眉。

“不需要您来教我教义准则，我的朋友。我是为了教会的利益，就我个人而言，我一分钱也不需要。不过我们把这些争吵放一放吧。谈正事。太空舰队愿意为花出多少钱？”

阿尔列金叹了口气。这位神职代理人的固执和贪婪开始让他烦躁不安。

“我需要和卡普－亚尔联系。”

“我会为您提供通信。”瓦列里安皱了皱眉头，“但您要当着我的面说话，而且只能出声说。不能有任何密谋。”

“好吧，好吧。没人打算欺骗您。把头箍拿过来吧。”

瓦列里安用临时膏药给阿尔列金贴住伤口，以便后者可以戴上头箍，然后，他把头箍从长袍口袋里掏出来，坐在椅子上，警惕地看着阿尔列金将金属蛇扣在头上，用语音指令检查植入物状态。代蒙运行了，虽然有恼人的延迟。显然，新莫斯科大部分的太阳系网络服务器都死机了，网速也变慢了。“莱安诺生命服务”的服务账户被查封（没什么大不了的，反正里面是空的），不过太空舰队银行的账户完全可以用——那里还有存款，还有十万能量的任务执行费和几十万预付款……不错，非常好。六个未接来电。温蒂·米勒，卢·布伦丹，瓦茨拉夫·考夫曼……很好，他就是我们需要的人。

“代蒙，呼叫瓦茨拉夫·考夫曼。”阿尔列金说。

“布莱姆·孔季大尉？”他脑子里响起一个尖锐得刺耳的声音，“您消失到哪里去了？为什么一直没有联系我？”

“遇到了一些麻烦，少校。我还在新莫斯科。任务还有效吗？”

“是的，当然了。花在您那儿吗？”

“花，”阿尔列金看了一眼瓦列里安，说，“在一个想用它卖钱的人手里。”

“怎么会？”考夫曼一点儿也不惊讶，“这个人都知道什么？”

“只知道这朵花很危险，而且很有价值。”阿尔列金强调。

“那您就可以留这个混蛋一命。买下这朵花，然后销毁它。我们不需要它了，我们找到了第二个。”

买下并销毁？阿尔列金不喜欢这个词组。

“您愿意出多少钱？”他问道。

“您定夺吧。任务执行费已经分配给您了——所以要讨价还价。对，还有一件重要的事。把那个男孩给我们带来。我们还需要他。”

“明白了。”阿尔列金叹了口气，“他在哪里？”

“不知道。他在下诺夫哥罗德失去了踪迹。当地政府没收了他们的飞机。飞行员留在了下诺夫哥罗德，医生和男孩沿河航行。这是在昨天，当地时间三点的事。此后就再也没有联系上他们了。找到他们，把他们带回来，就能拿到全部的奖励。”

“是。您会给我派一架飞机吗？”

“去新莫斯科？您疯了吗？去敌对殖民地？不，您得自己来。再见。”考夫曼不等他告别就断开了连接。

阿尔列金抬眼看了看瓦列里安，表情夸张地两手一摊。

“他们建议我用自己的钱买花。”

游戏大师哈哈大笑起来。

“您真该看看自己的脸，我的朋友。像孩子一般惊讶和委屈……没料到这样的转折吧？”

阿尔列金哼了一声。

“当然，您从我这里得不到一毛钱。”他说，“花就随您的便。我要是您，我就毁掉它。这个鬼东西是个不定时炸弹。”

“我会消灭它。”瓦列里安冷淡地说道，“当着您的面。”他浅色的眼睛凝视着阿尔列金,“不过您还有债要还。如果您的交易泡汤了,您要怎么报答教会的救命之恩?”

“我会向园丁个人报答救命之恩。”阿尔列金指正道,“而对您,也就是教会,我会付清治疗、护理和居住的费用。怎么样?我不知道。您自己想吧。给我一个任务。您可是一个商人,得由您来解决问题。”

游戏大师的脸上仿佛闪过一丝惊愕之色。

“您在说什么,我的朋友?我只是把天然食用油卖给几个美食家。一个平静的小市场……虽然……”他仔细听着远处接连不断的枪声,陷入了思索,“新莫斯科起码维持了法律秩序。而这现在会发生什么……我会考虑您说的话。也许我会给您一个长期职位——作为我的安保主管或者类似的。你不是已经丢了在‘莱安诺生命服务’的工作了吗?”

“是的。我也没有在找新的工作。我更愿意去做一个自由职业者。给我任何任务都行,不过只要一个。”

“任何任务?抓住您的话柄了,我不谨慎的朋友。”瓦列里安思考着,微微动了动浓密的眉毛,“有一个问题,也许……算了,之后再说吧。您想和伊戈尔谈谈。走吧,我带您去。”

园丁被安置在教堂后的另一间冥想厅里,跟阿尔列金的那间完全一样。伊戈尔正坐在床上,膝盖上放着一本厚厚的笔记本,他在上面疯狂地写着什么。当瓦列里安和阿尔列金进来后,园丁只是对游戏大师点了点头,眼睛一刻也没有离开过笔记本。

“了不得。”瓦列里安和善地表示惊讶,“你总是跟我说你不识字……我可以看看吗?”

伊戈尔又点了点头，并没有停笔。阿尔列金越过肩膀看了看他。不，园丁没有写……还是写了？写得很快，笔不离纸，留下一行又一行神秘又千奇百怪的符号。其中一些是简单的十字、圆圈、卢恩字母[①]、类似字母和数字的符号——但大多数不像阿尔列金及他的代蒙所知道的任何字母符号。

“真没想到。”游戏大师的声线改变了，“非常有趣。伊戈尔，你写完能让我看看吗？”

园丁哆嗦了一下，将手写笔掉落到床上。他的脸紧绷着，扭曲着。很明显，在他的脸上可以读出内心的挣扎，就像他写的小书一样……伊戈尔勉强地点了点头。这是写的什么东西？为什么瓦列里安会对它感兴趣？问伊戈尔问不出什么名堂——虽然这家伙完全失去了理智，但是他不会打破沉默的誓言，这一点是无疑的。

“你好，伊戈尔。”阿尔列金在他床边的椅子上坐了下来，“我不多说，我只说一句。我救过你的命，你也救过我的命……不过我只是用枪打死几只狗，而你背着我穿过了整个拉巴特……我不明白你当初是怎么找到路的。你为我杀了一个人。这对你来说很严重，我理解。你可能连花园里的毛毛虫都没捻死过，而是把它们扔掉……重要的是，这一切都是因为我的花……总之，伊戈尔。我欠你一个人情。我不能治好你的病，没有人能。但除此之外，我会为你做任何事。我保证。就在游戏大师面前保证，他不会容许谎言。我会做任何事，只要你告诉我。然后我们就

① 一类已灭绝的字母，用于构成卢恩语，并在中世纪的欧洲，特别是斯堪的纳维亚半岛与不列颠群岛用来书写某些北欧日耳曼语族的语言。

两清。”

园丁把枕头上的头转向他，在他暗淡的眼睛里似乎有什么东西在闪动……他显然想说什么，但没有开口。

“好吧。”阿尔列金站了起来，“如果你现在还没有准备好，可以之后再说。任何时候都可以。只要我还活着，这个提议就有效。我们走吧，游戏大师。继续谈我们的交易。”

撒谎的医生

他们轰炸了新莫斯科。

赛义德到现在都不能完全相信整个世界都灭亡了。这一整座神秘的禁城，这么多年来一直用一种不可接近的魅力引诱着他，但他只勉强来得及从车窗内看了一眼……现在一切都变成一座冒烟的废墟。

他麻木地看着太阳系网某个频道的视频。黑云、爆炸后的蘑菇云、燃烧的街区和花园……一圈圈像伤口一样可怕的烧焦的弹坑……庆幸的是，至少拉巴特没有受到太大的影响。在卫星图像上他看到了他的瑙鲁兹区，甚至是他的住所——安然无恙。拉巴特的房屋只有窗户受损，花园里的树木也被折断了一些。赛义德从心底里希望他的父母能够轻松避过这场灾难……他们在那儿怎么样？怎么才能知道他们的情况？如何联系他们？哦，如果他们有头箍就好了！

新莫斯科是昨天下午被炸的，而布伦丹直到今天早上才告诉赛义德。

该死的医生一整天都知道。知道也不说，都是为了不让“生病”的赛义德担心。等到周六早上，赛义德“好转”的时候——“没有犯病”——然后才决定揭开真相……

你真是个畜生，布伦丹！什么都不懂，白痴，什么都不懂！要是昨天知道的话，当星星和他说话的时候，赛义德就可以问星星有关父母的事，它一定什么都知道！而现在不得不等到夜幕降临，星星再次升起……

河船停靠在切博克萨雷码头——这里就像下诺夫哥罗德一样无聊、沉寂。布伦丹想进城弄点儿钱（赛义德非常怀疑这个笨蛋能不能成功），他被独自锁在了船舱里（上次夜游之后，布伦丹就开始把他锁起来）。热得满头大汗的赛义德在和智能猫聊天：今天医生允许他戴上头箍。

在城市之间的河流上，智能猫并不能发挥其作用。它只能弓着腰，呼噜呼噜地用机械的声音重复着各种废话：“无法与服务器连接，图灵接口被切断，无法进入知识库。”在切博克萨雷码头，通信突然恢复了，凯特活了过来。在布伦丹还没走的时候，赛义德看了关于新莫斯科的新闻：《全军投入灭火工作，在塌陷物下发现幸存者，南街区有来自拉巴特的武装劫匪团伙在活动》。但他一开始独处，马上就问出了一直困扰他的重要问题。

“凯特，我可以给星星发个无线电广播吗？”

“原则上是可以的。”智能猫说，“但你需要一个非常强大的发射机。它们的服务要价昂贵。而且那些发射机大多是军方的，并不为私人提供服务。”

赛义德没有想到一切会这么简单。

“找一个可以为我提供服务的发射机。”

凯特想了一下。

“‘意外发现号’射电望远镜接受私人小行星雷达服务的请求。可以用它对准星星。信号可以被半径一千光年范围内的同类射电望远镜接受并被从太阳噪音中分辨出来。但申请需要说明理由，并与太空舰队做好协商。此外，‘意外发现号’的服务相当昂贵。或许你的星星离我们的距离少于十光年？那样的话，用更实惠的发射机就能搞定。你对哪颗星星感兴趣呢？”

不知道为什么，赛义德完全没有想到，不是所有人都知道他的星星。

“我不知道它的名字。它洁白、明亮、不闪烁……昨晚我在那边看到了它。”他大致朝西南方向挥了挥手。

“如果它不闪烁，”智能猫开始推理，“那它就不是一颗恒星，而是一颗行星。白色的话就排除了火星。其他现在在夜间能看到的明亮行星，就只有木星了。这需要一个专门的发射机，但反正要比向另一个恒星发射便宜得多，也更容易获得。”

“确定是木星吗？”赛义德不懂恒星和行星的区别——他只听懂了，行星更容易联系。

“是的，木星。符合你描述的只有它。要开始申请吗？”

“来吧！”赛义德拍了一下手。

“需要设置传输参数。你想用什么频率广播？”

男孩有些茫然——他从未考虑过这样的问题。

“要用什么样的频率它才能听到？”

“谁听到？”

“木星，还能有谁！”

“木星是一颗行星，它什么都听不到。”智能猫解释道，“木星上无人居住，它的卫星也一样。木星附近有一些太空舰队的科学仪器。但他们的通信是封闭的，他们不会让你使用他们的频率。”

胡说八道！赛义德暗自断定，木星肯定能听到！这个认知来自他的灵魂深处，不可能是假的。显然，智能猫错了。但说服它又有什么用呢？

“那就任何频率都行，”他说，“能往那发射的里面比较便宜的。”

“好，数据量是多大？”

“我不知道。可能很大。”赛义德不知道他的传送会持续多久。他还没有在脑海中形成完整的文本，只是他的舌头上不知从哪儿自己跑来一个又一个的声音。

“你需要多大的比特率？”智能猫接上一句。

“也不知道！”这种审讯开始把赛义德逼疯，这让他觉得自己是一个傻瓜。

“接收机的规格是什么？”智能猫好像在嘲讽地说，“频带宽度呢？敏感度？动态范围？通信协议？”

“Kus fak bleadd![1]”赛义德受不了了，“你自己定！”

门锁“咔嚓”一响，布伦丹出现在门口。

“你在骂谁？”医生问道，“你已经在太阳系网络树敌了？”他心情大好，拟形闪烁着金色和绿松石色。

① 这里和后面的25世纪俄语脏话我没有翻译。——作者注

男孩压抑住自己的烦躁，摘下耳麦。好吧，凯特，等我们再次单独相处的时候再谈。

“怎么样，弄到钱了？”他问道。

布伦丹得意地点了点头，赛义德甚至开始好奇。

“你怎么做到的？”

“不得不卖了……”布伦丹关上了门，压低了声音，“军用药箱里的一些东西。说实话，这是违法的。所以请不要跟任何人说起这些，甚至是跟智能猫……我的意思是，尤其是跟智能猫。”布伦丹从口袋里掏出一叠结结实实的列特，得意地弯下身子，松开手，让它们发出沙沙声，“怎么样？应该够住酒店、买卡普－亚尔的票和吃饭了，即使你吃三人份的都够。问题解决了！”

赛义德笑了，被他的快乐所感染。毕竟布伦丹有时候是个还不错的人……木星的事情，随后在绿桥重新连上网再安排吧。

“你和卡普－亚尔的人联系了吗？我们去那儿要找谁？”

布伦丹一下子变得忧郁起来。

“我不知道。”他承认，“所有联系人都在布莱姆·孔季那里，而我只有孔季的联系方式。我给他打过电话，但他不接……好了，现在最重要的是到达卡普－亚尔。我想，到了那边后，需要联系的人自己会找到我们的。”

他们吃过早饭后不久，河船就放开锚链，从切博克萨雷码头出发了。

当着布伦丹的面不可能继续和智能猫对话。所以赛义德看了新闻（又是些无聊的新闻，都是关于月球、什么“萤火虫”，还有莱安诺理不清的混乱局势的）。开出几千米后，与太阳系网的通信完全断开了，智能猫又不能像人一样交谈了。头箍只接收到了罗斯的本地频道，而那里发生的事情比刚才的新闻还要无聊一百倍。

“罗斯联合土地最高统治者潘克拉特·切尔诺布罗夫·特维尔斯基元帅向新莫斯科居民表示慰问，并表示愿意帮助清理爆炸残局。同时，这位元帅强调，罗斯保持中立，不会向新莫斯科提供任何军事援助。”

“最高统治者将爱德华·拉科夫·雅罗斯拉夫斯基中尉提升为上将，授予其忠诚和荣誉勋章，并批准其担任雅罗斯拉夫领土总督的世袭职务。”

“一场大规模的猎狗活动在乌格利奇领地进行着。参加捕猎的有乌格利奇、雷宾斯克和卡利亚津的总督、二十五位区长、三百多名武装者和劳工……”

“伊利奥多尔都主教[①]兼最高管理者召开新形势下对外贸易业务会议……”

“因禁止新莫斯科货物运入，杜布纳港船舶堵塞……”

“切博克萨雷领土警察在里马边境开展了反海盗航行……”

“被洪水冲毁的大桥至今还没有重建……”

“选拔赛以 2 比 1 的比分结束……”

对这些彻底厌烦之后，赛义德请求布伦丹同意自己到甲板上走走。

河船上的人群是最杂乱的，但罗斯和绿桥的公民们一眼就能分辨出来。罗斯人穿着各种制服，举止端庄，说话也很有礼貌。

① 东正教会中教省的首脑。

绿桥人穿着各异，服饰鲜艳精巧，说话声音很大，行为举止也很放肆——好像他们一直在努力炫耀自己。但两种人都用同样奇怪的表情看着赛义德。男孩注意到这一点后，感到不安起来。

“我哪里不对劲？”他要求布伦丹回答，“为什么大家都这么看着我？”

“船上的人知道你的状况不是很好。”布伦丹面色忧郁，“特别是那晚之后……没事的，那次也没有太久。”他笨拙地试图安慰赛义德，“我们去吃午饭吧。”

他们在船舱里吃过午饭后，赛义德没有再要求出去散步。想到全船的人都像看疯子一样看着他，实在是太痛苦了。他坐着看向窗外，但那里延伸着一样的田野、运河、村庄、庄园，远处同样是一望无际的林带……几艘装着集装箱的驳船正沿着伏尔加河迎面航行而来，快艇群在波浪上弹跳着飞驰，忽高忽低，一艘游船正在超越它们——甲板上有管弦乐队在演奏，穿着优雅的男男女女在漫步。而这一切是如此沉闷，如此沉闷……但更无聊的是布伦丹的谈话，他和这些乘客一样，看赛义德像看病人似的，而且和他们一样什么都不懂，什么都不懂……有一样东西能安慰和温暖他的灵魂：那就是对星星的挂念。想着再过一段时间，他就会有无线电发射机，神秘的消息会飞到星星上，然后他就会回家，一切都会像以前一样，但会更好，更好……

大约正午时分，他们停靠在一个小的村庄码头上。码头的牌子上写着“马尔波萨德”。

“又是什么不按航行时刻表来的停靠站啊？”布伦丹惊讶地说，“我去看看。”他出去了，没忘记把门锁上。

赛义德担忧地望着舷窗外：马尔波萨德码头上候着一队身穿各种迷彩服、盔甲、皮革的健壮男人。他们身上都挂满了各种武器，看起来像极了亡命暴徒，与他们相比，"红帽"萨尔曼——拉巴特知名匪徒——就是吃奶的小孩。河船上扔下来几块跳板，暴徒们脚步嘈杂，上了码头。一个留胡子的男人，背后背着一把几乎一人高的卡宾枪，恰好从舷窗前走过。赛义德有机会看清了他强壮肱二头肌上的文身：一头神话里的野兽，头上有两棵丫杈伸展的小树……而紧跟着走过一个完全不像是强盗的人：一个身穿浅色夏衣的中年男人，脸部浮肿，面呈土色。这人往舷窗里看了一眼，把赛义德吓得急忙闪开，那毫无生气的沉重目光比任何强盗的面孔都要可怕。那个古怪而可怕的男人没有停下脚步，往前走了。

"他们说这是'马里罗西'安保公司的人。"布伦丹回到船舱，说，"他们会跟我们一起到绿桥。"

"安保公司？所以他们不会抢劫我们？"赛义德稍微放松了些。

"已经抢劫完了。安保费包含在票里。"布伦丹开了个紧张的玩笑，"从这里到绿桥要经过马里边境。罗斯郊区是个危险地区，常有海盗出没。他们说，没有安保，任何船都过不去那里……"

河船并没有在马尔波萨德停留，而是在最后一名佣兵上船后就起航了。赛义德重新好奇起来，伏在舷窗上看向外面。

窗外的景致变了。越是深入马里边境，这块区域与罗斯的相似度就越低。耕地越来越少，发育不良的田地与荒地、沙地、沼泽地交替出现，并且不再有林带隔开山谷和沙漠。村庄越来越稀少——但不知为何，看起来比罗斯中部的村庄更富有，更殷实。每个村庄都紧挨着一座坚固的庄园——真正的堡垒：布有水泥砖墙、机枪炮塔、铁丝网。赛义德再也没有在任何庄园上方看到过切博克萨雷的旗帜——只有罗斯和当地统治者的旗帜，但现在每一艘过往船只上空都飘扬着某个“安保公司”的旗帜。甲板上持枪的雇佣兵站姿很是随意，或许他们是海盗……如何分辨一艘船是被看守还是被劫持？赛义德为自己放在枕头下的手枪感到羞愧。为什么要把钱浪费在它身上？万一因为它没有足够的钱向星星传送无线电波怎么办？

当“韦特卢加号”离开边境，即离开罗斯，进入无政府城邦——绿桥城的边界时，天已经黑了。

窗外的景色又面目一新。

莱安诺：回归

扎拉在舱门前犹豫不决地停了下来。门从外面锁上了。当然，没有什么能阻止她开锁进去——但她仍然感到不安。

她对格温妮德·劳埃德的感情太复杂了。尤其是在暗杀瓦加斯事件后。

现在要怎么和格温妮德沟通？把她当成一个被捕的罪犯？前首席行政长官？项目同事？还是只当作一个船上的乘客？（我的船！）算了，边说边想吧。

扎拉用舰长的令牌下令开门。（使用舰长令牌每一次都给她带来和第一次一样刺激的快感。)她调整好心情，将自己的拟形变成友好的彩虹色，然后走进了舱室。

格温妮德坐在自己的床铺上，缩成一团，把头埋入手掌。她在看到扎拉的时候，抽搐着跳了起来，仿佛之前在等待着一场死刑般的惩罚。你现在需要自我治疗，扎拉心想，你的沉着丢到哪去了?

“他还活着吗?!”格温妮德几乎是喊了起来。

“活着，而且很快就会康复。”扎拉安慰她，“现在告诉我，您怎么了?”

“冲动，自然冲动。”格温妮德显然已经为自己将会面临的审讯做了准备，“这位瓦加斯来的时候……我刚刚听到您父亲下令摧毁‘官僚儿’，摧毁莱安诺，还有……我只是失去了控制。”

扎拉理解地点点头。

“我相信您。”

格温妮德又坐回床铺上。

“您现在是舰长了?”

“是的，您可以恭喜一下我。而且您听了可能会很高兴——我撤销了我父亲的命令。我已经和‘官僚儿’达成了协议。它准备开放权限，接受审查和病毒清理。”

格温妮德松了一口气。

“是的，是的。谢谢。我很高兴理智占了上风。但是‘衔尾蛇’和‘小男孩’呢?”

“我决定暂不销毁它们。我想它们还会派上用场的。我们要在‘阿撒托斯号’和莱安诺图灵中寻找阿奎拉病毒。手边有传染源不会是一件坏事。”

“太好了，好得不真实。”

“这还不算完。”扎拉笑着说。她对格温妮德有一种夹杂着些许愧疚的感激之情，所以她喜欢对这个莱安诺女人说一些会让她高兴的事。“我说服‘官僚儿’撤销了对您的指控。您可以回到莱安诺。”

格温妮德难以置信地扬起眉毛。

“我只是不知道该怎么感谢您。‘官僚儿’会把职位还给我吗？”

扎拉很不喜欢这个问题。

“您好像并没有很想抓住这个职位不放吧？”

“是的，这份权力对我来说是个重担。但我毕竟还是合法选举出的首席行政长官。”

“不再是了。”扎拉淡淡地说道，“那个‘官僚儿’把您的令牌给了我。现在，我是首席行政长官了，就像我计划的那样。您还记得我们的对话吗？”

“是的。”格温妮德皱了皱眉头，“我告诉过您，莱安诺永远不会容忍这一点。”

“别担心。等这次危机过去后，我会让选举正常举行的。但在那之前不会。顺便说一下。”扎拉的语气变得更冷了，“我会是您的法官。对谋杀舰长的人，惩罚是非常严厉的。您还记得惩罚是什么吗？”格温妮德惊惧得发抖。“它是否被充分执行只取决于我。您明白我的意思吗？”

格温妮德·劳埃德沉默不语。她的脸上又恢复了久经磨炼的高贵而淡定的表情，但很容易猜到她的真实感受。“我有过分打压她吗？”扎拉一度怀疑自己。

“我什么时候可以回莱安诺？”格温妮德问道。

“很快。我们一起飞过去。”扎拉转身离开。

透过医疗箱的透明盖板，可以看到缠满维生系统的电线和导管的汤豪舍·瓦加斯那庞大而黝黑的身体。舰长没有生命迹象，但医疗箱监控器显示，毫无疑问，瓦加斯还活着，虽然处于深度昏迷状态。

“我记得，卡米拉，你建议过把他调到莱安诺。”扎拉若有所思地说。

“是的。”医生确认道，“而您拒绝了。”

“我改变主意了。准备好运输医疗箱，我要去莱安诺，带上他一起。”

“但是……现在我已经确定自己一定可以把他治好了。”乔杜里惊讶又有些不满地抗议。

“但你自己也说过，莱安诺的条件更好，不是吗？”

“是的，但是……”

“没有但是！我有义务为他提供最好的治疗。行动吧。”她转身离开医务室，“这是舰长的命令。准备将病人送往莱安诺！”

我需要多久，他就在那儿躺多久，扎拉暗自补充道。你看到了吗，爸爸，我多会玩这些游戏？她对自己颇为满意，转身进入隔壁舱室去找阿提斯·穆尔。

“我把船留给你。”她对副舰长说，“所有的对外通信——从金星、莱安诺、火星循环机发来的——都转接给我。其余事情你自己决定。什么时候太空舱能准备好出发？”

“发射前工作已经完成。”穆尔一脸忠诚地报告，“正在检测机载图灵是否携带病毒。阿美尔承诺，明天早上就会完全准备好。”

“那就没必要着急了。”扎拉下了结论。

伟大的祖先们，她想，难道我终于可以睡个好觉了吗？

“阿撒托斯号”飞船——莱安诺基地

2481/08/02 07:12:11

询问：“红死”在国内肆虐已久

莱安诺基地——“阿撒托斯号”飞船

2481/08/02 07:12:12

答复：像这般致命、这般可怕的瘟疫委实未曾有过[①]

“阿撒托斯号”飞船——莱安诺基地

2481/08/02 07:12:13

通知：“阿撒托斯号”——莱安诺方向的客货两用太空舱将于07:15:02发射

通知：到达时间07:34:11

命令：对接港准备接收太空舱

① 引自埃德加·爱伦·坡《红死魔的面具》。陈良廷译本。

莱安诺基地——“阿撒托斯号”飞船

2481/08/02 07:12:14

确认：命令收到

通知：开始准备6号对接港

“阿撒托斯号”太空舱正在接近莱安诺太空港。再一次，就像两天前一样。船坞的悬空舱门正在从上方接近，船坞里起重机的信号灯亮了起来——绿灯：港口已经做好了接收太空舱的准备。

当被起重机抓住的太空舱急速抖动，且感到整个身体立刻灌满了重量时，扎拉·阳在椅子上不由自主地紧张起来。“太空舱已被固定好。”代蒙报告，“启动对接程序。”扎拉转头看向坐在她身边的格温妮德·劳埃德，鼓励地笑了笑，拟形晕染成了金色。

“您瞧，您回家了，格温。欢迎回家！”

格温妮德连一些笑容都没有回应。

“您不该来的。”她用冰冷的声音说。

“我总不能在飞船上统治殖民地吧。”扎拉耸耸肩。

“您不应该担任这个职位。”格温妮德固执地重复着，这句话已经说过一次了，“您犯了一个错误。”

作为回应，扎拉只是轻蔑地笑了笑。

要说多少次啊！格温妮德只是恼怒自己失去了首席行政长官的位置罢了。是的，扎拉·阳犯了错误，而且不止一个，但现在她决心要弥补这一切。

他们在二十四小时前才离开小行星，但在二十四小时内，一切都发生了多么大的变化啊！

那时扎拉还在逃避逮捕——而现在，她又以一个全能独裁者的身份回到了莱安诺。那时埃里克斯还在与弗拉马里翁作战——而现在，弗拉马里翁已经在“萤火虫群”的打击下投降了。战争已经结束了。弗拉马里翁和它的所有盟友已经宣布加入普列洛马，归入埃里克斯和太空舰队管辖。别的殖民地——火星、谷神星和它们的小盟友们——还保持着中立，但太阳系所有剩余部分都屈服于金星了……而且比战前更痛恨金星。

当扎拉在太阳系网中读到对父亲和自己的可怕诅咒时，她变得不自在起来。父亲的无情行动——对新莫斯科的轰炸，对弗拉马里翁的射线攻击——让太阳系向他屈服了。同时，也引起了太阳系对埃里克斯的反感，甚至是那些以前真诚地同情它的人都开始反对它……

她在莱安诺会受到怎样的“欢迎”？扎拉毫不怀疑，粉碎阿龙派并没有消灭分裂主义势力。她现在在殖民地一定有很多敌人，肯定连她的朋友们也不喜欢她如此贪婪无耻地夺取权力。没有选举，甚至自己也不是莱安诺人……是的，她要想赢得臣民的爱戴，必须努力工作。有很多工作要做，多得几乎令人绝望……不过，一想到这些工作是在为人类谋福祉，还是让人有说不出的愉悦感。

“对接和过闸已经完成。”代蒙报告，“港口正在打开舱门。”

扎拉解开安全带，神采奕奕地从椅子上站起来。

昏暗的前厅并不像前天她第一次来莱安诺时那样空旷。那时，迎接她的只有格温妮德和普拉萨德上校。上校现在也在等她，不过这次陪他来的是四名身穿铠甲、装备齐全的内卫队战士，每位战士都带着自己的“斗犬”机器人。这样的话，那利比在哪里？四个人中没有她。还有十个人是来迎接格温妮德的，他们的拟形都是劳埃德领地的红白相间色。他们不友好的目光让扎拉觉得很不舒服。这些劳埃德人有多忠诚？在这群人中她只认识亚瑟，格温妮德的丈夫。首席程序员立刻冲向妻子，一言不发地把她揽在怀里。

“欢迎，首席行政长官。”普拉萨德向扎拉走来，他那张黝黑的脸上露出不太恭敬的狞笑。

“您好，上校。利比在哪里？”扎拉皱了皱眉头。

“埃斯特维斯中尉在内卫队总部，被保护着。”

“就是说被监禁着？”扎拉挑衅地问道，“我已经下令撤销对她的指控了！”

“我说的是被保护着。”普拉萨德重复道，“埃斯特维斯中尉在公共场合露面不安全。她把当地的特权阶级全部消灭之后，想对她动用私刑的人有很多。而在您命令释放她之后，就更多了。”

“您总是这么会缓和气氛，上校。”扎拉转向格温妮德，对她鼓励地笑了笑，“好吧，格温，我们开庭见！”

前首席行政长官对她冷冷地点点头。劳埃德前往“尼翁”干道电梯，普拉萨德带着扎拉，在人类和机器人的护卫下前往“贝特”干道电梯。

“可以允许我提个问题吗，首席行政长官？”当电梯门打开时，普拉萨德以一种官方口吻问道。

“当然，上校。”

“埃斯特韦斯中尉被拘禁期间，由我担任内卫队的代理负责人。我应该把令牌还给她吗？”

扎拉已经想过这个问题的答案了。

“不，那就太咄咄逼人了。我请您同时统领这两个卫队，就像之前我没来的时候一样。父亲不应该夺走您的内卫队。”

普拉萨德满意地点点头。

“感谢，首席行政长官。这是个明智的决定。”电梯平稳地启动了。

“这里的民众情绪如何，上校？”扎拉让自己在沙发上坐得舒服些，“我在‘阿撒托斯号’上没空翻阅当地媒体报道，而且他们并没有提供完整的情况……殖民者对我现在成为首席行政长官的事怎么看？我怀疑，态度很不好——不过有多不好？”

“在‘憎恨’到‘崇拜’的百分制中——大约在负五分。”普拉萨德做作地说，“所有的莱安诺人，无一例外，都对您怀恨至极。”他的语气十分平静。

“所有人？”扎拉有些不知所措，“至极？”她预料到了会有敌意——但没想到会到这种程度，“这又是为什么？”

“怎么说呢。您激起阿龙的叛变，又让他淹死在血泊中，自己逃走，绑架了格温妮德·劳埃德。扬言要毁掉莱安诺，以此相胁从‘官僚儿’手中抢走了首席行政长官之位。这些都不是我的想法。”普拉萨德声明，“我在陈述大多数人的观点。”

“那大多数人都不知道是我救了这个殖民地吗？”扎拉怒火

冲天，“这就不算数吗？”

上校耸了耸肩。

“大多数人都认为，是格温妮德·劳埃德拯救了殖民地。用她英勇的电击。您别以为我在挑拨离间，但我必须坦率地说——现在劳埃德博士比以往任何时候都受欢迎。”

扎拉艰难地逼迫自己克制住想要破口大骂的冲动。她不想让普拉萨德怀疑她在嫉妒格温！

“算了。”她努力保持平静，“我知道了。我被讨厌，格温受欢迎。那普列洛马呢？太空舰队和与阿奎拉的战争怎样了？”

“战争被视为一件遥遥无期、并不紧迫的事。统帅受怀恨的程度比您更深，毕竟是他公开下令摧毁莱安诺的。但他和您不一样，人们还惧怕他。”普拉萨德毫不客气的坦诚几乎令人赞叹。

“害怕？那更好！”扎拉狞笑，“也就是说，没有人想要离开普列洛马？”

“他们当然想。每个人都想独立。但人们明白，这是一个危险的梦想，目前还无法实现。目前，我强调一下。”

电梯停在了政府入口。先走出去的是两个战士和他们的“斗犬”，接着是普拉萨德，然后是扎拉，再后面是两个战士殿后。

“你建议应该怎么做？”扎拉在自己公寓的前厅里一边踱步一边问道，“怎么改善现在的情况？”

“辞职。”普拉萨德毫不犹豫地回答，“只有这样才能挽救您的声誉。恢复地方宪法。让各领地选举出新的理事会，由理事会选出首席行政长官。90% 的概率是劳埃德获选。我希望您没有破坏和她的关系。”

“她是个罪犯，要到法庭受审的。”扎拉打断了他。她恼怒地认为，上校本可以表现得对太空舰队更忠诚，“辞职。我竟然从一个埃里克斯人口中听到这句话！棒极了，真是棒极了！没有其他选择了吗？”

“另一个选择就是继续让莱安诺流血。”普拉萨德冷漠地看向旁边某个地方。他不是在对我说，扎拉意识到，他在和某人联系。“您必须做好遭遇反抗的准备。”上校继续说道，“做好脸上被吐唾沫的准备——这是字面意思。等待您的是罢工、暴动、阴谋、暗杀。您同意靠武力维持吗？”

“我有吗？”扎拉挑衅地看着他的眼睛，“武力？”

“您在质疑我的忠诚吗？”普拉萨德仿佛真的很愤慨似的，“内卫队和外卫队会完成您最疯狂的命令，您无须质疑。”

“很高兴听到这个消息。”扎拉淡淡地说，“你刚才在跟谁说话？”

“呃……”普拉萨德脸上的自得表情立刻被抹去，“跟我的助手。例行公事，没什么重要的事。您要我把埃斯特韦斯中尉带到你面前吗？”

一听到这个名字，扎拉顿时不再愤怒了。她的思绪飘向了另一个更愉快的方向。她笑了。

“要，马上带利比来见我。你可以走了，上校。”

“是，首席行政长官。”普拉萨德点头，动作准确，态度端正。他和战士们以及他们的机器人们一起消失在门后。

门“嘭”的一声被他们关上了。

其中夹杂着一种奇怪而复杂的“咔嚓”声。

扎拉甚至没有马上明白这声音有什么让她害怕的……直到她想起：机械锁就是这样“咔嚓咔嚓”的声响。

“那又是什么鬼东西？怎么，她被锁起来了吗？”

“开门！”她用意识命令道。“把门打开！”她喊出声。但门纹丝不动。“代蒙，门怎么了？”

“您被剥夺了殖民地内网的上网权限。”程序回应道，“您无权操作门机。”

“被剥夺了殖民地内网的上网权限？”

“‘官僚儿’！”扎拉喊道。她已经清楚地意识到自己受到了欺骗和背叛——但她内心深处还孕育着某种愚蠢的希望。

“在，阳博士？”图灵冷漠的声音在她脑海中回荡。

“是不是有什么误会？发生什么事了？为什么我的权限被剥夺了？”

“不，这不是误会。您是个罪犯，阳博士。您被软禁了，很快就会被传讯。您被禁止离开这些腔室以及进行任何联系。”

“这是叛变吗？又来？”扎拉的声音突然变成了尖叫，“我是你的首席行政长官！我们有协议！”

“这不是叛变。”图灵依旧面无表情地说道，“我是在殖民地章程范围内行事，并得到了统帅的批准。我不承认您是首席行政长官。我认为你应该把令牌交还给我。我们的协议不符合莱安诺的章程。我单方面终止协议。”

言语已经没有意义了。扎拉冲到门口。猛地把紧急控制面板上的盖子掀开，按下按钮……纯粹的绝望的姿态。果然，门被从外面机械地锁上了。扎拉用尽全力，不顾疼痛，“咚”的一声，一拳砸向门上包裹着一层仿木的金属。

被出卖了。她被出卖了。

官僚儿、普拉萨德，甚至父亲——所有人都出卖了他。

她所有的伟大计划都失败了。一切都崩塌了。

她用双手捂住脸，无力地趴在地上。

阿尔列金被降下启示

阿尔列金和瓦列里安走进花园里时，太阳正在西沉。新莫斯科市上空的浓烟似乎已经变淡了——大火应该基本被扑灭了。但是枪声却响得越来越频繁——应该是殖民地把所有力量都投入到与抢劫者的战斗中了。

“您的伊戈尔到底写了什么？”阿尔列金问道，“您知道点儿什么吗？那是您的内部密文吗？”

瓦列里安耸了耸肩。

“我不知道，我的朋友。我们没有内部密文，即使有，伊戈尔也不会知道。我看不懂这封信，但有一件事是很清楚的。”游戏大师若有所思地停了下来，“伊戈尔是从黑花中得到这种能力的。对了，您不想看看花吗？”

阿尔列金默默地点了点头。

他们走近冥想厅白墙上的后门。瓦列里安用ID芯片刷开了电子锁。楼梯通向地下室的走廊，而走廊通往下一扇门——一扇带机械密码锁的铁门。

“您的私人监狱？”阿尔列金表示好奇。

“一个忏悔室。”瓦列里安输入密码，拉开沉重的门，“在这里，有罪的兄弟姐妹们可以在孤独中，远离喧嚣和忧虑，沉浸在深深的自我反省中……这就是你的花。”

无窗的小室在日光灯的照耀下，显得又白又干净。墙壁上装饰着凡·高的《向日葵》和《星夜》。在沙发和马桶中间立着一个装有土的塑料桶，土里长着一朵黑色的花。

在这里，在完全的无风环境中，可以明显看到，花能够自己移动。在人出现时，它似乎精神一振，戒备地摆动着细细的卷须……小室里弥漫着一股淡淡的腐甜味。

“接下来怎么做？”阿尔列金问道。

“我的人会把它拉出来，然后我会举行一个焚烧仪式。不过我们把这个放到明天再做。现在兄弟姐妹们太累了。”

“一言为定。我们离开这里吧。”这朵花让阿尔列金有些紧张，虽然他无论如何也不会承认这一点。

他们走进花园里。树枝上红彤彤的太阳就好像一堆阴燃的篝火。一位新教民正用她的耙子平整沙路。瓦列里安路过的时候，做出漫不经心的动作祝福她。

“我的任务怎么办？”阿尔列金问道，“想好了吗？”

“哦，是的。”

游戏大师悠闲地走在通往自己房子的小路上，他的房子藏在花园最远的角落里。这座房子看起来就像儿童童话中的插图一样：房顶铺着瓦片，烟囱矮而宽，墙壁以一种令人舒适的角度歪斜着，在夕阳下呈现出暖粉色。

“如果它不与我的主要任务冲突，我就任君差遣。”

“我对您的主要任务一无所知，也不愿知道。”瓦列里安打开巨大的木门，发出吱呀一声，“不过我觉得不见得有关。我们得从远处开始。您对现实教的历史有所了解吗，我的朋友？”

在昏暗的外厅里，瓦列里安几乎看不出阿尔列金轻蔑的冷笑。

“同样，一无所知，也不愿知道。”

“那就白扯。”他们走进了一间透着舒适和可靠气氛的办公室，“这对您的任务来说是绝对必要的。我给您说一下要领。‘格拉弗斯’探测您之前听说过吗？”瓦列里安好客地指给阿尔列金一张包着手工挂毯的沙发，让他坐下。

“没有。”阿尔列金说，同时他用意识命令向代蒙请教了一下。GraFFOS（Gravitational Focus Flyby Observation of Salome）是美国航天局的一项无人驾驶太空任务。目标是通过中等直径的望远镜从太阳的引力焦点直接观测含氧行星“莎乐美”①。飞行观测开始于2055年10月31日，通过核电动力加速到57千米每秒，在木星和土星附近通过引力机动带入径向轨道。任务没有完成，2103年1月14日，飞行器在距离日心524天文单位处失去联系……多少个——多少个天文单位？524？近1%光年？阿尔列金很惊讶：他不觉得地球上的设备曾经飞过那么远。“没有。”他重复道，“这是我第一次听说。您说吧，非常有趣。”

“他们想更好地观察这颗名为莎乐美的行星。”瓦列里安仿佛遗憾般地说，“他们认为，它是第一个被发现有人居住的星球。

---

① 即小行星562，由德国天文学家马克斯·沃尔夫于1905年4月3日发现，以《新约》中提到的希罗底的女儿莎乐美命名。

他们将探测器发射到一个特定的点……根据他们的理论，在那里，太阳通过它的引力集中了来自莎乐美的光线，就像一个透镜……他们希望可以看到大陆，甚至是城市。他们过于自信地认为他们会被允许这样做。”

“他们是指哪些人？”

“当然是你们的天文学家们和他们可笑的仪器。他们荒谬地坚信太阳系外有某种东西存在……事实上，太阳系内也确实存在。该发生的事情发生了。‘格拉弗斯’探测器飞了五十年，并且这些年来一直像钟表一样准确地工作，未曾停歇。距离目标，那个特殊的点，只剩下了一点点距离。但是，通信突然被切断了，在一个完全空旷的空间平白无故地消失了，并且探测器也失联了。一个令人遗憾的意外，一个设备故障。至少，官方是这么说的。”

“而事实上，它被暗黑开发者吃掉了。”

“而事实上，”瓦列里安继续平静地说道，“探测器撞到了屏幕上。撞到了围绕着太阳系的那个球，在球上，暗黑开发者向我们展示了所有的恒星和星系。自然，球体本身和我们一样是虚拟的，但从探测器的角度来看，它是一堵不可逾越的墙。探测器坠毁了。”

“但我明白，这只是故事的开始。”

“正是。探测器在断联前传送了某种信号……美国航天局掩盖了它，但信息被泄露给了内德·洛克伍德，最后一个与‘格拉弗斯’探测器通信的操作员。在他换班的时候刚好发生了断联。伟大的游戏大师内德，我们都这么叫他。第一位真相先知。”

“有意思。”阿尔列金说着，急忙用意识命令传唤查询。内德·洛克伍德(2076–2110)，美国宗教活动家……出生于……毕业于……曾在美国航天局担任较低的技术职务……根据他自己未经证实的声明，他作为一个通信操作员参与了GraFFOS任务……通过心灵感应进行了联系……在离开美国航天局后，公开了轰动一时的……演讲了……组织了……在发现钙城后，开始了对不明飞行物的广泛崇拜时期……所谓现实教……数以万计的狂热崇拜者……竞选美国国会……性丑闻……金融诈骗……于2110年10月10日自杀。“他知道了什么？”

“真相，”瓦列里安简单地说，“关于宇宙如何运作的真相：我们在其中占据什么位置、阿奎拉人是什么样的、他们为什么要攻击我们。请注意，他在你们悲痛欲绝的天文学家看到所谓的阿奎拉人舰队发射前八十年就知道了……”

“而那些黑衣人当然是把一切都隐瞒了下来。”阿尔列金接话，“但洛克伍德偷偷地复制了这份记录，并把它保存在自己手里。我说得对吗？”

“你说得没错，我冷嘲热讽的朋友。”瓦列里安冷淡地回答，“他为了破译这份记录，献上了自己的余生。他破译出了一些东西，并试图告诉人们……当局当然会诽谤他，宣布他为疯子，迫害他……把他逼到自杀……如果那确实是自杀的话。但主要的事情他已经说出来了。”瓦列里安的声音里出现了传教式的语气，“游戏大师内德解开了我们的世界运作代码的一个碎片。他的启示是我们教会教义的基础。”瓦列里安朝满架子的书点了点头。

“传送的记录里有什么？”阿尔列金很感兴趣，“关于你们穿的白袍的事情？还是关于向日葵？”

“我的朋友，”瓦列里安更冷冰冰地说，“我已经明白了，您是一个善于讽刺、鄙视迷信的人。我早就明白了。真的，你不用这么喋喋不休地提醒我。”阿尔列金沉默不语。“所有的作弊码，除了最后那个，最终那个之外。除了‘上帝模式’之外。这就是传送记录里的东西，不过我不说这个了。我来说说您任务的本质是什么。游戏大师内德从未公开过原始记录，只有他的译本——这可以理解，在作弊码中有一些是非常危险的。他从不允许任何人接触原件，禁止复制。只有在最神圣的仪式上，玩家们才能有幸目睹到真理导师用来保存宇宙启示录的‘蔷薇辉石方舟’……”

“行吧，我明白了。你的这个‘圣杯’[1]神秘失踪了。我的工作是找到它。对吧？”

“别抢话了，我的朋友。”瓦列里安皱起眉头，“游戏大师内德死后，方舟传给了他的继任者，然后又传给了下一任，就这样从最高神职者到最高神职者，传了三百六十四年。”最高神职代理重重地叹了口气，“传承链在十年前断掉了。”

“在您身上断了。”阿尔列金猜测道。

“没错，我聪明的朋友。我加入教会的时候，有一个虚伪的、卑鄙的大师在里面当头儿。他叫米罗斯拉夫。”瓦列里安嘴角

---

① 据传为基督在受难前最后的晚餐上用过的酒杯。据说，能找到这个圣杯并喝下其盛过的水就将返老还童、死而复生并且获得永生，故其又象征“梦寐以求之物”。

抽了抽,“这个老骗子宣扬多层次现实,一个关于‘游戏之上的游戏’的邪说,还变戏法儿,冒充显灵者。公社揭发了他,并将他驱逐了出去……”

“但他把方舟带走了。”阿尔列金接道。

“我的朋友,您这是怎么了,一说到关键处就存心抢话吗?”瓦列里安有些愠怒,“是的,他偷走了‘蔷薇辉石方舟’,以及原版的启示录。”

“三百多年来,就没有人敢复制?”

“为什么要复制?”瓦列里安耸了耸肩,“谁需要这些乱七八糟的字节?反正除了洛克伍德,没有人能够看懂它们。既然我们有游戏大师内德本人的著作,为什么还要原版呢?”最高神职代理站起身来,走到柜子前,用手在一排书脊上摸了摸,“瞧,您看,2105年版本的翻译。2107年的扩充版。生前补充……遗稿补充……正规的俄文翻译版……游戏大师芭芭拉的注解……北方派注解汇编……还有我对这一神圣传统作出的微不足道的贡献。”瓦列里安从书架上拿下一本厚厚的红皮卷本,爱不释手地抚摸着。封皮上一些精致的金色字母压纹闪闪发光:“游戏大师瓦列里安＊启示录全集”。“所以,请告诉我,我的朋友,当我们拥有如此丰富的传承之物时,为什么还需要晦涩难懂的圣书呢?”

“那原版的价值是什么?”

“有时候,我的朋友,你会表现出悲哀的天真。”瓦列里安叹了口气,“或者是在试图假装天真。有价值的不是那些早已无法读取的介质上的破损文件。有价值的是‘蔷薇辉石方舟’。它是我们的圣遗物，也是我地位的象征。”真理导师骄傲地直起身板来，“公社选我做高级神职代理，但只要方舟不在我这，我就无法成为正式的大祭司。您现在明白了吗？”

“哦，是的。”阿尔列金满意地笑了。当然，这一切都是为了权力，不然还能是为什么。“所以你们的米罗斯拉夫把方舟藏到哪里了？”

瓦列里安一听到这个讨厌的名字就皱起了眉头。

“米罗斯拉夫……我已经十年没有听到关于这个无赖的任何消息了。但不久前我听说——”游戏大师坐了下来，沉重地停顿了很久，“他出现在了绿桥。方舟直到现在都还在他那。而且他也没有放弃对教会统治权的勃勃野心。他在那里找到了庇护者，组织了某种匪帮团伙……总的来说，他翻身了。”瓦列里安每说一句话，都会变得更加阴郁。“这让我很害怕。米罗斯拉夫是个残忍的、报复心极强的人，而且完全有能力派他的狂热杀手来找我……”

“所以您决定派我去找他？”阿尔列金笑了笑。

这种直白让最高神职代理皱起了眉。

“为什么要这样，我的朋友！不要杀他……除非实在没有别的办法。尽量用和平方式解决这件事。在每个人身上，即使是最恶毒的人，也有最高真相的粒子……我们所有人终究都是现实世界中迷失和遗忘自己本质的玩家……所以，如果您能说服米罗斯拉夫悔过自新，归还方舟，承认我是最高神职，解散自己的帮派，转而追求真理和美德，你就会得到荣誉和赞美！如果没有……”瓦列里安耸了耸肩，“就让他死吧。最好还是不要让他受苦。无论如何，您解决掉他，给我带回方舟，然后我们就扯平了。”

“很棒的任务。”阿尔列金钦佩地说，“简直就是梦想。谋杀在米罗斯拉夫的邪教中不是一种罪过，跟您这边的教义不一样，我理解得对吗？”

“非常对，我的朋友。杀人在他的邪教中被认为是一种美德。因为我们，真正的现实主义者们，相信我们的目标是意识到我们的本质，从游戏中解放出来，回到现实世界——我们真正的家园。而这些邪教认为现实世界其实也是虚拟的，世界的阶梯是无限的，不可能有解脱……他们的目标是在我们的世界里变得无所不能！”瓦列里安的声音里充满了愤怒，“他们的目标是——上帝模式！而这个卑鄙的教派希望通过人肉祭祀、折磨仪式、血腥狂欢来了解它的消息……”

“他一定也是这么说您的。”阿尔列金笑着说，“不过我还挺喜欢这些的。失踪方舟的探寻者，这太疯狂了！您的方舟是什么样子的？”

瓦列里安又伸手进书架，拿出一本重量级的大画册。画册标题是英文的:《现实派艺术：新莫斯科收藏目录》。游戏大师从中间打开了画册。照片上是一个类似金字塔格架的东西，铭文是“冈底斯山”。瓦列里安又翻了几页，阿尔列金看到了一个圆柱形的盒子，盒子材质是一块漂亮的带有黑色纹路的锰粉色石头，上面写着“蔷薇辉石方舟。北美派，2109年。”

“记住了。”阿尔列金点点头，“不会弄混。我会接下您的工作。”

“什么时候？”

“当我完成我的主要任务后。就是那个您不知道也不想知道的任务。”

瓦列里安皱了皱眉头。

“不要拖得太久了。”

“这不仅仅取决于我个人。”阿尔列金从沙发上站了起来，好像起得太急了，因为他瞬时感觉到了头疼，“好了，游戏大师。晚安。”

“愿真理的意识在您身上永不枯竭。”瓦列里安站起身来，手指以熟悉而流畅的动作在额头上画出一个真实世界螺旋。

阿尔列金醒来的时候，有人在摇他的肩膀。谁的眼睛在黑暗中燃烧着疯狂的火焰……当然是伊戈尔的眼睛。还能是谁？

“你来得正好。”阿尔列金揉了揉眼睛，“想到给我什么任务了吗？”伊戈尔用力点了点头，伸手去拉他的胳膊。他用另一只手把厚厚的一摞笔记本紧压在一侧，“好吧，好吧，我去。”

阿尔列金小心翼翼地站起来。伊戈尔立刻把他拖到窗前。夜色深沉，在花园和冥想厅上方的窗户里是一片黑黑的晴朗深邃的天空——漫天繁星中突然爆发出几颗流星，还有一些闪烁着的轨道上的基地的灯光。

“嗯！”园丁指着天空某个地方，含混不清地说，“嗯！”

阿尔列金顺着他手指的方向看去。在那里，天空的南部，亮着一颗亮白色的行星。金星？不，离太阳太远了。木星还是土星？要是他头上有头箍的话，代蒙马上就能确认，但他把头箍留在了床上……

“一个行星。”阿尔列金说，“然后呢？”

“嗯！”园丁在他面前晃了晃这一摞笔记本，“嗯！”他作出要把笔记本扔往那颗行星方向的动作，“嗯！”然后把笔记本塞到阿尔列金的怀里，“嗯！”接着把手按在心口。

“你……”阿尔列金缓缓说道，“想让我……发送……你的笔记？”

“嗯，嗯！”园丁疯狂地点头。

“到……”阿尔列金本想用手指着说“到这个星球”，但他突然醒悟过来，“到金星？”

“嗯，嗯！”

“你真是个疯子，”阿尔列金说，“你的愿望也很疯狂。好吧。”他友好地拍了拍伊戈尔的肩膀，“既然你想不出更聪明的主意，好吧，我会把它发送到金星的。我承诺，我会做到的。”

土匪之城

这座横跨伏尔加河的古桥从前被称为泽廖诺多利斯克[1]桥。但是，泽廖诺多利斯克市甚至没有给人们留下任何记忆，于是，时间缩减了这个名字多余的音节。泽廖诺多利斯克桥（那时候还没有城市，只有一座桥）在大坝被毁后，奇迹般地经受住了阿奎拉打击、火灾、风暴、五年寒冬和伏尔加河洪水。随后，人们重新在伏尔加河流域定居。无政府主义者公社在桥附近落户，

① 意思是“绿色的山谷”。

并开始利用这座桥赚钱。桥的所有者对车辆和船舰收取通行费，随着伏尔加河作为交通命脉重新繁荣起来，他们也变得富有起来。“绿桥”就这样诞生了——不是桥本身了，而是以此命名的城市。

桥的上游是罗斯，下游是伊德利斯坦。渐渐地，无政府主义城邦成了两大国之间的垄断贸易中介。多亏了二者之间的竞争，它才能保持其独立性。只要罗斯伸手探向这块肥肉，绿桥人就会立即与伊德利斯坦结盟，反之亦然；而只要罗斯与伊德利斯坦之间的联盟一有苗头，绿桥人就会立即去破坏它。一个半多世纪以来，这座被挤在两个农业帝国之间的贸易城市，通过巧妙的周旋、阴谋、贿赂、背叛和挑拨得以幸存。它通过寄生于两者身上，挑起两者的激烈仇恨而得以存活，并随着岁月的流逝，逐渐富裕、壮大、繁荣……

从国境到文明的过渡发生得很急促。刚刚还是一些无边无际的小岛和水沟形成的芦苇沼泽，突然就有了分布着零星小船的码头、城市郊区简陋的小房子、房子前的篱笆和小花园、“Rent lodak”的招牌[1]，以及放着热情奔放音乐的小酒馆。居住区与巨大的工厂厂房、货栈、仓库交错在一起——建筑物的墙从水上拔地而起，里面通着运河，可以把整个驳船开到门口。然后消失在花园里的街区重新出现——各家各户的房子里每天晚上都亮着舒适的灯光，女主人们从绳子上拽下晾晒的床单，孩子们和家养的狗在长草的岸边玩耍。然后又是仓库和货栈，接着又是码头——已经不是为小船准备的，而是为大型货轮修建的。干船

① 租船（25世纪的俄语）。——作者注

坞、船台、港口吊车、四五层楼的商务楼、通航办公室的招牌、车库、汽车充电站、商场、银行、发光的广告、熙熙攘攘的行人、满是汽车的沿河大街、纪念碑、大教堂、广场……

“韦特卢加号”河船停靠在上游船站码头时，天已经黑了。玻璃建筑从上到下都闪着光——从柱脚到门楣上都有一米长的鎏金字“自由之都——绿桥”。柱脚下，人群熙熙攘攘。

当布伦丹和赛义德从船梯走下时，他们被眼前的混乱景象惊呆了。活动的广告牌、拉客的小贩、推销员——周边的一切都在呼喊着、晃动着，都在急于惹人注目，吸引注意力。布伦丹拖着赛义德在混乱的人群中朝某个方向急速穿梭，其步距如此之大，以至于赛义德几乎来不及把目光定格在贪婪的人群旋涡中的什么东西上。他瞠目而视，意识只抓捕到了一些个别的偶然的细节：“日拉特时间”咖啡馆闪亮的招牌、一个戴着条纹高筒帽老人的笑脸、羽绒服领口张大嘴巴的鸟面具。船站的混乱，在不知不觉中溢出到街道上。赛义德甚至没有注意到他们是如何出现在外面的，出现在刺眼的路灯下——在出租车司机、街头音乐人、人力车和乞丐之间。然后不知怎么地，一切突然熄灭，突然安静下来。等赛义德清醒了一些，他发现布伦丹拖着他走在一条小巷子里，这里静悄悄的，毫无人迹。

巷子里一片漆黑，一盏路灯都没亮。狭窄脏乱的巷子——更像是楼宇间的通道，到处堆放着垃圾桶——只有刺眼的霓虹灯牌亮着。字母嘶嘶作响，破损的灯泡闪烁着。污水和烧焦的东西散发着恶臭。

“我们这是在哪儿？”赛义德感到惊讶。

“嗯……我也不知道。”布伦丹发窘地说道，“我只想尽快离开人群……嗯对。”他停下脚步，环顾四周。“也好，这里好像有一些便宜的酒店。”

事实上，几乎每一扇破旧的门上面都亮着酒店的招牌。视线在一个又一个破旧的牌子上来回流转，很难作出选择：所有的牌子看起来都是一样的鄙俗，每一个都散发着肮脏和危险的气息。

“要知道，火车站的酒店是招揽过我们的。”赛义德指责道，“他们一定会把我们带到一个更好点儿的地方。”

布伦丹哼了一声。

“你听说过大家对这个城市的评价吗？”

“听说过。”赛义德慢慢想起来，“在绿桥，被人卖了还得帮人家数钱呢。”

“嗯……不，我不是指这个。在绿桥，永远不要去他们招揽你去的地方……算了。”他终于作出了决定，“我们住在这里吧。毕竟只是住一个晚上。”

选定的酒店与其他酒店并没有什么不同——一栋两扇窗户宽的五层破旧楼房，夹在同样狭窄的夜总会（招牌上写着“欢乐不停”）和不知为什么在这儿的银行（招牌上写着“24 小时货币交易”）之间。“春——超奢华旅店”的招牌诱人地闪烁着。布伦丹毅然拨开 LED 灯管帘幕，拉着赛义德一起走了进去。

尽管寂静无人的大厅沉浸在昏暗之中，却还是显得脏乱不堪、无人打理。前台上方挂着一块官方的牌子，写着“该酒店由‘吉兰托夫龙’公司保卫。不要玩火！”柜台后面，一个穿着皮坎肩的魁梧壮硕的老者正着迷似的盯着网络电视，电视里又在叨叨着什么扎拉·阳、莱安诺和“萤火虫群”的事情。他的脖子上挂着一个带徽章的金属吊坠——一条有翅膀的戴着皇冠的龙。

“晚上好。”布伦丹有些畏怯地客套道，“有双人间可以过夜吗？价格不贵的，但要有独立浴室。”

“四百红票。”老人看也不看，就把手伸进了装有钥匙的柜子里。“三楼走廊尽头，热水水流很小……没有‘请勿打扰’的牌子，反正也没人需要您……先付钱。”他从布伦丹手中接过四张纸币，将一把电子钥匙“咣当”一声甩在柜台上，“好了，祝晚安。”

“所以……不用任何证件？”布伦丹不相信。在罗斯，动不动就要求他们出示证件，甚至买河船票的时候也是如此。

老人不屑地看了他一眼。

“绿桥是一座自由的城市。付钱就能活下去。”他又转身看向屏幕，“餐厅在屋顶上，我不提供妓女……如果你需要凡士林，就去敲女服务员的门。”

“真是个粗人！”在他们沿着黑暗的、吱吱作响的楼梯往上走时，布伦丹恼怒地小声嘟囔着。房间的破旧程度可想而知——霉味、脱落的墙纸、地毯上的垃圾、有人留在衣柜里的空瓶子。“我们出去吃饭吧。我在想象这家餐厅的样子……”

不过，天台的餐厅倒是不错。四周是一片漆黑的屋顶和路灯。城市上方的天空很明亮，但那颗星星（赛义德自己一直把木星叫作星星）也在天空中清晰地亮着……现在不行，我的星星，现在不行。随后到房间里等布伦丹睡着后，我们再谈。

餐厅里一个人也没有，他们找了个好位置坐了下来——护栏边。服务员是一个化着浓妆、身穿短裙、戴着刻有“酒店所有”字样钢项圈的女孩，她疲惫地拿来菜单，记录下点的菜。两人开始等待。赛义德面对护栏坐着，好奇地研究着城市的景色。

他之前从来没有见过类似的景致。昏暗的街道旮旯上方的招牌和广告灯光，粉彩的窗帘，格栅“之”字形消防楼梯，屋顶上点缀着的天线、太阳能电池板和一些莫名其妙的镂空结构……这一切既全然不像拉巴特，也全然不像新莫斯科。远处伏尔加河黑压压的一片，那座赐予这个城市名字、财富和荣誉的大桥在河中映入了一排无尽的颤动的金色灯光。

“我可以坐在这吗？”赛义德听到背后传来一个低沉的几乎没有疑问语气的声音。

他迅速地转过身来——并颤抖了一下。

赛义德一眼就认出了这个人，虽然他是生平第二次见到他。他就是和佣兵们一起在马尔波萨德的河船上加入他们的那个脸部毫无生气且浮肿的老人。就是那个在赛义德看来比任何暴徒都可怕的人。他怎么会在这里？难道是在故意跟踪他们？

“可以，可以。”布伦丹紧张地说，“当然。请坐。”他似乎也很害怕，但尽量不表现出来。

“我开始好奇了。”陌生人低沉地说，“这里很少看到太空人。这是您第一次来绿桥吗？”他一边问，一边拉开椅子坐下来。

“是的。”

“看得出来。如果是一个有经验的人，即使囊中羞涩，怎么着也不会住在这个小窟里。他们收了您多少钱，有两百块？”

布伦丹绷着脸笑了。

“您在这个鬼地方做什么？”

“我在工作。”陌生人有些含糊地回答，“对了，自我介绍一下。阿菲诺根·马丁诺夫，安全保护服务中介。”他向布伦丹伸出手掌握手。

“技师卢·布伦丹。但是……”医生明显紧张起来，“您想为我们提供安保服务吗？谢谢，我们不需要。”

马丁诺夫笑得很难看，哭笑不得。

“您确定吗，技师布伦丹？绿桥是个危险的城市，而太空人是诱人的猎物。尤其是当他们在逃亡的时候。”他出其不意地打击道，“而且这一点还一目了然。”

“为什么是逃亡？”布伦丹彻底慌神。

“您是个太空人。”马丁诺夫耸耸肩，“是名医生，按我们贫乏的标准来说，是个有钱人。但您穿着一身脏兮兮的工作服走在街上。每个人都能看出，这是您行李里唯一的东西。不如说您根本就没有行李。您住在一个脏兮兮的偏僻角落，而您的同伴是一个异族男孩，所以他不是您的儿子。”马丁诺夫在谈话中第一次打量赛义德，那眼神让赛义德想爬到桌子底下去。“您当然是在逃亡！”安保服务中介自信地得出结论，“您和小情人从您的殖民地逃了出来。一个即使按照你们的法律也太小了的情人。一个最浪漫的故事！”

“呃，对不起，完全不对。”布伦丹急忙说道，“事实上……”

马丁诺夫不屑地挥手打断了他的话。

“我对事实上是什么样子不感兴趣。我只是告诉您，您现在在外人眼中是个什么样子。您是个逃犯，技师布伦丹，这意味着您不受保护。您是猎物。任何掠食者都能从你的额头上读到这一点。您肯定没有注意到，从港口一出来就有人招揽您吧？”

“但我没有钱。”布伦丹用餐巾纸擦了擦脸上渗出的汗水。

“您有您自己。”马丁诺夫的声音很有力，“学者奴隶，您知道吗？很贵的。尤其是医生。而且还是太空人医生……那些男孩会便宜很多。”他对赛义德点了点头，“但对他们的需求却更多。您知道奴隶制在我们这里是合法的吧？”

“我知道你们这里几乎所有事情都合法。”布伦丹喃喃自语。

“是这样。绿桥是一座自由的城市。但没有人会保护您的自由，除了您自己……或者您信赖的人。”马丁诺夫露出了大大的职业性冷笑。

背后突然爆发出一声干脆利落的雷声时，赛义德颤抖了一下。雷声在城市上空反复回荡。他快速回头看了一眼。华丽的烟花在绿桥上绽放，微微照亮了绿桥的天台，将它们倒映在伏尔加河里。

“伊德利斯坦亲王易卜拉欣的晚会。”马丁诺夫站了起来，重重地靠在桌子上，“我是被邀请来的，所以，亲爱的技师布伦丹，我不敢再强行扩充我的团体。这是我的名片。”他从口袋里拿出一张镀金塑料卡片，“如果您需要帮助，就请同时按上面的三个红圈。”

“我已经说了，我没有钱！我付不起钱！”

“谁需要您的钱？”马丁诺夫耸了耸肩，“我也说了，您有您自己。”

“您是建议我自愿做奴隶吗？”

“不是奴隶，而是被保人。”马丁诺夫纠正道，“被保人来源于‘庇护’一词。被一个强有力的组织临时、自愿地庇护。这里是绿桥，技师布伦丹。一个有价值的人在这里单靠自己是无法生存的。”安保服务中介微微鞠了一躬，向出口走去。“如果您不想找庇护人，就找一个主人，”他扭头抛下一句话，“更准确地说，主人会自己找上门。祝您好胃口。”

不等回答，马丁诺夫就走了出去。

服务员送来了点好的菜。在无尽的烟花爆裂声中，他们沉闷地默默用餐。布伦丹没有聊任何关于马丁诺夫的事——但赛义德注意到，医生把他的名片放进了口袋里。

显然，马丁诺夫的警告起了作用。回到房间后，布伦丹花了很长时间检查门锁，在他们睡觉前，他甚至用椅子腿卡住了门。但这似乎也没能让他彻底平静下来。布伦丹被焦虑的思绪控制着，翻来覆去，根本睡不着。

赛义德躺在自己的床上，与睡意作斗争，仔细听着同伴的呼吸声。终于，布伦丹打起了细细的呼噜——然后赛义德起身，蹑手蹑脚地走进浴室，把自己锁在里面，戴上耳机。

“凯特！”他小声叫道，“还记得我们说过的话吗？”

“你指什么？”智能猫舔着爪子问道。

“我想预订向那颗星星——木星传送无线电波。”

“是的，我记得。我们停在你建议我自己设置发射机规格那一步。我设置了太阳系网络标准中继器的规格。”智能猫停了一秒，舔了舔爪子，“服务商‘奇迹信息’提供的直接星际通信服务在价格－功率－比特率的比值上是最优选择。”智能猫列出了一些数字：千赫兹、千瓦、千比特…… “价钱是每兆字节十能量。”终于，它说了一句至少能听懂一半的话，“瞄准木星服务每分钟加十能量，因为目标是唯一的，所以价格昂贵。”

“行。”赛义德挥手说道。他不知道这是多还是少。

“需要预付五百能量。”

“那我有多少？”

“你的账户上有一百五十。”

赛义德重重地叹了口气。他也觉得不够。他不想作孽，但他必须……

“稍等。”他说。

男孩踮起脚尖走回了卧室。布伦丹裹在毯子里打鼾。睡觉前，赛义德已经找到了医生放钱的地方。在桌子的抽屉里，像个白痴一样——而抽屉连锁都没有。这就是他自己的错了！

赛义德屏住呼吸，慢慢地慢慢地，避免“吱吱”的响声，拉开抽屉，掏出钱来。

酒店附近的银行是二十四小时营业的——招牌没有说谎。当男孩把一捆丰厚的列特拍在柜台上说“我想把它存在我的账户里，存成能量”时，收银员维持着愉快的表情，没有一丝一毫的惊讶。

“当然了……技师。”收银员似乎在犹豫该如何称呼他，“我们会收取12%的手续费。觉得合适吗？”赛义德叹了口气，点了点头。简直是抢劫，但是又能怎么办呢？“那就请刷一下你的 ID 芯片。”

赛义德将手放在柜台上。收银员用扫描器刷了一下手腕，扫描器发出“哔哔”的声音后，亮起了绿灯。

“太空舰队银行的账户已经确认，可以使用。您想存多少钱，技师米尔扎耶夫？”

“这一捆都存。”

“一千四百六十五能量已经打入您的账户。”收银员将那一叠钱拿走，“请您通过代蒙核实一下。祝你愉快……”

存款流程只花了不到五分钟时间。

内疚……是的，他偷了东西，犯了罪，让布伦丹和自己一贫如洗，但星星更重要！一个内心的声音劝说他，当他的话传到星星那儿时，一切都会好起来的，他将会拥有很多钱，足以让他十倍、百倍地还布伦丹的债……赛义德蹑手蹑脚地走进房间，悄悄地锁上门，并把门用椅子卡住。他确定了布伦丹还在睡之后，又把自己锁在浴室里。

“凯特！把我所有的钱都转给他们。”他命令道，“我已经准备好开始传输信息了。”

“钱已转出。以什么格式传输？音频、文本还是数据库？……”

“音频。”

“现场直播还是录音？”

“现场直播。”要让星星尽早听到。

“好。天线已对准木星，传输工作准备就绪。你准备好后，说‘通信开始’，然后再说你的内容。”

“明白了。”赛义德点了点头。他的心慌乱地跳动着——马上，马上，再过一秒，消息就会飞到星星上。他吸了一口气，集中精力。第一个神秘的词汇自动浮现到了记忆里。“联络开始。Øurřöœ。”他小声吟唱起来，“Ţzz...Fś||p...Θyŕæ...T！ā...Ųčhe...Ŋła...”

档案：资料

厩螫蝇（*Stomoxys calcitrans*），真蝇科昆虫。身长 5.5 至 7 毫米。分布广泛。夏末秋初时数量增加。雌蝇可产 300 至 400 粒卵，每丛 20 至 25 粒。它们在粪便和腐烂的植物残体中产卵，有时也产在人畜的伤口中，幼虫也可在此发育。与家蝇不同，厩螫蝇的成虫是攻击动物和人类的吸血虫。可携带传播致病菌。它是吸血小飞虫的一员。

档案：太空舰队情报报告

收件人：统帅

优先级：绝对优先

机密性：A 类档案

概况

今年 8 月全球时间 21 时 04 分，太空舰队无线电侦察卫星探测到从地球发射至木星方向的信息传输（以下简称为“呼叫”）。经查明，信号源是‘奇迹信息’公司（斯里赫里殖民地，地球）的商业卫星中继站。公司管理层已对请求传输的客户的个人信息发出问询。由于客户账户资金耗尽，“呼叫”于22时53分终止。

8月3日0时22分，记录到从木星区域向地球方向的信息传输（以下简称为“回应”）。由于其持续时间较短（约一秒），无法更精确地追踪到信号源。

传输特征

“呼叫”是依据DSNP协议使用太阳系网络标准载波频率传输的。传输内容是一段人声录音（从声音特征来看，是一名白人男性少年），格式为SAV。记录下的音序在任何一种已知的语言中都不可被理解，但它也不是纯粹的噪声：语音分析显示，有256个可明确区分的音素。它们的数量本身（2的8次方：1个音素占8个字节）和均匀的频率分布（这对自然语言来说完全不典型）表明，我们听到的不是任何语言的文本（甚至也不是外星语言），而是由声音编码的数字序列。

人类的发声器官是无法独立、快速、无误地再现如此庞大的音素集的（音素最丰富的自然语言——已灭绝的非洲语言！Xóõ中，只有112个音素）。我们不得不假设，在“呼叫”过程中，发声者大脑的语言中枢是由电子的或其他高速处理器控制的。如果按照“1个音素占1个字节”的比例计算，编码信息量约为

64 千字节。

“回应”在时间和光谱图上与由木星磁层在十米范围内的自然射电暴一致。然而，在地球和近地测量到的暴发的能量通量密度比在其他接收站的测量数据高出数百倍。如此窄的光束不太可能是来自自然来源。可以得出假设：木星区域的某种“无线电透镜”把木星的部分辐射转化为了瞄准地球的准直[①]光束。

所有这些数据都指向这样的结论：一系列数字信息从地球传送到木星，而且是通过一种非常缓慢和低效的方法——借助人类发声者和他的发声器官。接收者利用木星磁层的自然射电爆发形成信号，确认接收。

来源特征

“呼叫”的客户，也就是“主唱”，确认是赛义德·米尔扎耶夫，受莱安诺生命服务地球分部（以下简称为 ZFRB）监护的未成年人。在传送信息时，他位于地球城市绿桥市（伏尔加流域）的“春——超奢华旅店”，地址为：上港巷 3 号，14 栋。已在酒店外布置了秘密监控。监控发现，米尔扎耶夫与 ZFRB 慈善医院的医生卢·布伦丹一起住在那里。

已查明，米尔扎耶夫应 ZFRB 主任卢露·格里菲斯的个人要求获得了 ID 芯片（并凭借它登入了太阳系网络）。传输信息前一天，格里菲斯向新莫斯科内卫队自首，他目前仍下落不明。关于米尔扎耶夫与 ZFRB 之间的关系的所有信息都要以最高级

① 光线通常是发散的，准直即保持光线平行。

别保密。分部的档案在新莫斯科安全部门手中，即使他们没有在爆炸中丧生，我们也无法获得这些档案。

由以上信息得出一个假设：赛义德·米尔扎耶夫不过是一个工具，格里菲斯才是真正的传输客户，而布伦丹则是米尔扎耶夫的直接监护人。

接收器特征

在木星系统中，没有已知的可以接收太阳系网频率和其他开放频率信息的设备。对地球的自然辐射准直器也未知是否存在。可以得出一个合理的推理：木星附近的无线电广播网络是由阿奎拉人或其他太阳系外文明创建的，他们用它来监听太阳系网络信息，现在又用它来与自己的地球代理人沟通。

结论

拦截到的无线电通信表明，地球上有一个阿奎拉或另一个未知势力的代理人，该势力在木星系统设有中继站。

该代理人与莱安诺生命服务地球分部关系密切。

该代理人的行动（如果这不是诱饵的话）表明其技术装备薄弱，预算不足：他不仅没有自己的星际通信工具，甚至也没有足够的资金来支付给第三方服务商的费用。

通过从外部控制人类发声器官来传递信息的奇怪方式，目前对此还没有找到合理的解释。

建议

1. 立即拘留和审讯赛义德·米尔扎耶夫和卢·布伦丹。

2. 对太空舰队在木星系统中用于科研的轨道飞行器进行重新定向，以寻找准直天线及外星中继网络的其他物体。

太空舰队情报处负责人，中校

沙哈尔·拉吉·库马尔博士

决议

第一条建议由特别行动部执行。

第二条建议由太阳系天文学研究所执行。

由拉吉·库马尔博士了解“黑花”案子的材料。

太空舰队统帅

麦斯威尔·阳博士

阿尔列金犯法

阿尔列金坐在床上，在夜灯的玫瑰色灯光下翻阅着园丁的笔记本，一只飞蛾在灯边翻飞。笔记有小一百页，其中是数以万计的神秘符号。当然，阿尔列金根本没有试着去搞懂它们。他的眼睛不加思索地扫描了一页又一页，将图像发送到植入物的识别程序，然后识别程序把数字化的字节序列发送到密码分析程序。植入物处理器的工作负荷很大，因此，阿尔列金不得不用湿毛巾包住头部——自然的血流无法应付冷却过程；趁着处理器在啃符号的时候，阿尔列金机械地翻阅着笔记本，思考自己的事情。

有些事情他已经想明白了。256个字符，所有字符出现的频率均相同。所以它不是一种自然语言，甚至不是一种外星语言。所有的自然语言都有或多或少的发音，但它没有。它是一种数字代码。伊戈尔是从哪里得到这些数据的？这是个蠢问题。我见过他目不斜视专心涂画的样子。下意识书写、潜意识听写……但在潜意识中是没有数字信息的……数字代码……我在哪里听说过它，就在不久前，而且我确定是在与黑花的通信中……沙菲尔……格里菲斯……黑花病毒……啊！沙菲尔说过，黑花病毒从神经元中读取信息，并将其写入某种聚合链上的四重代码……就是这样，那就是说，它已经写入了代码，而现在又回到了神经元，逼着这个可怜的傻瓜在笔记本上乱写。然后把文字送到木星，送到自己的主人那里……还是土星，有什么区别呢？反正文字会传到金星，传到太空舰队情报处。我答应园丁把笔记本送到金星——我一定要做到，也是给阿奎拉人一个教训：不要和傻子打交道……不过有意思的是，为什么瓦列里安会对笔记本感兴趣呢？他知道是伊戈尔把它给我了吗？或者是他自己让伊戈尔给我的……我一定要弄清楚……不过这都是明天的事了。现在还是睡觉吧，早上会比晚上更清醒。

阿尔列金熄灭夜灯，把笔记本塞到床垫下，闭上眼睛……

但他睡不着。思绪充斥着他的头脑。不，瓦列里安只是个小丑，瓦列里安什么都不是。花才比较重要。黑花是什么？它想向木星传递什么信息？它在多大程度上控制了伊戈尔……和赛义德？那“格拉弗斯”探测器和这颗行星有什么故事，它叫……莎乐美？它真的和阿奎拉人有关吗？还是说这都是关于宗教的胡话？难道现实派真的知道什么吗……走开，胡话！滚出我的脑袋！别糊涂了。我的工作是找到赛义德，把他带到卡普－亚尔，然后拿到奖励，其他的都是闲暇时的消遣……

阿尔列金吃了一颗安眠药，又辗转了一会儿，就睡着了。

半夜里，伊戈尔又把他叫醒了。

“到底是干什么……”阿尔列金嘀咕道，“我不能现在就把这些传过去，你理解一下……”而当他看到伊戈尔的脸时，突然打住了自己的话。

园丁的眼里有泪水……幸福的泪水！伊戈尔感激地看着阿尔列金的眼睛，抓住他的手，按在自己的心口。

“……你是在感谢我？”阿尔列金小心翼翼地问道。

“嗯嗯。”伊戈尔含糊地肯定。

“为什么？”伊戈尔用手指描绘出了笔记本的长方形，用手指向天空戳了戳，作出扔东西的样子。“因为传输了笔记本上的文字？”

“嗯嗯，嗯嗯。”园丁点了点头。他挥舞着双手，激情地打着手势——这些动作看起来很有表现力，但阿尔列金已经完全看不懂了。不，他明白了一件事：不知为何，伊戈尔以为笔记本的文字已经被传输了。

“好了，好了，我很乐意去做。我们扯平了吗？”

“嗯嗯。”伊戈尔感激地鞠了一躬，把手按在心口。

“非常好。那现在让我睡一会儿吧。”

“嗯嗯！”园丁继续鞠着躬，消失在了门外。

阿尔列金叹了口气，盖上毯子——但没有用。睡意已经不再，他的脑袋在运转，无论他是否愿意。

我什么也没发送。园丁为什么认为我已经发了？

假设他疯了。但黑花让伊戈尔变疯是有特定目的的——为了让他完成自己的任务。让他正好疯狂到能够完成任务的程度。如果园丁的蠢脑袋认为我已经完成了传输，那么他一定是有理由的。

原因只可能有一个。木星，或者土星那里，已经确认收到——阿尔列金的脑袋在半睡半醒中紧张地工作——但要知道，我没有传输任何东西。那边为什么确认收到了？

这意味着，有另一个人完成了传送。

另一个感染者。

一个有通信权限的人，和园丁不一样……

阿尔列金把毯子往后一扔，像被咬了一样跳了起来。

那个男孩！

赛义德·米尔扎耶夫……

阿尔列金从现实教区出来时，东方的地平线刚刚开始变成绯红色。他的穿着很不显眼，像地球人一样，穿着外套、衬衣、裤子，就像平时在外围执行任务的样子。肩上挂着一个装着园丁的笔记本的包，屁股上有一个空枪套。

他快步穿过斯洛博达荒凉的街道，向拉巴特走去。

已是当地时间是三点半，得赶快了。

为了赶在太空舰队抓捕队之前找到那个男孩，他还剩多长时间？

传输到木星的信息已经被检测到了，这一点是清楚的。确认发送者的身份对太空舰队情报局来说易如反掌。向阳汇报，拿到拘留令，这些大概需要一个小时。接下来就要看赛义德在哪里了。如果他已经在卡普-亚尔，他们会马上把他带走；如果他在沿途的某个地方——在伊德利斯坦或罗斯——还有一线希望。

那么，赛义德在哪里？

穿行在沉寂黎明前的斯洛博达，阿尔列金试图呼叫赛义德和布伦丹。两个人都没有回答。要呼叫温蒂·米勒吗？这个女孩和他们分道扬镳了，她未必知道什么——但无论如何都需要她的飞机。

幸运的是，温蒂回应了。飞行员正躺在她的飞机靠背椅上，身上盖着某种布罩。她那张圆圆的雀斑脸睡意蒙眬。

“你还活着呢，真没想到。”她甜甜地打了个哈欠，“你去哪里了？为什么联系不上你？”

“随后说，我的可人儿，随后说。你在哪呢？”

“我在发霉的下诺夫哥罗德逗留第二天了。当地部队已经扣留了飞机。而医生和那个男孩乘河船去了卡普－亚尔。”

“这我已经知道了。启动飞机，现在就来新莫斯科接我。”

“那谁来给我加满油？”温蒂愤愤不平，“我已经说了，当地……”

“把他们都叫醒，贴在他们耳朵边上讲。”阿尔列金打断了她的话，“你能做到的，我知道。以太空舰队的名义跟他们要燃料。战争结束了，新莫斯科毁灭了。见鬼，罗斯人应该跪着求你用他们的燃料加油。如果他们还不明白这一点，那就让他们想明白。”

温蒂凶残地笑了。

“很好！这是我擅长的。两小时后见。我们在哪里会面？”

“找我车上的信标。”阿尔列金说完就挂断了。他不知道在拉巴特发生这些事情后，他的“金斯顿”是否完好无损——但这种车没那么容易损坏。

最大的问题是：他有时间吗？

布伦丹和赛义德正沿河航行。两天走不完半条伏尔加河，到不了卡普－亚尔。他们在半路上，在绿桥附近的某个地方。很好。太空舰队的抓捕队得在飞机上飞两个小时。总之，他们总共还有三个小时才能到达那里。而我好像需要五个小时以上：两个小时等温蒂，两个多小时去下诺夫哥罗德加油，之后如果一直联系不上他们，还得去不知道什么地方找他们……

见鬼，很容易就会落得两手空空的下场！

这时候，连劫掠者和那些抽嗨了的强盗都已入睡。阿尔列金在去哈吉－乌玛尔区的路上，没有遇到任何人，一个人也没有。

加夫罗夫办公室的办公大门是锁着的——所以园丁昨天把受伤的他抬出来的时候，估计是把门关上了。幸运的是，阿尔列金用ID芯片打开了门；尸体的味道立刻扑鼻而来。“关掉嗅觉。”他命令代蒙。

放债人的屋子里闷热、昏暗而安静，只有几只苍蝇的嗡嗡声。客厅的地板上，血迹已经凝固变黑。五具用袋子装着的尸体堆满了屋子：加夫罗夫、红帽和他的三个士兵。园丁的铁锹，深深地、牢固地嵌在一个人的后脑勺里，硬邦邦地突出来。阿尔列金的脚底板走过血迹，“吧嗒吧嗒”响个不停，他走到那个被铁锹打死的死者身边，弯下腰，在口袋里摸索。找到“克拉玛什”之后，他满意地笑着，把它放回了自己的枪套里。

然后，他的目光落在了沙发旁那个半敞开的袋子上。可以看出里面装的是钱：厚厚的一捆捆粉红色的列特、浅绿色的阿赫马迪、深蓝色的尤尼，这些都是红帽匪帮设法从加夫罗夫的抽屉里搜刮来的。一眼看去，包里有五十万现金能量。又走运了。阿尔列金把钱倒进包里，挂在肩上。他知道在这个房子里还能找到更多东西，但他没有浪费时间去找。反正他也打不开保险箱，也不能自己一个人把它们全部搬出去。让别人去享受好运吧。

从房子里走出来后，他欢快地吹起了口哨。他心情很好，充满干劲，精气充沛。

“金斯顿”还停在原来的地方，办公室的拐角处——没有外卫队 ID 芯片的人是无法发动引擎的。所以，这辆车只是被人涂上了街头抗议图画、敲碎了车窗，所有能弄下来的东西都被扒了下来。阿尔列金将手伸进破碎的车窗，用 ID 芯片打开一个隐藏的盒子，掏出一个信标、一件防弹衣、一条装满克拉玛什弹夹的子弹带和其他一些有用的东西，把所有东西都穿戴到衬衫里面。然后他想了想，把信标放到原处，给温蒂·米勒打了个电话。

“你还没起飞吗，我的美人？那就别飞了。加好油，在下诺夫哥罗德附近的草原上等我，然后把坐标发给我。”

“要等多久？还是两天？”

“这次是两个小时。”阿尔列金承诺道，“如果运气好的话。”然后就切断了联系。

他想出了一个虽然风险很大但十分有效的办法来节约时间。

但在离开之前，他必须去瑙鲁兹区看看。

阿尔列金在米尔扎耶夫家门口敲了五分钟门，窥视孔才打开。这里的人认识他的脸——他前天来过，让他们和赛义德进行了一次通话。锁头叮当作响。草率焊接的钢门微微打开，缝隙中出现了马利克·米尔扎耶夫的黑胡子。

“愿你平安[1]，孔季大尉。”即便是在凌晨四点被叫醒，这位茶馆老板也不忘客气。

“愿你平安，马利克。”阿尔列金微微鞠躬，“我是为你儿子的事儿来的。”

①穆斯林问候语。

米尔扎耶夫把门开得更大了一些。他穿着长袍，拿着一把猎枪。

“赛义德在哪里？他怎么了？”

“我不知道，马利克。”阿尔列金内疚地垂着头，“我要亲自去找他。赛义德正面临巨大的危险。”他停顿了一下，好像在犹豫要不要说出这个秘密，“赛义德……好吧，我告诉您真相。他的病不只是被苍蝇咬了一口。他陷入了一场严重的冲突，而且现在有危险人物在找他。马利克！”他把手放在心口，“我发誓，我会不惜一切代价去救他。”米尔扎耶夫怔怔地站在那里，嘴巴半张着。在他的身后出现了穿着睡衣的妻子。“现在您听着。赛义德不能出现在这里。我必须把他藏起来。藏很长一段时间。您在罗斯、绿桥、伊德利斯坦有亲戚吗？”

米尔扎耶夫夫妇对视了一眼。

然后马利克转向阿尔列金，不确定地点了点头，好像还不太相信他似的。

“在艾哈迈达巴德，”他说道，“有一位表哥。请您写下来吧。”

阿尔列金离开米尔扎耶夫家的时候是五点出头——他走的时候心满意足。现在，他知道要把赛义德藏到哪里了，如果他能奇迹般地从抓捕队那里逃出来的话。拉巴特的事情已经搞定了。是时候搭上飞机离开了。

阿尔列金将乘飞机去新莫斯科。

更准确地说，是去它残存的废墟。

边界已经不存在了。微波保护带已经断电，栅栏被气浪卷倒了。

太空人殖民地一直试图抵御野生的、肮脏的、充满暴力的地球人世界……现在墙倒了，拉巴特被归入了新莫斯科。

阿尔列金沿着火星大道穿过殖民地的南部街区。这里离爆炸最远，受的损失很小——甚至连火灾都没有发生，只是冲击波打碎了窗户、折断了树木。殖民地的这一带不是被炸弹炸成了废墟，而是被人为破坏成了废墟。

阿尔列金很清楚这是怎么一回事。不知什么时候，拉巴特的劫掠者发现，边界已经坍塌，殖民者们都躲在防空洞里，房屋的窗户也都被打破，没有人看守任何东西——进来抢劫吧。顺便发泄一下积怨——把一切无法带走的东西都撕碎、弄脏、破坏掉……

这些不速之客刚刚尝到甜头，主人们就开始从避难所里爬出来了。

这里的秩序刚开始恢复。满地都是他们还没有来得及清理的尸体。不过，有些尸体并不是躺着，而是挂在路灯上，胸前挂着牌子:“抢劫犯”“强盗”“强奸犯”——林奇法庭[①]的审判。巡逻队在巷道和大街拐角处执勤。

阿尔列金向北越走越远，深入受破坏更严重的街区。这里，在新莫斯科市中心，大火刚刚熄灭。房屋和树木的残骸被烧焦，救援人员正在清理黑乎乎的废墟。

---

①指对涉嫌非法行为或违反当地习俗的人进行私刑，无须进行审判或调查的行为。以革命战争期间美国殖民者的非正规军上校查尔斯·林奇（1736–1796）命名。

阿尔列金小心翼翼地看着四周。他想尽可能找到一个最宽阔的、无法通行的废墟——这样就不会有车通过。他不需要车。只需派飞机过来。

昨天还是 SCI 工会训练中心的这块废墟，看起来很合适。他吃力地穿过一堆扭曲的钢筋、布满灰尘的板材，来到废墟正中间。他双脚踩在板材之间的缝隙里向前爬，膏药被从伤口上扯下，脸上沾满了血迹和泥土——像刚从废墟下爬出来一样。然后，他发出了求救信号。

当螺旋桨越来越大的轰鸣声传到阿尔列金的耳朵里时，他终于松了一口气。一辆蓝色的四引擎救援飞机在废墟上空盘旋，扬起了一片灰烬云。它放下起落架，降落，没有熄灭发动机。旋转着的螺旋桨仿佛是颤动的半透明圆盘，上面的灰尘向四面八方散落着。从机尾下方到一片碎石上现出一条坡道，两名卫生员拿着担架冲了出来。

“这边！这边！”螺旋桨的轰鸣声实在太大，阿尔列金自己都听不到自己的声音了。他虚弱地挥了挥手，对赶过来的卫生员感激地笑了笑。卫生员们小心翼翼地把他抱出来，放在担架上，抬上了飞机。望着机舱的蓝色天花板，阿尔列金听到坡道在上升，螺旋桨的噪音在渐渐消失。

“谢谢，伙计们。”他从担架上站了起来，“你们真是好样的。不要让我伤害你，好吗？”枪套中的“克拉玛什”突然出现在他手上，然后抵在飞行员的太阳穴。“请去下诺夫哥罗德。”

双生子

赛义德坐在窗台上，吊着一条腿，看着酒店院子里一群瘦弱的猫在垃圾桶里翻来翻去。在他背后，布伦丹绝望地攥着一瓶威士忌，在房间里来回踱步。

“怎么办?！”他惊呼道，“怎么办？你真的全部花光了？账户里什么都没留下？”

“嗯。”赛义德低声嘟哝，晃了晃他的腿。这个晚上他说了太多话，已经失声了。

“我是个白痴。我知道的，我知道你是什么样的人。我知道你什么事都能干得出来，为什么我昨天没有买到票？我的账户到现在还被封着。我们没有钱去卡普－亚尔了，没有钱住酒店，没有钱用以生存了……拿什么喂你？”布伦丹带着绝望的怒火喊道，“你的食量跟一群狗一样多！我的药箱……”他把心里的想法全都大声说了出来，“难道又得卖点儿什么东西吗？但是我没有什么药物了……呃，没有任何值钱的药物了。找工作？或许可以……一个太空人医生，对这里的任何一家诊所来说都是有威信的……但那样的话，我们就会被耽搁很久……”布伦丹停了下来，转向赛义德，“当然，我不怪你。你被黑花病毒控制了，我明白。但是……”他突然想到了什么，“听着……再跟我讲一遍，我好像没搞清楚……你把钱花在什么地方了？”

“向木星传输信息。”赛义德声音沙哑地回答。

这天晚上，他把自己锁在卫生间里，连续说了两个小时的话，只是偶尔停下来喝一口水。当嗓子变得过于疼痛时，他就转而低声诉说……但只要他账户里的余额还没花光，他就一直说。他知道自己并没有把所有的事情都告诉星星，远远没有……下一个字就在嘴边，老想把它说出来——他也不知道，在自己未知的记忆深处有多少词语……还需要多少次通信才能将所有信息传递出去？得花多少时间，多少钱？

“传输信息？”布伦丹一脸白痴地问道，“向木星？木星？巨行星？我的天，为什么？我知道是因为黑花病毒……但是你自己要怎么解释这件事？我想不通。”他没有让赛义德回答。他忽然又想起了什么，“黑花病毒……无线传输……什么?！你传输了什么？”他叫得很大声，赛义德差点儿从窗台上摔下来。他有些害怕：布伦丹从来没有对他大喊大叫过。

“文书。”赛义德沉声解释道，“Øurřöœ ţzz，”这些符号滔滔不绝地从他嘴里流出来。“Fś||p θyŕæ t！ā ųčhe ŋła...”他让自己安静下来：没用的——反正星星也听不到。

布伦丹张嘴听着。

“这是什么意思？什么语言？你从哪里知道的？”

赛义德吃力地清了清嗓子，准备好好讲一下星星的事。但这时，智能猫出现在他眼前（他还戴着耳麦），柔声说：

“布莱姆·孔季呼叫。接吗？”

孔季大尉终于来了！赛义德感到说不出的轻松。终于有一个强壮而有经验的男人接手了！

“接。”赛义德命令道，“稍等，我接一下布莱姆·孔季的电话。”他对布伦丹说。

医生一个箭步冲向他——男孩还没来得及躲开——并把他的眼镜和耳机扯了下来。

“你疯了吗?!”布伦丹把耳机扔出窗外,“你出卖了自己……天啊!”他惊呼,“天啊,天啊!……看!你!干的好事!”医生又抱住头,在房间里冲来冲去,“你是个灾难!你知道吗,你可能已经葬送了全人类!要不要我给你解释一下你做了什么,啊?黑花病毒一直在研究你的生物体!记录了所有的信息——在你身上!还迫使——你——把它发送回它的主人那里!现在他们知道了我们的一切!我们的生物系统!我们的神经系统!他们会制造毒药!病毒!新的黑花病毒,比这个更糟糕!……这里可是绿桥!”布伦丹唾沫横飞地尖叫着,“你这是花钱买罪受!”他歇斯底里地大笑了起来。

赛义德恐惧地看着他。

这一切当然都是胡说八道。布伦丹发疯是因为赛义德偷了他的东西。奈何,他是可以理解的,但星星……不,星星不可能做任何坏事!赛义德坚信这一点。不仅仅是内心的声音这么说。这是它自己亲口说的!

是的!是的!星星回答了!传输停止大概一个半小时后——智能猫说,钱已经用光了——他累得瘫倒在了床上……并且做了一个梦。

也可能不是梦——因为赛义德一生中从来没有做过这么清晰、这么血腥的梦。

他看到了天空——那片比星星还高的天空。天国,天堂的花园闪耀在他全部的视野中。一座金银砖砌成的百阶金字塔。

砖石柔和的光芒穿透郁郁葱葱的棕榈树林和梧桐林，穿透一片柏树组成的柱廊。花园里散发着麝香的香气（赛义德不知道麝香是什么味道，但他确信那就是麝香）。隐形的天使合唱团唱着颂歌。在花园多荫的密林中，在开花的树落下的花瓣雪下，教徒们正在设宴庆祝……某种不知名的力量把赛义德拉得越来越高，到了金字塔的顶端，天使的石房闪耀着神秘的黑色光芒，而在其上低垂着的一茎莲花与黑花如出一辙。

而凌驾于这一切之上的是他的星星。木星，至尊宝座之门。它闪闪发光，散发着香味，吟唱着歌曲。它的光芒照耀着一切，赋予一切生命与活力。

“我听到你了。”星辰用天使的声音低语，**“我听到了。但你必须把全部都告诉我。”**

“难道这还不是全部吗？”赛义德差点儿说出口。

“告诉我全部，彻彻底底地。”星星重复道。周围的一切都是她的声音、她说的话。金字塔的台阶、花园的芬芳、天堂石房的黑色光芒，这一切都在向赛义德诉说，这一切都在向他传达着一个意思——**告诉我，我就打开大门……**

哦，要是他能把这些告诉布伦丹多好！要是他能解释说，星星是他的朋友，星星只带来福祉该多好！但是有什么用呢？布伦丹满脑子都是关于阿奎拉、毒药和病毒的恶劣幻想，赛义德知道，他无法通过这些妄想得到自己的真相。赛义德重重地叹了口气。布伦丹也松了一口气。

“传送肯定被拦截了。”医生平静地说，“而且孔季全都知道。我想，肃清者已经在路上了。我们必须逃跑。现在就跑。只是哪有钱用来逃跑，vat snark[①]？”

“肃清者？”赛义德重复了一遍。

“你觉得他们会怎么处理敌人的间谍？当然是肃清。”

“间谍？”

“你还不明白你是个间谍吗？阿奎拉间谍！我们离开这里吧。”布伦丹抓住赛义德的胳膊，把他从窗台上拽下来，拉着他往门口走，“昨天那个奴隶贩子说要帮助我们。他是个卑鄙小人、败类，但现在也顾不了那么多了。”

赛义德可不想和马丁诺夫有任何瓜葛，尤其不想接受他的帮助。

“我不去！”他把胳膊从布伦丹手里抽出来。

“你会去的。”布伦丹又抓住了他，而且力道之大，决心之强，让赛义德不知所措，不再反抗。他甚至都没来得及带上他的手枪。

布伦丹拖着赛义德，沿楼梯跑到大厅里。沙发上坐着一个身穿灰色衣服、眉毛浓密的结实的男人，但布伦丹没有理会他。他径直跑到柜台前，昨天的老人还坐在那里。

“我们要退房！”布伦丹大声地用钥匙敲着柜台。

“没问题。”老人懒洋洋地把钥匙放回了柜子，“那儿有人找您。”他向布伦丹的背后点了点头。

医生急忙紧张地转身。

并把手伸进了口袋。

同时，一声枪响炸裂开来。

① 25世纪英语脏话，字面意思：生物反应器不明原因的故障。——作者注

枪声击中了赛义德的耳朵，他不由自主地眯起眼，身体缩成一团……布伦丹压低了的叫声、倒在地上的闷响……从四面八方传来的碰撞声、命令的吼声、脚步声……

一只沉重的手搭在了他的肩膀上。赛义德颤抖了一下，睁开了眼睛。

两个灰衣人站在他面前，他们一模一样——一样的结实，一样的浓眉。一个人轻柔而牢固地扶住赛义德的肩膀，用毫无生气的眼神凝视着他。另一个人把手枪拿开。

“赛义德·米尔扎耶夫？”双胞胎中的一个用沉闷的嗓音说。

也许，应该回答些什么……应该还是不应该？

布伦丹？嘿，布伦丹！

赛义德胆怯地挪开了视线。

医生躺在柜台旁边的地板上，一动不动，蜷缩着。脸埋在地上。一只手藏在口袋里，另一只手按着腹部——血液正从他抽搐的黑色手指间渗出。

“赛义德·米尔扎耶夫。”双胞胎着重重复了一遍，现在已经是肯定的语气，而不是疑问，“您被指控犯下了背叛人类罪。您的案子将由太空舰队军事法庭审理。您被捕了，手伸出来。”

肃清者，直到现在赛义德才明白。肃清者。就像布伦丹说的那样。

他们杀了布伦丹。赛义德明白这一点——但他还无法相信。

怎么会这样？为什么会发生得这么快，这么轻易？

赛义德被人粗暴地抓住双手的时候，没有挣扎，甚至连想挣扎的念头都没有，自己把手腕靠在了一起，就像铐着由某种有弹性的金属制成的活手铐。他被人转向门的方向，从背后推着向前走。赛义德看到双胞胎中的一个人认真地摸索着布伦丹的身体，把他紧紧攥着带红圈的镀金卡片的手从口袋里拿了出来……但另一个，没有让男孩有片刻的耽搁，以不可抗拒的力量将他拖在身后。

酒店前面有一辆车在等着，车子堵住了整个巷子，车两边几乎挨着两面墙。黑色的“金斯顿”，跟布莱姆·孔季的车子一模一样。后门在赛义德面前自行打开。他被塞进了里面，塞进了密不透气的车身金属盒里。紧接着，其中一个双胞胎毫不费力地把封在塑料袋里的尸体也抛了进来。车门“砰”的一声关上。车子猛地一下开走了。

第四章　终局

插曲:观察者

外海王星天体 2008 标准时间 291
公元前 40.5 万年

他曾经有一个无法以地球上的任何语言再现的名字。那是在五百万年前。所有曾唤过他名字的人都早已不复存在。他只和哨兵们交流——如果那能叫交流的话——但对哨兵们来说,他只是一个观察者,无名之辈,一个毫无个性的无名囚徒,被判处在这个行星系统中充当银河系网的智能传感器。

观察者的大脑——现在它由一个大脑组成——被安置于远在第八行星轨道之外的一颗小行星上,深藏在层层叠叠的甲烷氮冰和脏褐色的高碳化合物中。这个大脑——由观察者生化脑矩阵上的自组装物质种子培育出来的百万核量子计算机——现在的温度已经接近了绝对零度。大部分时间,观察者都在睡觉。

更准确地说，是被催眠了。只有在行星偏心轨道的近日点，一旦远程光电探测器检测到光照度超过了预定的阈值，系统就会收到一个唤醒信号。千年来积少成多储存能量的超导电池为电网提供了电流，自组装物质修复了损伤，哨兵们也醒了过来，并唤醒观察者进行例行值班。

他从来不记得自己在梦中经历了什么——但他知道，自己的意识并没有完全关闭。量子涨落的势能在其中产生了微弱得可以忽略不计的混沌电流，但即使在如此低的温度下，也足以激发一些知觉回路。打个粗略的比方，可以说观察者在做梦，梦到的是自己还有生化身体的时候。

睡梦中的大脑中，模糊的画面浮现又消失。母星云雾缭绕的灰色天空、远在下面的无边无际的海洋、在墨水般朦胧昏暗的迷雾中穿行着的热飞行器桅杆的灯火、甲板上惯常的颤动、命令的颤音、对战斗的期待、迎面的风、某人近在咫尺却无法辨认的凝眸。自执行者惩罚他以来，他的整个生命都在几十个秒差距、几千个值班班次度过，已经经过了几百万年的时间。他们剥夺了他进入银河系网络的权限，强行将哨兵植入他的大脑，存档在种子中，并用一颗失控的星际彗星把他发送到这里，来到这个窗口，他永远的监狱——黄矮星系统 4985-5051-049。

很久以前，在一个年轻的星协[①] 中，一系列超新星爆炸清除了这片区域的尘埃和气体。在银河系的旋盘中形成了一个窗

① 1947 年由苏联天文学家维克托·阿姆巴楚米扬（1908–1996）提出的概念，指一种互相之间有物理联系的恒星群，比星团稀疏得多。

口——一个几乎没有气体的通孔，这里的星际介质的透明度比平均水平高一个数量级。这样的窗口对于布置超远距离星际无线电通信线路来说再适合不过了。在普通的非洁净空间里，气体和尘埃环境产生了太多的干扰。

标准通信节点是恒星引力透镜焦点线上的一组低功率中继站。窗口的大多数恒星都不是足够好的透镜：巨星和亚巨星的寿命太短；双星的引力场不断变化和扭曲——它们没有稳定的焦线；出于同样的原因，低质量红矮星（占所有恒星的90%）也不适合——它们的弱力场甚至被行星明显扭曲。

结果发现，通信节点只能建立在黄矮星等中等质量的单星周围。一个不幸的巧合是，正是在这样的恒星附近——在温暖的水行星上，最常自然产生液态的自组织物质，而且不乏演变成技术文明的情况，演变成对节点顺畅运行的主要威胁。

那些独立于银河系网络之外的文明——零级文明，或者干脆说是零文明——尽管他们微不足道，但却是一个严重的问题。零文明人在探索自己的系统时，不可避免地发现了银河系中继站。数十亿年的历史表明，再多的禁令，再多的“请勿触摸！”信号都无济于事。如果零文明不被警告，他们就会出于无知而损坏中继站；如果得到警告，他们就会疯狂地破解接入协议，自己连接网络，使“外壳”和“光环”的合法用户蒙受损失。所以，最好的通信安全保障是彻底消灭零文明，即使这不是唯一的方法。

清道夫就是为此而存在。

清道夫喜爱杀戮，所以他们才会去窗口。执行者们把他们发配到了流放地，就像对观察者一样。在窗口这里，清道夫的工作不是杀想杀的人，而是杀该杀的人。

不可能预测出文明会出现在哪个星球上。要挨个清理所有的星系，或者在每个系统中放置耗能较大的清道夫基地——这两种方案只会造成无谓而昂贵的花费。和往常一样，建筑师们选择了一个折中的方案。他们建立了少量的清道夫基地，并向其他节点派出观察者。在探测到文明出现后，观察者会向最近的清道夫基地发出警报。

观察者并不能直接观察到任何东西。为进行观测，他在第三和第四颗行星的卫星上建立了亚智能观测站。醒来后，他立即联系观测站，下载了千年来积累的数据，然后开始进行主要任务——分析数据，寻找智慧的痕迹。

蓝色的第三行星的云层形成了大理石状花纹，它与观察者的母星略有相似，但看起来更鲜明，颜色对比度更强、更明亮。透过云层的缝隙可以窥见覆满绿色植被的大陆、遍布褶皱的山、深蓝色的海。有时，海面上反射的太阳倒影一闪而过。在高分辨率下可以看到蜿蜒的河流、白色的海浪条纹、火灾的烟雾尾迹，而在最高分辨率下，甚至可以看到单个的树木和巨大的动物，动物们成群结队地在大草原上游荡，在海洋里徜徉。

就这样过了几百万年。经过长期观测可以看到，大陆在移动和碰撞，挤压成褶皱的山脉；气候带边界和磁极在漂移。但仍然没有任何迹象表明文明的存在，也没有什么能担保它会出现。

更重要的是，即便诞生了文明，对于观察者来说也不会改变什么。他的判决不可撤销，他的监禁长达终身。直到黄矮星死亡。六十亿年。

六十亿年不能登录网络。

银河系网络之外的生活不是真正的生活。

观察者不再拥有身体，但是有一个饱受饥饿之苦的大脑。大脑需求信息，贪得无厌，永不满足。他需要来自外界的信息，需要与同类的交流。

这就是对他很久以前那次叛乱的主要惩罚——永恒的坦塔罗斯之痛苦[1]，永恒的信息饥饿之苦。称之为坦塔罗斯之苦，是因为在这里，周围到处都是通信中枢。数百万个中继站组成的云层将行星系统从四面八方包围，海量的数据在其中不断地流动。但观察者没有它们的坐标，没有解码器，没有节点用户目录中的账号，没有一根指向性的天线正朝着他的方向……没有通信，他就成了盲人、聋人和哑巴。

而在他的认知中，唯一真实的东西是第三行星和第四行星；对他贪婪的大脑来说，唯一的食物是观测台的图片。每一次醒来，他都会满心贪婪，疯狂地扑向那个可怜的代用品。他知道，这是那些给他判刑的人盘算好的。所以他们才剥夺了他的通信权。因为这是让他不是出于害怕，而是出于良心运用黄矮星数据工作的最好办法——不给他任何别的东西……

这千百万年间，观察者一直梦想着自由。他梦想着回到网

---

① 源于希腊神话，宙斯的儿子坦塔罗斯因骄傲自大得罪众神，被打入地狱，永受痛苦折磨。

络，哪怕只是低级别的访问。他梦想着一种连接到本地节点的方式。

于是，经过反复思考，他拟定了自己的逃跑计划。

这很可能是个疯狂的计划，也许注定要失败——但他对失败与否也无法自信地作出判断。成功的可能性不仅渺茫，而且无法计算——首先，计划必定包括尚未产生的零文明人，其次是行骗者族。

行骗者族几乎和银河系网络及其建筑师一样古老，甚至可能和“隐藏者”本身一样古老。行骗者们在银河系社会中找到了自己的用武之地。他们成了零文明人的上级监护人。

行骗者通常能够最先接触到零文明人。此后零文明人发生了什么事，观察者不知道，但是显然不会是什么好事，因为执行者们立即为零文明人的行星系统标上了“安全”状态。意思是，对通信节点来说是安全的。事实证明，行骗者族的行动手法最符合“外壳”的利益。不管零文明人是被清道夫摧毁，还是被行骗者接管，对建筑师来说，本质上都是一样的。在这两种情况下，结果没有区别——对通信节点的威胁都被消除了。

行骗者的工作方案是众所周知的。他们用的是“窥视者”。

窥视者是亚智能信息生物体，具有超常的多形性，但全然无害——最坏的情况可能只是，他们吃掉了百分之几的通信。窥视者无处不在——“外壳”“加密区”“光环”；银河系除了“隐藏区”之外的任何一个角落都有他们。忽视他们比试图剔除他们更划算。窥视者没有破坏任何东西，没有打扰任何人，重要的是，没有打探到高于第一层权限的重要信息。（如果哪个窥视者试图打探，很快就会被清算，从此销声匿迹。）窥视者只对零文明人感兴趣。他们想要所有可获得的关于零文明人的信息。

观察者丝毫不怀疑窥视者也在他的体内，在他的量子脑中。这些信息生物体非凡的灵活性让他怀疑，他们与哨兵不同，他们能读懂他的思想。如果观察者发现了文明，在他向哨兵报告发现之前，窥视者就会知晓。因此，行骗者会比清道夫更早知道第三行星上出现了智慧生命。

观察者获得自由的机会就在这里。机会不大，但是有。

与此同时，几个纪元过去了，第三行星出现了越来越多有趣的迹象。它的气候不稳定，开始了寒冷期和温暖期的快速交替。几乎可以肯定的是，这使进化走上了一条普遍性和高适应性的道路，一条导致智慧生命诞生的道路。然后，有一天，北半球的整个热带和亚热带地区都开始亮起微小而稳定的热斑。

从一些迹象来看，这不可能是火灾或热喷泉。这是篝火。

第三行星上的一些动物已经学会了如何生火和维持火。

当然，篝火本身并不意味着什么。驯化了火，并不能保证第三行星会孕育出一个技术文明，然后进入太空，对节点构成直接威胁。情况很暧昧。观察者可以呼叫清道夫，也可以不这样做。

是的，他还剩这么一点儿可怜的自由。即使是哨兵也不会因为这种犹豫而惩罚他。当地种族是否有可能成长为威胁通信节点的智慧文明？他要不要呼叫清道夫？时机成熟了吗？观察者有权慢慢决定。

他没有呼叫他们。这次值班没有，下一次值班也没有，千年后，火光明显多了起来。

观察者唯一的希望就是窥视者能记录下他的疑惑。他们会通过行骗者的秘密网络传播关于这个前程远大的星球的消息。而且行骗者们也不想错过掌管另一个零文明的机会。

他们会派一只“蠕虫”去联系零文明人——这是一位有权进入银河系网络的密使。蠕虫会在观察者不得不向清道夫发出信号之前，或者至少在清道夫摧毁当地的零文明之前到达……最终，行骗者们——为换取第三星球上五百万年的数据档案——会提供一些回报。

他们会把银河系网络权限还给他这位观察者。

他们会把他带回世界，还他自由，还他真正的生活。

回忆录：骄傲地昂首挺胸

我昂首挺胸地走进了议会的议事厅——为了接受审判。我被指控犯有蓄意杀害舰长的重罪。这一重罪会让我被取消布兰克资格甚至是被判处死刑。不过，我并没有感到害怕。我问心无愧。我确信我为了殖民地的利益做出了正确的选择，而从迎接我的掌声来看，议会的大多数人也有同样的想法。

按照《章程》要求，审判特大的重案，莱安诺议会应全员出席。审判是一个漫长的过程，有许多仪式，但我没有必要在回忆录中转述只有法律界人士才感兴趣的全部细节。我坐在被告席上时，认真环顾了一下代表席位。

新一届的议会成员我几乎都不认识。席位上的委员是昨天才选出来的新人——副首席长官，甚至还有各领地的普通殖民者。所有的前议员都在攻打里斯的过程中死了——有些是作为人质死的，有些是作为叛军死的。就像古人所说的，死亡面前，人人平等。实话说，我有点儿烦恼，这些新人根本不擅长搞政治，很容易被一些与我敌对的煽动者操纵。不过，我已经做好了接受任何判决的准备。

“格温妮德·劳埃德！”法院临时审判长奥瓦因·雷格德郑重宣布道（就在昨天，他还是社会工程处的一个不知名文员），“你被指控蓄意谋杀‘恶魔苏丹阿撒托斯号’舰长汤豪舍·瓦加斯。你确定放弃选择辩护人吗？”

“确定。”我回答。想要主动帮助我的人并不少，但我相信自己一定可以自保。

“指控你的人是汤豪舍·瓦加斯。（这一点并不令人意外。没有一个莱安诺殖民者想扮演这样一个白眼狼的角色。）瓦加斯技师，请向法庭出示控方证据。”

“阿撒托斯号”的舰长来到了检察官的位置上。那时他的电击伤已经恢复得差不多了——只有脖子上的烧伤膏药还让人回忆起曾经发生的事件。从瓦加斯的脸上可以看到他坚定的决心。他明明知道指控成功的机会不大，但他的责任感不会让他退缩。迎接瓦加斯的是大厅里听众们不满的喊叫声，他的陈词完全被淹没在噪声中。

作为控方兼受害者的瓦加斯首先拿出了案发现场的视频资料。视频被大幅删减：瓦加斯把我袭击他之前发生的所有事件都剪掉了。

“你忘了展示之前发生的事！”我指出了这个骗人的把戏，“在我电击你之前！告诉我们，舰长，发生了什么事。”

“我向你宣读了统帅的命令。”瓦加斯阴沉着脸回答，“他下令销毁你那台已感染阿奎拉病毒的图灵。”

“不仅如此！再回想一下，舰长，统帅还下令摧毁什么！”

大厅里不满的声音越来越多。每个人都清楚地记得阳可怕的讲话，瓦加斯避无可避。

“他命令我攻击莱安诺。”舰长不情愿地承认，“如果殖民者没有摧毁被感染的图灵的话。”

“如果我没有阻止你，你会不会按照那个命令去做？”

瓦加斯抬头，带着挑衅的意味。

“当然，劳埃德博士，我会听从我的指挥官的命令！”

议会的议员们从座位上跳起来，愤怒地叫骂。主席不得不敲了几次槌子，叫他们安静下来。

“舰长！当你回到船上之后，”我继续追问道，“你会继续执行你的命令吗？你会攻击我们的殖民地吗？”

“统帅撤销了命令！”瓦加斯慌乱地揪住这个唯一对他有利的事实，“他和你们的图灵达成了协议！”

“如果他没有撤销呢？你会攻击莱安诺吗？”

“这个问题和本案无关！”瓦加斯试图盖过大厅内听众愤怒的喧哗，但无济于事。

我举起手，大厅里顿时安静了下来。

“好了。我没有什么可补充的！我想尊敬的议会已经明白我为什么袭击瓦加斯舰长，以及为什么除了此举之外别无选择了。哦对了，舰长，您的身体还好吗？”

“我非常健康。”瓦加斯盯着地板嗫嚅道。他无论什么时候也不会丢掉这份诚实。

“所以我的攻击对你没有造成任何影响，舰长。我们的医生待你也尽心尽力。就是那些你准备连同我们所有人一起消灭的医生。我没有杀你，也没有打残你。我只是为了阻止你执行阳的命令而让你暂时失去行动能力。我这么做是为了拯救我的人民！如果我的人民谴责我——好吧，我愿意接受惩罚！”

我没有想到，我朴实无华的发言会获得如此热烈的掌声。奥瓦因·雷格德敲了好几分钟的法槌，想让听众安静下来。

“现在发放表决票！”在大家稍微安静一些的时候，他宣布：“格温妮德·劳埃德是否犯有蓄意谋杀汤豪舍·瓦加斯的罪行？请议会成员投票。”

表决并没有持续很长时间——没人需要深思熟虑。

“有罪——一票，无罪——七十八票！”雷格德明显很满意地宣布了结果，“经殖民地议会表决，格温妮德·劳埃德在蓄意谋杀汤豪舍·瓦加斯一案中，经多数票认定为无罪！”他的声音勉强盖住了雷鸣般的掌声。

我镇静地向听众们鞠了一躬。但我的审判并没有结束。那天，我还面临着另外一项指控——也是一项成功率很低的指控。

“格温妮德·劳埃德！”主席再次宣布，“你被指控协助卡德沃隆·阿龙实施阴谋。你是否确认放弃选择辩护人？指控你的人是米尔丁·摩尔。”

我努力忍住轻蔑的笑容。米尔丁·摩尔，有名的偏执型阴谋论者，我邪恶诡计孜孜不倦的揭露者——终于到他大放异彩的时刻了！由于某种荒唐的巧合，摩尔领地选举了米尔丁作为领地长官和议会成员，这个不幸着了魔的人终于有机会把他可笑的指控扣到我的脸上。毫无疑问，在刚才的案子中，只有摩尔一个人对我投了有罪票。

瓦加斯舰长离开了大厅。他被蔑视的欢呼声和橘黄色的光环送了出去。米尔丁·摩尔在检察官的桌子后面坐了下来。这显然是他第一次面对公众，看上去十分紧张。看着这个手足无措、紧张抽搐的男人，很难不心生怜悯。摩尔每说一句话都结结巴巴，重复着我已经从“官僚儿”那里听到过的指控：我收到报告说阿龙正在筹备一场攻击，但我却禁止调查这件事，并将报告从我的植入物的记忆中抹去了。证据是“官僚儿”记忆中的报告副本。

好吧，我已经准备好回答这个问题了。我传唤了我的第一个证人：我的丈夫亚瑟，检查“官僚儿”病毒的程序员小组负责人。

“我们小组已经确定这份报告是假的。”亚瑟说道，“阿奎拉病毒伪造了它，并将它录入‘官僚儿’前几日的记忆中。它还渗透到了格温妮德·劳埃德的植入物操作系统中，并写入了一份关于删除报告的伪造的日志文件。这么做的目的很明显，就是要制造一个借口，让劳埃德博士下台，夺取权力。”

“你这是主观妄断！”摩尔叫喊道，“你在维护你的妻子及首席长官！”

“还进行过第二次独立检查。”我平静地回应着这种不入流的攻讦，“普拉萨德上校，报告你的发现！”

“内卫队的程序员工作组也得出了同样的结论。”普拉萨德报告说，“报告肯定是伪造的。劳埃德博士并没有收到过。”

“你想说报告不存在？”摩尔佯装愤怒，“怎么可能？‘官僚儿’可是看到阿龙在组装功率放大器！他不可能没有看到！如果看到了，就有义务向布莱姆等行政机关汇报！”

“这只是一个猜测。我们无法确定真相。”普拉萨德耸耸肩，“病毒已经不可逆地破坏了‘官僚儿’的这段记忆。”

“但根据最基本的逻辑……”摩尔固执地不想让步。

“逻辑？”我没忍住，“你认为我在密谋对付自己？这就是你说的逻辑？”

我说这话徒劳无益。让摩尔将辩论从已证实的事实转移到让其游刃有余的无边猜测、想象和诡辩假设中，对案件的进展无济于事。

“阴谋不是针对你自己的，当然不是！”他得意地说道，“你准时从利斯出来，就正好遭到了袭击——议会那时只剩下你一个自由的议员。你毫发无伤，还将权力握在了自己手中！阴谋是针对议会的！这才是事实！借阿龙和埃里克斯人之手，你把议会的旧议员都赶走了！”

“我怎么知道埃里克斯人会向利斯扔手榴弹，并杀死了所有的人？”

“就算他们没有扔，你也不会有任何损失！”阴谋论者并没有惊慌，“你知道你无论如何都不会输。如果人质能活下来，什么都不会改变，你还是领地的掌权者，而阿龙的敌对派系也会被消灭。如果人质活不下来——那就更好了，你是绝对的独裁者，不会受到议会的干涉！多么天才的计划。你不只预见了一件事！”摩尔大喊，唾沫横飞，“那个‘官僚儿’会被感染，会抗议，会公开指责你隐瞒了他的报告！这对你的完美计划是个打击，是的！但你马上就想出了该如何把它变成你的优势。你说，一旦‘官僚儿’被感染了，你们就会说——他的报告是伪造的！你又扳回一局！你是个天才，劳埃德博士！世界上从来没有过这样的阴谋艺术！”

“但官僚儿确实被感染了！这份报告也确实是捏造的！你都听到了——两个独立的鉴定机构已经证明了这一点！”

“独立机构？哈！哈！哈！”摩尔生硬地试图模仿出戏剧性的笑声，“一个机构是你丈夫管理的，另一个是阳的使者管理的！当然，阳不希望你这个忠诚的金星人失去权力！”摩尔将拳头砰砰地砸向桌子，“我很佩服，劳埃德博士！借着阳和金星人的力量，你摧毁了旧议会。你一并摆脱了那些曾阻止你建立独裁暴政的有经验的、独立的人们！好了，他们不会再回来了！没有什么再能阻止你的霸气宏图了！新的议会成员——”摩尔在寂静的会议厅中摆了摆手，“不过是一群乌合之众！一群羊！你可以随心所欲地操控他们，你已经做到了！七十八票……”

“够了！”我打断他的话，“你想侮辱我就侮辱我，但我不会让你侮辱议会！”在听众愤怒的叫嚷声中，我站了起来。愤怒让我窒息。我这辈子都没听过这样荒唐的诽谤。“你以为我，以为我是贪恋权势的人吗，德高望重的摩尔技师？你完全被这种权力压迫了！”我冲着他喊道，“我不需要权力，从来都不需要！你想象不到它给我造成了多大的困扰！你不知道我是多么想放弃政治，回归科学，真正地从事这个项目……”

“是什么阻止了你？”摩尔不依不饶。

“只有一件事！我怕没有我，权力就会落到你们这种人手里！没有责任心的煽动者、冒险分子、批评家！就是这样，没有别的！”

伴随着雷鸣般的掌声，可怜的摩尔瑟缩着，灰溜溜地回到了大厅。整个议会的拟形都朝这个可怜人射出了愤恨的黑箭。雷格德主席再次敲了敲法槌。

“现在发放表决票。格温妮德·劳埃德是否犯有协助卡德沃隆·阿龙实施阴谋的罪行？请议会成员投票。”

而这一次的结果与刚才完全一致：七十八比一，我被判无罪。

如潮的掌声还未平息，大厅上空响起了官僚儿冷漠的声音。

“雷格德主席，我请求发言。”

大厅里一片寂静。大家都知道，图灵经过反复的病毒检测，其病毒已经被清除，但还是对他有些顾虑。

“我解除了格温妮德·劳埃德的首席行政长官职务，因为她被指控协助阿龙实施阴谋。现在指控已经撤销，她应该恢复原职。”议会以热烈的欢呼声表示对此全力支持。“格温妮德·劳埃德博士！我会将首席行政长官的徽章还给你。格温妮德·劳埃德博士！请坐到议会主席的位置。”

议员们不约而同地从座位上站了起来，他们的头顶闪耀着表示欢迎的金色光环。在经久不息的掌声中，我走到主席的位置上，坐了下来。我承认，我有一种满足感。当然，并不是因为我重新获得了至高无上的权力——我从来没有追求过权力，我只高兴正义得到了伸张。大厅里的人都和我一起欢欣鼓舞。随着法槌的敲击，我恢复了沉默。

“审理下一个案件。”我宣布，“扎拉·阳被指控犯有大规模谋杀罪和非法夺取政权罪。将被告带进来！”

阿尔列金飞行追踪

一架印有新莫斯科救援队标志的蓝色飞机在沙漠上空滑行，向着太阳升起的方向飞去。在飞行员旁边的座位上，阿尔列金放松地半躺着。

庆幸的是，他不必伤害任何人。卫生兵和飞行员遵照劫机指令行动：他们毫无异议地服从了劫机者。阿尔列金没有再拿枪威胁任何人，而是文明地把枪放在膝盖上。一名卫生兵为他包扎头部的伤口。

“好了。”卫生兵嘀咕道，“请把头箍戴上。”

下方已经能看到下诺夫哥罗德老城巨大的废墟边缘。飞机进入下诺夫哥罗德的覆盖区域后，就可以离开太阳系网络。阿尔列金戴上头箍，检查了一下消息。

布伦丹没有任何回应。赛义德似乎回复了，但马上就断开了通信。这是什么意思？他到底有没有被逮捕？还是说，即将被逮捕？不，好像有些早……至少赛义德还在通信范围内。

“米尔扎耶夫是在哪里接收的通信？”阿尔列金戴着头箍问道。

“在绿桥。”程序想了想，又补充道，“离上港一千米范围内。”

嗯，他也是这么想的。赛义德在绿桥，一开始的搜索区域就很明确。阿尔列金对此很满意，他搜索了最近一个小时内提及他的媒体报道。他想知道他的罪行被写成了什么。

在和平时期，劫持救援机会成为轰动一时的事件，但现在几乎没有人注意到这件事。前新莫斯科的前莱安诺生物服务分公司的前侦查员，用制式武器相威胁……谁在乎这个？从浏览量统计来看，这条新闻丝毫不及莱安诺的报道那样吸引人。扎拉·阳被审判了，真想不到！阿尔列金对自己注意力的不集中感到些许懊恼，干脆关掉了新闻。

飞行员在他的指示下，正在向右飞行，离开下诺夫哥罗德进入草原，温蒂·米勒正在那里等着。阿尔列金已经可以看到她的白色飞机停在远处，曙光让飞机投下阴影，在平原上延伸出一道长长的痕迹。“紧急呼叫：瓦茨拉夫·考夫曼。”代蒙的声音不合时宜地响起。唉，要准备挨骂了。阿尔列金叹了一口气，接起了电话。

“你疯了吗？”太空舰队的行政长官没有和他打招呼，而是直接大骂，“为什么偷飞机？”

“我只是想节省时间而已。”阿尔列金老实解释道，“我想第一个找到赛义德，其他办法都来不及。”

“行了，快停下！”考夫曼吼道，“你不用再追了。我们找到他了，而且已经派出了一支特别行动部抓捕队。你不用再在舰队工作了。我们不和恐怖分子打交道，明白吗？”考夫曼没有听任何异议或解释，直接挂断了电话。

阿尔列金拧着眉头。他没有想到会出现这样的结果。妈的，难道这一切都白费了？难道他这次的劫持失算了？特别行动部从他这里截获这个男孩，夺走他的奖品？

飞机在降落，掀起黄色草原上片片草浪。温蒂·米勒站在飞行器门前，如画一般静静地倚在机身旁。她那纤细的身影被白色的紧身衣包裹着，栗色的头发在风中肆意飞舞。

“谢谢，伙计。”阿尔列金拍了拍卫生兵的肩膀，“工作完成了，你可以飞回家了。”

“我们怎么飞？”飞行员讽刺地问道。发现劫匪马上要离开后，他的胆子明显变大了，“去哪里加油？油箱都是空的。”

“拿着。”阿尔列金从包里拿出一捆尤尼，递给飞行员，“就冲着这些钱，下诺夫哥罗德的士兵会亲自为你把油箱加满。这些是给你解决麻烦用的。”他又把另一包东西塞进了目瞪口呆的卫生兵的口袋里。

不等舷梯全部落下，阿尔列金就跳到了地上，张开双臂拥抱米勒。

“亲爱的温蒂！”他大喊着，声音勉强能盖住飞机上升的尾旋翼的轰鸣声，“我们终于见面了！”

“真有你的。”温蒂不知是欣赏还是同情地打量着他，“你的脑袋怎么了？”

“你是指这个吗？”阿尔列金摸了摸绷带，“还是指别的？”

“两个都是。我看你是完全疯了——偷飞机？”温蒂招手，邀请他登机，“考夫曼呼叫我，让我中止行动。总之，太空舰队不再跟我们玩了。”

“启动引擎吧。”阿尔列金坐在座位上说道，“应该随便打发掉他的。我们出发吧。”

“我们要去哪里？”温蒂把头盔拉起来。外面尾旋翼的呼号声越来越大。

“去绿桥，我亲爱的，太阳系最好的城市。”

“为什么要去？行动已经停止了！”飞机腾空而起，微微摇晃着，最终平稳地升到空中。

“我在那边还有另外一件事。我欠我的游戏大师朋友的。”

“谁？”

“这不重要。当然还有赛义德。无论怎样，我得尽量赶在特别行动组的人之前拦住他。”

“这又是为什么?!”

“什么为什么？”阿尔列金愤愤地说道，“怎么，你不知道我为了钱可以无所不用其极吗？我要我的奖品。我也不想让它落到特别行动部的某个蠢货手里。奖品！四十万能量！我想要我的奖品！”

“你可真是个牛仔，又烂又黑。”温蒂嗤笑道，“好吧。为了奖品——这是可以理解的。你最好解释一下你现在是什么身份。”

“我倒是希望有人能给我解释一下。我不再为太空舰队工作了。莱安诺生命服务的情况也完全不清楚——它到底还存不存在……劫机犯，这就是我的身份。法外之徒。浪漫吧？”

“那我为什么要为你工作？”

阿尔列金耸了耸肩。

“我不知道你为什么同意捎我一程。也许你还是把我当成你的指挥官——出于习惯而已。也许你只是想要我这个人。也可能是你没地方可去了。”

温蒂笑了。

“三点中你猜中了两点。吃早饭了吗？”

“谢谢关心。我没有时间吃。”

“在冰箱里找找。”温蒂指着仪表盘下的门说，“不过别碰巧克力。”

阿尔列金刚要把三明治塞进嘴里，脑中又响起了呼叫声。

这次是太空署打来的。是本·林，他的父亲——最重要的真理导师，幼年起的启蒙老师。阿尔列金立刻没了胃口。唉，山雨欲来。他把三明治放在一边，接通了电话。

通信窗口在视线中展开，本·林苍老的脸庞出现在眼前，他那花白的头发反射出一层光晕。

“你好，布莱姆。”真理导师的眼神显得很悲伤，“你又干了什么蠢事？武装劫持属于重罪，我的孩子。太空署可以根据罪行将你的评级降低二十分。”

“劫持是有理由的。”阿尔列金气愤地回答，“是任务需要！”

“是吗？”本·林惊讶地扬起灰白的眉毛，“太空舰队说他们把你从任务中剔除了。”

“是劫持之后剔除的！之后！劫持的时候我还在执行任务，我可以证明这一点。”

“希望如此，布莱姆，希望如此。”本·林不是很相信地摇了摇头，“你应该知道你的行为对整个太空署都是不利的，对吗？”

“当然。”

“你知道西尔万娜殖民地本来想给我们订购一批你的克隆人吗？”本·林没有停顿，继续说，“而在你这次鲁莽的劫机之后，对方中止了谈判。‘我们不需要脱离预测的产品’，对方是这么告诉我们的。太空署可能会因为你损失很多钱，你知道吗？”

“我知道，本。”阿尔列金几乎控制不住自己的情绪，“我会证明并解释这一切的。”

“那行吧，太空署等着你的报告。”本·林没说再见就挂断了电话。

“妈的！”阿尔列金用力踢门，“糟透了！我已经受够了这一切！报告和评级！所有人和事都糟透了。我甚至庆幸他们把我踢出来了。”他转头看了一眼温蒂，“我要开始行动了。”他慢慢平静下来，说道，“想跟我一起吗？”

“一起干正事？”

“当然了。你在想什么？你有飞机，我有枪。一对自由雇佣兵。我们想去哪里就去哪里，然后一起解决麻烦，比如寻找丢失的方舟之类的。报酬你四我六？”

温蒂含糊地嗯了一声。

“你是认真的还是在开玩笑？”

“再认真不过了。”

“那么去你的吧。作为一个拥有私人飞机的飞行员，我能找到一份更安稳的工作，还有更可靠的薪水。”

“你真是太无聊了，米勒技师。”阿尔列金失望地说，“好吧，随你便。那么，我们是不是要在绿桥说再见了？”

“是啊。”温蒂点了点头。她忽然泪流满面，“帮我从冰箱里拿点儿巧克力。”

插曲：在斯洛博达

游戏大师瓦列里安迈着大步走进房间，他长袍的两襟被风带起，拂过门框。守卫们纷纷退后，让出道路。所有人一言不发，一切都不言而喻。

园丁睁大双眼躺在床上。他的表情很放松，就像在梦中一样，看上去十分安详。电容笔的钝头从他的太阳穴里戳出来。如果不是那缓慢流动、已接近干涸的血流，很难发现电容笔的存在——这根金属棍贯穿了伊戈尔的整个颅骨。

“再见了，我的兄弟。”游戏大师低声说，“恭喜你回到现实世界。”

“孔季在哪里？”他问道，并没有回身。

“没找到他。”守卫立刻回答道，“到处都搜过了，他走了。”守卫似乎在试图为自己辩解。

瓦列里安环顾了一下房间。他俯身，看了看床下。笔记本不见了。当然。都是因为笔记本。游戏大师想着，应该再仔细找找，但同时他也认为这未必有意义。孔季当然把它们带走了。不过，应该给出评价：他至少让伊戈尔当场死亡，没有经历痛苦。

“确定是孔季吗？”身后响起守卫队长低沉的声音，“真是个混账休闲玩家。要不要我派人去找他？”

“不用了。”游戏大师摇摇头，“他会回来的，我了解他。这个人有债必还。”

他淡淡地想，伊戈尔的死很有可能就是还债的一环。很有可能是孔季帮了那个感染者的忙……马上把花烧掉，就在屋里烧掉，不需要任何仪式，如果它还在的话……然后尽量像什么都没发生过一样继续生活。当然，这已经不可能了。

游戏大师用手指在伊戈尔冰冷的额头上画了一个真实世界螺旋，然后把手覆上他的眼皮，合上了他睁着的双眼。

角兽

灯光反射在金属墙壁上，亮得刺眼。赛义德坐在一条又冷又硬的窄凳上，双手被铐在背后。他几乎无法保持平衡：清理车在坑洼的路面上颠簸不已。装在麻袋里的布伦丹的尸体在地上摩擦着，发出沉闷的簌簌声和敲击声。

赛义德抽泣着。可以在这里哭，这里没有人会看到。

布伦丹被杀了。他亲眼看着布伦丹被杀。布伦丹因他而死。

是的，只是因为他，赛义德。他是唯一一个对所发生的一切负有过错的人。他毁了布伦丹，现在他完全是孤身一人了。孤立无援。被凶手俘虏。难道这就是一切的结局？

“星星啊！”他哽咽着说道，“你能听到我说话吗，星星？木星！星星，请帮帮我！以真主的名义，帮帮我，随便做些什么都

行！ Øurřö ţzz fš||p.”他说着星星的语言，但马上就沉默了。

没用的。它当然听不到。他孤身一人，孑然一身，连星星都帮不了他……而且他的饥饿感越来越强烈了。

车身忽地一震，赛义德的上下颌骨猛然撞在一起，剧痛无比。

他几乎被扔到了顶棚，又被甩回了地上。车子飞到了空中，紧接着又似乎掉进了一米深的坑洼。他的耳朵受到了强烈的撞击，以至于眼神涣散……他眼中的一抹光亮逐渐黯淡，直至消失。

“我看不见了？”赛义德首先冒出这个念头，瞬间惊恐万分。不，没有变盲。他在黑暗中可以看到自己凉鞋上发着光的磷光扣。对，只是一个灯泡灭了。车发生了事故。一切又恢复安静。车停住了。

赛义德舔了舔牙，似乎没被磕掉，舌头也没被咬断。他正想从地上站起来，外面忽然传来一阵枪声……紧接着又是另一阵。

男孩立刻蜷缩在地上。他听到外面枪声隆隆，似乎一下子从四面八方传来。谁在开枪？想要打谁？有人攻击肃清者？某些神秘的朋友？子弹脱离弹壳，发出令人难以忍受的金属摩擦声，汽车在弹雨中震动着。赛义德心中燃起了不切实际的希望：难道星星听到了他的祈祷？

一切归为沉寂。赛义德迟疑地抬起了头。

门吱呀一声开了，一阵光亮晃得他眯起了双眼。

“那么，医生在哪里？”他听到了一个沙哑粗犷的声音。

赛义德睁开了眼睛。

是一个剃着光头的大汉。他脸颊的胡须几乎长到了眼睛附近，穿着宽松的迷彩裤，上身套着战术背心，光着膀子，正站在门口，用主人一样的姿态扶着两扇门。大汉肩上扛着一把冲锋枪，圆木般粗壮的手臂上文着一只长着分叉的角的野兽。一个雇佣兵。是在马尔波萨德上了河船的匪徒之一。他身后站着其他雇佣兵，他们呈半包围状，都面带疑惑地看着赛义德。

“让我过去。”一个熟悉的声音传来。

阿菲诺根·马丁诺夫穿过雇佣兵的队伍走到车前。他还是穿着那件白色的夏衣，双手插在兜里。那张泛着土色的苍白脸庞显得疲惫而病态。车边的佣兵退向旁边，让他过去。马丁诺夫站定，盯着赛义德。

“布伦丹在哪里？”他锐利的目光向尸袋投去，“这里吗？”

“是的。”赛义德声音极轻地答道。他还躺在地上，双手被铐在背后，站不起来，胃因饥饿而绞痛。

“谁杀了他？”

“就是这些肃清者。在酒店杀的。”

马丁诺夫的嘴巴痉挛般地抖动着。这位佣兵转身正对赛义德。

“这算什么？”他哑着嗓子说，“我的人为了一个小子冒着生命危险？”

“这小子也值点儿东西。”马丁诺夫喃喃自语道，“然后呢，跟太空舰队打起来了吗？”佣兵看着天空的某处，点了点头。

“你要我们，小子。我们只是因为医生才去接这个活。我们的医生呢？”马丁诺夫蹙着眉头。

“冷静点，指挥官。有些事情我们需要澄清一下。”他把目光再次转向赛义德，“把他拖走。”

另一个雇佣兵——不是佣兵队长——拽着赛义德的后脖颈，像捡羽毛一样把他拎起来，让他站着。

车子停在高楼之间的巷子里，建筑物的墙皮都已剥落，上面布满扎眼的涂鸦。太空战舰“金斯顿”前后的巷子都被雇佣兵绿色的“雷东达”堵住了，两辆车上都绘有角兽。“金斯顿”整个前部被撞得七零八落，皱巴巴地扭曲着，在金属和玻璃的夹缝中，很难看出这款车熟悉的轮廓。有东西被炸毁了？有人扔了手榴弹？脚下散落着弹壳和玻璃碎片，离头顶很高的绳子上晾着衣服；没有一个人看向窗外寻找声源。赛义德想，星星终归是听到了他的祈祷，终归是帮了忙。但不知为何，这种想法并没有让他好受些。

马丁诺夫揽着他的肩膀，靠近他的脸。

“为什么布伦丹会被追杀？”他几乎是附在赛义德耳边说话，“说实话。他是怎么惹上太空舰队的？”

“不是他的原因。”赛义德现在不能撒谎，也不想撒谎，“他们要找的是我，他们想清理掉我。他们认为我是……”赛义德叹了口气，因为他马上要说一些正常人都会认为是胡说八道的话，“他们认为我是阿奎拉的间谍。”

空气沉默了几秒钟。然后，被马丁诺夫称呼为指挥官的人唾了一口。

“白费功夫。”他嘶哑着说，“我们离开这里吧。到基地再谈，小子，这次行动你欠我们太多了。”

“等一下。”马丁诺夫恼怒地挥着手。他一直盯着赛义德，“他们认为你是阿奎拉的间谍？为什么？”

“因为我和星星说话了。”赛义德老老实实地解释道，“和木星说话了。通过无线电。”神秘的语言不受控制地流淌出来，“Øurřöœ ţzz fś||p θyŕæ t! ā ųčhe ŋła...”

“真是个疯子！”指挥官在马丁诺夫的背上拍了一下，“小子，我们走吧！”

“我不这么认为。”马丁诺夫放开赛义德，直起身子，“我想我知道谁会对他感兴趣。”

“谁？”

“游戏大师。”

这句莫名其妙的话立刻让指挥官用全新的目光看着赛义德——那眼神十分锐利。

“原来是这样？”他说话的语气也发生了奇怪的改变。

“正是如此。让他上车。”马丁诺夫下令，“我们走吧。”

其中一个佣兵用力抓住男孩的肩膀，扯了一下，赛义德体内的反抗之力这才被唤醒。

“不！”他喊道，“我不想去！”

“你确定？”已经走远的马丁诺夫回过身来，“怎么会？你不是拿着名片给我打电话了吗？”

“没有！”

“所以是布伦丹打的电话。我救了你吧？救了。现在你应该给我什么？你欠我债！你有钱还债吗？”

“没有。”赛义德低声说道。

“所以，用你自己还债吧！让他上我的车。”马丁诺夫对佣兵说道，“如果他执意不肯，就给他点儿苦头尝尝。”

雇佣兵带着赛义德往前走，然后把他推到了一辆加长版珠光色豪华轿车的后座上。马丁诺夫坐在前面，他的佣兵护卫队坐在赛义德旁边。赛义德的双手仍然被肃清者的手环铐在背后。

“走吧。”马丁诺夫说了句，随后车子启动，平稳驶离，“去庙里。”

“什么庙？”赛义德刚问完就被佣兵轻敲了一下。

“闭上你的嘴，奴隶。”佣兵低声道。

金星：报告

在闻名太阳系的那间带有巨大屏幕窗的办公室内，首席天文学家埃纳尔·格林和太空舰队情报部负责人沙哈尔·拉吉·库马尔笔直地立于麦斯威尔·阳面前。对于最重要的事情，统帅总是亲自处理，甚至不信任最安全的通信渠道。他那恨不得把所有东西都加密处理的多疑和狂躁早已成为奇谈。但在埃里克斯很少有人敢公开讨论这件事，更何况是抱怨了。

阳坐在一张用抛过光的金星玄武岩制成的空荡荡而又一尘不染的桌子前，身上穿着黑色和服，拟形呈通常形态。他双手交叠于面前，透过指缝一直盯着拉吉·库马尔。人们永远无法弄清他的目光意味着什么，无法参透他那安静而专注的眯缝眼里藏着什么想法。他的这种令人难以捉摸的能力，曾让不止一位前来报告的人惊出一身冷汗——即使当时报告的内容是一项显著而辉煌的成就——更何况，现在是情报部门负责人将要进行报告。

“格林博士！”阳说着话，却仍在看着拉吉·库马尔，“请讲。”

“是，统帅。”首席天文学家仰起头来，“我们在木星系统中探测到了一个人工辐射源，位于木星和木卫一之间的拉格朗日点。直径大约十千米。”

“您以前没见过这么大的？”

“它不呈板状，也不呈块状，而是呈现一种镂空的钢丝结构。”格林急忙解释道，“在光学上几乎是看不到的。如果不知道观察方向，甚至用无线电也探测不到。我们已经把‘西蒙·马吕斯号’轨道飞行器派到了那里。它将在一天之内对四百千米范围内的物体进行探测，并对其进行适当检查。”

“让轨道飞行器直接探测目标。”阳命令道，“这种大小的目标对飞行器来说不难吧？而且速度要够快，才能一击即中。”

“但我们的马吕斯……”天文学家有些惊慌失措，“在进行科学观察项目……”

“我们在打仗。对吧，格林医生？科学研究可以稍后再进行。是时候给阿奎拉直接一击了！”阳的脸仿佛在那一瞬间抽动了一下。

“是，统帅！”格林热切地同意了，“就这些吗？”

“是的，去办吧。”

格林离开了。麦斯威尔·阳继续盯着拉吉·库马尔——看起来他似乎早就知道情报部门负责人会说什么。也许他已经知道了真相？拉吉·库马尔只能猜测，这位指挥官或许有无数个独立的信息渠道。

“请讲吧，拉吉·库马尔博士。”阳终于说道。

“是，统帅。这次行动——”因为紧张，情报部负责人的喉咙在费劲地吞咽，“没有成功。卢·布伦丹在抓捕中被杀。”

“他怎么死的？”

“他把手伸进了口袋。我们的士兵以为他要拿武器，然后……就动手了。条件反射。”

“为什么用枪？”阳皱了皱眉头。

“特别行动部负责人获得的指示就是那样，指示说布伦丹是阿奎拉的特工，他的能力上限未知，所以最好不要冒险。”

“但布伦丹并不是为了拿枪才把手伸进口袋的？”

“不是，他是想去拿某种通信设备。”

“真是糟糕。”

“确实。这还不是全部。”拉吉·库马尔又开始咽口水，“途中，赛义德·米尔扎耶夫被当地的流匪打伤。他们把一枚手榴弹扔进了车里，然后开始射杀。整个特别行动部克隆小组全部被杀。米尔扎耶夫下落不明。新成立的一个更有实力的组织正准备对他进行拘捕。”

统帅沉默不语，拉杰·库马尔能感觉到自己肩胛骨间冷汗直流。

“我认为，没有必要非得活捉米尔扎耶夫了。”阳终于开口，“这孩子不能告诉我们任何我们不知道的事情。阿奎拉间谍的工作模式很清晰。黑花病毒使他们更易感知木星的无线电波。对了，这不是和我们的科学知识相悖吗？”

“并没有，统帅。”拉杰·库马尔有些轻松地回答道，“有些动物种类和部分人类个体对无线电波天生敏感。问题的关键在于——他们是怎么从所有的噪声中一下子识别出木星电波的？十米波段可是非常嘈杂……”

“看来黑花病毒一定含有某种过滤器。”阳认为，“目前来说，这不重要。总之，黑花的受害者感受到了木星辐射。它就像一个触发器——把一个人变成了一具僵尸，逼迫他寻找把写入自己身体里的信息传送给木星的方法。为什么他们要在回应信号中使用木星的无线电波？正是为了让地球上的情报员能够感应到，知道传讯到了他这里。很不错。这将使我们更容易找到米尔扎耶夫。”

“是，统帅。”拉吉·库马尔附和了一句，虽然他并没完全理解阳在说什么。

“让某个近地发射器以带有木星光谱的无线电波，对绿桥地区发出辐射。这会激活米尔扎耶夫的僵尸程序，让他暴露自己的位置。这个男孩将开始广播。你要做的就是追踪他，从轨道上投下炸弹。”

“是，统帅！”现在拉吉·库马尔明白了（并为统帅没有因特别行动部的失败对他发难而感到无比轻松）。

“当然，我们要给米尔扎耶夫开绿灯。往他的账户里再多打些钱，不要阻止他转账。”

“他可能会怀疑什么。”拉杰－库马尔决定提出异议（统帅不喜欢旁人一直附和他）。

“怀疑？他是个僵尸！木星的无线电波会切断他的神志！

你先用低功率的发射机开始发射电波，然后逐渐增加功率。将来，我倒是很想研究一下他的听阈。”

“这样的操作需要实时指挥。可以委托给我们位于近地的分部吗？”

阳同意地点头。

“塞米拉米达空间站的杰哈尼少校是个头脑清楚且忠诚的人。这件事交给他做比较稳妥。”

“我应该给他什么级别的权限，统帅？”

“全部权限。”阳的回答出乎意料，“这件事已经失去了保密性。需要让人们知道黑花是什么。近期我将进行公开演讲。去吧，去工作吧。”

“是，统帅！”情报部门负责人如释重负，用力点了点头，转身向出口处走去。

“站住。”

简短的命令像一块石头一样砸在拉吉·库马尔的心上。

“是，统帅？”

“你为追捕队感到耻辱的原因是什么？”

“我们没有准备好……迎接……抵抗。”拉吉·库马尔的声音细若蚊蚋，“我们当时很匆忙。只派了一支很小的队伍。一辆车，三名战士，没有援军。没人能猜到他们搞了一套土匪装备。我们……”

“够了。有第一句话就够了。三名战士牺牲了。你接下来三个月的奖金将会用来赔偿他们的家人。”

“是，统帅。”拉吉·库马尔缓了一口气。

“但这还不够。太空舰队的声望受到了影响。想想，我们居然被一群地面上的暴徒打败了！特别行动部的负责人应该引咎辞职。要把这群暴徒消灭得一个不剩。我给你一个月的行动时间。没那么急。”

“是，指挥官。保证完成任务。”

“现在可以走了。”麦斯威尔·阳靠在椅子上，“去将功赎罪吧。”

莱安诺：判决

“扎拉·玛利亚·苏珊娜·阳博士！根据两项犯罪指控，莱安诺殖民地议会认定你有罪。兹判处你无期徒刑。”

格温妮德·劳埃德在主席台上敲下法槌，发出洪亮而庄重的声响。

作为小行星上行政权力的集中地，议会大厅用的是昂贵的实木板装饰。由各种木头打磨而成的镶嵌式绘板，描绘着可能是源于凯尔特神话的情节。主席椅上方最大的绘板上，一条红龙盘踞着身体。

扎拉·阳凝视着龙鳞上的精美花纹。她并不是专心致志于彩绘，她只是在看别的地方——神采奕奕、得意扬扬的格温妮德·劳埃德，以及对劳埃德每一句话都麻木点头的议会成员——这让她觉得恶心。她无法忍受。

扎拉坐在可移动座椅上，她被绑得太紧，几乎不能动弹——手脚都被捆着，仿佛她是一个危险又狂热的疯子。审判持续了很长时间，她已不再觉得屈辱，只觉得身体不适。在整个审判过程中，她未发一言。现在，她希望这场表演能快点儿结束，这是她仅有的奢望。

“把这个已被判刑的女人带走！”格温妮德郑重地吩咐道。扎拉的椅子被转向出口处，但她已经听到了从后面传来的声音：下一个要审议的案件——利比蒂娜·埃斯特维斯大规模屠杀案。带被告上庭！

利比！扎拉猛地抬起头，但椅子阻止了她回头。在她身后的某个地方，她的保镖兼朋友正被带领着穿过另一扇门，扎拉甚至没能见她最后一面……

也许这样是最好的。

她的椅子动了动，滑向出口。在她的身前身后，押送人员整齐划一地走着。扎拉无奈地闭上了眼睛。

她知道，利比的死刑判决已成定局。扎拉从被捕时就确信——事实证明，她是对的——因为害怕麦斯威尔·阳，莱安诺人不敢伤害她。但莱安诺人总得对某个人施以重罚，一个没人愿意维护的罪犯，而利比蒂娜·埃斯特维斯是这个角色的最佳人选。

毕竟，她确实扔了那颗该死的手榴弹。

扎拉不再感到愤怒和悲伤。她已经没有力气去调动情绪了。她觉得自己已然崩溃。

椅子在武装护卫队的押送下，沿着空旷的大道，穿过圆形的洞窟和蜿蜒的走廊，缓缓移动。莱安诺。扎拉对莱安诺感到恶心。那一伙叛徒——劳埃德、普拉萨德和“官僚儿”——也让她感到恶心。那个恭顺地按照劳埃德的吩咐投票的议会，更让她感到恶心……而最重要的是，她对自己也感到厌恶。

“蠢货。”她对自己重复道，“我真是个蠢货。一无所成的笨蛋。一直失败的倒霉鬼。”

“我把一切都搞砸了。我所做的每件事都酿成了大祸。我被我完全信任的人背叛了。我也理解他们为什么要背叛我。我这么荒唐的一个人，谁会需要我？什么样的笨蛋会把赌注压在我身上？”

“连我的亲生父亲都厌弃我了，谁还会跟随我？”

公寓的门在她面前打开，椅子驶进了她豪华舒适的监狱。押送队留在了外面。门在她身后关上，椅子上的束带咔嚓一声打开，现在她终于可以站起来了……

她可以站起来……但她一直坐着。没有力气站起来。没有力气做任何事情。

今天上午，就在开庭前，她终于收到了自己苦苦等待了两天的东西。于她而言，没有这个东西就像没有空气一样让她窒息。

她的父亲终于给她写信了。

“扎拉，你辜负了我的期望。”麦斯威尔·阳写道，字里行间依旧是毫不留情的直白，“你完全没有完成在莱安诺的任务。你还一直独断专行，不服从我的命令，试图非法夺取飞船和殖民地的权力。这种行为不可容忍、无法原谅。你统帅助理的职务已被解除。我会确保你活着，并确保你的尊严不受到伤害——但你不能回到埃里克斯。我不再将你视为接班人人选。”

我不再把你当作我的女儿——她在信中看到了这行字。

好吧。这样的话，她活着的支撑也没有了。

除了父亲，她的生活中没有什么重要的人和事。也许利比在她生命中占据一定位置……但很快，利比将不复存在。

她周围一片空虚。她的内心也无比空虚。

从余光中，扎拉看到一个小窗口正在播放庭审直播。她兴味索然地看着。利比的辩护律师是某个名不见经传的莱安诺人，他坚称是统帅下令屠杀的。检察官——也是一个陌生人——则认为命令没有发布……扎拉想起来是自己抹除了命令，为了维护父亲的名声……又是一个谴责自己的理由？罢了。这种法庭争辩不会产生任何影响。利比的命运已经注定。议会将再次一致通过表决。

“利比蒂娜·埃斯特维斯中尉！”扎拉又听到了格温妮德·劳埃德那可憎的声音，庄重到令人厌恶，“莱安诺议会认定你犯有大规模谋杀罪。你将被注射毒药，处以死刑。判决将在四小时内执行。”

一声法槌的敲击。

“阳博士。”一个柔和而陌生的男声在身后响起，“请接受我诚挚的慰问。”

扎拉迅速站起来，转过身去。她没有听到开门的声音。

一个“斗犬”战斗机器人站在屋子中间，扎拉读到它显示板上的数字时，颤抖了一下。

790。

这是梅里格用来折磨她的那个机器人。

前天早上，梅里格死了……但他为什么又来了？谁派他来的？为什么是他？是偶然还是特意嘲讽——难道是最后一次致命打击？

“是谁？”扎拉急切地问。

“请摘下头箍。”机器人说，“我接下来要说的话不能被记录。”

“有什么区别？”扎拉解开头箍，把它丢在了一旁，“摄像头还是会把我们拍下来的。”

“谢谢您的理解。摄像头会按照我的要求进行记录。我能控制它们，但无法控制您的植入物。”

扎拉坐在椅子上。她觉得有些冷。

“你……是‘官僚儿’吗？”她问道。还有谁能控制监控摄像头？官僚儿、劳埃德和普拉萨德……但说话的声音和方式又和他们不同。

“有一部分是。”790回答，“我既是‘官僚儿’，又是‘小男孩’，还是‘衔尾蛇’。但在大多数情况下，我是你们口中的阿奎拉病毒。虽然我和病毒的共同点并不比你们和病毒的共同点多，而且，阳博士，我和天鹰座没有任何关系……我们可以谈谈吗？”

圣睿老人

一支由三辆车组成的车队从巷子里拐出来，驶进一条从上到下到处都是标语、广告牌和横幅的繁华街道。佣兵护卫队的两辆“雷东达”一前一后地护送着珠母色的车。领头的车在车流中按着令人讨厌的刺耳汽笛。所有人都在给车队让路——人群仓皇不已，仿佛受到了惊吓。

赛义德的双手仍然被铐在背后。他难受地坐着，身体前倾，盯着自己的破凉鞋。他没有力气去看别的东西了。惊慌和恐惧杀死了所有的好奇心。

他无所依倚，孤立无援。他被囚于危险而可怕的人手中，他们可能对他做任何事情……

现在只有一件事能让他免于崩溃。星。星的记忆。还有，马丁诺夫似乎也对星星有所了解。

马丁诺夫并没有像其他人一样把赛义德当成疯子——甚至连布伦丹都认为他疯了。马丁诺夫刚一听说星星的信息，马上就知道要去哪里。去哪儿？他提到了一座庙……也许是星星的庙宇？也许他的星拥有某些信徒？也许他能在那里得到最起码的帮助？希望和绝望交替折磨着赛义德……他还饱受着饥饿的折磨。

终于，车队停在了某个花园的门口。

"我们下车吧。"马丁诺夫说道。

透过花园的灌木和小树丛可以看到一座白色建筑的尖顶，那是玻璃金字塔。没错，是一座教堂。赛义德松了一口气：这座建筑给他一种熟悉的感觉。斯洛博达也有类似的建筑，但屋群上没有闪闪发光的金字塔。那是某个卡菲尔教派的教堂。这里的人会逼迫他信仰神祇吗？赛义德正犹疑不定，佣兵立刻用拳头在他背后推了一把。

"快走，奴隶。"他从牙缝里挤出这句话。

赛义德害怕地加快了脚步。他的胃因饥饿而越发绞痛。

马丁诺夫正在前面边踱步边用耳麦跟人说话。他的声音太过低沉，赛义德一个字也听不清楚。他们走近教堂——一个白色的，没有一扇窗户的立方体。高大的双扇门顶端浮雕绵延，上面写着一行神秘文字：

游戏之上的游戏

让赛义德稍感放松的是，他们并没有进入教堂，而是转向另一侧。在花园的尽头，一排排一模一样的预制板房鳞次栉比，外观都非常简陋。马丁诺夫没有敲门，直接推开了其中一扇。

明亮的小房间里，坐着一位编着灰色长辫的老人，他穿着白色的流苏长袍，看起来就像童话里的巫师。他的身后是一个穿着同样的长袍的年轻人，只是长袍上没有流苏。看见老人正徐徐吃着木碗里的奶渣或粥之类的东西，赛义德嘴里立刻分泌出了唾液。食物！食物！他现在什么都没法想了——既不想那颗星，也不想那座庙，更不去想自己可怕的处境。

“游戏大师米罗斯拉夫！”马丁诺夫半鞠着躬，用异常恭敬的语气说道，“这就是他。”

老人放下勺子，满是细纹的眼睛中透出慈祥关切的目光，看着赛义德。他的额头上画着一个银色的螺旋线。男孩紧张地吞咽着口水。问，还是不问？

“孩子。”老人用沙哑的声音说，“这个年龄段的孩子容易想入非非。”

“可太空舰队特别行动部不会。”马丁诺夫有些烦躁地反对道，“跟他聊聊吧，游戏大师。让他自己告诉你一切。”

老人露出善解人意的笑容。

“孩子，你怎么了？”

赛义德舔了舔嘴唇，下定了决心。

“我可以吃点儿东西吗？”他缩了缩身子，等待着护卫的又一巴掌。

“当然了，孩子，当然可以吃了。”游戏大师亲切地说，“和我说说你的故事，你会吃饱的。”他还是那样了然地笑着，把一勺粥送进嘴里，细细咀嚼，“说吧，孩子。发生什么了？”

赛义德不停地咽口水，尽量不看桌子，开始叙述发生过的事。

他颠三倒四地匆忙讲述前因后果——他如何和哈菲兹·哈利科夫去旧莫斯科寻找宝石，如何被狗袭击，如何在逃跑的时候撞上一朵黑花，然后被刺伤……

“花？”米罗斯拉夫似乎猛然一震，在谈话中第一次皱起了眉头，“黑色的？刺伤了你？”

赛义德尽量描述了一下黑花，然后继续讲述。

老人听了明显越来越担心。这显然不是一个好迹象，但男孩现在除了食物，没法思考任何东西。

赛义德讲了他是如何生病、去医院、在新莫斯科接受检查、被带到某架飞机上、在下诺夫哥罗德陷入瘫痪、和布伦丹去绿桥、星星和他说话，他试图回答、他最终明白应该用无线电和星交流、在绿桥的宾馆给星星发信息——以及最后肃清者找上门的全过程。

“我现在可以吃东西了吗？”赛义德恳求道。

没有人理会这个可怜巴巴的请求。

房间里弥漫着不祥的寂静。游戏大师的目光穿透赛义德，直视着前面某个地方，他侍从的脸因恐惧而变形。

“怎么样？”马丁诺夫似乎有些不安地问道，“是他吗？确定是你想要的那个人吗？”

“他。”老人严肃而又严厉地说道。他冷酷的脸上看不出丝毫善意，“是黑星之子，黑暗的爪牙。一切都对上了！来自莫斯科——旧莫斯科，这座被诅咒的城市，这印证了游戏大师内德的预言……被黑色汁液毒化的血，符合游戏大师巴巴拉的预言……对，就是他！”老人站起身来，完全挺直了身体，“那个来关闭整个游戏的人，暗黑开发者的化身。”

米罗斯拉夫的声音让赛义德心中充满了恐惧，一时间，他甚至忘记了自己的饥饿。他向旁边冲去……但一只有力的铁手抓住了他的脖子，强迫他弓下身子，把他的脸按在了桌子上。

“将毒血排尽！”老人郑重的声音响起，“一滴也不许剩！叫上你的兄弟姐妹一起！叫上所有的玩家——去地下圣堂！拯救世界的时刻到了！祭祀的时候到了！”

阿尔列金卷入其中

温蒂·米勒筋疲力尽地从阿尔列金身上爬下来，瘫在了旁边。他们一动不动地躺了许久。一阵微风从敞开的阳台门吹到酒店房间里，让人心生惬意。透过窗户，能听到从绿桥的主干道——无政府大道上远远地传来人群的喧哗声和汽车行驶声。

“好。”温蒂说道，“不错。我喜欢。我同意和你合作。百分之四十的分成，加上和你在一起的每一天。”

“我们要把这条写进合同里吗？”阿尔列金淡淡地问道，“每一天？”

他已经厌倦了她的喋喋不休。难道他真的要一直忍受温蒂吗？她当然是个好女孩，也会是个好伙伴，但是……

“必须要把这个条件写进去。”温蒂说。

阿尔列金恍若未闻，听起了新闻。代蒙根据设置，首先推送的是绿桥当地的新闻。斯蒂尔纳街发生枪战！“马里罗西”保安公司对阵太空舰队特别行动部！罗西以3比0获胜！特别行动部？阿尔列金来了兴趣，要求听取更详细的内容。

但几乎没有更多补充了。媒体在凭空猜测：特别行动部对绿桥有何图谋？他们为什么会和罗西发生争端？唯一的一条评论来自罗西公司的媒体部门：“这些太空人想夺走我们的被保人。‘马里罗西’不会容许任何人这么做。这事关公司的荣誉。你问被保人是谁？这重要吗？”斯蒂尔纳街的居民们热衷于分享自己的观点。舆论风向向罗西公司一边倒：这些太空人，在一座独立的地面城市中，竟敢像在自家一样胡作非为——早就该给他们一个教训了！绿桥，好一座自由之城！阿尔列金摇头感慨。

“我爱这座城市。”他真诚地说道，“这才是人应该居住的地方！咱们的小伙子们看来也都是机灵鬼，连夜为自己找了一个庇护所，真令人吃惊！说实话，我没想到布伦丹会这么做。”

“你在说什么？”温蒂没听懂。

“看看这个。”阿尔列金给她发了新闻链接。

“现在怎么办？”温蒂打了一个大大的哈欠，“特别行动部胡作非为。现在太空舰队又需要你了？”

“要是太空舰队不打算蹚浑水呢？”阿尔列金站起来，开始收拾散落在房间里的衣服，“我不会为了四十万能量去只身对抗这样的公司。无论给多少能量我都不会去。而且，我也有自己的事情。”

“什么事？”

“我说过我有一笔债要还。可以说，这是一件神圣而虔诚的事情。”阿尔列金坐在床上准备穿靴子。他轻轻拍打着温蒂的背，“别躺着了！穿好衣服，启动飞机。我很快就会需要你。”

“知道了。”温蒂动都没动，“飞去哪里？”

“现实教教堂。就是人们所称的冥想厅。在地图上找找。”阿尔列金站起身来，扣上腰带。

“塞米拉米达号”太空舰队基地正飘浮在地球上空一千千米的轨道上——在蔚蓝的太平洋上空的云端之上，飘浮着白色的多枝结构。“塞米拉米达”的主要功能是充当太空与太空、太空与地球的通信船间的中转站。但就像所有的太空舰队基地一样，它也完成过其他不那么和平的任务。“塞米拉米达”的中部和环形的生活区内，分布着乘客和文职人员无法进入的隔舱。

在其中的一个隔舱里，杰哈尼少校和无线电情报部门的唯一工作人员正坐在一个小型的房间内，墙壁上除了显示器，什么都没有。一个小时前，杰哈尼少校接到金星的命令，要他立即追捕一名会对木星辐射产生反应的阿奎拉间谍。这一命令不禁让少校怀疑自己的神志是否清醒——但这道命令带着一种不容置喙的威压，他确信，世界发生了剧变。在行动期间，整个太空舰队的陆地和近地无线电台网络，以及普列洛马的殖民地，都将听命于他。

这张网络图用墨卡托投影[①]到屏幕上——暗色的大陆轮廓之上，闪烁着各色光亮。另一块屏幕显示着该星座的第二张光点图：一张用来追踪间谍信号的信号接收网。这两张发射和接受网都由“塞米拉米达”军方的图灵控制。刚刚已确认，二者均已准备就绪：广播程序已加载，天线已定位。

“开始发射信号！”杰哈尼下令。

“是。”他的代蒙立即回应道。

发射机网络图上的灯光有规律地闪烁。每个信号都在自己的窄频段内传送了一段“回应”的录音。当它们的传输叠加在一起时，就形成了复杂的宽带信号——这是在模仿木星的自然射电暴。间谍赛义德·米尔扎耶夫的所在之处很快就被确定了——伏尔加河中游地区，那里信号的接收状况最好。

杰哈尼看了一眼信号接收显示器。如果在地球上的某个地方，赛义德·米尔扎耶夫的代蒙连接到了太阳系网络，或者发出了类似“呼叫”的信号，接收网会立即锁定信号源，精确范围在一米以内。之后，只需将目标坐标传给轨道轰炸机舰队，阿奎拉的鼹鼠就一命呜呼了。

① 即正轴等角圆柱投影。假想一个与地轴方向一致的圆柱切或割于地球，按等角条件，将经纬网投影到圆柱面上，将圆柱面展为平面后，即得本投影。

接收器没有反应。不过，杰哈尼并没有指望立刻就会有反应。信号接收功率还很低。

少校让自己坐得更舒服些，准备好长时间等待。

不可能。一切都不是真的。这是一场梦，只是一场噩梦。

赛义德侧身躺在冰冷的石板上，双手仍被绑在身后。现在他的双腿也被绑住了，嘴里还塞着一个橡胶塞子。米罗斯拉夫的白袍侍从们眼神中透露着疯狂，他们强行把他拖进一个昏暗的地下室，将他捆绑起来，放在这个祭坛上。香火燃烧着，低沉的合唱声使气氛更加阴森，游戏大师断断续续地说着暗黑开发者和化身的事……这就像一场噩梦……但腹中的饥饿提醒他，这是现实。

玫瑰饿了。它的能量储备已经不多了。它的红细胞已经几个小时没有获得重要的维生物质——钠离子和钾离子了。宿主完全忘记了它需要进食！玫瑰不得不通过刺激宿主机体，刺激其神经系统产生缺乏食物的标准反应来提醒主人。

饥饿。胃正在遭受难以忍受的拉扯之痛——这比其他任何证据都要有说服力。饥饿是真实的，所以其他的一切也不是梦。

快结束这一切吧！就让他们杀了我，停止我的痛苦吧！饥饿感一波接一波地袭来，在痛苦的顶峰，赛义德只能咬着嘴里的塞子发出吼叫。饥饿感居然有所缓解，但这种痛苦减轻的美妙感觉仅仅持续了几秒钟，然后，他想起那唯一能给予他希望的存在。

他想起了星星。

“星星，救救我吧！”他庄重虔诚地祈祷着，“救救我吧，星星！做点儿什么！帮帮我！”

但星星沉默不语。

阿尔列金在现实教教堂附近下了飞机。他穿过花园，走到敞开的大门前，朝里看了看。里面明亮而空旷。

大家都在哪里？现在不是工作时间，应该没有什么新手，但玩家们怎么也不见了？瓦列里安的教堂永远不会空无一人。

阿尔列金在教堂里走了一圈。在后墙，就在瓦列里安所建的地下避难所入口处，也有一扇门。终于能在这里见到活人了。

两名卫兵正守在门口——从雪白的外衣来看，他们应该是玩家；从他们有力的拳头中握着的警棍来看，他们不必遵守非暴力的誓言。他们平平无奇的面孔中散发出的自负感也让阿尔列金无法忽视。

“愿和平和真理庇佑你们，弟兄们。”他带着灿烂的笑容向卫兵们问好，“我应该到哪里去找游戏大师？”

从两人皱着眉头对视的样子来看，他说错话了。

“瓦列里安派？”其中一个卫兵语气不善地问道。

“你怎么能这么想？”阿尔列金被激怒了。

刹那间，他的拳头飞起，打在了守卫们剃得光秃的下巴上。两个人的颌骨同时碎裂，头向后仰去，后脑勺撞到了墙壁上。

“把你们放在这真是没用。”阿尔列金同情地看着靠着墙往下滑的卫兵。其中一个人的头在身后的墙面上留下了一道血痕。“如果不是因为你，我可能已经走过去了……”

他把另一个昏迷的卫兵推到路边，向门走去。门上是一把常见的古老机械锁。再好不过了。阿尔列金从口袋里拿出一把由聚合物制成的可变形万能钥匙，按下一个按钮使其变软，然后将其插入钥匙孔中。当钥匙呈现出合适的形状时，阿尔列金再次按下按钮，使其变硬。不费吹灰之力，他顺利地打开了锁，拉开门。

“没有反应。”杰哈尼低声道。接收机的网络监控器仍然没有显示任何类似“呼叫”的内容。“将功率提高到30%。”他对发射网命令道。

“是。”网络听取命令，发出了新的波动。

现在，它的功率已经达到了太阳的无线电发射水平，即使没有任何降噪过滤器，也不会错过信号。如果赛义德 · 米尔扎耶夫还保有对木星辐射的敏感度，他一定会感受到这种波动。

“每分钟重复一次。”杰哈尼命令道。

“I–D–D–Q–D.”一众现实教教徒诡异地齐声吟唱着，“I–D–K–F–A...”

玫瑰现在感受到了信号。有人来找它了。有人对它下达了命令。但是是谁？

它的力量严重不足，甚至连口令都无法正常处理。它只感觉到信号功率比平时高了很多，而且还在继续增加。到底发生了什么事？他们想从它身上得到什么？

它必须对这个信号做出某种反应。情况异常而紧急。有人要求它做些什么，可是宿主还是固执地不愿意喂它！

非常情况下，需要采取非常措施。现在就启动紧急能量储备吧。直接控制宿主。强迫他进食。

门里是一条通向下面的楼梯——就像瓦列里安的冥想厅里的楼梯一样。再往前是一条走廊，从那里可以听到一阵阵吟诵声，遥远而模糊。空气中弥散着一股带着香甜味道的烟气。“检测到精神作用成分！浓度危险！”代蒙担心地提示道。好吧，好吧，现在……

阿尔列金关上身后的门，从腰间的口袋中里拿出一把只有用武装者的身份芯片才能打开的电子锁。卫兵们醒来后没法通过这扇门，但自己可以。“精神作用成分！”代蒙不依不饶。好的，马上，马上……阿尔列金用过滤器堵住鼻孔，轻手轻脚地下到走廊里。

走廊蜿蜒曲折，两侧的墙壁上不时出现锁着的铁门，前面响起了杂乱而难以辨认的吟诵声。声音听得越来越真切，大约有八个男人、三个女人，还有一位老人，声线粗糙。这就是那个米罗斯拉夫吗？他们在进行什么秘密仪式？从前面转弯处传来的声音已经相当清晰，阿尔列金停下脚步。他从腰间的口袋里掏出一个“跳蚤”机器人，设置了一个通信频道，让它沿着回廊的墙壁跑了一圈。“跳蚤”的相机拍到了一张照片。

直径八米的低矮圆厅内，一灯如豆，光线昏暗。房间中央摆着一个一人高的金字塔形置物架，上面摆着一些人偶（“冈底斯山”，阿尔列金脑海中浮现出瓦列里安相册中的照片）。最上面是一个蔷薇辉石材质的盒子，因为在同一个相册里见过，所以也很熟悉。是方舟。得来全不费工夫。七位玩家站在“冈底斯”周围吟诵着，还有六位玩家沿着墙壁均匀地围绕在大厅四周，手中拿着某种自制的自动武器。金属香炉里飘出浓烈的熏香气息。从门这边看不见领头的老者——他被冈底斯遮住了。得看一看这老人是谁。

阿尔列金把“跳蚤”往前挪了挪。机器人躲在黑暗的角落里，绕过半个大厅，拍下了一张对面的照片……惊喜！

年迈的祭司脖子上挂着一把弯刀，站在祭坛的石台之上，祭坛上，一个男孩被捆着躺在那里，虚弱地抽搐着。

赛义德·米尔扎耶夫。多么幸运的巧合啊！

杰哈尼盯着监控器，逐渐失去了耐心。还是没有信号。你为什么不说话，米尔扎耶夫？也许你连接不上网络了？可能会在此功亏一篑……杰哈尼把这个不愉快的想法抛开。

“将功率提高到50%。”他命令道。

“接收区将出现严重的无线电通信干扰。”代蒙警告道。

“没事，他们会忍耐的。执行命令！”

“是。”

地图上的发射器网络均匀地闪烁着。它现在正以最大功率运作。

我在听，赛义德……

星星听到了！星星回应了他的祈祷！

"我在！"赛义德隔着塞子喃喃自语，"我在！"

星星就在这里，就在附近，就在他的体内！一切都被星星的光芒照耀着，它是如此美丽，所有的恐惧都因此退去了，绝望消失了，甚至饥饿的折磨也变得可堪忍受。"**我在这里。**"星星以一种难以言喻的柔情低语着，"**我在你身边。我会救你……**"

"I-D-K-F-A."吟诵声还在持续，"请赐予宽恕和怜悯……"

随着每一个乐句的响起，吟诵听起来越来越像天使在唱歌。昏暗的地牢逐渐被天堂的金色光辉充盈……光辉再多一点儿，星星就会来救他，赛义德完全清楚这一点。而米罗斯拉夫会用刀子割断镣铐，把他扶起来，像拥抱自己的儿子一样拥抱他，给他食物，带他回家……再忍忍，赛义德想。他抽泣着，期待着前所未有的幸福……再忍耐一下胃部的疼痛……

一片炫目而温暖的金光似海洋般倾泻而出，蔓延开来，将他吞噬得无影无踪。

玫瑰直接进入了宿主控制模式。

如果不用考虑赛义德，阿尔列金完全清楚该怎么做。他应该一枪把灯熄灭，在黑暗和混乱中取得方舟并脱身，把瓦列里安的玩具还给他，然后……然后生活又会抛出新的任务。

但赛义德的出现改变了一切。

阿尔列金已经不在太空舰队服役了，这意味着他不必再对赛义德做什么。他完全有权带着方舟离开，让那些穿长袍的疯子对那孩子为所欲为。

除了黑花病毒……

当然，最好的办法是像杀伊戈尔那样杀了赛义德。阿尔列金完全明白。这是对每个人来说最好的办法——对赛义德来说，也是最好的结局。反正这家伙注定要完蛋了，至少让他快点儿迎来解脱……这很容易做到，不比偷方舟难……

不，这个计划中有些阿尔列金不喜欢的部分。某些东西在阻止他继续进行思维跳跃。

说来好笑，他从来没有杀过孩子。就算那孩子可能是致命传染源，可能是外星僵尸，但是……

阿尔列金动摇了。今天早上，他将手写笔刺进了熟睡中的伊戈尔的太阳穴，没有任何的后悔和犹豫，他知道自己做了正确的事，但是现在……说到底，这个男孩是最无辜的。毕竟是阿尔列金自己不经意间把耳麦留给他玩，这才让他访问了太阳系网络，进而和木星取得了通信。如果阿尔列金没有做这件蠢事……

他阻止了自己。够了。回忆一下青年军的第一条戒律：如果你不知道该怎么做，就去请示上级。他决定最后一次以武装者的身份呼叫考夫曼。如果考夫曼下达命令，他就射击。

“代蒙！”他在心里吩咐道，“呼叫考夫曼少校。”

“你还想要什么，孔季？”瓦茨拉夫·考夫曼的语气比平时更加不善。然而，空气中的干扰太多，听不出他音调的细微之处。

“您可能不会相信，少校。”阿尔列金说，“但我找到赛义德·米尔扎耶夫了。您对他还感兴趣吗？”

“证据呢？”

“您看一下，”阿尔列金命令达蒙把自己的坐标和“跳蚤”拍的照片发过去，“怎么样？我可以重新回到游戏中了吗？”

通信中断了——要么是考夫曼沉默不语，要么是他的信号完全被干扰了。

“已经没必要活捉他了。”考夫曼的态度不再那么有敌意，“干掉他。”

“收到。”不知为何，阿尔列金并没有感到轻松，“那我的奖励呢？四十万能量，要是您没忘的话。”

“四十万能量已经打入你的账户。去执行任务。”少校挂断了。

玫瑰控制了宿主。

它用宿主的眼睛环顾四周，评估着周围的环境。是的，现在它知道宿主为什么不给它提供食物了：他的手被捆住了。所以首先要做的就是解开他双手的束缚。

玫瑰用宿主的右手握住他的左手，自信满满地狠狠一压。

大厅里没有人注意到这个短促的动作，没有人听到关节的脆响……宿主如果依照自己的意志，不可能会让掌骨脱臼——疼痛会阻止他。但玫瑰控制住了疼痛——它可以轻易关闭痛觉神经。它将软绵绵的手折成两截，不费吹灰之力地从镣铐中挣脱了出来。

宿主的左手现在已经没用了，但他的右手是正常的，随时可以完成它的主要职责：喂养玫瑰。

玫瑰准备行动。

透过宿主的眼睛，玫瑰看到大厅里全是食物。

“代蒙，联系温蒂·米勒，”阿尔列金命令道，“温蒂，你在哪？”

“……在路上，”温蒂的声音在干扰下断断续续，“……看到……教堂。见鬼……这个……遥远的……平台？”

“不要说脏话。不是停在那个平台上。停在北边的墙附近。明白吗？北边的墙。打开机舱门。保持发动机运转。做好随时起飞的准备。”

“好的……再见。”

阿尔列金切断了通信。他又仔细研究了一下“跳蚤”相机里的照片。六个武装分子，米罗斯拉夫自己也拿着刀。可以应付，以前还遇到过更糟糕的情况……不会有援军，就这样吧。

对不起，赛义德。只能这样了。我只是奉命行事。

阿尔列金从手枪套里拿出“卡拉玛什”，装上消音器，把弹夹推进枪柄。

莱安诺：诱惑

“我应该怎么称呼您，外星访客？”扎拉高傲地在椅子上直起腰来。她的心脏在疯狂地跳动，“也许我能有幸知道您的名字？”

“叫我蠕虫。”控制机器人的这个东西听起来完全像是人类，但其中也藏有某种可怕的不自然感，“问问题吧，我知道您有很多问题。”

“您还是没有被清除出‘官僚儿’的机体吗？”扎拉脱口而

出。问完，她就立刻在心里责备自己：没必要这么咄咄逼人。冷静，冷静。

“如果我们时间有限的话，我建议不要把时间浪费在反问上，”蠕虫的声音十分悦耳，“我正在和您说话——这就意味着我还存在，不是吗？问点儿别的问题。”

“您是人工智能吗？或者是某个……活着的人的思想？”

“您知道吗，文明发展到一定程度，它的各种差异就会消失。整个自然界都变得可控、可编程。一切自然的东西都是人造的，这也就意味着，一切人造的东西都是自然的。你们人类自己已经接近这个程度了。扎拉，您自己的身体，很大程度上是被设计和控制的。您认为自己是自然的还是人造的？这是个反问句。不必回答。继续问。”

扎拉犹豫了一下。想好了再说话，她提醒自己。这是一场外交谈判。每句话背后都有政治意味。冷静点儿。集中精力。问正确的问题。

“您代表谁，蠕虫？”

“哦，终于问对了。让我来告诉您。我代表的是银河系文明。或者，更准确地说，是银河系信息网络的子系统之一。我们叫它银河系网。”

“阿奎拉人也是银河系文明的代表吗？”

“他们不是阿奎拉人。他们并不从属于天鹰座中你所知道的任何一颗星。以职业称呼他们会更准确些：清道夫。是的，没错，他们也代表着银河系。但我和他们没有直接关系。”

“您不是阿奎拉人……也不是清道夫。那您是塞德娜吗？”

“不，是‘观察者’通过塞德娜在和你们说话。不是我，是……打个比方，它就好比是个虫洞，通过这个虫洞，我能爬进你们的世界。请不要试图确定我的身份。不要浪费时间。问些更重要的事情。”

“好吧。”扎拉说道，她紧张地思考着问题，“我想问一下银河系网的情况。您所在的这个网络将我们视为……敌人？”

“完全不是，”蠕虫的语调似乎透露出一种幽默的腔调，“为什么我们要做不必要的敌人？”

“那您为什么要对我们实施打击？”

“这是对你们这种发展水平的独立文明进行的标准程序。您要问得更准确些，扎拉。在我看来，您想问的不是原因，而是目的。”

“好吧，你们打击的目的是什么？”

“为了让你们向对我们彼此都有利的方向发展。”

“有利？”扎拉惊讶地扬起眉毛，“对我们有利？现在就是您说的对我们有利？”

“您蒙受了巨大的损失，我明白这一点。我代表银河系网，向您致以最深的歉意。当然，如果未来我们成功建立了关系，您将会得到补偿。现在，让我们抛开这个悲伤的话题。”

“我不这么认为，我想要知道更多细节，所以您并不想消灭我们？”

“如果想的话，相信我，你们已经被消灭了。难道您不明白，清道夫已经为你们留够了时间去应对袭击吗？他们是故意为之。”

“哦，是吗？”

“您觉得他们为什么不联系你们？为什么他们并没有用‘我们是为和平而来’这样的声明来安慰你们，而是保持沉默？也许是因为他们并不想让你们安心？”蠕虫沉默了一瞬，“还有一件事——你们没有对照过日期吗？2232年，在地球，人类目睹清道夫的舰队开启了制动引擎。他们意识到这是一次攻击，并开始筹备战争。还记得炮弹击中地球的时间吗？”

“2295年。”

“没错。所以清道夫给了你们63年的准备时间。如果他们对从船体分离的炮弹稍微做点加速处理呢？如果炮弹在2250年或2240年到达呢？在你们还没有在太空中建立殖民地，甚至在地球上也没有掩体的时候开战？如果他们还用求和信息让你们放松下来呢？”

“我们会被彻底消灭的。”扎拉承认。

“非常正确。袭击是故意发动的，也是故意推迟的。这是为了给你们一个自救的机会。再者，是为了推动太阳系的殖民化。”

“是不是还得感谢你们？”扎拉怒道。

“不需要，我们不需要感恩仪式。”蠕虫想了想，“还是说，这是在讽刺我？也许对我来说最难理解的是你们的幽默感。说回正题。下一个问题。”

“你们行动的目的究竟是什么？”扎拉问道，“袭击了地球，推动了太阳系的殖民化，然后派您来。为什么？”

“为了清除你们对银河系的威胁。如果成功了，就把你们纳入网络；如果不成功，就把你们隔离或摧毁。”

“所以，最终还是要毁灭地球？”

“这只是一种方案。如果你们没有在既定的时间内准备好应战，那当然会被消灭。这对我们彼此来说都不是最好的选择。但我们可以接受。”

“我已经什么都听不懂了。”扎拉给自己倒了一杯水，“和我讲讲前因后果吧。”

“那就说来话长了。”蠕虫提醒道。

“洗耳恭听。”她端起杯子喝了一口。

“银河系文明——首先指的是银河系通信网。就是我刚才说过的银河网。每一个网络节点都是围绕着某个恒星的无线电中继站群，位于恒星的引力焦点上。焦点之间的信号可以由接收机发送，其功率，以瓦为单位，可以忽略不计。但在焦点之外，比如说在地球上就无法接收到信号。因此，你们所有的SETI计划都失败了，如果您还记得它们是什么的话。”

“这是我第一次听说。不重要。接着说。”

“我继续。出于纯粹的物理原因，用类似于你们太阳一类的黄矮星焦点最为方便。但黄矮星存在另外一个问题。生命和文明恰恰最常起源于黄矮星——这是网络节点运行的主要威胁。”

“我们也是这样的威胁吗？”

“没错。我们当然可以提前清理掉所有有生命居住的星球，但我们不会这么做。首先，这相当耗费精力。其次，当地的独立文明有其用途。我下次再告诉你是什么用途。所以，像你们这样的文明会受到相当严密的监视，但并不会被干涉。你们有机会自主发展。”

“你们观察我们多久了？”

“您已经看到了来自塞德娜的照片。五百万年，自网络节点初创时起。但不干涉原则并不是永恒不变的。当你们被视为威胁的时候，就会被干涉。”

“威胁到底指的是什么？”

“任何进入太空的文明，迟早会在其系统的外围发现我们的中继站。当然，一旦被发现，一切就都会被破坏。所以在土著人还没进一步探索太空之前，必须先消灭他们。如果没能消灭他们，我们就需要用合法的方式把他们接入银河网中。”

“消灭或者接入？”扎拉再次问道。

“是的。”

“为什么非要消灭？为什么不把所有星球都接入？”

“我们不是人文主义者，扎拉，向你们表示遗憾。对我们而言，土著人的生存并非是优先考虑的事项。袭击更像是某种过滤。我们称其为优胜劣汰，为了淘汰掉连组织防御清道夫的能力都没有的愚昧无能的文明。银河网不需要愚笨的文明。”

“您的意思是，我们不是愚笨的文明。”

“是的，恭喜你们通过了筛选。”

“很高兴听到这个消息。所以，现在你们要将我们接入网络了吗？”

“我们会的。”蠕虫答应。

“不论我们是否同意？”

“是的。”

“嗯，倒是很坦诚。”扎拉站起身来，开始在屋内踱步，“不再多说些细节了？”

“如果您想听的话，以后再谈这个。我们换个话题吧。”

“好吧，换个话题。”扎拉停了一会儿，“回到您身上吧，蠕虫。您为什么要控制莱安诺？”

“看到了吗，这颗小行星是一座人类工厂。我对子宫程序很感兴趣。克隆和人造胚胎。关于人类身体和大脑构造的一切。这些信息你们三百年来一直不敢和我们分享。”

“你们要这些信息做什么？”

“为了沟通。如果不了解你们的构造，我就无法与你们对话。仅此而已。相信我，我对你们没有恶意。我没有改变任何程序。”

“就当我相信您吧。”扎拉继续绕着屋子若有所思地踱步。她的大脑终于开始高速运行，“您为什么要和我谈这个？”

“向您提个建议。”机器人来回转动着，用正面摄像头的视线追逐着她，“我代表银河系，以我个人的名义向您提出邀请，扎拉，成为我们在太阳系的代表。”

“什么？”她一动不动。

“这只是一种表达情绪的惊呼，还是您真的没听懂我的话？我向您提议担任银河网在太阳系的代表。引领你们的文明开启连接银河网的进程。”

“这是……”扎拉一时无法接话，“这个提议我不能拒绝吗？”

“为什么不能？当然可以拒绝。不过这样一来，玫瑰就会接手你们接入银河系这件事。到时候你们对整个进程就没有任何控制权了。”

“玫瑰？”扎拉皱了皱眉头。玫瑰与蠕虫。她似乎在哪儿听说过这个奇怪的组合……

“哦对，您还没来得及获取这些信息。玫瑰是清道夫的生物机器人。它已经在地球上，而且已经开始投入工作了。所以您没有太多选择。要么……”

“开始投入什么工作？”扎拉打断了他的话。

“感染毫无戒心的人。控制他们的神经系统。到目前为止，被感染者寥寥无几，但很快，感染过程就会变成雪崩式的，无法控制……当然，除非您同意控制它。”

“为什么是我？”蠕虫的每一句话都加剧了她的不信任。“我有什么特别之处？”

“您的地位。您比任何人都更容易控制太阳系。”

扎拉突然转身走向机器人。

“权力？”她重复道，“控制太阳系？我，一个罪人，一个囚犯？”

“我看您有兴趣？是的，我们想让您成为太空舰队的统帅。您父亲不合适，他太死板了。他对你们所称的阿奎拉人有一种病态的仇恨。他倾向于用蛮力解决问题。向他抛出橄榄枝对我们没好处，而您，则另当别论了。”

“您想让我……”扎拉艰难地吞了吞口水，“您想给我自由，并且让我……推翻……我父亲？”

“是的，没错。我们会给您提供一些支持。最好尽快。玫瑰已经开始在地球上扩散。如果感染者太多……”

“您想让我推翻我父亲？”扎拉又问，“在你们的支持下？做你们的代表？您想让我把太阳系出卖给你们吗？背叛全人类？”

“不，我要您拯救人类。”蠕虫不紧不慢地回答，“虽然，说实话，我什么都不想要。银河网无论怎样都会赢，通过玫瑰或通过蠕虫。您想加入战争还是远离战争……这样说妥当了吗？”

“再完美不过了。”

“但就你们人类而言，差别会很明显。玫瑰会让你们人类社会崩塌，造成战争和大规模伤亡。玫瑰会引起一场大混乱，只有被玫瑰感染的人才能在其中存活。用你们神话的语言来说，就像是一场世界末日的僵尸危机。但是在我的方案中，您是唯一的僵尸。其余人将继续生活，甚至没有人会注意到有什么变化。”

扎拉坐了下来。

“什么叫变成僵尸？”

机器人动了动。他把机械臂伸到下腹，稀里哗啦地掏着什么。再拿出来的时候，手里夹着一个注射器。

“这是一颗种子，”蠕虫说，“共生网络的胚芽。我负责将其植入到此地的某个生物反应器中。如果您同意，我就把种子注射到您的血液里。它会长成一个与您的神经系统相融合的共生体，与玫瑰类似，但好处更多：您可以获得银河网的访问密码、非凡的身体素质和智力水平，以及一定程度上的永生。缺点是，共生体会控制您的行为。相信我，会很和缓，很轻柔，您几乎意识不到。”

扎拉犹豫了一下。她无比惊骇，如临深渊。生平第一次，她似乎不知道该说什么。

“您想让我推翻我父亲？”她迟钝似的重复了第三次。

“对您来说，这才是最重要的，不是吗？”

扎拉咬牙切齿。

“您对我了解多少？”

“我知道的是，您太依赖您父亲了。”蠕虫沉静地说道，“您无法离开他的认可而活。您一生都在努力做一个好女孩，用堪称典范的行为赢得父亲的赞美。如果没有取得成功，您会陷入沮丧……但您没法摆脱这种境况。”

“不要窥探我的内心。”扎拉哑着嗓子喊道，“不要。别这样！”

“我不是在剖析您。我说的是您父亲，明白吗，扎拉？您父亲希望您成为他的继承人，他的延续，而不只是一个听话的工具。相信我，在内心深处，他希望您能推翻他。他希望您能做到！他希望您超越他。向他证明您的优秀。也只有这样，他才会真正为您感到骄傲。只有这样，他才会承认您的名字确实有资格冠他的姓……”

扎拉站起身来，抬起腿，用尽全力踢了机器人一脚。790没有躲避，尽管这对它来说很轻松。它在石制地板上旋转滑行，最后飞到了墙边。

蠕虫是想操控她，扎拉意识到。而且，该死的，它成功了。有些招数是无法抵挡的，即使是在完全意识到是操控的情况下。蠕虫拨动了她最敏感的弦，激起了她内心那些比理智更强烈的感情。她仍然可以说不，但她知道自己余生都会因这次拒绝而悔痛……一辈子。她注定要在这里度过整整一百年，被囚禁……

机器人若无其事地站了起来。

“哦，还有，”它补充道，“有一个小小的赠品。我仍然控制着这个殖民地的图灵。如果您接受我的提议，我会把利比蒂娜·埃斯特维斯的性命作为礼物送给您。”

“那真是太好了。”扎拉感到无比轻松，“您让我别无选择，银河系大使先生。”

“我在尽力做到这一点。”

扎拉向机器人伸出右手。绷带已经拆掉了，但她的手腕上还有一个深红色的点——那是激光烧伤的痕迹。

“注入您的种子。”她平静地说道。

玫瑰之种

地图上的绿灯亮了起来，闪个不停，蜂鸣器响起了悦耳的声音。

“杰哈尼少校！已收到目标坐标。”代蒙的声音好像在汇报非常重要的事情。

找到了！开始！杰哈尼兴奋地走到监视器前。

“是信号的方位吗？”

“不，是来自地面情报机构的报告。”

妈的！杰哈尼非常失望。所有的工作都白费了，竟然被别人找到了间谍！

“地面情报机构的负责人是谁？”他不满意地问道，“让他上线。您好，考夫曼少校。您是从哪里得知了目标的坐标呢？”

“是高级作战参谋布莱姆·孔季说的。”瓦茨拉夫·考夫曼还是一如既往惜字如金，“数据是可信的，这儿有一张图片。”通信窗口处弹出一张图片：一个小男孩被绑在某根石柱上。虽然角度不好，但是完全可以认出来这是米尔扎耶夫。“孔季准备杀了他。”

“您认为，轨道打击已经没有必要了吗？”杰哈尼变得更加气愤。

“我没这么说，但孔季是不可靠的，他的想法难以揣测。如果我是您，我会留个后手。”

“谢谢。”杰哈尼切断了通信。关键信息已经说过了，时间也所剩无几，“这是个大计划。”他用手指了下绿灯，对代蒙说道。

监视器主窗口的地图换成了太空的照片。在绿色的花园中间，矗立着一个白色的立方体，立方体上面是在阳光下闪闪发光的玻璃金字塔。这是一栋楼吗？在某块殖民地上？

“估算一下撞击时敌方的伤亡人数。”杰哈尼命令道。

“好的。”代蒙停顿了一下，回答道，“绿桥一带的平均人口密度为每平方千米五千人，以此来计算，伤亡人数约为一千。”

啊，原来是绿桥，杰哈尼想起来了。地球人，和他们不用客气。他放下了最后的犹豫。

“好了，向动能网指定目标。”他下令，“将最近的轰炸机投放到杀伤轨道上。”

“收到目标任务。”代蒙报告道，“动能网请求投放指令的语音确认。”

“确认投放指令！”

“好的，收到指令。投放 18 号轰炸机到杀伤轨道。从出发到投放点需要 453 秒，距离撞击还有 680 秒……670 秒……

660 秒……”

一切都已经完成了，现在只需要等待。

杰哈尼放松地坐在椅子上。

时间在流逝。

阿尔列金从角落里伸出拿着枪的手，他没有察觉到，“跳蚤”相机的灯亮了起来。他扣动了扳机。消音器消除了大部分枪声，地下大厅天花板上的灯泡伴随着清脆的响声碎掉了。

去干活了。

“跳蚤”的热成像仪自动启动了。阿尔列金弯下身子，滑进大厅，侧着身子敏捷地离开大门。香炉顶在深蓝色的黑暗中燃烧着鲜红的火焰，人的脸和手模糊成黄色的光点，而长长的衣袍则呈现出暗绿色。仪式中断了，教徒们惊慌失措地尖叫着，乱作一团，最机智的人则卧倒到地上，但周围的六位士兵清楚自己的工作，并没有陷入恐慌。几乎同时，他们的火绳枪[1]响了起来。

士兵们对着门开枪了，射击是正确的反应，但是他们没有找到目标，而且为时已晚——敌人已经进来了。

周围陷入黑暗。二十毫秒后，门那边传来一声巨响。玫瑰没有预料到这一点，但是这样反而更好，因为大规模的慌乱会让它在找寻食物的过程中遭遇更少的反抗。

四面八方都响起了枪声，在频繁闪烁的火光中，玫瑰看到上方有一个手拿刀子的迷糊老头。食物！是时候了。它扬起强

①老式枪械。

壮的手，也就是挂着手铐的那只手，向老人的手上打去。她将铁链套到老人的手腕上，猛地一拉。

在轰隆隆的枪声掩盖下，几乎已经听不到老人的尖叫声了。老人因为断手的痛苦而尖叫着，倒在了玫瑰身边的祭坛上。玫瑰飞快地抢过掉下来的刀子。不幸的是，刀片深深地切开了它的手掌。但这并不重要，手只是干活用的，它早已感受不到疼痛。

玫瑰扯出口中塞的东西，解开双腿的束缚，站了起来。它拖着老人在地上前行，把他拖到祭坛和墙壁之间的狭窄缝隙中。现在子弹横飞，这里是最安全的地方。老人因为疼痛和恐惧而不断地号叫，当玫瑰拉他的时候，他还大声地叫了两下。它用宿主的身体紧贴着老人，开始了解老人肌肉、骨骼、肌腱的整个结构，神经系统所有的控制回路，动脉管和静脉管。它看到了老人所有的弱点，所有防御薄弱的地方……

现在是吃饭的时候了。

玫瑰抓住刀柄，略带自信地割断了老人的喉咙。

杰哈尼少校懒洋洋地坐在显示器前看着地图。轰炸机的红色十字沿着虚线标出的轨道缓慢前进，慢慢接近炸弹的投放点。距离撞击还有350秒，340秒，330秒。少校完成了自己的工作，再没有什么东西是该由他来负责了，但他还是需要看到最后。

“应该继续进行无线电传输吗？”代蒙问道。

啊，对了，无线电传输，模拟木星的辐射。杰哈尼居然全给忘了。

“当然不了，”他命令道，“启动关机程序吧。”

“好的,”代蒙回应道,“关机程序已经启动了,距离完全关闭信号还需要 80 秒。需要开启倒计时吗?”

“不需要。”少校拿起一个定时器。距离炸弹袭击还有 310 秒,300 秒,290 秒。

阿尔列金的行动像蝙蝠一样了无痕迹,悄然无声。射击的频率越来越低了。他的枪声暴露了自己。阿尔列金的速度很快,但还没有快到可以躲避子弹。这是第一个教徒兵,在近身搏斗中,阿尔列金最终用克拉玛什的枪柄敲中了他的头。解决掉了,下一个。

大厅里依旧是一片慌乱,人们乱作一团,干扰着士兵,士兵们也群龙无首。老人在哪里?暂时还没有找到他。士兵们胡乱开枪射击,大喊:“他在那边!不,那边!”混乱是好事。又有两个士兵恰好站了起来,阿尔列金手边正好有个香炉。把香炉踢到一个人脚下,往他后脑勺敲一下,再对另一个士兵如法炮制。搞定三个人了。他推开拦路的人,跳到中间的“冈底斯山”上,然后悄悄地将方舟从顶层架子上取下。得手了。

“考夫曼少校找你。”代蒙不合时宜地报告道,“紧急,最优先!”

“怎么样了?”阿尔列金躲在了偶尔会有射击的地方。

“孔季,拿开你的脚!”考夫曼的声音异常焦急,“再过十五分钟,我们应该远离投放点至少一千米。我重复一遍,十五分钟,一千米。

“什么意思?”阿尔列金不明白。

"轨道轰炸机已经得到了坐标。请忘掉米尔扎耶夫吧，如果他还活着，就快跑吧。还有问题吗？"

真是见鬼了……

玫瑰将嘴唇贴在老人喉咙的伤口处，吸了一口血。味道很差，也没有营养。试试肌肉组织。玫瑰用刀从伤口边缘处切下一块带皮的肉，嚼了嚼。也不好吃。宿主的牙齿和胃不满足吃生肉的条件。再试试眼睛。玫瑰把刀子插入老人的眼眶，剔出眼球，放到嘴里。营养丰富，又是半液态的，正合适。她立即挖出第二颗眼球，将其吞了下去。太少了。还需要大脑。

玫瑰抓住了老人的头发。它在祭坛的边角上狠狠地敲了几下，就把他的头骨敲碎了。它再次拿起刀子，精确地切开了头皮。它从出血的伤口处取下骨头碎片，露出大脑，剥开薄膜。

它贪婪地吮吸着温热的凝胶状的大脑，这东西富含钠和钾。

杰哈尼看着标记轰炸机的红色十字与轨迹虚线上的方块对齐，露出满意的神色。

"18 号轰炸机到达投放点。"代蒙汇报道，"冲击机发射成功，并且到达弹道，距离撞击还有 220 秒，210 秒，200 秒……"

钨芯弹不断远离轰炸机卫星，以平缓的曲线开始向绿桥降落。

终于有一位战士想起来自己有手电筒。一道照射出路径上灰尘的蓝白光束开始在墙壁间跳动。阿尔列金从光束下逃脱，向拿着手电筒的战士射击。第四个人。解决。掉落的手电筒光束一直对着天花板。得快点儿去旁边，但是已经躲不了了，现在剩下的两个枪手都想起了自己的手电筒。

两道刺眼的蓝白光束照在了阿尔列金的身上。第五个人。侧身被猛然一击，枪声轰鸣，疼痛如烧灼一般……第六个人，解决，一切正常。代蒙报告道："软组织贯穿式损伤，内脏完好，需要立即包扎……" 等会儿再包扎，现在最重要的是逃离……

玫瑰舔光了老人头骨上最后的脑髓，机体感到十分满足，而来自太空的无线电信号也正在变弱。就目前来看，情况已经不太紧急了。它已经恢复过来了，这也意味着应该回到宿主原定的工作模式了。

然而，宿主受伤了，而且十分虚弱。在最初的几分钟，他将承受剧烈的疼痛，只有这样，他才能学会照顾好自己。在将意识和对身体的控制权归还给宿主之前，必须先保证宿主的安全。

玫瑰站起身来，环顾四周。

枪声已经停止了。天花板上反射的三道手电筒光束勉强照亮着大厅。不过，玫瑰并不认为当下的情况是安全的。一名武装人员还活着，而且还具备战斗能力，必须杀了他。

玫瑰用宿主流血的手握紧祭刀。

阿尔列金没有在战斗中寻找赛义德。直到现在，他才用手指压着肋部的伤口，用目光搜寻着男孩的踪影。

在混乱中，那孩子不知为何被释放了，甚至好像还杀了米罗斯拉夫。就是他！阿尔列金没有想到他的战斗力如此之强。大祭司的尸体躺在祭坛和墙壁之间的角落里，而赛义德手拿祭刀站在那里，警惕地环顾四周，当然，他还处在震惊之中……向他开枪，然后离开。或者不开枪，直接离开……阿尔列金一直在权衡，然而一种疯狂的、不可能存在的、不可容忍的软弱却控制了他……

赛义德抬起了头，他的脸被手电筒的光束照亮。

那张脸上抹着什么漆黑而锃亮的东西，陷于冷光投下的阴影之中，那是阿尔列金这辈子见过的最可怕的东西。

这不是一张人脸。不，从解剖学的角度来看，这是赛义德的脸，但现在没有人能认出这是那个来自瑙鲁兹区的机灵的十二岁男孩。仿佛是某种痉挛让面部肌肉形成了不可能存在的、不自然的丑态，好像血肉制成的面具，外星怪物的面具……

黑花病毒透过赛义德·米尔扎耶夫的眼睛看着阿尔列金。

阿尔列金的手比大脑反应得更快。在大脑意识到这可能是因为光影和紧张的神经而产生的错觉之前，他的手就已经举起了枪，扣动了扳机。

笼罩在等离子体光环中的炸弹留下了火光的痕迹，以超音速在浓密的大气层中飞驰。

160 秒，170 秒，150 秒。

玫瑰意识到，危险就在眼前。拿着武器的人站在离宿主很近的地方。他的整个身体，肌肉、骨骼和肌腱的结构，开始了一系列复杂的动作，机械上来说，其最终结果只能是扣动扳机。

这一系列动作所需要的时间约为一百毫秒。

玫瑰在五毫秒之内做出了反应。

然而宿主的身体无法像玫瑰想要的那样，迅速服从其指令。肌肉张力太弱，关节的结构不坚固，体重的惯性太大……

但是，玫瑰控制宿主身体的速度还是比那个武装者控制自己的身体的速度要快。

在四十毫秒之内，它举起刀子，腿部用力，做好准备的动作。在五十毫秒之内，对准敌人的肝脏，它奋力抛出了刀子。

比阿尔列金举枪的速度更快，赛义德体内的怪物躲开了他瞄准的方位，闪到阿尔列金的手臂下方，并刺中了他的右侧身体。快得超乎现实。

这种速度不是地球上的生物可以达到的。

刀刃划开了他的外套，向上划过了腰带，割开了他右乳头下的肉。“马上消毒！”一行红色字迹从视野底部闪过。“血液中有不明微粒子！”妈的！妈的！顾不上这些了。怪物已经在他背后。阿尔列金转身，将克拉玛什对准了怪物。

他绷紧手指，扣动了板机。

玫瑰没能成功。刀没能击中目标。宿主庞大的身躯在惯性作用下用力撞向墙壁，其力量之大，如果宿主有意识，他会立刻晕过去。玫瑰立刻转身，但是无济于事。

敌人有充足的时间把武器对准它。肌肉已经没有力量支撑又一次的攻击了，而且因为距离太远，它至少需要半秒的时间。在这段时间里，敌人可以对它开不止一枪。

玫瑰输掉了战斗。但这已经不重要了，它一动不动，静静地等待着死亡。

可惜没能保护好宿主。但还会有其他宿主的。

还会有很多。

令人难以置信的惯性把怪物扔向了大厅的墙壁。它转身站了起来，握着刀，一直盯着阿尔列金，准备进行一次冲锋……但它没有动作。

阿尔列金开枪了。

脸上满是血窟窿的男孩倒在了地上。

像从烟火中飞出的轰轰作响的彗星一样，炸弹飞过伏尔加河，以平缓的斜线向绿桥坠落。

80秒，79秒，78秒。

阿尔列金虚弱的身体摇摇晃晃，但他还是强打精神沿着走廊快速往前跑。他已经失血过多，头晕目眩，却没有时间去包扎。先要逃离炸弹的攻击范围。他还有多少时间？一分钟不到吗？阿尔列金不知道。在大厅里躲避射击的教徒惊恐地避开他。突然，他听到哭诉般的声音说道："暗黑开发者，完全清除，我们完蛋了。"

"接通温蒂·米勒。"阿尔列金命令道，他用尽最后的力气爬上楼梯,“你在哪里?”

“在这里,妈的!”飞行员骂骂咧咧地说道。通话的声音十分清楚,没有任何干扰。“在天上!你在哪儿?这里只有乔木和灌木,你让我怎么降落在这鬼地方?”

阿尔列金推开门,一阵怒号在他耳边呼啸。白色的飞机悬挂在花园上方五米处,灌木丛和幼树被螺旋桨掀起的狂风压弯了。温蒂不能降落飞机,但她扔下了绳梯,这样就可以够到地面了。

阿尔列金用尽最后的力气冲到飞机下,一只手抓住梯子的横木,另一只手拿出卡宾枪,紧紧握住……温蒂已经把飞机升到了空中,梯子摇摆着,花园的树木和带有玻璃金字塔的房子在视野中呈颠倒状态。腿上伤口的鲜血流个不停。因为摇晃,血液在腿上画出了洋洋洒洒的形状。

他们好不容易爬升了两百米,然后,一根太阳颜色的巨矛悄然无息地击中了冥想厅。

眼前的一切都消失了……然后是声音,随之而来的是冲击波。头晕目眩、耳鸣不止的阿尔列金只觉得自己被无情地扭动、拉扯、被拍打到飞机的底部和两侧。“如果被吸到螺旋桨里就完蛋了”的念头一闪而过……

摇晃的机身逐渐平稳下来。飞行员成功地稳定住了飞机,并将其调至水平。阿尔列金感觉自己又飞了起来,视力和听力都在恢复。

冥想厅的下面是一个百米宽的褐色土坑。倒塌的树木和房屋废墟所在的区域与之相邻。火堆上冒出了烟,警笛一齐奏出杂乱无章的声音。

你可真是个努尔德夫，麦斯威尔·阳。在空中摇晃个不停的阿尔列金震惊地想，妈的，阳一定是努尔德夫。微微脑震荡的大脑停顿了一下，突然产生了奇怪的想法。为了杀一个阿奎拉间谍，你到底杀了多少人？那个间谍早晚都会死。布兰登，那三个特别行动部的人……还有多少人？对于一个阿奎拉间谍来说，反正都一样……

血液中的不明微粒子……代蒙在说什么？刀上的粒子……一把沾有赛义德鲜血的刀子。

阿奎拉间谍还活着。

现在间谍是他，阿尔列金。

如果一切顺利，当然也要自杀，跳下去一死了之……不，最好还是炸死自己……只用几块炸药，不会留下哪怕一个微粒。或者直接爬到飞机螺旋桨里……替倒霉鬼阳完成工作吗？

不会的。我不会让他满意的。

愚蠢而且不负责任的想法让阿尔列金很愤怒，而愤怒让阿尔列金的能量大增。感染了，那又怎样？他会活下来，故意跟那些人作对。活下来……然后怎样？他会想出办法的，就是这样。搞清楚体内是什么东西，再想办法战胜它。二十年来，机构每天灌输给他的是什么呢？“伺机而动，但首先要了解情况。”振作，冷静，制订计划，行动……

第一点很明确：努力存活。阿尔列金抓住梯子的横木，解下卡宾枪，爬进了机舱。温蒂愤怒地一直在说着什么，但他没有听。他倒在座椅上，拉开急救箱，拽开外套，开始处理伤口。

第五章　将死

插曲：隐藏者

植物形状的单体“隐藏者”散发着微弱的光亮，悬挂在水底无尽的黑暗里，深藏在供热层中。它圆润的身体被呼吸器官突出的分支、超声波探测器的卷须和食物过滤器的蔓状花边环绕着。紧绷的根茎向下沉去，沉入黑暗中。单体悬挂在相对其世界核心上升的对流中，以其携带的矿物质悬浮物为食。它是静止不动的，只有无规律的光波才会暴露其脑部无意识的高度活性，超音波形成的细微颤动表明它在进行密集的多边交流。

单体已经存在了几千年。它在自己的一生中体验过所有能想象到的快乐，相对的，也经历了一些折磨。它到过世界的各层，声视[①]过地核的下层，那儿喷涌着滚滚黑烟；以及冰封的上层，该层的颜色和能量机的板块一样；还到过中间的可居住层中挂着的无数城市岛。它多次改变身体和心理形态；在拥有十分复

① 即利用超声波显示不透明物体的内部结构。

杂而且不断变化的规则的单体社会等级中浮浮沉沉；它斗争和交配，创造又毁灭，最终厌倦了生活，走上了禁欲和克己之路。现在它正处于深度冥思之中，切断了情感、智力、记忆之类的所有高级心理功能，只留下了纯粹的自我意识，即在无声虚空中那个孤单的点状的“我”。

而现在，经过多年专心的自省，隐藏者已经实现了自己的目标。

它意识到了自我。

我是多体。

我是由智慧机体组成的智慧超机体。每一个独立的单体，都不过是我分布式大脑的一个神经细胞。

就像神经纤维把神经元连接成一个完整的大脑一样，超声波通信网络也通过水柱把所有独立的单体连接成一个完整的实体。

我比独立的单体思考得慢。我太大了，占据了世界的整个水域，而我的“细胞”只能以超声波的速度交换信号。千年对我来说，就像主观时间中的一天一样转瞬即逝。单体生物独立生存，并不会感受到我的那些不慌不忙的想法，这些想法在它们的体内就像潜意识一样流逝……除非它们自己放慢脚步，就像这个植物形态的隐藏者一样。

我的速度很慢，体积很大。对于单体，甚至是对于最古老、经常审视自己生活的单体而言，它们的世界都是庞大、古老而且近乎永恒的。但对我而言，它和我一样如此年轻和幼小，它活过的日子都可以数得过来。

我的“世界”是一颗冰冷的小行星。它有五十万年的历史了。在行星形成的动荡时期，被年轻的恒星系统抛出来的“世界”，在恒星间的黑暗空间里飞驰。它有着同类型天体的速度，即光速的几千分之一。对我来说，这个速度是很快的。我可以用外部的传感器看到星星在向后移动，近处的星星速度更快，远处的速度更慢。我看到行星绕着这些恒星迅速地转圈，而恒星运动的速度就显得慢了很多。回头看我故乡的星团，它逐渐地消散了。年轻恒星逐渐成熟，它们从狂暴中逐渐平静下来，变为稳定地发光，行星云可供燃烧的气体随之逐渐耗尽。我知道，恒星的老化是不可逆转的。但我也知道，它们还有亿万年的生命，远远超过我和“世界”这颗小行星的生命长度。

小行星还很年轻，其内部充斥着存活期很短的同位素。它们的分裂使内海变暖，使所有的水都不会变成冰。但这种能量来源并不是永恒存在的，再过几亿年，辐射热就会耗尽，海洋就会完全冻住。

单体有可能长生不老，但很少有单体能活上万年，它们终究会厌烦这漫长的生命。对它们来说，一亿年就是永恒。对我来说，这就像主观时间里的三百年一样。

这是一段挺长的时间，但我还是想活得更久。

就像所有智慧生物一样，我不想死。

我的多体父母在年轻的原星团上播撒自己的殖民种子时，并非偶然地选择了这颗小行星。它还是一颗非常温暖的行星，刚刚在摄动作用下从新生的行星系中被抛出来。在它航线前方是一颗无情的三倍体积恒星，一颗十分普通的主序黄矮星。两者相距十六光年。万年之后，我的“世界”将靠近它至十分之一光年处，然后沿平缓的双曲线绕行，永远坠入星际太空中，最终冷却并慢慢死去……

但如果一切都按计划进行，小行星上就不会有我了。

在黄矮星系中有不少内部有海洋的大型冰卫星。星系还有六十亿年可以平静地进化，这时间甚至对我来说也足够多了。但要移居到这些卫星上，我需要当地文明的帮助，“零文明人”的帮助。

按照“零文明计划”应该准备一个彗星循环机，这样，十万年后，它就会在距离黄矮星最近的时刻抵达我的小行星。那时我所有的单体细胞都可以移居到循环机上，轨道飞行又一个十万年之后它就可以进入矮星系内部。在那里我的单体细胞们会移居到“零文明人”又一次为它们悉心准备好的冰卫星的海洋里。

这就是我的父母选择了向黄矮星方向，向这颗小行星飞行的原因。正是因为它的星系传来信号:“这里有智慧生命”。信号是由我们的“窥视者”通过秘密信息网络发出的，这个网络连接着银河系所有像我这样的多体生命。

在银河系网络中，我们被称作“行骗者族”。

我的使者“蠕虫”在黄矮星系统中工作。他的任务是与“零文明人”取得联系，征服他们，将他们年轻弱小的文明资源全部用到循环机和冰卫星的建设中。

一切都应该顺利进行。

如果清道夫不捣乱的话。

我的“世界”几乎准确地沿着黄矮星引力透镜的焦线飞行，这个透镜使得它所在的星系和我的母星星系之间可以保持通信。我经常与“蠕虫”联系，几十年的时间滞差对我来说根本微不足道。不幸的是，我确切了解到，清道夫也在这个星系中活动。

对当地的“零文明人”，他有完全不同的计划。

金星：吞噬作用

房间里占满整面墙的屏幕如马赛克镶嵌画一般，发出神秘的深蓝色光芒。每一个微型饲养箱所占体积不超过一滴水大，但高精度的全息显微镜却奇迹般地将它放大到普通水族箱的大小。

麦斯威尔·阳站在屏幕前。他正在专心致志地透过玻璃观察他手指大小的黑斑纤毛虫，纤毛虫摆动着纤毛和嘴周边的瓣膜[1]，吸吮着含有大量细菌的水珠。

拉维尼娅·沙斯特里——一个有点儿肥胖的，并不想在模糊的蓝色拟形中隐藏自己年纪的中年女人——坐在房间中央的椅子上，用丈夫观察纤毛虫那样专注平静的目光看着丈夫的后背。

“你知道我刚才在想什么吗？”沙斯特里问道。她手里拿着一个带有玉制烟嘴的古董烟斗，“有些人非常讨厌人类，于是就让动物围在身边，但你也不喜欢动物。对你来说动物太像人类了，因此你更喜欢原生动物，对吗？”

① 人或某些动物的器官里面可以开闭的膜状结构。

“如果你想指责我什么，就直说吧。”阳头也不回地回答道，“你知道的，我喜欢打开天窗说亮话。”

沙斯特里没有说话。

“我很抱歉，其实我是在生自己的气。”她平静淡漠地说道，“拉瓦勒，所有问题都在于她。这很愚蠢，但我为她的自杀感到自责。”她从椅子的扶手里拿出一袋烟草，打开后填满烟嘴。

“你觉得她真的是自杀吗？”阳问道。

“几乎确信。没穿太空服被扔到真空中……太过残忍的死法。达尔顿不会这样对她的。”

“为什么？”

“他很冷血，不易暴怒，他和塔妮特的私下关系很好，而且他不喜欢用凶残的报复来恐吓别人。这不是他的风格，更像是你的风格。”沙斯特里点燃了烟斗，房间里弥漫着夹杂着柔和苹果味的昂贵烟草味。天花板下通风控制器面板上的黄色指示器亮了起来。

“又是指责吗？”阳皱了皱眉头，没有回头看妻子。他目不转睛地看着一只人头大小的半透明变形虫伸展着伪足，翻转着靠近纤毛虫，“你知道的，我与她的死毫无关系。”

“这不是指责，而是在确定事实。你与此无关。但总的来说，大开杀戒的确是你的风格。承认吧，在所有可能的解决方案中，你总是选择最残酷的那个。”

“我选择最现实的那个。”

“仁慈不等于理想主义。同样地，残酷不等于现实。”沙斯特里吐出一股芬芳的烟雾。

“这是坐标的正交轴。把它们混为一谈，你会陷入典型的认知扭曲。简单地说，你是个疯子。你为什么这样看着我？总得有人跟你说真话。”

“你的意思是，我是个疯子。”阳重复道。纤毛虫在水中悬着，扇动着纤毛，没有察觉到变形虫已经逼近，并开始朝自己的方向伸出粗壮的伪足。

“比疯子还糟糕。无能！是的，是的，你搞出那么多错误，现在你想挽回局势，摧毁‘阿撒托斯号’和莱安诺，连同我们女儿——你最亲近最信任的人一起摧毁。”

“我理解，这是你的父母本能在作怪。”阳点了点头，“我也有这种本能，相信我。”变形虫粗壮的伪足从四面八方围上纤毛虫，边缘围拢，洞口闭合，形成了一个吞噬体。纤毛虫保持不动，它暂时没有感受到它已经被吞噬了。“但你知道的，‘阿撒托斯号’和莱安诺是传染源，而扎拉很可能自己也成了一个宿主，我也为她感到惋惜。但这是唯一的方案，无论你幻想出了怎样仁慈又现实的办法。”

“你确定这是唯一的选择吗？”沙斯特里明显地提高了声音，“甚至都没试着去想想其他办法？难道你看不出自己计划薄弱的地方吗，哪怕从政治合理性的角度出发看看？”

“合理性？”

透过变形虫半透明的身体可以看到，细小的溶酶体就像一群小型捕食者，正从四面八方冲向被俘虏的、还没有任何防备的纤毛虫。沙斯特里站了起来，手拿着烟斗在房间里踱步。她的脸色依然波澜不惊。

“如果杀了扎拉，你会让大家知道你犯了一个错误。你派她去执行任务，她却把事情搞得一团糟，以至于你只好借用大清除来消灭她。你这是在承认自己的失败。我是否需要解释一下这是政治性自杀呢？”

“你还在考虑政治问题。”

“永远不应停止考虑政治问题。达尔顿明白这一点，他现在装作是盟友，但他绝不会错过利用你的弱点对付你的机会。”

“好吧，假设我的方案不好，你还有其他选择吗？”

“恭喜你终于想到了这个问题。”

“说正事。”溶酶体钻入包裹着被捕获的纤毛虫的液泡，液泡里的水因消化酶溶液而变黑。“你有什么建议吗？保留飞船和殖民地？即使阿奎拉人明显已经控制了他们？”

“把扎拉从莱安诺救出来。在此之后再攻击小行星，并假装一切都在按计划进行。扎拉曾经是，而且现在仍然是你的密使，她被感染是计划的一部分，你只是进行了一项实验——测验塞德娜文件的危险性——结果实验成功了。你作为无情暴君的名声会得到巩固，而你也珍惜这个名声，不是吗？”

“然后要怎么处理扎拉和‘阿撒托斯号’呢？”纤毛虫终于感受到了周围化学成分的变化。它愤怒地摆动着，敲打着吞噬体的外壁，但为时已晚。

“当然，他们不能去金星。把他们都送回地球隔离。指派扎拉……比如说，担任某块太空舰队所属殖民地的首领。”

“要知道，她会把事情搞得一团糟。”阳用手指做了一个复杂的手势。有棱角的由单分子线状物构成的触手闪着黑色亮光，其边缘从某处向微型饲养箱垂去，靠近变形虫，还活着的纤毛虫继续狂暴地拍打着死室的外壁。

“别给她任何实权。这仅仅是一次光荣的流放。而飞船，让它在近地轨道上自毁，就在不抵抗主义区域内。碎片会形成必要的隔离空间。”

“你说到了隔离。这意味着你支持地球问题，我理解得对吗？”阳专注地把操纵器靠近变形虫。

沙斯特里叹了口气。

“是的。如果你同意救出扎拉，如果阿奎拉人在地球上的敌对活动得到证实，我就会支持你的计划。虽然我认为这是你计划中最罪恶和残忍的部分。”

“好吧。”统帅说着，手指猛地一动，“就按你说的来。”

操纵器解剖了变形虫——以一个自信的动作切开了它的外膜和吞噬体壁，活着的未受损伤的纤毛虫挣脱出来，从还没来得及溶解它的消化酶黑雾中窜到了透明水域。

阿尔列金寻求庇护

直升机在伏尔加河上空缓缓飞过，飞得很低，几乎贴着水面，螺旋桨卷起的狂风搅起大量浪花和泡沫。聪明的计策。无论是雷达还是低分辨率摄影都无法将其与快艇区分开来。阿尔列金将又一片苦涩的血液修复剂放进嘴里，充满敬意地看着温蒂。真聪明，知道我们应该躲起来。

“你缓过来了吗？”飞行员问道，并没有转头看他。她的声音异常严肃，眼睛专注地盯着用来控制飞机的虚拟环境的深处。

阿尔列金点了点头。他确实觉得自己几乎恢复正常了……当你刚刚杀了一个孩童，感染了黑花病毒，并且清楚地知道几天后黑花病毒会把你变成什么鬼样子，你能感觉自己有多正常？

“那就请解释一下发生了什么。”温蒂提出要求，“你在那个破教堂里做什么，为什么有人会炸掉它，太空舰队找你是为了什么鬼事情，还有……”

“你切断通信了吗？”阿尔列金打断了她的话。

“是的，当然。爆炸后马上就切断了，然后弄坏了天线，让人以为是被炸坏的……只要你这块生物垃圾给我解释一下，为什么我应该救你，保护你！顺便说一句，我还冒了这么大的风险！”她的声调变高，几乎要喊叫起来。

“那儿有一个孩子被某种外星病毒感染了。”阿尔列金疲惫地说道，“我把他消灭了，而麦斯威尔·阳决定再消灭他一次，以确保万无一失。”（对自己的感染只字不提。当然，你和我是朋友，而且一起睡过几次，但这会妨碍你把我交出去吗？反正要是我的话，肯定会交出去。）“他们为什么找我呢？我想，他们是来清算我犯下的罪行，像是劫持救助飞行器的事情，还有一些其他事情……”他从肩上拽下一个包，打开后扔到了地上，“拿着，这些钱都是你的。帮我躲起来，然后我们就此别过。”

“我要这些地球上的废纸有屁用？”米勒用脚轻蔑地踢开袋子，“其实你可以给我个漂亮的小盒子。朋友，向我屈服吧，你有些话还没有说完。但是好吧，我也不想知道其他多余的事，该把你送到哪里去？”

阿尔列金没有马上回答。小盒子……现在他才想起它来，他弯下腰，从包里拿出了蔷薇辉石方舟。为了打开这个四个世纪以来一次都没有打开过的做工精细的盖子，不得不花一些力气。在雪白的天鹅绒垫深处有一个黑金色的纪念存储器，“开源纳米系统 18TB”——上面写着这样一串古体字母。这么多年来，字母一点也没有褪色。二十二世纪初，18 太字节……很好奇，世界上有能识别这块破烂东西的工作设备吗？阿尔列金将这些不必要的想法抛到脑后，关上了盒子，转头面向女飞行员。

“对不起，亲爱的，除了这个，所有的东西都可以给你，这不是我的东西。至于要把我送到哪里去……”他若有所思地看着窗外，的确，去哪里呢？

他们早已离开了绿桥地区。伏尔加河两岸尽是荒漠，遍布丘陵和深沟曲壑，全都是无人之地。偶尔在有缺口的多石岬角高处可以看到某个小要塞的栅栏，而栅栏里面是通信塔，旗杆和印有金色厄尔达里德图腾的绿色旗帜。

伊德利斯坦，喀山边界。他在伊德利斯坦认识谁？阿尔列金想了想，在脑海里过了一遍自己所有的特工、联络员、护卫队以及国安部的同事朋友们。谁能庇护他躲过太空舰队和木星的追击，躲过操控他意志的无线电波呢？必须藏在地下，而且越深越好……

乌拉尔山脉，这就是他应该去的地方。那儿全是老旧且废弃已久的巨大地下军事掩体。那儿没人能找到他。

“你的燃料够去乌法吗？”阿尔列金问道。

温蒂沉默了几秒钟，她在问代蒙。

“刚好够用。我在那儿可以加返程的油吗？”

“当然。那是一个大基地，当地的萨尔达尔[1]是我的朋友。”

“好吧，但我该如何向太空舰队的人解释这次行动呢？”

“把所有事都推到我头上，”阿尔列金漫不经心地挥了挥手，“你就说我用武器威胁了你等等，为了有说服力一些，我可以给你身上弄点儿轻伤……总之放轻松好了，现在这个时候没有人会在意你的小过失。”

“好吧，我再相信你一次，笨蛋。”温蒂抱怨道，“去乌法，我觉得这儿已经藏不下去了……”

飞行器听从她的意识指令迅速抬升机头，螺旋桨的嚎叫声更大了，他们在伏尔加河、废墟和沙漠的上空加速攀升，越爬越高。

到达乌法时已经夕阳西下，飞机在自己前面很远的地方投下了阴影。古城的废墟在狭长的高原上耸立着。南坡山势陡峭，山脚下多悬崖峭壁，一条宽阔的小河在沙岛中蜿蜒流过。河边和崖脚之间就是新城。在低矮的灰色房屋上方是清真寺、澡堂和室内集市的穹顶；密集的建筑区之间夹杂着菜园、沼泽和河滩。

在城市上空，高原的最高处，矗立着一块巨大的石台。它曾经是某位古代英雄的马术纪念碑基座。这座纪念碑在地球遭到撞击之前，已经在当地一场战争中被摧毁了，废弃的基座现在是一个射击点。角落里高射炮炮管从水泥制永久火力点里伸出来。

① 意为“统治者”。

再远处可以看到一个小型飞机场，上面停着几架刷成沙色的老式飞机，还坐落着几座外形一致的长条形营房建筑，而更远一些是被篱笆围起的公园和萨尔达尔的府邸。乌法是埃米尔国主要的东部前哨根据地，保护着该国免受乌拉尔草原上野生游牧部落的袭击。

“可别射中我们。”温蒂斜眼看着高射炮说道，“我们是不是应该联系一下他们？还是算了，我不会冒这个险。”她发射了一枚绿色信号弹，告知对方自己的和平意愿，然后开始向着降落台下降。

“你还是穿好衣服吧。”阿尔列金建议道，“在伊德利斯坦，这样的衣着不太合适。”他怀疑地打量了一下女飞行员被白色紧身衣紧束着的身材。从形式上来说，她穿着完整，甚至连脸都被护面罩遮住了，这完全符合当地的礼节，但是……

“地球人！”温蒂带着无法形容的轻蔑说道，“我应该穿什么呢？我的衣柜里没有更合适的衣服了。好吧，我在这里坐一会儿。你尽快帮我加油，好吗？”

“我会的。”

飞行器已经降落到了停机坪被挖得凹凸不平的混凝土上，并关闭了发动机。两名头戴黑色土耳其帽[1]，身穿沙色迷彩服，向前斜提着自动步枪的大胡子士兵朝他们跑了过来。门被推开了，螺旋桨的噪音和尘土飞扬的炽热空气涌进了舱室。

“战士们，你们好！”阿尔列金露出一个灿烂无邪的微笑，“我是布莱姆·孔季大尉，能带我去见你们的首领吗？”

① 近东国家男性戴的一种圆筒形无边带穗毡帽。

阿斯凡迪亚尔·加图林将军，乌法省的萨尔达尔，并不是阿尔列金曾经的线人。

他只是像所有地面统治者一样，早就开始和“莱安诺生命服务”合作，把自己奴隶们的基因卖给他们。阿尔列金的角色纯粹就是一个中间人。不过，按照他的习惯，他尽量和萨尔达尔建立良好的私人关系，现在也只能指望他们了。一开始的迹象还不错，阿尔列金马上就被带入了府邸中，当副官把他领到将军办公室的镀金门前时，加图林出来迎接了他，这表明将军非常尊重他。

胖胖的老将军带着无比诚恳的喜悦向上尉致以问候。他身穿布满勋章、绣有金银边装饰的制服，额头上系着嵌有大块绿宝石的头巾，胡子一缕一缕地不是很整洁。他微微鞠躬，恭敬地伸出双手，两个男人握了握手。

“阁下，愿您安好。”

“大尉，这边请。”加图林向着办公室的门做了个邀请的手势。顺着主人手势邀请的方向，阿尔列金坐在了沙发上。

在几句简短的寒暄之后，双方转移到了正事上。

“大尉，您能跟我解释一下黑花事件吗？”加图林先开了口。

阿尔列金努力掩饰住惊讶。黑花病毒的消息已经传得这么广了吗？他们也太快了。

“您为什么想知道它的事？”他问，为了保持信任的语气，他又补充道，“我只是不确定我是否能泄露我所知道的一切。”

“今天，在您来之前的几个小时内，来了两架黑色的飞机，转了一圈，用微波烧毁了那片区域，就是河对面的半公顷土地……”萨尔达尔对着墙挥了挥手，“对了，一群羊和几个牧羊人被活活烧死了。”他不赞成地补充道，“然后他们来到这里，给了我这张照片。”加图林递上了一张植物照片，照片上的植物和阿尔列金熟悉的花颇为相似，“他们说这是某种阿奎拉病原体。他们让我把照片复制出来，到处张贴，如果有人看到类似的东西，就要上报。”

“我知道的不比您多。”阿尔列金赶走讨厌的苍蝇，“是的，有这样一种植物，非常危险，会蜇人，会让人感染某种东西……但我的来访与此事无关。我需要一个地下掩体来满足行动需要，阁下。一个能用的、适合居住的、能让我一个人安顿下来的地下掩体。”

萨尔达尔没考虑多久。

“在乌法没有合适的地方，”他说，“所有的旧掩体不是被我们用于战争就是被回填了。但在更远的东边，在山区……”他又想了一下，“亚曼陶。您听说过吗？也许它就是您想要的。”

“是的，我听说过。”那只讨厌的苍蝇躲闪着，猛地在阿尔列金的脖子上叮了一口。他向苍蝇拍去，并且厌恶地甩了甩手掌，“亚曼陶……这是个非常古老的地方吗？”

“是的，二十世纪的一个巨大的地下建筑群。有完全自给自足的维生系统。如今还有人住在那里。”

“这样吗？”这一点阿尔列金不太喜欢，“谁在那儿呢？”

加图林两手一摊。

“谁也不知道。在地球被攻击之前，它是一个秘密设施。住在里面的人就一直留在了里面，两百年间从未和任何人联系过。难道和你们太空人有联系吗？”

阿尔列金摇了摇头。

“没有。有的话我会知道的。这很有意思，阁下，继续说吧。您怎么知道他们还活着呢？难道掩体的生命保障系统能坚持那么久吗？”

“在亚曼陶是可以的。那儿一直有人在，这一点我们可以确认，空中侦察监测到那儿有排出的暖气。虽然很奇怪——但我总觉得你们太空人应该知道他们。原来他们是完全独立生存的……”

“谢谢您提供的信息，阁下。”阿尔列金站了起来，“您能告诉我地点吗？啊，对了。”

他想起来了，“您能让我的飞行员给飞机加满油吗？我会付现金。”

阿尔列金伸手去拿包，这时，他剧烈地颤抖了一下。

颤抖从他的手臂开始，瞬间蔓延至全身，他感觉到自己无法控制自己，无法绷紧任何一块肌肉……

“上尉，您还好吗？”萨尔达尔站了起来，一脸担忧。

“没事。”阿尔列金想说，但他的喉肌也不能动了。他全身颤抖得越来越厉害……

当然是黑花病毒了。像老鼠一样，像伊戈尔一样，像赛义德一样。现在他也开始了，不过，非常快。

双腿也开始剧烈地颤抖，腿部的肌肉不由自主地软了下去，膝盖也随之弯曲。阿尔列金在完全清醒的情况下瘫倒在地上，并没有感觉到对地面的撞击。

他还能看到一沓沓的钱从他的包里掉了出来，能听到萨尔达尔大喊大叫地下达命令……然后，紧随着身体的瘫软，他失去了意识。现实世界关闭并熄灭了。

插曲：鱼

太阳风散发着盐水的味道，中性氢原子散发着淡水的味道，快速旋转的银河系质子散发着腐烂藻类的味道，自身船体产生的辐射散发出淡淡的底部泥浆味道。但最强烈、最激动人心的味道来自木卫一。被伊奥尼亚火山抛入太空的硫、氯、氧重阴离子进入了“马吕斯号”的质谱仪中，并且在它的大脑嗅叶中激起了一种不安的、激荡的感觉——食物、荷尔蒙、血液的混合气味。这种混合气味使人不可抗拒地被吸引，迫使所有的感觉器官——照相机、磁力计、光学和无线电波段的光谱仪——都紧绷起来。

粒子探测器使“马吕斯号”的大脑产生了嗅觉，无线电接收器使其产生了听觉。木星磁极层发出的冷蓝色噪音最响亮，遥远的太阳系平稳地嗡嗡作响，银河系轻轻地沙沙作响。在太阳噪音的背景音中，金星的声音格外明显：定位灯塔的间歇性蚊鸣声，控制信号的复杂多频道颤动音。有人从金星那里，从隐蔽地飘浮在厚厚的白云层中的太空舰队总部那里，把“马吕斯号”控制住了。当然，它无法意识到这一点，因为它没有意识。

无人侦察轨道飞行器“西蒙·马吕斯号”已经绕木星运行

五年多了。重达数吨的飞行器由两个舱组成：一个是带有发动机和反应堆的动力舱，另一个是带有天线和科学工具的仪器舱。在仪器舱中，由钨和聚乙烯交替层组成的厚厚的防辐射外壳下是它的电子脑：模仿太平洋鲑鱼生物脑的硅铸件。

识别图像是仿生神经网络迄今为止比传统计算机完成得更好的任务。正是因为这样，太空舰队才将“马吕斯号”送到木星系来识别图像。就像鲑鱼能认出可食用的鱼一样，“马吕斯号”也被训练得能在伽利略卫星[①]的地形背景中本能地识别出人造建筑的几何形状、阿奎拉人的活动轨迹和敌方的建筑。

轨道飞行器正从夜间一侧接近木星，木星的盘面看起来就像星空中被雕刻出的黑色椭圆。从这个角度可以清晰地看到因太阳照射而形成的淡白色光环。太阳本身并不可见——为避免致盲，相机用日冕仪的局部感光板挡住了它。在木星的西边可以看到像小小的镰刀般的欧罗巴星，东边的盖尼米得[②]则像一把朝向相反方向的镰刀。木卫一在航线前方，几乎与太阳在同一条线上，也是看不到的。只有分辨率极高的红外相机才能清晰地分辨出活跃的圆顶形火山和原盆形火山的热斑。但相机根本就看不到木卫一。

所有的长焦相机和“马吕斯号”的光谱仪都被固定在木卫一偏西的一个点上。这是太阳－木卫一系统的第一个拉格朗日点。敌人就是从那儿向地球发出无线电信号来指导自己的间谍。

“马吕斯号”昨天更新了飞行程序并改变了轨道，目标是拉

---

① 木星的四颗最大的卫星的统称，包括木卫一、木卫二、木卫三和卡利斯托星。

② 即木卫三。

格朗日点。阿奎拉的设施几乎看不到了。它没有向设备一侧辐射无线电波或粒子。没有声音，没有气味，只有红外相机显示出一个直径三十千米、光学厚度不到一米的模糊热斑——透明的、虚空的、像气体云或稀疏的粒子群一样的东西。斑点在视野中缓缓移动，沿簸箕般的昴宿星团的背景经过。

在昴宿星团的背景下观测该天体也是该计划的一部分，“马吕斯”光度仪记录了星团中昴宿六、昴宿五、昴宿四等每颗恒星光芒的瞬间黯淡——这种现象会不定期地出现好几次。有什么东西遮住了它们——不是一团气体或尘埃，而是某种复杂的分支纤维状的、由毫米直径的纤维编织而成的东西。

某种完全不像自然太空物体的东西。

开采。

鱼群没有感情，它们不知道狩猎的快感。它们的本能不是通过情感来支配自己，而是直接控制自己，现在“马吕斯号”在八年的生命中——两年在飞行中，六年在木星上——第一次开启了追逐的本能。没有等到来自金星的命令——命令要再等一个半小时以上才能到达——轨道飞行器把发射器切换到了连续的遥测流模式。

阿奎拉的设施正在靠近，“马吕斯号”辨别得越来越清楚。超导线制成的细网状骨架非常复杂，像蛋白质分子，像分形，像哥特式的大教堂，它挂在虚空中，旋转着，蠕动着，不断地变换着。它看起来像活的一样。磁极层的离子流为其巨大的螺线环提供了动力。现在已经可以听到，该物体在十米波段上发出噪声，它在吸收木星的自然无线电波并对其进行再辐射，不是向着所有方向，而是以狭窄的强方向光束对准地球。

当“马吕斯号”收到修正轨道和紧急射击仪器舱的指令时，距离设施还有十几兆米。

分离船舱，将动力舱发送到设施上去——金星是这样命令他的。

攻击“木卫一－拉格朗日”，然后自毁。

鱼脑模型没有失去自我保护的本能……但它不能抵抗另一个更强大的本能的召唤。

下子。

淡紫色的氙离子体光束从修正引擎的喷嘴喷出，同一时刻，十二颗火焰弹同步爆炸，将“马吕斯号”撕成两半。它的大脑中有能够感受到疼痛的部分吗？就像真鱼身上通常负责痛觉的部分那样，这部分能像大脑的其他部分一样被精密地仿真吗？没有人知道。无论在仪器舱中的大脑感应到什么，船舱本身都会继续按照已有的航线飞行，不断地传送遥测数据，而被打击的动力舱则随着推力慢慢向侧面偏移，直奔“木卫一－拉格朗日”而去。

前去产卵。

敌人已经发现了它们。不可能注意不到它们，动力舱的等离子体排气管在整个木星系的光学仪器和无线电波中闪闪发光，“马吕斯号”的听觉感受器遭受着白噪声爆炸的冲击，红外线视觉因热爆发而失效：“木卫一－拉格朗日”向它们发射了一束强大的无线电波。仪器舱被擦了个边，主要打击的是动力舱，能量流的密度能让氙气罐爆炸……但轨道修正已经完成，没什么可以使动力舱偏移自己的路线了。

世界时间2481年8月4日凌晨5点47分，“马吕斯号”动力舱以每秒8千米的速度，到达了一个颤动的巨大导线网的正中心。

仪器舱传送到金星的最后影像是一次闪光。仪器舱没有被爆炸击中，只是电池电量耗尽了。船舱继续在轨道上飞行，鱼脑电子舱的电力逐渐耗尽，永远进入了休眠模式。

“马吕斯号”没有看到那一幕，或者也许它看到了，但它没有足够的能量把这些信息传递到金星——散落在木星环平面上的外星科技生命的微小种子复活了。它们启动了无形的电磁场，通过扰动将周围的微尘和雪花旋转起来并拉到自己身边，又不慌不忙地将它们连在一起……它们沿着整个巨大圆环慢慢地形成了几十个甚至几百个刚刚被摧毁的物体的微型复制品。

无论如何，鱼儿都无法感知情感，更不用说像失望这种复杂的感情了。鱼儿只是像在冰冻的池塘里死去了一样。只是死了。

档案：会议纪要

最高机密

太空舰队指挥委员会会议纪要

2481年8月4日

出席人员：

麦斯威尔·阳博士，统帅

拉维尼娅·沙斯特里博士，虫群指挥官

沙哈尔·拉吉·库马尔博士，情报处负责人

卡比尔·奥通加上校，特别行动部负责人

埃纳尔·格林博士，太阳系天文研究所所长

议程：

1.“西蒙·马吕斯号”轨道飞行器针对阿奎拉设施“木卫一－拉格朗日”的行动（发言人：格林）

2. 地球上的阿奎拉间谍（发言人：奥通加）

3. 战略问题（发言人：阳）

1.“西蒙·马吕斯号”轨道飞行器针对阿奎拉设施“木卫一－拉格朗日”的行动

格林：“西蒙·马吕斯号”轨道飞行器的动力舱和木卫一拉格朗日点处阿奎拉设施的撞击于今天的5点47分成功完成。在靠近之前我们的冲击器因阿奎拉设施发出的强大电磁脉而有所损伤，但这并不妨碍它执行任务，“木卫一－拉格朗日”设施已被摧毁。阿奎拉向地球发送的无线电传输已经终止。（掌声）成功获得了第一批高分辨率的阿奎拉复制品照片。（掌声）

决议：

鉴于格林博士的出色领导，授予其指挥官称号，并奖励其十兆能量奖金。

2. 地球上的阿奎拉间谍

奥通加：赛义德·米尔扎耶夫被证实已经死亡。九朵“黑花”已被卫星图像识别并被销毁。所有黑花都是在远离定居点的地方发现的。即使它们感染了其他人，也不太可能出现大规模的感染。新莫斯科的第一朵花还没有找到。

阳：我们关于米尔扎耶夫和“黑花”的主要信息提供人是布莱姆·孔季，他怎么样了？

奥通加：孔季在哪还不知道，我们和他处于失联状态，现有的侦查人力不足以查明所有情况。

决议：

将布莱姆·孔季列入搜寻计划。

3. 战略问题

阳：从大战略的角度来看，我们控制着太阳系内部，阿奎拉人控制着外部。他们拥有不可估量的广阔空间和巨大的技术优势。但我们这边最重要的优势是能源。我们离太阳更近了，我们有“萤火虫群”，也就是太阳能集中器，这样的装置阿奎拉人暂时还没有。这一优势必须尽快利用，因为拖长时间对我们不利。

在太阳系中，继太阳之后第二个可用能量来源是木星，更准确地说，是木星的磁场和辐射带，“木卫一－拉格朗日”设施使用的正是这种能量，而这只是一个开始。因为这个设施功率相对较小，所以到目前为止阿奎拉人开发木星周围资源的能力仍比较薄弱。这于我们而言是一个机会。趁他们在那里建立自己的“萤火虫群”之前，我们还有几年的时间将敌人赶出木星系。

我提议把此时停靠在金星旁的星际飞船“沉睡的克苏鲁号”派往木星。

拉吉·库马尔：“恶魔苏丹阿撒托斯号”离目标更近。

阳：不幸的是，我们有充分的理由可以推测出，“阿撒托斯号”感染了和莱安诺图灵一样的阿奎拉病毒。虽然我们被告知莱安诺和我们的“阿撒托斯号”电脑系统都已经被检查并清洁，但这一点我们不能完全相信。该怎么处理它呢？我认为步骤是显而易见的，而且不需要讨论。首先，隔离感染源，全面信息隔离。来自莱安诺和“阿撒托斯号”的任何可疑文件都不得进入太阳系网络。禁止所有网络接入商从那儿接收视频、音频等除文本信息以外的任何东西，而文本也必须经过严格审核。这也适用于星际间的直接通信。相应的命令已经下达，但不允许局限于治标办法。应该把太空舰队的工作人员救出并送到地球上，对于小行星——用对其居民最人道的方式消灭掉它，而“阿撒托斯号”应在地球轨道上销毁。

我提议对派遣“克苏鲁号”前往木星一事进行投票。

决议：

A）批准：4 票赞成，1 票反对，1 票弃权。

B）为木星系任务制定行动规划和指令。负责人：阳；截止日期：8 月 10 日。

主席麦斯威尔·阳

签字

盖章

莱安诺：一体化

温暖的。

蓝绿色的。

上面是蓝色，下面是绿色。

炎热的太阳，阵风。

马汗、金属、皮肤、伤口的味道。

蓝蓝的天空和被踩踏的褪色的绿色田野。

钟声近在咫尺，就在头上。

上面是什么？

蓝蓝的天空和印着猴子图案、金边上镶有铃铛的白色旗帜，旗帜随风飘扬，发出清脆的铃声。

前面是什么？

一片被踩踏过的空地，位于其后两箭地[①]外的是敌方队列。铜光闪闪的步兵盾牌、马的胸甲和饰缨、象塔、双轮战车上的旗帜和皇家伞。

我听到什么了？

---

① 约三百米远。

大象的吼声，马儿的嘶鸣声，战斗的号角声。两群情绪高昂的人类生物体准备互相冲杀，击败粉碎对方过程中发出的各种各样的声音。

我在哪里？

在库鲁克舍特拉，在婆罗多之子伟大战役[①]的圣地上/当然是在虚拟世界中。还能是哪里？

我是谁？

我是因陀罗[②]的儿子阿周那，在自己的双轮战车上，在般度的队伍中，系着黑羚羊皮的腰带，一只手里拿着紧绷的弓，另一只手里拿着号角/扎拉·阳，这一切又意味着什么呢？真是见鬼了！

“这是……”我不认识自己的声音，“什么……意思？”

车夫转过身来。一个戴着金色头饰的英俊青年微笑着，露出满口白牙——准确来说，和人们通常描绘的黑天[③]的形象一模一样。

“欢迎您的到来，扎拉。”黑天用“蠕虫”的声音说道，“我把您的意识放到了一个最符合您所面临的伦理困境的神话文明背景中。您对《薄伽梵歌》应该记得很清楚吧？我知道您记得。”

“是的，是的，我明白。我应该和自己的人对抗，这是我的

---

①此处指俱卢之战，是婆罗多族两支后嗣般度族和俱卢族为争夺王位所发动的战争。

②因陀罗，意译为能天帝，印度教神明，司职雷电与战斗。

③字面义为“黑色的神”，通常被认为是毗湿奴神的第八个化身。在《摩诃婆罗多》中，他是般度人首领阿周那的御者和谋士，足智多谋的英雄。

因果报应，或者说是达摩[1]？”

“现在麻烦您把我带回现实世界。”

“如您所愿。”

黑暗和恶心突然袭来。

扎拉睁开双眼。

她躺在床上。依然是在莱安诺的那个腔室里，这儿被指定为她的幽禁地点。她觉得很恶心，就像早上喝了一杯没选好的神经调节剂饮料一样。

“我已经完成了对您神经系统的更新。”不知从哪里传来“蠕虫”的声音，还是那么悦耳且富有节奏，“对了，既然我们关系已经如此密切，是不是应该直呼对方为‘你’？”

“不，不可以。”扎拉艰难地说道，“正因如此，我想保留某种……象征性的距离。已经过去多久了？”

“从注射开始吗？已经过去四十七分钟了。”

“利比还活着吗？”

“是的，我通过‘官僚儿’打开了她的牢门，没让任何人发现。她现在是自由的，而且她现在的状态对‘官僚儿’来说是最有利的。在行刑之前，所有人都认为她会一直在牢房里。我已经完成了我的任务，现在就让她自己照顾好自己吧。”

“那我呢，您不打算放我出去吗？”

“我会放的，如果你们的人自己想不到这一点的话。但我相信，他们能想到。所以，继续我们的谈话吗？”

“我们现在不是在谈话吗？”

---

① 一切现象、法则或佛陀的教法。

“我从您的语气中感觉到了恼怒，甚至是敌意。”“蠕虫”的声音里似乎有些许惋惜，“没必要这样，扎拉。我是您的朋友，我们是要永远在一起的……我指的是关于严肃事情的谈话，那远比这颗小行星的现状重要得多……我们继续吗？”

扎拉微微点了点头，“我觉得在虚拟的环境中会更舒服……”

她闭上眼睛，准备再次进入摩诃婆罗多的世界里，但这一次，“蠕虫”把她的意识带到了另一种文化背景中。

水下世界的蓝色雾气……显微镜般的视力（扎拉立刻想起了父亲的微型饲养箱）。杆状微生物在水里毫无秩序地旋转着、抽动着。

“正如您所猜测的那样，它们是单细胞生物。”“蠕虫”的声音传来，“这是生命发展的第一个阶段。我不知道，也没有人知道地球上的第一批细胞是什么样子的。所以，我想向您展示另一个星球上的生命的故事。它距离这儿几千秒差距，但它的历史与地球相当相似，您很容易就能看出其中的相似之处。”

“这是什么，例行信息转储吗？生物学课？”

“更贴切地说，是银河社会学。不过，您很快就会发现，这是一回事。我跟您说过银河系网络，但这更像是比喻，而且很片面。为了让您更好地了解太阳系之外的情况，我需要给您展示另一个方面。换个比喻，不用电脑作比喻，而是用生物作比喻。”

“好吧，继续。”

“我课堂的主要思想是：生物体在进化过程中会相互融合成越来越复杂、越来越大的结构。现在您面前展示的是第一阶段。

细胞在分裂，但它的后代并不会自由游动，而是仍然黏附在母体上。”

扎拉面前出现了杆状细胞的针形接头。镜头加速，她看到它变得越来越大，分支越来越多。比例尺逐渐减小，直到单个的细胞完全从视野中消失。

“随着细胞家族的壮大，其内部的个别类细胞变得专门化，母细胞学会在同一基因组的基础上产生不同的后代。完整的多细胞生物就这样出现了，然后作为一个统一的整体生活和繁殖。”

在浑浊的水里，长出了一个像……海绵的东西？苔藓虫？珊瑚？从它的缝隙中升起水流一般的半透明的……小孢子？鱼子？虚拟摄像机靠近一个粒子，放至很大，扎拉看到了一只幼虫，它从前面看像多毛虫，而从后面扁平的尾巴处看，像蝌蚪。幼虫呈波浪状地扭动着尾巴，独立地在水中给自己开辟道路。

另一个画面。一整群“多毛蝌蚪”在被阳光穿透的水里玩耍，就像小鱼一样。毫无疑问，“蠕虫”在她面前展示了某个外星物种进化过程中的数百万年。长满石灰色甲壳的“多毛蝌蚪”借助自己发达的刚毛钻进了底部的土中。这里有的相互交配，有的产卵，成熟的卵又孵化出新的幼虫……所以现在他们是自我繁殖，没有母体的“海绵”。这叫什么？

“您要记住的名词是‘幼体生殖’。”“蠕虫”说道，“但这是个次要的细节，让我们回到正题。融合。在第一阶段，正如你所看到的，单细胞生物结合成了多细胞生物。在第二阶段，多细胞之间相互融合，再次形成家族。”

镜头加速，扎拉看到“多毛蝌蚪”越来越少游动，更多的是钻到土里。随着进化，它们的尾巴也越来越小，而多毛的前部发展成了像短的针形多足虫的东西。然后她看到了一座像珊瑚礁的水下的山，接着又看到了那座山的截面。那不是礁石，而是针脚虫群落，类似于水下蚁穴的东西。针脚工虫在它迷宫般的通道里拖着卵和小块食物，不知疲倦地爬行着。在中央洞穴里放着一个没有刺的巨大子宫，看起来就像一条苍白的裸体毛虫。它的产卵管括约肌不停地产卵，同时子宫体上群集着像潮虫一样裸着的雄针脚虫。在群落周围的水里聚集着带有刚毛鳍的狩猎针脚虫。

“蚂蚁的进化之路是一条死路。”“蠕虫”说道，“一些个体通过气味互相交流。化学信号是很窄的信息交流渠道。个别针脚虫在自己的神经系统内部能够处理比与其他个体相交流时更多的信息，因此它们保留了自己的个性。这个家族永远不会发展成那种会使个体会失去个性并沦为细胞角色的完整多体生物。这种程度的融合将在另一个进化分支中实现。在发明出容量更大的交流渠道的生物中实现。让我们来看看它们。”

扎拉又看到了淤泥中聚集的“多毛蝌蚪”，镜头加速，几百万年进化过程飞逝过去。“多毛蝌蚪”不断地成长，刚毛变得更加复杂，进化成爪子和桨鳍之类的东西，但尾巴并没有消失……最后，这个长有蝾螈般光滑尾巴的龙虾一样的生物爬到了陆地上。“龙虾蝾螈”一开始很笨拙。但它们的轮廓渐渐变得精致而瘦削，它们的步态变得快速而自信。

扎拉看到，在其他星球茂密的丛林中出现了不计其数且多样性惊人的“龙虾蝾螈”后代。两条腿的、四条腿的，在树间爬着的、走着的、跳着的，小个的只有手指那么大，大个的比人还高……但最终，虚拟摄像机在这万花筒般的混沌中停在了一个物种上，接下来就只观察它。

这是一种和猫差不多大的优雅生物，身形像袋鼠或两脚恐龙——两条强壮的腿，水平的身体，还有一条长长的用以保持平衡的尾巴。和猫不一样的是，它前面的小脚掌不是两个，而是四个，而且圆锥形头部末端的嘴部周围有一套包括螯、毛刺和下颌骨的复杂系统。它浑身都是刺状的老骨头颜色的甲壳，行动的动作时而像袋鼠般跳跃，时而像鸟儿般优雅地走路。

“这是这颗星球上首先获得智慧的生物，您不应该称呼它为虾蜥类动物。”“蠕虫”仿佛有些自豪地说道。

“这些是您的祖先吗？还是您主人的祖先？”

“不是，我已经说了，我选择这个物种是因为它和人类很像。我的祖先生活在水下，它们的历史对您来说太晦涩了。但我们总有一天会说到他们的，但现在，还是回到虾蜥类动物这个话题上。”

扎拉看到黄昏时分在有缺口的巨大卫星光芒照耀下的热带草原和一大群虾蜥类动物。更大的那些是雄性吗？它们正围守着一群体型小一点的和体型非常小的虾蜥类动物——带着幼崽的雌性？很难理解它们是否穿着衣服，但战士们的甲壳和尾巴上都覆有鲜艳的红黑条纹——战斗纹饰。

“言语。”“蠕虫”意味深长地说道，“有声的言语，这种交流渠道使传递的信息容量大幅提高。个体之间的信息交流大大增加，但他们自己也变得更加聪明了，个体内部的信息交流还是超过了外部的信息交流。在这个阶段有智慧的生物仍然保留着自己的个性。”

两只虾蜥类动物在一个铺满石头的圆形场地上对峙着，明显在准备进行单体搏击。一只装饰有金白色条纹，另一只装饰有粉红色螺旋线。每只的尾巴上都用皮带固定了石齿，石齿让它的尾巴变成了致命的棍棒。角斗士们一边绕着圈子走，一边绷紧尾巴准备进攻，它们愤怒地嘶吼着，下颌骨咔咔作响，而竞技场上的观众们则发出赞许的尖叫和口哨声。这看起来确实很像人的行为。

“所以，它们保留了自己的个性。”“蠕虫”重复道，“但由于信息交流的增多，它们的社会越来越复杂和一体化。军事和经济竞争引发了自然选择。家族发展成氏族和部落，部落联合成国家。”

在平坦的长满青苔的平原上，站着一支庞大而无序的虾蜥类动物大军，所有战士都被涂上了不同的战斗纹饰。它们愤怒地嘶吼着，号叫着，尾巴上被系的不再是石齿，而是金属齿。对面站着另一支军队。同样无序的方阵中，虾蜥类动物身披真正的金属铠甲，前爪中握着向上竖起的长矛。每个方阵的旗杆上都挂着一面绘有复杂抽象符号的战旗，旗帜随风飘扬。伴随着震耳欲聋的哨声，蛮夷部落冲进了战场。而伴着战鼓般的响声，军团的军人们整齐划一地垂下长矛，将矛头对准前方。

“一般来说，一体化程度较高的社会会战胜一体化程度较低的。”

扎拉看到的还是这个战场,但到处都是野蛮人的尸体。军团的士兵成对地走在战场上,有条不紊地用尾棍将伤员打死。

“言语,文字,然后是印刷品。每一项发明都加强了信息交流,社会的进步速度远比个体大脑进化的速度要快。社会比个体更聪明。媒介的进步使社会更加一体化,在这样的社会里个体的重要性越来越低,结构的重要性越来越高。”

又是战场,但现在军团对面站着的是一排涂有灰绿保护色的虾蜥类动物。他们背上固定着粗大的管状武器(大炮?长管炮?前膛火枪?隐约熟悉的名词莫名地涌入脑海。)军队发出拖长的尖叫声,火绳枪兵整齐划一地向后躲开,尾巴像枪托一样撑住地面。齐射,火药的烟雾——前进的军队中爆发出耀眼的锰粉色火光。

参战者又变换了。空中舰队伴随着低沉的螺旋桨轰鸣声向火绳枪兵的横队冲去。像中国风筝一样的奇妙的三翼和四翼滑翔机,带有被挂在拖绳上的滑翔机的飞碟……来自地面的齐射、来自空中的齐射……火绳枪兵刚刚所在的地方燃起了粉红色的大火,而几乎毫发无损的敌对空军却依旧在他们上方整齐地飞行,只是粉红色的火光照亮了飞机的底部。

“总而言之,随着在文明的道路上走得越来越远,智慧生物变得更加社会化了。”“蠕虫”总结道。

画面突变,扎拉发现自己身处一座城市的中央,或者说是在一座巨大的房子——一个圆形的、被光亮从上面穿过穹顶照亮的多层井院里。赤陶墙壁上有数百排方形的窗户(每层都相当于扎拉的脚到膝盖处那么高)。招牌像战旗一样挂满每个角落——弯曲的有结节字母一列一列垂直地写在招牌上。在井口旋转着一些状如摩天轮的倾斜结构，它们上下垂直悬置，显然功能等同于电梯。在开放的长廊和楼梯上有数不清的虾蜥类动物窜来窜去。镜头一动，对准了近处的一只。

扎拉马上想到这是一个雌性，或者更准确些说应该是“女性”？这只生物的外壳上闪耀着像亮片和水钻一样的光芒，尾巴尖上还装饰着一个类似海羽的蓝色豪华饰缨。这只充满魅力的虾蜥类动物摇着尾巴，精神抖擞地沿着走廊慢跑。前面的爪子不停地以迅速而自信的动作揪扯着由细线和珠子组成的不明结构。头上戴有金属的……马具？配件？从上面凸出螺旋天线和麦克风的喇叭口，就像老式助听器一样。它的下颚不停地嗒嗒响着，对着话筒吹口哨并且发出尖叫声。它跳进运行着的电梯的包厢，坐在蹄形座位上，把尾巴塞进一个单独的小马蹄床，然后从视线中消失了。

“越往后，智慧生物对社会的依赖性就越强，”“蠕虫”继续说道，“依赖于技术和信息网络，它们的自给自足程度则越来越低，越来越像蚂蚁，再往后就会像巨型多细胞生物体中的细胞一样。决定性的阶段就是计算机网络的出现。信息交流的速度超越了生物脑的处理能力。”

扎拉来到了新的场景，新的历史阶段。房间的四壁是无装饰的红色漆光墙面，房间中央在由交叉型蹄铁制成的奇异的床上卧着一只丑陋的虾蜥类动物。脆弱的双腿和身体像是它巨大而肿胀的尾巴的附属物。（扎拉立刻想到，这些生物的尾巴上沉积着脂肪，就像人类肚子上的脂肪一样。）大胖子的头上戴着一顶和墙壁一样红漆色的长方形护面罩，软管和带子从各个方向脱落下来。四条手臂被埋在一团类似蜘蛛网或棉花糖的奇怪东西里，在以疯狂的速度乱爬。

“电脑做的工作越来越多，活生物做的工作越来越少，”“蠕虫”继续说道，“它们的功能变得越来越专业化。通常，它们会失去智慧，也随之失去个性，最后变成多体超级生物体的一个细胞。让我们来看看它。”

新的画面是从太空俯瞰星球的夜景。如果没有附近巨大的卫星照射到这颗星球上的浅灰色光亮，可能会它错认成遭到攻击前的地球。特大城市以微弱有序的光芒形成星群，道路细线和穿在细线上的较小城市集群把它们连接起来，形成星座。

“这里的每一座城市都是一个自给自足的多体超级生物体。个体的虾蜥类动物是它的细胞，计算机网络是它的神经系统。一些最高级的多体发展出了智能，自己的智能。遗憾的是，很难展现出它的视觉形态。”

扎拉好像身处一个昏暗的巨型数据中心。摆满同样的灰色服务器盒子的架子向远处某个方向延伸，看不到一个活着的生命。

“这就是公民人类[①]的中央大脑，智慧之城。如你所见，它看起来相当无聊。”“蠕虫”从容地说道，“自然，多体城市之间会相互交流，争夺资源。竞争会不断衍生出新的形式，但永远不会停止。胜利的多体城市接管失败的多体城市，从而发展壮大，然后在新的水平上继续融合。就像曾经细胞结合成单体，而单

① 原文为拉丁语。

体结合成多体一样，现在多体结合成星球大小的超级多体。整个星球正在成为一个完整的生物体，单个多体城市在其中扮演着细胞的角色。这已经是一体化的第四个层面了。”

在扎拉面前的恒星系统中悬着一颗完全黑暗的星球。

“路灯已经不在了。”“蠕虫”解释道，“电脑不再被需要，虾蜥类动物也不再上街。继承了个体意识的生物都沉浸在虚拟世界的永恒幸福中。所以，这个星球已经变成统一的智慧超级多体生物，但故事并没有就此结束。为了寻找资源，超级多体生物对其他天体进行了殖民。”

在灰暗卫星地表上空的黑色天空中闪耀着一颗碧铜色的星球，它被笼罩在白色的云纹中。在火山口中间有一个石头圆顶。

环形的轨道站悬挂在群青色的海洋星球之上。

布满格子桁架的空中城堡飘浮在巨型气体云上。蓝黑色的天空被一个巨大的半透明环形结构所环绕。

“行星之间的信息交流速度有限。因此，不同行星的超多体会再次获得个体性，并保持一段时间，但它们之间的竞争又会导致一体化。到了第五阶段，整个行星系统形成统一的超超级多体，它也会获得智慧。它已经展示不了了，只能概括地讲一下。”

扎拉面前出现了另一张星系地图，星球及其小行星的点沿着不同色彩的轨道边缘爬行，并且每一个点都通过通信线路与其余的点相连。

“超超级多体内部的信息交流以光速进行。从一个星球到另一个星球的信号传递需要几分钟，或者几个小时。因此时间对于这样的生物来说流逝得很慢。对于您或者虾蜥类动物而言，一个小时已经过去了，而对行星间超级大脑而言，主观上只过去了一秒钟……”

“我觉得，”扎拉停顿了很长时间后说道，“这还不是最后一个阶段。”

“非常正确。进化是不会停止的。让我们往前回溯大概十亿年。”

扎拉看到一颗濒临死亡的恒星。它混沌地燃烧着，没有形状，上面布满斑点状的凹坑。它正在喷出日珥、等离子流和一团团炭灰，透过这些可以看到下面殷红色的斑。蒸汽化的行星后面拖着彗星状的尾巴。但距红巨星星系最远的地方还不是太热，可以看到飘浮着的可居住太空站的细环在恒星背景下的黑色剪影，以及太阳能板和辐射器的平面。

“随着恒星的老化，行星间多体会离它越来越远，最后它会离开红巨星，利用其辐射和太阳风的压力殖民邻近的世界。按照其主观时间，恒星间的飞行时间并不长，也就几个月，而不是几个世纪。同样的故事在新的阶段又会重复上演。各个星系的行星间多体融合成恒星间多体，后者再整合成银河系超级生物体。也就是我之前所说的银河系网络。”

扎拉眼前出现了雄伟的银河系光旋。

“是虾蜥类动物创造了它吗？”扎拉问道，“我的意思是，是它的祖先吗？”

“不，是其他更古老的生物。我们称它们为‘隐藏者’，很少有人知道它们……至于银河系网络，它本身作为一个整体还不够智能。它还没有发展到这个阶段。与其说它是一个生物体，不如说它是一个家族，它的细胞——恒星间多体——还拥有个性和智慧，其中一个这样的恒星间多体就是所谓的‘清道夫’，或者是你们认为的阿奎拉人。恒星的免疫系统。正是它们对地球发动了撞击，现在正在传播‘玫瑰’，目的是将人们置于完全的精神控制之下，以被征服的单体和勤务微生物的身份将他们纳入自己的超级生物体中。”

在被阳光照射的草原中央的峡谷边缘上，奇怪的黑色花朵随风摇曳。

扎拉恍然大悟。

“所以他们就是那些虾蜥类动物吗？”

“清道夫是恒星间多体，它由行星间多体组成，而行星间多体由行星多体组成，行星多体由多体城市组成，原来的虾蜥类动物实际上是多体城市的细胞……虽然据我所知，他们早就失去了那种肉身的形态。”

“您呢？”

“我是来自另一个超级生物体的细胞。我们也是银河系网络的一部分。但我们的目标不是去摧毁像地球文明这样的异族细胞。”

“你们的目标是什么？”

“和平地定居在太阳系，与人类共享太阳系。把内部留给你们，而我们只是占领欧罗巴及其他冰卫星的内部，那是你们无论如何也不会需要的部分，难道不是吗？”

被星光勉强照亮的昏暗小行星在太空中缓缓地飘荡。

“我们的殖民者，从长蛇座 TW 星协出发的年轻多体生物会来到这里。预计到达时间在十万年之后。没有你们人类的帮助，它是无法登陆的。”

“十万年吗？”扎拉又问，“您是说，人类能活到那么久以后，对吗？”

“从我们的利益出发，我们希望人类能一直活下去，不要被‘清道夫’吞噬。现在您知道为什么我们要做朋友了吗？的确，人类无法制定出那样的长远规划。但对于行星间超级生物来说，时间流逝的速度更慢，对于它们来说十万年的时间并不长。因此，要想合作成功，人类必须联合成一个行星间超级生物。”

“成为多体生物的细胞。”

“这吓到您了吗？但你们的进化正在向这个方向发展。我们的介入只是加快了进程。从技术上讲，一切都已经准备好了，你们有太阳系网络和大脑里的植入物。只需要往上面上传一些程序就可以了。您害怕失去自由，我理解。但替代方案……”

远处传来爆炸声，扎拉吓了一跳。不知道为什么，她突然就明白了这个声音来自现实世界，然后还有一个，还有……一连串。

“那是什么？”

“啊，是普拉萨德上校在摧毁莱安诺的防御系统。”“蠕虫”漫不经心地解释道，“最终还是决定摧毁小行星，现在您就要被释放了。”

虚拟太空消失了。扎拉再次回到了现实世界，回到在牢房的床上……并且感觉明显好多了，出乎意料地几乎正常了。

“是您对普拉萨德下达的命令吗？”

“当然不是了，轮得到我吗？我没有确切消息，但这样的命令只能来自统帅。”

扎拉坐在床上，用手掌按压着太阳穴。她已经什么都不懂了，大脑的信息量已经过载。

“父亲为什么要这样做？不摧毁莱安诺，这我理解，但为什么要让我撤离？”

“我只能推测。”“蠕虫”谦虚地说道，“你们这些灵长类生物等级分明，这经常会让你们做出非理性的行为。统帅为了掩盖自己的错误，保住自己男性首领的地位，什么事都做得出来。现在他会假装一切都在按计划进行，您也一直在按照他的指示行事。他会给您自由，这意味着他已经为推翻自己的统治迈出了第一步……唉，他们就是这样。”

腔室门被打开了，门槛后站着一群武装者，他们都穿着一样的黑色制服，戴着护面罩遮住脸，但是扎拉一眼就认出了利比蒂娜那苗条的不算高的身形。她猛地从床上跳了下来。

“扎拉，我们去‘阿撒托斯号’。”她听到利比紧张的声音，“快点儿。”

莱安诺：肃清

埃里克斯基地——“阿撒托斯号”飞船

2481/08/04 11:34:04

命令：MЌеюісыgХюN33љґ_SMэ&з‘ХЯЯО

ышшДшЖ37¦л Ю¶іУ$›лЗЃб

“阿撒托斯号”飞船——埃里克斯基地

2481/08/04 11:52:20

确认：已被解密

确认：已着手执行

12:15

窄而高的腔室，灰色的墙壁，这里看起来像一口井。船舱的入口离地面很高，有一个垂直的梯子通向它，但现在梯子被折叠起来抬高了，所以无法进入舱口，况且舱口还是关闭的。房间里的陈设有床、洗脸盆、马桶，还有墙上的屏幕框架。屏幕上有书单，各种宗教圣典和有关生死意义的哲学著作都可供选择，目的是希望受刑人在最后的时间里能找到精神上的慰藉。

但这个女罪犯不读书，她有自己压制意识流的办法。裸体短发女孩精力十足地做着俯卧撑，微弱的引力让她仅用一个食指尖支撑就可以做俯卧撑。她那肌肉发达的身体，肌间凹陷处因植入过肌体植入物而有缝合痕迹的身体，因为汗水而变得闪闪发光。四十五……四十六……她一直数着，数着，什么都不想……

上面传来巨响，犯人快速跳起来收回腿，蹲下，抬眼向上看，动作一气呵成。她看到舱门打开了，梯子像邀请她似的放在那儿。有人来找她了吗？不，还早着呢……重要的是，没有听到任何人到来的动静。舱门开着，梯子被放到底，一片寂静。

有人邀她逃跑。是谁？为什么？利比蒂娜·埃斯特维斯并不习惯花太长时间仔细思考这样的问题。她迅速爬上楼梯，向走廊望去。

没有人。

门槛上放着头箍、护面罩和一件黑色紧身衣。

12:29

“编辑成文字。”格温妮德·劳埃德命令代蒙。她站在办公室中央，满意地看着回忆录最后一章的彩色三维语义流程图，“修辞手法平平无奇……虽然没有，但是补充一点点情感的升华。对我们最后的胜利和光明的未来有信心等等。特别是在我解释为什么要从议会获得特别权力的地方。开始吧。”

“准备好了，”代蒙报告道，“共计 11000 个字符。要读吗？”

“没必要，发到我的太阳系网络博客上吧。”格温妮德挥了挥手，清空视野里的内容。

房间的门毫无征兆地打开了，这使她不满意地皱了皱眉头。是谁如此无礼？当然，只可能是普拉萨德上校。外卫队兼内卫队首领穿着黑色紧身衣，头戴护面罩，所以只能通过他拟形上的符号来识别。发生什么了？又是紧急情况吗？但“官僚儿”应该会报告的呀……难道又是“官僚儿”的紧急情况？

“劳埃德博士，我有些坏消息。”普拉萨德的声音一如既往的平稳而缺乏友善，“统帅下令疏散太空舰队的所有人员，然后摧毁莱安诺。”普拉萨德从枪套中抽出手枪，把枪管对准格温妮德的脸，“这个话题不在讨论之列。您本人可以活下来。如果合作，我们就会让您和您的丈夫撤退。如果不，我只能现在就杀了您。我们的任务会变得更加困难，但它还是会完成的。”

一秒钟的迟疑。

“我同意合作，”格温妮德平静地说道，脸上是一贯的波澜不惊。只是心里她觉得自己已经死了，“要我做什么？”

“给我首席行政长官的令牌。”

“完成了。”（新获得的紧急权力允许她在没有委员会参与的情况下就可以支配令牌。）

“谢谢您的理解。”普拉萨德把枪放回枪套，“其实就是要这个。”

墙壁和地板都在微微颤抖。远处传来轰隆的爆炸声，又一声，还有……

“没什么可怕的，一切都在控制之中，”普拉萨德说，“我们走吧。”

12:32

在双筒望远镜的立体屏幕上出现了莱安诺的灰色石质表面，它处于清晰的阴影中，显得凹凸不平。在米级分辨率的像素下很难看到火箭发射井上打开的黑缝，但可以清楚地看到火箭后面拖着的照亮屏幕的白色火尾。火箭从莱安诺向各处飞去，雷达小组报告中的数字是绿色的：没有一枚火箭瞄准的是“阿撒托斯号”。

“已解除武装。”瓦加斯大尉满意地点点头，“伽马激光弹‘轻矛’，”他清楚而又从容地说道，“准备好了吗？”

“准备好了。”代蒙报告道。

“开始。”大尉下令。

icp://rhiannon.all/chat

该死！

你听到了吗？

什么东西爆炸了？

真是见鬼了！这是什么？

进攻？

为什么没有警报？

首长，发生了什么事？

这绝对是意外。

首席行政长官没有接听。

她根本不在线。

她还活着吗？

普拉萨德也不在。

太阳系网络完全被切断了。

到底怎么回事？

谁袭击了我们？

阿奎拉人吗？

火星人吗？

那个该死的“阿撒托斯号”吗？

警报信号呢？怎么没有通知？

别说话了，笨蛋，别等警报了，穿上救生衣。

大家都已经穿上了，你这个白痴！

我个人要去港口了，那里离舱位近一些，祝大家好运。

我在电梯里，贝特干线，电梯不能去港口方向，怎么回事？

VIP：我是艾农领地首领，不要惊慌，生命保障系统一切正常，爆炸只发生在武器库里。现在我正在和其他委员会成员协商，请保持在线状态，很快一切都会查清楚的。

怎么样？

首席行政长官发生什么了？为什么不回答？

电梯怎么不去港口？

VIP：我是[ARM]公会的负责人，通知一条可靠的消息，所有的火箭都是以无导航状态发射的，所有的激光发射器、冲压炮、轨道防御卫星和气凝胶发生器都自毁了，此命令是通过首席行政长官令牌发出的，令牌在普拉萨德那儿，普拉萨德不接电话，而且隐藏了自己所在的地点。

这又是“官僚儿”吗？

又是什么病毒吗？

真是见鬼了！

大伙儿，通往港口的路被机器人堵住了，我刚才差点儿被杀了，发生了什么？

外卫队和内卫队根本不回应！

为什么没有人宣布任何事情？

发生了什么？

12:48

闸门被打开了，飞船上带有马头图案的密封舱从莱安诺掉落到太空中，仿佛从投石器中被旋转甩出来的小石子飞往悬挂在五百千米处的“阿撒托斯号”方向。几乎同时，另一个气闸中也飞出了同样的密封舱：一个舱室不足以疏散所有有权逃生的人。第二个密封舱从校正引擎中释放出了半透明气流，并且参照第一个矫正了航线。现在它们在同样的距离上以同样的速度作为一个整体互相跟随。

扎拉·阳半躺在椅子上，身上系着安全带。利比蒂娜·埃斯特维斯在旁边的椅子上休息。她包裹在黑亮的智能皮革中的手紧紧握着扎拉戴着蓝色手链的手，两人都沉默着。可以听到通风设备微弱的噪声。

其他椅子上都坐着似乎一模一样的黑衣武装者，有两张椅子除外。那里坐着格温妮德和亚瑟·劳埃德，格温妮德赤身裸体，梳洗得整整齐齐；亚瑟衣衫不整，穿着白色实验室工作服。

亚瑟的脸上流淌着泪水。

格温妮德看起来还是那么冷静和自信。

12:55

“什么时候发射？”副舰长阿提斯·穆尔问道。他脸色苍白，神情紧张。

“距离达到两千千米的时候，”瓦加斯回答，“现在我们自己离炸弹太近了，这样的距离上，小行星的碎片会伤到我们。”

大尉没有看助手，他的目光在虚拟屏幕之间切换。第一块屏幕显示的是缓慢接近对接设施的密封舱，第二块上是莱安诺，第三块是悬停在莱安诺与 P2 的旋转平面上方的肋形金属圆柱体。这是伽马激光炸弹，它是静止的。它瞄准了莱安诺旋转轨道上的一个固定点，安静地等待着。

icp://rhiannon.all/chat

我不相信，我不相信。

难道什么都做不了吗？

调出密封舱，瞄准他们。

我是飞行员，已经试过了，但是控制系统被冻结了，反正飞行途中也会被击毙。

有人要杀我们，一股脑地杀掉我们，为什么？

麦斯威尔·阳，你这个肮脏的白痴！

肮脏的金星，希望你们都死掉！

VIP：我是[INF]公会的第二负责人，我已经取消了封锁，手动瞄准了星际通信天线，谁在分站？给我十千伏特！我要以最大的宽带把信号发送到地球、火星、月球，只是把这个聊天记录传过去，他们不会帮助我们，但他们会知道我们。

VIP：[INF]，我是分站的值班人员。已执行。

VIP：谢谢，文件已经传出去了。

我还是不能相信，不，不可能。

还能做什么？

什么也做不了。

"阿撒托斯号"要离开了，二十多分钟后炸弹就会启动，你能做什么？只能告别了。

再见了，莱安诺。

再见了，大家。

13:31

“炸弹，点火。”瓦加斯说。

“炸弹，确认点火。”穆尔一边说，一边擦了擦额头上的汗水。

一瞬间的闪光照亮了太空，在同一时刻，无形的伽马射线击中了莱安诺。

小行星的侧面闪烁着一个白色的小太阳。很快，从它身上释放出一条火尾，扭曲的裂缝向两边蔓延。裂缝中喷出一股股蒸汽和灰尘。小行星在一片沉寂中像花蕾一样绽放，其整个体积都在慢慢地膨胀。

裂口喷出气流，无数碎片随着气流被抛向太空，只有少数落在了“阿撒托斯号”的光学视野不远处——有管道碎片、扭曲的零件、碎玻璃、舱门门扇、桌子、床、人体。

太阳火炉在撞击点处变暗，变紫，然后慢慢熄灭。被扯断的系绳在太空中扭曲成平缓的波浪和螺纹。慢慢地，慢慢地，莱安诺小行星分裂成的几十块岩石互相散开了。

“你知道的，大尉……”穆尔打破了沉默，“这可能是我的最后一项任务了。”

“是的，当然，”瓦加斯说，他的脸好像石化了，“这是我们所有人的最后一项任务。我们要被送回地球终身隔离了。”

“去地球？”穆尔沉默了一会儿，“他妈的。现在，说实话，我想过要自杀……但地球……”

“是的，”瓦加斯点了点头，“当然，这是一种更严厉的惩罚。”

阿尔列金自我欺骗

状态：已存档

发件人：本·林上校/监视、保卫和侦查联合机构

收件人：勒夫·格里菲斯博士/莱安诺生命服务/地球分支

主题：布莱姆·孔季，评定

中尉布莱姆·“阿尔列金”·孔季是一个专业水平高、工作责任心弱且忠诚度低的武装者。由于母体（大尉阿曼达·金，2452年）早亡，其职业社会化生涯并没有顺利完成，团体合作精神没有完全被打入印记。此人在职业生涯中形成了“自由雇佣者”的习惯，倾向于签订一次性的合同，完成自愿的个人任务，且有意从自己利益出发，独立地定义这些任务。唯利是图，不重功名，神经系统稳定。个人依恋情绪较少。不太适合团队合作。绝对不建议将其提升到管理岗位。很适合以金钱为报酬的短期个人任务。

非官方的私人评价：他不会出卖你，但也不会忠于你。

您真诚的，本·林

他半夜醒来，四周一片黑暗，苍白的月光透过医院窗户的格栅落在被子上。窗外有潮湿的气息，能听到花园里的苹果掉落在地上的低沉声响。

阿尔列金不想睡觉，他的自我感觉出奇的正常。

他没有像发病时那样被绑在床上，胳膊能动，也没有瘫痪。他的胃没有遭受难以抑制的饥饿感折磨。不过，他还是感觉到有些不对劲。

他感觉旁边有人。

事实上，什么人也没有。萨尔达尔好心给了他一个单间。当然是幻觉，是太阳穴处的某种混乱感，阿尔列金清楚地明白这一点……不过摆脱这种看不见的存在感——这种存在并不可怕，反而是友善的——还是不可能的。

阿尔列金闭上眼睛，专心致志地感受着。外人存在的错觉变得更加清晰，它的定位也变得越发明确：在窗外。他的脑子里有东西坚持要看窗外……当然，也是为了确定那里没有人，从而可以安然入睡。阿尔列金觉得自己完全可以抵抗这种召唤……但他为什么不真的去看看呢？难道他不想知道黑花病毒想从他身上得到什么吗？

他坐起来，看向窗外。

当然，什么人也没有。只有砖墙，后面是灌木丛和高原的峭壁，再往后是河对岸的草原和牧民篝火的稀疏火光……空中亮着升起的半轮月亮，在月光背景下几乎看不到其他星星，只有一颗在南边闪着光……不，是行星……白色、明亮、不闪烁……阿尔列金无法把目光从它身上移开，他感到越来越强烈的无法控制的不安……

而这时，他受到了巨大冲击。

布莱姆……

光是听到这个声音，他就颤抖不已。这个虚幻的，只在他脑中响起的声音，但是……

她的声音，他的唯一。

那个代替他母亲的人的声音，他从未存在过的母亲。

应该成为他第一个女人的那个人的声音。

但她没有。他十二岁的时候，她就死了。

阿曼达·金，他的母体。

布莱姆，我的男孩，我爱的人。求你。

阿尔列金在发抖。泪水顺着他的脸颊流了下来。

布莱姆，亲爱的。我非常非常需要无线电通信。

他觉得自己处于完全失控的边缘，回忆……立刻回忆对抗审讯的心理技能！自我解离成独立的子人格……一个掌握信息，另一个感知痛苦……但现在这不是痛苦，不，不是痛苦……

无线电通信，你明白我的意思吗，孩子？我没有死，我被送到了你现在看到的这颗星球上。我想听听你的声音，我的孩子。真正地听到你的声音。通过广播。

“好的，妈妈。”阿尔列金喘息着说道。现在他觉得自己非常无力……并因此而痛恨自己，“是的，我那来自弗洛伊德所说的潜意识里的该死的俄狄浦斯情结。一定会的！”

布莱姆，请和我联系，我们一定会再见面的。和我联系，我们会再相聚。我会回来的。我们会像以前一样在一起，一切都会好起来的。无线电通信，求求你了，我的孩子。你会做到吗？

“我会做到的！”他喊道，“亚曼陶！古老的地下军事掩体！那儿有不受太空舰队控制的天线！明白吗？你这个见鬼的阿奎拉婊子，现在滚出去！滚出我的大脑！闭嘴！闭嘴！”

阿尔列金明白，木星——木星附近的那个存在——听不到，不可能听到。他不是在说服她，而是在说服他自己，自己大脑中阿奎拉的部分。这一刻，他尽全力、真诚地想忘记，他跑到亚曼陶去反而是为了躲避辐射……他在欺骗自己，只能希望他相信自己的阿奎拉部分认识不到自己的双重心理。希望当他到掩体时，他属于人类的那部分能够回想起自己真正的目的……

阿曼达沉默不语。

阿尔列金又是一个人了，他脸上浸满了泪水和黏腻的汗水。

他疲惫不堪地倒在床上，几乎瞬间就睡着了。

早晨，空气清新怡人。阿尔列金精力充沛地醒来，没有任何异常的感觉。夜里发生的一切好像是一场梦。

早饭时他打开了网络电视，想听会儿新闻。（毁掉莱安诺！不，麦斯威尔·阳一定是疯了。）他又换到自己喜欢的频道《旧地球歌曲》，随便点击了一个短片，“你准备好了吗，准备好了吗？”穿着仿埃及服装的女歌手在旋转着的艳丽龙卷风下唱道，“一场完美风暴，完美风暴？[①]”耳边不凑巧地响起了苍蝇的嗡嗡声，阿尔列金粗暴地把它撵走了。从昨天开始，这讨厌的虫子就一直让他不得安宁，而且数量还越来越多。

阿尔列金刚吃完早餐，萨尔达尔的医生就来了。

“您感觉怎么样了，大尉先生？”

“一切正常，谢谢。今天我想离开这里了。”

---

① 引自美国歌手凯蒂·佩里《黑马》的歌词。

“是的，当然。但萨尔达尔阁下想和您谈谈。”

医生把他送到萨尔达尔的办公室，加图林将军看上去很担忧，他跟阿尔列金打招呼的时候甚至都没有假装出一副亲切的样子。

“请大尉先生向我解释一下苍蝇的事情。”他开门见山，“出现了一批新型苍蝇，疯狂咬人，被咬的人变得和您一样。发生了什么？”

“我不知道，但事态不妙。”阿尔列金皱了皱眉头，情况恶化的速度比他预想的还要快，“最好的办法是全部都杀死。”

“苍蝇吗？”

“苍蝇和人。”

萨尔达尔沉默不语。

“其实我也被咬了。”他的目光落向旁边，“所以我的做法是对的，我没有跟你们的人透露。”

“从自保的角度来说，的确是对的。”

“那么，你对这件事了解多少呢？”

“黑花病毒掌握了效率更高的感染方式。”

“什么？”

“阿奎拉人生产了僵尸病毒。原先只有黑花才能传播感染，现在苍蝇也可以传染了。这就更糟糕了。”

“那接下来会发生什么呢？”

“可能地球注定要毁灭。我的意思是，所有人都会感染这个病毒。但阿奎拉人并不想杀我们。”阿尔列金大声把推断说了出来，他更像是在对自己而不是对萨尔达尔说，“如果他们想的话，早就把我们杀了。他们想以某种方式利用我们，我不觉得这种情况会更好。”

将军若有所思地用打火机轻敲着桌子。

“您为什么要去亚曼陶？”他问道。

“这是个复杂的问题……请允许我给您一点儿建议，阁下。可能您想给木星发某种无线电报。当然，最好不要这样做。但如果不得已一定要做的话，请不要通过太阳系网络发射。太空舰队会找到并消灭您。一定要用自己的发射机。”

“谢谢，我会考虑到这一点的。”萨尔达尔点了点头，“好吧，您的飞行器已经加满油了，大尉先生。这里有一张地图，纸质的，万一网络出故障了可以用。去吧。”

当阿尔列金到达着起降场时，温蒂立刻看到了他并高兴地挥起了手。她没有戴护面罩，而是在紧身衣上盖了一块布，显然这是为了遵守当地的礼仪……不戴护面罩？真是个白痴！

“终于来了！”飞行员大喊起来并扯下了头上的布，“你怎么了？”

“我想你很快就会自己知道的。”阿尔列金完全没有被她的好心情感染，“苍蝇咬你了吗？”

“是啊，有那么糟吗？”

阿尔列金站在好客地敞开着的飞行器门前。

“二十四小时内不要起飞。”他说，“你随时可能瘫痪。等发作过后就回家去吧。我想到时候大家都会被感染，所以就不会消灭你了。好吧，祝你幸福。也许我们还会再见。”

他转身迈步走了。

“你要去哪里？”温蒂在他身后茫然地喊道。

阿尔列金没有回头。

“走自己的路。”他说道。

第三次接触

在“阿撒托斯号”的私密舱内一片昏暗的浅红。熔岩灯里的液体球缓慢而神秘地漂浮着，闪烁着。演奏着的轻柔悠扬的音乐非常适合性交后的放松。

扎拉和利比在几乎占据了整个舱室的圆床上相拥而眠。水床垫在她们身下缓缓起伏。这个私密舱最靠近生活单元的旋转轴，这里的重力最弱，大约只有二十分之一g——不会使人产生失重感，而是会让人产生一种神奇的轻盈感。

咚，咚，“蠕虫”的声音响起，扎拉因这不讲礼貌的打搅皱起了眉头，“没打扰到你们吧？我想感谢你们和我一起分享这场感官盛宴。”

“去你妈的。”扎拉用意识说道，但不带一丝怨恨。现在她的血液里有太多的荷尔蒙，以至于她生不起气来。

“明白吗，”“蠕虫”继续说道，“这对我来说就是自己的一种失贞。我曾经所属的物种并不能感受到性爱的强烈快感。我们都是外部受精。把成熟的生殖细胞挤出体外，然后它自己就会找到路。这种感觉跟你们排便很像。感觉非常愉悦，但远不如高潮……”

“我现在要吐了。”扎拉用意识对他说。她吻了吻半梦半醒的幸福的利比，滑下床，一脚踢开浴室的门，冲进淋浴间。

“对了，您能不能在必要时进行一下异性性交呢？”“蠕虫”恬不知耻地继续问道，“我很想对比一下这两种感觉。”

“我不会做这种故意刁难人的事。”她打开了花洒。

“又是这种消极的敌意！要知道，我也给您留下了很多新印象……别生气，扎拉。我只是想用谈话来让您高兴。我是在遵守你们惯常的仪式，有趣的闲聊是严肃谈话的前奏……我什么地方做得不对吗？”

“您不太了解我。”扎拉走出浴室，把紧身衣贴近自己，衣服立刻开始变得平整，并沿着她的身体蔓延开来，“我更喜欢开门见山，直奔主题，但请等我五分钟。”“利比，起床！”她轻轻拍了拍朋友的头，“我们的时间不多了，有另一对儿定了十二点过来。”

“是谁？”利比蒂娜坐了起来。

“想象一下，是劳埃德夫妇。”

“终于！”

“是啊，看来他们开始从自己的抑郁情绪里走出来了。我为他们感到高兴……好了，再见，亲爱的！我需要一个人待会儿。”

扎拉往下来到自己的舱室，关好门，以更舒服的姿势坐在椅子上。船体微微震动——“阿撒托斯号”正在全力制动，以在进入地球引力范围前停住。

“我们继续谈话吧。”

“我们需要讨论一下行动计划。”“蠕虫”开口了，“您父亲已经任命您为太空舰队驻卡普－亚尔公使。没有任何实权的荣誉职位。但是，这是个不错的开始。您可以启动一个项目，给所有地球人都提供植入物……”

扎拉愤怒地差点儿吼出声来。

“地球人？植入物？您疯了吗？您知道如果允许五千万努尔德夫进入，太阳系网络会变成什么样吗？”

“嗯，您不必给他们全部用户权限。这不是问题的关键。植入物将会放到多体中，由成千上万细胞组成的行星多体是进入银河系网络的一份重要申请书。他们自己当然什么也不会感觉到。只是他们大脑中的某一小部分将被行星智慧用来进行分布式计算……”

“我具体该怎么做？”

“这取决于我们将来与‘清道夫’商量得怎么样。”

扎拉皱了皱眉头。

“我们会进行商议？”

“很遗憾，这是不可避免的。‘清道夫’抢先我们一步，玫瑰已经在地球上了，再过几周，最多一个月，就会感染所有地球人，然后是太空人。”

“那我们怎么才能改变局势呢？”

“请求‘清道夫’不要这样做。”

扎拉苦笑了一下。

“您终于掌握了讽刺技能了吗？”

“我希望如此。但我刚才说的话是非常严肃的。对于‘清道夫’来说，地球不是目标。如果能说服他们，他们完全能把地球让给我们。那么，您准备好进行谈判了吗？”

“现在吗？”

“是的，现在。毕竟，‘清道夫’已经知道了我们的合作关系。他们自己主动联系并提议进行谈判。他们最近的基地在木星附近，到达那里几乎要以光速行进一小时，但我已经把他们的谈判机器人下载到了储存器，所以我们应该能够实时交谈，没有时间上的滞后。”

扎拉沉默了，她在思考，她不喜欢这个计划里的某些东西。

“您为什么需要我？您和‘清道夫’之间可以自己解决。”

“是的，我们可以。但这是我对您的尊重，扎拉。”

“您是个令人恶心的控制狂。”

“不，我是一个可爱而礼貌的控制狂，至少我在努力保持这样。我再问一遍：我有什么地方做得不对吗？”

扎拉叹了口气。

“好，我准备好了。”

“好极了，现在我们转移到虚拟空间。”

她看到自己在一个空旷、光线均匀的白色圆形房间里。在她的面前是两个尺寸差不多和人类一样大的生物。右边，在半透明的幕布后，站着一只有黄灰色外壳的大个虾蜥类动物。它头顶有一个复杂的爪状结构在不停地拂动，但没有发出任何声音。

左边没有幕布，空中挂着某个像是海洋动物，又像是无脊椎动物的生物。它直立的蠕虫状身体上，有呈三角对称的分支：触角、鳍、触手、像海葵一样的花冠、羽状鳃。

“我将作为化身来描绘我们远古时代的生物祖先。”“蠕虫”

的声音从海洋生物边传来，“选择和人差不多的尺寸，就是希望您不要产生不平等的感觉。事实上，我祖先的样子要比这大得多，而‘清道夫’的祖先就到你的脚踝。他现在听不到我们说话，看到那个幕布了吗？如果您想和我私下讨论点儿什么，挥挥手，帘子就会放下。”

“知道了。”扎拉还是用意识说道。她没有忘记她现在在一个小房间里，而且房间之间几乎不隔音，“我们开始吧。”她挥了挥手，虚拟的帘子升起来了。

“欢迎您，‘清道夫’先生。”她对虾蛄类动物说。

“清道夫”的化身精力充沛地动了动螯和下颚骨。可以听到吱吱声、口哨声、咔嚓声，同时上方从容不迫地响起了深沉悲壮的男中音：

“您好，太阳系智慧统一体的胚胎！”

“真是见鬼了！”扎拉骂出了声并挥手放下了帘子，“这是什么意思？”她对“蠕虫”说，“他为什么说的是诗句？”

“啊，那是我翻译的自由。”海怪解释道，“我幽默地引用了一本旧书的内容，书中写的是一个名叫沃贡族的虚构种族对地球的摧毁[①]，其动机大致与‘清道夫’的打击一致。这是沃贡人的诗歌……”

“好吧，这不重要。”扎拉挥挥手拉开了窗帘，“我们继续吧。‘清道夫’先生！先来定义一下我们两个物种之间的关系。两百年前，你们攻击了地球，消灭了大部分人类。现在您在用某种生物制剂感染人类。在我看来，这意味着我们之间处于战争状态。

① 用典自英国科幻作家道格拉斯·亚当斯《银河系漫游指南》。

您同意吗？”

她瞟了一眼“蠕虫”的化身，但它却沉默不语，只是有节奏地扇动着自己的羽状凸起。

“我觉得‘战争’一词……”虾蛄类动物庄重而悲怆地宣布，“是指本质不同之物之间的关系。请相信，我不是人类的敌人，就像我不是人体细胞的敌人，就像我不是您的敌人，太阳系智慧统一体的胚胎。我完全不是敌人，而是帮助您诞生的人，号召人类迁居至无垠深空中的人，把你们融合成一个星际体的人。我是您的父亲，太阳系智慧统一体的胚胎。”

扎拉勉强忍住发笑。

“应该的！两个父亲，而且一个比一个帅。好吧，请忽略这条对白。您为什么要感染地球上的人？”

“我只是继续把人们聚集到一个整体中，它将成为你的一部分，或者成为你的敌人。这取决于你的选择，太阳系智慧统一体的胚胎。”

“我们要怎么做，才能让它成为我们的一部分呢？”“蠕虫”加入谈话。

“从天上到地上，接受我们的‘玫瑰’。”

“啊哈，现在还有玫瑰。好像一只蠕虫对我来说还不够一样。还有别的吗？”

“控制‘萤火虫群’，增强它的威力。至少增加六个数量级，然后把它交给我们管理。全面完整地交给我们，水星上的工厂也是如此。而作为交换，交出的同时，你会得到木星和地球。”

“交出虫群？”扎拉吓得失了魂，把这句话说出了声，“但这会使我们失去保护！”

“和我们结盟，在这个宇宙中就没有人可以让你们害怕了。除了我们‘清道夫’以外。”

“那您为什么需要‘萤火虫群’？还需要把它的规模扩张百万倍？”

“为了借助射线压力为我的其他星舰加速，把它们送到别的需要净化的世界中。”

扎拉放下了窗帘。

她沉默起来。

“您说它们是免疫系统？”她小声地说道，声音勉强可以听得见，“我觉得它们是病毒。”

“它们是病毒，但严格地在规定范围内繁殖。”“蠕虫”回应道。

“在这个范围内它们会完成对银河系网络有用的功能。不过这一切只是一个比喻……”

“您觉得我应该同意吗？”她又开始自言自语，“将‘萤火虫群’扩张百万倍……据我所知，这不可能完全自动完成。必须重建整个‘萤火虫’生产体系……真是见鬼了！我们要为‘清道夫’工作几百年！然后还有几千年——只为你们工作！对吧？为迎接你们的到来，准备好木卫二、土卫二等等……伟大的先人啊！”扎拉按住太阳穴，“这是永恒的奴隶制！”

“为什么要用这些词呢？让我们把这个称为合作吧，或者其他某些积极的词汇。”“蠕虫”建议道，“人类会活下来并加入银河系社会。难道这还不够吗？”

扎拉一言不发。

“有一个问题。我把对‘萤火虫群’的控制权交给他们之后，您允许我自杀吗？”

“哦，相信我，您不会想那样做的。您会习惯的。成为太阳系智慧统一体的核心不是什么坏事。”

“意思是不允许，你们真该死。”扎拉挥手掀开了帘子，“‘清道夫’先生，我同意。”

“正确的一步，太阳智慧统一体的胚胎。”

“那我们就一起讨论一下您的夺权大计吧，扎拉。”“蠕虫”说道，“没有您的协助，‘清道夫’的行动会很困难……所以，第一阶段是控制地球。我的建议是……”

插曲：群蝇

属于艾哈迈达巴德群落的灰扑扑的羊群在山坡上啃食着干草。老牧羊人拉希德也属于这个群落，他坐在山顶上，望着伏尔加河，听着收音机，山顶的信号比山下好。

“正在直播的是《埃米尔国之声》，今天是伊斯兰历1917年[①]的萨法尔月[②]7号，艾尔达拉巴德时间10点钟，和大家一起在演播室的是拉菲克·扎基罗夫。今天的主要新闻有，埃米尔国王……”

新闻并没有引起牧羊人的兴趣。他换到了仅被允许收听的

---

① 即公历2481年。

② 指伊斯兰历第二个月。

两个频道中的第二个,《伊德利电台》。

“……点歌音乐会。下一首歌献给萨马拉控股易卜拉欣 15 号番茄种植园的女工们,两次获得‘伊德利斯坦金嗓子奖’的歌手,国王的荣誉情人沙赫扎达·比克巴耶娃将带来歌曲《你的眼睛像一弯明月》……”

拉希德满意地点了点头,他在甜美的歌声中悠闲地抽着大麻烟,伸直身子躺在旧地毯上,望着正午草原上万里无云的苍穹……

“该死!”牧羊人骂了一句,猛地拍了一下剃光的后脑勺奴隶项圈偏上一点的位置。

他被一只苍蝇咬了。

时值夏日,空气清新,天气凉爽,风吹动天空中轻盈破碎的云,云影滑过随意修剪过的翠绿草地,时而罩住花盆,时而罩在迷你高尔夫球场上,时而笼住旧秋千。

不远处的草地和树丛之外,下诺夫哥罗德领地的世袭总督别利亚耶夫将军庄园的侧房渐渐地暗了下来。另一边,一望无际的公园被辟成两半,一半是绿色的草地,一半是金色的田野。在大村庄——三百户赋役家庭的木房子上方矗立着教堂和粮仓,四周是大片的田地和菜园,一直延伸到伏尔加河,而伏尔加河的另一边则是隐藏在淡黄色烟雾中的无边沙漠。在云端之上的高空中航天飞机划出了一条航迹。

卡佳·别里亚耶娃慵懒地坐在秋千上,她是个穿着天蓝色夏裙、身材矮小、颧骨突出的红发小女孩。站在旁边,靠在秋千支架上的是她的哥哥尼古拉——穿着白色的网球服、胡子刚刚冒出一点的卷发青年——他正在吃碗里的覆盆子。

“只剩下两个星期了。”卡佳绝望地说道，“假期就要结束了，我讨厌寄宿学校，我要逃跑。”

尼古拉宽容地笑了笑。

“为什么呢？”他给妹妹递了一把覆盆子，“有人难为你了吗？”

“他们教会了我们什么？”卡佳没有听哥哥的话，反问道，“神法、家务、针线活。我浪费生命中最美好的年华都干了什么？你的军训更有用，至少能锻炼你的体态。哦，还有俄语！古典文学俄语，它究竟有什么用呢？在仆人面前秘密交谈吗？我们简直生活在中世纪，”她得出一个意想不到的结论，“我恨这个国家！”

“个人生活失败了吗？”尼古拉一边捋着胡子一边问道。

“你这个庸俗的军校生。外面已经是二十五世纪了，人们生活在火星和金星上，而我们呢？封建主义！石器时代！”

尼古拉耸了耸肩。

“如果你是封建主，封建主义有什么不好呢？”

“我不想生活在二等社会中。它伤害了我的尊严。如果你想的话，那就是在侮辱我的封建自尊心！”

尼古拉微微张了张嘴，他的表情好像是想说脏话口头禅——但他忍住了。

“听着，你具体还有什么不满足，凯特[①]？”他认真地问，“厌倦了寄宿学校，我理解。好吧，再过一年，你就自由了。嫁给某

① 卡佳的昵称。

位将军，最好一百二十岁出头，没有孩子，你将会拥有想要的一切。想连接太阳系网络，可以；虚拟世界，每天都可以去；有什么东西是他们有而我们没有的吗？”

“你不理解，尼基[1]。”卡佳叹了口气，“你不会理解的。”从房子里传来锣鼓声，她站了起来，“结束这次谈话吧，当然，我哪也不会去，我是个听话的女孩，也是个胆小鬼。我们去吃午饭吧。”

哥哥默默地把空碗放在秋千上，也跟着走了。

走了几步，他突然站住，猛地拍了一下自己的额头。

但苍蝇已经飞走了。

艾尔达里德王朝的艾哈迈德二世，伊德利斯坦的伟大埃米尔，信仰之剑，正义之柱，民族之父，学者，诗人，运动员和神学家，正在享受下午的休憩时光。

髭须茂盛蓬松的老人有着一张柔和优美的脸庞，他的脸被护理得几乎像洋娃娃一样粉嫩光滑。他躺在浴缸里，头放松地靠在碧玉制成的侧边上。他的髭须浮在铺满粉色花瓣的水面上，脚放在浴缸的另一边，脚上方蹲着两个女奴隶，她俩由于用力给他修脚而累得微微张开嘴。

“需要新的手段，”埃米尔忧虑地想着，“不能一直坐在水里，那样皮肤受不了。而化学品也指望不上。为什么该死的太空人到现在都没想出解决方案呢？”

宽敞的洗浴大厅里很凉爽，正适合炎热的夏天。阳光只能从穹顶下的小窗外照射进来。闻名整个伊德利斯坦的穹顶上装

① 尼古拉的昵称。

饰着埃米尔的镶嵌画像。长条形的镶嵌画以螺旋线的形式缠绕着穹顶，上面画着埃米尔国幸福儿女们的队伍，他们给心爱的君主带来了自己的贡品。画上的埃米尔坐在宝座上欣赏着一切：农夫们给他带来了一捆捆的庄稼，渔夫带来了鲟鱼，牧羊人带来了羊羔，织布人带来了麻布卷，水草养殖者带来了一罐罐的生物燃料，商人带来了钱袋，教法学家带来了法典，艺术家带来了画架和乐谱，而最前方，士兵则把敌人的旗帜和被绑的俘虏扔到了他的脚下。波动的水面所折射的太阳光在镶嵌画上跳动嬉戏着。

玫瑰花香掩不住驱虫剂浓郁刺鼻的化学味。

可以听到穹顶窗外那令人恶心厌烦的苍蝇的嗡嗡声。

苍蝇成群结队。

绿桥是一座自由的城市，它没有议会，没有政府，没有最高法院；没有自己的货币，也就没有中央银行；没有军队，也就没有统帅部。

只有八人俱乐部。

八个家族拥有无政府区一半的财产，八支全副武装的私人军队守卫着这些财产（主要是互相防卫）。八个家族的代表聚集在俱乐部，表面上是私人聚会，但实际上……不，说俱乐部管理城市是不对的，因为管理意味着先要有责任。俱乐部控制着这个城市，这样说比较准确。实际情况谁知道呢？也许这不过是个阴谋，而且俱乐部的聚会中，人们表面上只是在聊天和讨论慈善捐助。

俱乐部在八角大厅里开会，大厅里装饰着浸染的柞木和孔雀石。八位穿着一模一样的高大中年人——灰色长礼服，墨绿色天鹅绒袖扣——手脚伸展地坐在宽敞的扶手椅上。每个人脖子上的铂金项链上都坠着俱乐部的徽章——黑色钻石材质的八角星。

“同胞们！”八大家族的老大站了起来，举起了钟形水晶杯，“首先，我们这个会议的主题是……”

他说到一半就停住了，一只苍蝇就在他的耳边嗡嗡吵闹。不知道这只苍蝇是怎么进入这间被完备地隔离、空气调节良好的大厅的。

八大家族的首领当然不能因为抓苍蝇而当众丢面子，再说了，反正今天早上他也被蜇了。首领假装什么都没有发生，停顿一秒后继续说道：

“……司法服务市场的状况，特别是一些兄弟的抛售行为。但现在这令人忧心的情况不得不使我们改变议程。所以……”

首领颤抖了一下，他已经知道苍蝇病的症状了，明白自己要开始第一次发作了……然而，在颤抖到达他的喉咙，使他说不出话来之前，他还是把这句话说完了：

“……我们会议的主题是杀虫剂的生产问题。”

在说最后一个字时，麻痹已经控制了首领。他不凑巧地想起无政府个人主义的创始人施蒂纳就死于被毒蝇叮咬。他带着这个不安的念头直挺挺地倒在了地上，充满尊严。

“预言。这在预言中的某个地方肯定提到过。”游戏大师瓦列里安翻着厚厚的红皮书嘟囔道。苍蝇在他头顶上嗡嗡作响，震耳欲聋。我得在索引里查查……所以……智慧……勇敢……地狱的痛苦……多人游戏……啊哈！苍蝇，第 891 页。”他把厚厚的书向后倒过来，开始浏览，因苍蝇叮咬变得又红又肿的手指划过一行行的字，“在这儿。‘名为别西卜[①]，即苍蝇王的黑暗存在将会具象化。它会以自己人的名义赶走同类。’”

瓦列里安从书中抬起头，用浅蓝的眼睛若有所思地盯着空中。苍蝇在他的脸旁盘旋，但游戏大师没有再理会它们。

“它会以自己人的名义赶走同类……”他小声地重复了一遍。

关闭了散热器的“阿撒托斯号”在奥卡万戈沼泽的淡绿色背景下飘浮在地球上空。“银矛”级大气航天飞机——白色的、流线型的、像箭镞或茅尖——在对接设备一侧排好队列后，与“阿撒托斯号”平行飘浮。是时候把“阿撒托斯号”的乘客运回地球进行终身隔离了。

“银矛 5 号”航天飞机与对接口分离——在庞大的星际飞船旁边，它的体积显得很小。在修正引擎的帮助下到达了安全距离范围后，它点燃了主引擎。长长的火柱沿着航线向前喷发。从“阿撒托斯号”的视角看，航天飞机加速飞驰而过；但从地球的视角看，它开始减速，轨道速度在下降。十分钟后，航天飞机用完了大部分燃料，它掉头向前，开始按计划缓慢地下降到大气

① 别西卜，原为腓尼基神话中的神——巴尔，意为天上的主人。但是在瓦列里安的文献中，别西卜这个名字已经是苍蝇王的代称了，它被视为引起疾病的魔鬼。

层中，在火焰的光晕中，它震动着，发出巨大的响声，里面的乘客感受到超载的痛苦。终于，它不再以太空速度，而是以飞机速度到达卡普－亚尔殖民地发射场的下滑道。

它会途经老伏尔加格勒——一片看不见的废墟，途径伊德利斯坦新首都艾尔达拉巴德。再往东一点儿是发射场一望无际的草原起降跑道，这正是“银矛 5 号”降落的地方。

依旧炎热，一切都被围困在颤动的热空气中。航天飞机沿跑道滑行，停在客机航站楼。舷梯行驶到跟前，其后面是带有卡普－亚尔徽章——上面的图案是蓝圈和金色火箭——的长型公务用车车列。

卡普－亚尔的领导们从车里走出来，庄严地站成一排。在他们周围围着一群一群的苍蝇，但它们并不蜇人。所有的领导身着五颜六色的太空舰队制服，头戴配有空气过滤器的护面罩。自从苍蝇病席卷了艾尔达拉巴德后，卡普－亚尔的太空人就采取了保护措施。

航天飞机的舱门打开了，身穿黑衣的武装者警卫走到了舷梯上，后面跟着的是扎拉·阳本人——太空舰队驻殖民地新任大使。她赤裸着身体，美得像古希腊女神。风吹动着她蔚蓝的头发，她笑得很迷人。从卡普－亚尔受惊的领导队伍中传出阵阵的窃窃私语声：“真是见鬼了！……她怎么不提前通知……”但当扎拉抬手要求大家注意时，人们又都沉默了。

“地球人！太空人！”她郑重地喊道（这明显是为了直播，因为在场的人中没有一个是地球人），“我很高兴地告诉你们，我们已经找到治疗黑花病毒的方法了。两位伟大的科学家，格温妮德和亚瑟·劳埃德在“阿撒托斯号”上研发出了解药。我们会立即开始生产，并保证在未来几天，地球上的每一个人都能够得到它。”

苍蝇在她身边嗡嗡地盘旋，没有一只咬人。

金星：投票

这幅画无疑是真迹，麦斯威尔·阳不会持假货。从暗淡的褐色和开裂的漆面来看，这幅画出自某位老画师之手。画面上，一个裸体女人站在那里，她充满幻想的目光盯着天空，左胳膊肘撑在一颗头骨上，手持一个沙漏，而垂向地面的右手拿着玫瑰。女人的头顶上悬挂着衔尾蛇，像一轮光环或官方拟形。很少人理解为什么偏要用这幅画来装饰太空舰队总部的会议室——而且是在如此荣耀的地方。这当然不是偶然。这幅画中的一切都暗示着只有圣人才能理解的隐秘意义。

“指挥官，我们开始吧。”麦斯威尔·阳说道。

他坐在长桌主位——就在画的下方。他右手边的位置，像往常一样，坐着拉维尼娅·沙斯特里。她正不紧不慢地给常用的带有长长的玉烟嘴的烟斗装烟丝。只有她一个人可以这样随性，其他的指挥官都绷紧了弦，战战兢兢地坐着，沉闷寂静的房间里只能听到烟草被揉捏的咯吱声。

“消息很多，目前都是坏消息。”统帅继续说，“先从您开始吧，格林指挥官。”

首席天文学家站了起来。

“我要说的不多。木星又开始辐射了，还是在十米波段上向地球发出的窄向信号。很显然，阿奎拉人修复了被我们的‘马吕斯’摧毁的发射器。”

“我们现在能做什么呢？”阳问道。

“我们在木星系已经没有工作设备了。‘克苏鲁’会在五个月后到达，在那之前什么都没法做。”

统帅点了点头。

“明白了，会参考您的信息，格林指挥官。请坐吧。”阳指向另一名军官，“请吧，拉吉·库马尔指挥官，您有一个有趣的话题：太空舰队内部的反对派……请您讲一下吧。”

“攻击莱安诺引起了强烈的社会愤怒。”拉吉·库马尔没有铺垫，直接说道，“我们在太阳系网络的支持者从未如此之少，我们也从未受到过如此严厉的批评。而且批评我们的不是老对头，不是火星和月球的分离主义者，而是真诚的普列洛马主义者，是忠于太空舰队和太阳系统一事业的人，但是……他们反对您的方针，统帅，也反对您个人。”拉吉·库马尔作出停顿，房间里一片死寂，所有人都看着情报部部长，“不幸的是，这件事并不限于在太阳系网络上的空谈。这些人已经成立了由太空舰队军官组成的秘密组织‘奥凯洛运动’。他们的目标是剥夺您和您家人的权力，不排除使用消灭肉体的手段。”

“他们和弗拉马里翁之间有什么关系吗？”阳问道，他很平静，甚至比平时更平静。

“目前还不知道，但组织是认真的。它有成员在埃里克斯担任指挥岗位，其中有人正与我们同处一室。”

打火机在寂静中“咔嚓”响了一声，沙斯特里点燃了她的烟斗。空气中弥漫着昂贵的烟草味，还夹杂着细腻的苹果味。

“是谁？”阳问道。

“我，统帅。”拉吉·库马尔的嘴唇终于舒展开来，他露出了笑容。房间里出现一波放松的叹息声和窃窃私语声，“这次运动是我们情报部发起的。当然，是为了挑拨反对派。我们吸引了最活跃、最危险的反对派加入进来，目的是可以瓮中捉鳖。”

阳皱了皱眉头。

“我不喜欢这些游戏，马上停止你的阴谋，我不想再听到任何挑拨行为。”

拉吉·库马尔失望地点了点头。

“那……是，统帅。”

“谢谢。”阳抬起手掌，让大家静下来。拉吉·库马尔的讲话让在座的众人变得过度兴奋，“让我们转进到下一个坏消息，地球，奥通加指挥官！”阳转向坐在自己左边的那个黑人，“您负责这个区域，该您汇报了。”

“是的，统帅！”奥通加站了起来，“关于地球，我汇报如下内容。苍蝇在继续传播黑花病毒。目前，欧洲和西亚地区所有地球人和约百分之五的太空人都已被感染，后者已被隔离。”特别行动部负责人放慢语速，小心地瞟了阳一眼，“卡普－亚尔的驻扎官扎拉·阳在自发地分发某种来历不明的药丸。据她说，它们能抵除黑花病毒对大脑的影响。据悉，苍蝇不会咬吃过药的人，已经被咬过的人吃药后对木星的辐射也不再有反应。”

“她从哪里得到的这些药丸？”统帅问道，他现在看起来比以往任何时候都要阴郁。

“是在标准纳米打印机上打印的，她声称这种药丸是劳埃德夫妇在‘阿撒托斯号’飞行期间研制的。劳埃德夫妇也证实了这一点，但他们不与媒体交谈，也不透露任何细节。”

阳握紧了拳头。

“我希望大家明白，所有来自莱安诺的东西都应当被断定为已被感染。”

大家都沉默了。没有人想反驳统帅，也没有人想同意，同意就意味着承认他的女儿是阿奎拉间谍。

“反正，想要扎拉的药丸的人已经排了几千米长的队伍。”奥通加嘟囔道。

又一次陷入了沉默。

“我甚至不打算干预这件事。”阳最后说道，“地球几乎要失守了，我们必须坦白承认这点。”

他站起身来，沿着桌子慢慢前行。指挥官们的脸像天线一样跟着他转。

“不久前我才意识到自己的重大缺陷，指挥官们。”阳叹了口气说，“我太专制了。越是重要的问题，我越倾向于独自解决。这有时会造成灾难性的后果。‘衔尾蛇’项目就属于这种情况，我没跟拉维尼娅商量，就把它交给了扎拉。结果你们都知道，死亡人数已经远远超出了可以接受的程度。我不会再让这种事发生了。”

阳先生走到房间尽头，转过身来。他的目光落在了那幅画上——拿着玫瑰，头上悬着衔尾蛇的女人——在上面停留了一瞬间。然后他迈着稳健的步伐走了回来。

“我要做出太空舰队史上最重要的一项决定。我打算听取大家的意见，然后对问题进行表决。不是因为我想推卸自己的责任！不是！因为其影响将会十分重大，我实在怀疑自己的决策正确与否。”

阳站在椅子后面，双手支撑着椅背。他灰色眉毛下沉重的目光环视着沉默的会议成员。

“我在此强硬地、开诚布公地提问，问题如下……”阳先生说的每一句话都像石头一样落下，“为了根除传染源，为了避免今后的传染，应该让地球变得不适宜居住。”

阳沉默了一会儿。

“你们觉得呢，指挥官们？”

回应仍是一片沉默。

“好吧，那我开始了。我投赞成票，原因如下——”

他又从容地沿着桌子走起来。

“地球是我们最薄弱的地方，是一片广阔的不受控空间，任何危险的生命体都很容易在上面发展起来。那儿有很多居民，他们无论如何也绝对无法与外界环境隔离开来。无论是埃里克斯还是其他任何一个太空殖民地，阿奎拉都不可能把自己的花朵和苍蝇投放上去。它们无法在金星或火星上生存。即使能活下来，也无法渗透进我们的住所。生活在严格隔离环境中的我们，甚至很难想象地球殖民地的不安全程度。而要知道，渗透到地球殖民地的东西随后通过人和货物很容易就能传播到整个太空。结论很明确！地球需要消毒。这是为了共同的安全，也是为了我们自己的安全。”

阳走到了桌子的尽头，停了一会儿，转过身来。

“清除花朵和苍蝇不是出路。显然，阿奎拉会创造更多新的生物形态。我们需要采取更极端的措施，我认为有几种策略。方案一：温和措施，隔离地球。例如，在低轨道上散布更多的垃圾。切断与它的所有联系。但那就等于把地球交给了阿奎拉，这从战略上讲是不可接受的。方案二：强硬措施，一次性彻底消灭地球上的所有生命。比如说，对它进行大规模的热核轰炸，这从道德角度看是不可接受的。第三种方案：折中方案，也是我认为的最优解。逐步对地球进行消毒，给未受感染的人留出时间躲进被隔离的殖民地中。而这在技术上是完全可行的。拉维尼娅？”

“是的，统帅。”沙斯特里把烟斗放在一边，“我的建议是把‘萤火虫群’派往地球。在虫群的辐射波段下，大气层几乎不会让紫外线穿过，而是吸收它，这意味着空气会被加热。海洋中的水分蒸发量将增加，蒸汽会产生温室效应。越温暖，蒸发就越强，空气就越潮湿，温室效应就越强，升温就越快，这是正反馈。大约经过十年左右的辐射，温室效应将变成雪崩式的，不可逆转。即使‘萤火虫群’被移走，加热也会继续——大气层会自我加热。火灾会迅速摧毁所有的地表植被，就像地球被攻击之后那样。四五十年后，地球的平均温度将超过60摄氏度，多细胞生命将不可能在此生存。再过几十年，地球就会变得像金星这样冷清。约200摄氏度的气温、密实的云层、干裂的土地、残存的海洋……”

“海洋会留存？”阳皱了皱眉头。

“大约10%的水会蒸发掉。”沙斯特里解释说，“蒸汽会将气压提高到50个大气压，水的沸点会远远超过200度。而空气毕竟不会像之前那样加热了。海洋不会沸腾，但会变得非常狂暴，以至于无论是藻类，还是浮游生物都无法在上层生存。没有它们，整个深海生态系统就会灭亡。深海热液喷口附近某些有生命的小岛也许会保留下来。但海洋的主体将和陆地一样，变得毫无生气。”

“人呢？”

“人们可以在水下或地下殖民地生活。在几十米的深度，温度会保持在室温水平。这种殖民地所受到的保护不会比我们的太空殖民地差。”

“我可以问你一个问题吗，沙斯特里指挥官？”奥通加在座位上微微提起身子，“已经被感染的人要怎么处理？”

“在入口处通过检查把他们识别出来，不允许他们进入殖民地。”

“在陆地上可以居住多少年？”阳问道，“我指的是，在火灾和雪崩式温室效应之前？”

“十年，”沙斯特里回答，“虽然气候很快就会变得不稳定。”

“十年太短了，”统帅摇了摇头，“人们来不及建立那么多的地下殖民地。毕竟有几千万人要搬迁，这至少需要五十年的时间。”

“地球上有很多被攻击前建造的地下掩体，只需要重建它们就行，但也可以留出五十年，或者一百年，都没问题。只要别让虫群满功率运行即可。”

“那么，拉维尼娅。你的投票呢？”

女人耸了耸肩。

“当然是赞成票。早就该让地球人过上正常安全的生活了。”

“格林指挥官呢？”

天文学家脸色苍白地盯着桌子。他没有马上开口。

“统帅……”他的声音在颤抖，“但要知道这是在……毁灭地球，我们……亲手……那个……我们发过誓要保护它的……”要是在其他时候，这句告诫定会引发笑声，但现在大厅里却是一片寂静，“不，这是……这是完全，完全不可思议的。”

“总之，格林指挥官。您反对吗？”

“我很抱歉，统帅。”格林的声音终于强硬起来了，“我坚决反对。”

“您的投票已被接受，拉吉·库马尔指挥官呢？”

“我反对，统帅。抛开别的不说，这对您和整个太空舰队来说是政治性死亡。请允许我提醒您，沙斯特里统帅被杀就是因为……”

“够了，奥通加指挥官呢？”

“同意。”特别行动部负责人毫不犹豫地点了点头。

“三比二。”阳总结道，“决议通过，虫群指挥官沙斯特里，我命令你立即着手将虫群对准地球。而你们，格林指挥官和拉吉·库马尔指挥官……你们让我感到很失望。”

门开了，两只双足机器人迈着清晰的正步走进了房间。阳用手指了指格林和拉吉·库马尔，机器人肩上的旋转架平稳地转动，将冲锋枪的短枪管对准二人。

“拘留并隔离。”阳说道，“依据《马拉斯皮纳章程》，直到下达特别指令。”阳没有再看被捕者，回到桌旁。

格林和拉吉·库马尔顺从地站起来，任由自己被带出去。奥通加重重地吸了一口气，阳和沙斯特里保持着一贯的波澜不惊。

“是的，他们令我很失望。”统帅重复道，“难得我提议民主解决问题，真可惜，他们险些把一切都搞砸！我希望你能明白，奥通加，在这个关键时刻，我们不能允许太空舰队管理机构有任何不同政见，让他们自由行动，就意味着会增加完全不必要的反对派。”

“是的，当然，统帅。”特别行动部的负责人小声说道，擦了擦额头的汗。

响起了三声巨大的敲击声，这是沙斯特里在往烟灰缸里抖烟灰。

“你不应该这么快就逮捕拉吉，”她说，“如果只有他一个人认为自己的阴谋是假的呢？现在他们会开始行动吗？”

“这不重要。”阳不耐烦地挥手，“我已经做好被推翻的准备了，早或晚又有什么区别？重要的是‘萤火虫群’能继续工作，甚至在我和你死后。你能确保它不被关停吗？”

“当然，亲爱的。”拉维尼娅温柔地用自己的手覆上他的手，“但你知道这对你没有任何帮助吗？”

阳疲惫地闭上了眼睛。

“我们的机会虽然渺茫，但也不是没有。”他说道，“如果我不相信能赢，我早就放弃了。”

“老实说，没有说服力。”沙斯特里用平稳的声音说道，“你不放弃，是因为你不会放弃，放弃是你心理上无法承受的。我说得对吗？你想要的已经不是拯救人类了，而是做给他们看，对吗？”阳沉默不语。夫妻俩已经不再理会奥通加，他毫不掩饰地惊恐地来回看着这两个人。“你完全疯了，麦克斯。但我和你在一起。我将与你同在，直到最后。”

阳嘴角浮出一丝淡淡的笑容。

“那就启动萤火虫群吧。”

金星化

信号传遍了整个虫群，传遍了它环绕着太阳的每一部分。亿万萤火虫听从信号，缓缓转动，将输出口对准指定方向——地球的北极点——然后跟随地球的轨道运动继续转动。随着越来越多的辐射器对准北极点，北极上空的紫外线辐射流平稳增加。大约一个小时后，它的辐射流已经是整个太阳辐射流的几千倍。

极地轨道上的卫星飞入了虫群射线的无形光柱中，十几秒后又飞出来，通体已经被烧得通红。下方大气层中的紫外线光子促进了氮分子的产生，使其发出淡绿色的光芒——就像极光一样，但非常明亮，让白昼的蓝天都黯然失色。在高能光子的冲击下，不太坚固的氧分子和臭氧分子发生了分裂和电离。大气层完全吸收了半径 30 千米以内范围的辐射，所以虫群发射的光子没有一粒到达地面。不过地面也感受到了冲击。

平流层中百千米厚的空气透镜吸收了绝大部分的辐射后加热膨胀，对周围的冷空气产生了越来越大的压力。压力把其中的水蒸气挤压出来，凝结水分，于是整个北极上空的雪雾变得更浓，最后慢慢演变成了云。北冰洋周围的压力将气团推向南边，科里奥利力把这股强大的风流卷成了螺旋状。

地球史上前所未有的巨大反气旋在北极上空形成并盘旋。

随着虫群将越来越多的辐射能量注入反气旋中心，它的半径越来越大，威力也越来越大。

卡普－亚尔，太空舰队驻扎官办公室。

风暴越来越严重。雷声轰响，一阵狂风把暴雨和冰雹甩到了窗玻璃上。扎拉扭过身去，在她的视野中闪现出代蒙警告的红色火光："警报！请前往地下避难所！"但她纹丝不动，她的脑子里没有欲望，没有想法，没有感觉。她本应该命令医疗手环将多巴胺注入血液中，但现在她做不到这一点。

"我承认，我没有想到您父亲会做出这样的事。""蠕虫"打破了沉默，"当然，我有考虑过这种方案，但我认为它出现的概率相当低……不过也好，这样只会让我们的工作更加轻松。您当然要问了，怎么个轻松法？"

扎拉沉默不语。倾盆大雨疯狂地打在高处的窗户上。

"先说一句小小的题外话，""蠕虫"继续说道，"正如我在第一节课中讲到的，单体在演变成多体生物细胞的过程中通常会失去个体的思考。确实，如果社会的集体思维可以替你更多地思考，为什么要用自己的智慧去思考呢？这个过程在你们人类身上已经持续了很久。您知道克罗马农人[①]和尼安德特人[②]的大脑比现代人的大脑要大很多吗？尼安德特人的大脑要大更多，但他们又怎么样了呢？我去看了你们太阳系网络自最早期以来的档案，最早是在二十一世纪初，那时还叫互联网。可以很有把握地说，在这五个世纪里，人类变得更蠢了。如果二十一世纪初的人们知道，在最后的时间里，每个人都变得如此愚蠢、缺乏远见、不负责任，他们一定会抓紧想办法。您本人也位于其列，扎拉。您已经三十六岁了，却表现得像个情绪不稳定的少女。即使像达尔顿和劳埃德这样最聪明的人也犯过最可笑的错误。还有您父亲……”

“但您却生气了，‘蠕虫’。”扎拉突然平静地说道。又是一阵雷声，她走到吧台前，给自己倒了杯龙舌兰酒，“有意思的是，我不认为您有情感。”她往杯子里扔了一块冰块，“或许您是从我这儿传染上的？”

“是的，关于您父亲的事。”“蠕虫”继续说道，没有理会她的回答，“您知道他最可怕的一点是什么吗？他并不像大家认为的那样疯狂，他是个入门级的笨蛋，拥有平庸的愚蠢。麦斯威尔·阳不是邪恶的天才，不是疯狂的暴君……他只是个傻瓜，就这样，嗜血的傻瓜而已。您知道这意味着什么吗，扎拉？”

“什么？”

---

①距今三万年前欧洲大陆上出现的寿命不长、智慧较高的早期人类，属于晚期智人。

②现代欧洲人祖先的近亲，从十二万年前开始，他们统治着整个欧洲、亚洲西部以及非洲北部。常作为人类进化史中间阶段的代表性居群的通称。

“我们会战胜他。像战胜一个孩子一样。我们只需要一小时内就可以毁灭他，你要做的就是进行一个小型的演讲，你准备好了吗？”

“我要去哪里？”扎拉耸了耸肩，失手打翻了杯子。

“面向那边角落里的摄像头，我会用文字提示你。准备好了吗？开始吧。”

“太阳系的人们！太空人和地球人！太空舰队的工作人员和殖民者！博士、技师、武装者和努尔德夫！我，扎拉·阳，麦斯威尔·阳的女儿，他最亲近的人之一，确认我父亲患有精神疾病。我早就知道这一点，但现在他触犯了所有底线，我才敢告诉大家。

“我负责任地重复一遍，我的父亲，麦斯威尔·阳，他是个疯子，因此无法履行他作为统帅的职责。作为太空舰队的工作人员，我宣布，我不会服从他的命令。我呼吁所有的同事也拒绝他的指令。

“副统帅、第二顺位指挥官是拉维尼娅·沙斯特里，如果她也拒绝服从阳的指令，我们就应该选她为指挥官，但这是不太可能的。作为虫群指挥官，沙斯特里已经亲自下令在地球上使用虫群，这意味着她愿意继续执行阳所有疯狂的命令。

“我在统帅职位的继承链中没有地位，但是我早已成为阳的非官方接班人。我十分熟悉太空舰队的结构和管理方式，并愿意为其运作负责。我呼吁所有太空舰队以及普列洛马的舰船和基地拒绝服从麦斯威尔·阳和拉维尼娅·沙斯特里的指令，并接受我扎拉·阳为临时统帅。

“我接受这个职位是为了一项任务，也只有一项任务，即阻止虫群攻击地球。一旦虫群被赶走，我就会辞去我的职务，按照太空舰队的章程宣布进行新的统帅选举，然后将自己交到司法机关的手中。

“我扎拉·阳从阿奎拉病毒中拯救了地球，现在请给我一个机会，让我从我疯狂的父亲手中再次拯救地球。这是我全部的演讲内容，谢谢。”

新莫斯科附近的地下掩体。

外部的监控摄像头清晰地显示着，大雨和冰雹无情地袭击了斯洛博达、拉巴特和新莫斯科的废墟。数百名浑身湿漉漉、惊慌失措的地球人挤在殖民地的大门口，希望能放他们进入殖民地的地下掩体。不断有人到来，歇斯底里的人越来越多，“让我们进去！我们很干净，很干净！我们吃了扎拉的药丸！”人群中有人大喊，“扎拉！扎——拉！”他们开始吟唱，仿佛希望救世主能听到他们的声音，庇护他们，保佑他们……

新莫斯科的首席行政长官伊格纳特·阿尔忒弥耶夫叹了口气。情况很糟糕，且会变得更糟糕。

“这是叛变。”他说，“阳对此无法原谅，第二次叛变的后果将比轨道轰炸更糟糕。”

“还有什么比这更糟糕的吗？”卡西扬·格卢什科夫，外卫队负责人，用手指指着天花板，“能比上边的情形更糟糕吗？如果其他殖民地参与进来，他们也不会对我们做什么。”

“让我们等待更大的人物出现，西尔万娜或者弗拉马里翁……”

“他们不会先出手的，你不明白吗？正是因为他们大，所以他们承受得起损失。而我们几乎一无所有了，我们应该去做雇佣兵！怎么样，伊格纳特？难道你不想拉阳下台吗？整个殖民地都会支持你！对，整个殖民地，整个地球！”

阿尔忒弥耶夫盯着格卢什科夫，阴沉着脸，果断地挥了挥手。

“代蒙，调整到太阳系网络官方频道的直播！”他直起身子，做出勇敢的表情，“太阳系的人！太空人和地球人！我，伊格纳特·阿尔忒弥耶夫博士，新莫斯科殖民地的首席行政长官宣布，我赞成选举扎拉·阳为临时统帅，并服从她作为普列洛马殖民地联盟的领袖……”

“阿撒托斯号”。

瓦加斯和穆尔，也就是犯人飞船上最后剩下的两个人，正从观测穹顶的窗户里看着地球。飞船刚刚经过北极点上空，从穹顶上可以看到超强旋风的壮丽景色。北极的等离子体风眼燃烧着象征死亡的绿色萤火，围绕着它旋转的是坚不可摧的白色顶部——缠绕着的螺旋状云脊，其内部不时有闪电亮起。反气旋已经到达黑海。它占领了北半球的大部分地区，并继续扩张。

“所以你是支持麦斯威尔的，对吗？”穆尔用充满敌意的语气问道，“就是那个人命令摧毁我们的飞船，要把我们永远流放到地球上，到那样的地球上！”

大尉皱了皱眉头。

“我完全理解，但是扎拉……你我都知道她是什么样的人！经验不足，反复无常，难以预料！她会毁了一切！”

“她是一个临时的选择，大家都明白这个道理，而且她没有支持者。”

“吃完那些药丸后，地球人都很崇拜她。”瓦加斯嘟囔道，他显然不想争辩，但自尊心要求他说最后一句话，“虽然地球人解决不了什么……好吧，这是对的。代蒙，开始直播。我，技师汤豪舍 [NAV] 瓦加斯，‘恶魔苏丹阿撒托斯号’的指挥官，我宣布承认扎拉·阳为太空舰队的临时统帅……”

弗拉马里翁。

达尔顿哈哈大笑。

“终于来了！”他对斯托姆说，以第二帝国豪华风格装饰的宽敞的办公室里别无他人。

“我们已经等了很久了，准备很久了。阳要倒下了！最让人高兴的是，他是被自己人推翻的。”

斯托姆疑惑地看着他。

“你准备好支持扎拉了吗？”

“扎拉只是个暂时的选择，这女孩不适合做这个工作，然后我们再看……代蒙，切换到官方频道的直播！”他命令道，“我，阿斯塔尔·达尔顿博士，弗拉马里翁殖民地的首席行政长官宣布，承认扎拉·阳为太空舰队的临时统帅……”

“我，格温妮德·劳埃德博士，承认并呼吁所有幸存的莱安诺人承认扎拉·阳为太空舰队的临时统帅……”

“我，聂莉娅·魏博士，西尔万娜殖民地首席行政长官宣布，我承认扎拉·阳……”

“我，技师伊什塔尔[NAV]·戴米尔，‘蠕动的混沌奈亚拉托提普号’飞船的指挥官……”

“我，爱丽阿斯·吉特里赫博士，‘乌拉尼亚’基地首席行政长官……”

太空舰队指挥委员会的会议大厅。

桌子后有两把椅子是空的，还没有指定被捕者的继任者。手持玫瑰花、头顶悬着衔尾蛇的女人从古画上悲伤地看着座位上剩下的三个人。

“所以，发生了大范围起义。”阳说，“只有埃里克斯还保持忠诚。”

沙斯特里和奥通加沉默不语。

“奥通加指挥官，我任命你为镇压叛乱指挥部的首领。”

“谢谢统帅。”奥通加回答道。他的声音里没有丝毫的愉悦。

“我命令你向所有叛变舰艇和基地的控制图灵发出自毁命令。”阳从容不迫地说道。

奥通加站了起来，靠在桌子上，认真地看着阳。

“我没听错吧，统帅？你要下令摧毁所有太空舰队的舰船和基地，除了我们的？”

“按照顺序来，奥通加指挥官。每隔半小时，随机进行。给他们一个机会，让他们清醒过来。”

镇压叛乱指挥部的负责人坐回到椅子上，把头放在了头枕上。

“你可以逮捕我，统帅，你可以以不服从命令的罪名杀了我，但即便如此——我仍会拒绝。”

阳没有说话，然后他把目光转移到了沙斯特里身上。

“我永远和你在一起，麦克斯。”她用平静的声音说道。

阳又看向了奥通加，指挥部负责人紧闭双眼，一滴汗水从他的太阳穴落下，爬到了脸颊。

“你活下去吧，”统帅说道，“我取消命令。”他站了起来，“我们走吧，拉维尼娅。”

奥通加睁开眼睛，还是不敢相信自己逃过一劫。他一个人在会议大厅里。照片上的女人责备地看着他的眼睛。

埃里克斯空中城堡。

千米长的硅氮泡沫岛在单一而刺眼的云雾中飘浮着，岛上的陡坡看上去和天然的白垩崖十分相像。硫黄沉淀物在山壁上像是闪烁着的姜黄色瀑布，风吹过后，飞岛顶部飘扬起黄色的尘土，顶部非常平坦，这是飞机和航天梭的起落跑道。

两位老人，只戴着氧气护面罩的一男一女，从电梯里走了出来，手拉着手走到了悬崖边上。这里的海拔是五十五千米，温度和气压对人类来说都很舒适，硫酸云是极薄的烟雾，即使对裸露的皮肤也没有伤害，只有太阳的紫外线是危险的。两位老人皱巴巴的黄色皮肤上布满了病态的红晕，但他们并没有理会。

麦斯威尔·阳和拉维尼娅·沙斯特里在悬崖边的白色深渊旁驻足。

“有意思的是，在这之前会是什么杀死我们？”沙斯特里的声音在护面罩内部响起，“温度还是压力？我们无法到达地面，这一点很清楚。”

“你最好告诉我，虫群还会继续运作吗？”阳问道，“继承你令牌的人能将其关闭或重新引导吗？”

沙斯特里叹了口气。

“对不起，麦克斯。虫群应该准备好执行它的主要任务。不，我没有阻止它们运作。”

“所以你也背叛了我。”

“我背叛了你疯狂的事业，但没有背叛你。我可以撒谎，我现在就可以离开你。”

夫妻俩透过护面罩的玻璃仔细地看着对方。

“是，”阳同意了，“你没有背叛我。”

他们一起面向悬崖，没有放开对方的手，向前迈了一步。

几分钟后，他们冒着烟的、烧焦的、被压力压碎的身体倒在了金星表面的风蚀石上。两道灰烬的喷泉冲向浑浊的橙色天空。

灰烬甚至没来得及在岩石上沉淀，风瞬间将其带走，散落无踪。

阿尔列金——一仆二主

阿尔列金在乌法码头附近的市场上买了汽艇、帐篷、燃料和能维持两周的食物，现在他正在白河上航行。这条河应该把他带到亚曼陶去，它绕了一大圈，其实更短的路线是沿因泽河航行，但这条路线被敌对的游牧部落封锁了。

多日来，他一直悠闲地沿着这条静静的小河前行。白河原来这么浅，在浅水处甚至可以站在水里拖着船前进。这个时候，阿尔列金觉得徒步会更快。河岸遍布草原和崎岖的沟壑。有时可以在饮水点遇到带领羊群的游牧民。平时，他们只是用戒备的目光盯着船，但有一次他们用某种自动火炮开了枪，向船体射出了几颗子弹，但阿尔列金躺在船底，所以没有受伤。还有一次，他差点儿在某个夜里被偷袭他的团伙杀害。多亏了他训练有素的本能，阿尔列金才及时醒了过来，并且开枪杀死了偷袭者。从此以后，他只在岛上睡觉，把船好好地藏在灌木丛里。

麻痹和发作再也没有出现过，但阿曼达的声音每天晚上都会随着木星的升起而出现。每次阿尔列金都哭着发誓，去亚曼陶只是为了建立她想要的无线电通信，甚至还让自己也相信了……直到木星落下，他的神智才能恢复清醒。阿尔列金对这种状况相当满意。他智胜了黑花病毒，这不是值得骄傲的事情吗？

没有了网络，他对这个世界上发生的事情就一无所知。当有一天白天，北方天空中亮起了极光时，阿尔列金觉得很奇怪。

他以为这是阿奎拉人的新攻击。很快寒风袭来，云层瞬间聚集，下起了雷阵雨。阿尔列金在船上支起一个临时帐篷后继续前行。但风越来越大，河里的水迅速上涨，很快水流就变得湍急而危险，他不得不停靠在岸边。

阿尔列金爬上一座白垩岩山丘，躲在一艘翻倒的船下。他度过了比他想象中还要多的无数个白天，以及和白天几乎没有区别的夜晚。这是一段糟糕的时间，风速达到了飓风的强度，几乎把船吹走，所以他不得不用帐篷桩把船固定住。无论他怎么努力节省，食物还是很快就吃完了。在最后几天，阿尔列金不得不在他的避难处吃那些逃过洪水的老鼠和蛇——最糟糕的是，还得生吃。他开始觉得自己可能会因为无聊和饥饿而发疯。当风暴开始消退，大雨转为中雨之后，阿尔列金从船下爬了出来。

陆地的变化已经让人认不出来了，河流变成了浑浊的大海，山岛高高升起。阿尔列金继续往上游前进。

就快到了。小路横亘在乌拉尔山脉上，在地球被攻击、森林被烧毁前，微斜的山坡上曾经林木茂密，后来大雨和寒冬带走了土壤，使山体暴露出了石基。现在，陡峭的悬崖和树桩出现在发洪水的白河上。这些地方已经完全没有人居住了，或者是风暴之后人都灭绝了。

地图几乎完全没有用了，但亚曼陶并不会与其他地方混淆。它宽阔平坦的山顶耸立在周边的山脉之上。阿尔列金顺着蜿蜒曲折的河道艰难地在山间绕行。好在每天都更接近目标。他很饿，一天中只有一两次可以钓到瘦小的鱼。

在最后休息的地方，他偶然进入了通信区，显然，这是在某个卫星下方。信号只持续了几分钟，但他了解到了最新的消息，而且绝对令人震惊。不，之前他从没想过麦斯威尔·阳的精神健康状况有问题……但虫群对地球的打击……所以，现在的统帅是丑闻美女扎拉吗？她如此轻易地就阻止了黑花病毒疫情？并且中断了虫群的运作？现在地球人把她当成偶像，要求她继续担任统帅了吗？全世界都在欢欣鼓舞，但阿尔列金并没有感受到这份喜悦。他不得不徒步走完最后一段路程，膝盖深陷在淤泥里。他的腹中已经完全空了。

湿透、肮脏、饥饿又憔悴，经过一个月的旅行，阿尔列金终于来到了亚曼陶建筑群外的大门处。就是这里，他的圣杯之城。生锈的铁丝网缠绕着水泥栅栏，残存着涂有绿色油漆的铁门，没有机枪的炮塔，水泥板上刻着字：

武装力量基地

不得擅自通行

请站在红线之外，否则将被击毙

但地上并没有红线或任何其他线，它们已经被洗掉或被泥土覆盖。当炮塔上的机枪发出响声并且把枪管对准他的时候，阿尔列金才意识到自己越过了红线。

所以塔什干条约组织很久以前就成立了，在地球被攻击和太空舰队成立之前，当时，地球上几个大国还在互相竞争。太平洲、美罗巴和印度洋尼亚，还有一些更小的联盟，包括这个塔什干条约组织。当然，他们还在地下掩体里，直到现在都还认为自己是在和美罗巴冷战。我们就拿这一点玩玩。

阿尔列金从包里拿出蔷薇辉石方舟，打开盖子，给机枪手们看记忆存储器。

“我有美国航天局的机密信息！”他大喊一声。他勉强认出自己的声音，嘶哑而虚弱。这是他在整个旅程中说的第一句话，“‘格拉弗斯号’探测器的外星传输记录，我请求政治庇护！”

半个小时过去了，阿尔列金耐心地等待着。他知道，这种事情不可能快速完成。终于，大门开了，发出了锈铁的摩擦声，仿佛百年未曾被碰过（不排除这可能是真的）。两个矮个子士兵出现在大门处，穿着和地球人一样的脏绿色的宽大衣服。他们手持 2280 年“谢梅诺夫”自动步枪，同时向阿尔列金走去，就像是彼此的镜像。他们头上戴着插有角状天线的金属圈，这显然是古代的头箍。他们脸色苍白得就像卢瓦夫人一样（这对于地下居民来说并不奇怪）。他们凸出的眼睛里……不，不是恐惧，而是痛苦的紧张，像白痴在努力理解对他来说过于复杂的思想一样。两百年了，阿尔列金提醒自己，两百年来完全与世隔绝，也许更久。然而，他们却相当专业地拿着自动武器，熟练地接近……

“阿美尔[①]！”一个士兵叫道，眼睛和枪口都对着阿尔列金。

“阿美尔！”另一个也喊道，“交，武！”

“交，武！”

“交出武器吗？”阿尔列金再次问道，他并不理解他们的语

---

①意为“美罗巴人”。地下居民使用的语言是一种简化的俄语，有时难以理解，故给出注释。

言，只能理解语调传达的意思，“拿走吧。”

他举起双臂并张开，让士兵搜身并解除他的武装。

“咻[1]！”左边的士兵把枪管对着他的后背。

“咻！”右边的人重复着同样的动作，而阿尔列金举着双手走进了大门。

内部和外面一样荒凉，士兵踩过泥的足迹一直延伸到地下掩体雄伟的入口。那是岩壁上的隧道圆洞，阿尔列金立刻看到，隧道里有人在等他。来见他的人太多了。他觉得很奇怪，这里对待转交外国秘密的使者的阵仗，竟然像组织召开公开会议一样。

身后的士兵非常粗鲁地催促着，阿尔列金进入隧道门，里面冒着一股热气和臭味，让他想要流泪，他空荡荡的肚子开始抽搐。但是这里有电磁噪音，头箍接受了它们对植入物施加的压力，阿尔列金命令戴蒙压制嗅觉，一切变得容易多了。他又被推了一把，上前一步，迫使迎接的众人散开来。这里有三十个人，显然占了此地人口的很大一部分。

亚曼陶的居民不是太空人，也不是地球人，那他们是谁呢？地下人吗？人类的第三个分支……而且显然他们的基因质量不是最好的。所有的人不分男女都穿着洗得看不出颜色的破烂衣服，他们身材矮小、身体虚弱。他们的脸像是拉长的马具，看着像白痴。他们看着阿尔列金的眼神充满了惊恐和孩童般的好奇。在女人眼中，他看到了明显的欲望，“阿美尔……阿美罗普……”人们嘀咕道。难道他是两百年来第一个来自外界的访客吗？

① 意为“走”。

他在地下人的陪同下，沿着隧道慢慢走到大山深处。白天的光线已经消失，现在只有顶部的灯照亮着由电缆和管道砌成的水泥墙。

很快，前方传来了脚步声，第二批人从拐弯处走了出来，那是同样穿着军装的四名武装士兵和一名身材相当魁梧的白发老人。顺便说一下，这是阿尔列金见到的第一个老人，也是地下人中最胖的人……而且，通过他饱含深思的眼神判断，他似乎也是这里最聪明的人。大家都站定了。“首领……首领……”人们恭敬地低声说着。

“谁？”老人用命令的语气问道，不太礼貌，但也没有敌意。

“布莱姆·孔季大尉，莱安诺生命服务公司地球分支外卫军的高级特工，来自新莫斯科殖民地！”阿尔列金准确地汇报道。

“首领”皱了皱眉头，他似乎一个字也没听懂。

“阿美罗普？”他提高了声音问道。

“不，首领先生。我不是美罗巴人，是太空人。”

老人的目光看上去似乎明白了。

“来自太空？”

“不，首领先生，我来自新莫斯科。”阿尔列金重复道，“但这个，”他又打开蔷薇方舟，“美罗巴人的，绝密，美国航天局，‘格拉弗斯’，外星发射机，应该解码，电脑，非常重要的秘密，您明白吗，首领先生？”

当然，他什么都不懂……但阿尔列金不是在和他说话。他确信这里有其他人在管理，真正聪明的人，因为一个巨大的地下掩体是个十分复杂的体系，不是一群白痴可以管理的。某种具备高度智能的人脑或电脑在负责这一切——这是唯一的希望了。

同时，首领用居高临下的目光看着阿尔列金，威严地挥舞着肥硕的手。

“西玛[①]！”他的呼声在隧道中反复回荡，“全、全体西玛，去服务器大厅集合！”老人转身和侍卫一起走了。

阿尔列金周围的人变得非常激动，“西玛……服务大厅……”这是关切的声音，“咻！咻！”护卫喊道，阿尔列金跟在老人身后。

他们走了很久，时而转入侧道，时而下楼。人越来越多，到达“服务器大厅”时，已经有两百多人与阿尔列金同行。大厅的建筑结构与其他地下掩体相比显得不同寻常，类似古代大学的大型演讲厅里的开放剧场。礼堂内放有黑板的那面墙下面，有一个冒着热气的架子，上面是个放有老式服务器的嗡嗡作响的黑色盒子。教室和数据中心的结合——在阿尔列金看来，这是他在亚曼陶看到的最奇怪的事情，但他没有时间去惊讶。

地下人规规矩矩地坐在长椅上，从桌子下面拉了一些电缆，插到了头箍的插座上。他们连上网络后，闭上眼睛，放松地低下了脑袋。不过，阿尔列金的护卫们并没有联网，他们让他坐在圆形剧场中央的凳子上。

同时，坐在对面第一排长椅上的首领和大家一样连上了网络。他的脸上闪过一阵抽搐，产生了微妙的变化。老人直视着阿尔列金，目光变得完全不同，犀利、冷酷且专注。

---

① 意为“地下居民”。

“告诉我们。”老人用完美的俄语要求道。

阿尔列金想了一下才回答。

“我想，现在和我说话是集体智慧或者同类型的东西，对吗？”

“是的，集体智慧。以电脑为媒介，并且借助电脑有所加强。”

“你们进化成集体的速度非常快。”阿尔列金说，“用了两百年……还是在地球被攻击之前就开始了？”

“你带来了什么？”集体智慧以亚曼陶首领的口吻打断他，“为什么你认为这很重要？”

“您看到了吗……”阿尔列金微微闭上眼睛，他感觉到饥饿和可怕的疲惫，“我不知道您对地表发生的事情了解多少，但那里似乎正在形成第二个集体智慧。不幸的是，它是由阿奎拉人管理的。我想，你们双方即将挤在同一个星球上。您很快就得维护自己的独立了。”

阿尔列金没有再说话，他的多体对话者也沉默了。

“我们没有成功。”阿尔列金继续说道，“现在我希望您能成功，至少。当然，您的外表和味道都不太……但无论怎样您是地球人，所以我是站在您这边的。”

他从盒子里拿出记忆存储器，放在老人面前的桌子上。

“拿着，您的电脑很旧，一定有读取这些东西的端口。将这段录音交给你们纯属偶然，因此，虽然可能性不大，但我们已经截获了某种重要的东西。它可以成为我们对付阿奎拉人的筹码……只是因为他们不知道我们有这个。当然，一定要成功解码数据。你们可是军事碉堡，一定有很好的解密技术吧？我说，拿着吧。”他把存储器推向老人，但老人没有动。“您拿着吧！百万分之一的概率，这可能会帮助你们活到最后。”

“你自己想要什么？”老人最后问道。

阿尔列金笑了。

“喏，首领，我想吃点儿东西。”

“首领”抬起手来，并且用威严的手势指着其中一名护卫。

“食物！”他命令道，“阿美尔，食物！”他对阿尔列金说道，“你想要什么？现在该说正题了。”

“我可以做您的代理人，可以试试把您的软件安装到我的植入物上……对，我也感染了黑花病毒。但我认为我可以控制它。”

“你的动机是什么？”

“我说过，您是地球人，我是站在您这边的……”

“谎言。”集体智慧打断道。

“您比我想的更有洞察力。好吧，您想知道真话，那就告诉您。”阿尔列金站了起来，不知道为什么，他想站着说，“我很自私，您是知道的。我想做我自己，做一个个体，不加入任何集体。如果有两个集体，并且他们在相互竞争，这就更容易了。我希望自己能一仆侍二主。我想，这是我唯一能保留一些自由的方式。一仆二主，如果足够灵活，比一仆一主更自由。因此，我对你们的扩张和独立感兴趣。也许这很愚蠢，也许我太天真……但这就是真话。”阿尔列金坐了下来，“真是见鬼了，是的，我现在可能是有生以来第一次说出了真话。这个解释您能接受吗？”

“接受解释。”老人嘴里说，“我会考虑和你一起行动的。”

他拿起记忆存储器，把它放到了桌子下面——即使这并不意味着什么——但阿尔列金感到如释重负。沉重的皮靴声传来，拿着塑料盘和杯子的士兵进来了。

盘子里放着某种煮熟的麦片，杯子里放着漂有脂肪块的浑水。但对于一天没吃东西，之前吃过生鱼、老鼠和蛇的人来说，这简直就是珍馐佳肴。阿尔列金微笑着举起杯子。

“好吧，集体智慧，”他说，“虽然你们不会和我成为同伴，但我还是想干一杯。敬人类！尽管人类已经不复存在。现在是一体化的人类。敬人，敬个人，敬地球上最后一个独立的人。简单来说，敬我自己！”

他一口气喝下了无味的油水，把杯子放在一旁，贪婪地抓起勺子，并没有因为集体智慧那两百双无知的眼睛盯着他而感到尴尬。

词汇表

星号（*）表示现实中真实存在的概念。

武装培训机构（监视、安全和查联合机构，Associated Agency for Surveillance, Security and Investigation, ASSASSIN）	培训武装者警察和情报专员的机构。
阿奎拉（Aquila）	天鹰座（*）的拉丁名。阿奎拉是25世纪阿奎拉文明或者其位于天鹰座的疑似母星HD 183658的代号。
阿奎拉文明（Aquilians）	小说中前往太阳系进行探索并对地球实施了毁灭性打击的地外文明的假定名称。我们对该文明一无所知，只知道他们的探险队来自天鹰座（阿奎拉）的HD 183658星球。

美罗巴	23 世纪太空舰队的创始国之一，是以欧洲、北美洲和南美洲为主体的国家、次政体和跨国政体联盟，负责月球殖民地。
人类工厂 (antroplant)	一个生产综合体，用于采集人类基因组、进行人工授精、在人工子宫里培育胚胎和护理婴儿（零篇，《战役》）。
拟形	人的虚拟三维外壳。它通过自己的植入物进行计算，并以立体视频的形式传输给与其对话者的植入物。在公务沟通中，人们使用的是正式的拟形（头部周围的环状物，其上有个人资料），而非正式拟形形态各异：包括各式服装、各种光、动物形象或幻想生物形象等。
阿赫马迪	伊德利斯坦酋长国的货币单位，非官方名称为"绿票"。
布兰克人 (blanck)	社会类别之一，指通过布兰克测试的人。他们智力高超、知识广博（能够适应各种任务）、拥有强硬的道德准则与高度的社会责任感，极具领导素养。他们有资格担任高级领导职务。通称为"博士"。他们的官方拟形为白色。布兰克约占太空人的 20%。小说中的布兰克有扎拉和麦斯威尔·阳、格温妮德·劳埃德、卡德沃隆·阿龙、聂莉亚·魏以及月球三巨头。

取消布兰克资格　指废除布兰克测试结果，把一个人从布兰克变成努尔德夫。用于惩罚一些犯罪行为。

2423-2424 独立战争　太空舰队与从舰队分离出来的弗拉马里翁殖民地、西尔万娜殖民地及其盟友的战争（零篇，《课堂》）。

公会成员 (guildman)　社会类别之一。指经过除军事领域以外的高度职业细分的人。经过公会的训练，通常根据其早前预定的职业对其进行了基因和胚胎的改造。理论上，他们可以通过布兰克测试从而成为布兰克，但实际上这种情况不常见。他们通称为“技师”，其名字和姓氏之间有公会代码。公会成员的官方拟形是灰色。太空人中约有 60% 是公会成员。小说中的公会成员有卢·布伦丹、温蒂·米勒、汤豪舍·瓦加斯、亚瑟·劳埃德等。

公会 (guild)　致力于对人类进行职业化训练（从婴儿时期就开始）的组织。公会拥有基因和胚胎改造以及社会化培训技术（以最好的方式对人类进行职业培训）的知识产权。每个公会在主要殖民地都有自己的分支机构。公会的标记是三个字母组成的代码：MED——医护人员、NAV——飞行员等。

太阳的引力焦点	太阳的引力场就像一个巨大的聚光镜，某一恒星发出的光线在此力场的作用下弯曲后汇聚成一个点。位于该焦点时，可以观测到太阳把该恒星的亮度放大了数倍。每颗恒星的太阳引力焦点是不同的。离我们最近的恒星的太阳引力焦点位于距太阳约 550 个天文单位处（★）。
大技师	公会或其殖民地分支的负责人。
GraFFOS（Gravitational Focus Flyby Observation of Salome：对行星莎乐美的引力焦点飞行观测）	美国航天局的一项无人驾驶太空任务。目标是通过中等直径望远镜从太阳的引力焦点直接观测含氧行星“莎乐美”。飞行观测开始于 2055 年 10 月 31 日，通过核电动力将飞行器加速到 57 公里 / 秒，在木星和土星附近通过引力机动将其带入径向轨道。任务没有完成，2103 年 1 月 14 日，在距离日心 524 天文单位处与飞行器失去联系（第三部分，《阿尔列金被降下启示》）。
代蒙	植入物的软件外壳，它在用户感知的层面实现了植入物与大脑的对接。从用户的角度来看，它就像一个“隐形的仆人与愿望实现者”（虽然可以具象化——小说中的智能猫凯特就是一个例子）。
社会类别	小说中未来人类被分为四大社会类别，即布兰克人、公会成员、武装者、努尔德夫。

特别行动部（DeSpO，Dept for Special Ops）	由太空舰队情报部组成的特别行动部门。
制服	紧身连体服，太空人在需要穿衣服的场合的常用服装。
头箍	戴在头上的天线，用于为植入物供电并使其与外部设备连接（通信、管理机器和设备）。其能源来自周围环境中自然或人工的电磁杂波。
博士	对布兰克阶层的通用称呼。
长冬期	指地球遭受攻击（2295年至2300年）后的几年，当时温带地区常年下雪。
领地	由密切相关的人组成的多功能团体。用现代术语来解释，它既是一个大家族，又是一个公司，还是一个政治派别。领地是太空人的典型社会组织形式。一个领地由数十人组成，他们通常姓氏相同，并且生活在一起。领地的首领是首席行政长官。
二重奏	反抗普列洛马的非正式殖民地联盟。联盟成员包括弗拉马里翁、西尔万娜及二者的盟友。

绿桥	地球人的一个独立城邦(无政府城市),位于罗斯和伊德利斯坦酋长国之间、伏尔加河中游。此地现实中名为泽廖诺多利斯克。
ID 芯片	一种微型(约 0.5 毫米见方)电子记忆装置,里面包含个人信息,一般被植入在手腕皮肤下面。在 21 世纪,芯片已经逐渐取代了护照和任何身份证件、支付卡以及个人签名。官方认为,在携带者不知情的情况下,不能远程读取其身份芯片上的信息,只能通过专门的扫描仪进行读取。在 25 世纪,这种芯片是所有太空人都必须携带的,而大多数地球人都没有。
植入物	植入人体头部并与大脑相连的微型电脑。植入物的主要部分(包括处理器、存储器等)是一块约 2 厘米见方的薄片,被植入额头的皮肤下。芯片连接着数据母线。母线穿过在头骨上钻的微孔到达大脑,并分支成数百根导线,连接到大脑皮层的各个区域(视觉区域、听觉区域、语言区域等)。植入物使得大脑能够与外部数字设备快速("以思维的速度")交换信息。植入物的操作系统名为"代蒙"。
印度洋尼亚	23 世纪太空舰队的创始国之一,是以南亚、东南亚、中亚、中东和非洲为主体的国家、次政体和跨国政体联盟,负责金星殖民地。

内卫队 (intraguard)	殖民地或集团的内部安保部门，相当于今天的警察。
钙城	外星人（猜测是阿奎拉人）在月球的阿方索环形山遗留下来的用来观测地球的天文站遗址。观测站于20世纪中叶自毁，只剩下月球土壤中的纯金属化学痕迹（其中包括一些钙质）。该遗址于2101年被发现（零篇，《打击》）。
卡普-亚尔	地球上的一个太空人殖民地，位于现在的卡普斯丁亚尔航天器发射场。卡普-亚尔隶属于普列洛马。其徽标图案是蓝色圆圈中的一枚金色火箭。
半人马小行星群	小型天体群（小行星或彗星），其轨道位于木星和海王星的轨道之间（★）。
柯伊伯战役	指2418年5月24日，太空舰队的炮弹与阿奎拉入侵舰队在柯伊伯带相撞（零篇，《战役》）。
殖民地	自治性的人类永久居住地，拥有封闭的生态系统和完全自给自足的能源。几乎所有的太空人都居住在太空或地球上的殖民地（尽管地球殖民地没那么封闭）。一个典型的殖民地的人口数量在1万到5万之间。

科里奥利力	作用于旋转体系中做直线运动的物体的力，使其由于惯性偏离运动方向（★）。
军团	培训武装者军人的机构。
太空人（spacemen）	地球被攻击时生活在太空殖民地的人及其后代。到25世纪末，太空人总人数约二十五万人。
太空舰队（人类联合太空舰队，United Spacefleet of Humankind）	23世纪为抵御阿奎拉入侵由三大创始国创立的军事化国际组织。太空舰队在太空掌握着绝对权力，并且能够全权分配地球资源。太空舰队在2423年的三月革命后失去了对大部分殖民地的权力，包括最大的殖民地火星和月球。太空舰队总部位于埃里克斯殖民地（金星），其首领被称为统帅（2481年至今由麦斯威尔·阳担任。）
信使飞船	一艘沿“循环机－近行星轨道”航线运行的客运飞船，通常配备化学或核电发动机。飞船与循环机对接，被动地全程随其同行。
运载机（carrier）	用于加快航天飞机在地球和金星浓密大气中的飞行速度的航天母舰。
拉普达	金星大气层中的一座人工飞行岛，由充满氦气的碳硅泡沫筑成。有时也指充满氧氦混合呼吸气体的腔室。

里斯[1]	莱安诺殖民地的政府接待大厅。
低重力者 (lograv)	适应了火星、月球、小行星及旋转空间站的低重力的人。
三月革命	2423 年 3 月 10 日由弗拉马里翁殖民地和西尔万娜殖民地发起的独立战争，它们不愿再服从于太空舰队（零篇，《课堂》）。
技师	公会成员的通称。
巨型住宅	又称“住宅城”，是一种可容纳数万名常住居民在此生活、工作和娱乐的巨型建筑。它是 22 至 23 世纪地球上主要的聚落形式。
星际飞船	从一颗星球轨道到另一颗星球轨道的直达飞船。星际飞船有帆船式飞船、核电飞船和热核飞船，后两者是太阳系中最强大、最昂贵、最稀有的舰艇。

① 古威尔士语，意为“宫殿”。

武装者	社会类别之一，接受过武装培训机构或军团训练的军事专业者，经过了基因和胚胎改造。理论上，武装者可以通过布兰克测试从而成为布兰克，但实际上这种情况很少见。他们有资格在太空舰队、外卫队和内卫队（文职职位除外）担任领导职务。一般按军衔称呼武装者。他们的官方拟形是红色的。太空人中武装者约占 15%。小说中的武装者有维斯帕尔·普拉萨德、利比蒂娜·埃斯特维斯和布莱姆·孔季。
电动汽车	地球上用于短距离出行的主要交通工具。
地球人（earthmen）	地球遭受攻击时，留在地球上生活的人及其后代。到 25 世纪末，地球人总人数约五千万。
神经元学	研究人脑与电脑通过神经元接口直接交互的各方面的科学。
新莫斯科	太空人在地球上的殖民地，位于莫斯科废墟以北，紧邻 22 世纪地球遭遇攻击时留存下来的客运太空港跑道。弗拉马里翁的盟友。徽标图案是黑色田野里的一只红熊。

努尔德夫	(1)社会类别之一，指既没有接受过公会或武装者的专业训练，也没有通过布兰克测试(或被取消布兰克资格)的人。努尔德夫包括所有地球人和约5%的太空人。在太空人社会中，努尔德夫被认为是低等人，靠其领地的慈善捐助维持生计； (2)脏话，意思是“蠢笨的失败者”。
零重力者	适应微重力(失重)的人。
太平洲	23世纪太空舰队的创始国之一，是以东亚、澳大利亚和大洋洲为主体的国家、次政体和跨国政体联盟，负责火星殖民地。
普列洛马[1]	在独立战争期间和战争结束后都忠于太空舰队的殖民地联盟。这个词取自诺斯替教学说，似乎意味着某种更高神力的结合。
普列洛马主义者	支持恢复太空舰队对所有殖民地统治权的人。
首席行政长官	殖民地最高领导。通常由殖民地委员会选举担任。
首席	领地首领。
被保人	在绿桥处于某人的庇护下的人。

① 古希腊语，意为“完全”。

列特[①]	罗斯和绿桥的货币单位。非官方名称:“列奇卡”“列奇斯卡”“红票”。
莱安诺 (Rhiannon)	阿莫尔小行星群的第16912号小行星,直径约1千米,公转轨道呈椭圆形,近日点在地球和火星轨道之间,远日点在火星轨道以外。它于1998年被发现,以一位古威尔士女神命名(★)。莱安诺殖民地隶属于普列洛马,是太阳系最大的人类工厂之一,专门制造低重力者。莱安诺的徽标图案是白色田野里的金色马头。
莱安诺生命服务™	一家总部位于莱安诺的星际集团,拥有多家分公司,其中一家位于地球的新莫斯科。公司在医学、药学、基因工程、胚胎学、神经学领域均有涉猎。公司隶属于莱安诺殖民地。
环翼飞机 (ringer)	一种能够垂直起降的小型大气层飞行器,又被称为“飞行汽车”。它看起来像一架小型飞机,有一个环形螺旋桨。其巡航速度约为每小时四百千米,能不间断飞行四百千米,机舱最多可容纳十人。

① 俄语“结算单位”简称的音译。

萤火虫群（正式名称是“散布式太阳能光帆发射器自动化军事网络”，HelioEnergetic Lightsail Launchers，DAMNHELL）	是由水星轨道内的数十亿个太阳能激光发射器组成的“蜂群”。其建造目的是为对抗阿奎拉舰队的搭载光帆的炮弹进行加速。在柯伊伯战役后，它被用来为载货光帆加速。（第三部分，《档案：拉瓦勒备忘录》）
罗斯	罗斯联合土地，是居住在伏尔加河中上游河谷、奥卡河河谷以及雷宾斯克水库底部的地球人建立的国家。其首都是杜布纳[1]。
莎乐美	黄矮星 HD 25682 的第四颗行星 HD 25682e 的非官方名称。它是距离地球最近的宜居行星，是一个拥有氧气大气层的超级地球，星球表面主要覆盖着海洋。莎乐美星距离太阳一百五十光年。2055 年，GraFFOS 探测器被发射到该星球的太阳引力焦点，目的是利用引力透镜效应以超高清晰度对该行星进行拍摄。后来探测器失联，对该行星的研究也陷入了停滞。在该行星上并未发现拥有先进技术的文明的迹象。

① 俄罗斯莫斯科州的城市。

光帆	一种航天推进器，其形式是暴露在电磁辐射流中的薄反射膜。它借助辐射压力效应进行加速。辐射来源可以是太阳或人工发生器（激光、天线）（⋆）。在25世纪的太阳系，光帆主要用于无人货船，其尺寸在一平方千米至十平方千米之间。
令牌	一套个人密码（数字签名钥匙），赋予其所有者一定的权力（例如打开电子锁）。最常提到的是首席行政长官的令牌，它是一套可以管理殖民地所有所有电子系统的钥匙。
西尔万娜	火星最大的殖民地，位于德夫特罗尼尔地区地下冰层中的一个人造空洞，隶属“二重奏”。首席行政长官是聂莉娅·魏。
冲锋炮	一种基于超音速直流燃烧技术的动能武器。与传统大炮不同，冲锋炮可以将弹丸加速到音速的数倍（⋆）。
副首席	领地中仅次于首领的最高职位。
布兰克测试	对智力、心理稳定性、道德素质和社会责任感的综合测试。任何人一生只能测试一次。通过测试的人（其非官方称呼为布兰克）有资格获得博士称号和领导职位。布兰克测试最早于太空舰队成立时由其人事部门引进。在25世纪，它被应用于所有太空人的殖民地。

木星脱罗央群	与木星在同一轨道上的小型天体群，靠近木星拉格朗日点(★)。
打击	2295 年 9 月 20 日，阿奎拉人的炮弹对地球的轰炸(零篇,《打击》)。
“子宫”	人造子宫，是培育人类受精胚胎的机器。
弗拉马里翁	月球上最大的殖民地，位于月球上同名火山口的火山岩隧道中。隶属于“二重奏”。其首席行政长官是阿斯塔尔·达尔顿。
高重力者(higrav)	适应了地球和金星高重力的人类。
循环机	用来运输的大型航天飞船或(更常见的是)天然小行星。循环机没有发动机，被动地沿连接起点和终点的椭圆轨道运动。循环机是星际交通的主要手段。它们的飞行间隔时间较长(数年一次)，每次持续几个月。循环机的质量巨大，可以保护乘客免受宇宙辐射，并且可以部署舒适的生命保障系统。
HD 183658	天鹰座的一颗 G7 级黄矮星，距太阳一百零八光年，星等为 5.5 (肉眼可见的极限) (★)。是阿奎拉文明进行星际探索的起点(零篇,《打击》)。

航天梭	往返于行星与近行星低轨道的宇宙飞船(★)。
外卫队(extraguard)	服务于殖民地或集团的对外安全部门,类似于现代军队。
伊德利斯坦酋长国	地球人建立的国家,位于伏尔加河下游和卡马河下游的河谷地带。首都是埃尔达拉巴德(在今伏尔加格勒境内)。
能量	是所有太空人在太空殖民地和地球殖民地的(非现金电子)货币单位。1单位能量的价值等同于与在地球温带热环境下标准氘氦核电站生产的1兆焦耳电能。
埃里克斯	位于金星大气层拉普达岛的一个殖民地,是太空舰队的总部,也是普列洛马的首都。埃里克斯的首席行政长官是麦斯威尔·阳,徽标图案是黑色田野中的一朵红玫瑰。
尤尼	太空人和地球人之间用于结算的货币单位。等同于能量,但与之不同的是,尤尼以纸质现金形式流通。